L'ÎLE
DU MAUDIT

DU MÊME AUTEUR
AUX ÉDITIONS ARCHIPOCHE

« Les enquêtes de l'inspecteur Delmonico » :

Péché de chair, 2018.
Le Dernier Banquet, 2016.
La Passion du Dr Christian, 2015.
Un autre nom pour l'amour, 2015.
Fleurs sanglantes, 2013.
Douze de trop, 2012.
Corps manquants, 2008.

Tim, 2015.
Les Caprices de Miss Mary, 2011.
Antoine et Cléopâtre : le serpent d'Alexandrie, 2010.
Antoine et Cléopâtre : le festin des fauves, 2010.
La Maison de l'Ange, 2007.
César Imperator, 2006.

COLLEEN McCULLOUGH

L'ÎLE DU MAUDIT

L'ESPOIR EST UNE TERRE LOINTAINE

*

traduit de l'anglais par
Régina Langer

ARCHIPOCHE

Titre original : *Morgan's Run*

Notre catalogue est consultable à l'adresse suivante :
www.archipoche.com

Éditions Archipoche
34, rue des Bourdonnais
75001 Paris

ISBN 978-2-3773-5157-2

Pour Ric, frère John, Joe, Wayde, Helen
et pour les centaines de personnes
qui, aujourd'hui, peuvent se prétendre
les descendants directs
de Richard Morgan.

Mais, plus que tout, ce livre est dédié
à ma bien-aimée Melinda,
cinq fois arrière-petite-fille de Richard Morgan.

Nous sommes nés riches de nombreuses qualités.
Il arrive que nous ignorions
l'existence de certaines d'entre elles.
Tout dépend du destin que Dieu nous a tracé.

PREMIÈRE PARTIE

D'août 1775 à octobre 1784

– Nous sommes en guerre ! s'écria Mr James Thistlethwaite.

Tous levèrent la tête, hormis Richard Morgan, et se tournèrent vers la porte où venait d'apparaître une volumineuse silhouette brandissant une feuille de papier. Pendant quelques secondes, on aurait entendu une mouche voler, puis un concert d'exclamations fusa de toutes les tables de la taverne, sauf de celle de Richard Morgan. Celui-ci n'avait accordé qu'une faible attention à cette annonce fracassante : quelle importance pouvait bien avoir l'entrée en guerre de l'Angleterre contre les treize colonies d'Amérique, comparée au destin de l'enfant qu'il tenait sur ses genoux ? Quatre jours plus tôt, le cousin James l'Apothicaire avait injecté au petit garçon le vaccin contre la variole et, depuis, Richard Morgan attendait, la peur au ventre, que la médecine fasse son effet.

Entre, Jem, et lis-nous ce qui est écrit sur cette feuille ! lança, derrière son comptoir, l'aubergiste Dick Morgan, qui était également le père de Richard.

Le soleil de midi étincelait au-dehors et la lumière tentait de se frayer un passage à travers les vitres teintées du Cooper's Arms. Mais la vaste salle demeurait plongée dans la pénombre. Mr James Thistlethwaite avança tranquillement vers le comptoir pour se placer dans la lueur d'une lampe à pétrole, la crosse de ses pistolets d'arçon dépassant de chaque poche de son manteau. Une paire de bésicles perchée sur le bout de son nez, il commença à lire à haute voix la feuille qu'il tenait à la main et, selon les moments, sa voix s'enflait ou retombait pour mieux souligner l'intensité dramatique du propos.

Muré dans son inquiétude, Richard Morgan ne lui prêta aucune attention. Il capta malgré tout quelques bribes du discours royal : « Devant une révolte ouverte et déclarée [...] les plus grands efforts doivent être déployés pour mettre fin à la rébellion [...] et traîner les félons devant leurs juges... »

Richard sentit le regard méprisant de son père se poser sur lui et fit de son mieux pour se concentrer. La fièvre était-elle en train de monter ? Cela signifiait-il que le remède faisait son effet ? Et, si tel était le cas, le petit William Henry compterait-il parmi ceux qui, malgré tout, allaient développer la maladie ? Mourrait-il, lui aussi ? Seigneur, non !

Mr James Thistlethwaite, la voix tonnante, en arrivait à la conclusion :

— « Les dés sont désormais jetés ! Les colonies doivent se soumettre ou l'emporter ! »

— Étrange façon pour le roi de dire les choses, déclara l'aubergiste.

— Étrange ?

— Croit-il vraiment qu'une victoire des colonies est envisageable ?

— J'en doute fort, Dick. Ce discours a probablement été rédigé par quelque misérable sous-secrétaire aux ordres de cet inverti de lord Bute. Manifestement, le bougre est fasciné par les effets de langue...

Tout en prononçant ces derniers mots, il pointa un index éloquent vers sa bouche.

L'aubergiste sourit et remplit d'une bonne rasade de rhum un petit pichet d'étain. Il se retourna ensuite pour tracer une barre sur l'ardoise fixée au mur.

– Dick, Dick ! Ces nouvelles méritent bien une tournée gratuite !

– Pourquoi ? Nous l'aurions appris d'une façon ou d'une autre.

L'aubergiste posa les coudes sur le comptoir, là où ce geste mille fois répété avait fini par creuser le bois. Il fixa son regard sur Mr Thistlethwaite enveloppé dans son grand manteau et armé. « Ma parole, songea-t-il, cet homme est aussi fou qu'un lièvre de Mars[1] ! Et, pour couronner le tout, la chaleur de cette journée est étouffante. »

– Sérieusement, Jem, ça n'a rien d'un coup de théâtre. Mais je reconnais que ça fait quand même un choc.

Personne ne chercha à participer à la conversation. Dick s'entendait bien avec ses clients et Jem Thistlethwaite avait depuis longtemps la réputation de compter parmi les intellectuels les plus excentriques de Bristol. Les clients étaient plutôt satisfaits de l'écouter tout en continuant à s'imbiber de leur alcool favori : rhum, gin, bière ou « lait de Bristol » (un xérès très apprécié des femmes).

Les deux épouses Morgan, qui travaillaient également à l'auberge, ramassaient les pichets vides pour les rapporter à Dick afin qu'il les remplisse et ajoute de nouvelles barres sur l'ardoise. L'heure du dîner approchait. L'odeur du pain frais que Peg Morgan venait d'apporter de chez Jenkins, le boulanger, l'emportait, à marée basse, sur les odeurs des tavernes proches des quais. Presque tous, hommes, femmes et enfants, souhaitaient rester pour profiter de ce bon pain accompagné d'un peu de beurre, d'un

1. Référence au lièvre fou d'*Alice au pays des merveilles*.

gros morceau de fromage du Somerset, d'une assiette de bœuf et de pommes de terre nageant dans une riche sauce.

Dick fixait toujours Richard. Conscient du mépris que lui vouait son père, Richard chercha quelque chose à dire. Il se lança enfin, en cherchant ses mots.

– Espérons qu'aucune autre colonie ne s'alliera aux révoltés du Massachusetts et qu'on saura les avertir à temps que les choses vont trop loin. Pensent-ils réellement que le roi s'abaissera à lire leur lettre ? Et, même s'il le fait, qu'il cédera à leurs exigences ? Ce sont pourtant des Anglais ! Et notre roi est aussi le leur.

– Absurde, Richard, coupa sèchement Mr Thistlethwaite. L'intérêt obsessionnel que tu portes à ton enfant semble brouiller tes facultés de réflexion. Le roi et ses ministres sycophantes semblent déterminés à plonger notre île royale dans le désastre ! Huit mille tonnes de fret maritime destiné à Bristol ont manqué à l'appel en moins d'un an ! Souviens-toi de cette usine de serge à Redcliff contrainte de cesser toute activité et de ses quatre cents malheureux employés condamnés à la misère ! Sans parler de cette filature de Port Wall, qui travaille pour la Georgie et la Caroline ! Pense aux fabricants de pipes, de savon, de bouteilles, aux négociants en rhum ou en sucre… Pour l'amour du ciel, mon ami, essaie de comprendre ! La plupart de nos marchandises transitent par voie maritime, dont une grande part à travers les treize colonies ! Entrer en guerre avec celles-ci serait un suicide commercial !

– Je vois, dit l'aubergiste en jetant un coup d'œil à la feuille de papier, que lord North a proposé une proclamation contre la rébellion armée.

– Nous ne pourrons jamais gagner cette guerre, affirma Mr Thistlethwaite en s'avançant d'un pas mal assuré pour tendre son pichet vide à Mag Morgan.

Richard s'enhardit :

— Allons, Jem ! Nous avons battu les Français après sept ans de guerre. Ne sommes-nous pas la nation la plus puissante et la plus courageuse du monde ? Le roi d'Angleterre ne perd pas ses guerres.

— Parce qu'il n'affronte que des ennemis proches de l'Angleterre, des barbares ou des sauvages vendus par leurs propres gouvernants. Mais les rebelles des treize colonies sont, comme tu le dis fort justement, des Anglais. Ils sont civilisés et avertis de nos méthodes. Ils sont de notre sang.

Jem Thistlethwaite s'appuya contre le comptoir, soupira et frotta la ligne de son gros nez superbement bourgeonnant avant de poursuivre :

— Ils se considèrent comme le sel de la terre, Richard. Exploiter, humilier, mépriser... Des Anglais, oui, mais de fieffés hypocrites. Et ils vivent à mille lieues d'ici – aspect des choses que le roi et ses ministres ont négligé jusqu'ici. Tu crois peut-être que notre flotte gagne toutes ses guerres ? Mais depuis quand avons-nous affronté une armée de terre loin de nos îles ? Et comment pourrions-nous remporter une bataille navale contre un adversaire qui ne possède pas de flotte ? Il faudra bien aller combattre sur terre. Treize territoires différents, à peine reliés. Et un ennemi inapte à s'organiser sur un mode réellement militaire.

— Voici la faille de votre raisonnement, Jem, intervint l'aubergiste en souriant.

Il tendit à Mag un pichet de rhum à l'intention de Thistlethwaite mais s'abstint de noter la consommation sur l'ardoise.

— Nos troupes sont invincibles, reprit-il. Les colons seront incapables de leur résister.

— Je suis d'accord, oui, d'accord ! cria Jem en levant bien haut son pot de rhum gratuit pour porter un toast en l'honneur d'un tenancier pourtant réputé pour se montrer plutôt pingre à l'égard des clients. Les colons ne gagneront probablement aucune bataille. Mais ils n'en ont pas vraiment besoin. Tout ce qui compte, pour eux, c'est de résister. C'est pour leur terre qu'ils luttent, et non pour l'Angleterre.

Il glissa la main dans sa poche gauche dont il tira un gros pistolet qu'il jeta sur la table avec fracas. À cette vue, les clients de la taverne poussèrent des cris de terreur. Richard, son enfant toujours sur les genoux, repoussa le canon si rapidement que personne n'eut le temps de voir son geste. L'arme, comme tout le monde le savait, était chargée. Inconscient du trouble qu'il avait provoqué, Thistlethwaite fouilla dans les profondeurs de sa poche et en extirpa plusieurs feuilles de fin papier. Il les examina l'une après l'autre ; les verres de ses bésicles grossissaient ses yeux d'un bleu pâle injecté de sang, ses cheveux noirs et bouclés s'échappaient du ruban avec lequel il les avait négligemment noués sur la nuque – pas de perruque ni de catogan à la mode pour Mr James Thistlethwaite.

– Ah, le voici ! s'exclama-t-il enfin en brandissant l'une des pages d'un quotidien londonien. Mesdames et messieurs du Cooper's Arms, voilà sept mois et demi de cela, une grande controverse opposa les membres de la Chambre des lords. Ce fut à cette occasion que le grand William Pitt, comte de Chatham, prononça ce que l'on considéra par la suite comme son plus grand discours. Ce ne sont pourtant pas les paroles de Chatham qui m'impressionnèrent le plus mais celles du duc de Richmond. Je cite : « Vous pouvez semer le feu et la désolation mais cela ne signifiera pas que vous gouvernerez ! » Comme c'est vrai… si parfaitement vrai ! Et voilà maintenant le passage qui, à mes yeux, compte parmi les plus grands morceaux de vérité philosophique, même si les lords l'ont accueilli avec mépris : « Aucun peuple ne se soumettra jamais à une forme quelconque de gouvernement qu'il refuse. »

Il balaya l'assistance du regard en hochant la tête.

– Voilà pourquoi je déclare que toutes les batailles que nous remporterons n'auront que peu d'effet sur la conclusion de cette guerre. Si les colons résistent, ils gagneront forcément.

Il cligna des yeux tout en repliant la feuille de papier avant de la glisser dans sa poche. Puis il fourra le gros pistolet par-dessus.

– Ton problème, Richard, c'est que tu en sais bien trop long sur les armes. L'enfant ne courait aucun danger, pas plus qu'aucun autre client de cette taverne. (Un grondement montant du fond de sa gorge enfla sa voix et vibra à travers ses lèvres pincées.) Toute ma vie, j'ai vécu dans ce cloaque que l'on appelle Bristol et j'ai cherché à en rompre la monotonie en faisant de cette plaie de l'humanité que sont les tories un objet constant de pamphlets, que cela concerne les quakers ou les shakers[1]. Si les colons résistent, ils gagneront, répéta-t-il. N'importe quel habitant de Bristol connaît au moins un millier de colons ; ils vont et viennent ici comme des chauves-souris au coucher du soleil. C'est la fin de l'Empire, Dick ! C'est notre premier râle d'agonie, à nous, les Anglais. Croyez-moi, je connais les colons et, si je vous dis qu'ils gagneront, ils gagneront.

Une étrange et inquiétante rumeur se fit entendre au dehors, comme l'écho de nombreuses voix en colère. Les

1. Les tories, conservateurs, et les whigs, libéraux, se disputaient depuis longtemps le pouvoir politique. La secte des quakers – littéralement « trembleurs » parce qu'ils craignent Dieu – naquit au début du XVIIe siècle. Ce fut Anne Lee qui, en 1747, fonda la secte des shakers, ou « secoueurs », car ils pratiquaient des danses rituelles particulièrement mouvementées. Ils émigrèrent la même année en Amérique. *(N.d.T.)*

ombres déformées des passants qui flottaient sans hâte de l'autre côté de la fenêtre se transformèrent soudain en formes confuses courant en tous sens.

– Des émeutiers !

Richard bondit de sa chaise tout en tendant le petit à sa femme.

– Peg, cours au premier étage avec William Henry ! Maman, va avec eux !

Il jeta un coup d'œil en direction de Mr Thistlethwaite :

– Jem, vous comptez vous servir de vos deux pistolets ou acceptez-vous de m'en prêter un ?

– Ne t'en mêle pas !

Dick jaillit de derrière le comptoir et vint se poster au côté de Richard. Grand et musclé, il était d'une constitution semblable à celle de son fils.

– Ici, dans ce coin de Broad Street, on n'a jamais vu d'émeutiers, même quand les mineurs sont descendus de Kingswood pour enlever le vieux Brickdale. Pas davantage quand les marins viennent se livrer au saccage. Quoi qu'il arrive dehors, ce n'est pas une émeute… N'empêche, j'ai bien envie d'aller voir ce qui se trame là dehors, conclut-il en se dirigeant vers la porte.

Il disparut dans le tourbillon de la foule. Les clients du Cooper's Arms lui emboîtèrent le pas, y compris Richard et Jem Thistlethwaite, ses pistolets toujours enfouis au creux de ses poches.

Des gens couraient un peu partout dans la rue, d'autres tendaient le cou depuis les fenêtres des étages. On ne pouvait plus apercevoir un seul des pavés de la rue ni des tout nouveaux trottoirs qui bordaient chacun des côtés de Broad Street. Les trois hommes se frayèrent un passage dans la ruée et se trouvèrent entraînés vers le carrefour des rues Wine et Corn. Non, il ne s'agissait pas d'une émeute mais d'un rassemblement spontané de citoyens, courant par centaines dans la rue sans femmes ni enfants et, manifestement, fort en colère.

De l'autre côté de Broad Street et plus près des commerces situés autour de l'hôtel de ville et de la Bourse, se trouvait l'auberge du White Lion, quartier général de la Steadfast Society. C'était le lieu de rencontre du parti tory, source de tous les soutiens envers Sa Majesté britannique le roi George III, auquel ses membres étaient dévoués jusqu'à la mort. Mais le véritable centre du désordre était l'American Coffee House voisin dont le drapeau rayé rouge et blanc était devenu l'emblème des colons révoltés.

– Je crois bien, déclara Dick en se hissant vainement sur la pointe des pieds, que nous ferions mieux de retourner au Cooper's Arms et de regarder ce qui se passe depuis les fenêtres.

Ils rebroussèrent chemin et grimpèrent l'escalier délabré qui, au bout du comptoir, conduisait aux fenêtres à croisées, en surplomb de Broad Street. Dans une chambre à l'arrière, le petit William Henry pleurait tandis que sa mère et sa grand-mère, penchées au-dessus du berceau, gazouillaient des petits mots dans l'espoir de l'apaiser. Le remue-ménage, en bas, ne les concernait nullement tant que le petit garçon souffrirait autant. Richard, pas davantage intéressé par le brouhaha de la rue, les rejoignit.

– Richard, ton fils ne va pas mourir au cours des prochaines minutes ! jeta Dick depuis l'autre pièce. Allons, viens regarder, bon sang !

Richard obéit à contrecœur et se pencha par la fenêtre. Il eut un hoquet de surprise.

– Des Yankees, père ! Seigneur, qu'est-ce qu'ils font à ces… *choses* ?

Le mot « choses » s'appliquait en l'occurrence à deux effigies de chiffons bourrées de paille, enduites de poix encore fumante et recouvertes de plumes.

– Ohé ! brailla Jem Thistlethwaite qui venait de repérer un visage familier surmontant un corps tout aussi familier et drapé dans un costume coûteux, le tout perché sur une charrette à bras chargée de lourdes barriques. Mr Harford ! Que se passe-t-il ?

– La Steadfast Society raconte qu'elle a pendu John Hancock et John Adams ! lui cria le riche quaker.

– Quoi ? Le général Gage aurait donc refusé de leur accorder sa grâce, malgré la bataille de Concord[1] ?

– Je n'en sais rien, Mr Thistlethwaite.

Terrifié à l'idée de devenir à son tour la victime d'un pamphlet mordant, Joseph Harford dégringola promptement de son poste d'observation et se fondit dans la foule.

– Quel hypocrite ! souffla Thistlethwaite.

– Samuel Adams, pas John Adams, dit Richard, son intérêt cette fois un peu plus éveillé. Il s'agit sûrement de Samuel Adams.

– Si les riches marchands de Boston sont ceux que la Steadfast Society veut pendre, il doit en effet s'agir de Samuel. Mais John est celui qui écrit et parle davantage, déclara Thistlethwaite.

Dans une ville telle que Bristol, ouverte sur le commerce maritime, la production de deux cordes efficacement nouées en un nœud de pendu ne présentait aucune difficulté. Elles apparurent comme par magie et les effigies emplumées furent hissées par le cou à l'enseigne de l'American Coffee House avant de se balancer mollement dans le vide. La fureur s'éteignit et la foule des membres de la Steadfast Society disparut derrière les accueillantes portes « bleu tory » de l'auberge du White Lion.

1. Le 19 avril 1775, non loin de Boston, les troupes anglaises essuyèrent une cuisante défaite contre les colons. Elles perdirent près de 300 hommes et les Américains 90. *(N.d.T.)*

— Ces salopards de tories ! gronda Thistlethwaite en descendant l'escalier, un odorant pichet de rhum occupant toutes ses pensées.

— Dehors, Jem ! dit l'aubergiste tout en verrouillant la porte en attendant que la rue retourne au calme.

Richard n'avait pas suivi son père en bas, même si le devoir aurait dû l'y contraindre. Son nom se trouvait à présent associé à celui de Dick dans les registres officiels de la municipalité. Richard Morgan, débitant de boissons, avait payé sa patente, devenant ainsi officiellement un citoyen à part entière, pourvu du droit de vote. La ville de Bristol représentait à elle seule un comté distinct du Gloucestershire et du Somersetshire voisins, et comptait géographiquement comme la deuxième plus grande cité d'Angleterre, du pays de Galles, d'Écosse et d'Irlande. Sur les 50000 âmes entassées dans son enceinte, seules 7000 étaient des hommes libres bénéficiant du droit de vote.

William Henry avait cessé de pleurer pour sombrer dans un sommeil agité.

— Le vaccin commence-t-il à agir ? demanda Richard à sa femme en se penchant sur le berceau.

— Oui, mon chéri.

Les doux yeux bruns de Peg s'emplirent soudain de larmes et ses lèvres se mirent à trembler.

— Il va falloir prier, Richard, pour que notre enfant n'ait pas contracté la variole. Il semble ne pas avoir autant de fièvre que Mary. (Elle administra une petite tape affectueuse à son mari.) Allez, va donc faire un tour. Tu peux prier et marcher en même temps. Sors d'ici ! Je t'en prie, Richard… Si tu restes, père se mettra en colère.

Une léthargie étrange s'était abattue sur Broad Street, conséquence de la panique qui venait de balayer la ville en quelques minutes, comme chaque fois que l'on craignait des émeutes. Richard passa devant l'American Coffee House et s'arrêta quelques instants pour contempler les effigies de John Hancock et de John/Samuel Adams oscillant sous le vent. Il pouvait entendre les rires et les discussions agitées dans les rangs de la Steadfast Society dînant au White Lion.

Il esquissa un sourire méprisant. Les Morgan étaient des whigs convaincus et leurs votes avaient contribué au succès d'Edmund Burke et de Henry Cruger aux élections de l'année précédente. Quel cirque cela avait été ! Et combien lord Clare avait été mortifié de n'obtenir qu'une malheureuse voix !

À grands pas, Richard arpenta Corn Street et passa devant le Bush Inn, magnifique taverne appartenant à John Weeks et quartier général de l'Union Club des whigs, puis, se dirigeant vers le nord, il emprunta Small Street et se retrouva sur les quais, à l'entrée de Stone Bridge. La vue qui s'offrait à son regard était stupéfiante. On aurait dit qu'une très grande avenue était envahie de bateaux dressant leurs gréements squelettiques : mâts, vergues, étais et haubans surplombant les massives panses des coques en bois de chêne. On ne pouvait même plus apercevoir le fleuve Froom, tant étaient nombreux les bateaux qui attendaient patiemment que s'achèvent les vingt semaines de roulement réglementaire avant de reprendre la mer.

La marée était au plus bas et recommençait à monter à une allure stupéfiante : le niveau du Froom et de l'Avon montait de trente pieds[1] en près de six heures et demie avant de redescendre. À marée basse, les bateaux se retrouvaient enlisés dans une vase fétide, ce qui les faisait pencher abruptement sur leur travers. Mais, dès que le flux remontait, ils se remettaient à flotter. Bien des quilles

1. Un pied = 30,5 cm. *(N.d.T.)*

avaient été rongées ou gauchies à force d'avoir été couchées dans la boue de Bristol.

Après une réaction instinctive d'admiration devant cette longue avenue de bateaux, les pensées de Richard retournèrent vers leur obsession favorite ; « Seigneur, écoutez ma prière ! Gardez mon fils en vie. Ne l'enlevez ni à sa mère ni à moi-même… »

Il n'était pas l'unique fils de son père. Son frère, William, scieur de son état, possédait sa propre affaire à St Philip, sur les rives de l'Avon, près de Cuckold's Pill, et des verreries. Il avait également trois sœurs, toutes convenablement mariées à des citoyens libres. On trouvait des Morgan dans plusieurs quartiers de la ville, mais les Morgan du clan de Richard – probablement émigrés du pays de Galles depuis longtemps – habitaient là depuis d'assez nombreuses générations pour avoir mérité un meilleur statut. Ainsi, des notables comme James l'Apothicaire dirigeaient des affaires de belle envergure, appartenaient à la Ligue des armateurs ainsi qu'à la Corporation des marchands, et distribuaient des legs généreux aux maisons de charité, espérant un jour devenir maires.

Le père de Richard, néanmoins, n'était pas un notable. Mais il ne faisait pas davantage honte au clan. Après quelques années à l'école primaire, il avait travaillé comme apprenti dans un débit de boissons puis, devenu homme libre ayant affranchi sa patente, il n'eut plus qu'une idée en tête : tenir sa propre taverne. Un mariage socialement acceptable fut arrangé pour lui. Margaret Biggs venait d'une honorable ferme près de Bedminster et possédait en outre le privilège de pouvoir lire, même si elle ne savait pas écrire. Les enfants – ce fut d'abord une fille – naquirent à intervalles trop rapides pour lui rendre intolérable le chagrin d'en perdre parfois un. Lorsque Dick apprit à pratiquer le retrait, le total de sa progéniture se limita à deux garçons et trois filles. Une bonne nichée, somme toute, assez restreinte pour qu'il pût pourvoir à ses besoins. Dick espérait avoir un fils instruit et plaça ses espoirs en Richard lorsqu'il devint manifeste que William, de deux ans son cadet, n'avait aucun goût pour l'étude.

Lorsque Richard atteignit ses sept ans, il entra à l'école de garçons de Colston et reçut le fameux manteau bleu, signe, pour les habitants de Bristol, que son père était un fidèle de l'Église d'Angleterre, pauvre mais respectable. Durant les cinq années suivantes, on lui martela à grands coups dans le crâne les rudiments de l'écriture, de la lecture et du calcul. Il apprit à écrire proprement une lettre, à procéder à une addition, à déchiffrer laborieusement *La Guerre des Gaules* de Jules César, les *Discours* de Cicéron ou les *Métamorphoses* d'Ovide, aiguillonné en cela par de cinglants coups de canne ou par les critiques mordantes du maître. Comme il se révéla un élève acceptable – même si l'on ne pouvait guère le qualifier de brillant – et manifesta de l'intérêt pour ses études, il survécut aux années passées dans l'institution philanthropique de Mr Colston et en sortit enrichi.

Lorsqu'il atteignit douze ans, le temps arriva enfin de quitter la maison et d'apprendre un métier. À la surprise de ses proches, il choisit une direction qu'aucun Morgan n'avait empruntée jusque-là. Il comptait parmi ses principaux atouts un grand talent pour les choses mécaniques et pour assembler les pièces d'un puzzle. De plus, il se montrait remarquablement patient pour son jeune âge. Selon son désir, il fut alors placé comme apprenti chez le *senhor* Tomas Habitas, armurier.

Ce fut un choix qui, secrètement, plut à son père, lequel appréciait l'idée de voir sortir du clan Morgan un artisan au lieu d'un commerçant. Par ailleurs, on faisait la guerre un peu partout et les armes en étaient partie intégrante. Un homme capable de les fabriquer ou de les réparer était destiné à devenir autre chose que de la chair à canon sur un champ de bataille.

Pour Richard, les sept années de son apprentissage furent un vrai plaisir, même si l'on ne pouvait guère en dire autant du confort matériel. Comme tous les apprentis, il ne recevait aucun salaire et vivait dans la maison de son maître, le servant à table, se contentant des restes et dormant à même le sol. Heureusement, le *senhor* Tomas Habitas était un maître bienveillant et, de surcroît, un armurier exceptionnel. Il pouvait fabriquer de splendides pistolets ainsi que des fusils de chasse, mais il se montrait assez intelligent pour comprendre que, pour réussir dans ces domaines, il fallait être un Manton – ce qui signifiait ne pas habiter ailleurs qu'à Londres. Aussi choisit-il de fabriquer des mousquets militaires que tout soldat ou marin appelait affectueusement un « Brown Bess », une arme longue de quarante-six pouces[1] et dont le bois et le canon étaient d'un beau brun aussi foncé qu'une noisette.

À dix-neuf ans, Richard reçut son brevet de qualification et quitta la maison d'Habitas, mais pas son atelier. Il y poursuivit son activité en tant que maître-artisan et fabriqua des Brown Bess. Puis il se maria, ce qu'il n'avait pas eu le droit de faire plus tôt, tant qu'il était encore apprenti. Sa femme était la fille du frère de sa mère et, par là même, une cousine germaine. Mais l'Église d'Angleterre n'interdisait pas cette sorte d'union et Richard conduisit sa jeune fiancée à l'autel de St James grâce aux bons offices du cousin James le Clergyman. Quoique arrangée, cette union fut un mariage d'amour et, au fil des années, le jeune

1. Un pouce = 2,5 cm. *(N.d.T.)*

couple devint de plus en plus soudé. Ce qui ne manqua pas d'apporter quelques complications de nomenclature puisque Richard Morgan, fils de Richard Morgan et de Margaret Biggs, avait pris pour épouse une autre Margaret Biggs.

Pendant que les Habitas prospéraient dans le métier de l'armurerie, le jeune couple s'installa dans un deux pièces loué à Temple Street, de l'autre côté de l'Avon, tout près de l'atelier des Habitas et de la synagogue.

Le mariage eut lieu en 1767, trois ans après la guerre de Sept Ans. Cette guerre contre la France s'était achevée par un traité de paix impopulaire. Lourdement endettée malgré sa victoire, l'Angleterre dut accroître ses ressources à l'aide de nouveaux impôts et en diminuant le budget de l'armée et de la flotte par des coupes sombres. Les fusils n'étaient plus nécessaires. Aussi, l'un après l'autre, les artisans de Habitas et leurs apprentis disparurent, jusqu'à ce que l'affaire ne soit plus tenue que par Richard et le *senhor* Tomas Habitas. Puis, après la naissance de la petite Mary en 1770, Habitas dut se décider, bien à contrecœur, à laisser Richard s'en aller.

— Viens donc travailler avec moi, avait proposé Dick avec bienveillance. Le marché des fusils peut connaître des hauts et des bas mais le rhum, lui, est toujours une denrée éternelle.

Ce qui convenait fort bien à Richard, malgré l'inévitable problème des homonymies. La mère de Richard avait toujours été appelée « Mag » et sa femme « Peg » – deux diminutifs pour Margaret. Le vrai casse-tête était que, sauf pour ces drôles de protestants dissidents qui baptisaient leur progéniture mâle en l'affublant de noms tels que « Cranfield » ou « Onesiphorus », presque tous les hommes du pays s'appelaient John, William, Henry, Richard, James ou Thomas, et presque toutes les femmes

Ann, Catherine, Margaret, Elizabeth ou Mary. Cette coutume concernait aussi bien les classes supérieures que les plus basses couches de la société.

Peg, la délicieusement douce et dévouée Peg, eut bien du mal à tomber enceinte. Mary correspondait à sa première grossesse, presque trois ans après son mariage, et ce n'était pas faute de l'avoir désirée. Bien entendu, les parents auraient préféré un garçon et ils furent déçus de se retrouver à chercher un prénom de fille. Richard eut un coup de cœur pour Mary, prénom peu courant dans le clan et qui, de surcroît (c'est du moins ce que son père lui déclara), avait un petit arrière-goût catholique. Mais peu lui importait. Dès qu'il prit le nouveau-né dans ses bras et posa sur sa fille un regard plein d'une adoration timide, Richard Morgan découvrit au fond de lui un océan d'amour encore inexploré. Sans doute grâce à une bonne dose de patience, il avait toujours su s'entendre avec les enfants mais il n'était pas préparé à l'émotion qui s'empara de lui pendant qu'il tenait sa petite Mary – le sang de son sang, la chair de sa chair.

À présent qu'il avait un enfant, ses nouvelles fonctions de tenancier lui plaisaient infiniment plus que le métier d'armurier. Une auberge gérée en famille, où il pouvait constamment se trouver auprès de sa fille, la voir dans les bras de sa mère, et contempler ce miracle quotidien : les seins magnifiques de Peg servant de coussins au bébé tandis que la petite bouche avide tétait le lait. Un lait que Peg donnait sans compter, terrifiée à l'idée d'avoir un jour à sevrer son enfant pour la laisser boire de la petite bière. Un enfant de Bristol ne buvait jamais d'eau, pas plus qu'un gosse de Londres ! Il n'y avait rien de bien toxique dans la petite bière mais cela n'en demeurait pas moins une boisson dangereuse. « Ces gosses en consomment bien trop tôt, ça fait de la graine d'ivrogne », avait coutume de répéter Peg, en bonne fille de fermier (imitée en cela par Mag). Peu enclin à adhérer aux opinions des femmes de la maison, Dick Morgan, fort de ses quarante ans de taverne, réprouvait haut et fort ce genre d'argument. La petite Mary atteignit ses deux ans avant que Peg commence enfin à la sevrer.

Ils tenaient le Bell, à l'époque, la première taverne que Dick eût possédée en titre. L'établissement ouvrait sur Bell Lane et appartenait à un tortueux ensemble de vieux immeubles délabrés, d'entrepôts et de salles souterraines, le tout géré par le cousin James l'Apothicaire, qui partageait le secteur sud avec les locaux vétustes de la firme américaine Lewsley & Co, spécialisée dans le commerce de la laine. Par ailleurs, le cousin James tenait une splendide boutique de vente au détail sur Corn Street. Cependant il gagnait le plus gros de ses revenus en fabriquant et en exportant des médicaments et des composés chimiques – des corrosifs sublimés de mercure (utilisés contre les chancres syphilitiques) au laudanum ou autres opiacés.

Quand la licence du Cooper's Arms fut mise en vente, à l'angle de Broad Street, l'année précédente, Dick Morgan sauta sur l'occasion. Une taverne sur Broad Street ! Même après avoir payé un loyer annuel de 21 livres à la municipalité, le propriétaire d'une taverne située sur Broad Street pouvait être assuré d'un profit annuel de 100 livres[1] ! Ce fut un bon choix ; les Morgan ne craignaient pas de travailler dur, Dick Morgan ne diluait jamais son

1. La monnaie était alors divisée en livres, shillings et pence, la guinée étant déjà démodée. Une guinée faisait 21 shillings, une livre 20 shillings et un shilling 12 pence. Un sou représentait un quart de penny. *(N.d.A.)*

gin ou son rhum et la nourriture servie à midi et au souper (vers les six heures du soir) était excellente. Mag préparait avec talent une cuisine simple et savoureuse. Les arrêtés tatillons auxquels devaient se soumettre les taverniers de Bristol depuis l'époque d'Elisabeth Ire – le pain ne devait pas être cuit ni les animaux de consommation abattus sur place – s'avéraient, de l'avis de Dick Morgan, tout à fait sensés. Si un homme payait ses factures en temps voulu, il pouvait toujours obtenir des conditions avantageuses de ses fournisseurs. Même si les affaires restaient dures.

« Seigneur, murmura Richard à la présence invisible, je souhaite que Tu ne Te montres pas trop cruel à notre égard. Car Ta colère s'acharne souvent sur ceux qui ne T'ont pas offensé. Épargne, je T'en supplie, la vie de mon fils… »

Autour de lui, sur les hauteurs comme dans les bas-fonds, la ville de Bristol marinait dans un océan de fumée grise et les flèches de ses innombrables églises demeuraient presque toutes cachées par le brouillard. L'été avait été exceptionnellement chaud et sec et ce mois d'août paraissait n'en jamais finir. Les feuilles des ormes et des tilleuls de College Green, à l'ouest, et de Queen Square, au sud, avaient perdu de leur éclat et semblaient épuisées, comme vidées de leur substance. Des rubans noirs s'échappaient un peu partout des cheminées – les fonderies des quartiers de Friers et de Castle Green, les raffineries des alentours de Lewin's Mead, les fabriques de chocolat de Fry, les hauts-fourneaux des verreries et les contours trapus des fours à chaux. Si le vent ne soufflait pas de l'ouest, cet enfer atmosphérique recevait les odeurs pestilentielles de

Kingswood, un lieu qu'aucun habitant de Bristol ne fréquentait de gaieté de cœur. Là s'étendaient les bassins houillers et les usines métallurgiques qui nourrissaient une population à moitié sauvage, prompte à s'échauffer, rongée par une haine inextinguible envers les gens de Bristol. Pas étonnant si l'on considérait les fumées hideuses et les cloaques misérables de Kingswood.

Richard pénétrait à présent dans la zone maritime : les cales sèches de Tombs, d'autres cales sèches, la puanteur du goudron, les navires en chantier qui ressemblaient aux squelettes de monstrueux animaux. À Canon's Marsh, il prit le chemin de halage à travers le marais plutôt que le sentier détrempé qui serpentait sur la rive de l'Avon. D'un signe de tête, il salua en passant les cordiers qui accomplissaient inexorablement leur tiers de mile de cordage en entortillant les fils de chanvre ou de lin pour les transformer, selon la commande du jour, en câbles, en amarres ou en cordages. Leurs épaules et leurs bras étaient aussi noueux que la corde qu'ils tissaient, leurs mains si durcies qu'elles ne ressentaient plus rien – et sûrement plus la douceur d'une peau de femme.

Après la verrerie solitaire qui se dressait au pied de Back Lane, passé un ensemble de fours à chaux, il atteignit les faubourgs de Clifton. La silhouette massive de Brandon Hill s'élevait au fond et, devant les yeux de Richard, sur la pente abrupte d'une colline boisée dominant l'Avon, se nichait l'endroit dont il rêvait. Clifton, avec son air pur et ses coteaux ondulant sous un vent qui faisait frissonner toutes sortes de fleurs : les cheveux-de-Vénus, les euphraises, la bruyère fleurie de rouge, les violettes, les marjolaines ou encore les géraniums sauvages. Épargnés par les lourdes fumées, les arbres s'épanouissaient et l'on pouvait apercevoir de temps à autre, au détour d'un chemin, de magnifiques propriétés sur les hauteurs, blotties dans leurs parcs : Manilla House, Goldney House, Cornwallis House, Clifton Hill House…

Richard désirait de toutes ses forces vivre à Clifton. Ici, les gens n'étaient pas poitrinaires, ils ne souffraient pas d'angines malignes, de fièvres ou de variole.

Cela était vrai des humbles habitants des cottages et des abris en dur, le long de Hotwells Road, au pied des collines, comme des gens de la haute société qui fainéantaient dans la majesté de leurs palais à colonnades, tout là-haut. Qu'il fût marin, cordier, ouvrier des chantiers navals ou aristocrate se prélassant dans son manoir, l'habitant de Clifton ne tombait pas malade ni ne mourait plus tôt que son heure. Ici, on pouvait espérer garder en vie son enfant.

Mary. La lumière de sa vie. On disait d'elle qu'elle avait les yeux bleus de son père ainsi que ses cheveux noirs et ondulés. De sa mère, elle avait hérité un nez joliment dessiné et, de ses deux parents, une peau au teint sans défaut. Oui, elle avait reçu le meilleur des deux, aimait à répéter Richard en riant, tout en tenant contre sa poitrine la petite créature qui fixait sur lui des yeux – ses yeux – remplis d'adoration. Mary était la perle de son cœur et elle le lui rendait bien. Il ne pouvait se rassasier d'elle et elle ne savait pas se passer de lui. Deux êtres indissolublement liés, comme « englués », disait Dick d'un ton vaguement désapprobateur. Peg, toujours occupée par les tâches domestiques, se contentait de sourire et de laisser faire, se gardant bien de dire à Richard qu'il détournait la part d'affection que la petite aurait dû témoigner à sa mère. Après tout, qu'importe d'où vient l'amour, tant qu'il y a de l'amour. Il n'était pas courant de voir un homme se comporter en père aussi aimant ; la plupart préféraient plutôt administrer des corrections. Richard, lui, n'avait jamais levé la main sur son enfant.

La nouvelle d'une seconde grossesse les avait enchantés. Cela faisait déjà trois ans que Mary était née et ils commençaient à s'inquiéter de ne pas voir arriver un autre bébé.

– Ce sera un garçon, affirma Peg tandis que son ventre s'arrondissait. Je le sais parce que je ne le porte pas comme la première fois.

C'est alors que la variole s'abattit sur la ville. Depuis des lustres, chaque génération avait à vivre avec cette malédiction. Comme pour la peste, le taux de mortalité avait progressivement décru et on n'enregistrait de véritables hécatombes qu'au plus fort de grosses épidémies. Malgré tout, de nombreux habitants portaient encore les stigmates de la maladie et leurs figures étaient grêlées d'innombrables petits cratères – une vraie tare mais, au moins, ils avaient la vie sauve. Le visage de Dick Morgan en portait lui aussi quelques traces. Quant à Mag et Peg, exposées au cow-pox, elles avaient survécu[1]. On disait fréquemment que ce type d'affection était moins dangereux que la petite vérole. Aussi, dès que Richard eut atteint ses cinq ans et qu'une nouvelle épidémie se déclara en ville, Mag l'emmena à la ferme de ses parents, près de Bedminster, et tenta de lui faire traire des vaches, dans l'espoir que l'enfant contracterait cette maladie, qui le vaccinerait contre des atteintes plus graves.

Richard et Peg avaient bien l'intention de répéter cette démarche avec Mary, mais aucun cas de cow-pox ne fut signalé à Bedminster. Avant ses quatre ans, la petite fut soudain terrassée par une terrible fièvre et son petit corps

1. Le médecin anglais Jenner (1749-1823) découvrit que les vaches étaient atteintes d'une forme bénigne de variole, le cow-pox. Il inocula le virus aux humains pour les immuniser, inventant ainsi la première vaccination. *(N.d.T.)*

torturé par la maladie lui arracha nuit et jour quantité de larmes et de gémissements. Elle appelait son père à cor et à cri. Aussitôt, on fit venir à son chevet le cousin James l'Apothicaire qui, selon les Morgan, était sûrement meilleur médecin que tous les charlatans de Bristol qui s'affublaient de ce titre.

Après avoir examiné l'enfant, le visage du droguiste devint grave.

– Si la fièvre tombe après l'apparition des pustules, elle survivra. Il n'y a pas de médecine contre ce mal. Seule la volonté de Dieu est à l'œuvre. Tenez-la bien au chaud et à l'abri de l'air.

Richard aida de son mieux à soigner la fillette. Il se tint nuit et jour au chevet du petit lit qu'il avait fabriqué de ses mains et habilement équipé d'un système de bascule pour qu'il puisse se balancer doucement sans grincer. Le quatrième jour après le début de la fièvre, les pustules apparurent, pâles aréoles avec, en leur centre, ce qui ressemblait à de petites billes de plomb. Visage, jambes, bras, mains et pieds en furent recouverts. Richard parla à sa fille, la berça, serra doucement dans les siennes les petites mains écorchées pendant que Peg et Mag changeaient les draps et lavaient les fesses amaigries de l'enfant, aussi ridées et décharnées que celles d'une vieille femme. Mais la fièvre ne retomba pas et, tandis que les pustules éclataient en d'innombrables cratères, Mary s'éteignit aussi doucement que la flamme d'une chandelle.

Le cousin James le Clergyman était débordé par les enterrements. Mais les Morgan, forts de leurs liens de parenté, purent cependant bénéficier de ses services. Mary, âgée de trois ans, fut donc enterrée selon le cérémonial solennel de l'Église d'Angleterre. Exténuée par une grossesse proche de son terme, Peg s'appuyait lourdement sur sa tante et belle-mère tandis que Richard se tenait un peu en retrait, pleurant à chaudes larmes. Il aimait mieux s'isoler que supporter la moindre compagnie. Son père avait, lui aussi, perdu des enfants – qui, à l'époque, n'avait pas connu pareille tragédie ? Pourtant, il ne comprenait pas un tel chagrin. Il en ressentait même de l'humiliation car une telle démonstration de désespoir lui paraissait bien peu virile. Mais Richard ne se préoccupait nullement de ce que pensait son père. Il ne s'aperçut même pas de sa réaction. Sa Mary chérie était morte et il aurait voulu périr à sa place au lieu d'être là, bien vivant, dans ce monde à jamais privé d'elle. Dieu ne s'était pas montré clément. Dieu ne témoignait jamais ni bonté ni pitié. Dieu était un monstre, plus méchant que le diable, qui, lui au moins, ne prétendait posséder aucune vertu.

« Heureusement, pensaient Mag et Dick Morgan, que Peg était sur le point de donner le jour à un nouvel enfant. Le seul remède, pour Richard, serait d'avoir un nouveau bébé à aimer. »

– Et si, au contraire, il le prenait en grippe ? suggéra Mag avec angoisse.

– Pas Richard ! rétorqua Dick avec mépris. Il est d'un caractère bien trop doux.

Dick ne se trompait pas. Pour la seconde fois, Richard Morgan s'immergea dans un océan d'amour, un océan dont, grâce à Mary, il connaissait déjà la profondeur, le pouvoir et les éternels serments. Avec ce nouvel enfant, il fit le vœu de ne pas lutter contre le destin, de se laisser porter par le courant. Un souhait qui ne dura pas longtemps car, dès que Richard posa son regard sur le visage de son fils, le temps parut s'arrêter pendant que triomphait la vie toute neuve chez ce petit être débarqué sur cette triste terre. Le sang de son sang, la chair de sa chair.

Comme il ne convenait pas qu'une femme choisisse elle-même le prénom de ses enfants, cette tâche incomba à Richard.

— Appelle-le Richard, proposa Dick. C'est une tradition familiale.

— Ah non ! Nous sommes déjà deux à nous appeler de la sorte. Avec un Dick et un Richard sous le même toit, il faudrait que le petit se fasse surnommer Rich !

— Et pourquoi pas Louis ? suggéra paisiblement Peg.

— Un nom de papiste ? Pas question ! tonna Dick. Ça sonne bien trop français !

— Je veux l'appeler William Henry, déclara Richard.

— Ça me va, répondit Dick. Nous le surnommerons Bill, comme son oncle.

— Non, père, pas Bill. Ni Will. Ni Billy, Willy ou même William. Son nom est William Henry et c'est ainsi que tout le monde l'appellera, trancha Richard avec une telle détermination que le débat fut instantanément clos.

Pour finir, cette décision arrangea tout le monde. Quelqu'un portant le nom de William Henry devait être né pour devenir un grand homme.

Richard entérina sa décision le jour où il présenta son fils à Mr James Thistlethwaite. Ce dernier soupira avec mépris :

— Eh bien, voilà un nom digne de lord Clare ! J'imagine que tu n'es pas sans connaître son histoire : il a débuté dans la vie comme maître d'école avant d'épouser successivement trois veuves, grasses et laides mais fabuleusement riches. Il fut… hum… suffisamment « chanceux » pour hériter rapidement de cette manne financière. Après quoi, il devint député de Bristol et rencontra le prince de Galles. De son vrai nom Robert Nugent, il se vautrait dans l'opulence, ce qui l'amena à prêter avec prodigalité à ce bon gros Georgie, notre prince héritier. Nugent, en bon singe, ne réclama ni intérêts ni remboursement de la dette jusqu'à ce que le roi lui-même ne puisse plus faire semblant de l'ignorer. Alors ce roturier de Robert Nugent connut son apothéose en se voyant nommé « vicomte Clare ». Voilà même, maintenant, qu'une rue de Bristol porte son nom. Il finira comte car, selon mes informateurs, sa fortune continue d'alimenter les goûts dispendieux du prince à un rythme accéléré. Tu dois admettre, mon cher Richard, que ce misérable maître d'école ne s'en est pas mal sorti.

— En effet, convint Richard sans s'offenser de cette tirade sarcastique.

À quoi il ajouta, après une pause :

— Je préférerais cependant que mon William Henry gagne sa pairie en devenant premier lord de l'Amirauté. Les généraux sont toujours des gentilshommes parce que les officiers de troupe doivent acheter leurs promotions alors que les amiraux peuvent grimper les échelons grâce à leur part de butin.

— Voilà qui est parlé comme un vrai Bristolien ! Les bateaux ne sont jamais absents des pensées d'un Bristolien. Cependant, Richard, tu ne connais des bateaux que ce que tu en aperçois depuis les quais des docks.

Mr Thistlethwaite avala une gorgée de rhum et attendit avec une délicieuse impatience que l'alcool s'épanche dans son estomac en une chaude et grisante étreinte.

— Regarder les bateaux, dit Richard, sa joue tout contre le petit William Henry, c'est déjà bien assez pour moi.

— N'as-tu jamais envie de connaître d'autres horizons ? Pas même Londres ?

— Non. Je suis né à Bristol et j'y mourrai. Bath et Bedminster sont déjà assez éloignés pour moi.

Il tendit le bébé à bout de bras pour plonger ses yeux dans les siens. Le regard de l'enfant était déjà étonnamment calme.

— Eh, William Henry, qu'en penses-tu ? Peut-être que ce sera toi, pour finir, le voyageur de la famille ?

Vaine spéculation. Car, en ce qui concernait Richard, le seul fait que William Henry existât était déjà amplement suffisant.

L'anxiété, toutefois, était omniprésente, chez Peg comme chez Richard. Tous deux s'affolaient dès qu'ils notaient le plus imperceptible changement dans le comportement de William Henry. Ses selles n'étaient-elles pas trop liquides ? Son front trop chaud ? Ne semblait-il pas un peu en retard pour son âge ? Toutes ces angoisses pesèrent peu sur la vie de l'enfant durant ses six premiers mois et les grands-parents s'inquiétaient de ce qui se passerait ensuite, lorsqu'il apprendrait à découvrir le monde, à ramper, à parler… et à penser ! Ces deux-là allaient détruire leur fils ! Il fallait les voir boire littéralement les paroles de James l'Apothicaire lorsqu'il dissertait sur des sujets qui n'intéressaient généralement que peu de Bristoliens ou même d'Anglais. Comme l'état des égouts, la putridité du Froom et de l'Avon, les vapeurs pestilentielles qui flottaient sur la ville, aussi néfastes en été qu'en hiver. Une remarque du cousin à propos de la fosse d'aisances de Broad Street eut pour effet de jeter Peg à genoux dans le petit cabinet sous l'escalier, armée de torchons, d'une brosse, d'un seau et d'huile de goudron pour frotter énergiquement le vieux trône de pierre et le plancher avant de le rincer à grande eau. Après quoi Richard se rendit à l'hôtel de ville et fit tant de tapage auprès de ces fainéants de la municipalité que des employés accoururent en grand nombre pour purger la fosse d'aisances, la rincer plusieurs fois et jeter le produit de cette fébrile activité dans le Froom à Key Head, juste à côté de la halle aux poissons.

Lorsque William Henry eut atteint ses six mois et qu'il commença à se transformer, ses grands-parents découvrirent qu'il était de ces enfants à qui rien ne semblait pouvoir arriver. Sa nature était si douce, et sa petite âme si humble qu'il acceptait l'attention qu'on lui prodiguait avec reconnaissance sans pour autant se plaindre si on la lui refusait. Il pleurait parfois lorsqu'il souffrait ou après que quelque client ivrogne l'eut effrayé. Et pourtant Mr Thistlethwaite – de loin le plus redouté des habitués du Cooper's Arms – ne lui faisait aucunement peur, même lorsqu'il se mettait à rugir d'une voix forte ses imprécations coutumières. Par nature, c'était un enfant porté au calme et à de profonds silences méditatifs. Prompt à sourire, il riait rarement, sans pour autant sembler triste ou maussade.

— Selon moi, cet enfant est fait pour devenir moine, déclara Mr Thistlethwaite. Vous nourrissez un futur catholique dans votre sein, c'est moi qui vous le dis !

Cinq jours plus tôt, une rumeur avait commencé à circuler, comme un frémissement, au Cooper's Arms : quelques cas de variole étaient apparus en ville, mais trop dispersés pour déclencher une quarantaine – seul remède connu contre la maladie.

À cette nouvelle, les yeux de Peg semblèrent lui sortir de la tête.

— Oh, Richard, non ! Pas encore !

— Cette fois, nous ferons vacciner le petit William Henry, décréta fermement Richard.

Il adressa un courrier au cousin James l'Apothicaire.

Ce dernier tomba des nues lorsqu'il apprit ce que l'on attendait de lui.

— Seigneur, Richard, non ! Le vaccin est réservé à des patients plus âgés ! Je n'ai jamais entendu dire qu'un bébé à peine sorti de ses couches l'ait reçu ! Cela le tuera ! Tu ferais mieux de l'envoyer à la ferme de tes beaux-parents ou de le garder bien à l'abri de la contagion. Et, quel que soit ton choix, de prier.

— Il faut lui inoculer le vaccin, cousin James. Il le faut.

— Richard, il n'en est pas question !

James l'Apothicaire se tourna vers Dick, qui écoutait la conversation d'un air sombre.

— Dick, dis quelque chose ! Réagis ! Je t'en supplie !

Pour une fois, ce dernier se rangea au côté de son fils.

— Jim, aucune de ces solutions ne fonctionnera. Emmener William Henry hors de Bristol signifie emprunter un cheval de louage. Qui pourra bien dire qui se sera assis dessus juste avant lui ? Et qui empruntera le bac de Rownham Meads ? Ou comment nous pourrions isoler quiconque viendra fréquenter cette taverne ? Nous ne sommes pas chez les honorables messieurs de St James. Ici, toutes sortes de gens franchissent ma porte. Non, Jim, la seule solution, c'est l'inoculation.

— Que cela vous retombe sur la tête ! cria le cousin James l'Apothicaire en s'éloignant d'un pas titubant.

Malgré cela, il se mit aussitôt en quête d'un ami médecin capable de lui indiquer où trouver une victime de la variole ayant déjà atteint le stade critique de la maladie, lorsque les pustules éclataient et que le pus se mettait à couler. Cela ne s'avéra pas, tout compte fait, une tâche particulièrement ardue puisque la maladie gagnait du terrain un peu partout. La plupart de ses victimes n'avaient même pas quinze ans.

— Priez pour moi, dit James l'Apothicaire au médecin tout en appliquant une aiguille à repriser sur la pustule d'une fillette agonisante. Pauvre petite ! Elle avait un si joli visage ! Si elle survivait, elle serait à jamais défigurée.

Il se releva.

— Oui, répéta-t-il d'une voix blanche, priez pour moi. Priez pour que ce ne soit pas un meurtre que je vais commettre là.

Il posa l'aiguille trempée de pus sur un lit de chiffon qui tapissait une petite boîte métallique et se dirigea à la hâte vers le Cooper's Arms, non loin de là. Il installa le petit William Henry à demi dévêtu sur ses genoux, prit l'aiguille dans la boîte et se demanda où il allait bien pouvoir la planter. Et il fallait, en plus, qu'il agisse en public, au beau milieu des habitués de la taverne : Mr Thistlethwaite se curant les dents d'un air absent, et tout le clan Morgan en cercle autour de lui, comme pour l'empêcher de se sauver si jamais l'envie lui en prenait.

Tout se passa en quelques secondes. Il pinça le bras de William Henry un peu en dessous de l'épaule gauche, fit pénétrer l'aiguille dans la chair et la ressortit deux centimètres plus loin.

William Henry ne bougea pas, ne pleura pas. Il tourna ses grands yeux extraordinairement lumineux vers le cousin James, dont le visage ruisselait de sueur, et le regarda longuement comme pour lui dire : « Pourquoi m'as-tu fait cela ? J'ai mal ! »

« Oh pourquoi, oui, pourquoi ? se demanda le cousin James. Je n'ai jamais vu de tels yeux. Ni chez un animal, ni chez un être humain ! Quel enfant étrange ! »

Alors il couvrit l'enfant de baisers, remit l'aiguille dans sa petite boîte pour la jeter plus tard dans son fourneau et rendit le petit à son père.

— Voilà. C'est fait. À présent, il ne reste plus qu'à prier. Oh, pas pour William Henry, mais pour mon âme, pour ne pas l'avoir tué. Avez-vous du vinaigre et un peu d'huile de goudron ? Je voudrais me laver les mains.

Mag apporta une jarre de vinaigre, une bouteille d'huile de goudron, une cuvette d'étain et un linge propre.

— Rien ne se produira avant trois ou quatre jours, annonça le cousin James. Mais dès que la maladie apparaîtra, il aura de la fièvre. Si tout va bien, elle ne prendra pas une forme maligne. Après quoi, l'inoculation produira une pustule qui éclatera. En principe, et si Dieu le veut, il n'y en aura qu'une. Mais je ne peux rien garantir et je vous rappelle que je n'ai jamais demandé à faire ce travail.

– Tu es le meilleur des hommes de Bristol, cousin James, lança gaiement Mr Thistlethwaite.

L'apothicaire se dirigea vers la porte avant de s'immobiliser sur le seuil.

– Je ne suis pas votre cousin, Jem Thistlethwaite, et je vous rappelle que nous n'avons aucun lien de parenté ! D'ailleurs, vous n'avez pas de famille. Pas même une mère, ajouta-t-il d'une voix glaciale avant de réajuster sa perruque sur sa tête et de quitter les lieux.

Dick éclata de rire.

– Il ne vous l'a pas envoyé dire, Jem !

– C'est ma foi vrai, admit Thistlethwaite en souriant, sans pour autant perdre contenance.

Il se tourna vers Richard.

– Ne t'en fais pas pour ton fils, lui dit-il. Dieu Lui-même n'oserait pas offenser le cousin James !

Après avoir marché bien plus longtemps qu'il n'avait prié, Richard retourna au Cooper's Arms à temps pour aider à préparer le dîner. Au menu, ce soir, on mangerait de la soupe d'orge au jarret de bœuf, dans laquelle mariaient de généreuses boulettes au bacon, le tout accompagné de l'habituelle portion de pain, de beurre, de fromage, de gâteau et de boissons.

Le calme était revenu dans Broad Street, mais John/Samuel Adams et John Hancock continuaient de se balancer à la lanterne de l'American Coffee House. « Ils y demeureraient, songea Richard, jusqu'à ce que, sous les assauts du vent et de la pluie, la paille qui les rembourrait se disperse un peu partout et qu'il ne reste plus que des haillons.»

Richard salua son père d'un signe de tête et grimpa les marches quatre à quatre pour gagner la petite pièce située tout en haut de l'escalier. Dick l'avait séparée en deux, ainsi qu'on le faisait souvent en ce temps-là : quelques planches qui montaient presque jusqu'au plafond, assemblées de façon lâche, comme les préceintes d'un bateau, et maintenues ensemble par quelques traverses. C'était une cloison constellée de fissures, certaines assez larges pour que l'on puisse regarder à travers.

Dans l'espace qui leur était réservé, Richard et Peg avaient installé un grand et confortable lit à deux places, caché par d'épais rideaux de lin coulissant sur des rails. On y trouvait aussi plusieurs armoires à vêtements, une commode pour les chaussures et les bottes, un miroir dans lequel Peg pouvait s'admirer, une douzaine de crochets sur le mur, sans oublier le berceau de William Henry. On n'y voyait pas de papier mural à quinze shillings le yard, ni de rideaux damassés ou de tapis sur le plancher de chêne, si vieux qu'il était devenu noir au moins deux siècles plus tôt. C'était malgré tout une pièce aussi agréable que celles d'autres maisons de ce type où vivaient, le plus souvent, des bourgeois.

Peg se tenait près du berceau qu'elle faisait doucement osciller.

— Comment va-t-il, ma chérie ?

Elle leva les yeux vers lui avec un sourire.

— Le remède semble enfin agir. Il a de la fièvre, mais pas trop forte. Le cousin James l'Apothicaire est passé le voir pendant que tu étais sorti et il a paru rassuré. Il dit que William Henry va se remettre et qu'il ne développera pas la maladie.

Sans doute parce qu'il avait mal à son bras gauche, là où le cousin James avait pratiqué l'inoculation, l'enfant s'était tourné sur le côté droit et semblait dormir paisiblement, son bras endolori ramené contre sa poitrine. La marque rouge laissée par l'aiguille de l'apothicaire s'était agrandie. Richard passa la main au-dessus de la blessure; il pouvait presque sentir la chaleur se dégager de la chair blessée.

– De la fièvre, déjà ! s'exclama-t-il. Mais c'est bien trop tôt !

– Le cousin James dit que ça arrive souvent après l'inoculation.

Une vague de soulagement l'envahit tout entier et l'affaiblit au point que ses genoux se mirent à trembler. Son enfant allait survivre !

Il se dirigea vers le mur constellé de crochets et saisit son épais tablier de toile.

– Il faut que j'aille aider père. Oh, mon Dieu, merci ! Merci !

Il continuait de remercier le Seigneur tout en dégringolant les marches, de rendre grâce à ce Dieu qu'il avait été tout près d'abandonner avant que William Henry développe sa première pustule.

Dans des lieux comme le Cooper's Arms, l'ambiance détendue des longues soirées d'été était un régal pour les habitués. Les clients réguliers de la taverne étaient des gens respectables qui gagnaient convenablement leur vie : surtout des commerçants et des artisans, accompagnés de leurs femmes et de leurs enfants. Pour trois ou quatre pence par personne, on pouvait s'offrir une nourriture délicieuse et abondante ainsi qu'un grand pichet de petite bière. Pour ceux qui préféraient de la vraie bière, du rhum, du gin ou du « lait de Bristol », une pièce de six pence permettait de boire jusqu'à ce que, d'humeur fort gaie, ils retournent s'écrouler dans leur lit pour s'y endormir aussitôt, à l'abri des détrousseurs et autres coupe-jarrets rebutés par la clarté des longs crépuscules d'été.

Richard retrouva la grande salle de la taverne baignée par les derniers rayons du soleil, sous la lueur des lampes à pétrole accrochées aux poutres des murs et du plafond dont le bois sombre tranchait sur la pâleur du plâtre. La seule lampe portable éclairait la place que le maître des lieux occupait au comptoir où trônait Ginger, l'attraction majeure de la taverne.

Il s'agissait d'un grand chat de bois que Richard avait sculpté après avoir vu une image du fameux Old Tom de Londres – une copie nettement améliorée de l'original, jugeait Richard avec fierté. Placé légèrement de biais sur les planches du comptoir, son arrière-train tourné vers les clients, c'était un chat au pelage rayé roux et blanc, les mâchoires ouvertes en un large sourire, la queue levée avec effronterie. Lorsqu'un client souhaitait un nouveau verre de rhum, il glissait une pièce de trois pence dans sa gueule et la posait sur la langue amovible, qui retombait alors avec un cliquetis sonore. Après quoi le client plaçait son pichet sous les deux testicules de bois et tirait la queue. Aussitôt, le chat pissait une demi-pinte de rhum.

Naturellement, les enfants l'adoraient. Bien des parents avalaient plus que leur dose de rhum, rien que pour le plaisir de glisser une pièce dans la gueule de Ginger, de lui tirer la queue et de le regarder pisser sa dose exacte de rhum. Grâce à cette seule curiosité, Richard avait justifié la générosité de son père qui l'avait engagé dans son affaire.

Pendant que Richard foulait le parquet jonché de sciure, les deux bras chargés de soupières en bois pleines de potage fumant, il échangeait quelques propos avec tout le monde, le visage rayonnant, tout en expliquant à qui voulait l'entendre que son fils était tiré d'affaire.

Mr Thistlethwaite n'était pas présent. Il venait d'ordinaire à onze heures du matin et ne repartait pas avant cinq heures du soir. Il s'asseyait près de la fenêtre, à « sa » table, équipée d'un encrier et de plusieurs plumes (pour le papier, il pouvait bien se l'acheter lui-même, avait tranché Dick Morgan), et composait ses pamphlets. Il les faisait ensuite imprimer à la librairie Sendall de Wine Street où il les vendait. Mais Mr Thistlethwaite avait aussi ses entrées dans les étals de Pie Powder Court et de Horse Fair, assez loin de chez Sendall pour ne pas lui faire concurrence. Ses œuvres se vendaient fort bien car il possédait un rare talent d'expression et se montrait, de surcroît, doué en affaires. Il prenait généralement pour cible les notables de la municipalité, que ce soit le maire, le chef des douanes, le shérif, les membres de cercles religieux plus ou moins hérétiques ou encore les représentants des tribunaux. Mais personne ne sut jamais réellement pourquoi il avait une dent contre Henry Burgum, le potier. Certes, Burgum était un indécrottable gredin, mais qu'avait-il bien pu faire à James Thistlethwaite pour que ce dernier lui en voulût à ce point ?

Le dîner se déroula dans une ambiance générale de bien-être et de satiété jusqu'à ce que la vieille horloge murale à côté de l'ardoise indiquât huit heures et demie. Aussitôt, Dick Morgan scanda :

– Il est temps de payer, gentlemen !

Une fois les comptes faits et la caisse remplie de façon satisfaisante, il poussa dehors le dernier client et referma le verrou avec soin. La caisse fut portée au premier étage et déposée sous son lit, dûment ficelée. Bristol comptait plus d'un voleur dans ses rues, certains d'une redoutable efficacité. Le lendemain matin, Dick transvaserait le contenu de sa caisse dans un grand sac de toile pour l'apporter à la Bristol Bank, sur Small Street, une grosse affaire gérée, entre autres, par Harford, Ames et Deane. Peu importait, d'ailleurs, à laquelle des trois banques de la ville un homme confiait ses biens. Ce serait de toute façon un quaker qui en aurait la garde.

William Henry dormait profondément, étendu sur le côté droit. Richard souleva le berceau pour le rapprocher du lit et entreprit de retirer son lourd tablier, son ample chemise de coton blanc, sa culotte de toile, ses chaussures, ses bas épais de coton blanc et ses sous-vêtements de flanelle. Puis il enfila la chemise de nuit en lin que Peg avait posée sur son oreiller, dénoua le ruban qui retenait ses longues mèches de cheveux bouclés et se coiffa d'un bonnet de nuit. Ces préparatifs accomplis, il se glissa dans le lit avec un soupir d'aise.

On pouvait entendre deux sortes de ronflements filtrer à travers les fissures des planches, entre la chambre de Richard et celle de ses parents. Dick produisait un ronflement raisonnable tandis que Mag respirait bruyamment, en sifflant. Avec un sourire, Richard roula sur le côté et se blottit contre Peg, qui, malgré la chaleur de la nuit, se serra contre lui pour couvrir sa joue de baisers. Très précautionneusement, Richard remonta sa chemise de nuit et celle de sa femme puis se coucha sur elle, enveloppant d'une main un sein haut et ferme.

— Peg, je t'aime tant ! chuchota-t-il. Pas un homme au monde n'a la chance d'avoir une telle femme pour épouse.

— Et pas une femme n'a la chance d'avoir pareil mari, Richard.

Parfaitement en accord, ils s'embrassèrent à pleine bouche tandis que Peg nichait son ventre contre le membre érigé, frémissant de plaisir.

Un bref moment plus tard, il murmura, les yeux lourds de sommeil :

— Peut-être que nous venons de donner la vie à un frère ou une sœur de William Henry ?

Il avait à peine marmonné ces mots qu'il s'endormit aussitôt.

Bien que lasse, elle aussi, Peg tira d'un coup sec sur la chemise de Richard pour en recouvrir son corps et ajusta son propre vêtement en séchant son entrejambe à l'aide d'un pan. « Comme j'aimerais que père et mère ne ronflent pas ! pensa-t-elle. Richard ne ronfle pas, lui, et moi non plus, d'après ce qu'il m'a dit. Heureusement, s'ils ronflent, c'est qu'ils dorment et ne nous entendent pas. Merci, Seigneur, de Vous être montré clément envers mon petit garçon. Je sais combien son cœur est bon. Sans doute comptez-Vous sur son âme pour embellir Votre royaume au ciel mais ici, sur cette terre, sa lumière nous est tout aussi précieuse. Laissez-lui sa chance. Ô Seigneur tout-puissant, Dieu de bonté, pourquoi ai-je le sentiment profond que je n'aurai plus jamais d'autre enfant ? »

Car elle ressentait dans toutes les fibres de son corps cette évidence, et cette intuition lancinante lui devenait tourment. Il avait fallu trois ans pour qu'elle soit enceinte la première fois, puis trois autres longues années pour sa seconde grossesse, Certes, elle n'avait pas été malade pendant qu'elle portait son enfant, ni souffert de crampes ou de nausées. Simplement, elle sentait en son for intérieur que sa matrice était à présent « vidée » de sa fertilité. Ce n'était certes pas la faute de Richard. Lui venait-il seulement l'envie de lancer un regard d'invite vers son époux, il la faisait sienne le soir même, et ce sans jamais faillir – sauf lorsqu'un de leurs enfants était malade. Comme il se montrait un amant attentionné et délicat ! Et un homme tout aussi attentionné, tout aussi bon ! Ses propres désirs comptaient moins pour lui que ceux des gens qu'il chérissait. C'est-à-dire sa femme et William Henry, leur enfant. Sans oublier Mary.

Une larme roula sur la joue de Peg pour aller s'écraser sur l'oreiller. D'autres la suivirent, de plus en plus abondantes. « Pourquoi devons-nous connaître la mort de nos enfants ? Pourquoi partent-ils avant nous ? C'est si injuste, si cruel ! J'ai vingt-cinq ans, Richard vingt-sept. Et, déjà, nous avons perdu notre premier-né. Mary me manque tant ! Ô, mon Dieu, comme elle me manque ! Demain, songea-t-elle en sentant le sommeil la gagner et ses larmes se tarir, j'irai au cimetière de St James fleurir sa tombe. Bientôt ce sera l'hiver et on ne trouvera plus de fleurs. »

L'hiver arriva avec son cortège de brouillard, de bruine et ce froid humide qui s'insinuait jusqu'au plus profond des os. Ignorant la glace qui, souvent, venait alourdir les eaux de la Tamise et des autres fleuves de l'est de l'Angleterre, le flux de l'Avon monta de trente pieds puis tomba de trente autres, selon un rythme aussi régulier et prévisible qu'en été.

Des nouvelles de la guerre contre les treize colonies filtrèrent, loin derrière d'autres événements ; le général Thomas Gage avait été démis de ses fonctions de commandant en chef de Sa Majesté britannique. Sir William Howe l'avait remplacé et l'on disait que, là-bas, le Congrès rebelle courtisait les Français, les Espagnols et les Hollandais, à la recherche de nouveaux alliés et d'argent. Les représailles exercées par le roi furent ce qu'on en escomptait : aux environs de Noël, le Parlement prohiba tout échange commercial avec les treize colonies et déclara celles-ci hors de la protection de la Couronne. Pour Bristol, ces nouvelles se révélèrent désastreuses.

Parmi les habitants les plus influents de la ville, certains souhaitaient que l'on conclût la paix à n'importe quel prix, même s'il fallait pour cela accepter les revendications des rebelles. D'autres se désolaient que les colons aient subi de cruels revers mais souhaitaient que survive la domination britannique. Si l'Angleterre cédait à l'ennemi plus d'un millier de miles de côte, les Français reviendraient aussitôt, imités bien vite par les Espagnols. D'autres enfin, opposés à toute négociation, exprimaient haut et fort leur colère, outragés de voir les rebelles se comporter en traîtres et rêvant de les voir pendus haut et court puis noyés et dépecés ; ces derniers se comptaient parmi les notables les plus écoutés à la cour de St James. Tous criaient haut et fort leur désolation dans les salons des meilleures maisons et, la mine sombre, dissertaient sans fin au-dessus de leur verre de porto ou de leur assiette de soupe à la tortue, que ce soit au White Lion, au Bush Inn ou au Plume of Feathers.

Sous cette fine couche représentée par l'élite influente de Bristol se trouvait la vaste majorité des citoyens, c'est-à-dire tous ceux qui savaient que le travail allait être difficile à trouver, qu'on verrait de plus en plus de bateaux rester à quai et que l'heureux temps où l'on pouvait se mettre en grève pour réclamer une augmentation d'un penny par jour était passé. Le Parlement dépensait l'argent des contribuables sans pour autant en faire profiter les plus nécessiteux. Il laissait ce soin aux paroisses, qui se retrouvaient en charge de la masse grandissante des chômeurs – encore fallait-il que ceux-ci se montrent de bons paroissiens et s'inscrivent dans les registres. Chaque paroisse recevait sept livres par an et par habitant et cette somme servait à venir en aide aux pauvres.

À cet égard, Bristol différait des autres villes d'Angleterre car, sans que l'on pût aisément comprendre pourquoi, les membres des hautes castes de la société manifestaient un net penchant pour la philanthropie, que ce soit de leur vivant ou par des legs posthumes. Sans doute, pour les généreux donateurs, la construction d'hospices, de maisons de retraite, d'hôpitaux ou d'écoles baptisés de leur nom apportait l'espoir d'une gratifiante immortalité. Car, en matière de haute naissance et de lignage, l'élite de Bristol se révélait plutôt médiocre. Lord Clare, alias l'ancien instituteur Robert Nugent, représentait ce que la ville pouvait produire de mieux en matière de noblesse. La bonne société de Bristol vouait un culte indéfectible à Mammon.

L'année 1776 survint, comme une ombre rampante enveloppant toutes choses et que l'on surveille avec inquiétude du coin de l'œil. L'opinion publique était désormais persuadée que le dernier embryon insurrectionnel des colons, du New Hampshire jusqu'à la Georgie, avait été écrasé par la Navy et les troupes royales. Cependant, aucun écho d'une telle victoire ne parvint aux oreilles de quiconque même si tous ceux qui savaient lire – beaucoup de monde, en fait, dans la charitable et pédagogique ville de Bristol – avaient pris l'habitude de fréquenter les relais de poste pour y attendre la diligence de Londres qui apportait journaux et magazines.

Le Cooper's Arms, hélas, ne fut pas le dernier à s'appauvrir. Semaine après semaine, Dick repérait de nouvelles brèches dans les rangs des habitués. Le budget de la maison s'en ressentit et l'on adopta des habitudes de plus en plus restrictives. Mag cuisinait plus sobrement, Peg rapportait à la maison moins de pains de chez le boulanger Jenkins et Dick achetait plus de gin bon marché que de vieux rhum.

— Je ne veux pas paraître déloyale, commença Peg un jour de janvier où le ciel lourd de neige avait tenu la clientèle éloignée, mais certains de nos clients auraient davantage à manger s'ils buvaient moins.

Dick jeta un regard ironique à Richard mais demeura silencieux.

Richard prit William Henry dans les bras de sa mère et dit:

— C'est ainsi que va le monde, mon amour, mais nous avons fait en sorte de mettre un peu d'argent de côté, parce que les temps l'exigent. Allons, ne pense pas à ces choses-là. Les hommes et les femmes sont libres de choisir ce qu'ils veulent mettre dans leur estomac. Certains supportent d'affronter la journée sans avoir absorbé leur dose quotidienne de rhum ou de gin mais d'autres jugent ce sacrifice insupportable.

Il haussa les épaules, ébouriffa les boucles sombres de William Henry et sourit en contemplant ces yeux extraordinaires, des yeux couleur d'ambre constellée de minuscules touches brunes.

Après quoi il ajouta:

— Les hommes sont inégaux devant les épreuves de la vie, Peg.

Tandis que le mois de janvier s'écoulait pesamment, le trafic maritime fut loin de répondre aux espérances. D'abord pleins de sympathie à l'égard de la cause rebelle, les habitants de Bristol commencèrent d'éprouver à leur endroit un ressentiment de plus en plus sensible. Tenant ses assises au Bush Inn, l'Union Club, autrefois acharné à submerger le roi de pétitions pour qu'il cesse d'imposer les colons et de s'immiscer dans leurs affaires, se morfondait à présent dans un silence mortifié. Au White Lion, les tories grondaient et s'agitaient de plus en plus, inondant le roi de déclarations d'allégeance, contribuant de leurs deniers à la levée de régiments locaux et remettant en cause deux députés whigs de Bristol, l'Irlandais Edmund Burke et l'Américain Henry Cruger.

Après un an de guerre, clamait la Steadfast Society, qu'avait donc gagné la bonne ville de Bristol, avec ce tandem parlementaire composé d'un doucereux Irlandais et d'un lourdaud d'Américain ? Bref, les opinions changeaient, les humeurs s'aigrissaient. Que cette maudite affaire s'arrange d'elle-même à trois mille miles de là ! grommelait-on à travers la ville. Et qu'on laisse les affaires du jour redevenir de vraies affaires ! Et au diable les rebelles !

La nuit du 16 janvier, à marée basse, une main anonyme mit le feu au *Savannah La Mar*, qui chargeait pour la Jamaïque sur le Broad Quay, non loin de l'entrée de l'Old Nick. Le navire était enduit de poix, d'huile et d'essence de térébenthine ; seule la chance lui valut de ne pas être détruit. Le temps que se précipitent les deux pompiers de la ville avec leur chariot de quarante gallons d'eau, plusieurs centaines de marins affolés et d'habitants du quartier des docks avaient combattu les flammes avant que la situation ne tourne au tragique.

Le lendemain matin, les responsables officiels du port et les baillis découvrirent que deux autres navires, le *Fame* et l'*Hibernia*, l'un amarré au nord et l'autre au sud du *Savannah La Mar*, avaient été également recouverts de produits inflammables et incendiés. Pour des raisons que nul ne peut comprendre, aucun des deux feux ne prit réellement.

– Incendies criminels à Bristol ! annonça Dick à Richard lorsqu'il revint des lieux de l'incendie. Tout le quai aurait pu être la proie des flammes, et même la ville entière ! Et, en plus, la marée était basse ! Rien n'aurait pu arrêter le feu. Il se serait communiqué à tous les bateaux. Seigneur, nous sommes passés tout près d'une catastrophe égale à celle du Grand Incendie de Londres !

À ces mots, il fut secoué d'un frisson.

Rien ne pouvait plus effrayer le peuple qu'un incendie. Même les plus furieuses émeutes des mineurs de Kingswood n'étaient rien, comparées aux ravages des flammes. Les émeutes étaient le fait d'hommes et de femmes, souvent accompagnés par leurs enfants, alors que le feu était le symbole terrifiant du châtiment de Dieu, la porte béante de l'enfer.

Le 18 janvier, le cousin James l'Apothicaire, le visage pâle et recouvert de cendre, amena sa femme en larmes et ceux de ses enfants qui vivaient encore sous son toit à la taverne de Dick Morgan.

– Peux-tu veiller sur Ann et les filles ? implora-t-il, encore tremblant. Je ne parviens pas à les persuader qu'elles sont en sécurité à la maison.

– Par tous les saints, que se passe-t-il ?

– Le feu.

Il s'agrippa au comptoir en s'efforçant de reprendre ses esprits, Mag et Peg s'empressaient autour d'une Ann gémissante.

– Allons, bois donc ça, dit Richard en lui tendant un pichet de son meilleur rhum.

– Sers-en aussi une rasade à sa femme, lança Dick pendant que James Thistlethwaite abandonnait sa plume pour les rejoindre. Allons, raconte-nous tout, Jim.

Il fallut un plein quart de pinte pour calmer le cousin James et lui faire recouvrer la parole.

– Cette nuit, quelqu'un a forcé la porte de mon magasin. Tu sais bien pourtant, Dick, que ma porte est solide et qu'elle est bardée de verrous et de chaînes ! L'inconnu a plongé un récipient dans ma réserve de térébenthine avant de l'emplir de chiffons imbibés d'essence. Après quoi il a posé le récipient près de tonneaux d'huile de lin et il a mis le feu aux chiffons. L'endroit était désert, bien entendu. Personne ne l'a vu arriver ni repartir.

— Je n'y comprends rien ! s'exclama Dick, aussi pâle que son cousin. Nous habitons juste à l'angle de Bell Lane et je te jure que nous n'avons rien vu ni entendu ! Pas même senti la moindre fumée !

— Le feu ne devait pas prendre, énonça le cousin James d'une voix étrange. Je te le dis, Dick, il était écrit que le feu ne prendrait pas ! Car, en toute logique, l'incendie aurait dû gagner toute la maison ! J'ai trouvé la boîte le lendemain matin en allant travailler. Sur le coup, en voyant la porte fracassée, j'ai pensé que l'effraction était due à un pauvre diable en quête d'opiacés ou de remèdes de première nécessité. Mais, dès que j'ai pénétré dans le magasin, j'ai respiré l'odeur de la térébenthine.

Ses yeux gris-bleu – les yeux des Morgan – brillèrent, comme éclairés par une vision.

— C'est un miracle ! s'écria-t-il soudain. Un véritable miracle ! Dieu m'a épargné, dans Son infinie bonté, et je vais de ce pas donner mille livres à St James pour les pauvres.

Même Mr Thistlethwaite se montra impressionné.

— Voilà qui me fait regretter de ne pas écrire de panégyriques, cousin James, et j'ai bien envie de composer un hymne en votre honneur… Cependant, je sens qu'il y a là-dessous matière à réflexion. Hier, le *Savannah La Mar*, l'*Hibernia* et le *Fame* ont été également incendiés. Or tous trois appartiennent à l'entreprise américaine Lewsley. Qui, soit dit en passant, se trouve précisément à côté de chez vous, sur Bell Lane. Et si l'incendiaire s'était tout simplement trompé de porte, cette nuit ? J'en parlerais à Lewsley, si j'étais vous. Ça ressemble fort à un complot des tories pour priver Bristol des fonds américains.

À ces mots, Richard esquissa un sourire.

— Vous voyez des tories partout, Jem.

— C'est parce qu'ils trempent bel et bien dans tout ce qui est vil, croyez-moi !

Mr Thistlethwaite se rassit à sa table et enveloppa d'un regard éloquent la femme et les filles de l'apothicaire, toujours aussi perturbées.

– Seigneur, Dick, souffla-t-il, renvoie ces créatures chez elles ! Et que Richard veille sur leur sécurité avec l'un de mes pistolets… Tiens, Richard, prends-le ! Il m'en reste un autre pour me défendre. J'insiste néanmoins sur la nécessité de se taire. La muse me fait l'honneur d'une visite et je dois écrire au plus vite.

Personne ne parut tenir compte de ces paroles sur le moment mais, plus tard, tandis que les habitués commençaient à envahir la taverne pour le dîner et que les langues se déliaient à propos des événements de la nuit, Richard songea que l'idée de Mr Thistlethwaite n'était pas si mauvaise. Il prit l'un de ses pistolets dans la poche de son manteau ainsi qu'une douzaine de cartouches, puis escorta Ann Morgan et ses deux filles jusqu'à leur maison de St Jame's Barton. Là, il s'installa dans un fauteuil de l'entrée, prêt à repousser toute nouvelle tentative d'incendie.

En l'espace de deux jours, c'est-à-dire entre le jeudi et le samedi, la ville de Bristol fut gagnée par la panique. Les baillis déployèrent leurs efforts, les lampes de la ville furent allumées à cinq heures du soir dans les quartiers qui jouissaient du privilège d'être éclairés la nuit, et les préposés chargés de l'éclairage public s'activaient, grimpés sur leurs échelles, à remplir les réservoirs d'huile – ce qu'ils faisaient rarement d'ordinaire. La plupart des habitants évitaient de flâner le soir et rentraient vite chez eux en regrettant amèrement qu'on fût en hiver, saison où les nombreuses fumées de bois empêchaient de détecter à temps un incendie naissant. Oui, cette fameuse nuit du samedi, personne ne dormit beaucoup à Bristol.

Le 19, un dimanche, toute la ville, à l'exception des juifs, se rassembla à l'église pour supplier le Tout-Puissant de se montrer clément et de châtier ce suppôt de Satan. Le cousin James le Clergyman, excellent prêcheur même les jours où il ne se sentait pas en grande forme, commenta de son mieux les événements et prononça un sermon si vibrant que la congrégation de St James en fut toute retournée. D'aucuns y décelèrent des accents jésuites, d'autres le jugèrent dangereusement méthodiste.

Après que l'un des assistants lui eut confié sa désapprobation, Dick rétorqua :

– En ce qui me concerne, je me moque bien de savoir si le révérend parle comme un jésuite ou un méthodiste. Si nous voulons dormir en toute sécurité dans nos lits, il faut que l'incendiaire se balance au bout d'une corde. Rappelez-vous, d'ailleurs, que le père du révérend était déjà un prêcheur des plus redoutables. Il avait pour habitude de haranguer la foule des mineurs en plein air, à Crew's Hole.

– N'empêche. Pour la Steadfast Society, cette affaire est la faute des colons américains.

– Voilà qui me paraît peu vraisemblable ! Dans cette histoire, les colons jouent plutôt le rôle de victimes, coupa Dick, désireux de mettre fin à la conversation.

À l'aube du lundi suivant, Richard émergea en sursaut d'un sommeil agité.

– Papa ! papa ! criait William Henry depuis son berceau.

Richard bondit de son lit, alluma une mèche d'amadou et se pencha sur son fils, le cœur battant. L'enfant s'assit tout droit dans le berceau.

– Qu'y a-t-il, mon fils ? chuchota Richard.

– Feu ! prononça distinctement William Henry.

Richard tressaillit. Seule sa terrible anxiété concernant la santé de son fils avait pu lui boucher les narines à ce point : la pièce était pleine de fumée !

Il réagit aussitôt avec sang-froid et précision, réveillant son père par son cri tout en agrippant quelques vêtements et une paire de chaussures qu'il enfila à la hâte. Sans attendre d'être rejoint par Dick, il descendit précipitamment l'escalier, attrapa deux seaux, déverrouilla la porte de l'auberge et sortit sur la chaussée trempée par la bruine. Il vit bientôt d'autres hommes s'agiter autour de lui pendant qu'il franchissait en courant le coin de Bell Lane avant de s'arrêter brusquement, épouvanté par le spectacle qui s'offrait à lui. Tous les entrepôts de Lewsley & Co étaient la proie des flammes. Le feu s'engouffrait par les brèches du toit, et le quartier rougeoyait sous une chaleur torride. Un grondement sourd lui martelait les tympans. Les réserves de laine d'Espagne, de blé et d'huile d'olive nourrissaient un feu vorace qui, cette fois, ne se satisfaisait plus seulement d'un morceau d'étoupe trempé dans de l'essence de térébenthine.

Des hommes équipés de seaux arrivaient de toutes parts et se mettaient en rangs pour composer d'interminables files entre le fleuve Froom, à Key Head, et les entrepôts en feu. La marée n'était pas encore à son plein mais on pouvait aisément plonger les seaux dans le courant pour transporter l'eau jusqu'au lieu du sinistre. Ces efforts conjugués réussirent à circonvenir le feu aux entrepôts de Lewsley & Co et à une demi-douzaine de vieux immeubles. Quant aux propriétés du cousin James l'Apothicaire, elles échappèrent miraculeusement aux flammes. On ne déplora aucune victime ; l'incendiaire paraissait plus avide de détruire des biens mobiliers que des vies. Les habitants des immeubles en feu avaient réussi à fuir à temps, serrant contre leur poitrine leurs misérables biens et traînant avec eux leurs enfants en pleurs.

Couvert de suie, Richard retourna au Cooper's Arms après que le shérif et ses hommes eurent déclaré que le quartier de Bell Lane était enfin hors de danger. Il avait perdu ses deux seaux et Dieu seul savait où et dans quelles mains ils pouvaient se trouver.

Il rejoignit Dick et James l'Apothicaire, prostrés à la même table, l'air défait. Tous deux appartenaient à une génération plus âgée et, dans cette âpre lutte contre le feu, ils avaient préféré confier leurs seaux à des hommes plus jeunes et plus vigoureux.

— On aura besoin d'encore beaucoup d'autres seaux demain, Richard, déclara Dick en se levant lourdement pour servir à son fils une pinte de bière. Je compte me réveiller à l'aube pour en acheter une douzaine de plus. Dieu du ciel ! Dans quel monde vivons-nous ?

Son cousin James leva vers lui un visage éclairé d'une même exaltation.

— En un seul jour, Dieu nous a épargnés deux fois, moi et les miens. Je sens monter en moi la même gratitude que celle de Paul sur le chemin de Damas.

— Je ne vois pas le rapport, répondit Richard avant de boire avidement sa bière. Tu n'as jamais persécuté le juste, cousin James.

— C'est exact, Richard, mais, comme l'apôtre des gentils, j'ai connu la grâce d'une révélation. J'offrirai une livre à chaque prisonnier de Bristol, à la prison de Newgate et à celle de Bridewell, pour rendre grâce au Seigneur tout-puissant.

— Bah ! grogna Dick. Agis comme bon te semble, Jim, mais la première chose qu'ils feront sera d'aller se saouler avec ton argent.

Au son de leurs voix, Mag et Peg, qui tenait William Henry dans ses bras, descendirent aussitôt.

— Richard ! s'exclama Peg, les yeux brillants. Je suis si heureuse ! L'incendie est enfin maîtrisé et tu n'as pas été blessé.

Richard posa sa chope de bière sur la table et se dirigea vers sa femme pour prendre son fils. L'enfant s'agrippa à lui.

– Père, dit lentement Richard, c'est William Henry qui m'a réveillé. Quand je me suis approché de son berceau, il a prononcé distinctement le mot «feu», comme s'il savait ce que cela voulait dire.

James l'Apothicaire contempla l'enfant, l'air songeur.

– C'est un enfant de la grâce. Les fées se sont penchées sur son berceau.

Peg laissa échapper un hoquet.

– Ne parlez pas ainsi, cousin James! Si les fées se sont intéressées à notre William Henry, elles voudront posséder son âme et elles nous le reprendront un jour!

James l'Apothicaire se leva avec effort en songeant que tout cela n'était que balivernes nées de superstitions archaïques. Cela révélait en tout cas que Peg croyait bel et bien que le petit William Henry était promis à un destin hors du commun. Car, par tous les saints du ciel, jamais il n'aurait dû survivre au vaccin de la variole…

Le pyromane ne se contenta pas de détruire les entrepôts de Lewsley & Co. Le lundi suivant, d'autres brasiers se déclenchèrent dans une douzaine d'autres filiales américaines. Le mardi, la raffinerie Barne's s'embrasa à son tour. Son propriétaire entretenait des liens étroits avec les colons. Désormais, toute la ville vivait dans l'angoisse d'un autre brasier et, chaque fois qu'un nouveau foyer était repéré, il était aussitôt maîtrisé avant d'occasionner de trop gros dégâts. Trois jours plus tard, la raffinerie d'Alderman Barne's fut une nouvelle fois la proie des flammes et une nouvelle fois sauvée de la catastrophe.

Sur le plan politique, les deux camps adverses tentaient de tirer avantage des événements. Les tories accusaient les whigs, et les whigs les tories. Edmund Burke offrit 50 livres pour toute information, la Ligue des armateurs cinq cents livres et le roi mille. La somme de mille cinq cents livres représentait, pour beaucoup, plus que le salaire d'une vie et bientôt, tous les habitants de Bristol se transformèrent en ardents détectives. Un suspect fut rapidement appréhendé mais, bien sûr, personne ne toucha de récompense. Il s'agissait d'un Écossais connu sous le nom de Jack le Peintre qui avait habité les quartiers misérables du Pithay, une rue délabrée traversant le Froom vers St James Backs. Après le deuxième incendie de la raffinerie Barne's, il avait brusquement disparu. Naturellement, rien ne prouvait sa culpabilité mais toute la ville fut vite convaincue qu'il était bel et bien le pyromane.

Une chasse à l'homme s'organisa à travers tout le pays, relayée par les journaux de Londres et les gazettes de province. Du Tyne jusqu'aux rives de la Manche, tout le monde se tenait aux aguets, désireux de ne pas voir traîner près de chez soi un dangereux pyromane. Le fugitif fut finalement arrêté alors qu'il tentait de cambrioler la demeure d'un riche bourgeois de Liverpool. La municipalité et les armateurs payèrent la somme de 128 livres pour assurer son transport, pieds et poings liés, jusqu'à Bristol, afin qu'il y subisse un interrogatoire serré.

Là, on se heurta à un obstacle imprévu. Personne ne parvenait à comprendre ce qu'il disait, excepté son nom : James Aiten. On le transféra alors à Londres dans l'espoir que, au sein de la métropole, on finirait bien par trouver quelqu'un capable de comprendre le dialecte écossais. C'est ainsi que James Aiten, alias Jack le Peintre, confessa ses crimes. Il avoua être l'auteur de tous les incendies de Bristol, ainsi que d'un autre à Portsmouth, lequel avait entièrement détruit la corderie de la Royal Navy. Ce dernier forfait fut considéré comme particulièrement odieux.

Car aucun bateau ne pouvait fonctionner sans des miles et des miles de cordages.

— Ce que je ne comprends pas, confia Dick Morgan à Jem Thistlethwaite, c'est comment Jack le Peintre peut avoir opéré à la fois à Portsmouth et à Bristol. La corderie a été incendiée en décembre alors qu'il habitait au vu et au su de tous dans le quartier du Pithay.

Mr Thistlethwaite haussa les épaules.

— Le pauvre hère n'est qu'un pion, rien de plus. L'Angleterre veut retrouver sa paix d'esprit et, pour cela, il lui faut un coupable. Quoi de mieux qu'un Écossais ? Je ne sais rien des incendies de Portsmouth mais ceux de Bristol ont été allumés par les tories, j'en parierais mon billet.

— Alors, vous pensez qu'il y en aura encore d'autres ?

— Non. Le stratagème a suffisamment fonctionné comme cela. L'argent américain s'est envolé et la ville se trouve libérée pour l'instant de l'influence des colons. Les tories peuvent se prélasser à leur aise sur leurs lauriers tandis que Jack le Peintre, ce pauvre souffre-douleur, paiera pour les autres.

Et ce fut bien, hélas, ce qui arriva. James Aiten fut jugé et condamné aux assises du Hampshire pour l'incendie de la corderie avant d'être expédié à Portsmouth, où l'attendait un gibet spécialement construit à son intention. Lorsqu'il bascula dans le vide pour son grand saut dans l'éternité, il fit une chute de 67 pieds, ce qui eut pour effet de lui sectionner la nuque aussi nettement que le tranchant d'une hache. Sa tête fut ensuite exposée sur les remparts de Portsmouth à la vue de tous et l'Angleterre recouvra le repos.

Lors de son interrogatoire, Jack le Peintre avait assuré qu'il avait agi seul.

— Ce n'est pas que je sois satisfait d'une telle conclusion, déclara James l'Apothicaire un peu plus tard à son cousin. Cependant nous voici déjà proches des fêtes de Pâques et aucun autre incendie ne s'est déclaré. Alors… Comme le répètent si souvent les quakers : qui peut bien savoir où est la vérité ? En attendant, tout ce que je sais, c'est que la bienveillance de Dieu m'a épargné.

Deux jours plus tard, l'armurier Tomas Habitas franchit le seuil du Cooper's Arms.

Richard l'accueillit avec un large sourire et une cordiale poignée de main.

– Entrez, entrez et prenez place, *senhor* ! Voulez-vous un verre de lait ?

– Bien volontiers, Richard.

Ce jour-là, la taverne était vide, à l'exception de Mr Thistlethwaite. Les affaires n'allaient pas fort ; aussi cet hôte inespéré devint-il aussitôt le centre de l'intérêt général, ce qui ne parut pas lui déplaire.

Le *senhor* Tomas Habitas était un juif portugais arrivé en Angleterre trente ans plus tôt ; un homme petit et fluet, au teint olivâtre et aux yeux sombres. Son visage étroit s'ornait d'un long nez et d'une bouche pleine. Tel un quaker, il se comportait toujours avec réserve, sans doute parce qu'il n'était qu'une pièce rapportée, trop peu semblable aux bonnes gens de Bristol pour se sentir réellement accepté. Néanmoins, la ville s'était montrée bienveillante à son égard, comme elle l'était d'ailleurs envers tous les juifs à qui l'on permettait, contrairement aux papistes, de vénérer Dieu selon les rites de leur religion. Ils possédaient leur cimetière sur Jacob Street et deux synagogues sur l'autre rive de l'Avon. À la différence des catholiques, les juifs ne se voyaient nullement empêchés d'accéder à la réussite sociale et matérielle. Ce qui s'expliquait par le fait qu'aucun juif – ni quaker – ne convoitait le trône de

Sa Majesté. Les événements de 1745 et le souvenir de la rébellion écossaise restaient vivaces dans les mémoires.

– Qu'est-ce qui vous amène si loin de chez vous, *senhor* ? demanda Dick Morgan en servant à son hôte un grand verre de xérès.

Le breuvage doux et ambré provenait de chez Jacobs, une entreprise juive.

Les yeux noirs de Tomas Habitas balayèrent la salle vide avant de se poser sur Richard.

– On dirait que les affaires vont mal, lâcha-t-il d'une voix étonnamment profonde, où perçait une pointe d'accent.

– Hélas, oui, répondit Richard en s'asseyant face à l'armurier.

– Tu m'en vois fort désolé, reprit Habitas. (Il observa une courte pause.) Cependant, je crois bien pouvoir vous aider.

Il posa ses mains longues et délicates sur la table.

– Voyez-vous, la guerre contre les colonies américaines a eu des effets variés sur le commerce. À certains, elle a apporté la ruine et, à d'autres, la prospérité. Je suis de ceux-là. En vérité, j'ai besoin de toi, Richard. Accepterais-tu de venir à nouveau travailler chez moi ?

Richard ouvrit la bouche pour répondre mais Dick le devança.

– Selon quelles conditions, *senhor* Habitas ? interrogea-t-il un peu trop brusquement.

Il connaissait assez son fils pour savoir que celui-ci était d'une nature trop douce pour discuter les termes d'un engagement.

Le regard énigmatique de l'armurier s'arrêta sur Dick mais son visage demeura impassible.

– Les conditions seront excellentes, Mister Morgan, je peux vous le garantir. Je paierai quatre shillings le mousquet.

– Dans ce cas, l'affaire est conclue ! répondit aussitôt Dick.

Mr Thistlethwaite observait Richard, non sans quelque pitié. Le jeune Morgan parviendrait-il à prendre sa destinée en main ? Dans le visage séduisant du jeune homme, les yeux bleu-gris n'exprimaient ni contrariété ni insatisfaction. Comme il était d'un caractère patient, avec son père, sa femme, sa mère, les clients ou encore James l'Apothicaire – la liste était interminable ! Le seul être au monde susceptible de pousser Richard à entrer dans la lutte était son fils, William Henry. Même dans ce cas, Richard agissait avec détermination mais sans colère.

« Qu'as-tu vraiment dans le ventre, Richard Morgan ? Sais-tu seulement qui tu es ? Si Dick était mon père, je lui aurais cloué le bec d'une bonne droite. Dois-tu vraiment supporter ses lubies, ses sautes d'humeur, ses critiques et ce mépris larvé qu'il éprouve à ton égard ? Quelle philosophie as-tu sur la vie ? Où puises-tu ta force ? Car tu en as, cela est certain. De la force, mais aussi de la résignation. Ou, plutôt, non… il s'agit d'autre chose. Richard, tu es à mes yeux une énigme et pourtant j'ai pour toi plus d'affection que pour n'importe qui. J'ai peur pour toi. Pourquoi ? Parce que je crains que tant de sublime patience et d'indulgence finissent par tenter le ciel. Un jour ou l'autre, Dieu mettra à l'épreuve tant de sublimes vertus. »

Ignorant les inquiétudes de Thistlethwaite à son endroit, Richard retourna fabriquer chez Habitas des Brown Bess pour les soldats que l'on envoyait dans les colonies américaines.

Le rôle de l'armurier est d'assembler un fusil, non de fabriquer des pièces. Ces dernières provenaient de diverses sources. Ainsi, les barillets et les bassinets étaient fabriqués à Birmingham. Les crosses en noyer arrivaient d'une douzaine d'autres villes à travers le pays, et les décorations en cuivre, de Bristol.

– Tu seras heureux d'apprendre que nous venons d'être chargés de réaliser le mousquet Short Land, annonça Habitas quand Richard eut achevé sa première journée de travail. Il s'agira d'un fusil plus léger et maniable.

L'arme mesurait quarante-deux pouces, soit quatre de moins que le vieux Long Land encore en usage pendant la guerre de Sept Ans. Ce nouveau fusil représentait un grand progrès technique pour les troupes d'infanterie. D'un tir aussi précis que le Long Land, il pesait une demi-livre de moins.

Chaque jour, devant son établi, Richard se perchait sur son haut tabouret et retrouvait son matériel à portée de main : à sa gauche, les crosses bien polies. À droite, les canons limés. Sur l'établi, dans des réceptacles prévus à cet effet, s'égrenaient tous les composants du bassinet : ressorts, chiens, gâchettes, culbuteurs, vis, pierres à silex et accessoires en cuivre. Richard apportait chaque jour ses propres outils, qu'il transportait dans une solide mallette d'ébène portant son nom sur une plaque de cuivre : des dizaines de limes et de tournevis, des pinces, des ciseaux, des brucelles, des petits marteaux, des mèches et des forets de toutes tailles. Sans oublier une collection de ciseaux à bois. Il fabriquait lui-même sa toile émeri en grattant les particules de métal pour en saupoudrer une forte colle à base d'huile de poisson. Il confectionnait de même les bâtons d'émeri, de formes variées, qui lui servaient à limer et à raboter, et cette activité occupait près de cinquante pour cent de son temps. Ayant acquis tout son savoir-faire de son frère William, scieur de son état, Richard ne laissait personne aiguiser les dents de ses scies ou de ses rabots.

Six ans qu'il n'avait plus exercé ce métier ! Cela faisait bien longtemps ! Il n'avait pas compris à quel point sa profession lui avait manqué avant d'avoir saisi un barillet qu'il devait polir avec du beurre d'antimoine. Malgré toutes ces années, ses gestes retrouvaient leur précision et il se réjouissait de pouvoir une nouvelle fois assembler les pièces d'un puzzle qui, par la suite, deviendrait une machine à tuer les hommes. Toutefois, son raisonnement n'allait jamais jusque-là. Tout ce qu'il aimait, c'était exercer son métier sans songer à ses conséquences destructrices.

Richard savait à peu près tout sur le Brown Bess. Sa portée n'excédait pas les quarante yards, ce qui signifiait que les deux armées adverses occupaient des positions extrêmement rapprochées. Un bon soldat pouvait tout au plus tirer deux coups de fusil avant de battre en retraite ou lutter au corps à corps avec son ennemi, à coups de baïonnette. Rares étaient les batailles au cours desquelles un homme tirait plus de dix fois avec son Brown Bess. Sa charge de poudre était de 70 grains, soit moins d'un cinquième d'once[1]. Après avoir accompli une bonne part de son temps d'apprentissage dans les usines de poudre à canon de Tower Harratz, sur les rives de l'Avon, Richard connaissait parfaitement chaque aspect de la fabrication des armes. Il y avait de fortes probabilités pour que, sur quatre fusils Brown Bess sortis de ses mains, un seul fût réellement utilisé.

Leur calibre était proche de celui des fusils français, portugais ou espagnols, et ils pouvaient donc recevoir des munitions provenant de ces trois pays. Richard savait aussi que, si une balle de Brown Bess atteignait sa cible humaine, les chances de survie étaient très faibles. Si un

1. Une once = environ trente grammes. *(N.d.T)*

homme était atteint à la poitrine ou à la gorge, ses organes se transformaient en bouillie. Si la balle le frappait à un membre, ses os étaient si fracassés que seule une amputation pouvait sauver le malheureux.

Il lui fallut deux heures pour assembler son premier Brown Bess mais, à la fin de la journée, il fabriquait un mousquet en une heure. Quatre shillings le fusil représentaient pour lui une somme fabuleuse mais, pour le *senhor* Habitas, le profit était encore supérieur. Le travail de Richard lui rapportait dix shillings par arme. Certes, on trouvait des armuriers moins chers mais, dans les mains d'un soldat expérimenté, les fusils fabriqués par Habitas fonctionnaient sans s'enrayer ni exploser. L'armurier tenait également à assister lui-même aux essais de tir auxquels les armes étaient soumises.

– Je me félicite de n'employer jamais d'apprentis, rien que des armuriers qualifiés, expliqua Habitas à Richard. Et, de préférence, des hommes que j'ai formés moi-même. (Il jeta un regard grave à Richard.) Mais tout cela finira bientôt, mon ami, sois-en certain. Cette guerre durera encore trois ou quatre ans mais je doute que les Français en sortent assez vaillants pour reprendre les hostilités contre nous. Nous avons beaucoup de travail pour l'instant mais cela cessera, et il me faudra une nouvelle fois te donner ton congé. C'est l'une des raisons pour lesquelles je te paie quatre shillings le fusil. L'autre, c'est que je n'ai jamais vu quelqu'un travailler aussi bien que toi, ni aussi vite.

Richard ne répondit pas, mais Habitas, connaissant sa réserve, ne s'en offusqua pas. En revanche, il savait écouter avec intelligence, et sans commentaires inutiles. Le sens de chaque parole pénétrait dans son esprit et y demeurait enfoui jusqu'à ce qu'un événement vienne l'en extraire, « C'est peut-être pour cela aussi que j'estime tant ce garçon, songea Habitas, Pour sa nature paisible et honnête : il ne cherche jamais à se mêler de ce qui ne le regarde pas. »

Dans la salle de tir, les dix Brown Bess assemblés ce jour-là par Richard s'alignaient dans le râtelier, apportés par un gamin d'une dizaine d'années engagé par Habitas comme valet. Richard saisit le premier d'entre eux, débloqua le refouloir et tendit la main vers un coffre où étaient rangées les munitions. La balle et la poudre reposaient dans un petit sac en papier. Richard mordit dans le papier pour le couper, enfonça la poudre dans la culasse, froissa le papier en boule avant de le fourrer dans le canon puis d'y glisser la balle. Une poussée adroite sur le refouloir, et le tout fut chassé à l'extrémité du tube. Richard essuya l'excédent de poudre à l'embouchure, bloqua le mousquet contre son épaule et actionna la détente. Tout parut alors se dérouler en même temps : le vacarme de l'explosion, la gerbe d'étincelles et l'épais nuage de fumée. À quarante yards de là, une bouteille posée sur une étagère se désintégra.

– Tu n'as pas perdu la main, lança le *senhor* Habitas, ravi, tandis que le garçonnet, pieds nus, s'élançait pour balayer les éclats de verre brisé et poser une nouvelle bouteille de verre dépoli sur le rayonnage.

– Nous verrons cela lorsque je les aurai essayés tous les dix, répliqua Richard avec un sourire.

Neuf fusils fonctionnèrent parfaitement. Quant au dixième, il ne nécessitait qu'un léger limage.

Lorsque Richard pénétra dans le Cooper's Arms, il retira aussitôt le petit William Henry de sa chaise d'enfant et le serra contre lui avec une telle tendresse que le petit pouvait à peine respirer. « William Henry, William Henry…

Oh, que je t'aime, mon fils ! Comme la vie, comme l'air, le soleil, le ciel et le Seigneur tout-puissant ! »

Posant sa joue contre celle de son fils, les yeux clos, il sentit le petit corps parcouru d'un léger tremblement : une vibration invisible, comme le ronronnement d'un chaton, à peine perceptible sous les doigts. Une crise d'angoisse ?

Richard ouvrit les paupières et tendit l'enfant à bout de bras pour le regarder droit dans les yeux. Mais le visage du petit garçon demeurait lisse, impénétrable.

– On dirait que tu ne lui as pas manqué tant que ça ! lança Dick.

– Il a un appétit de loup, annonça Mag fièrement.

– Avec moi, il s'est montré aussi joyeux qu'un petit rossignol, renchérit Peg d'un air triomphant.

Richard sentit ses genoux faiblir et se laissa tomber sur un siège à côté du comptoir, son fils toujours blotti contre sa poitrine. Le léger tremblement de l'enfant avait disparu. « Oh, William Henry, qu'as-tu cru ? As-tu pensé que ton papa ne reviendrait plus ? Jusque-là, jamais je ne m'étais éloigné de toi plus d'une heure ou deux. Et, lorsque cela arrivait, tout le monde ne cessait de te répéter que je serais de retour avant le coucher du soleil. Tu ne pleurais jamais, ne refusais jamais de manger, ne montrais pas la moindre inquiétude. Mais, cette fois, je sais que tu as cru que je ne reviendrais jamais. »

– Je serai toujours à tes côtés, murmura-t-il à l'oreille de l'enfant. Toujours.

Au cours des dix-huit derniers mois, Peg s'était étonnée de l'extrême faiblesse – à moins que ce ne fût de la douceur ? – de son mari à l'égard de leur fils. « Ce n'est pas sain, songea-t-elle. Il a trop besoin de notre enfant pour combler en lui un vide dont j'ignore tout. C'est trop injuste. J'aime William Henry autant que lui. À présent que Richard travaille au-dehors, je peux enfin l'avoir pour moi toute seule. »

— Comment se passe ta vie, là-bas ? interrogea-t-elle.

— Tout va bien, répondit Richard, reprenant lentement le contrôle de ses émotions.

Il regarda Dick.

— J'ai gagné deux livres aujourd'hui, père. Une pour moi et une pour toi.

— Pas question, grogna Dick. Ce sera dix shillings pour moi et trente pour toi. Cela m'aidera déjà bien assez les jours où aucun client ne se montrera ici. Ajoute deux shillings de plus pour la pension de ta petite famille et mets de côté les vingt-huit restants. Habitas compte te payer chaque samedi, n'est-ce pas ? J'espère qu'il n'est pas de ceux qui règlent les salaires tous les mois ou seulement lorsqu'on leur a payé leurs marchandises ?

— Il paie tous les samedis, père.

Ce soir-là, au lit, quand Richard voulut s'approcher de Peg pour relever délicatement sa chemise de nuit, elle lui administra une petite tape sur la main, d'un geste agacé.

— Non, Richard ! murmura-t-elle sèchement. William Henry ne dort pas encore et il est désormais assez âgé pour comprendre.

Richard demeura étendu dans le noir, à écouter les ronflements et les sifflements de la chambre voisine. Il se sentait las après ces longues heures de travail mais étrangement éveillé. Aujourd'hui, beaucoup de choses avaient pris un tour nouveau. Son travail, d'abord, qu'il appréciait. Mais aussi la séparation avec son enfant et sa femme bien-aimés. Il comprenait soudain qu'il pouvait, en toute innocence, blesser les sentiments de ceux qu'il chérissait. Et pourtant, il lui fallait travailler pour entretenir sa famille, pour qu'elle ne manque de rien. Malgré cela, et pour la première fois depuis leur mariage, Peg venait de le repousser. Quant à William Henry, il s'était mis à trembler comme un chaton effrayé.

« Que puis-je donc faire ? s'inquiéta Richard. Quelle solution trouver ? Aujourd'hui, j'ai involontairement creusé une brèche au sein des miens, et pour la meilleure des causes. Je n'ai jamais beaucoup exigé ni attendu de la vie. Tout ce dont j'ai besoin, c'est la présence de ma famille. C'est là que je puise mon bonheur. Je leur appartiens et ils m'appartiennent. Du moins, je le pensais. Faut-il toujours, chaque fois que l'on change quelque chose dans sa vie, voir le sol s'entrouvrir sous ses pieds ? Cet abîme sera-t-il profond ? »

— *Senhor* Habitas, combien de mousquets dois-je fabriquer par jour ?

Sa deuxième journée de travail à l'armurerie venait de débuter et l'aube pointait à peine.

Tomas Habitas demeura impassible. Comme toujours, son visage ne reflétait rien de ses émotions.

— Pourquoi cette question, Richard ?

— Je ne souhaite pas travailler de l'aube au crépuscule, *senhor*. Ce n'est plus comme autrefois. Ma famille a besoin de moi.

— Je le comprends fort bien, répondit doucement Tomas Habitas. Mais nous devons affronter un dilemme insoluble. Il faut gagner de l'argent pour assurer le bien-être des siens et, pourtant, nos proches réclament bien plus que de l'argent. Malheureusement, un homme ne peut se trouver dans deux endroits en même temps. Je te paie au mousquet, Richard. Ce qui signifie que tu peux en faire autant ou aussi peu que tu le voudras… À la vérité, je souhaiterais voir sortir chaque jour quinze à vingt mousquets de mon atelier mais, si tu n'en fais qu'un seul, je m'y résignerai. C'est ton choix.

— Que diriez-vous de dix ?

– C'est un chiffre qui me paraît tout à fait acceptable.

Et c'est ainsi que Richard put rentrer chez lui dès le milieu de l'après-midi, après avoir assemblé et essayé ses dix mousquets quotidiens. Le *senhor* Habitas se montrait fort satisfait. Tout comme Richard, qui pouvait se rapprocher de sa femme et de son fils tout en faisant grossir ses économies à la banque. Son rêve – acheter une maison à Clifton Hill – se précisait enfin.

Désormais, son fils commençait à marcher. Sous peu, l'univers de Broad Street, entraperçu par la porte de la taverne, exciterait la curiosité de l'enfant. « Mieux valait, pensait Richard, que les premiers pas de William Henry le portent sur des chemins parfumés et fleuris plutôt que dans le dédale de rues sombres de Bristol, lourdes des effluves nauséabonds du Froom à marée basse. »

Mais, lorsqu'il revint chez lui ce jour-là, ce ne furent ni Peg ni William Henry qui s'empressèrent pour l'accueillir. En revanche, Mr Thistlethwaite se leva de sa table pour venir à sa rencontre et le serrer chaleureusement contre lui.

– Eh, Jem ! plaida Richard en riant, lâchez-moi ! Sinon, vos pistolets vont partir tout seuls !

– Richard ! Richard ! Je croyais ne jamais te revoir !

– Moi ? Et pourquoi ? Même si je travaillais du matin au soir – et, ainsi que vous pouvez le constater, ce n'est plus le cas –, vous m'auriez au moins revu en hiver, répondit Richard en se libérant de son étreinte pour tendre les bras au petit William Henry, qui se blottit aussitôt contre lui.

Peg survint alors en souriant avec, dans les yeux, une expression vaguement coupable. Elle plaqua sur les lèvres de son mari un long baiser. Lorsque Richard prit place à la table de Thistlethwaite, il eut l'impression que l'abîme sous ses pieds venait de se refermer. Tout redevenait comme avant.

Dick lui tendit une chope de bière qu'il sirota, savourant chaque gorgée de ce breuvage légèrement amer, sans pour autant l'apprécier à l'excès. Sobre par nature, lui-même fils d'un tavernier réputé pour sa tempérance, il ne buvait que de la bière, et jamais assez pour en ressentir le moindre effet. Il y avait déjà bien assez de gens comme cela qui abusaient du rhum ou du gin. Et, dans son métier, il lui fallait rester équilibré, garder les mains fermes et un esprit aiguisé. Avec seulement trois pence, on pouvait se payer une demi-pinte de rhum ou, selon sa qualité, une pleine pinte de gin. S'il existait des lois pour réprimer presque tous les vices du genre humain, il n'y en avait pas pour les excès de boisson. L'État récoltait des taxes bien trop substantielles sur le commerce de l'alcool pour décourager ses sujets.

À Bristol, on consommait encore plus de rhum que de gin, la boisson des pauvres. Principal importateur de sucre pour toutes les îles Britanniques, Bristol s'était naturellement institué capitale du rhum. À la vérité, il existait fort peu de différence entre les deux breuvages, même si le rhum était en général plus parfumé, et mieux toléré par l'organisme, que le gin.

En tant que buveur de rhum – et du rhum de premier choix –, Mr Thistlethwaite avait fait du Cooper's Arms son second foyer, principalement parce que Dick Morgan achetait un rhum incomparable, issu de la distillerie de Mr Thomas Cave, à Redcliff.

Ce jour-là, lorsque Richard revint de son travail, Thistlethwaite était déjà pas mal éméché – plus qu'il ne l'était en général à trois heures de l'après-midi. Richard lui avait manqué, tout simplement, et il en avait conclu que son jeune ami ne serait plus jamais de retour avant son départ de la taverne, à cinq heures. Sans doute par un ultime instinct de conservation, Thistlethwaite s'en tenait inexorablement à cette limite horaire. S'il restait une seule minute de plus au Cooper's Arms, il savait qu'il finirait immanquablement ivre mort dans un caniveau de Broad Street.

— Je suis peut-être un peu gris à cette heure, dit-il en titubant légèrement, mais, quand je t'ai vu entrer à l'instant, Richard, cela m'a ému aux larmes.

Il se dirigea d'un pas incertain vers la porte. Sa voix parvint à Richard depuis Broad Street.

— Je me demande vraiment pourquoi, tu sais. Oui, pourquoi ai-je éprouvé cela alors que je ne te connais pas ? Qui donc es-tu, hormis le fils du tavernier ? Tu es un mystère, Richard… Un véritable mystère.

Sa tête, coiffée avec désinvolture d'un tricorne, réapparut dans l'embrasure.

— Un homme ivre possède-t-il un don de double vue, Richard ? Faut-il croire aux prémonitions ? Hum ! Ma foi, je mérite peut-être le surnom de Cassandre car je deviens aussi sentimental qu'une vieille femme. Ho ho ! Allons, assez de fadaises ! Laissons mes attiques poumons respirer l'air béotien !

Puis il disparut de nouveau.

— Ce type-là est complètement marteau, soupira Dick. Aussi fou qu'un lièvre de Mars !

La guerre contre les treize colonies d'Amérique se poursuivit et s'émailla de tant de victoires des rangs britanniques que les bons citoyens de Bristol, émerveillés, s'attendaient d'un jour à l'autre à une reddition définitive de l'ennemi. Mais cette nouvelle ne vint jamais. Les colons réussirent à s'emparer de Boston et à en chasser sir William Howe, qui se réfugia sur-le-champ à New York, manifestement prêt à prendre sa revanche en divisant ses troupes, en poussant George Washington dans le New Jersey et en se plaçant lui-même sur l'axe reliant les colonies du nord et du sud. À Nassau et à Narragansett, son frère, l'amiral Howe, venait d'infliger une défaite à la toute jeune marine américaine, prenant ainsi le contrôle de la mer.

Jusque-là, le gouvernement de Pennsylvanie s'était efforcé de garder une attitude mesurée en encourageant les négociations entre les loyalistes et les rebelles. Au moment où la défaite américaine paraissait inévitable – du moins aux yeux des gens de Bristol –, la Pennsylvanie changea soudain de cap et rompit son allégeance à la Couronne pour rejoindre avec ardeur le camp des insoumis. Une volte-face qui parut incompréhensible à beaucoup, tout particulièrement aux quakers de Bristol, pour la plupart apparentés aux colons de Pennsylvanie.

En août 1776, les journaux rapportèrent que le Congrès venait de signer la Déclaration d'indépendance proposée par Thomas Jefferson sans l'accord de New York. John Hancock, le président du Congrès, fut le premier à ratifier le projet, et son ample signature aurait fait pâlir de jalousie sa pitoyable effigie, qui continuait encore de se balancer au bout de l'enseigne de l'American Coffee House de Bristol. Après que les troupes du général Washington eurent à leur tour rejoint le camp des indépendantistes en acclamant la Déclaration de Jefferson, New York la ratifia à son tour. L'indépendance était à présent sur toutes les lèvres, même si Manhattan demeurait loyaliste. Le drapeau du Congrès s'orna dès lors de treize bandes rouges et blanches.

Les négociations de Staten Island s'interrompirent quand les colons eurent refusé d'abroger la Déclaration d'indépendance. Sir William Howe envahit alors le New Jersey, avec son infanterie anglaise enrichie de dix mille mercenaires hessois, recrutés par le roi pour renforcer ses troupes. Washington traversa le Delaware afin de pénétrer en Pennsylvanie, puis il dut rebrousser chemin au cœur de l'hiver pour infliger une cuisante défaite aux mercenaires qui venaient de prendre Trenton. Après une nouvelle – mais moindre – victoire à Princeton, l'armée des rebelles se replia dans les collines de Morristown tandis que le général Howe, totalement défait, retournait à Manhattan avec lord Cornwallis, son commandant en second. La famille Cornwallis possédait une propriété à Clifton Hill et, de ce fait, était chère au cœur de chaque habitant de Bristol.

Pour Richard, l'année 1776 fut placée sous le signe des mousquets et de l'argent. Il possédait qutre cents livres à la banque de Bristol, et les douze shillings par jour donnés à son père avaient permis au Cooper's Arms de rester ouvert alors que tant d'autres tavernes fermaient définitivement leurs portes. Les restrictions frappaient tout le monde, riches ou pauvres. Les temps étaient des plus difficiles.

Le taux de criminalité s'était accru au-delà de tout ce qu'on aurait pu imaginer et, désormais, il se compliquait d'un nouveau problème, conséquence de cette guerre américaine si amère : il n'était plus possible d'expédier les condamnés ou les pauvres ne dépendant d'aucune paroisse vers les treize colonies pour les vendre comme travailleurs sous contrat. Avec le temps, cette pratique commode avait permis au gouvernement d'appliquer des mesures disciplinaires considérées comme les plus dures d'Europe tout en gardant une population carcérale relativement peu nombreuse. Pour un Français condamné à la pendaison, on en pendait dix en Angleterre, et, pour un Allemand, quinze. Il arrivait aussi qu'on pende des femmes. Mais, dans leur grande majorité, les déportés n'étaient ni voleurs de grand chemin, ni assassins, ni incendiaires et se voyaient condamnés pour des délits minimes. Vendus sous contrat de travail à des hommes qui les entassaient sur des navires – dont beaucoup partaient de Bristol –, ils débarquaient de l'autre côté des mers dans l'une ou l'autre des treize colonies où on les revendait comme esclaves de race blanche, non sans un profit substantiel. La différence entre eux et les esclaves noirs – du moins en théorie – résidait dans le fait qu'un terme était fixé à leur condition de détenu. Mais ce n'était pas toujours le cas, surtout s'il s'agissait d'une femme. Moll Flanders[1] en savait quelque chose.

Le transfert de travailleurs blancs sous contrat se concentrait sur quelques-unes des treize colonies car les riches planteurs des Indes occidentales préféraient employer des Noirs, convaincus que ceux-ci, habitués à la chaleur, travaillaient mieux dans ce climat tropical. De plus, on pouvait les différencier d'un seul coup d'œil du « Master » et de la « Mistress ». Bien que ce système de déportation eût été suspendu momentanément à cause de la guerre, les cours de justice et les assises ne cessèrent pas pour autant de condamner durement les plus petits délits. La loi anglaise n'était pas conçue pour protéger les droits de quelques aristocrates, mais ceux de toute personne ayant acquis quelques biens ou un peu de fortune, si minime fût-elle. La population carcérale se mit donc à enfler pour atteindre un taux alarmant et

1. Célèbre figure du XVIIIe siècle qui inspira à Daniel Defoe son roman éponyme, Moll Flanders naquit à Newgate, et, au cours des soixante années d'une existence fort mouvementée, fut, selon ses propres *Mémoires*, douze ans une catin, cinq fois une épouse (dont une fois celle de son propre frère), douze ans une voleuse, et huit ans déportée en Virginie. Elle finit dans la richesse et mourut pénitente. *(N.d.T.)*

l'on fut contraint de transformer en hâte des châteaux et de vieux immeubles abandonnés en lieux de détention auxiliaires. Le flot des condamnés continua de pénétrer, traînant ses chaînes, entre les grilles des anciennes et des nouvelles prisons.

C'est alors que Duncan Campbell, entrepreneur et spéculateur londonien, conçut l'idée d'utiliser comme prisons de vieux navires de guerre inscrits sur les listes ordinaires, c'est-à-dire hors service. Il en acheta un, le *Censor*, l'amarra sur la Tamise au Royal Arsenal et le remplit de deux cents prisonniers de sexe masculin. Une nouvelle loi autorisant le gouvernement à faire travailler ces condamnés à son profit, les détenus du *Censor* furent donc chargés de draguer le fleuve dans la section ouvrant accès à la mer. On les employa à construire de nouveaux docks, travaux que des hommes libres n'auraient accomplis qu'en échange d'un salaire élevé. Le travail des prisonniers ne coûtait que le prix de leur nourriture et de leur logement, tous deux assurés par Mr Duncan Campbell sur le *Censor*.

Toutefois, l'on commit au début quelques erreurs. Campbell découvrit qu'on ne pouvait faire dormir ces détenus dans des hamacs car leurs chaînes s'emmêlaient. Il installa donc des couchettes, ce qui lui permit de porter la capacité d'accueil du *Censor* à trois cents hommes. Le gouvernement de Sa Majesté britannique, extrêmement satisfait de cet arrangement, résolut de payer Campbell pour sa peine. Les forçats en surplus pourraient être ainsi entassés sur des carcasses de bateaux jusqu'à la fin de la guerre, quand les transferts pourraient reprendre leur cours. Ce fut pour tous un immense soulagement.

Pour le tenancier d'une taverne, il était clair que la plupart des petits délits étaient accomplis en état d'ivresse.

Le travail devenant rare, on avait recours au rhum ou au gin, de plus en plus précieux pour ceux qui ne voyaient aucun rayon d'espoir illuminer leur sort. Le port de vêtements de soie, de mouchoirs ou de colifichets était la marque distinctive des gens aisés. Hommes et femmes – parfois même des enfants, réduits à mendier à la paroisse leur pain quotidien – se mettaient à boire dès qu'ils avaient une pièce, pour oublier leurs loques ; une fois ivres, ils volaient des vêtements, des mouchoirs, des colifichets. En somme, tout ce qu'ils ne pouvaient pas s'offrir. Un butin que l'on pouvait revendre à des receleurs – à Londres ou à Bristol – contre un verre et quelques heures supplémentaires d'oubli et d'ivresse. Quand les voleurs étaient pris, on les traînait devant un tribunal qui les condamnait parfois à mort, parfois à sept ou quatorze années de déportation. Mais déporté où ? Une question que nul n'osait poser.

Pour Richard, l'année 1777 aurait dû ressembler à la précédente – fabriquer des mousquets et économiser de l'argent – mais, peu après le nouvel an, alors que Washington et ce qui lui restait de troupes enduraient les souffrances d'un terrible hiver hors de Morristown, les Morgan du Cooper's Arms reçurent un choc : Mr James Thistlethwaite leur annonça abruptement qu'il quittait Bristol.

Dick s'écroula sur une chaise, ce qui lui arrivait si rarement qu'il avait les coudes calleux à force de rester appuyé au comptoir.

— Partir ? demanda-t-il d'une voix faible. Partir ?

— Oui, déclara Mr Thistlethwaite sur un ton acerbe, partir, et alors ?

Peg et Mag fondirent en larmes. Richard, tout décontenancé, les envoya avec William Henry à l'étage pour y pleurer à leur aise. Ensuite, il se tourna vers Mr Thistlethwaite, qui affichait un air furieux.

— Jem, vous faites partie des meubles ! Vous ne pouvez pas nous quitter !

— Je ne fais pas partie des meubles et je m'en vais !

— Asseyez-vous donc, mon ami ! Et ne prenez pas cet air agressif ! Nous ne sommes pas vos adversaires.

— Ah ah ! s'exclama Mr Thistlethwaite en obtempérant. Tu es donc capable de sortir de ta coquille, enfin ! Mon départ serait-il si important ?

— C'est une très mauvaise nouvelle, convint Richard, père, veux-tu me donner une bière et servir à Jem un pot de la meilleure cuvée de Thomas Cave ?

Dick se leva et s'exécuta.

— Et maintenant, qu'est-ce qui se passe ? demanda Richard.

— J'en ai assez, voilà tout. Je n'ai plus rien à faire à Bristol. Qui me reste-t-il encore à brocarder ? Le vieil évêque Newton ? Je ne peux pas faire ça à quelqu'un qui a tout juste assez d'esprit pour qualifier de « méthodisme » ce qui n'est qu'une forme abâtardie de papisme. Et que puis-je inventer d'autre, encore, pour irriter les autorités ? Quel sarcasme cuisant pourrais-je trouver à part dire que sir Abraham Isaac Elton parle beaucoup mais ne fait pas la loi, que John Vernon fait la loi et parle peu et que Rowles Scudamore ne fait ni l'un ni l'autre ? J'ai révélé publiquement que Daniel Harson avait été un ministre dissident, et John Powell médecin sur un négrier. Non, Richard, j'ai joué mes dernières cartes à Bristol et j'ai envie de découvrir de nouveaux et plus verts pâturages. Il est grand temps que je parte pour Londres.

Richard demeura quelques instants silencieux. Comment expliquer avec tact à son ami qu'une étoile, aussi brillante soit-elle à Bristol, peut se trouver obscurcie par le brouillard d'une cité vingt fois plus grande ?

— C'est une grande ville, se risqua-t-il enfin à dire.

— J'y ai des amis, répliqua Mr Thistlethwaite.

— Vous ne changerez pas d'avis ?

— Je n'en changerai pas.

— Alors, intervint Dick qui avait recouvré quelque force, je bois à votre chance et à votre santé, Jem. (Il retroussa les lèvres.) Au moins, je ferai l'économie de vos maudites plumes et de votre encre.

— Vous nous écrirez pour nous donner de vos nouvelles, n'est-ce pas ? demanda Richard un peu plus tard, quand l'humeur agressive de Mr Thistlethwaite se fut changée en un larmoyant apitoiement sur lui-même.

— Si toi, tu m'écris. (Le barde de Bristol essuya une larme en reniflant.) Oh, Richard, le monde est bien cruel ! Et je me sens, moi aussi, l'envie de me montrer cruel à son égard sur une plus grande échelle qu'à Bristol.

Ce soir-là, Richard prit William Henry sur ses genoux et le contempla pensivement. À deux ans et demi, c'était un garçon grand et fort, et il avait un visage d'ange – du moins était-ce l'avis de son père. Ses yeux étaient si grands, si uniques que personne ne pouvait se souvenir d'en avoir vu de semblables. Leur couleur ressemblait à celle d'une bière blonde semée de grains de poivre. Mais il y avait aussi les traits étonnamment réguliers du visage et la perfection de la carnation. Partout où l'enfant allait, les gens se retournaient sur lui, admirant son exceptionnelle beauté. Ce n'était pas seulement l'opinion de parents complaisants. De l'avis général, William Henry était un enfant ravissant.

— Mr Thistlethwaite va s'en aller, annonça Richard à son fils.

— Loin ?

— Oui, à Londres. Nous ne le verrons plus guère et peut-être même plus du tout.

Les yeux du petit garçon ne s'emplirent pas de larmes mais ils changèrent et Richard savait qu'ils exprimaient du chagrin, de l'émotion, sans se départir de leur secret.

— Il ne nous aime plus, papa ?

— Il nous aime toujours beaucoup. Mais il a besoin de plus d'espace qu'à Bristol et cela n'a rien à voir avec nous.

En les entendant, Peg se recroquevilla sur elle-même, aussi impénétrable que ce qui se cachait dans l'esprit du petit William Henry. Après sa première réaction vindicative envers les approches de Richard, elle s'était mieux contrôlée et acceptait de nouveau le devoir conjugal. Même si Richard avait remarqué qu'elle y répondait avec une indifférence plus mécanique encore que celle d'une prostituée, il ne fit pas de commentaire. Ce n'était pas qu'elle l'aimât moins, non. Sa réticence physique reposait sur un fort sentiment de culpabilité. N'était-elle pas devenue stérile ? Son ventre était racorni et vide, incapable de contenir autre chose que ses menstrues, alors qu'elle était mariée à un homme qui aimait ses enfants plus que tout au monde. Un homme qui avait besoin d'en avoir toute une tribu.

Alors qu'ils reposaient côte à côte dans leur lit, rassurés par les ronflements de la chambre de devant, et par la respiration régulière de William Henry, Peg dit soudain :

— Richard, mon amour, je crains de ne plus jamais avoir d'enfant.

Voilà. C'était dit. Enfin.

— En as-tu parlé au cousin James l'Apothicaire ?

— Ça ne me semble pas nécessaire et ce n'est d'ailleurs pas une chose qu'il puisse guérir, Dieu a voulu que je sois ainsi. Je le sais, voilà tout.

Il cligna des yeux, la gorge serrée.

— Eh bien, qu'importe ! N'avons-nous pas notre William Henry ?

– Je sais. Et il se porte bien, remarquablement bien. Mais, Richard… (Elle se redressa pour s'asseoir dans le lit.) C'est à cause de lui que je veux te parler.

Il s'assit à son tour, les bras autour des genoux.

– Allons, parle, Peg !

– Je ne veux pas aller m'installer à Clifton.

Il s'accouda, tâtonna pour trouver l'amadou et alluma la chandelle pour mieux la regarder. Un visage rond, charmant, crispé par l'anxiété, troué par de grands yeux noirs semblables à ceux d'un animal poursuivi par une meute.

– Mais c'est justement pour le bien de notre seul enfant que nous devons aller à Clifton, Peg !

Incapable de trouver les mots justes pour exprimer ce qu'elle ressentait, elle crispa les mains, soudain terriblement semblable à son fils.

– C'est aussi pour le bien de William Henry que je parle. Je sais que tu as assez d'argent pour acheter un très joli cottage sur la colline, mais je m'y retrouverai toute seule avec notre fils. S'il se passait quelque chose, qui pourrais-je appeler à mon secours ?

– Nous avons les moyens d'engager une servante, Peg. Je te l'ai dit.

– Oui, mais une servante ne remplace pas la famille. Ici, j'ai tes parents et tout est bien, Richard. La nuit, je suis hantée par toutes sortes de cauchemars. J'imagine William Henry descendant vers les rives de l'Avon et tombant dedans, pendant que je suis occupée à faire cuire du pain et que la servante va chercher de l'eau au puits de Jacob. Je ne cesse de le voir tomber et se noyer – encore et encore, toujours !

La flamme fit scintiller les larmes qui s'étaient mises à couler. Richard posa la chandelle sur le coffre, à côté du lit, et prit sa femme dans ses bras.

— Peg, Peg… Ce ne sont que des rêves. Sais-tu que, dans mes propres cauchemars, j'imagine William Henry écrasé sous les patins d'un traîneau, emporté par la marée ou encore tombant dans une trappe ? Rien de tout ça ne peut arriver à Clifton. Si ça te tracasse tellement, nous prendrons une autre servante pour surveiller William Henry.

— Tes cauchemars sont toujours différents, dit-elle en pleurant. Mais le mien est toujours le même. C'est toujours William Henry qui tombe dans l'Avon, à l'endroit même où le bras se resserre. Notre fils est terrifié par quelque chose que je ne peux pas voir.

Il s'efforça de la rassurer jusqu'à ce qu'elle se calme et, finalement, s'endorme dans ses bras. Il resta étendu à la lueur vacillante de la chandelle, à lutter contre son propre chagrin. C'était une conspiration familiale, il le savait. Son père et sa mère influençaient Peg. Mag parce qu'elle adorait William Henry et aimait sa bru comme une fille. Et Dick parce que… eh bien, peut-être avait-il songé que, lorsque son fils serait installé à Clifton, il cesserait de lui verser ses douze shillings par jour… Il lui faudrait alors faire face à de plus lourdes dépenses.

Son instinct lui disait qu'il ne devait pas céder à ces pressions et qu'il lui fallait emmener sa femme et son fils sur les collines verdoyantes de Clifton, où l'air était meilleur. Mais ce que Dick Morgan qualifiait de mollesse chez Richard n'était en fait que sa capacité à comprendre les actions des autres, en particulier de sa famille, et à compatir à leurs inquiétudes. Il pouvait insister pour s'installer à Clifton – il avait trouvé le cottage qui leur conviendrait, assez grand, joliment couvert de chaume, et assez récent, avec une cuisine séparée dans la cour arrière pour éviter les risques d'incendie, et un réduit pour loger la servante – mais il savait déjà que Peg avait décidé de ne pas y aller.

D'emblée, elle détestait cette seule idée. Étrange pour une fille de paysan. Richard n'avait pas imaginé un seul instant qu'elle pourrait refuser ce mode de vie plus rural, qui le tentait, lui, un homme né et élevé en ville. Ses lèvres se mirent à trembler mais Richard Morgan ne pleurait pas, même dans l'intimité de la nuit. Lentement, douloureusement, il se résigna avec courage à ne jamais vivre à Clifton.

« Mon Dieu, Vous qui régnez au ciel comme sur la terre, mon épouse pense que William Henry risque de se noyer dans l'Avon si nous nous installons à Clifton. Mais, moi, j'ai le pressentiment que ce sera Bristol qui le tuera. Je Vous en prie, Seigneur, protégez mon fils ! Laissez-moi ce seul enfant ! Sa mère dit qu'il n'y en aura pas d'autres et je la crois. »

– Nous resterons au Cooper's Arms, annonça-t-il à Peg quand ils s'éveillèrent un peu avant l'aube.

Le visage de sa femme s'éclaira et elle le serra dans ses bras, bouleversée et soulagée à la fois.

– Oh, merci Richard, merci !

La guerre d'Amérique se poursuivit pendant quelque temps sous de bons auspices pour l'Angleterre, même si, au Parlement, certains membres du parti tory se sentirent assez forts pour quitter le gouvernement en signe de protestation contre la politique du roi. On chargea Mr Johnny Burgoyne de débarrasser le pays de tous les rebelles au nord de New York, et il fit la démonstration de ses remarquables aptitudes tactiques en se rendant maître de Fort Ticonderoga, sur le lac Champlain, une place jugée imprenable par les rebelles. Mais entre le lac et le cours supérieur de l'Hudson s'étendait une région sauvage que Burgoyne devait traverser et où il n'avança qu'à raison d'un mile par jour. Sa chance l'abandonna, et les troupes chargées de faire diversion capitulèrent à Bennington. Horatio Gates avait pris le commandement des rebelles avec l'assistance du brillant Benedict Arnold. Attaqué à deux reprises à Bemis Heights, Burgoyne, finalement vaincu, se rendit à Saratoga.

La nouvelle ébranla l'Angleterre jusque dans ses fondations. Se rendre ! Cette cuisante défaite éclipsa à elle seule toutes les victoires acquises, conséquence subtile et mystérieuse que ni lord North ni le roi n'avaient envisagée. Pour l'Anglais ordinaire, homme ou femme, Saratoga signifiait que l'Angleterre était en train de perdre la guerre et que les rebelles américains possédaient quelque chose qui avait fait défaut aux Français, aux Espagnols et aux Hollandais.

Si sir William Howe s'était avancé sur l'Hudson pour rejoindre Burgoyne, les choses auraient pu tourner différemment, mais Howe choisit plutôt d'envahir la Pennsylvanie. Il battit George Washington à Brandywine, puis réussit à prendre Philadelphie et Germantown. Le Congrès américain s'enfuit à York, en Pennsylvanie, ce qui laissa perplexes les Anglais, des deux côtés de l'Atlantique. On n'abandonne pas ainsi sa capitale à l'ennemi, on la défend jusqu'à la mort ! À quoi bon prendre Philadelphie si le gouvernement rebelle n'y était plus ? Il se passait quelque chose de nouveau à la surface du globe.

Les conquêtes de Howe en Pennsylvanie eurent lieu presque en même temps que les campagnes de Burgoyne au nord de New York, mais elles ne compensèrent nullement la défaite de Saratoga. Dès lors, le Parlement commença à se demander si les Britanniques étaient en mesure de gagner cette guerre. Le gouvernement de lord

North devint plus défensif, se préoccupa à l'excès des événements d'Irlande, ralentit ses échanges maritimes et parla moins d'enrôler des volontaires pour aller combattre les Français alliés aux Américains. À Londres, on ne parlait plus que de cela. Si les Irlandais voulaient se battre, il fallait essayer de les calmer, car les troupes anglaises se trouvaient au loin, à trois mille miles du pays. Ce n'était pas une tâche facile avec les tories qui régnaient au Parlement.

À Bristol, la dépression économique allait en s'aggravant. Sachant la Royal Navy de l'autre côté de l'Océan, les corsaires français et américains sillonnaient les mers et narguaient les bâtiments anglais.

Toujours prêts à armer des corsaires, les riches habitants de Bristol fournirent des fonds pour transformer des navires marchands en forteresses flottantes, lourdement armées. Les corsaires anglais s'étaient montrés redoutables pendant la guerre de Sept Ans contre la France ; aussi, personne n'imaginait que cette nouvelle guerre pourrait avoir des résultats différents.

> *Pourtant*, écrivit Richard à Mr James Thistlethwaite durant la seconde moitié de 1778, *ces investissements se sont soldés par un désastre. Bristol a armé vingt et un corsaires, mais deux seulement, le* Tartar *et l'*Alexander, *ont réussi à capturer un butin qu'un Français des Indes orientales a évalué à cent mille livres. Le commerce maritime a tellement décliné que, d'après le Conseil, les taxes portuaires ne couvriront même pas le salaire du maire.*
>
> *Partout, on rencontre des voleurs de grand chemin. La route jusqu'à l'auberge des White Ladies Inn, à la barrière de péage d'Aust, est même considérée comme trop dangereuse pour une promenade du dimanche. Mr et Mrs Maurice Trevillian, une honorable famille*

de Cornouailles, ont été arrêtés et volés dans leur voiture juste devant leur résidence sur Park Street ! On leur a pris une montre en or, des bijoux de grande valeur et un peu d'argent.

Bref, Jem, la situation est précaire.

Mr Thistlethwaite répondit à la lettre de Richard avec une remarquable promptitude. Certaines mauvaises langues de Bristol susurraient que les choses n'allaient pas si bien que cela à Londres pour Jem Thistlethwaite. Il n'aurait trouvé que de mauvaises rubriques dans de rares journaux et aurait même travaillé pour des papetiers.

Richard, quelle joie d'avoir de tes nouvelles ! Ton visage avenant me manque mais ta lettre me console un peu.

La seule différence entre un pirate et un corsaire c'est l'emblème du gouvernement de Sa Majesté, laquelle, soit dit en passant, prélève d'ailleurs une large part des profits. Ce qui a débuté comme un conflit local est devenu une guerre générale. Les avant-postes anglais sont attaqués dans presque tous les coins du globe – comment un globe peut-il avoir des coins ? –, même les plus reculés.

Je ne suis pas surpris que la seule capture ait été faite par deux navires négriers. Et particulièrement par le Tartar *et l'*Alexander. *Juste la bonne dimension et le bon tonnage ; 120 hommes, 16 canons. Parfait. De plus, les navires négriers vont plus vite que les autres, ils sont rapides et remarquablement manœuvrables. Il fallait bien qu'on les emploie à quelque chose puisque le trafic des esclaves est impossible en ce moment.*

Si Bristol traverse une mauvaise passe, Liverpool est au bord du gouffre. C'est une ville presque aussi grande que Bristol, mais qui possède moins du quart de ses institutions charitables. Des milliers de personnes ont été confiées à leurs paroisses mais celles-ci, en l'absence de dons, ne parviennent pas à les nourrir. Les malheureux meurent de faim mais lord Penrhyn et ses semblables de Liverpool ignorent le mot « philanthropie ». Voilà ce qui arrive quand les richissimes bourgeois d'une ville s'enrichissent tous dans le commerce des esclaves.

Les souffrances n'épargnent pas non plus le million d'habitants de Londres, ville pourtant tournée vers l'est. La Compagnie des Indes orientales est dans la gêne et redoute beaucoup les Français qui s'entendent si bien avec leurs alliés yankees. Les États-Unis d'Amérique ! Un bien grand nom pour une vague confédération de petites colonies rassemblées par une nécessité urgente – laquelle ne durera pas. Aussi, je te le prédis, chacune de ces colonies reprendra sa propre route et les États-Unis d'Amérique ne seront plus qu'une utopie dans l'esprit d'une poignée d'hommes particulièrement brillants. Les colons américains gagneront leur guerre, je n'en ai jamais douté, mais ils se retrouveront avec treize États différents, liés seulement par un traité d'assistance mutuelle : rien de moins solide.

Un petit écho qui te divertira, je pense. Mr Henry Cruger, député de Bristol et Américain de son état, reçoit, paraît-il, du roi une pension d'au moins mille livres par an pour fournir des informations sur les Yankees. Ironique, n'est-ce pas ? On crie partout à Bristol que Cruger est un espion yankee, alors qu'il a toujours espionné pour l'Angleterre.

Pour conclure, mon cher Richard, je te dirai que l'air de Londres est un air béotien qui ne convient guère à mes poumons attiques. Cependant je me porte bien et je m'enivre assez souvent, bien que le rhum d'ici ne vaille pas celui de Thomas Cave.

« Ce dernier paragraphe révélait que les mauvaises langues de Bristol n'avaient pas tout à fait tort », songea Richard en reposant la lettre. Pauvre Jem ! Il se sentait à l'étroit à Bristol et avait cru trouver mieux dans une ville gigantesque comme Londres sans se douter que la capitale possédait déjà ses propres satiristes, et en assez grand nombre pour n'avoir nul besoin de ceux de Bristol.

Thistlethwaite continua de submerger Richard de missives contenant des nouvelles dont la plupart lui étaient déjà connues. Mais, par tact, il ne put se résoudre à le lui dire.

À la fin de l'année 1780, il reçut une nouvelle lettre de Thistlethwaite.

– Oh, Jem, s'exclama-t-il en la parcourant, vous avez perdu tout votre mordant !

Le monde est dans une confusion totale, Richard. Sir William Clinton, notre dernier commandant en chef, a abandonné Philadelphie pour s'emparer de Manhattan, un quartier de New York. Cela me fait penser à un renard regagnant son terrier avant que les chiens de chasse ne se mettent à aboyer. Les Français ont officiellement reconnu les États-Unis d'Amérique et font entre eux des gorges chaudes à propos du bonnet de fourrure, mangé aux mites, de l'ambassadeur Benjamin Franklin. L'Europe tout entière craint à présent que Catherine, impératrice de toutes les Russies, ne signe un traité de paix armée avec le Danemark, la Suède, la Prusse, l'Autriche et la Sicile. Le seul point commun entre ces pays est qu'ils redoutent tous l'Angleterre et la France.

J'ai écrit un brillant pamphlet – très bien accueilli ! – sur les cinq mille cinq cents Fils de la Liberté faits prisonniers quand sir Henry Clinton s'est emparé de Charles Town. Ils furent enrôlés de force sur notre flotte. Joli coup, n'est-ce pas ? Mon article tournait autour du fait que les officiers américains ne se permettent pas de fouetter leurs soldats ni leurs marins ! Imagine ce qu'ont dû penser les Fils de la Liberté quand notre cher vieux chat à neuf queues, un châtiment bien anglais, a frappé leurs dos et leurs derrières !

J'ai écrit aussi un article pour la défense du général Benedict Arnold, dont la défection me paraît n'être qu'une simple conséquence de l'insupportable lenteur de cette guerre. J'imagine qu'avec ses collègues ayant également tourné leur veste, il s'est fatigué d'attendre. La perspective réconfortante de commandements anglais et de bonnes pensions a dû exercer un attrait important sur bien des officiers supérieurs américains. Sans parler du professionnalisme anglais ! Il est sûrement exaspérant pour un brillant commandant de voir ses hommes en loques, pieds nus, tête découverte, irrités par l'absence de solde, et assez indépendants pour lui dire d'aller se faire foutre si les ordres qu'il leur donne ne leur plaisent pas ! Pas de chat à neuf queues !

J'ai parié 100 livres à dix contre un que les rebelles gagneront. Ce qui signifie que je me trouverai peut-être à la tête de mille livres. Par tous les saints, Richard, comme cette maudite guerre s'éternise ! Le Parlement et le roi sont en train de ruiner l'Angleterre.

Les pensées de Richard étaient cependant occupées par des soucis bien plus importants, à ses yeux, qu'une guerre se déroulant à trois mille miles de là.

Peg était en train de sombrer.

La raison de son désespoir ne faisait aucun doute : plus jamais elle n'aurait d'enfants. William Henry était son seul rayon de soleil et Richard n'était pas là de toute la journée pour la tirer de sa morosité et de sa dépression.

« Est-ce parce que en vieillissant nous ne sommes plus capables d'entretenir l'ardeur de nos rêves de jeunesse ? Est-ce la vie même qui les étouffe ? Est-ce cela qui arrive à Peg ? Est-ce cela qui m'arrive à moi ? Je faisais de si beaux rêves... : le cottage à Clifton au milieu d'un jardin croulant de fleurs, un beau poney pour me rendre à Bristol et un cabriolet pour emmener ma famille à Durdham. Des pique-niques, d'agréables rencontres avec des voisins de bonne compagnie, une douzaine d'enfants avec toutes les joies et les inquiétudes de leur éducation pour les amener à maturité. Comme si je n'étais rien d'autre qu'un témoin des buts mystérieux de Dieu, niché sans défense dans Sa main, bon et généreux avec les miens, n'offensant personne. Or je vais avoir trente-deux ans et rien de ce que j'ai désiré ne s'est réalisé. Je possède une petite fortune à la banque de Bristol, un oiselet dans mon nid, et je suis condamné à vivre dans la maison de mon père pour toujours. Je n'aurai jamais de chez-moi car ma femme, que j'aime trop pour songer à la blesser, est terrifiée à l'idée de changer. Terrifiée à l'idée qu'elle pourrait perdre son oiselet. Comment lui faire comprendre que ses terreurs sont une offense à Dieu ? J'ai appris depuis longtemps que si l'on chante trop fort ou danse trop longtemps, on s'expose à des problèmes. La meilleure manière d'éviter les troubles est de rester tranquille, de ne pas attirer l'attention sur soi. »

Son amour pour William Henry s'était subtilement modifié par suite de la hantise de Peg concernant l'enfant. Il n'était plus seulement inquiet à l'idée que leur fils puisse tomber malade ou s'égarer, il avait aussi pitié de lui pour l'épreuve qui lui était infligée. Si son pas s'accélérait quand il entrait dans la taverne, Peg se jetait sur lui, inquiète de savoir ce qui le faisait courir ainsi. Quand Dick emmenait William Henry faire sa promenade quotidienne, Peg insistait désormais pour les accompagner et le petit garçon était obligé de marcher à pas lents en lui donnant la main, sans jamais pouvoir s'ébattre. S'il voulait s'arrêter au bord de Key Head pour s'amuser à recenser les bateaux (il savait maintenant compter jusqu'à cent), Peg le tirait vivement en arrière en reprochant à Dick de ne pas assez veiller sur sa sécurité. Le dommage était d'autant plus grand que l'enfant demeurait confiant et ne cherchait pas à prendre de l'indépendance, comme tant d'autres garçonnets de six ans.

– J'ai parlé au *senhor* Habitas, déclara Richard un beau soir d'été après la fermeture du Cooper's Arms. Nous pouvons compter sur des commandes régulières du Tower Arms pendant encore longtemps, et le travail se fait avec une telle régularité qu'il m'est possible de consacrer un peu de temps à quelqu'un d'inexpérimenté. (Il prit une profonde inspiration et contempla Peg de l'autre côté de la table du souper.) À partir de maintenant, j'emmènerai William Henry au travail avec moi.

Il avait eu l'intention d'expliquer que ce n'était que pour une période passagère, que le petit garçon avait besoin d'être stimulé par de nouvelles expériences, de nouveaux visages, qu'il était doué, comme lui, de patience, qu'il avait du goût pour la mécanique, qu'il aimait assembler les pièces d'un puzzle. Mais rien de tout cela ne fut dit.

– Non, non, non ! s'écria Peg.

Ses cris étaient si terrifiants que William Henry tressaillit, se mit à trembler et, descendant de sa chaise, courut enfouir sa tête contre les genoux de son père.

Dick serra les poings en les regardant, les lèvres pincées. Mag se leva, saisit un pichet d'eau sur le comptoir et le lança à la figure de Peg, qui cessa de crier pour se mettre à hurler.

— C'était seulement une idée, dit Richard à son père.

— Pas une des meilleures, fils.

— Je pensais que... Viens, William Henry !

Il prit l'enfant dans ses bras, l'installa sur ses genoux en faisant signe à son père de ne pas intervenir. Il savait que Dick jugeait son petit-fils trop vieux pour être cajolé ainsi.

— Tout va bien, William Henry, tout va bien.

— Et maman ? demanda l'enfant, encore tout pâle, les yeux écarquillés.

— Maman ne se sent pas bien mais elle va aller mieux, bientôt. Regarde ! Grand-mère sait ce qu'il faut faire. J'ai seulement dit quelque chose que je n'aurais pas dû dire, voilà tout.

Richard frotta le dos de son fils, les yeux fixés sur son père. Il se sentit saisi d'une brusque envie de rire, non d'amusement, mais par le seul effet des nerfs.

— Rien de ce que je fais ne tourne bien, père. Je n'y voyais pas de mal.

— Je sais, répondit Dick en se levant pour aller tirer sur la queue de Ginger, le chat de bois. Tiens, avale ça. (Il tendit une chope à Richard.) Je sais que tu n'aimes pas le rhum mais c'est quelquefois la meilleure des médecines.

À sa grande surprise, Richard découvrit que l'alcool lui faisait du bien, calmait ses nerfs et adoucissait sa peine.

— Père, que dois-je faire ? demanda-t-il.

— N'emmène pas William Henry chez Habitas, pour commencer.

— L'état de Peg se dégrade. C'est plus qu'un simple malaise, n'est-ce pas ?

— Je le crains, Richard. Mais le pire, c'est qu'il n'est pas bon pour lui d'être couvé de cette manière.

— Qui est « lui » ? demanda William Henry.

Les deux hommes échangèrent un regard.

– « Lui », expliqua Richard, prenant une brusque décision, c'est toi, William Henry. Tu es assez grand pour comprendre que maman se fait trop de souci à ton sujet et s'occupe trop de toi.

– Je le sais bien, papa, répondit William Henry. (Il quitta les genoux de Richard et s'approcha de sa mère pour lui tapoter tendrement l'épaule.) Maman, tu ne dois pas t'inquiéter. Je suis un grand garçon, maintenant.

– Mais ce n'est qu'un enfant ! gémit Peg quand Richard l'eut fait monter dans leur chambre pour l'étendre sur leur lit. Comment peux-tu être aussi stupide, Richard ? Un bébé chez un armurier !

– Peg, nous fabriquons des fusils, nous ne nous en servons pas, observa patiemment Richard. William Henry est assez vieux pour… (il chercha désespérément le mot juste) pour qu'on élargisse son horizon.

Elle s'écarta de lui.

– C'est ridicule ! Comment parler d'élargir l'horizon quand on habite dans une taverne ?

– Le monde d'une taverne n'offre à un enfant que des exemples de folie, rétorqua Richard en s'efforçant de dissimuler son exaspération. Il n'a eu sous les yeux, n'a entendu que des témoignages d'ébriété, de mélancolie, des propos inconsidérés, sans parler des coups de poing, des blasphèmes, des obscénités, des désordres. Tu penses que ta présence rend ces choses acceptables, le met à l'abri, mais j'ai été élevé moi aussi dans une taverne et je sais parfaitement ce que ce genre de vie a fait de moi. Franchement, j'ai été heureux d'aller en pension chez Colston et encore plus heureux d'avoir pu faire mon apprentissage dans un autre métier. Ça ferait le plus grand bien à William Henry de vivre en compagnie de gens sobres.

– Tu ne l'emmèneras pas chez Habitas ! cria-t-elle.

— Tu n'as pas besoin de me le répéter, Peg. Cet incident m'a fait comprendre que nous devions parler, toi et moi, ajouta-t-il en se penchant sur le lit pour poser une main apaisante sur l'épaule de sa femme. Tu ne peux pas éternellement garder notre William Henry dans tes jupes sous prétexte qu'il est notre seul enfant. Aujourd'hui, il est temps d'accorder à notre fils davantage de liberté. Tu dois te résigner à le laisser s'éloigner car il ira l'an prochain à l'école chez Colston, j'insiste sur ce point.

— Je ne peux pas le laisser partir ! s'écria Peg avec désespoir.

— Il le faut. Si tu ne le fais pas, c'est que ce n'est pas tant le sort de notre fils qui te préoccupe, mais le tien.

Peg pressa les deux mains sur son visage ; les larmes coulaient entre ses doigts.

— Je sais, je sais, je sais ! Mais comment faire autrement ? Il est tout pour moi… tout ce que j'ai jamais eu !

— Tu m'as aussi, moi.

Elle demeura un long moment silencieuse.

— Oui, dit-elle enfin. Je t'ai, toi. Mais ce n'est pas pareil, Richard, ce n'est pas pareil. S'il devait arriver quelque chose à William Henry, j'en mourrais.

La lumière avait presque disparu. Seul subsistait un mince rai gris qui, profitant d'une fente de la cloison, venait envelopper le visage de Richard Morgan comme une toile d'araignée. Il s'assit sur le lit et contempla longuement sa femme.

« Non, tu as raison, Peg, songea-t-il. Ce n'est pas pareil. »

La Colston's School avait permis à de nombreux enfants pauvres de Bristol d'apprendre à lire et à écrire. Elle n'était pas la seule, tant s'en faut, car toutes les associations religieuses, sauf celles d'obédience catholique, tenaient des écoles charitables, en particulier l'Église d'Angleterre. Seules deux d'entre elles imposaient à leurs élèves un uniforme distinctif. Les garçons de Colston portaient des vestes bleues, les filles de Red Maids des robes rouges. Toutes deux relevaient de l'Église d'Angleterre, mais les filles de Red Maids apprenaient seulement à lire, non à écrire, et passaient la plus grande part de leur temps à broder des gilets de soie ou des vestes pour l'aristocratie, travaux pour lesquels leurs maîtresses étaient payées, mais pas elles. La proportion d'hommes sachant lire, écrire et compter était beaucoup plus élevée à Bristol que dans toute autre ville d'Angleterre, y compris Londres. Ailleurs, c'était plutôt le privilège des classes aisées.

Les cent garçons que Colston élevait charitablement étaient pensionnaires, sort que Richard avait apprécié pendant son temps d'école et d'apprentissage, c'est-à-dire de sept à dix-neuf ans. Durant toutes ces années, il n'avait vu ses parents que le dimanche et pour les vacances.

Pouvait-on imaginer Peg admettant cela ? Heureusement, Colston offrait une autre possibilité : contre une modeste rétribution, les fils de familles plus aisées pouvaient fréquenter l'école à titre d'externes, de sept heures du matin à deux heures de l'après-midi, du lundi au samedi. Et il y avait aussi les vacances, généreusement attribuées. Aucun maître ne souhaitait se fustiger lui-même en dehors des périodes fixées par l'Église et le règlement.

Pour William Henry trottinant à côté de son grand-père (Mag, de fort mauvaise humeur ce jour-là, avait dissuadé Peg de les accompagner), ce premier matin représentait plus que l'accès au savoir. C'était aussi le premier jour d'une vie totalement nouvelle et il mourait de curiosité. S'il avait pu accompagner Richard pour voir à quoi ressemblait une armurerie, il n'aurait peut-être pas ressenti une telle excitation, mais sa mère avait continué à dresser autour de lui les murs d'une prison qu'il ne supportait plus. Un enfant plus impulsif en aurait éprouvé un sentiment de frustration, mais William Henry était patient et savait se contrôler, comme son père. Son mot d'ordre était « attendre ». Et voilà que cette attente était enfin terminée.

La Colston's School ne différait pas dans son aspect des autres édifices baptisés « école », « asile de pauvres », « hôpital » ou « hospice » – tous crasseux, mal entretenus, avec des vitres sales, des lézardes dans les plâtres et des bois délabrés. De l'humidité suintait sur ses murs, des fondations jusqu'aux cheminées Tudor. Quant à l'intérieur, il n'avait jamais été aménagé en école ; l'odeur du Froom, distant de quelques yards, aurait donné la nausée à tout individu qui n'était pas natif de Bristol.

La maison était précédée d'une grille et d'une cour où étaient rassemblés, semblait-il, un millier de garçons, dont la moitié étaient vêtus de la célèbre veste bleue. Comme tous les externes payants, William Henry n'était pas tenu de la porter. Certains des autres externes étaient fils de conseillers municipaux ou d'armateurs qui, en aucun cas, n'auraient voulu voir leurs rejetons marqués du sceau de la charité.

Un grand homme maigre portant costume noir et plastron blanc s'approcha de Dick et de William Henry avec un sourire qui découvrait des dents gâtées et jaunies.

— Bonjour, révérend Prichard, lança Dick en s'inclinant.

— Monsieur Morgan… (Les yeux sombres se tournèrent vers William Henry). C'est le fils de Richard ?

— Oui, voici William Henry.

— Alors, viens, William Henry.

Le révérend Prichard se mit en route pour traverser la cour sans un regard en arrière.

William Henry lui emboîta le pas, sans non plus se retourner, trop occupé à contempler le chaos d'une cour d'école de garçons.

– C'est une chance pour toi que ton anniversaire tombe justement le jour de la rentrée, jeune William Henry Morgan, dit le maître d'école. Tu vas commencer par la lettre A et la table de multiplication par deux. Ah, je vois que tu as ton ardoise, c'est bien.

– Oui, monsieur, répondit William Henry qui avait de bonnes manières.

Ce fut la dernière chose qu'il devait dire spontanément jusqu'à l'heure du dîner dans le réfectoire. Ses pensées étaient confuses. Tout était si embrouillé ! Il fallait respecter tant de règles dont aucune ne semblait avoir de sens ! Debout. Assis. À genoux. Répète.

Comment répondre à une question ? Comment ne pas répondre à une question ? Qui faisait quoi à qui ? Où était ceci par rapport à cela ?

Les cours se déroulaient dans une vaste pièce réunissant les cent plus jeunes élèves de Colston. Plusieurs maîtres passaient d'un groupe à l'autre, rudoyant parfois l'un d'eux sans se préoccuper de gêner les autres. Ce fut une grande chance pour William Henry Morgan que son grand-père, moins occupé dans ces temps difficiles, lui eût appris l'alphabet et les rudiments du calcul. Sinon il se serait probablement senti complètement dépassé.

Le révérend Prichard allait et venait mais ne faisait pas la classe. Pour le groupe de William Henry, cette tâche était dévolue à Mr Simpson, et il fut vite évident que celui-ci avait ses préférences. C'était un homme mince, à la peau jaunâtre, qui avait toujours l'air au bord de la nausée. Il n'y avait rien d'étonnant à ce qu'il n'aime pas les garçons qui reniflaient avec un plaisir détestable, qui fouillaient dans leur nez ou encore qui exhibaient des doigts bruns et poisseux révélant qu'ils s'en étaient servis pour essuyer leur derrière sale.

William Henry n'éprouvait aucune difficulté à obéir aux ordres : « Silence ! », « Restez tranquilles ! », « Pas de coups de pied dans les bancs », « Ne fourrez pas vos doigts dans le nez ! », « Ne reniflez pas ! », « Ne parlez pas ! ». Aussi Mr Simpson ne parut-il pas le remarquer et se contenta-t-il de lui demander son nom. Il l'informa alors qu'il y avait déjà deux autres Morgan à Colston et que par conséquent on l'appellerait « Morgan Tertius ». Un autre garçon auquel il posa la même question et qu'il rebaptisa pour les mêmes raisons voulut protester, refusant qu'on l'appelle « Carter Minor ». Cela lui valut quatre méchants coups de verge, un pour avoir omis de dire « monsieur », un autre pour s'être montré présomptueux et les deux derniers pour faire bonne mesure.

La verge était un instrument redoutable et William Henry n'en avait aucune expérience. Pendant ses sept années de vie, il n'avait guère reçu de coups. Aussi se promit-il de ne fournir aucun prétexte pour en recevoir. Quand, vers onze heures, tous les élèves se retrouvèrent sur des bancs, de chaque côté des longues tables du réfectoire, William Henry avait compris qui s'exposait aux coups de verge : les bavards, ceux qui se mettaient les doigts dans le nez, ceux qui ne tenaient pas en place, les renifleurs, les cancres, les impertinents et tous ceux qui ne pouvaient s'empêcher de faire des bêtises.

Il ne prêta pas tellement attention aux camarades installés près de lui dans la classe ou au réfectoire, mais un garçon qui se trouvait assis à côté de son voisin attira son regard. Il affichait un air joyeux mais pas assez désinvolte pour appeler les coups de verge. William Henry lui jeta un coup d'œil et se risqua à lui sourire, ce qui fit pousser un grand soupir à l'un des maîtres, à la table des professeurs.

En remarquant le sourire qui lui était adressé, le garçon repoussa le camarade qui s'interposait entre eux. Celui-ci tomba par terre avec fracas et fut traîné par l'oreille jusqu'à la table des maîtres, sur une estrade face à l'immense pièce bourdonnante.

– Je m'appelle Monkton Minor, annonça le nouveau venu avec un grand sourire qui révéla une dent manquante. Je suis là depuis février.

– Et moi, c'est Morgan Tertius. C'est mon premier jour, murmura William Henry.

– Nous avons le droit de parler doucement une fois que les grâces ont été dites. Tu dois avoir un père riche, Morgan Tertius.

William Henry regarda la veste bleue de Monkton Minor avec une pointe de regret.

– Je ne pense pas, Monkton Minor. Pas tellement riche, en vérité. Il a étudié ici et portait la veste bleue.

– Oh ! (Monkton Minor réfléchit un instant et approuva d'un signe de tête.) Ton père vit toujours ?

– Oui. Et le tien ?

– Non. Ma mère non plus. Je suis orphelin. (Monkton Minor s'approcha davantage ; ses grands yeux étincelaient dans son petit visage.) Quel est ton prénom, Morgan Tertius ?

– J'en ai deux : William Henry. Et le tien ?

– Johnny. (Il prit un air de conspirateur.) Je t'appellerai William Henry et tu m'appelleras Johnny… mais seulement quand personne ne pourra nous entendre.

– C'est un péché ? demanda William Henry, qui rangeait dans cette catégorie tout ce qui était mal.

– Non, mais ce n'est pas la règle. Je déteste être un Minor !

– Et moi un Tertius.

William Henry détacha son regard de son nouvel ami pour le porter vers la table des maîtres, où le voisin éjecté du banc recevait ce que William Henry apprit être un sermon – châtiment bien pire que quelques coups de verge car il fallait rester absolument immobile pendant un temps interminable jusqu'à ce que ce soit fini, au risque d'être condamné à se retrouver perché sur un tabouret pour le restant de la journée. Ses yeux croisèrent ceux d'un maître assis à côté de Mr Simpson et il détourna aussitôt les siens, sans savoir vraiment pourquoi.

— Qui est cet homme-là, Johnny ?

— Celui près du directeur ? Oh, tu parles de Croque-mort ? C'est comme ça qu'on surnomme le révérend Prichard.

— Non, pas celui-là, un autre plus loin. À côté de Simp.

— C'est Mr Parfrey. Il enseigne le latin.

— Il a un surnom, lui aussi ?

Monkton Minor réussit à toucher le bout de son nez retroussé en plissant les lèvres.

— S'il en a un, nous autres, les juniors, on ne le connaît pas. Le latin, c'est pour les grands.

Pendant que les deux garçons chuchotaient, Mr Parfrey et Mr Simpson parlaient entre eux de William Henry.

— Je vois, Ned, que vous avez un Ganymède au milieu de vos pourceaux.

Mr Edward Simpson n'avait pas besoin de plus amples explications pour comprendre.

— Morgan Tertius… Vous devriez voir ses yeux !

— Je le ferai. Mais même vu de loin, Ned, il est ravissant. Ganymède en personne… Ah, être Zeus !

— D'ici à ce qu'il puisse conjuguer *amo, amas, amat*, il s'écoulera bien deux ans, George, et il sera sans doute aussi repoussant que les autres, répliqua Mr Simpson en picorant sans entrain dans son assiette.

Pourtant, les plats servis à leur table étaient de qualité bien supérieure à ceux que l'on donnait aux garçons. Mr Simpson était d'une famille maladive dont les membres ne vivaient pas vieux.

Cet échange insouciant ne dissimulait pas d'intentions lascives et ne faisait que refléter leur peu enviable situation. George Parfrey avait exprimé le vœu d'être Zeus, mais il aurait pu aussi bien et de manière aussi vaine rêver d'être Robert Nugent, devenu désormais le comte Nugent. Les maîtres d'école se voyaient inévitablement condamnés à une pauvreté pleine de dignité. Car Mr Simpson et Mr Parfrey, selon les normes de Colston, atteignaient le sommet de leur carrière avec un salaire d'une livre par semaine – en période de scolarité exclusivement –, logés et nourris toute l'année. À Colston la nourriture était bonne (le directeur était un épicurien) et chaque professeur disposait d'une petite chambre pour lui seul. Il n'avait donc aucune raison d'aller chercher fortune ailleurs, à moins d'être nommé à Eton, Harrow ou au lycée de Bristol. Le mariage rendait toutefois les choses plus difficiles et cette perspective était exclue tant que l'intéressé n'entrait pas dans le clergé ou ne bénéficiait pas d'une forte promotion. Non que le mariage fût interdit, mais vivre avec femme et enfants dans une petite pièce était impensable. Il se trouvait, en outre, que Mr Simpson et Mr Parfrey n'éprouvaient pas d'attirance pour le sexe opposé. Ils préféraient faire leurs affaires seuls ou ensemble. Le pauvre Ned Simpson, toutefois, était le seul à y mettre de l'amour. George Parfrey ne s'intéressait qu'à lui-même.

— Nous pourrions peut-être nous rendre aux sources chaudes, dimanche après le service ? demanda Mr Simpson avec espoir. On dirait que les eaux me font du bien.

— À condition que vous me permettiez de prendre ma boîte d'aquarelle, répondit Mr Parfrey dont les yeux étaient toujours fixés sur William Henry Morgan, qu'il trouvait de plus en plus beau en le voyant s'animer. (Il fit une grimace.) Je n'arrive pas à comprendre comment on peut se sentir mieux en buvant les résidus de l'Avon, mais si vous voulez bien m'accorder un paisible intermède sur les rochers de St Vincent, je viendrai. (Il poussa un soupir.) Oh, comme j'aimerais peindre ce divin enfant !

Ce soir-là, Richard arriva, la bouche sèche, pour ramener William Henry à la maison. Et s'il se trouvait en face d'un garçon angoissé, suppliant de ne pas retourner à l'école le lendemain ?

Crainte bien inutile. Il repéra des yeux son fils courant à perdre haleine autour de la cour et riant en esquivant les attaques d'un petit garçon de son âge en veste bleue, les cheveux filasse, d'une minceur pitoyable.

Quand il aperçut son père, William Henry esquissa un saut de joie, son camarade sur les talons.

— Papa ! Voici Monkton Minor, mais je l'appelle Johnny quand personne ne peut entendre. Il est orphelin.

Richard, retrouvant le souvenir des jours passés à Colston, se rappela avoir été surnommé Morgan Minor avant de devenir Morgan Major à l'âge de onze ans. Ses meilleurs amis étaient les seuls à l'appeler Richard.

— Enchanté, Monkton Minor. Si tu veux, je demanderai au révérend Prichard si tu peux venir dîner avec nous après l'église, dimanche prochain.

Il avait l'impression de surveiller un étranger en ramenant William Henry. Un William Henry qui ne marchait pas calmement à côté de lui mais sautait d'un pied sur l'autre tout en chantonnant à mi-voix.

— Il me semble que tu as aimé l'école, dit-il avec un sourire.

— C'est merveilleux, papa ! Je peux courir et crier.

Des larmes vinrent aux yeux de Richard, qui battit des paupières pour les retenir.

— Mais pas dans la salle de classe, tout de même, j'imagine.

William Henry lui jeta un regard dédaigneux.

— Papa, je suis sage comme une image ! Je n'ai pas reçu un seul coup de verge. Beaucoup de garçons ont été battus et il y en a même un qui s'est évanoui parce qu'il a reçu trente coups. Trente, c'est vraiment beaucoup, beaucoup ! Mais j'ai compris ce qu'il fallait faire pour ne pas en avoir.

— Vraiment ? Et que faut-il faire ?

— Rester tranquille et faire soigneusement mes opérations et mes lignes d'écriture.

— Bien dit, William Henry. Je connais la technique. Est-ce que les grands sont venus t'ennuyer et te faire pleurer quand tu jouais dans la cour ?

— Ils nous ont tous fait mettre en rang dans les cabinets.

— Ils font toujours ça ?

— Ils l'ont fait avec nous. Mais ils m'ont seulement fait écrire sur le mur du cabinet avec le gros caca que Jones Major avait fait dans ma main. Après ça, ils m'ont laissé tranquille. Johnny dit que c'est la meilleure façon de faire. Ils s'occupent surtout des garçons qui crient ou qui se fâchent. (Il fit un bond joyeux, encore plus haut que les autres.) J'ai essuyé mon doigt sur ma veste. Tu vois ?

Les lèvres serrées, Richard vit la traînée brune sur le manteau marron flambant neuf, et il avala sa salive à plusieurs reprises. « Ne ris pas, Richard, pensa-t-il très vite. Pour l'amour de Dieu, ne ris pas ! »

— À ta place, dit-il quand il fut en mesure de parler, je ne raconterais pas cette histoire de caca à maman. Et je ne lui montrerais pas non plus où tu t'es essuyé les doigts. Je demanderais à ta grand-mère de nettoyer la tache.

Richard fit entrer son fils au Cooper's Arms avec une expression de triomphe que son père fut le seul à remarquer. Peg serra dans ses bras un William Henry à présent docile, et couvrit son visage de baisers avant d'être doucement repoussée.

— Maman, arrête, je suis un grand garçon, maintenant ! Grand-père, c'était une bonne journée, tu sais ! J'ai fait dix fois le tour de la cour en courant. Je suis tombé et je me suis fait mal au genou. J'ai écrit toute une ligne de « A » sur mon ardoise et Mr Simpson a dit que j'étais tellement en avance qu'il allait me mettre dans la classe au-dessus. Mais ça n'a pas de sens parce que c'est lui qui fait aussi cette classe, au même endroit. Maman, ce n'est rien qu'un bleu au genou, ne fais pas tant d'histoires !

Richard passa le reste de l'après-midi à clouer des planches à l'extrémité de la chambre pour aménager un coin réservé à William Henry, où il se sentirait chez lui. Il avait déjà son lit à lui. Cette activité le mit à l'abri de l'agitation qui régnait en bas. D'après ce qu'il entendait, William Henry honorait chaque nouveau venu d'une version censurée de son premier jour d'école. Il ne cessait de parler, lui qui, d'ordinaire, ne prononçait pas plus de deux mots à la suite.

Richard avait pitié de Peg mais son bon sens ramenait les choses à leur juste mesure. William Henry s'était envolé du nid et n'y resterait plus confiné. Ce qu'il venait d'exprimer dans le court espace de temps de cette seule journée, il avait déjà dû le ressentir auparavant. Dans quelles proportions ? Ces pensées n'étaient pas nées en lui en quelques heures car il avait su aussitôt comment se comporter. Tout compte fait, William Henry n'était pas seulement l'enfant modèle qu'on croyait. Dieu merci, il se révélait aussi un petit garçon comme les autres !

Voilà ce que Richard essaya en vain d'expliquer à Peg. Quoi qu'il pût dire, elle refusait d'accepter le fait que son fils allait bien et aimait le monde nouveau qu'il découvrait. Elle se réfugia dans les crises de désespoir et de mélancolie, au point de décourager Richard, las de ses torrents de larmes et incapable de mesurer l'étendue du sentiment de culpabilité qui l'accablait. Comment deviner que Peg se persuadait qu'elle avait failli dans la seule tâche qui lui incombait ? Donner le jour à des enfants… La patience de Richard à son égard faiblissait et, le jour où il la surprit en train d'avaler un gobelet de rhum, il se montra franchement inquiet.

– Cet endroit ne te convient pas, lui dit-il. Laisse-moi acheter cette maison de Clifton, Peg, je t'en supplie.

– Non, non, non !

– Mon amour, voilà quatorze ans que nous sommes mariés et tu n'es pas seulement ma femme, mais aussi mon amie. Maintenant, c'en est trop. Je ne sais pas ce qui torture ton cœur, mais le rhum n'est pas un remède.

– Laisse-moi tranquille !

– Impossible ! Père est de plus en plus préoccupé, mais ce n'est pas le pire. William Henry est assez âgé pour remarquer que sa maman a un comportement étrange. Je t'en prie, essaie de te montrer sous un meilleur jour, ne serait-ce que pour lui.

– William Henry ne se soucie pas de moi. Pourquoi devrais-je me soucier de lui ?

– Peg, tu sais bien que ce n'est pas vrai !

Il avait l'impression de tourner en rond. Ni les raisonnements affectueux, ni la patience de Richard, ni l'irritation de Dick n'avaient d'effet sur les monstres qui dévoraient son esprit. Elle abandonna cependant le rhum lorsque William Henry lui demanda un jour pourquoi elle était ivre. La franchise de cette question l'épouvanta.

– Je ne comprends pas pourquoi, confia Dick à Richard un peu plus tard. Après tout, William est fils d'aubergiste.

Vers la fin de février 1782, Mr James Thistlethwaite adressa une lettre à Richard par courrier spécial.

Je t'écris au soir du 27, mon cher ami, et me voilà plus riche de mille livres payées par un effet sur la banque de mon infortunée victime. C'est officiel ! Aujourd'hui le Parlement a voté la fin de la guerre contre les treize colonies et nous commencerons bientôt à rapatrier nos troupes.

Pour moi, tout cela est la faute du bonnet de fourrure de Franklin. Les mangeurs de grenouilles se sont révélés des alliés sûrs, grâce à l'amiral de Grasse et au général de Rochambeau, ce qui tend à prouver que, si un homme plaît aux modes françaises, tout est possible. George Washington et les Français nous ont dominés à Yorktown, mais je pense que ce qui a décidé le Parlement, c'est le fait que lord Cornwallis ait rendu les armes ! Oui, je m'aperçois que Clinton se sentait trop bien à New York pour faire voile et aller prêter main-forte à Cornwallis. Tout comme je m'aperçois aussi que c'est la flotte française qui a permis à Washington, assisté des mangeurs de grenouilles à terre, de s'emparer de Yorktown, mais cela ne diminue en rien l'importance de la reddition. C'était Burgoyne qui se répétait. Londres avait honte au-delà de toute expression.

Répands la nouvelle, Richard, car mon courrier touchera Bristol en premier, et n'oublie pas de dire que ta source est James Thistlethwaite, anciennement de la Bristol de Cornwallis.

Je t'entends me demander ce que je compte faire de ces mille livres. Voici ma réponse : je compte bien m'acheter un plein tonneau de rhum à la distillerie de Mr Thomas Cave ; je sais parfaitement qu'un tonneau contient 105 gallons ! J'irai aussi faire un tour au Green Canister, dans Half Moon Street, pour y acquérir un lot de préservatifs chez Mrs Phillips. Les prostituées de Londres ont toutes la chaude-pisse ou la vérole, mais Mrs Phillips propose une défense qui me paraît être l'invention la plus importante au monde depuis le rhum. Je pourrai donc fourrer mon bâton de canne à sucre, convenablement emballé, en toute impunité.

Une année s'écoula encore jusqu'à ce que – en mars 1783 – le *senhor* Tomas Habitas se vît contraint de se séparer de Richard. Ce dernier possédait alors plus de trois mille livres d'économie à la banque de Bristol et n'y avait pratiquement pas touché. Quelle dépense aurait-il pu faire ? Peg refusait d'aller à Clifton et Dick (qu'il avait essayé de convaincre d'acheter le Black Horse Inn à Clifton Hill) se déclarait heureux au Cooper's Arms. Ainsi qu'il l'expliqua à son fils non sans quelque candeur, il n'avait pas utilisé la totalité des douze shillings quotidiens que Richard lui versait depuis plus de sept ans. Il pouvait donc se permettre d'affronter des temps difficiles en restant là où il était, dans Broad Street, au cœur des choses.

Oui, la guerre d'Amérique était terminée et un traité viendrait en son temps confirmer ce fait, mais la prospérité n'était pas revenue pour autant, La confusion régnant au Parlement en était en partie responsable. Charles James Fox et lord North, dans une fureur extrême, poussaient force cris au sujet des concessions injustifiées que lord Shelburne accordait aux Américains. Personne ne se souciait de futilités telles que le fait de gouverner. Des administrations éphémères se distinguaient par leurs querelles et leurs intrigues, causant des ravages à Westminster. La vérité était que personne, y compris le roi à demi fou, ne savait comment s'en sortir avec une dette de guerre qui s'élevait à 232 millions de livres et des revenus en chute libre.

Des émeutes causées par la faim éclatèrent parmi les marins de Bristol payés à peine trente shillings par mois – et seulement quand ils étaient en mer. À terre, ils ne touchaient pas un penny. La situation était si désespérée que le maire réussit à persuader les propriétaires de bateaux de payer leurs marins quinze shillings par mois quand ils étaient débarqués. En 1775, on dénombrait 529 bateaux payant la taxe municipale mais, en 1783, ils n'étaient plus que 102. La plupart de ces bateaux basés à Bristol restaient à quai ou un peu à l'écart, parfois aussi en aval vers Pill. Plusieurs milliers de marins se trouvaient donc inactifs et représentaient une force avec laquelle il fallait compter.

Sur les 40 000 habitants de Liverpool, 10 000 dépendaient des institutions charitables de la ville et, au sein de la population de Bristol, la proportion de pauvres avait augmenté de cent cinquante pour cent. La municipalité et les armateurs n'eurent pas d'autre choix que de commencer à vendre leurs biens. On publia de nouvelles ordonnances, très rigoureuses, pour canaliser le flot de plus en plus dense de malheureux qui fuyaient les campagnes pour se réfugier à Bristol, où ils se ruaient sur les paroisses pour trouver, au moins, quelque nourriture. Certains furent pris à frauder les paroisses, mis publiquement au pilori et fouettés avant d'être expulsés. Mais le flot ne s'en arrêtait pas pour autant, plus rapide que la marée de l'Avon.

— As-tu vu cela, Dick ? demanda le cousin James l'Apothicaire, venu faire une petite visite en rentrant de sa boutique de Corn Street. (Il agita une feuille de papier.) Une réclamation de nos condamnés enfermés à la prison de Newgate, rien que ça ! Ils nous préviennent qu'ils ne peuvent pas se nourrir avec les deux pence par jour qui leur sont alloués… Une honte quand un quart de pain coûte seize pence.

— Seulement un penny par jour quand ils sont encore en attente de jugement, précisa Dick.

— Je vais aller voir Jenkins le boulanger et leur faire envoyer tout le pain dont ils ont besoin, ainsi que du fromage et de la joue de bœuf.

Dick laissa échapper un rire malicieux.

— Quoi, Jim, pas un seul shilling dans leurs mains tendues ?

James l'Apothicaire rougit.

— Oui, tu avais raison, Dick. Ils boiraient tout.

— Ils boivent toujours tout. Leur envoyer du pain, c'est raisonnable. Veille donc à ce que tes amis philanthropes fassent de même.

— Comment se porte Richard, maintenant qu'il ne travaille plus ? Je ne l'ai pas revu.

— Il va bien, répondit brièvement Dick. La raison pour laquelle il est invisible se trouve là-haut, dans leur chambre.

— Elle est ivre ?

— Oh, non ! Elle a cessé de boire le jour où William Henry lui a demandé carrément pourquoi elle avalait tant de rhum. (Il haussa les épaules.) Mais quand le petit n'est pas là, elle reste dans son lit, le regard perdu dans le vide.

— Et quand il est à la maison ?

— Elle se tient comme il faut. (L'aubergiste cracha copieusement dans la sciure.) Ces femmes ! De drôles d'oiseaux, Jim.

L'image de sa propre épouse, toujours à se plaindre, et de leurs deux filles, célibataires au visage ingrat, flotta devant les yeux du cousin James l'Apothicaire. Il eut un sourire ironique et hocha la tête.

Dick éclata bruyamment de rire.

— Tu penses à tes filles, Jim ?

— Elles ne sont plus de la première jeunesse, hélas. Je suis désolé d'avoir manqué Richard. Je pensais le trouver ici, comme au bon vieux temps, quand il ne travaillait pas encore chez Habitas.

— Ce bon vieux temps est passé, ai-je besoin de te le rappeler ? Regarde autour de toi ! Cet endroit est vide et les quais bouillonnent de marins faméliques. Pauvres diables ! Comme ils sont vertueux, nos vrais pauvres, ceux qui figurent sur les registres de la paroisse, et tellement choqués ! Ils ont jeté des pierres sur les condamnés au pilori au lieu d'avoir pitié d'eux. (Dick frappa la table de son poing fermé.) Pourquoi faire la guerre à trois mille miles de chez nous ? Pourquoi ne pas accorder aux colons leur précieuse liberté ? Leur souhaiter bonne chance et rentrer dormir, ou se battre contre la France ? Le pays est ruiné, tout ça à cause d'une guerre au nom d'une idée. Même pas la nôtre, avec ça.

— Tu ne m'as pas répondu. Puisque Richard ne travaille plus, où est-il ? Et où est William Henry ?

— Ils sont partis se promener tous les deux. Toujours fourrés à Clifton. Ils grimpent là-haut, par Pipe Lane, redescendent Frog Lane, empruntent le sentier de Brandon Hill jusqu'à Clifton, courent après les vaches et les moutons dans le Pound avant de rebrousser chemin le long des rives de l'Avon en s'amusant à jeter des pierres et en riant beaucoup.

— C'est la version de William Henry, pas celle de Richard.

— Richard ne dit pas un mot, observa amèrement Dick.

— Lui et toi, vous êtes très différents de nature, remarqua James l'Apothicaire en se dirigeant vers la porte. Cela arrive. Mais tu devrais remercier Dieu que Richard et William Henry se ressemblent tellement. (Il poussa un profond soupir.) C'est si beau.

Le dimanche suivant, après le service religieux et un sermon stimulant du cousin James le Clergyman, Richard et William Henry se rendirent à pied aux sources chaudes de Clifton.

Dix ou vingt ans plus tôt, les eaux de Bristol pouvaient presque rivaliser avec celles de Bath dans la bonne société. Les pensions de Dowry Place, Dowry Square et de la route de Hotwells Road regorgeaient d'élégants visiteurs richement vêtus, de messieurs aux superbes perruques et aux vestes brodées se pavanant sur leurs hauts talons avec, à leur bras, des femmes vulgaires aux atours voyants. On donnait des bals, des soirées, des réceptions, des fêtes, des concerts, des divertissements et même des soirées théâtrales dans la vieille salle de Clifton, sur Wood Wells Lane. Pendant quelque temps, Vauxhall Gardens avait été le cadre de mascarades, d'intrigues, de toutes sortes de scandales. Certains écrivains situèrent l'action de leurs romans aux sources chaudes de Hotwells et des médecins mondains vantèrent les propriétés médicales de leurs eaux.

Puis l'attrait de ce lieu diminua, trop lentement pour qu'on s'en aperçoive, mais trop vite pour qu'on puisse l'enrayer. Ce que la mode faisait, la mode le défaisait. Les élégants retournèrent à Bath ou à Cheltenham, et l'activité des établissements thermaux de Bristol se limita principalement à mettre les eaux en bouteilles et à les exporter.

Cette situation convenait parfaitement à Richard et William Henry car, au cours de leurs sorties dominicales, ils ne rencontraient ainsi que de rares autres visiteurs. Mag leur préparait un repas froid de volaille grillée, de pain, de beurre, de fromage, plus quelques pommes envoyées de la ferme de son frère, à Bedminster. Richard le portait dans un paquetage de soldat sur les épaules, en même temps qu'une bonbonne de petite bière. Ils trouvaient quelque endroit plaisant au-delà de la masse carrée de l'établissement thermal qui se dressait tout en haut d'un plateau rocheux, juste au-dessus de la marque laissée par la marée haute, là où venait mourir le lit de l'Avon.

C'était un endroit superbe. Les rochers de St Vincent et de la vallée offraient une somptueuse variété de teintes : rouge, prune, rose, rouille, gris et un blanc légèrement coloré. Le fleuve était d'un bleu acier et les arbres, nombreux et vigoureux, dissimulaient même les cheminées de la fonderie de cuivre de Mr Codrington.

— Tu sais nager, papa ? demanda William Henry.

— Non. C'est d'ailleurs pourquoi nous sommes assis ici et non pas au bord du fleuve, dit Richard.

William Henry contempla pensivement les flots, la marée montante et le courant agité par des tourbillons.

— L'eau bouge comme si elle était vivante, observa-t-il.

— Elle est affamée, n'oublie jamais ça. Si par malheur tu devais tomber dedans, elle t'avalerait tout entier et tu ne reverrais plus jamais la surface. Aussi, tu ne dois jamais t'en approcher trop, tu as compris ?

— Oui, papa.

Le repas terminé, tous deux s'étendirent sur l'herbe, leur veste roulée sous la tête en guise d'oreiller. Richard ferma les yeux.

— Le Simp est parti, annonça soudain William Henry.

Son père ouvrit les yeux et sourit.

— Tu ne peux donc jamais rester un instant tranquille ? soupira-t-il.

— Pas souvent, et pas maintenant. Le Simp est parti, répéta-t-il.

Le message toucha enfin à son but.

– Tu veux dire qu'il ne te fait plus la classe ? Eh bien, puisque tu commences ta troisième année à Colston, tu pouvais t'attendre à ça.

– Non, papa. Je veux dire qu'il est vraiment parti ! Cet été, pendant qu'on était tous en vacances. Johnny m'a raconté que Simp se sentait trop malade pour continuer. Le directeur a demandé à l'évêque s'il pouvait l'envoyer à l'hospice, mais l'évêque a dit que ce n'était pas pour les malades mais pour les in… in… zut, je ne me souviens plus du mot.

– Les indigents ?

– C'est ça, les indigents ! Alors ils l'ont emmené dans une chaise à porteurs, à l'hôpital de St Peter. Johnny dit qu'il pleurait beaucoup.

– C'est ce que je ferais si l'on m'emmenait à St Peter, remarqua Richard, soudain ému. Pauvre garçon ! Pourquoi ne me l'as-tu pas dit plus tôt ?

– J'ai oublié, répondit William Henry d'un ton distrait.

Et, sur ces mots, il se mit à rouler sur lui-même, à frapper l'herbe de ses talons en soupirant, à taper des mains en se roulant à nouveau, puis à fouiller dans les débris de roche autour d'une pierre qui, brusquement, sembla l'intéresser au plus haut point.

– Il est temps de partir, fils. Je reconnais les signes, dit Richard en se levant.

Ils enfilèrent leur veste et Richard chargea le paquetage de soldat sur ses épaules.

– Est-ce que nous remontons Granby Hill pour aller voir la grotte de Mr Goldney ? demanda-t-il.

– Oh, oui, avec plaisir ! s'écria William Henry en s'élançant joyeusement sur le chemin.

« Ils semblent si insouciants…, songea Mr George Parfrey en les observant du haut d'une corniche couverte de broussailles. Et c'est probablement le cas. Le petit garçon ne fait-il pas partie des élèves payants ? »

Parfrey continua de les suivre du regard. Malgré l'absence de fantaisie de leurs vêtements, il avait noté la bonne qualité du tissu, exempt de raccommodages, et l'éclat des boucles d'argent sur leurs chaussures. Le père et le fils affichaient un certain air d'indépendance.

Bien entendu, il savait tout ce qu'il fallait savoir sur le père de Morgan Tertius. Colston était un petit établissement et les externes payants faisaient l'objet de nombreuses conversations dans la salle commune des maîtres qui, dans leur existence soigneusement chronométrée et limitée, n'avaient pas grand-chose à se dire. Richard Morgan était un armurier associé à un juif, et la guerre d'Amérique l'avait enrichi. Quant au jeune William Henry, des garçons aussi beaux que lui se voyaient rarement. Et, quand on en découvrait un, il était plus rare encore qu'il possédât le naturel et la perfection de Morgan Tertius. Cependant, le garçon était encore trop jeune pour mesurer quel capital représentait sa beauté.

« Oui, ce devait être son père qui se promenait avec lui », jugea Parfrey. Ils se ressemblaient trop pour n'être pas étroitement apparentés. Un carnet de croquis reposait sur les genoux du professeur de latin. Sur la page de dessus, il avait esquissé un portrait des deux promeneurs se reposant près de l'Avon. Un assez bon dessin, en vérité.

George Parfrey était lui-même un bel homme, ce qui, des années plus tôt, l'avait empêché de faire carrière comme maître de dessin dans une demeure aisée : aucun bourgeois doué de bon sens n'aurait voulu engager un jeune homme aussi séduisant qui aurait risqué de tourner la tête de sa fille.

Bien qu'il n'en eût pas souffert dans son cœur, le départ du pauvre Ned Simpson l'avait plus affecté qu'il ne l'aurait cru. Les autres professeurs de leur bord avaient tous un ami qui leur convenait et ne songeaient pas à en changer. Depuis le départ de Ned – il était mort peu après son admission à St Peter –, personne n'avait plus besoin de lui. Le directeur, l'évêque et le révérend Prichard n'approuvaient pas les amitiés particulières. Tous mariés, ils avaient d'autres occupations. Aussi les discrètes liaisons nouées dans les murs de Colston étaient-elles chargées de nombreuses tensions. Les maîtres d'école étaient considérés comme quantité négligeable et, lors de leur recrutement, on se souciait comme d'une guigne de leurs qualités pédagogiques. La plupart étaient engagés sur recommandation d'un organisme public, d'un comité paroissial, d'un éminent prélat, d'un conseiller municipal ou d'un membre du Parlement. Aucune de ces personnalités n'aurait approuvé l'homosexualité, si discrète fût-elle. La loi de l'offre et de la demande prévalait. Les marins pouvaient s'imbiber de boisson, jurer et se bagarrer, et sodomiser tout ce qui bougeait entre Bristol et Wampoa sans perdre leur réputation s'ils se révélaient de bons travailleurs. Aucun armateur ne se souciait de boisson, de bagarre ou de mœurs. C'était probablement la même chose pour les juristes ou les comptables. Mais pour les instituteurs, pas de boisson, ni de bagarre ni – juste ciel ! de mœurs illicites.

Mr Parfrey avait envisagé de partir mais il avait vite compris que tout espoir était vain. Il vivait dans un monde trop étroit, trop fermé. À près de quarante-cinq ans, il finirait sa carrière à Colston, après quoi l'évêque accepterait peut-être de l'héberger gracieusement dans un hospice.

Il rangea son carnet d'esquisses dans sa boîte et quitta les hauteurs de l'Avon, songeant toujours à Morgan

Tertius et à son père. Curieux que celui-ci fût aussi étonnamment beau que le fils, sans avoir néanmoins le pouvoir de faire tourner les têtes.

Quand William Henry eut repris le chemin de l'école, Richard eut tout loisir de consacrer davantage de temps à l'amitié et à une proposition insolite. Le cousin James l'Apothicaire le poussait à investir sa réserve de trois mille livres à trois pour cent au lieu de la laisser dormir à la banque, où les quakers en tiraient plus de profit que lui-même.

Richard avait rencontré Mr Thomas Latimer quand il avait rendu visite à l'atelier Habitas, avec William Henry. Pendant les sept années où le *senhor* Habitas avait fabriqué des Brown Bess pour les Tower Arms, il avait gagné assez d'argent pour se retirer dans le confort. Mais, quand on aime son métier comme Tomas Habitas, on ne l'abandonne pas volontiers. Aussi avait-il publié dans le *Bristol Journal* de Felix Farley une annonce indiquant qu'il se consacrait désormais à la fabrication d'armes de sport. Il avait ainsi trouvé assez de clients pour s'occuper agréablement.

Comme l'expliqua Habitas une fois faites les présentations, Mr Latimer était lui aussi artisan mais il avait une autre spécialité : il fabriquait des pompes.

— Principalement des pompes manuelles, expliqua celui-ci avec entrain, mais les bateaux se convertissent aux pompes à chaîne et j'ai un contrat avec l'Amirauté pour les chaînes. Les pompes manuelles, ou pompes à bras, sont bonnes pour évacuer des fonds de cale une tonne d'eau en une seule semaine, alors qu'une pompe à chaîne peut en débiter une tonne à la minute. De plus, elle repose sur une simple structure de bois que peut construire n'importe quel charpentier de marine. Tout ce qu'il lui faut ensuite, c'est une chaîne de cuivre.

Tout cela était nouveau pour Richard, qui jugeait Mr Thomas Latimer extrêmement sympathique. Petit, toujours souriant, il n'avait pas vraiment l'air d'un ingénieur, avec sa silhouette grassouillette et son visage uni. Chez lui, pas de front soucieux comme Vulcain ni de biceps de forgeron !

– J'ai acheté la fonderie de cuivre de Wasborough sur Narrow Wine Street, expliqua-t-il. Uniquement, je l'avoue, parce qu'elle contient l'une des machines à vapeur de Wasborough.

Richard savait naturellement ce qu'était la machine à vapeur mais, lorsque son fils retourna à l'école et qu'il se retrouva totalement libre entre sept heures du matin et deux heures de l'après-midi, il eut le temps d'en apprendre davantage sur cet ingénieux appareil.

La machine à vapeur avait été inventée au début du siècle par Thomas Newcomen. On l'employait pour pomper l'eau hors des mines de Kingswood, et pour faire tourner les roues de la fabrique de cuivre et de laiton de William Champion, sur la partie de l'Avon proche des mines de charbon. Puis James Watt inventa le condensateur à vapeur séparé, ce qui accrut tellement l'efficacité des moteurs de Newcomen que l'idée intéressa Matthew Bolton, magnat du fer et de l'acier à Birmingham. Watt s'associa à Bolton et tous deux s'assurèrent le monopole total de la fabrication de pompes à incendie, grâce à une série de procès empêchant quiconque d'entrer en compétition avec eux. Aucun autre inventeur ne réussit à utiliser le condensateur de Watt, protégé par de nombreux brevets.

C'est alors que Matthew Wasborough, un homme d'environ vingt-cinq ans, fit la connaissance d'un autre habitant de Bristol, nommé Pickard. Wasborough s'était fait connaître par un système de poulie et de roue volante. Quant à Pickard, il avait inventé la manivelle. Ces trois inventions réunies permettaient de transformer le mouvement alternatif d'une pompe en mouvement circulaire. Au lieu d'une force motrice agissant de haut en bas, on obtenait une rotation continue.

— Les roues hydrauliques tournent, elles aussi, et peuvent entraîner toute la machinerie, expliqua Mr Latimer.

Il conduisit Richard, qui transpirait à grosses gouttes, dans un dédale plein de fumées et de bruit, rempli de chaudières, de foyers, de tours et de presses.

— Mais cette invention-là, ajouta Latimer en pointant le doigt, peut faire tourner une pompe à elle toute seule.

Richard vit un monstre soufflant, haletant, occupant une place respectable au milieu de tours occupées à transformer le cuivre en une quantité d'objets indispensables aux bateaux. Le fer, en effet, ne faisait pas bon ménage avec les bateaux, en raison de l'action corrosive de l'eau salée.

— Pourrions-nous sortir ? cria Richard pour couvrir le bruit.

Ils émergèrent au bord du Froom, juste en aval du Weare, où les blanchisseuses lavaient leur linge.

— Quand Wasborough eut l'idée de combiner son système de poulies et sa roue volante avec la manivelle de Pickard, la roue hydraulique s'en trouva pratiquement éliminée, reprit Latimer. C'est un événement très important, car il signifie qu'une fabrique ne doit pas nécessairement se situer au bord de l'eau. Si le charbon est bon marché, comme c'est le cas à Bristol, la vapeur est préférable à l'eau, pourvu que la machine ait un mouvement circulaire.

— Alors, comment se fait-il que je n'aie jamais entendu parler de Wasborough ni de Pickard ?

— À cause de James Watt, qui les a poursuivis en justice parce que leur moteur comportait le condensateur dont il détient le brevet. Watt a également accusé Pickard de lui avoir volé l'idée de sa manivelle, ce qui est une absurdité. La solution de Watt au problème du mouvement circulaire est la crémaillère – il appelle ça le mouvement du soleil et des planètes –, un système extrêmement lent et compliqué. Dès qu'il a découvert le brevet de Pickard pour sa manivelle, il a compris que c'était la bonne réponse et n'a pas supporté d'être battu sur ce terrain.

— Je ne m'imaginais pas qu'il existât tant de concurrence dans le métier d'ingénieur.

— Après une série de revers, comme la perte du contrat qui le liait aux moulins à farine de Deptford, Wasborough a fini par mourir de désespoir – il n'avait que vingt-huit ans – et Pickard s'est enfui au Connecticut. Mais j'ai trouvé le moyen d'utiliser le condensateur breveté de Watt et j'ai l'intention de fabriquer le modèle Wasborough-Pickard avant que les brevets qui le protègent expirent et que Watt mette la main dessus.

— Il est difficile de croire que l'homme le plus brillant du monde puisse être en même temps un scélérat, observa Richard.

— James Watt, déclara Latimer d'un air grave, est un sale Écossais tordu, aux capacités médiocres mais d'une extrême vanité. À l'entendre, si quelque chose existe, c'est que Watt l'a inventée. Dieu n'est que son élève et le ciel une panse de brebis farcie !

Richard contempla le faible débit des eaux du Froom, couvertes de débris flottants, et songea que les godets d'une roue hydraulique risquaient de caler avec une telle alimentation.

— Je vois bien l'avantage de la vapeur sur l'eau, dit-il enfin, puisqu'il devient impossible d'installer au cœur des villes des usines qui utilisent la force hydraulique. Les moteurs à mouvement circulaire représentent l'avenir, monsieur Latimer.

— Appelez-moi Tom. Réfléchissez à cela, Richard ! Wasborough rêvait de monter l'un de ses moteurs à vapeur sur un bateau, ce qui permettrait de naviguer tout droit comme une flèche sans se soucier de l'état de la mer, des courants, ni d'avoir à louvoyer pour trouver un vent favorable. Sa machine à vapeur ferait tourner les pales d'une roue hydraulique adaptée de chaque côté du bateau qui, ainsi, avancerait à un rythme régulier. N'est-ce pas merveilleux ?

— Merveilleux, en effet.

Rentré chez lui, il rapporta cette conversation à son père et au cousin James l'Apothicaire.

— Latimer cherche des investisseurs, leur dit-il, et j'envisage de placer mes trois mille livres dans ce projet.

— Tu perdras ton argent, prophétisa lugubrement Dick.

James l'Apothicaire était d'un autre avis.

— Les projets de Latimer suscitent beaucoup d'intérêt, Richard, et cet homme jouit d'un excellent crédit, bien qu'il soit nouveau venu à Bristol. Je songe à investir moi-même un millier de livres.

— Vous n'êtes que deux fous, affirma Dick, s'entêtant dans son opinion.

La tête penchée sur ses livres de classe, William Henry était en train de faire ses devoirs, assis à l'ancienne table de Mr James Thistlethwaite. Il avait maintenant abandonné l'ardoise pour la plume d'oie et le papier, et, comme Richard, il avait assez de patience pour prendre plaisir à former de belles lettres exemptes de ces ratures et de ces taches qu'on trouve si souvent sur les copies des autres enfants.

« Je vais gagner assez d'argent pour que William Henry puisse pousser ses études jusqu'à Oxford, songea Richard en le regardant. Il n'ira pas, à douze ans, chez un avocat ou un apothicaire – ou un armurier ! – pour y travailler pendant sept ans comme un esclave sans être payé. Moi, j'ai eu de la chance avec Habitas, mais combien de jeunes apprentis peuvent dire qu'ils ont eu un bon maître ? Non, je ne veux pas de ce sort pour mon fils unique. En quittant l'école de Colston, il ira au lycée de Bristol et, de là, à Oxford. Ou à Cambridge. Il aime beaucoup étudier et je vois bien que, pour lui, lire un livre n'est pas une corvée. Il aime apprendre. »

Peg se tenait là, près de Mag, et toutes deux mettaient la dernière touche au repas du soir, Richard allait et venait entre les tables, débarrassait les assiettes vides et en rapportait des pleines. L'atmosphère était plus détendue qu'autrefois car Peg semblait enfin aller un peu mieux. Elle esquissait parfois un sourire, cessait de se tourmenter au sujet de William Henry, et, au lit, il lui arrivait même de se tourner de son plein gré vers Richard pour lui offrir un peu d'amour. Oh, pas comme avant, non. Cette lointaine époque faisait maintenant partie des rêves, et les rêves de Richard tendaient à disparaître. « Seuls les jeunes peuvent atteindre les sommets de l'esprit, songeait-il. À trente-cinq ans, je ne suis plus jeune. Mon fils n'a que neuf ans et c'est maintenant à lui de rêver, »

En compagnie d'une dizaine d'hommes, Richard confia officiellement son argent à Mr Thomas Latimer dans le but précis de développer un nouveau type de moteur à vapeur. Mais aucun des investisseurs – dont faisait également partie le cousin James l'Apothicaire – ne reçut de parts dans la fonderie de cuivre qui fabriquait les chaînes plates à grappins pour les nouvelles pompes utilisées par l'Amirauté.

— Je ferme pour les fêtes de Noël, déclara Mr Thomas Latimer à Richard à la veille d'une saison grise, brumeuse, triste.

Richard était tellement fasciné par la machine à vapeur qu'il se rendait presque chaque jour chez Wasborough.

— Ce n'est pas l'habitude, observa simplement Richard.

— Oh, les ouvriers ne seront pas payés ! Mais j'ai remarqué que, pendant cette période, rien n'est fait convenablement. Trop de rhum. Je me demande ce que ces malheureux peuvent bien fêter ! La situation ne s'améliore guère, même si le jeune William Pitt est maintenant chancelier de l'Échiquier.

— Comment la situation pourrait-elle s'arranger ? rétorqua Richard. Pitt n'a pas d'autre solution que de faire rentrer les impôts existants et d'en créer d'autres pour payer la guerre d'Amérique. Mais vos ouvriers passeraient de meilleures fêtes si vous pouviez les payer pendant ces vacances.

Cette réflexion n'atténua pas la bonne humeur de Mr Latimer.

— Impossible ! Si je le faisais, les autres patrons de Bristol me mettraient dehors.

Richard se réjouit de passer davantage de temps au Cooper's Arms pendant Noël, car William Henry n'avait pas classe et des cantiques de Noël retentissaient dans toute la taverne. Mag et Peg avaient confectionné de délicieux desserts et des pots de sauce au cognac pour accompagner des venaisons rôties à la broche, Dick, lui, avait préparé un vin chaud, sucré et épicé. Richard sortit ses cadeaux : un second chat pour Dick, gris moucheté et distribuant des rations de gin, une ombrelle de soie verte pour Mag et une autre pour Peg, et, pour William Henry, un paquet de livres, une rame d'excellent papier à écrire, une magnifique balle de liège recouverte de cuir et pas moins de six crayons en graphite du Cumberland.

Dick fut enchanté de son chat à gin. Quant à Mag et Peg, elles restèrent confondues.

– Quelle extravagance ! s'écria Mag en ouvrant son ombrelle pour examiner les reflets de la lampe à travers le fin tissu vert jade. Oh, Peg, nous allons être à la dernière mode ! La cousine Ann elle-même sera éclipsée ! (Elle se retourna et ferma vivement l'ombrelle.) William Henry, ne t'avise pas de lancer ta balle ici !

Naturellement, pour William Henry la balle était le plus beau des cadeaux, mais il appréciait aussi les crayons.

– Papa, il faudra que tu me montres comment les tailler. Je veux qu'ils durent le plus longtemps possible, dit-il, rose de plaisir, Mr Parfrey va les admirer ! Lui, il n'a pas de crayon !

Dans l'échelle de ceux que William Henry admirait, Mr Parfrey occupait le sommet. Tout le monde le savait maintenant, depuis qu'il avait commencé ses classes de latin au début d'octobre, William Henry ne cessait de chanter ses louanges. Manifestement, c'était un professeur qui savait enseigner car il avait capté l'intérêt du garçon dès le premier jour, Johnny Monkton lui-même était conquis.

– Il pourra admirer tes crayons, mais pas les prendre, dit Richard en posant dans la main de William Henry un petit paquet. Voilà un cadeau pour Johnny. Quel dommage que le directeur ait exigé que tous les pensionnaires restent à l'école pour Noël ! Nous aurions pu l'avoir avec nous.

Peg choisit ce moment pour serrer son fils dans ses bras et presser ses lèvres sur son grand front si pur. Comprenant sans doute combien il la rendait heureuse en se laissant ainsi cajoler, William Henry supporta docilement ses baisers et, même, l'embrassa à son tour.

— Tu sais, papa est le meilleur des pères, dit-il enfin à Peg.

— Tu as sûrement raison, répondit sa mère après avoir attendu qu'il en dise autant d'elle.

Un an plus tôt, une remarque semblable, ajoutée à l'indifférence de son fils, aurait éveillé chez Peg une flambée de haine envers Richard. Mais, depuis, elle avait compris qu'une telle attitude ne menait à rien. Autant vivre avec cet état de choses, tenter de supporter Richard et, même, de lui être agréable. William Henry adorait son père. Ils aimaient à se retrouver entre hommes, voilà tout. Qu'est-ce qu'une femme pouvait espérer de plus ?

À l'aube de la nouvelle année 1784, Richard remontait Narrow Wine Street pour rendre visite à Mr Latimer, à la fonderie de Wasborough.

Tout ce qu'on pouvait voir depuis Narrow Wine Street, c'était une grande structure en forme de grange, composée de blocs de pierre calcaire que la fumée des cheminées avait souillée au point de la rendre toute noire. Le long de la façade se succédaient un certain nombre de grandes portes de bois délabrées, toujours ouvertes comme pour laisser voir l'activité qui y régnait et permettre à la chaleur et au bruit de s'échapper.

Richard s'arrêta, soudain intrigué. Voilà qui était étrange ! Toutes les portes étaient closes. De bien longues vacances pour les pauvres ouvriers de Latimer, qui n'avaient pas été payés depuis Noël… Tout en longeant le bâtiment, Richard tenta vainement d'ouvrir les portes les unes après les autres. Désireux de comprendre ce qui se passait de l'autre côté, il emprunta un minuscule sentier pour contourner le bâtiment et gagner le côté adjacent au Froom. Enfin, il trouva une porte ouverte. Un silence pesant l'accueillit. Le four n'était pas allumé, le foyer béait, vide, et le moteur à l'arrêt s'ennuyait parmi les tours à l'abandon.

Il ressortit du bâtiment pour gagner les rives du Froom, gris et froid comme un ciel d'hiver.

— Richard, oh, Richard !

En se retournant, Richard aperçut James l'Apothicaire, qui s'approchait en se tordant les mains.

— Dick m'a dit que tu étais là. Oh, Richard, c'est affreux !

Quelque chose en lui savait déjà ce qui se passait mais il posa néanmoins la question :

— Qu'y a-t-il de si affreux, cousin James ?

— C'est Latimer ! Il est parti ! Il a filé avec notre argent !

Un poteau d'amarrage de chêne, datant probablement des Romains, se dressait sur les rives du fleuve. Richard s'y appuya et ferma un instant les yeux.

— Alors, cet homme est un imbécile. Il va se faire prendre.

Pour toute réponse, le cousin James l'Apothicaire se mit à pleurer.

Richard passa le bras autour de ses épaules et le guida vers un tas de rebuts de la fonderie, où il s'assit.

— Cousin, ce n'est pas la fin du monde, assura-t-il. Allons, arrête de pleurer comme ça.

— Je ne peux pas ! C'est ma faute ! Si je ne t'avais pas encouragé, ton argent serait encore en sûreté. Je peux me permettre de payer pour mes propres erreurs mais il n'est pas juste que tu doives tout perdre !

Incapable de ressentir la moindre peine quant à ses propres affaires, Richard demeura les yeux fixés sur le Froom sans même le voir. Ce n'était pas comme de perdre Mary. C'était mille fois moins important. L'argent était chose secondaire.

— Je prends mes décisions seul, cousin James, et tu me connais assez pour savoir que personne ne m'oblige à aller là où je ne veux pas. Ce n'est la faute de personne, ni la tienne ni la mienne. Allons, sèche tes yeux et raconte-moi tout, ajouta Richard en lui tendant un chiffon qui faisait office de mouchoir.

James l'Apothicaire sortit son propre mouchoir, s'essuya les yeux et finit par recouvrer son calme.

— Nous ne reverrons jamais notre argent, assura-t-il. Latimer l'a pris avant de s'enfuir dans le Connecticut, là où Pickard et lui ont l'intention de fabriquer des moteurs à vapeur. Depuis la guerre d'Indépendance, le brevet de Watt est tombé dans le domaine public.

— Quel malin, ce Latimer ! s'exclama Richard d'un ton admiratif. Ne pourrions-nous obtenir un privilège sur la fonderie de Wasborough et récupérer notre argent en fabriquant des chaînes pour l'Amirauté ?

— Je crains que ça ne soit pas possible. Latimer n'est pas propriétaire de Wasborough. Son beau-père, un riche fabricant de fromage de Gloucester, l'a acheté pour constituer la dot de la femme de Latimer. Son père est également propriétaire de la maison de Dove Street.

— Alors, rentrons au Cooper's Arms. Une chope de rhum te fera du bien, cousin James.

À leur arrivée, Dick se garda bien de prononcer le moindre mot, et encore moins un « je vous l'avais bien dit ». Ses yeux s'étaient posés successivement sur le visage calme de Richard et sur les traits ravagés du cousin James l'Apothicaire. Quoi qu'il pût penser, il le garda pour lui.

— Il n'y a en réalité qu'une seule conséquence grave, lui affirma Richard un peu plus tard. C'est que je n'ai plus assez d'argent pour pourvoir à l'éducation de William Henry.

— Tu n'es pas furieux ? s'étonna Dick.

— Non, père. Si le désastre financier doit être mon lot sur terre, j'en suis heureux. Imagine que j'aie perdu Peg… Ou William Henry ? ajouta-t-il d'une voix blanche.

Dick saisit fermement le bras de son fils par-dessus la table.

— Oui, je comprends ce que tu veux dire. Quant à l'éducation de William Henry, prions pour qu'une solution se dessine. Il pourra déjà finir Colston. J'ai assez d'argent pour ça. Il nous reste donc trois ans avant de nous inquiéter.

— En attendant, il va me falloir trouver du travail. Le Cooper's Arms n'est pas assez prospère pour nourrir nos deux familles, reprit Richard en portant la main de Dick à sa joue. Je te remercie, père. Vraiment.

— Oh à propos ! s'écria Dick au grand soulagement de Richard, gêné de ces effusions si peu viriles. Je viens de me rappeler ! Le vieux Tom Cave a besoin d'un homme pour sa distillerie. Quelqu'un qui sache souder et braser. Va le voir, Richard. Ce n'est peut-être pas la réponse à tes prières, mais tu gagneras une livre par semaine : c'est toujours ça, en attendant de trouver mieux.

Posséder une distillerie de rhum à Bristol revenait à avoir le droit de frapper monnaie. Quels que fussent la dureté des temps et le nombre de gens sans emploi, la consommation de rhum ne fléchissait pas plus que son prix. Le rhum n'était pas seulement la boisson favorite des habitants, c'était également elle qu'on chargeait sur tous les navires, en guise de garantie contre les mutineries à bord. Tant qu'ils avaient leur ration de rhum, les marins acceptaient de manger des biscuits rassis et de la viande salée si vieille qu'elle se recroquevillait à la cuisson – et de subir les coups de garcette.

L'établissement de Mr Cave était construit comme une forteresse. Il occupait la plus grande partie d'un petit pâté de maisons dans Redcliff Street, à deux pas de Temple Backs, d'où arrivaient les cargaisons de sucre des Indes occidentales et où l'on chargeait différentes tailles de barriques sur des péniches dès qu'une commande avait été payée. Les celliers étaient aussi immenses qu'imprenables et, à l'instar de toutes les caves de Bristol, couraient sous les rues. Le sol de Bristol était un tel gruyère que les véhicules trop lourds n'avaient pas le droit d'y circuler. La totalité du transport des marchandises s'effectuait par des traîneaux afin que les conducteurs puissent répartir la charge de manière plus égale que sur un véhicule à roues.

Les alambics se trouvaient à même le sol d'une salle si immense qu'on ne parvenait pas à en distinguer les contours. Seule la lueur des fourneaux l'éclairait. L'ensemble donnait l'impression d'une forêt cuivrée composée de troncs d'arbres arc-boutés plantés dans un sol de brique réfractaire tandis que le feuillage, représenté par des barriques de chêne, s'élevait comme une cime amputée. Cela empestait la fumée de charbon, le malt fermenté, les vapeurs d'alcool. Richard détestait cela. Inhaler quotidiennement l'infecte odeur du rhum ne l'encourageait guère à échanger son pot de bière contre une chope du meilleur alcool de Mr Cave.

Ce dernier ne faisait que de rares apparitions et William Thorne, le chef d'atelier, régnait en maître, aussi obséquieux envers Cave qu'il se montrait cruel envers ses subalternes. Aux yeux de Richard, Thorne était le genre d'homme idéal pour un négrier comme l'*Alexander*. Il adorait fouetter les jeunes apprentis à coups de garcette et prenait un malin plaisir à pourrir la vie des employés. Toutefois, après avoir jaugé Richard d'un regard, il choisit de le laisser tranquille et se contenta de lui infliger une série d'instructions sur un ton cassant.

— …et restez éloigné de l'arrière de la salle, conclut-il d'une voix mauvaise. Il n'y a là rien qui vous concerne et je déteste les rôdeurs. Cet endroit relève de ma seule compétence et je vous prierai de vous conformer à mes ordres.

Richard se garda bien d'approcher l'arrière de la salle, plus, d'ailleurs, pour avoir la paix que pour obéir aux ordres de Thorne. Les alambics étaient en cuivre, ainsi que les tuyaux qui serpentaient dans toutes les directions. Les innombrables soupapes, robinets et armatures étaient de cuivre. Il était donc indispensable d'avoir sous la main un homme capable de détecter les éventuels problèmes, telle l'apparition de fuites, et d'effectuer les réparations pendant que les alambics poursuivaient leur travail. Les alambics marchaient par paires et l'un d'eux demeurait fermé en permanence pour permettre les réparations des parties métalliques. C'était là encore le travail de Richard. Une tâche si ennuyeuse qu'elle ne demandait aucune intelligence, et néanmoins terriblement absorbante.

Sa première journée lui permit de se familiariser avec le mot que Thorne considérait comme le plus exécrable : la régie.

Le gouvernement de Sa Majesté britannique avait toujours imposé les liqueurs importées de l'étranger. Il s'agissait de droits de douane, et la contrebande (très populaire sur les côtes de Cornouailles, du Devon et du Dorset) était punie de mort par pendaison. Plus tard, le gouvernement s'était rendu compte qu'il pouvait augmenter ses revenus en taxant les spiritueux fabriqués en Angleterre. On parla alors de « droits de régie ». Le gin et le rhum devaient être impérativement distillés dans des lieux autorisés et rigoureusement contrôlés par l'employé de cet organisme car les droits étaient payables sur chaque goutte d'alcool sortant des cuves.

— Tout cela, expliqua Richard à la fin de sa première semaine de travail, afin que les navires puissent sillonner les mers sans risque de mutinerie. Quelle merveille que l'esprit humain et quel dommage que tant d'intelligence soit ainsi mise au service de la bêtise.

— Richard, s'écria Dick, exaspéré, tu as une mentalité de quaker ! Je te rappelle que nous gagnons notre vie grâce à l'alcool.

— Je sais bien, père, mais je suis libre de mes opinions et je pense que le gouvernement nous encourage à boire pour gagner de l'argent.

— Je voudrais que Jem Thistlethwaite entende ça !

— Je sais, je sais, il démolirait mes arguments en une seconde, répliqua Richard en souriant. Calme-toi, père ! Je plaisantais.

— Peg, veux-tu faire acte d'autorité envers ton mari ? s'exclama Dick.

Peg se retourna avec un sourire si radieux que le cœur de Richard se mit à battre plus vite. Elle avait l'air de se sentir tellement mieux ! Était-ce donc tout ce qu'il lui fallait ? Que s'éloigne la menace du départ de Richard pour Clifton ? Maintenant qu'elle était certaine qu'ils demeureraient au Cooper's Arms, puisque Richard n'avait plus d'argent, elle se montrait heureuse, parfaitement rassurée.

Elle laissa tomber sa chope vide et se baissa d'un air agacé pour la ramasscr. Un hurlement de douleur déchira l'air si soudainement que les cheveux des clients et du personnel se dressèrent. Peg se figea, les deux mains sur la tête avant de s'effondrer sur le sol en un petit tas inerte. Les gens s'attroupèrent en si grand nombre que Dick dut les repousser avec énergie avant de s'agenouiller à côté de Richard, qui tenait la tête de Peg contre lui. Mag s'agenouilla de l'autre côté avec William Henry qui tenta de prendre la main de sa mère.

— Ça ne sert à rien, elle est morte, laissa tomber Dick.

Richard saisit la main de sa femme pour la réchauffer entre ses paumes.

— Non ! non, ce n'est pas possible ! Peg ! Peg, mon amour ! Réveille-toi ! Peg, je t'en supplie, réveille-toi !

— Maman, maman, réveille-toi ! s'écria William Henry, les yeux trop pleins d'horreur pour pleurer. Maman, réveille-toi, que je te serre dans mes bras et que je t'embrasse ! Je t'en supplie, réveille-toi !

Mais Peg gisait, toujours immobile, et aucun pincement ni piqûre ne purent la ranimer.

— C'est une attaque, affirma le cousin James l'Apothicaire, que l'on était allé quérir de toute urgence.

— Impossible ! s'écria Richard. Elle n'a pas l'âge !

— Les jeunes eux aussi sont sujets à des attaques, et elles se manifestent toujours ainsi : un soudain hurlement de douleur, puis l'inconscience et enfin la mort.

— Cela ne peut pas être ! s'entêta Richard.

Comment Peg pouvait-elle être morte ? Elle faisait partie de lui. Non, elle ne pouvait pas être morte.

— Crois-moi, Richard, soupira James l'Apothicaire, elle l'est bel et bien. Il n'y a plus aucun signe de vie. J'ai mis un miroir devant sa bouche, et aucune buée n'y est apparue. J'ai posé mon cône de bois sur sa poitrine et vérifié que son cœur ne battait plus. Et son iris est devenu vitreux. Accepte la volonté du Seigneur, Richard. Allons étendre son corps là-haut.

Avec l'aide de Mag, Richard lava Peg, l'habilla de ses bas et de sa robe du dimanche, en coton rose avec des broderies ajourées, passa du rouge sur ses lèvres et ses joues, boucla ses cheveux qu'il rassembla à la dernière mode, et la chaussa de ses escarpins à talons du dimanche. Puis il ramena les mains de la jeune femme sur sa poitrine. On lui avait fermé les yeux dès le début.

Comme endormie, elle ne paraissait pas plus de vingt ans.

Richard s'assit sur le rebord du lit, à côté de William Henry, afin d'éviter de voir le visage de son fils. Il craignait de ne pas supporter cette vision et de s'effondrer, ce qui n'était dans l'intérêt ni de l'un ni de l'autre. La pièce était éclairée de lampes et de bougies qui resteraient allumées jusqu'au moment où la jeune femme serait mise dans son cercueil et emportée sur le traîneau funéraire à St James. L'enterrement devait avoir lieu dans deux jours. Il s'agissait, en l'absence d'un meilleur diagnostic, d'une mort naturelle. Toute la famille, proche ou éloignée, viendrait présenter ses condoléances, embrasser les lèvres encore rouges et partager la douleur du veuf avant de descendre à la taverne pour y prendre des rafraîchissements. Aucune veillée n'était prévue. Dans le Bristol protestant, on affrontait la mort avec sobriété et en habits de deuil.

Richard resta assis nuit et jour, rejoint par divers membres de la famille. Pour une fois aucun ronflement ne traversa la mince cloison. Seuls quelques sanglots étouffés, des murmures de réconfort, des soupirs. À l'exception de William Henry, personne ne dormait ; le petit garçon pleurait longuement avant de sombrer dans un sommeil agité. Le choc avait été si soudain que Richard se sentait engourdi mais, sous les épaisses couches de douleur et de chagrin qui bouillonnaient en lui, il percevait avec horreur un amer ressentiment. « Puisque tu devais mourir, Peg, pourquoi ne l'as-tu pas fait avant que j'aie investi mon argent ? J'aurais pu emmener William Henry vivre à Clifton et me débarrasser des vapeurs du rhum. J'aurais pu être mon propre maître. »

Aux premières froides lueurs de l'aube de la seconde nuit, William Henry, pieds nus, apparut dans sa chemise de nuit et vint s'asseoir à côté de Richard. On avait laissé la chambre aussi froide que le permettaient les nombreuses bougies, afin que la silhouette immobile sur le lit demeure aussi sereine et belle qu'au moment de sa toilette. Richard se leva pour aller chercher une épaisse couverture et deux paires de bas. Il enveloppa le corps de son fils dans la première et lui enfila les autres aux pieds.

— Elle paraît si heureuse ! dit William Henry en essuyant ses pleurs.

Avant de répondre, Richard, les yeux secs, s'efforça de contrôler sa voix.

— Elle était très heureuse au moment de sa mort, affirma-t-il. Elle souriait, William Henry.

— Alors, il faut que j'essaie d'être heureux, papa ? Pour elle ?

— Oui, mon fils. Il n'y a rien à redouter d'une mort aussi heureuse et aussi inattendue. Maman est allée au ciel.

— Elle me manque, papa !

— À moi aussi. C'est naturel. Elle a toujours été là. À présent, il faut nous habituer à vivre sans elle, et ce sera dur. Mais n'oublie jamais cet air de bonheur qui plane sur elle. Comme si rien de mauvais ne l'avait touchée. Et, crois-moi, c'est exactement cela.

L'enfant s'approcha. Il posa sa tête bouclée sur le bras de son père et eut un hoquet.

— Et il y a toi, papa. Je t'ai. Je ne suis pas orphelin.

Le lendemain matin, le cousin James le Clergyman enterra Margaret Morgan, née en 1750, épouse bien-aimée de Richard Morgan et mère de William Henry, né après sa fille Mary. Comme on était fin janvier, il n'y eut pas de fleurs, seulement des plantes vertes. Richard ne pleura pas. Quant à William Henry, il semblait avoir épuisé sa réserve de larmes. Seule Mag sanglota, en mémoire de sa nièce et belle-fille. Le Seigneur donne et le Seigneur reprend. C'est la vie.

La mort de Peg rapprocha encore plus William Henry de son père mais ce dernier était pris par un travail qui l'occupait six jours par semaine de l'aube au crépuscule, ce qui ne lui laissait que le dimanche et quelques minutes dérobées pour mettre William Henry au lit. La distillerie n'était pas une armurerie et William Thorne ne ressemblait en rien à Tomas Habitas. Les conditions de travail particulières n'étaient réservées qu'à lui seul. Il pouvait impunément disparaître, parfois pendant plusieurs heures de suite, puis revenir, l'air satisfait de lui-même. Richard avait remarqué que chaque fois que Thorne s'absentait, Thomas Cave attendait anxieusement, mais sans colère, son retour. Plutôt avec une sorte d'appréhension. Curieux. Si Richard n'avait été si préoccupé avec ses soucis personnels et sa tristesse, il en aurait sans doute vu davantage et en aurait tiré les conclusions qui s'imposaient. Le travail était certes sa seule consolation mais à condition de s'y donner pleinement.

La distillerie recevait parfois une délégation de visiteurs dont le chef n'était autre que le receveur de la régie. William Thorne lui faisait lui-même parcourir les lieux, à l'abri des regards.

Un autre visiteur n'avait aucune raison de se trouver là, si ce n'était ses relations d'amitié avec Thorne. Étrange lien, d'ailleurs, que celui qui unissait ces deux hommes dépourvus du moindre point commun. John Trevillian Ceely Trevillian était riche, affecté et incroyablement bête. Ses perruques étaient d'une blancheur de neige sous la poudre d'amidon, et il refusait de les lier avec autre chose que du velours noir. Il portait des manteaux de velours brodé et des gilets somptueux. Ses talons étaient si hauts qu'il devait trottiner en s'aidant d'une canne ornée d'ambre. Il exhalait une si forte odeur de parfum qu'elle en arrivait à dominer celle du rhum lui-même. Thorne se garda bien de faire les moindres présentations, le jour de la première visite de Trevillian, peu après l'arrivée de Richard. Mais Ceely, ainsi que Thorne l'appelait, s'arrêta devant le nouvel ouvrier pour lui jeter un regard approbateur, appréciant apparemment ses avant-bras nus et vigoureux.

Richard savait parfaitement qui était John Trevillian Ceely Trevillian : le fils aîné de Mr et Mrs Maurice Trevillian, de Park Street, un couple riche qui s'était fait dévaliser par un bandit de grand chemin devant le seuil de la maison familiale. Ils appartenaient à une famille originaire de Cornouailles, qui possédait de gros intérêts dans le commerce de Bristol. Enfin, ils étaient liés par des liens de sang à un ancien clan de marchands londoniens du nom de Ceely, très en vue depuis le XIIe siècle.

Mais ce Ceely-là, personne ne l'ignorait à Bristol, était un célibataire aux goûts sexuels discutables, un personnage frivole, oisif et sans cervelle, totalement éclipsé par son frère cadet.

Après plusieurs visites de Trevillian, Richard révisa ce jugement. Ces manières absurdes, geignardes et insipides cachaient une intelligence fine et perspicace. Ceely en savait long sur la distillerie et sur la finance. La niaiserie qu'il affichait se révélait très efficace : lorsque Mr Ceely Trevillian se baladait comme un gros nigaud à la Bourse, ceux qui le côtoyaient ne prenaient pas la peine de baisser la voix pour parler des affaires qu'ils étaient en train de traiter. Ils finissaient par échouer tandis que Trevillian continuait à s'enrichir de jour en jour.

Pour en terminer avec Mr Ceely Trevillian, il apparut bras dessus bras dessous en compagnie de Mr Thomas

Cave. « Ainsi, songea Richard, Ceely a des intérêts financiers dans cet établissement. Il suffit pour le comprendre de voir ce vieux Tom Cave lui lécher les bottes avec tant de flagornerie. » Et pourtant le nom de Ceely n'apparaissait nulle part sur les registres ; Dick le lui aurait dit. Il devait être un partenaire qui ne fournissait du capital que lorsque c'était nécessaire, et ne payait donc pas d'impôts.

Malgré ce travail qu'il détestait, Richard réussissait à se maîtriser même s'il s'irritait du peu de temps qu'il pouvait consacrer à William Henry. Les dimanches, heureusement, lui étaient infiniment précieux. Richard modifiait parfois l'itinéraire de leurs promenades afin que William puisse connaître chaque recoin de Bristol. Mais leur destination favorite restait Clifton, où le cottage que Richard avait failli acheter semblait le narguer. Par goût, il aurait préféré une autre ville que Clifton mais William Henry adorait cet endroit.

— Mr Parfrey nous en a raconté une nouvelle hier, dit l'enfant en gambadant.

Retenant un soupir, Richard se résigna à écouter un énième péan en l'honneur de ce parangon de vertu qui réussissait à faire d'une ennuyeuse langue morte un jeu de calembours et de mnémotechnie. William Henry était bien plus avancé en latin que Richard au même âge.

— Eh bien ? demanda-t-il à son fils.

— *Caesar adsum jam forte* : César a mangé de la confiture pour le thé[1].

— Et tu es capable de traduire ça ?

— Par chance, César n'était pas loin.

— Très bien ! Il a beaucoup d'esprit, ton Mr Parfrey.

---

1. Phonétiquement, en anglais : *Cesar ate some jam for tea. (N.d.T.)*

– C'est vrai, il est très drôle, papa. Il nous fait tellement rire que le directeur et Mr Prichard n'apprécient pas. Je ne crois pas qu'ils aiment beaucoup que Mr Parfrey ne fasse jamais usage de la canne.

– Je suis étonné que Mr Parfrey soit parvenu à survivre à Colston, coupa sèchement Richard.

– Nous sommes tous excellents en latin, expliqua Richard. Il le faut. Sinon, Mr Parfrey aurait des problèmes avec le directeur. Oh, papa, je l'aime vraiment ! Il sourit tout le temps.

– Si c'est comme ça, William Henry, tu as de la chance.

Vers la fin du mois de mai, à la distillerie de Mr Cave, toutes les pièces du puzzle se mirent en place.

William Thorne avait disparu comme par enchantement. Les acolytes chargés des alambics s'étaient également volatilisés, un peu à la manière de souris essayant avec une certaine appréhension d'attraper le fromage mais déterminées à remporter le gros lot. À ceci près que dans le cas des employés de Mr Cave, le gros lot était du rhum. Pas le bon rhum qu'on mettait en barrique pour y être mélangé par Cave en personne, mais un ersatz de seconde distillation. Les clients n'y verraient que du feu si l'on prenait soin d'en siphonner un peu dans la seconde cuve.

Indifférent au rhum et aux autres, Richard poursuivait son travail. La grande salle possédait tant de coins et de recoins qu'il était difficile d'en mesurer tout l'espace, en particulier dans les arrières où Richard avait ordre de ne pas pénétrer. Il n'en aurait rien fait s'il n'avait entendu le sifflement inimitable du liquide s'échappant sous la pression. Une vérification de la rangée de paires d'alambics et de leur réseau de tuyaux ne révéla rien de particulier. C'est en s'approchant de la paire du fond qu'il comprit que le bruit venait de plus loin encore. Il se hissa sur les briques brûlantes du fourneau et, baissant la tête pour éviter les cuves, se faufila entre deux alambics.

Il remarqua des tuyaux qui n'auraient pas dû se trouver là et s'arrêta net. Pendant une longue minute, il resta sans bouger, laissant ses yeux s'accoutumer à l'obscurité. Il réussit enfin à distinguer un certain nombre de tuyaux cachés sous des toiles d'araignée, ainsi qu'un objet qui, au premier abord, aurait pu passer pour une enveloppe isolante décollée. Chacun de ces tuyaux sortait d'une cuve qui contenait le produit de la dernière distillation. Cependant, ils n'étaient pas situés en bas, comme on aurait pu s'y attendre, mais en haut de la cuve, à un endroit qui ne permettait l'écoulement que si la cuve était pleine à ras bord. Aucun clapet n'était attaché à ces tuyaux totalement illégaux. Une fois que le contenu de la cuve atteignait le niveau du tuyau, le liquide s'écoulait dans l'obscurité de l'arrière de la grande salle.

Là, dissimulées par une fausse cloison, s'alignaient deux rangées de fûts de cinquante gallons. Les lèvres pincées en un silencieux sifflement de surprise, Richard calcula la quantité d'alcool non imposée qui devait s'échapper jour après jour. Pas étonnant que William Thorne tire toujours lui-même la dernière distillation ! Seul un distillateur expérimenté se serait étonné de la lenteur des appareils de Mr Cave. Et on n'en rencontrait aucun, au 137, Redcliff Street, à l'exception, naturellement, de William Thorne. Thomas Cave était-il, lui aussi, dans la combine ?

Après avoir sauté en bas du fourneau, Richard découvrit la source du sifflement : l'alambic de droite rejetait un mince filet de liquide sortant d'un minuscule trou percé sur l'enveloppe de cuivre. Alors qu'il s'agenouillait pour le boucher, Thorne fit son apparition.

— Hé là ! Qu'est-ce que tu fais ici ? cria-t-il, le visage tordu de rage.

– Mon travail, répliqua calmement Richard. Une réparation provisoire. Il va vous falloir retirer cette paire d'alambics.

– Merde alors ! Je n'arrête pas de dire au vieux Tom d'investir une partie de ses bénéfices dans de nouveaux alambics mais il a toujours une bonne raison pour ne pas obéir.

Thorne s'éloigna pour passer sa colère sur les acolytes qui n'avaient pas eu le temps de réagir. Le chat était rentré plus tôt que prévu.

En regagnant le Cooper's Arms, le soir, Richard ne parla pas de sa découverte à Dick. Il serait toujours temps de lui confier ce qui se passait quand il en saurait plus – par exemple, combien de personnes étaient impliquées dans ce vaste trafic. Il y avait Thorne, bien sûr. Cave, peut-être. Mais qu'en était-il de John Trevillian Ceely Trevillian ? Pourquoi un rentier comme lui aurait-il fréquenté un endroit si éloigné de ses lieux de chasse habituels ?

« Quand évacuent-ils l'alcool illicite ? se demandait Richard. La nuit, certainement, et aussi le dimanche quand les rues sont désertes. Ni marins ni coupe-jarrets n'infestent le secteur à ce moment-là. »

Il lui fut facile de sortir discrètement du Cooper's Arms le dimanche suivant, à la nuit tombée. Il était seul dans sa chambre, Dick et Mag ronflaient et William Henry dormait toujours d'un profond sommeil, même les jours de grande tempête. La lune était pleine et le ciel sans nuages. Une vraie chance ! Tandis qu'il approchait du 137, Redcliff Street, une cloche sonna les douze coups de minuit. Richard se mit à l'abri d'un chariot appartenant au fabricant de tuyaux d'en face et se disposa à patienter.

« Ils vinrent enfin. Deux heures. Ils ont calculé au plus juste », songea Richard. Dans deux heures, l'aube allait se lever. Il reconnut trois silhouettes: Thorne, Cave et Ceely Trevillian. Il était néanmoins malaisé d'identifier ce dernier car le mignard s'était transformé en un homme mince, d'allure énergique, vêtu de noir et botté, aux cheveux courts et hirsutes.

Cave arriva sur son vieux hongre; Thorne et Ceely conduisaient un traîneau tiré par deux énormes chevaux. Les trois hommes commencèrent à décharger du traîneau quatre douzaines de fûts apparemment vides. Cave ouvrit une porte désaffectée à l'arrière de la salle de distillation et les barriques y disparurent rapidement. Thorne revint une minute plus tard, poussant laborieusement devant lui une barrique pleine. Cave s'affairait au traîneau dont il baissa la rampe d'accès à l'arrière. Il fallut les efforts conjugués de Thorne et de Trevillian pour faire glisser chaque barrique le long de la rampe. Une fois installée sur la plate-forme du traîneau, les hommes la remettaient droite avec une habileté née d'une longue pratique.

Soixante minutes s'écoulèrent à la montre de Richard avant la fin du travail. Il ne faisait pas de doute qu'à l'intérieur du bâtiment les barriques vides avaient été placées sous les tuyaux non réglementaires. Combien de fois cette opération avait-elle eu lieu? Sans doute pas tous les dimanches: quelqu'un aurait fini par remarquer le manège mais, si les calculs de Richard étaient corrects, au moins une fois toutes les trois semaines.

Thomas Cave enfourcha son cheval et s'éloigna dans Redcliff Street tandis que les deux autres remontaient sur le traîneau, qui repartit sur ses patins silencieux vers l'est et Temple Backs. Richard les suivit. Sur les rives du fleuve, les barriques furent descendues sur une barge à fond plat commandée par un homme inconnu de Richard mais visiblement familier pour Thorne et Ceely. Leur travail terminé, les trois hommes ôtèrent le harnais de l'un des chevaux pour l'attacher à la barge. L'inconnu grimpa sur son large dos et l'éperonna jusqu'à ce qu'il se décide à descendre d'un pas lourd le terrible chemin de halage en direction de Bath, tirant la barge sur laquelle se trouvait Ceely. Une fois assuré que tout se déroulait sans anicroche, William Thorne repartit sur le traîneau.

« Je sais tout, à présent, songea Richard. Le rhum arrive dans un lieu proche de Bath, où Ceely et l'inconnu le vendent ou le transbordent sur une autre embarcation pour Salisbury ou Exeter. Ils peuvent ainsi se partager en quatre parts les bénéfices tirés du non-paiement des droits de régie. Je suis pourtant prêt à parier que c'est Ceely Trevillian qui se taille la part du lion. »

Que faire, à présent ? Après avoir tourné et retourné la question dans sa tête, sur le chemin du retour, il décida que c'était le moment ou jamais d'en parler à son père.

Lorsqu'il regagna le Cooper's Arms, Dick et Mag étaient déjà levés et s'activaient alors que William Henry dormait encore. Ses parents échangèrent un regard entendu : ils avaient parfaitement remarqué que le lit de leur fils était resté vide. Comment faire comprendre à un veuf de fraîche date qu'ils ne portaient aucun jugement sur sa conduite ?

— Laisse-nous, maman, ordonna Richard sans s'embarrasser de cérémonie. Je dois parler à père en privé.

Dick ne s'attendait pas à entendre une sombre histoire de contrebande. Il pensait que son fils allait lui parler de sexe et de quelque jolie femme rencontrée à St James la veille, au matin.

— Que me conseilles-tu, père ?

Dick lui jeta un regard mi-figue mi-raisin et haussa les épaules.

— Un homme de bien n'a qu'une chose à faire. Rends immédiatement visite, et en secret, au receveur de la régie. Il s'appelle Benjamin Fisher.

— Mais, père ! Tu es en affaires avec ton vieil ami Tom Cave ! Cela gâchera tout !

— Allons donc ! répliqua Dick sur un ton ferme. Il existe d'autres producteurs de bon rhum à Bristol et je les connais tous. Je suis même dans les meilleurs termes avec eux. D'ailleurs, Tom Cave est plus une vieille connaissance qu'un véritable ami. Tu l'as vu souper à ma table mais je ne suis jamais allé souper à la sienne. En outre, ajouta-t-il avec un sourire, j'ai toujours su que c'était un fieffé coquin. Ça se voit dans ses yeux, tu n'as pas remarqué ? Il ne te regarde jamais franchement.

— C'est vrai. Je l'ai observé, également. Pourtant, je suis plus navré pour lui que pour Thorne. Quant à Ceely (Richard esquissa un geste de mépris), cet homme n'est qu'une ordure. Mais quel acteur ! Il joue les nigauds mais c'est un petit malin.

— Tu ne travailles pas aujourd'hui, décréta Dick en poussant son fils dans l'escalier. Va mettre tes beaux vêtements du dimanche, prends mon chapeau neuf, et en route pour la régie. Et pas un mot à personne, tu m'entends ? Pas la peine de faire la grimace. Si ces coquins n'ont détourné que la moitié du rhum que tu as vu, tu seras largement récompensé de tes peines. Assez pour offrir à William Henry l'éducation dont tu rêves pour lui.

Ce fut cette pensée qui poussa Richard, vêtu de ses habits du dimanche et coiffé du plus beau chapeau de Dick, à partir en direction de Queen Square. La régie occupait l'extrémité d'un pâté de maisons entre le square et Princess Street, enviable avenue sur laquelle se situait la demeure de Thomas Cave. Richard découvrit bientôt que les employés de la régie n'étaient que de gros paresseux qui se servaient de leur bureau pour entamer une sieste réparatrice après leurs beuveries nocturnes, particulièrement le lundi. Ils se montraient désorganisés, indifférents, et préféraient ne pas agir. Il lui fallut donc plusieurs heures pour remonter l'échelle de la hiérarchie. Au spectacle de ces visages qui respiraient l'ennui, il n'expliqua que le minimum indispensable, à savoir la vaste fraude à l'impôt découverte. Puis il insista pour voir le receveur en personne.

Il n'obtint pas de rendez-vous avant trois heures de l'après-midi. Il n'avait pas eu le temps de déjeuner et sa patience légendaire avait été mise à rude épreuve.

– Vous avez cinq minutes, monsieur Morgan, lui annonça Benjamin Fisher, assis à son bureau.

Inutile de se demander si le receveur de la régie s'était jamais rendu sur le terrain. Il dévisageait Richard derrière les petits verres ronds de lunettes dont il n'avait guère besoin pour prendre connaissance des documents empilés sur son bureau. Un myope dont l'univers se résumait à son bureau. Ce qui signifiait qu'il ne saisirait pas aussi bien la situation que les hommes de terrain. « D'un autre côté, songea Richard, il se peut qu'il ne soit pas corruptible. Car il est bien évident que les hommes de terrain le sont. Sinon, je ne serais pas ici. »

Richard résuma brièvement son histoire.

– À combien estimez-vous la fraude par semaine ? demanda Mr Fisher lorsque Richard en eut terminé.

– S'ils viennent chercher leurs barriques toutes les trois semaines, monsieur, cela doit représenter pas loin de 800 gallons par semaine.

Ce chiffre changeait tout ! Mr Fisher se cala sur son siège, reposa sa plume et repoussa la feuille de papier sur laquelle il avait commencé à jeter quelques notes. Derrière ses épaisses lunettes, ses gros yeux d'un bleu délavé roulèrent comme des billes.

— Monsieur Morgan, il s'agit là d'une énorme fraude ! Êtes-vous sûr de vos calculs ?

— J'ai pu me tromper, monsieur. Mais s'ils changent les barriques toutes les trois semaines, cela fait bien 800 gallons par semaine. Hier, nous étions le 1er juin et je peux témoigner que les fûts apportés par les trois hommes étaient vides. Personne ne pourrait traîner aussi facilement une barrique pleine. Alors que les fûts qu'ils ont pris étaient si lourds qu'ils ont dû s'y mettre à deux pour les rouler sur une rampe peu inclinée. Leur prochain dimanche sera probablement celui du 22 juin. Si vos hommes se cachent à proximité à partir de minuit, vous pourrez les prendre tous les trois sur le fait.

— Merci, monsieur Morgan. Je vous suggère de retourner au travail comme si de rien n'était, jusqu'à ce que mon service vous fasse signe. De la part de Sa Majesté, je vous prie d'accepter les sincères remerciements de la régie.

Richard se dirigea vers la porte lorsque le receveur le rappela.

— Si la fraude se révèle aussi importante que vous le dites, monsieur Morgan, il y aura une récompense de huit cents livres, dont cinq cents vous reviennent. Après que vous aurez témoigné en justice, naturellement.

Richard ne put résister à poser la question qui le démangeait :

— À qui reviennent les trois cents autres livres ?

— Aux hommes qui procèdent à l'arrestation des coupables.

Ce fut tout. Richard retourna chez lui.

— Tu avais raison, père, dit-il à Dick. Si tout se passe comme je l'espère, je recevrai cinq cents des huit cents livres de la récompense.

Dick eut l'air dubitatif.

— Trois cents livres, voilà qui me paraît excessif à partager entre une douzaine d'hommes de la régie qui n'ont pas grand-chose à faire, sinon procéder à une arrestation.

Cette remarque déclencha l'hilarité de Richard.

— Père ! Je ne t'aurais pas cru si naïf ! Je crois plutôt que les employés de la régie qui procèdent à l'arrestation vont se partager cinquante livres. Les deux cent cinquante qui restent iront dans la poche de Mr Benjamin Fisher.

Le dimanche 22 juin, une douzaine d'employés de la régie ouvrirent à la hache la porte arrière de la distillerie de Mr Cave et se ruèrent dans les lieux déserts, armés de barres de fer. Ils y trouvèrent quatre douzaines de fûts de cinquante gallons de rhum illicite, branchés aux tuyaux des alambics.

Lorsque Thomas Cave arriva le lundi, à cheval, vers deux heures du matin, et que William Thorne et John Trevillian Ceely Trevillian survinrent peu après sur leur traîneau, les battants entrouverts et les sceaux de la régie leur permirent de comprendre ce qui s'était passé.

— Nous sommes faits comme des rats, affirma Thorne.

Cave tremblait de peur.

— Ceely, que faut-il décider ?

— Puisque le rhum s'est envolé, je propose que nous rentrions chez nous, déclara calmement Ceely.

— Pourquoi ne sont-ils pas ici pour nous arrêter ? demanda Cave.

— Parce qu'ils ont eu peur de courir au-devant d'ennuis, Tom. La quantité de rhum qu'ils ont trouvée leur a fait comprendre qu'il y avait des gens prêts à tout dans cette affaire. Notre crime mérite la corde. Un employé de la régie n'est pas assez payé pour risquer de prendre une balle dans les tripes.

— Nos informateurs auraient dû nous prévenir !

— C'est certain, approuva sombrement Ceely. Ce qui m'amène à penser que cette action a été commanditée d'en haut et que nous avons été trahis par des gens de l'extérieur.

— Richard Morgan ! gronda Thorne en frappant sa paume du poing. Ce salopard nous a eus !

— Richard Morgan ? répéta Trevillian. Vous voulez parler de ce type si beau qui répare les fuites ?

Le regard de Thorne s'écarquilla. Il leva sa lanterne pour scruter de plus près le visage de Ceely.

— Vous êtes un mystère pour moi, Ceely, dit-il lentement. Ce sont les femmes ou les hommes que vous aimez ?

— Ce que j'aime est sans importance. Rentrez chez vous et essayez d'imaginer une histoire qui tienne le coup devant le receveur de la régie. C'est vous qui allez porter le chapeau.

— Comment ça, moi ? Nous allons tous le porter !

— Je crois bien que non, affirma Ceely Trevillian d'un ton léger, en sautant sur le traîneau. Vous ne lui avez donc pas dit, Tom ?

— Pas dit quoi ?

Mr Cave garda le silence : il n'était pas en mesure de faire autre chose que de secouer la tête.

— Tom a mis la licence à votre nom, reprit Ceely. Il y a déjà un bon moment. Je trouvais que c'était une bonne idée et il a parfaitement compris ce que je voulais dire. Quant à moi, je n'ai aucun lien avec la distillerie Cave, ajouta-t-il en saisissant les rênes de ses chevaux.

William Thorne resta cloué sur place.

— Où allez-vous ? demanda-t-il d'une voix faible.

Ceely éclata de rire.

— À Temple Backs, bien sûr, pour prévenir notre associé.

— Attendez-moi !

— Vous pouvez rentrer à pied, répliqua Ceely.

Le traîneau s'éloigna, laissant Thorne face à Cave.

— Comment avez-vous pu me faire ça, Tom ?

Cave laissa courir sa langue sur ses lèvres desséchées.

— C'est Ceely qui a insisté, protesta-t-il d'une voix chevrotante. Je n'arrive jamais à lui tenir tête !

— Et vous avez approuvé cette excellente idée ! C'est bien de vous, espèce de vieux poltron ! s'écria Thorne d'un ton amer.

— C'est Ceely, insista Thomas Cave. Je ne vous laisserai pas seul, je vous le promets. Je ferai tout ce qu'il faut pour vous sortir de là.

Haletant sous l'effort, Cave réussit à se hisser sur son cheval. Thorne n'ébaucha pas un geste pour l'aider.

— Je vous obligerai à tenir cette promesse, Tom. Mais ce qui est de loin le plus important, c'est d'assassiner Richard Morgan.

— Non ! hurla Cave. Faites tout ce que vous voulez, mais pas ça ! La régie est au courant, espèce d'idiot ! Tuez leur informateur et nous finirons tous pendus !

— Si cette affaire passe devant un tribunal, je serai pendu, de toute façon. Alors, que peut-il m'arriver de plus, hein ? Vous devriez plutôt vous assurer qu'on n'en arrivera pas là, Tom ! Et cela vaut pour Ceely également ! Si je tombe, Richard Morgan ne sera pas le seul mouchard ! Je vous ferai tomber avec moi, et nous serons tous pendus ! Vous m'entendez ? Tous !

Mr Benjamin Fisher convoqua Richard à la régie très tôt le lendemain, le 23 juin.

— Je vous conseille de ne pas retourner à votre travail, monsieur Morgan, lui annonça le receveur, dont les joues étaient devenues rouges. Mes imbéciles d'employés ont effectué une descente de jour dans la distillerie et, bien sûr, personne n'a été arrêté. Tout ce qu'ils ont réussi à faire, c'est à saisir l'alcool.

Richard resta bouche bée.

— Seigneur ! s'écria-t-il enfin.

— Bien dit mais inutile, monsieur. Je partage votre sentiment mais le mal est fait. Le seul que la régie puisse poursuivre est le propriétaire de la licence, pour avoir fabriqué du rhum illégal dans son établissement.

— Le vieux Tom Cave ? Ce n'est pas lui le vrai coupable.

— Thomas Cave n'est pas le propriétaire de la licence. C'est William Thorne.

Richard demeura de nouveau bouche bée.

— Et Ceely Trevillian ? demanda-t-il enfin.

L'air particulièrement dégoûté, Fisher pressa ses mains l'une contre l'autre avant de se pencher vers Richard.

— Nous n'avons de preuves contre personne, excepté William Thorne, finit-il par dire en chaussant ses lunettes. Mr Trevillian a beaucoup de relations et, selon l'opinion qui prévaut dans cette ville, il ne s'agit que d'un aimable nigaud. J'ai l'intention de l'interroger mais je dois vous avertir que, si cette affaire devait passer devant les tribunaux, ce serait sa parole contre la vôtre. Je suis vraiment désolé mais, à moins que d'autres preuves surgissent, Mr Trevillian est intouchable. Je ne suis même pas sûr, ajouta-t-il dans un soupir, que nous disposions d'assez d'éléments pour pendre William Thorne, même s'il est certain d'être condamné à sept ans de déportation.

— Pourquoi vos hommes n'ont-ils pas attendu pour les prendre en flagrant délit ?

Mr Fisher ôta ses lunettes pour en retirer la buée qui maculait les verres.

— La lâcheté, monsieur. C'est toujours comme ça. Bien qu'il soit très tôt, Mr Cave attend déjà en bas. Je suppose qu'il est venu négocier un arrangement en offrant de payer une amende importante. Voilà le problème avec l'argent. Je ne suis pas aveugle au point de ne pas voir que poursuivre William Thorne ne vous mènera nulle part. La régie n'obtiendra rien du propriétaire de la licence, à la différence du propriétaire de l'entreprise. Même chose pour vous. Je veux dire pour votre récompense.

En partant, Richard tomba sur Thomas Cave dans la salle d'attente et il eut la sagesse de ne rien dire en passant devant lui. Inutile de se rendre à la distillerie. Il décida de rentrer au Cooper's Arms.

— Et voilà, je me retrouve sans travail, et deux ou trois coupables vont échapper à la justice, raconta-t-il à Dick. Ah, si j'avais su !

— J'ai l'impression que Tom Cave va sortir Thorne de ce mauvais pas en payant. Sois au moins heureux d'une chose, Richard. Peu importe ce qui arrive, tu vas obtenir tes cinq cents livres.

C'était vrai. Mais l'idée en était moins réconfortante que ne l'imaginait Dick. Une part de Richard souhaitait voir tomber Mr John Trevillian Ceely Trevillian. Il ne savait pas exactement pourquoi, peut-être en raison du regard appréciateur que l'homme avait posé sur lui le jour de leur première rencontre. « Je sais que je ne suis qu'un moins-que-rien pour ce bellâtre vaniteux et je le hais. Oh, oui, je le hais ! Pour la première fois de ma vie, je suis envahi par une émotion qui n'avait aucune signification à mes yeux jusqu'ici. Ce qui n'était qu'un mot est désormais devenu un fait. »

Peg lui manquait en ces temps difficiles. Sa mort lui avait causé un immense chagrin pourtant relativisé par des années de brouilles, de saouleries, de pleurs et de tourments. Mais, aujourd'hui, cette Peg-là s'estompait pour être remplacée par la Peg qu'il avait épousée dix-sept ans auparavant. Il ressentait de nouveau le besoin de la serrer dans ses bras, de converser à voix basse avec elle pendant la nuit, d'aller puiser à son contact le seul réconfort sexuel vraiment satisfaisant – un rapport où l'amour et l'amitié intervenaient au même titre que la passion. Il n'avait plus personne à qui se confier. Car, même s'il pouvait compter sur un ferme soutien de la part de son père, celui-ci l'avait toujours jugé trop gentil, manquant un peu d'envergure. Quant à Mag, eh bien, elle régnait sur la maisonnée mais ne s'occupait en rien de ce qui se passait au-dehors.

Dans quelques années, William Henry serait son égal. Tout ce qui lui manquerait serait le soulagement sexuel. Et cela, ainsi que Richard l'avait décidé, serait remis à plus tard, lorsque William Henry aurait atteint sa pleine maturité. Car il ne se permettrait pas d'infliger une belle-mère à son fils unique et bien-aimé. Quant aux prostituées, c'était le genre de femmes qu'il ne pouvait supporter, quel que fût son désir.

Le lundi, qui se trouvait être le dernier jour du mois de juin, Richard partit aux premières lueurs de l'aube – très matinale en cette période de solstice d'été. Il parcourut dix miles qui séparaient le Cooper's Arms de Keynsham, un hameau des bords de l'Avon, développé mais pollué par des gens comme William Champion avec sa manufacture de cuivre. Champion avait déposé le brevet d'un procédé secret qui permettait de raffiner le zinc à partir de calamine et de vieux rebuts. Richard avait entendu dire qu'il recherchait un homme habile pour traiter le minerai. Pourquoi ne pas essayer ? Le pire qu'il risquait était d'essuyer un refus.

William Henry partit pour l'école à sept heures moins le quart, comme à l'accoutumée, en protestant que le directeur avait exigé que la classe eût lieu le dernier jour de juin, même si c'était un lundi. La réaction de sa grand-mère se résuma à une petite tape amicale sur l'oreille. William Henry se le tint pour dit et s'en alla. Le lendemain commenceraient deux mois de vacances, aussi bien pour ceux qui portaient des manteaux bleus que pour les élèves qui payaient leurs études. Ceux qui avaient une famille pour les accueillir ôteraient leurs manteaux et quitteraient Colston jusqu'au début du mois de septembre, et ceux qui, comme Johnny Monkton, ne comptaient ni parents ni famille passeraient l'été sur place et bénéficieraient d'un code de discipline moins strict.

Richard avait expliqué à William Henry pourquoi il ne pouvait le garder pendant ces deux mois, ce que le jeune garçon avait parfaitement compris. Il était conscient que son père lui consacrait énormément de temps, et cette idée lui était un fardeau dont ses jeunes épaules ignoraient le poids. S'il travaillait dur sur ses livres de classe – et il n'y manquait pas – c'était pour faire plaisir à son papa, qui attachait une grande importance aux études.

Il s'arrêta, ébahi, devant la porte de l'école : elle était festonnée de rubans noirs ! Un jeune maître, Mr Hobson, l'y attendait. Il posa sa main sur le bras de William Henry.

— Rentre chez toi, mon garçon, dit-il en lui faisant faire demi-tour.

— Mais pourquoi ?

— Le directeur est décédé cette nuit, pendant son sommeil. Il n'y aura pas classe aujourd'hui. Ton père sera informé de la date des funérailles, Morgan Tertius. À présent, va-t'en.

— Puis-je voir Monkton Minor, monsieur ?

D'une petite tape entre les épaules, le maître le poussa dehors.

— Pas aujourd'hui. Au revoir, lança-t-il d'un ton ferme.

Perplexe, l'enfant s'arrêta un instant sur le pont de Stone Bridge. Quel ennui ! Papa était parti à Keynsham, grand-père et grand-mère s'activaient au grand ménage du lundi. Comment allait-il occuper sa journée sans Johnny ?

C'était la première fois que la vie offrait à William Henry l'occasion de faire ce qu'il voulait sans que personne le sache. Au Cooper's Arms, on le croyait à Colston et Colston l'avait renvoyé chez lui. Il ne pouvait que s'y morfondre. Il prit brusquement sa décision et quitta Stone Bridge au galop.

Le jeune garçon bifurqua en direction de Clifton.

Il s'arrêta d'abord au pied des pentes escarpées de Brandon Hill avant de monter péniblement jusqu'au sommet, se prenant pour l'un des whigs de l'armée de Cromwell à l'assaut de Bristol. Il s'attarda un moment pour contempler les cheminées des fours à chaux et les terrains marécageux avant de porter son regard sur les ruines du fort royal de St Michael's Hill. Après s'être bien diverti, il bondit de rocher en rocher jusqu'au sentier, en sautillant à cloche-pied, gambadant jusqu'au puits de Jacob qui, jadis, avait représenté la seule source d'eau accessible de Clifton. Des maisons s'élevaient désormais alentour mais aucune ne présentait d'intérêt aux yeux d'un petit garçon. Il passa en cabriolant devant l'église St Andrew, fit des galipettes sur le souple gazon de Clifton Green et puis résolut de continuer jusqu'à Manilla House, dernière bâtisse dans la rangée des maisons en haut de la montée.

— Salut, toi, mollets de coq ! lui cria une voix amicale depuis la cour d'écuries de Boyce's Buildings.

— Salut à vous, monsieur.

— Tu n'as pas école aujourd'hui ?

William Henry se percha sur le montant de la barrière.

— Le directeur est mort, expliqua-t-il brièvement. Qui êtes-vous ?

— Richard le palefrenier.

— Richard, c'est aussi le nom de mon papa. Je m'appelle William Henry.

Il s'attacha aux pas de Richard le palefrenier pendant deux bonnes heures, flattant les chevaux, plongeant son regard dans des stalles presque toutes vides, aidant à tirer des baquets d'eau du puits et à rapporter du fourrage, tout cela en bavardant joyeusement. À la fin, Richard le palefrenier lui offrit une chope de petite bière, un morceau de pain et du fromage. Ragaillardi, William Henry lui adressa de grands signes d'adieu avant de poursuivre son chemin.

Manilla House était aussi déserte que Freemantle House, Duncan House et Mortimer House. Où aller ?

Il était encore en train d'en débattre lorsqu'il entendit derrière lui les sabots d'un cheval. Il découvrit en se retournant que le visage du cavalier lui était familier et agréable.

— Monsieur Parfrey ! s'écria-t-il.

— Doux Jésus ! répliqua George Parfrey. Qu'est-ce que tu fais là, Morgan Tertius ?

William Henry eut le bon goût de rougir.

— Je me promène, monsieur, s'excusa-t-il humblement. Il n'y a pas école aujourd'hui et mon papa est allé à Keynsham.

— Tu as le droit de te trouver ici, Morgan Tertius ?

— Je vous en prie, monsieur, je m'appelle William Henry.

Mr Parfrey resta pensif un moment puis, haussant les épaules, tendit la main au jeune garçon.

— Je devine probablement plus de choses que toi, William Henry. Allons, monte là-dessus et viens faire une promenade. Ensuite, je te raccompagnerai chez toi.

Pure extase ! Il n'était jamais monté à cheval de toute sa vie ! Et voilà qu'il se retrouvait assis sur une selle devant Mr Parfrey, si haut que la tête lui tournait lorsqu'il regardait le sol. Un monde nouveau s'ouvrait à lui, comme s'il s'était juché au sommet d'un arbre qui avançait ! Le mouvement était si uni et si régulier ! Quel bonheur de vivre une telle aventure, en compagnie d'un ami presque aussi cher que papa ! William Henry baignait dans la béatitude la plus totale.

Ils partirent au petit galop jusqu'à Durham Down, mettant en fuite plusieurs troupeaux de moutons, riant de tout et de rien. Lorsque William Henry parvint à articuler un mot, Mr Parfrey lui fit comprendre qu'il connaissait bien d'autres choses que le latin. Ils chevauchèrent jusqu'au parapet de l'Avon Gorge, où le professeur lui montra les couleurs qui striaient la roche et expliqua au jeune garçon impatient de tout savoir comment le fer parvenait à teinter le gris et le blanc du calcaire de couleurs rose rougeoyant et prune. Il lui désigna les plantes fleuries qui parsemaient l'herbe d'été et en récita les noms. Quelques minutes plus tard, il interrogeait en souriant William Henry pour vérifier ce qu'il avait retenu.

La piste cavalière qui longeait le haut de la roche conduisait à Hotwells House, dressée sur une corniche en surplomb de l'Avon.

Mr Parfrey laissa le jeune garçon glisser de la selle avant de descendre à son tour.

— Nous trouverons peut-être à dîner ici. Tu as faim ?

— Oui, monsieur !

— Si je dois t'appeler William Henry hors des murs de l'école, je crois que tu devrais m'appeler oncle George.

Ils rencontrèrent peu de gens dans la salle où se trouvait la pompe : quelques hommes poitrinaires, diabétiques ou atteints de goutte, une très vieille dame et deux jeunes femmes infirmes. Le lieu avait connu des jours meilleurs: les dorures s'étaient ternies, le papier mural se détachait, les tentures effilochées accumulaient de nombreuses couches de saleté, les chaises étiques auraient eu besoin d'un bon rembourrage. Mais le propriétaire, un homme revêche toujours en conflit avec la ville de Bristol sur le prix de l'eau vendue aux curistes, offrait quelque chose qui ressemblait à un repas. Pour le palais de William Henry, pourtant habitué à l'excellente cuisine du Cooper's Arms, cette nourriture ressemblait à du nectar et à de l'ambroisie, tout simplement parce qu'elle lui était inconnue et qu'il la partageait avec un compagnon aussi extraordinaire que Mr Parfrey. Ce dernier proposa une petite promenade à pied avant de remonter à cheval pour rentrer en ville. La vieille dame et une infirme se mirent à chuchoter derrière le dos de William Henry au moment où il se levait pour partir. Il supporta leurs exclamations et leurs petites tapes amicales avec la patience qu'il accordait à sa défunte mère – autre aspect de sa personnalité qui fascina George Parfrey.

Car George Parfrey s'était lui aussi trouvé un compagnon extraordinaire. En fait, cette journée était placée sous le signe de la magie, depuis l'annonce du décès du directeur au cours de la nuit. Le révérend Prichard, dont le long visage sombre ne reflétait en rien sa joie intérieure (il espérait bien succéder au directeur), était trop préoccupé pour s'occuper des maîtres une fois ceux-ci informés de la situation. Après avoir chargé Harry Hobson de renvoyer chez eux les externes, il n'avait plus donné le moindre ordre.

« Puisque c'est cela, avait songé Parfrey, je déclare cette journée jour de vacances. Si je reste ici, Prichard ou un autre vont me trouver quelque chose à faire. Alors que, si l'on ne me voit pas, tout le monde va oublier mon existence. »

Sa seule extravagance était un cheval. Non qu'il en possédât un – c'était bien au-delà de ses maigres ressources – mais il aimait à louer une monture dans une écurie proche du gibet de St Michael's Hill. Il s'était rendu compte, en arrivant avec ses couleurs et son carnet de croquis, que les lundis permettaient un plus grand choix de chevaux. Le beau hongre noir qu'il convoitait mâchait placidement son fourrage, espérant sans doute une journée de repos après les excursions mouvementées du dimanche. Il n'en fut pas question. Dix minutes plus tard, Parfrey était en selle et trottait à travers Kingsdown en direction de la route d'Aust. Bon cavalier, il flatta l'encolure du hongre pour lui faire oublier son ressentiment et se disposa à jouir de son passe-temps favori.

Sa vieille dépression faillit un instant l'engloutir mais la journée était trop magnifique pour qu'il se prive de sa saveur. Il refoula les idées de solitude et les appréhensions que suscitait la vieillesse tout au fond de son esprit et préféra admirer la beauté qui l'entourait. Au moment où il cheminait entre Clifton Hill et Durdham Down, il aperçut Morgan Tertius devant lui. De la compagnie ! Le petit diable avait également décidé de fuir ses responsabilités. Dans ce cas, pourquoi ne pas s'encanailler ensemble ? Cette idée en entraîna immédiatement une autre : pourquoi ne pas venir en aide au jeune garçon en lui offrant sa protection ?

William Henry. Ce double prénom lui allait bien, avec une sonorité un peu affectée qui pourrait lui rendre service plus tard. Tous les professeurs avaient remarqué les possibilités que montrait Morgan Tertius, même si sa beauté faussait le jugement de certains. Il en avait été de même pour Parfrey jusqu'à ce que l'apparition de Morgan Tertius dans sa classe de latin lui eût révélé à quel point le visage du jeune garçon ne faisait que refléter la perfection de son âme. Mais ce qu'il n'avait point remarqué jusqu'à aujourd'hui, c'était son côté garnement. Car, en classe, William Henry était un ange. Tandis qu'ils galopaient à travers Durdham Down, l'enfant lui avait expliqué d'un ton grave qu'il se comportait sagement parce qu'il ne voulait ni recevoir de coups de canne ni se faire remarquer.

Comment lui faire comprendre qu'on le remarquerait toujours ? Il était surprenant de constater que le père, auquel l'enfant ressemblait tant par les traits du visage, ne possédait pas l'étincelle de vie qui brillait dans le regard du fils. Richard Morgan n'empêcherait jamais la terre de tourner. Alors que William Henry séduirait tous les jours de sa vie et réussirait peut-être à changer la face du monde. Sa conversation était typique de son âge mais révélait une éducation irréprochable. Enfin, jusqu'au moment où il pénétrait dans une taverne. Là, son comportement trahissait sa profonde connaissance des passions humaines les plus viles, du maniement du couteau à la luxure en passant par la folie. Et pourtant, rien de tout cela n'avait déteint sur lui. Aucun effluve de corruption n'émanait de sa personnalité. Au moment où ils quittaient Hotwells House, il leur parut naturel de tourner leurs pas vers l'endroit où William Henry avait pique-niqué avec son père, sans savoir que Parfrey les observait de plus haut. Il s'agissait d'un petit bout de terrain un peu à l'écart des rives de l'Avon, juste quelques mètres carrés d'herbe entre St Vincent's Rocks et un autre affleurement rocheux en contrebas. On aurait parlé d'une combe si ce lieu avait été entouré de forêts.

Neuf mois avaient passé depuis le jour où les deux Morgan y avaient pique-niqué, mais l'endroit était resté tel quel. Le niveau de l'Avon toujours à son plus haut, l'herbe de la même nuance de vert, les rochers reflétant exactement la même intensité de lumière. Tout était demeuré suspendu, hors du temps. C'était l'occasion de mettre un pied dans l'avenir tout en gardant l'autre dans le passé.

William Henry s'assit pendant que George Parfrey sortait son carnet et un morceau de fusain.

— Je peux vous regarder dessiner, oncle George ?

— Non, parce que je suis en train de faire ton portrait. Tu ne dois pas bouger et il faut même oublier que je te regarde. Tu n'as qu'à compter les marguerites. Quand j'aurai fini, tu pourras regarder.

William Henry resta donc assis pendant que George Parfrey l'observait.

Le fusain courut d'abord sur la feuille avec rapidité et sûreté, puis, les minutes passant, les mouvements se firent plus rares pour finir par cesser complètement. Parfrey ne parvenait plus à détacher son regard du spectacle qui s'offrait à lui. Et ce n'était pas seulement la beauté qu'il voyait devant lui mais l'image même de son destin.

« Maudite chronologie ! songea-t-il. Je suis fou amoureux d'un innocent qui a trente-cinq ans de moins que moi. Le jour où je parviendrai enfin à l'éveiller à l'amour, il n'y aura plus rien d'aimable en moi. Alors là, mon cher Shakespeare, voilà un beau sujet de tragédie. Il sera Hamlet, et moi le roi Lear. »

Le ruban qui retenait les cheveux de William Henry s'était envolé depuis longtemps et la masse de boucles sombres retombait de chaque côté de son visage comme une fumée par grand vent. La peau de pêche satinée, ivoire, la fine arête du nez aquilin et les pommettes donnaient à l'ensemble un air de dignité patricienne, de même que la bouche, pleine et sensuelle, légèrement plissée aux commissures, comme prête à révéler un sourire secret. Mais tout cela n'était rien en comparaison des yeux…

Comme s'il sentait les pensées qui agitaient l'esprit de son compagnon, William Henry leva les yeux et ce sourire énigmatique parut, au regard ébloui de Parfrey, une sorte d'invitation inconsciente, venue du plus profond de son âme. Les yeux remplis de lumière au milieu de ces taches sombres lui semblèrent nimbés d'or, pris dans les rayons du soleil qui se reflétaient sur les rochers humides.

Il perdit tout contrôle. Avant même que l'idée lui en traversât l'esprit, George Parfrey avait franchi la distance qui le séparait de son destin et embrassait William Henry sur la bouche. Ensuite, il ne put se retenir de serrer le jeune garçon dans ses bras – incapable qu'il était de le lâcher un seul instant – et de savourer avec ses lèvres la peau de son front, de ses joues et de son cou, de caresser le petit corps qui vibrait sous ses doigts.

– Quelle beauté ! Quelle beauté ! murmurait-il, éperdu.

Affolé, les yeux noyés de surprise, le jeune garçon s'arracha à ses bras et se leva brusquement, hésitant sur le côté où s'enfuir. La terreur ne s'était pas encore emparée de lui mais il n'avait qu'une idée : fuir !

Devant cet affolement, Parfrey se leva, une main tendue, sans comprendre qu'il bouchait le chemin par lequel William Henry avait choisi de s'échapper.

– William Henry, je suis désolé ! Je ne voulais pas te faire de mal. Je ne pourrai jamais. Je suis vraiment désolé ! haleta Parfrey en ouvrant largement ses bras en un appel désespéré au pardon.

C'est alors que la terreur envahit l'esprit du jeune garçon. William Henry vit les mains qui s'approchaient de lui, et non pas l'appel au secours. Il tenta de fuir dans une autre direction. À ses pieds serpentait l'Avon, couleur d'acier, ondulant et se faufilant à cet endroit où il jaillissait de la gorge en un torrent sinueux. Les bras tendus comme pour l'emprisonner, Mr Parfrey se rapprochait. Sur ses lèvres, un sourire qui n'était pas vraiment un sourire.

Le Cooper's Arms avait enseigné à l'enfant ce que signifiait ce genre de sourire. Lorsque son père et son grand-père avaient le dos tourné, d'autres hommes lui avaient souri de cette façon tout en murmurant des mots d'invite. William Henry savait parfaitement que ce sourire était faux mais il se trompait sur ses intentions.

Il leva les yeux, éblouis par les rayons du soleil.

— Papa ! gémit-il avant de sauter dans la rivière.

À cet endroit, il est interdit de se baigner dans l'Avon, et d'ailleurs Parfrey ne savait pas nager. Il aurait pourtant sauté à l'eau sans hésitation s'il avait pu apercevoir le moindre signe de vie dans cette eau agitée, un bras… Mais rien n'apparaissait à la surface. Pas de feuille, de brindille, de branche, encore moins de William Henry. Il était tombé comme une pierre, sans résister.

Qu'avait donc pensé cet enfant ? Qu'avait-il vu, debout sur le bord de la rivière ? Pourquoi une telle horreur dans ses yeux ? Avait-il préféré la rivière à tout ? Savait-il ce qu'il faisait en sautant ? Ou sa raison l'avait-elle abandonné ? Il avait appelé son père en criant, c'était tout. Puis il avait sauté. Il n'avait pas trébuché. Il n'était pas tombé. Il avait sauté.

Après une demi-heure de vaines recherches, Parfrey finit par s'éloigner. Aucune chance désormais que William Henry Morgan réapparaisse en haletant à la surface des eaux. Il était mort.

« Mort, et c'est moi qui l'ai tué. Je n'ai songé qu'à moi-même. Je voulais croire à une invite et je me suis persuadé qu'il en était ainsi. Mais il n'avait que neuf ans. Neuf ans. Je suis un paria. L'anathème est sur moi. J'ai assassiné un enfant. »

Il retourna à son cheval, monta en selle pour reprendre la direction de Bristol, sans même remarquer le regard insistant d'une vieille dame et de deux infirmes. Voilà qui était extraordinaire ! Cet homme s'en allait, mais où était donc ce petit garçon si mignon ?

Il abandonna son cheval devant les portes de Colston et traversa l'école en deuil sans rencontrer âme qui vive, même si certains l'aperçurent, étonnés. Arrivé dans l'alcôve de son dortoir, il posa le carnet de croquis sur la table, de façon à voir le visage de William Henry, avant de prendre une petite clé dans son gousset et d'ouvrir une boîte où il cachait des objets, loin du regard de gens comme le révérend Prichard. À l'intérieur, parmi un fouillis de souvenirs – une boucle de cheveux, une agate polie, un livre déchiré et une miniature – se trouvait un coffret. Il contenait un minuscule pistolet et son nécessaire d'entretien. Un pistolet de femme.

Il s'approcha de la table, l'air décidé, s'assit sur la chaise étroite, trempa sa plume dans l'encrier, sans omettre, par habitude, d'enlever l'excès d'encre, et rédigea une simple phrase au bas du portrait :

J'ai causé la mort de William Henry Morgan.

Il signa de son nom avant de se tuer d'un coup de pistolet dans la tempe.

Le Cooper's Arms commença à s'affoler bien avant l'heure où William Henry aurait dû rentrer de l'école. La nouvelle de la mort du directeur s'était répandue dans toute la ville comme une traînée de poudre. L'école avait fermé pour la journée mais William Henry n'était pas rentré. Lorsque Richard, épuisé, franchit le seuil à trois heures, il fut accueilli par deux grands-parents affolés qui lui annoncèrent que son fils manquait à l'appel.

Incapable de parler tant ses mâchoires s'étaient serrées, Richard sentit sa fatigue s'envoler comme par magie. Il tenta vainement de prononcer un mot, ouvrit les lèvres, les referma et réussit enfin à articuler qu'il partait à la recherche de son fils.

— Toi, tu vas dans la direction de Colston, lui ordonna Dick en retirant son tablier. Moi, dans celle de Redcliff. Mag, tu fermes la boutique.

Les mots acceptèrent enfin de venir plus aisément.

— Il a dû aller à Clifton, père. Je vais passer par Brandon Hill et toi, longe la corderie. On se rejoint à Hotwells House.

Son cœur battait deux fois plus vite que d'habitude. Sa bouche était si sèche que la salive ne franchissait pas sa gorge mais il parvint à interroger en chemin tous ceux qui lui paraissaient susceptibles de savoir quelque chose. Il rencontra d'ailleurs peu de monde sur le chemin de Brandon Hill; il s'arrêta pour frapper à la porte des maisons qui entouraient le puits de Jacob. Mais personne n'avait aperçu un petit garçon dans les parages.

Il eut un premier succès à Boyce's Buildings. Richard le palefrenier traînassait encore dans la cour des écuries.

— Oui, monsieur. Je l'ai vu tôt ce matin... un gamin sacrément malin! Il m'a aidé à nourrir les chevaux et je lui ai offert un petit en-cas. Ensuite, il a remonté Clifton Hill, libre comme l'air.

Rien sur le visage ni dans les yeux de cet homme ne permettait à Richard de soupçonner un mensonge. Richard le palefrenier était exactement ce dont il avait l'air: un type sympathique qui aimait la compagnie des enfants sans chercher à leur botter les fesses pour leur faire reprendre le chemin de leur domicile.

Richard murmura un vague merci avant de hâter le pas pour monter la côte de Clifton Hill, d'où la vue s'étendait sur des miles, Mais à l'exception de quelques moutons en train de brouter, il n'y avait pas âme qui vive dans les Downs. Il eut beau plonger son regard dans les recoins de la moindre futaie, William Henry n'y était pas dissimulé.

Il atteignit Hotwells House à six heures. Dick l'y attendait déjà porteur d'importantes nouvelles.

– Richard, il a dîné ici ! Il est arrivé à cheval accompagné d'un type d'une quarantaine d'années – bel homme, d'après Mrs Harris, une vieille dame qui n'a pas quitté les lieux. Ils avaient l'air en très bons termes. Ils riaient et plaisantaient comme s'ils se connaissaient depuis longtemps. Ils sont repartis en direction de St Vincent's Rocks. À peu près une heure plus tard, Mrs Harris et deux autres femmes ont vu l'homme repartir à cheval, l'air bizarre, William Henry n'était pas avec lui.

Inquiet des développements de la situation, le propriétaire des lieux hésitait. Il n'avait vraiment pas besoin d'un scandale en ce moment. Il fourra un verre d'eau de Hotwells dans la main de Richard, refusa son argent et s'éclipsa pour observer les événements d'un peu plus loin.

Richard avala l'eau d'un trait, sans même sentir son goût d'œuf pourri et son amertume. Tout son corps tremblait, ses vêtements étaient trempés de sueur. Il tourna vers son père un regard rempli d'horreur avant de se ruer vers la sortie.

Il restait des signes de la présence de William Henry et de son compagnon dans le coin que connaissait Richard. L'herbe avait été foulée et des marguerites que quelqu'un avait cueillies se fanaient sur le sol. Ils eurent beau crier, personne ne répondit à leurs appels. Ils décidèrent de grimper sur les rochers afin d'en inspecter chaque crevasse, chaque corniche, chaque cavité. Personne, nulle part. L'Avon, à son jusant, grondait au fond de sa gorge.

Dick ne tenta pas de persuader Richard de cesser ses recherches avant la tombée de la nuit. À ce moment, il posa la main sur le bras de son fils, le secouant doucement.

— Nous réunirons un groupe demain pour continuer les recherches, déclara-t-il.

— Père, il est là, il n'a pas quitté cet endroit ! murmura Richard d'une voix étouffée de sanglots.

« Ne parle pas de la rivière ! Ne laisse pas cette pensée s'emparer de son pauvre esprit ! »

— S'il est là, nous le trouverons demain. Viens, Richard, rentre à la maison.

Ils retournèrent au Cooper's Arms d'un pas lourd, sans prononcer une parole. L'angoisse faisait trembler Richard d'une fièvre incontrôlable alors que son père sentait un froid glacial envahir ses os.

Malgré le mot sur la porte du Cooper's Arms, indiquant que l'établissement était fermé, trois hommes étaient assis autour d'une table près du comptoir, immobiles : le cousin James le Clergyman, le cousin James l'Apothicaire et le révérend Prichard. Devant eux, sur la table, un carnet de croquis retourné.

— William Henry ! hurla Richard. Où est William Henry ?

— Assieds-toi, Richard, lui ordonna James l'Apothicaire, qui, en tant qu'aîné du clan, était toujours chargé d'annoncer les mauvaises nouvelles.

James le Clergyman lui servait de second, prêt à prendre le relais une fois que les mauvaises nouvelles seraient connues.

— Dis-moi ! siffla Richard entre ses dents.

— Le professeur de latin de William Henry est un homme du nom de George Parfrey, commença James l'Apothicaire d'une voix calme en affrontant le regard fou de Richard. Parfrey s'est tué cet après-midi. Il a laissé ça.

Il retourna le cahier de croquis.

Le sujet du portrait ne faisait aucun doute, en dépit des éclaboussures qui le maculaient. On pouvait lire, écrit en dessous : « J'ai causé la mort de William Henry Morgan. »

Blanc comme un linge, Richard sentit ses genoux se dérober sous lui.

— Ce n'est pas vrai ! gémit-il. Ce n'est pas vrai !

James l'Apothicaire s'allongea à côté de lui et passa une main apaisante sur ses cheveux emmêlés.

— Si, Richard. L'homme s'est tué.

— Il l'a imaginé ! Peut-être que William Henry s'est enfui.

— J'en doute beaucoup. Les mots de Parfrey montrent bien que… qu'il a tué William Henry. Si vous n'avez pas trouvé le garçon, c'est que Parfrey l'a probablement jeté dans l'Avon.

— Non, non, non ! gémit Richard en se cachant le visage dans les mains.

— Et vous, que pouvez-vous nous dire ? demanda Dick à Mr Prichard d'un ton agressif.

Prichard passa la langue sur ses lèvres. Son teint avait brusquement viré au gris.

— Nous avons entendu le coup de feu et trouvé Parfrey, la cervelle éclatée. Le dessin était à côté de lui. Je suis immédiatement allé voir le révérend Morgan, dit-il en désignant James le Clergyman, et nous sommes accourus ici. Je suis… Je ne sais pas comment dire… Les mots me manquent… Oh, monsieur Morgan, si vous saviez ma peine, mes regrets ! Mais Parfrey était à Colston depuis dix ans et ses élèves le trouvaient remarquable. Je n'arrive pas à comprendre ce qui se cache derrière ce mystère.

Agenouillé à même le sol, Richard écoutait comme dans un brouillard ces voix qui semblaient lui parvenir de très loin. Dick relatait leur expédition à Clifton, les événements de Hotwells House, l'herbe foulée et les marguerites arrachées qu'ils avaient trouvées sur le petit terrain le long de l'Avon.

– William Henry a dû tomber dans la rivière et s'y noyer, expliquait le révérend Prichard. Étant donné la tournure de la phrase, nous nous sommes demandé si Parfrey n'avait pas assisté à la mort, et non commis un meurtre.

– Mais il a bien *causé* sa mort, déclara le cousin James le Clergyman, avec une dureté qu'un prêtre ne pouvait que rarement se permettre. Qu'il pourrisse en enfer !

Les voix poursuivirent leur lointain dialogue, accompagnées des sanglots de Mag, qui, telle Hécube, pleurait dans son coin.

– Il n'est pas mort, affirma Richard. Je sais que William Henry n'est pas mort.

– Demain, la moitié de Bristol va se lancer dans des recherches approfondies, je peux te le promettre, assura James l'Apothicaire.

Ce qu'il ne disait pas, c'était que la majorité de ces recherches se concentreraient sur les rives de l'Avon et du Froom, particulièrement à marée basse. Les cadavres de chats, de chiens, de chevaux, de moutons et de vaches étaient généralement rejetés mais il arrivait qu'on retrouve des noyés – hommes, femmes ou enfants – dans la vase, comme des épaves vomies par les rivières.

On monta Richard dans sa chambre pour le déshabiller avant de le mettre au lit. La semelle de ses souliers était trouée : il avait marché près de vingt-quatre miles, de l'aube jusqu'à la tombée de la nuit. Mais lorsque le cousin James l'Apothicaire tenta de lui faire avaler une dose de laudanum, il repoussa brutalement le verre qu'on lui tendait.

Non, l'enfant n'était pas mort. Jamais il ne se serait approché de la rivière au point d'y tomber. Richard avait maintes fois fait la leçon à son fils sur ce sujet. Il lui avait dit à quel point l'Avon était avide et William Henry, attentif, avait bien compris le danger. Richard savait aussi bien que Dick, que les cousins James et que Mr Prichard ce qui s'était passé entre l'homme et le garçon: Parfrey avait fait des avances et William Henry s'était enfui. Mais pas dans la direction de la rivière. Un petit garçon intelligent et agile comme William Henry? Impossible! Il aurait grimpé sur les rochers et se serait échappé par les chemins de campagne. Il devait être endormi, roulé en boule, à l'abri de quelque talus dans Durdham Down, avant d'entamer le chemin du retour dès le lendemain. Terrifié mais bien vivant.

Pour se réconforter, Richard essaya d'éloigner de son esprit la vérité dont chacun était persuadé, heureux au moins d'une chose: que Peg n'ait pas vécu pour connaître cette horreur. Dieu s'était montré bon. Il avait emporté Peg dans un rai de lumière et fermé ses yeux avant qu'on pût y lire le désespoir.

Avec l'accord du maire, des milliers de personnes se rassemblèrent pour aider les recherches. Tous les marins de quart scrutèrent la vase dans les environs, descendant de bord pour examiner des amoncellements d'objets entremêlés au milieu des carcasses d'animaux et des détritus rejetés par les 50000 habitants de la région. Sans résultat. Ceux qui pouvaient se permettre de louer un cheval battirent la campagne sur des miles, du côté de Pill, de Blaize Castle, de Kingswood et de chaque village autour de Clifton et de Durdham Down. D'autres partirent en chasse le long des berges, retournant les tonneaux et les objets bourbeux dérivant sur les eaux, et tout ce qui était susceptible de retenir ou de cacher un corps. Mais personne ne trouva William Henry.

— Cela fait maintenant une semaine, déclara Dick d'un ton brusque. Et nous n'avons pas découvert le moindre signe de vie. Le maire prétend que nous devrions abandonner.

— Je comprends, père, affirma Richard, mais moi, je n'abandonnerai jamais. Jamais.

S'agissait-il d'un refus aveugle de considérer la réalité ? Ou d'une résignation qui lui avait tant manqué lors de la mort de sa fille bien-aimée ? À l'époque, il avait versé des torrents de larmes après la disparition de la petite Mary. Mais ces larmes lui avaient au moins servi d'exutoire. Ce qui lui arrivait à présent était terrible, bien plus terrible encore que la mort de Peg et de la petite Mary.

— Si Richard abandonnait tout espoir de retrouver William Henry, déclara James l'Apothicaire en buvant une chope de rhum, il ne lui resterait aucune raison de vivre. Toute sa famille a disparu, Dick ! Au moins, là, il garde un peu d'espoir. J'ai prié, et le révérend James aussi, pour qu'on ne retrouve jamais le corps. Ainsi, Richard aura une chance de survivre.

— Ce n'est pas de la survie, répliqua Dick, c'est l'enfer sur terre.

— Pour toi et Mag, bien sûr. Pour Richard, c'est le prolongement de l'espérance… et de la vie. Ne le harcèle pas.

Richard n'avait pas non plus trouvé de travail mais ce n'était pas si urgent puisque son père tenait une taverne. Dix ans avaient passé depuis le jour où Dick s'était porté acquéreur du Cooper's Arms et son établissement avait rapidement enterré les tavernes prétentieuses du centre de Bristol. S'il ne pouvait prétendre à la clientèle de la Steadfast Society ni à celle de l'Union Club, le Cooper's Arms avait ses habitués, en dépit des sombres années de dépression. Dès qu'un client retrouvait du travail ou en changeait, il faisait un tour en compagnie de sa famille dans son vieil abreuvoir. L'été 1784 se révéla particulièrement favorable pour l'établissement, non qu'il connût la même fréquentation qu'en 1774, mais la clientèle était assez nombreuse pour occuper Dick, Mag et Richard. D'autant qu'il n'était plus nécessaire de payer les frais de scolarité de William Henry.

Deux mois s'écoulèrent. En septembre, Colston rouvrit ses portes aux élèves payants, mais Mr Prichard n'en devint pas le nouveau directeur. La disparition de William Henry Morgan et le suicide de George Parfrey, le professeur de latin, lui avaient ôté toute chance d'accéder à cette position éminente. Étant donné que l'ancien directeur n'était plus là pour porter le blâme de ce cauchemar, le révérend Prichard hérita de la responsabilité et de la réprobation générale. D'importantes personnalités de Bristol posèrent des questions au palais de l'évêque.

À peu près au moment de la réouverture de Colston, Richard reçut une lettre de Mr Benjamin Fisher, receveur de la régie, qui demandait à le voir sur-le-champ.

– Vous vous demandez peut-être, déclara un peu plus tard Mr Fisher à Richard, pourquoi nous n'avons pas encore procédé à l'arrestation de William Thorne. Nous ne ferons cela qu'en dernier recours. Jusqu'ici, nous avons concentré nos efforts sur Mr Cave, dans l'espoir qu'il verserait l'amende de 600 livres susceptible de régler cette affaire sans poursuites. Toutefois, poursuivit-il avec un sourire de satisfaction, des preuves sont apparues qui modifient l'aspect de cette affaire. Mais prenez place, monsieur Morgan, poursuivit-il en s'éclaircissant la gorge. J'ai entendu parler de votre petit garçon, croyez que je suis sincèrement désolé.

Richard s'assit.

— Merci, répondit-il, le visage fermé.

— Est-ce que les noms de William Insell et de Robert Jones vous disent quelque chose, monsieur Morgan ?

— Non, monsieur.

— Dommage. Ces deux-là ont travaillé à la distillerie de Thomas Cave pendant que vous y étiez vous-même.

— Comme distillateurs ?

— C'est exact.

Les sourcils froncés dans un effort de mémoire, Richard tenta de se rappeler les huit ou neuf visages qu'il avait pu entrevoir dans la sombre caverne, regrettant à présent de s'être tenu à l'écart des ouvriers lorsque Thorne était absent. Non, il n'avait pas la moindre idée de l'identité de cet Insell ou de ce Jones.

— Désolé, je ne m'en souviens pas.

— Tant pis. Insell est venu me voir hier pour m'avouer qu'il avait caché des informations à cause, selon lui, de la peur que lui inspirait Thorne. Presque au moment où vous découvriez les tuyaux et les barriques, Insell surprenait une conversation entre Thorne, Cave et Mr Ceely Trevillian. Ils parlaient ouvertement de rhum de contrebande. Si Insell n'avait jusque-là pas soupçonné l'escroquerie, cette conversation lui a ouvert les yeux. Il devenait évident que le groupe tentait de frauder la régie. C'est pourquoi j'ai décidé de poursuivre Cave et Trevillian ainsi que Thorne. Ainsi la régie sera-t-elle en mesure de récupérer son argent en saisissant les biens de Cave.

Ces nouvelles sortirent doucement Richard de sa torpeur. Il se détendit sur son siège avec un air de satisfaction.

— Voilà d'excellentes nouvelles, monsieur.

— Ne faites rien, Morgan, avant que l'affaire soit jugée. Nous allons enquêter encore un peu avant de procéder à l'arrestation de ces trois individus, mais soyez assuré qu'elle aura lieu.

À ce genre de nouvelle, deux mois auparavant, Richard se serait précipité au Cooper's Arms pour y hurler sa joie. Aujourd'hui, il ne manifestait guère qu'un intérêt poli.

– Je n'ai aucun souvenir d'Insell ni de Jones, avoua-t-il à son père, mais enfin mon témoignage est corroboré.

– Le voilà, ton William Insell, lui annonça son père en montrant l'homme du doigt. Il est arrivé après ton départ et a demandé à te voir.

Un seul regard rafraîchit la mémoire de Richard. C'était un jeune homme vigoureux, d'un bon naturel, travailleur. Il avait joué le rôle de tête de Turc et subi à deux reprises la garcette de Thorne sans se rebeller. Rien d'extraordinaire, d'ailleurs. Se rebiffer signifiait perdre son emploi et, en ces temps difficiles, personne ne pouvait se le permettre. Richard n'aurait même pas accepté d'être simplement menacé de la garcette mais il est vrai qu'il ne s'était jamais trouvé dans cette situation. À l'instar de William Henry, il avait le don d'éviter les punitions corporelles sans pour autant se montrer obséquieux. Il n'était pas un simple ouvrier mais un artisan qualifié. Insell représentait la victime idéale. Le pauvre, tout cela n'était pas sa faute. Il était fait comme cela.

Richard rapporta deux demi-pintes de rhum et ils s'assirent dans un coin. C'était là un changement de comportement que personne ne s'était encore permis de souligner. Richard buvait du rhum depuis quelque temps. Et même de plus en plus.

Il posa une chope devant un Insell blafard.

– Comment vas-tu, Willy ?

– Il fallait que je vienne ! haleta Insell.

– Qu'est-ce qui se passe ? s'étonna Richard en attendant que le brûlant liquide étouffe enfin sa douleur.

— C'est Thorne ! Il a découvert que j'étais allé à la régie.

— Rien d'étonnant. Allons, calme-toi. Bois un peu de rhum.

Insell avala si goulûment le rhum premier choix de Dick qu'il faillit s'étrangler. Mais, au moins, il cessa de trembler. Richard avait achevé sa demi-pinte et alla tirer deux autres chopes au tonneau.

— J'ai perdu mon travail, annonça Insell.

— Si c'est ça, je ne vois pas pourquoi tu as encore peur de Thorne.

— Ce type est un assassin ! Il va me chercher pour me tuer !

En lui-même, Richard se dit que Ceely Trevillian était plutôt l'homme à craindre mais préféra ne pas discuter ce point.

— Où habites-tu, Willy ?

— À Clifton. Au puits de Jacob.

— Et qu'est-ce que Robert Jones a à faire dans cette histoire ?

— Je lui ai raconté la conversation que j'avais surprise. À la régie, Mr Fisher a paru très intéressé.

— Thorne sait que tu habites là-bas ?

— Je ne crois pas.

— Et Jones ?

Richard se rappela soudain Robert Jones, un vil flagorneur toujours dans les pattes de Thorne.

— Je ne le lui ai jamais dit.

— Alors, calme-toi. Et si tu n'as rien de mieux à faire, passe quelques jours ici. Le Cooper's Arms n'est pas le genre d'endroit où Thorne viendra te chercher. En revanche, si tu bois du rhum, il te faudra le payer.

Affolé à cette idée, Insell repoussa vivement la seconde chope.

— Il faut que je paie ça ?

— C'est moi qui offre la tournée. Courage, Willy ! D'après mon expérience, ces coquins ne sont généralement pas très malins. Tu es en sécurité.

Les jours commençaient à raccourcir un peu, limitant le temps que Richard pouvait consacrer à la recherche de William Henry. Il se rendait toujours en premier dans la vallée de l'Avon, d'où il entreprenait de gravir les sombres falaises en criant le nom de son fils. Depuis le défilé, il traversait Durdham Down pour rejoindre Clifton Green. Le chemin du retour passait par le garni où logeait William Insell mais c'était plus souvent sur le sentier de Brandon Hill qu'il le rencontrait. Insell accélérait le pas pour ne pas se laisser surprendre par l'obscurité, trop effrayé, pourtant, pour quitter le Cooper's Arms avant le coucher du soleil.

Il avait usé deux paires de souliers mais personne, au sein de la grande famille Morgan, ne tenta de lui faire des remontrances. Plus Richard marchait, moins il passait de temps à boire du rhum. William eut soudain besoin de réparer ses scies et Richard se consacra plus longuement aux travaux d'affûtage, ce qui lui permit d'arpenter d'autres lieux que Clifton. Qui pouvait savoir ? Peut-être le petit garçon était-il allé jusqu'à Cuckold's Pill ? Dans ce cas, le voyage jusqu'à la scierie de William ne serait pas une perte de temps. De plus, Richard comptait bien se priver de rhum pour être capable de régler correctement une scie.

Il n'avait pas pleuré et, d'ailleurs, il en était incapable. Le rhum était un moyen de soulager sa peine, une peine qui naissait de l'espoir qu'un jour William Henry franchirait le seuil de la porte.

Vers la mi-septembre, il confia à James l'Apothicaire :

— Je n'aurais jamais pensé en arriver à prononcer ces mots, mais je commence à me dire que j'aurais préféré retrouver le corps de William Henry. Ainsi, il ne me serait plus possible d'espérer. Alors que, pour l'instant, je dois imaginer que mon fils est encore en vie quelque part et cette idée est en soi la pire des tortures. Quelle sorte d'existence peut-il mener, pour être incapable de rentrer chez lui ?

Son cousin lui jeta un regard attristé. Richard avait maigri mais paraissait en meilleure forme physique ; cette marche et ces escalades avaient affiné son corps, désormais capable de soulever des enclumes et de résister à toutes les attaques de la maladie. Quel âge avait-il atteint, déjà, lors de son dernier anniversaire ? Ah oui, trente-six ans. Les Morgan avaient coutume de vivre vieux et, si Richard ne se détruisait pas le foie à coups de rhum, il pouvait espérer vivre jusqu'à quatre-vingt-dix ans. Mais pour quoi faire ? Oh, prions pour qu'il oublie toute cette histoire, choisisse une nouvelle épouse et fonde une autre famille !

— Deux mois et demi, cousin James ! Et pas un signe de lui ! Peut-être, ajouta-t-il en frissonnant, que l'abominable créature a caché son corps quelque part.

— Mon cher ami, oublie tout cela, je t'en prie.

— Je ne peux pas.

William Insell ne vint pas au Cooper's Arms le jour suivant. Ravi de cette excuse qui lui permettait de se rendre à Clifton plus tôt que d'habitude, Richard mit son chapeau et se dirigea vers la porte.

— Déjà parti ? lança Dick, étonné.

— Insell n'est pas là, père.

Dick fit entendre un grognement.

— Ce n'est pas une perte. Je commence à en avoir assez de le voir dans les parages, avec son air si funèbre qu'il chasse les clients.

Richard réussit péniblement à sourire.

— Je suis d'accord mais son absence m'inquiète. Je vais essayer de voir pourquoi il n'est pas là.

Le chemin qui traversait Brandon Hill lui était devenu si familier qu'il aurait pu le parcourir les yeux fermés. Quinze minutes après avoir quitté son domicile, Richard se retrouva devant la demeure d'Insell.

Les épaules voûtées, une jeune fille était assise sous la véranda. À peine conscient de sa présence, Richard se préparait à monter les marches lorsqu'elle tendit son pied devant lui.

— Bonjour ! lança-t-elle.

Richard tressaillit et baissa les yeux sur le plus ravissant visage de femme qu'il lui eût été donné de voir. De grands yeux noirs mutins, faussement modestes, ourlés de longs cils, une fossette sur chaque joue, des lèvres épaisses d'un rouge sans fard, une peau vermeille, une crinière aux boucles noires et brillantes. Oh, comme elle était jolie ! Comme elle semblait fraîche et pure !

Richard s'inclina en enlevant son chapeau.

— Comment allez-vous ? lui demanda-t-il.

— Très bien, monsieur, répondit-elle avec un fort accent français, mais je ne peux pas en dire autant du pauvre Willy.

— Vous voulez parler d'Insell, madame ?

La jeune fille se remit debout, révélant une silhouette aussi gracieuse que son visage.

— Oui : Willy, ajouta-t-elle, en prononçant son nom d'une voix si adorable que Richard ne put s'empêcher de sourire… Oh, monsieur ! Comme vous êtes beau, ajouta-t-elle, émerveillée.

Généralement timide avec les inconnus, Richard se sentit étrangement à l'aise avec cette jeune fille, en dépit de son effronterie. Conscient d'avoir rougi, il aurait voulu s'éloigner, mais il s'aperçut qu'il en était incapable. Elle était étonnamment jolie et le haut de ses seins doux et crémeux était encore plus enjôleur que l'expression de son visage.

– Je m'appelle Richard Morgan, dit-il.

– Et moi, Annemarie Latour, domestique de Mrs Barton. J'habite ici, dit-elle en étouffant un rire. Pas avec Willy, vous comprenez ?

– Il est souffrant, dites-vous ?

– Venez voir par vous-même.

La jeune fille le précéda dans l'étroit escalier. Tout en marchant, elle retroussait assez sa jupe pour révéler des chevilles agréablement tournées sous des vagues de jupons chiffonnés.

– Willy ! Willy ! Vous avez de la visite ! s'écria-t-elle en arrivant sur le palier.

Richard pénétra dans la chambre d'Insell, qu'il trouva étendu sur son lit, le teint cireux.

– J'ai mangé des huîtres pas fraîches, grogna-t-il.

Annemarie avait suivi Richard et observait Willy d'un air intéressé, quoique dépourvu de toute compassion.

– Il a voulu manger des huîtres que Mrs Barton m'avait données. Je lui avais pourtant dit que cette vieille carne ne risquait pas de me donner des huîtres fraîches. Mais Willy les a reniflées et a décrété qu'elles étaient bonnes. Et il les a mangées. Et voilà ! conclut-elle sur un ton théâtral.

– C'est bien fait pour toi, William, lança Richard. Est-ce que tu as vu un médecin ? Tu as besoin de quelque chose ?

– Juste de me reposer, gémit le malade. J'ai tellement vomi que le docteur prétend qu'il ne doit plus rester d'huîtres là-dedans. Mon Dieu ! Comme je me sens mal !

– Tu survivras, ce qui n'est pas un mal. Sans ta présence pour confirmer mon témoignage, Mr Fisher, le receveur de la régie, ne peut pas entamer de poursuites. Je passerai demain pour voir comment tu te portes.

Richard redescendit l'escalier. Annemarie Latour le suivait de si près qu'il pouvait sentir le frais parfum du meilleur savon de Bristol. Pas du parfum. Du savon. Un savon à l'odeur de lavande. Que faisait donc une telle fille, seule dans une pension de Clifton ? Les domestiques habitaient généralement chez leurs maîtres. Et Richard n'avait jamais rencontré de servantes vêtues de soie. De vieilles nippes appartenant à Mrs Barton, peut-être ? Si c'était le cas, cette veuve baptisée « vieille carne » par Annemarie devait posséder une bien jolie silhouette.

– Au revoir, monsieur Richard, lança Annemarie Latour sur le pas de porte. Je vous verrai demain, n'est-ce pas ?

– Oui.

Il remit son chapeau et remonta la colline en direction de Clifton Green.

Il se sentait déchiré entre deux désirs contradictoires. Il lui fallait poursuivre la recherche de William Henry. Et pourtant, l'image d'Annemarie Latour le tourmentait comme un ver essayant de le dévorer. C'est ainsi qu'il la voyait. Pas seulement parce que son corps le trahissait par des mouvements convulsifs et des émotions incontrôlées. Une vie passée à courir les tavernes lui avait appris en maintes occasions que la raison et le bon sens d'un homme pouvaient le quitter au premier froufroutement d'une jupe.

Mais pourquoi précisément aujourd'hui ? Et pourquoi cette femme ? Peg était morte depuis neuf mois et, selon la règle, il était encore en période de deuil. Il n'aurait même pas dû penser aux pulsions de son propre corps. Il n'était d'ailleurs pas homme à se laisser aller à ces pulsions. Sa femme avait été la seule maîtresse de son cœur et jamais il n'en avait convoité d'autres.

« Ce n'est ni le moment ni la situation, songea-t-il en continuant à user sa quatrième paire de souliers. C'est juste elle. Annemarie Latour. » Quels que soient le lieu, la situation, que Peg soit morte ou encore de ce monde, il devinait que cette jeune fille aurait éveillé en lui les mêmes réactions physiques. Cette fille distillait d'invisibles appas. C'était une sirène dont le plus grand plaisir consistait à exercer ses talents de séductrice. « Et, après tout, je ne suis pas Ulysse attaché à son mât. Mes oreilles ne sont pas bouchées à la cire. Je ne suis qu'un homme ordinaire, de la plus humble origine. Je ne l'aime pas, mais, Seigneur, ce que j'ai envie d'elle ! »

La culpabilité commença à poindre. Peg était décédée, il portait toujours le deuil. Quant à William Henry, il avait disparu depuis moins de trois mois – ces sentiments étaient impies, dégoûtants, monstrueux. Il se mit à courir, hurlant éperdument le nom de son fils aux vents indifférents de Clifton Hill. « William Henry, William Henry, sauve-moi ! »

Mais, le lendemain matin, il se retrouva devant la porte de Willy Insell, son chapeau entre les mains, à chercher en vain Annemarie Latour. Personne sous la véranda, personne à l'intérieur de la maison. Il frappa doucement, poussa la porte de la chambre d'Insell et le découvrit endormi dans son lit. Sa poitrine se soulevait à un rythme régulier. Richard ressortit sur la pointe des pieds.

— Bonjour, monsieur Richard.

Elle était là ! Sur les marches de l'escalier du grenier.

— Il dort, dit Richard d'une voix faible.

— Je sais. Je lui ai donné du laudanum.

Elle était vêtue bien plus légèrement que le jour précédent. Peut-être venait-elle de se lever ? Elle ne portait qu'une robe de dentelle rose sur une sorte de chemise de la même couleur. Ses cheveux défaits tombaient en lourdes cascades sur ses épaules.

— Excusez-moi. Je vous ai réveillée ?

— Non, murmura-t-elle en posant un doigt sur ses lèvres. Chut ! Montez.

Attiré par la jeune fille, il se retrouva bientôt en train de la suivre dans le minuscule logis où elle vivait. Embarrassé, Richard resta debout au milieu de la pièce, son chapeau serré contre son aine, les yeux écarquillés comme un paysan fraîchement débarqué de sa campagne. Le mobilier de la cousine Ann était plus beau mais Annemarie avait meilleur goût. La pièce avait été rangée, elle sentait la lavande et non les vêtements imprégnés de sueur ; les murs étaient recouverts du blanc le plus pur.

— Richard. Je peux vous appeler Richard, n'est-ce pas ? demanda-t-elle en lui arrachant son chapeau. Oh là là ! s'écria-t-elle en l'aidant à retirer son manteau.

Il avait l'habitude d'une certaine décence dans les relations amoureuses : chemise de nuit et obscurité. Annemarie ne croyait pas en cela. Lorsqu'il essaya de conserver sa chemise, elle l'obligea à l'ôter, la tira au-dessus de sa tête et le laissa là, sans défense, nu comme un ver.

La jeune fille tourna autour de lui tout en laissant tomber sa robe de dentelle avant d'enlever sa chemise rose.

— Vous êtes très beau, affirma-t-elle d'une voix étonnée. Moi aussi, je suis très belle, non ?

Il ne put qu'acquiescer d'un signe de tête, incapable de prononcer un mot. Inutile de s'inquiéter de la suite. Elle prenait tout en main et préférait qu'il en fût ainsi. Un homme moins modeste aurait pu essayer de se soustraire à son autorité mais Richard, sachant qu'il n'était qu'un novice en la matière, choisit l'orgueil des humbles.

« Laissons-la prendre les initiatives », décida-t-il. Il ne courrait pas le risque de faire un mouvement que la jeune fille n'apprécierait pas ou même jugerait risible.

De nombreuses jolies femmes arpentaient les quartiers chic de Bristol mais leurs amples jupes pouvaient cacher des jambes grêles ou trop grasses, et leurs seins serrés dans leurs corsets s'affaisser sur une taille soudain démesurée et un ventre ballottant comme un pudding. Elle n'était pas comme cela, Annemarie, oh non. Nue, elle se révélait, ainsi qu'elle l'avait annoncé, extrêmement belle. Sa poitrine était aussi haute et pleine que celle de Peg, sa taille plus fine, ses hanches et ses cuisses délicieusement rondes, ses jambes plus minces, bien que parfaitement galbées, son ventre plat, et ce sombre petit triangle de Vénus triomphant, bombé et fondant.

Elle se promena autour de lui avant de venir se frotter le front contre son dos avec des ronronnements et des murmures de plaisir. Il sentait la douce fourrure de son pubis contre ses cuisses et tressaillit au moment où elle enfonça ses ongles dans son épaule et fit glisser voluptueusement sa chevelure le long de ses fesses. Les dents serrées – il craignait de ne pas parvenir à contenir sa jouissance –, il se força à rester parfaitement immobile tandis qu'elle se frottait en roucoulant contre chaque centimètre de son corps. Puis elle se laissa tomber à genoux devant lui, rejeta ses épaules en arrière de telle sorte que ses seins se dressèrent comme deux petites pyramides rondes, avant de secouer les cheveux qui tombaient sur son visage et de jeter à Richard un sourire plein de jubilation.

— Je crois, dit-elle d'une voix de gorge, que je vais jouer à la flûte silencieuse.

— Si vous faites cela, madame, haleta Richard, la musique risque de s'achever plus tôt que prévu.

Elle saisit ses testicules dans le creux de ses mains en minaudant.

— Aucune importance, cher Richard. Cette belle flûte peut jouer de nombreux airs.

La sensation fut… sensationnelle. Les yeux fermés, chaque fibre de son corps concentrée pour faire durer cet étonnant plaisir aussi longtemps que la chair pouvait le supporter, Richard tentait de garder en mémoire les différentes nuances de cette expérience. Enfin, acceptant sa défaite, il se laissa aller à jouir au milieu de couleurs éclatantes et de frémissements sans fin, les mains cramponnées aux cheveux de la fille qui avala d'un trait toute sa semence.

Mais elle avait raison. Ses convulsions ne s'étaient pas achevées que le tyran qui se trouvait au bas de son ventre se redressait, exigeant.

— Maintenant, c'est mon tour, déclara Annemarie en se dirigeant vers le lit, toujours chaussée de ses souliers à talons.

Elle s'allongea, découvrit les profondeurs que laissaient entrevoir les lèvres pourpres et gonflées de son sexe.

— D'abord la langue en une sorte de la-la-la, reprit-elle, puis la flûte comme un air de marche et enfin… la tarentelle. Bang, bang, bang, à coups de baguettes sur le tambour !

C'était ce qu'elle voulait et ce fut ce qu'elle obtint. Tous les faux-semblants s'étaient envolés depuis longtemps. Si madame exigeait un spectacle total, que ce soit une symphonie.

— Tu es une sacrée musicienne, lui avoua-t-il quelques heures plus tard, épuisé. Non, pas la peine d'essayer, la flûte est incapable de rejouer.

— Tu es plein de surprises, chéri, murmura-t-elle, ronronnante.

— Toi aussi. Même si je doute que tu aies appris un répertoire aussi varié grâce à ma seule baguette. Il t'a sûrement fallu étudier la flûte, la clarinette, le hautbois et même le basson.

— Quant à toi, Richard, où as-tu suivi tes études ?

— Cinq années à Colston représentent une sorte d'éducation, j'imagine. Mais l'essentiel de ce que je sais, je l'ai appris en fabriquant des fusils.

— Des fusils ?

— Oui, auprès d'un gentleman portugais de confession juive, mon maître armurier, expliqua Richard.

Parler lui était difficile après un tel effort mais il sentait que sa compagne appréciait la conversation après le concert.

— Il jouait du violon, reprit Richard, sa femme du clavecin et ses trois filles de la harpe, du violoncelle et… de la flûte. J'ai vécu chez eux pendant sept ans et je chantais, car ils appréciaient ma voix. Je suis probablement d'origine galloise et chacun sait que les Gallois adorent chanter.

Annemarie repoussa les cheveux qui lui masquaient le visage.

— Tu as aussi le sens de l'humour, dit-elle. Très rafraîchissant chez un habitant de Bristol. Est-ce que l'humour est également une spécialité galloise ?

Richard se leva pour remettre ses sous-vêtements avant de s'asseoir sur le rebord et d'enfiler ses bas.

— Ce que je n'arrive pas à comprendre, dit-il, c'est la raison pour laquelle tu travailles comme femme de chambre, Annemarie. Tu devrais être la maîtresse d'un nabab.

— Disons que cela m'amuse, répondit-elle en agitant les doigts en l'air.

— Et les vêtements de soie ? Et cette chambre ?

— Mrs Barton, cracha-t-elle sur un ton de mépris, n'est qu'une vieille garce stupide.

– N'emploie pas ce mot, coupa-t-il.

– Une carne, parfaitement ! Et une garce, une garce, une garce ! Voilà ! Je sais que je te choque terriblement, cher Richard.

Elle se redressa et croisa ses jambes en tailleur.

– Je trompe Mrs Barton. Derrière son dos. Elle se croit maligne en me logeant ici pour m'éloigner de son imbécile de vieux mari. Cela lui permet de se pavaner dans toutes les belles maisons de Clifton en se vantant d'avoir une authentique domestique *frrrrançaise*. Bah !

Déjà rhabillé, Richard jeta un regard ironique à la jeune fille.

– Veux-tu qu'on se revoie ? lui demanda-t-il.

– Oh oui, mon Richard ! Absolument.

– Quand ?

– Demain à la même heure, Mrs Barton ne se lève pas de bonne heure.

– Tu ne peux pas éternellement donner du laudanum à Willy.

– Pas besoin. Je t'ai, maintenant. Qu'est-ce que ça peut faire à Willy ?

– Exact. Alors, à demain.

Ce jour-là, William Henry, s'il n'était pas oublié, se retrouvait enfoui au plus profond de la mémoire de son père, Richard rentra directement au Cooper's Arms, grimpa l'escalier sans un mot, se jeta tout habillé sur son lit et dormit jusqu'à l'aube. Sans une goutte de rhum.

– Votre poisson est ferré, annonça Annemarie Latour à John Trevillian Ceely Trevillian.

– J'aimerais que tu abandonnes ce ton français si affecté, soupira Mr Trevillian. Était-ce donc si terrible, ma pauvre chérie ?

– Bien au contraire, cher Ceely. Ses vêtements étaient propres. Et lui aussi. Pas de lentes, pas de poux, pas de morpions, il se lave, ajouta-t-elle, un sourire de cruauté pure sur les lèvres. Son corps est très beau. Et il est très, très viril.

La flèche atteignit son but et répandit son poison mais Trevillian était bien trop malin pour le laisser voir. Au lieu de cela, il lui tapota les fesses, lui donna vingt guinées d'or et la renvoya. Mr Cave et Mr Thorne allaient bientôt passer et il ne les avait pas vus depuis longtemps. Pour quelqu'un qui vivait à Park Street auprès d'une mère attentive, il n'était pas bon d'être aperçu en train de recevoir des visiteurs de basse extraction.

– La meilleure chose à faire, déclara William Thorne quand il arriva en compagnie de Cave, c'est de nous emparer d'Insell et de l'envoyer sur un bâtiment négrier.

– Et laisser le soupçon de meurtre planer au-dessus de nos têtes comme une fumée sortant de la cheminée d'une fonderie ? s'écria Ceely. Pas question.

– Je m'assurerai personnellement qu'on l'inscrive sur une liste d'embarquement.

– Je veux qu'on règle aussi son compte à Richard Morgan, insista Trevillian.

– Ce n'est pas nécessaire, gémit Thomas Cave. Richard Morgan a des relations… L'autre n'est qu'un minable. Chargeons William d'emmener Insell sur un négrier et laissez-moi retourner à la régie, je vous en prie. Je ne vous demande pas de payer l'amende, Ceely, mais la menace d'un procès flotte sur nos têtes. On nous surveille.

– Écoutez, rétorqua Ceely d'une voix douce et prudente, je suis d'une trop haute naissance pour travailler, et feu mon père – que le diable l'emporte – m'a déshérité. Savoir que je ne devais compter que sur mes capacités intellectuelles m'a affûté l'esprit. Ma mère fait ce qu'elle peut. Elle me loge et me donne un peu d'or quand mon frère ne regarde pas mais j'ai besoin de l'argent de la régie et je ne suis pas ravi d'en être privé. Ni d'être privé de ma liberté, pas plus que de respirer. Morgan et Insell ont mis un terme à mes rentrées d'argent et je veux mettre un terme à leurs vies, ajouta-t-il, le visage tordu de haine. Insell n'est rien, je vous l'accorde. C'est Morgan qui peut nous faire tomber. Je veux à tout prix sa perte.

À son réveil, la première chose que fit Richard fut d'aller regarder dans l'alcôve de William Henry. Elle était vide. Les larmes lui montèrent aux yeux, les premières depuis que son fils avait disparu mais elles refusèrent de couler. Son long sommeil avait chassé les douleurs physiques, même si son pénis était encore à vif et que sa peau souffrait encore des égratignures et des morsures infligées par Annemarie. Un vilain mot que celui de garce mais Annemarie Latour était une garce de premier ordre.

Les rites matinaux de la maisonnée lui revinrent en mémoire. Dick descendait à la cuisine avec une bouilloire d'eau chaude et un seau d'eau froide qu'il montait à Mag afin qu'elle puisse prendre son bain dans sa petite baignoire d'étain. Du vivant de Peg, les deux femmes la partageaient avant de laisser la servante en profiter. Pendant qu'elles faisaient leur toilette, Dick et Richard se lavaient en bas.

Dick traversa la chambre avec la bouilloire et le seau de Mag, et, en sortant, jeta un coup d'œil en direction de Richard pour s'assurer que son fils était bien rentré. Abandonnant à la servante les vêtements dans lesquels il avait dormi, Richard prit des habits propres dans son coffre et, nu, descendit l'escalier en courant pour rejoindre son père. Dick, déjà rasé, se tenait debout dans le tub ; il laissait couler sur sa peau l'eau d'une grande louche d'étain tout en se frottant avec un morceau de savon.

— Seigneur ! Où donc es-tu allé ? s'écria-t-il d'un air ahuri.

— Avec une femme, répondit Richard en se préparant à se raser.

Dick rinça sa peau savonneuse avec l'eau de la louche.

— Il était temps, dit-il. Une prostituée ?

Richard ne put retenir un sourire.

— Si c'en est une, père, elle est d'une espèce rare. Je veux dire par là que je n'en ai jamais vu de semblable.

— Étonnante affirmation de la part d'un homme qui a beaucoup fréquenté les tavernes.

Dick sortit du baquet et s'essuya vigoureusement à l'aide d'une vieille chemise de toile tandis que Richard entrait dans l'eau usée que venait de quitter son père.

La voix de Mag leur parvint du premier étage :

— Terminé ?

— Pas encore ! cria Dick.

Quelques minutes plus tard, il attira Richard, encore humide du bain, vers la fenêtre, pour observer son fils en pleine lumière.

— J'espère que tu n'as pas attrapé de chaude-pisse ni de vérole, lui dit-il d'un air sévère.

— Je parie que non. La dame est très particulière.

— Comment est-ce arrivé ?

— Je l'ai rencontrée chez Insell.

— Tu veux dire que tu consommes les restes d'Insell ?

— Mais non ! Elle préférerait se trancher la gorge plutôt que de copuler avec lui. Elle est de la haute. Pour dire la vérité, je ne sais pas trop pourquoi je lui ai plu. Il n'y a pas beaucoup de différence entre Insell et moi.

— Bien plus que tu ne le crois.

— Je dois la revoir ce matin à huit heures.

— Elle est chaude, alors ? demanda Dick en sifflotant.

— Comme le feu.

Richard acheva de nouer sa cravate et peigna ses cheveux mouillés.

— Le problème, reprit-il, c'est qu'elle ne me plaît pas du tout..., mais que je n'arrive pas à me lasser d'elle. Est-ce que je dois y aller ? Ou m'éloigner d'elle pour toujours ?

— Vas-y, Richard, vas-y ! Quand il y a un feu, la meilleure façon de l'éviter, c'est de le traverser de part en part.

— Et s'il me consume ?

— Je vais prier pour qu'il n'en soit rien.

« À tout le moins, songea Richard, j'ai l'approbation de mon père. Je n'aurais jamais cru qu'il comprendrait. Je me demande bien qui a été son feu à lui... »

Il n'avait encore qu'une idée imprécise de la raison qui le poussait à retourner là-bas. Était-il pris par les sens, par un simple désir physique après une longue privation ? À Bristol, les mots « sexe » et « sexuel » n'étaient pas employés dans le contexte de l'acte lui-même – trop brutalement explicites pour une petite ville où les gens avaient été élevés dans la crainte de Dieu et n'abordaient le sujet qu'avec componction. Le mot « sexe » retirait tout amour et toute moralité à l'acte. Il en faisait une fonction animale. En l'occurrence, aujourd'hui, le sexe, et le sexe seul, le poussait vers le puits de Jacob et vers Annemarie.

Mais c'était à William Henry qu'allaient ses pensées. William Henry vivant, quelque part en ce monde, et dans l'impossibilité de rentrer chez lui. Ce qui signifiait qu'il avait dû être emmené comme mousse. Cela arrivait, en particulier aux jolis garçons. « Oh, mon Dieu ! Faites que mon petit ne vive pas cette vie-là ! Je Vous en prie, Seigneur, faites-le plutôt mourir ! Pendant que je vais copuler avec une garce de Française qui me vole toutes mes forces et me pétrifie tel ce serpent que j'ai vu un jour, à la foire de Bristol, et qui hypnotisait un rat... »

Le feu qu'elle suscitait en lui le dévorait avec plus d'ardeur chaque fois qu'il la voyait, ce qui advint tous les jours de la semaine suivante. Mais la douleur qu'elle lui faisait subir, la culpabilité qu'il ressentait à imaginer son fils menant une vie de mousse le poussèrent à retourner à la boisson. Il passait ses journées dans une sorte de brouillard où se mêlaient le visage préoccupé de son père, le souvenir d'Annemarie, l'image de William Henry en pleurs, hurlant au milieu de l'infinité de l'océan. Des visions de sexe, de musique, de serpents encapuchonnés et de rhum le laissaient fiévreux avant qu'il sombre dans l'oubli. Il la haïssait, cette putain française, et pourtant il ne parvenait pas à se lasser d'elle. Pis encore, il se haïssait lui-même.

Enfin, un jour, de manière inattendue, elle lui fit passer un petit mot par l'intermédiaire de Willy Insell, dans lequel elle lui annonçait qu'elle ne pourrait pas le voir pendant quelque temps – sans donner la moindre raison. Insell fut incapable de fournir une explication, si ce n'est que le heurtoir avait été ôté de la porte de sa mansarde et qu'il se pouvait donc qu'elle vive chez Mrs Barton.

« Je ne veux pas supporter l'idée de les perdre tous deux, se répétait Richard en errant à leur recherche. Ce que je ressens pour elle n'est que du vil métal, lourd, triste et sombre comme le plomb. Comment puis-je ainsi pleurer son absence ? Et pourtant son feu me consume toujours. »

Renonçant à ses recherches, il passa ses journées à boire au Cooper's Arms, sans adresser la parole à quiconque. Sans même parvenir à noircir le papier qu'il avait apporté pour écrire à James Thistlethwaite.

Dick implora son cousin James l'Apothicaire :

— James, je t'en prie, dis-moi ce que je dois faire.

— Je suis apothicaire, pas médecin des âmes, et c'est celle de Richard qui est malade. Non, je n'accuse pas cette femme. Elle n'est que le symptôme de la maladie qui s'est abattue sur lui le jour où William Henry s'est noyé.

— Tu crois vraiment qu'il s'est noyé ?

James hocha doctement la tête.

— Je n'ai pas le moindre doute, soupira-t-il. J'ai d'abord cru, dans l'intérêt de Richard, qu'il valait mieux garder quelque espoir mais, lorsqu'il s'est mis à la boisson, j'ai changé d'avis. Son âme a besoin d'un médecin et le rhum n'est pas un médicament.

— Sauf que le révérend James est un pasteur bien trop exigeant. Tu es le seul à posséder une tête solide, capable de voir les choses sous toutes leurs facettes. Essaie seulement de lui parler de la putain française. Son missel dans une main et son crucifix dans l'autre, il tirait à la bataille contre les suppôts de Satan ! C'est ainsi qu'il la considérait. Alors qu'à mes yeux elle n'est qu'une intrigante qui s'est entichée de mon fils. Comment se fait-il qu'il ne s'aperçoive pas qu'il plaît aux femmes ? Il leur plaît vraiment ! Tu dois l'avoir remarqué ?

N'ignorant pas que ses deux filles, toujours demoiselles, avaient été amoureuses de leur cousin Richard pendant des années, James l'Apothicaire ne put que hocher doctement la tête pour la seconde fois.

En ce vingt-septième jour du mois de septembre, Richard était complètement imbibé de rhum. C'est alors qu'il reçut un mot de la part d'Annemarie Latour, qui l'informait de son retour. Elle mourait d'envie de le revoir.

Richard descendit de sa chaise en trébuchant et partit sans se le faire dire deux fois.

– Richard ! Oh, comme c'est merveilleux de te voir ! Mon cher, cher ami !

Couvrant son visage de baisers, elle le fit entrer, toute roucoulante, et le débarrassa de son manteau et de son chapeau.

– Pourquoi ? lui demanda-t-il en manifestant peu d'empressement, décidé à rester maître de la situation. Pourquoi ne t'ai-je pas vue de toute la semaine ?

– Parce que Mrs Barton a été souffrante et que j'ai été obligée de rester auprès d'elle. Willy aurait dû te le dire. Je lui avais demandé de le faire.

– Ton accent semble s'être amélioré, dit Richard.

– À cause de Mrs Barton, qui déteste mon mauvais anglais. Je te dis qu'il m'a fallu la soigner, répéta Annemarie d'un ton blessé.

Richard, encore sous l'effet du rhum, tomba lourdement sur le lit.

– Oh, et puis, quelle importance ? Tu m'as manqué et je suis heureux de te retrouver. Embrasse-moi.

C'est ainsi qu'ils s'adonnèrent aux jeux du sexe avec leurs lèvres, leurs langues, leurs mains, suscitant l'humidité et le feu pour se vautrer dans des extases de la plus grande impudeur. Heure après heure, lui sur elle, elle sur lui, tête dessus, tête dessous, elle fertile en imagination, lui ardent à suivre le chemin qu'elle lui indiquait.

– Tu es époustouflant, lui avoua-t-elle enfin.

Les yeux de Richard se fermaient et il ne réussit à les maintenir ouverts qu'au prix d'un énorme effort.

– Comment ça ?

– Tu pues le rhum et pourtant tu arrives à baiser – j'adore ce mot – comme un jeune homme de dix-neuf ans.

Richard sourit, laissant enfin ses yeux se fermer.

– Tu devrais pourtant savoir qu'il faut plus que quelques pintes de rhum pour m'abattre, rétorqua-t-il. J'ai résisté bien plus longtemps que John Adams et John Hancock.

– De quoi parles-tu ?

Il ne daigna pas lui répondre. Renversée contre la pile d'oreillers, Annemarie s'abandonna à la contemplation du plafond, tout en se demandant ce qu'elle ressentirait quand cette affaire serait terminée. Lorsque Ceely l'avait persuadée, avec l'aide de plusieurs rouleaux de guinées d'or, de séduire Richard Morgan, elle avait d'abord poussé un soupir à l'idée de s'ennuyer ferme pendant plusieurs semaines. Le problème, c'est qu'elle ne s'était pas ennuyée. Pour commencer, Richard était un gentleman. C'était plus qu'on ne pouvait en dire de ce fourbe de Ceely, qui, par profession, se prétendait gentleman, et n'aurait pourtant pas su en reconnaître un s'il l'avait croisé dans la rue.

Elle n'avait pas imaginé que la victime pût se révéler aussi séduisante. En apparence, Richard n'était qu'un homme de Bristol gentil et un peu ennuyeux, sans prétentions vestimentaires ni aptitude particulière à détourner les têtes. Mais, lorsqu'il lui souriait, c'était comme si sa vraie nature se dévoilait et, soudain, il était là, d'une beauté bouleversante. Sous ses vêtements, dans lesquels beaucoup d'hommes paraissaient bedonnants, les épaules tombantes et le dos voûté, se cachait un physique de statue grecque.

« Cet homme a des talents cachés, songea-t-elle. Ils sont là pour ceux qui savent regarder. Quel dommage qu'il n'ait jamais su assez s'apprécier pour se mettre en avant ! Un amant magnifique ! Oh oui, vraiment magnifique ! »

Comment se sentirait-elle lorsque toute cette affaire serait terminée ? Il n'y en avait plus pour longtemps. Tout dépendait si Richard se montrait assez malléable.

Ceely voulait que les choses se fassent vite et le rhum serait certainement d'un grand secours. Son rôle, elle le soupçonnait, ne serait guère qu'un second rôle et elle ne connaîtrait sans doute jamais le dénouement de la pièce. Mais accepter ce rôle, c'était la promesse de pouvoir bientôt dire adieu à Ceely et à l'Angleterre. Elle était encore au sommet de sa beauté, avec les vingt ans qu'elle affichait, alors qu'elle en avait près de trente. Entre ce que Ceely allait lui payer et ce qu'il lui avait déjà donné au cours des quatre années précédentes, elle serait en mesure de quitter ce pays de cochons et de retourner dans sa Gironde bien-aimée, où elle pourrait vivre comme une dame.

Elle sommeilla pendant une heure avant de se pencher sur Richard en le secouant pour le réveiller.

– Richard ! Richard ! J'ai une idée !

Il avait la tête enflée, la bouche desséchée. Il réussit péniblement à se lever et à s'approcher de la cruche où Annemarie gardait de la petite bière. Un bon gobelet de cette boisson et il se sentit un peu mieux, même s'il savait qu'il lui faudrait plusieurs jours pour débarrasser son corps de tout le rhum qu'il contenait. S'il arrêtait d'en boire. Et pourquoi l'aurait-il voulu ?

– Quoi ? articula-t-il en s'asseyant sur le lit, la tête dans les mains.

– Pourquoi ne pas vivre ensemble ? Mrs Hale quitte l'étage d'en dessous et le loyer pour les deux étages n'est que d'une demi-couronne par semaine. Nous pourrions installer notre chambre à coucher en bas, pour éviter trop de marches à monter, et mettre Willy ici ou même dans la cave. Son loyer nous aiderait. Il paie un shilling. Oh, Richard, ce serait si agréable de s'installer vraiment… Dis oui, je t'en prie !

– Je n'ai pas de travail, ma chérie, dit-il lentement.

— Moi si, avec Mrs Barton, et tu en auras bientôt un, toi aussi, lança-t-elle d'un ton tranquille. Je t'en prie ! Et si un affreux bonhomme venait s'installer ici ? Comment pourrais-je me défendre ?

Il éloigna les mains de son visage pour l'observer.

— Je pourrais toujours dire que nous sommes mariés, reprit-elle. Cela ferait plus respectable.

— Mariés ?

— Juste pour faire plaisir aux voisins, cher Richard. S'il te plaît !

Il avait du mal à réfléchir et la petite bière lui tourneboulait un peu l'estomac. Il s'empara de cette proposition, la tourna et la retourna dans son esprit hébété, se demandant si ce n'était pas la meilleure solution. Son crédit commençait à s'épuiser au Cooper's Arms – ou bien c'était le Cooper's Arms qui finissait par le lasser.

— Très bien, dit-il enfin.

Annemarie dansa sur le lit en se trémoussant, rayonnante de bonheur.

— Demain ! Aujourd'hui, Willy aide Mrs Hale à déménager, et demain, il pourra me donner un coup de main.

La nouvelle du départ de Richard stupéfia ses parents. Ils se regardèrent d'un air ahuri mais décidèrent de ne soulever aucune objection. Sa consommation de rhum, entre son retour à la maison et le moment où il se couchait, était plus importante que jamais. Au moins, s'il allait habiter à Clifton, payerait-il une partie de ce qu'il buvait.

— Je ne peux pas refuser à mon propre fils ce qu'il boit ici.

— Tu as raison, le rhum est trop facilement à sa portée, reconnut Mag.

Dick lui prêta donc la charrette à bras avec laquelle ils allaient chercher la sciure et les provisions. Il regarda son fils y porter deux coffres d'un air sombre.

– Et tes outils ?

– Garde-les ! Je n'ai pas l'impression que j'en aurai besoin à Clifton.

La maison où logeaient Annemarie Latour et Willy Insell était accolée à trois autres dans Clifton Green Lane, à proximité du puits de Jacob.

À l'étroitesse des escaliers, il était évident que l'édifice, dans le passé, n'avait formé qu'une seule habitation. Impression accentuée encore par les cloisons grossières qui délimitaient trois logements distincts, permettant ainsi d'augmenter les revenus du loyer. Les planches montaient jusqu'au plafond mais le travail avait été bâclé et des trous constellaient un bois si mince qu'on pouvait entendre la voix aiguë d'une femme dans la pièce à côté. « La mansarde d'Annemarie offrait bien plus d'intimité », remarqua Richard en observant le joli lit installé.

– Nos parties de jambes en l'air risquent de ne pas passer inaperçues, dit-il sèchement.

Annemarie eut un haussement d'épaules très français.

– Tout le monde fait l'amour, cher Richard.

Elle sursauta brusquement et alla fouiller dans son réticule.

– J'allais oublier ! J'ai une lettre pour toi.

Richard s'empara de la feuille dont il regarda le sceau avec curiosité. Personne qu'il connût. Mais la missive était clairement adressée à Mr Richard Morgan :

Monsieur, Mrs Herbert Barton a attiré mon attention sur votre nom. Je crois savoir que vous êtes armurier. Si cela est vrai et que vous puissiez me fournir de bonnes références et même faire la preuve de vos talents en ma présence, il se pourrait que j'aie un travail à vous offrir. Veuillez vous présenter à neuf heures chez moi, au 10, Westgate Buildings, Bath, le 30 septembre.

La lettre était signée « Horatio Midder », d'une main tremblante et illettrée. Qui diable pouvait être ce Midder ? Richard croyait pourtant connaître le nom de tous les armuriers entre Reading et Weymouth, mais celui-ci lui était inconnu.

— Qu'est-ce que c'est ? De qui vient ce courrier ? demanda Annemarie, qui tentait de lire par-dessus son épaule.

— D'un armurier de Bath nommé Horatio Midder. Il m'offre un travail, répondit Richard en clignant des paupières. Il veut me voir le 30 de ce mois, à neuf heures du matin, ce qui veut dire que je dois partir demain.

— Oh, c'est un ami de Mrs Barton ! s'écria Annemarie en frappant gaiement dans ses mains. Je lui ai parlé de toi, cher Richard. Cela ne t'ennuie pas ?

Il la souleva pour la faire tournoyer à bout de bras.

— Si c'est pour du travail, je me fiche pas mal que tu mentionnes mon nom devant le diable en personne !

— Dommage, dit-elle avec une moue boudeuse, que tu sois obligé de partir demain. J'ai raconté à tout le voisinage que nous sommes mariés et que tu venais d'emménager. Nous aurons toutes sortes de visites de politesse à faire, ajouta-t-elle d'une voix encore plus maussade. Et peut-être que tu devras passer aussi la nuit du vendredi à Bath. Alors je risque de ne pas te voir avant samedi.

Richard porta l'une de ses malles dans un coin de la pièce.

— Peu importe, si c'est pour du travail, affirma-t-il. Je ne suis toujours pas satisfait d'avoir placé le lit ici. Étant donné que Willy a choisi de vivre dans la cave, je n'en vois pas la nécessité.

— Quelle importance, Richard, si tu obtiens un emploi à Bath ? répliqua-t-elle avec son implacable logique. De toute façon, il nous faudra déménager une fois de plus.

— C'est vrai.

— C'est si agréable d'avoir de la place pour mon bureau ! J'adore écrire des lettres et c'était si encombré là-haut !

Il se dirigea vers la pièce derrière la chambre à coucher et observa le bureau qui y trônait, bien solitaire.

— Il va falloir acheter d'autres meubles pour lui tenir compagnie. Comme c'est curieux… De toute ma vie, je n'ai ressenti aucun besoin de me meubler, même lorsque Peg et moi vivions à Temple Street.

— Peg ?

— Ma femme. Elle est morte.

Il sentit brusquement le besoin de boire un verre.

— Je vais aller me promener pendant que tu écris ton courrier.

Cependant, elle le suivit au rez-de-chaussée, où se trouvaient le salon équipé d'une cheminée assez fruste et la cuisine, meublée de quatre chaises en bois, d'une table et d'un buffet. Annemarie faisait-elle la cuisine ? Aurait-elle le temps de préparer les repas si elle passait ses après-midi et ses soirées avec une Mrs Barton qui avait pour habitude de se lever tard ?

Devant le seuil, elle se dressa sur la pointe des pieds pour l'embrasser.

— Ça alors ! cria une voix émue. C'est bien Mr Morgan, n'est-ce pas ?

Richard abandonna les lèvres d'Annemarie pour se retrouver face à John Trevillian Ceely Trevillian, qui se pavanait dans la splendeur d'un costume de velours cyclamen, brodé de noir et de blanc. Les cheveux de Richard se dressèrent sur sa tête mais, conscient de la présence d'Annemarie, il ne put se permettre ce dont il avait envie : tourner le dos à Ceely Trevillian et s'éloigner à grandes enjambées.

— Monsieur Trevillian…

— S'agit-il là de l'épouse dont on m'a parlé ? demanda le bellâtre d'une voix flûtée, avec une moue d'admiration. Présentez-moi, je vous en supplie !

Richard demeura un long moment silencieux, s'efforçant de garder un visage impassible tandis que son esprit embrumé par le rhum évaluait les conséquences possibles de cette rencontre fâcheuse. Derrière Mr Trevillian se tenait un petit groupe d'hommes et de femmes qu'il n'avait jamais aperçus auparavant mais dont il présuma, à leurs vêtements d'intérieur, qu'ils vivaient dans des appartements contigus à celui d'Annemarie. Que faire ? Que répondre ? « Présentez-moi ! », avait demandé Ceely.

À l'instar de la plupart des Anglais, Richard ne connaissait pas grand-chose à la loi, mais il savait qu'une fois que l'on parlait d'une femme comme de son épouse, elle le devenait réellement, selon le droit coutumier. Lorsque Annemarie lui avait suggéré d'évoquer un mariage devant voisins et amis, il avait su conserver assez de bon sens, en dépit de son mal de crâne, pour se promettre de la laisser jacasser à sa guise sans pour autant confirmer ses dires.

Et voilà qu'il était là, en face de l'affreux Ceely Trevillian, au milieu de tous les voisins d'Annemarie, pris entre l'enclume et le marteau. Si, en la présentant, il laissait entendre qu'elle était son épouse, alors, aussi longtemps qu'il cohabiterait avec elle, elle le deviendrait. S'il l'a désavouait publiquement, elle retrouverait un statut de prostituée et on commencerait à la persécuter.

Richard décida de chasser cette préoccupation de son esprit. Après tout, qu'il en soit ainsi. Annemarie serait sa femme jusqu'à ce qu'il cesse de cohabiter avec elle, si jamais cela arrivait. S'il détestait ses métaphores musicales, autant qu'il se méprisait de se laisser prendre à ses charmes, il ne pouvait transformer cette respectable servante en traînée. Après tout, c'était lui qui fréquentait les gens du puits de Jacob.

De mauvaise grâce, il fit les présentations.

— Voici Annemarie, dit-il sèchement, avant d'ajouter : que faites-vous par ici ?

— Mon cher ami, je rends visite à mon coiffeur, Mr Joice, vous le connaissez, répondit Ceely en montrant un homme qui minaudait à son côté. Il habite près de chez vous et c'est ainsi que j'ai appris que vous étiez marié et installé ici, ajouta-t-il en sortant un mouchoir de dentelle avec lequel il se tapota délicatement le front. Il fait chaud pour cette fin de septembre, vous ne trouvez pas ?

Annemarie s'inclina en une profonde révérence qui fit virevolter ses jupons.

— Monsieur, entrez, je vous en prie, lança-t-elle. Un moment de repos dans la fraîcheur de notre salon vous fera du bien.

Elle fit entrer le visiteur importun et lui désigna une chaise avant d'éventer son front avec le bas de son tablier.

— Richard, mon chéri, avons-nous quelque chose à offrir à ce gentleman ? demanda-t-elle d'une voix doucereuse, visiblement impressionnée par l'allure de leur invité.

— Tant que je n'aurai pas été chercher de la bière et du rhum au Black Horse, il n'y aura rien, répliqua-t-il d'un ton désagréable.

— Alors je vais rapporter un pichet de bière et un autre de petite bière, déclara Annemarie.

Elle se rendit d'un air empressé à la cuisine en faisant virevolter ses jupes afin que Ceely puisse apercevoir ses chevilles.

— Je ne vous dis pas merci, Morgan, commença Ceely dès qu'ils se retrouvèrent seuls. L'histoire que vous avez inventée m'a valu plusieurs rencontres déplaisantes avec le chef de la régie. Je me demande ce que j'ai bien pu faire pour vous offenser pendant que vous répariez les appareils de Mr Cave, mais cela ne méritait certainement pas le tissu de mensonges que vous avez débités au contrôleur.

— Ce n'étaient pas des mensonges. Je vous ai vu au travail, à la lumière de la lune par une nuit sans nuages, et j'ai entendu votre nom. Et, comme vous avez eu l'imprudence de bavarder ouvertement avec Mr Cave et Mr Thorne tandis que quelqu'un vous écoutait, vous allez être démasqué comme le scélérat que vous êtes, Ceely Trevillian.

Annemarie revint, un pichet blanc dans chaque main.

— Est-ce que de la bière vous convient, monsieur ? demanda-t-elle au visiteur.

Richard prit les pichets et partit pour le Black Horse tandis qu'Annemarie s'installait sur une chaise pour bavarder avec l'impressionnant gentleman.

À son retour, il découvrit qu'il s'était donné du mal pour rien : Trevillian se tenait sur le seuil, occupé à baiser la main d'Annemarie.

— J'espère vous revoir, *m'sieur*, dit-elle en jouant avec affectation de ses fossettes.

— Oh, je peux vous le promettre ! s'écria-t-il de sa voix de fausset. N'oubliez pas que mon coiffeur habite juste à côté.

Annemarie sursauta.

— Oh, Mrs Barton ! Je vais être en retard !

Mr Trevillian lui offrit son bras.

— Étant donné que je connais très bien cette dame, Mrs Morgan, laissez-moi vous accompagner jusque chez elle.

Ils s'éloignèrent, côte à côte. Il lui susurrait de jolis riens qui la faisaient glousser. Richard les regarda tourner le coin d'une rue proche bordée de maisons inachevées et poussa un grognement de rage avant d'aller chercher la charrette de son père. Il devait la rendre. Quelle sotte, cette catin française ! Il fallait la voir minauder et s'aplatir devant des gens comme Ceely Trevillian, sous prétexte qu'il portait du velours cyclamen qu'un pauvre gamin avait dû broder dans un atelier sans recevoir un penny de récompense.

La diligence quotidienne pour Bath quittait le Lamb Inn à midi et effectuait le voyage en quatre heures contre quatre shillings pour un siège à l'intérieur et deux sur le banc. S'il avait scrupuleusement économisé au cours de ses six mois chez Thomas Cave, il ne lui restait que peu d'argent. Le voyage à Bath risquait de lui coûter un minimum de dix shillings, ce qu'il pouvait difficilement se permettre. Il était parvenu à un accord avec Annemarie concernant les dépenses du ménage et, la veille, ils avaient pris leur repas au Black Horse, bien plus cher que le Cooper's Arms. Elle n'avait pas proposé de payer ni montré la moindre désapprobation devant la quantité de rhum qu'il buvait. Elle préférait le porto.

Richard se dirigea à l'autre bout de la ville pour se réserver une place à deux shillings, même s'il fallait pour cela s'asseoir en haut de la diligence, exposé aux intempéries. Par chance, la journée ne semblait pas annoncer de pluie.

Les relais de poste étaient des lieux pleins d'activité, pourvus de larges cours intérieures où palefreniers et chevaux se déplaçaient sans cesse, où les valets d'écurie couraient dans toutes les directions et où les servantes proposaient des plateaux de rafraîchissements aux passagers. Richard s'approcha de l'équipage de six chevaux qui n'était pas encore attelé à sa diligence, paya deux shillings pour sa place et s'adossa à un mur en attendant qu'on annonce le départ pour Bath.

Ce fut alors qu'il aperçut William Insell, qui venait de franchir les portes au pas de charge avant de s'arrêter, haletant, visiblement à sa recherche.

— Willy !

Insell se précipita dans sa direction.

— Oh, Dieu merci ! haleta-t-il. Je craignais que tu ne sois déjà parti.

— Qu'y a-t-il ? C'est Annemarie ? Elle est malade ?

— Non, elle n'est pas malade, répliqua Insell en roulant des yeux. Pire !

Richard lui agrippa le bras.

— Pire ? Elle est morte ?

— Non, non ! Elle a pris rendez-vous avec Ceely Trevillian !

Qu'y avait-il de si étonnant ?

— Continue.

— Il est passé chez le coiffeur d'à côté – enfin, c'est ce qu'il a dit – mais, une minute plus tard, il frappait à notre porte et je n'avais pas fini de remonter l'escalier de la cave qu'Annemarie lui avait déjà ouvert.

Insell essuya la sueur qui coulait de son front et leva les yeux vers Richard, implorant.

— J'ai tellement soif ! gémit-il. J'ai couru tout le long du chemin !

Richard déboursa un penny pour une chope de petite bière qu'Insell avala d'un trait.

— Ah, ça va mieux !

— Raconte-moi, Willy, ma diligence va bientôt partir.

— Ils ne se sont pas cachés, ils se sont comportés comme s'ils avaient oublié que j'étais dans la maison. Elle lui a demandé s'il voulait faire affaire avec elle et il a dit que oui. Mais là, elle lui a fait le coup de l'indignation, en prétendant que ce n'était pas le moment, que tu risquais de revenir. Elle lui a dit de repasser à six heures ce soir et elle a promis qu'il pourrait rester la nuit. Alors, il est allé chez ce coiffeur, Joice… Je pouvais l'entendre hennir à travers la cloison. J'ai attendu qu'Annemarie remonte chez elle pour courir te rejoindre.

Il fixait Richard de ses grands yeux de chien battu, comme pour mendier son approbation.

— Bath ! Bath ! cria quelqu'un.

Que faire ? Bon sang, il avait besoin de ce travail ! Pourtant, l'homme en lui était furieux qu'Annemarie ait pu lui préférer un homme tel que Ceely Trevillian. Pas lui ! L'affront était insupportable. À cette pensée, Richard se raidit.

— Tant pis pour le travail à Bath, annonça-t-il d'une voix lugubre. Viens, nous allons attendre chez mon père. À six heures, Annemarie Latour et Mr Ceely vont avoir une vilaine surprise. Il se peut qu'il ne soit jamais jugé pour fraude fiscale mais il se souviendra de ce qui va lui arriver ce soir, je peux te le jurer.

Dick sentait qu'une terrible tempête s'annonçait, dont il ne pouvait deviner la nature. « Comment, se demandait-il, pourrais-je exiger la vérité d'un homme de trente-six ans, même s'il s'agit de mon fils ? Que se passe-t-il et pourquoi ne veut-il pas m'en parler ? Insell, cet animal servile, se vautre à ses pieds. Oh, il ne ferait pas de mal à une mouche, mais ce n'est pas le genre d'ami dont Richard a besoin. Richard, vas-y doucement sur le rhum. »

Peu avant six heures, au moment où Mag allait servir le souper à sa nombreuse clientèle, Richard et Insell se levèrent. « Sa capacité à tenir le rhum était véritablement étonnante », songea Dick alors que Richard marchait d'un pas assuré vers la porte, suivi d'Insell qui tanguait derrière lui. « Mon fils est affreusement saoul, il y a du grabuge dans l'air et il m'exclut. »

Le crépuscule colorait encore le ciel de ses derniers reflets car le temps était beau. Richard marchait si vite qu'Insell avait du mal à le suivre. La rage qu'il éprouvait augmentait à chaque pas.

La porte d'entrée n'étant pas fermée à clé, Richard put se glisser à l'intérieur de la maison.

– Reste en bas jusqu'à ce que je t'appelle, murmura-t-il à Willy tout en grinçant des dents. Alors, comme ça, elle est avec Ceely ! Ceely ! La catin ! ajouta-t-il en fixant l'escalier, les poings serrés.

La scène qui se déroulait dans la chambre à coucher semblait tirée d'une farce. Sa lubrique bien-aimée était étendue sur le lit, les jambes en l'air, Ceely couché sur elle, vêtu de sa chemise de dentelle. Ils faisaient l'amour dans la position traditionnelle ; Annemarie laissait échapper de petits gémissements de plaisir, Ceely de sourds grognements.

Richard s'était cru préparé à ce spectacle mais la colère qui l'envahit lui fit perdre la raison. À côté de la cheminée se trouvaient un seau à charbon et un marteau destiné à casser les trop gros morceaux. Avant que le couple vautré sur le lit ait eu le temps de réagir, Richard avait traversé la pièce, saisi le marteau et s'était planté face aux deux amants.

– Willy, monte ! rugit Richard. Non, vous, ne bougez pas ! Je veux que le témoin vous voie exactement ainsi.

Insell entra et s'immobilisa, ahuri, fasciné par la poitrine d'Annemarie.

– Êtes-vous prêt à témoigner, monsieur Insell, que vous avez vu ma femme au lit en compagnie de Ceely Trevillian ?

Insell déglutit en tremblant.

– Oui ! balbutia-t-il.

Annemarie avait révélé à Trevillian que Richard buvait sec mais il n'avait jamais imaginé l'impression que lui ferait un homme si grand et animé par une telle rage. Le fraudeur habituellement imperturbable sentit le sang se retirer de son visage. Seigneur ! Ce Morgan était prêt à tuer !

– Sale traînée ! hurla Richard en fusillant du regard Annemarie, tout aussi épouvantée que Trevillian.

Tremblante, elle remonta, telle une anguille, vers le haut du lit, cherchant à se réfugier à l'abri du mur.

– Garce ! Putain ! Et quand je pense que je t'ai reconnue pour femme afin de sauver ta réputation ! Je n'ai pas voulu croire que vous étiez une catin, madame, mais j'avais tort !

Le regard furieux de Richard se tourna vers le rebord de la fenêtre tandis que Trevillian observait son manège, les sourcils froncés, l'air sournois.

– Où est votre chandelle, madame ? gronda Richard. Les putains informent leur clientèle qu'elles sont en main en mettant une chandelle à la fenêtre, et je n'en vois aucune !

Il pivota en titubant pour venir s'asseoir sur le bord du lit et poser le marteau sur le front de Trevillian.

– Quant à toi, reprit-il, c'est toi qui m'as forcé à appeler cette traînée ma femme, alors tu vas en subir les conséquences ! Je vais te faire passer devant un tribunal pour subornation d'épouse !

Trevillian tenta de s'échapper. Richard le rattrapa par l'épaule d'une main de fer et tapota son front en sueur de quelques petits coups de marteau.

– Non, Ceely, ne bouge pas. Sinon ton sang risque de maculer ce joli couvre-lit blanc.

— Qu'est-ce que tu vas faire ? murmura Annemarie d'une voix angoissée. Richard, tu es saoul ! Je t'en supplie, ne commets pas un meurtre ! ajouta-t-elle, tremblante. Pose ce marteau, Richard ! Pose ce marteau ! Pas de meurtre ! Pose-le !

Richard lui obéit en crachant son mépris mais le marteau demeura plus près de sa main que de celle de Trevillian.

« Réfléchis, Ceely Trevillian, réfléchis vite ! Il est d'humeur assassine mais, par nature, ce n'est pas un meurtrier… Apaise-le, mène cette affaire-là où elle devait aller dès le départ ! »

Richard reprit le marteau au milieu des hurlements de terreur d'Annemarie et s'en servit pour soulever le pan de la chemise de Trevillian. Puis il regarda la jeune femme en feignant l'amusement.

— C'est vraiment ça que tu voulais ? Eh bien, dis donc, tu dois avoir sacrément besoin d'or !

Il ne parvenait pas à décider lequel des deux il haïssait le plus : Annemarie pour avoir vendu ses faveurs ou Ceely Trevillian qui le cocufiait après l'avoir forcé à reconnaître Annemarie comme sa femme. Alors, poussé par l'alcool, il choisit la seule solution susceptible de les faire payer tous les deux. Au moins pour cette mémorable soirée, aussi longtemps que sa rage durerait. Non, il n'irait pas devant un tribunal. Non, il ne tenterait pas d'en tirer un profit financier. Il allait les terroriser, afin qu'ils regrettent amèrement leurs actes.

Sa main jaillit à la vitesse de l'éclair, saisit Trevillian à la gorge et le força à s'agenouiller au milieu du lit.

— J'ai ici un témoin prêt à attester que vous m'avez volé ma femme, monsieur. Et j'ai l'intention de demander mille livres de dommages et intérêts, lança-t-il après avoir un peu hésité sur le chiffre. Je suis un artisan respectable et je goûte peu le rôle de cocu, particulièrement lorsque celui qui me cocufie n'est qu'un déchet tel que vous, Ceely Trevillian. Vous étiez prêt à payer les charmes de ma femme, eh bien, le prix vient juste de monter.

« Réfléchis, Ceely, réfléchis ! Les choses vont dans la direction où je voulais l'emmener. Il parle un peu plus et avec moins de violence. Le rhum est enfin en train de le calmer. »

Trevillian s'humecta les lèvres et prononça les mots qu'il avait préparés dans sa tête :

— Morgan, je reconnais que vous avez le droit d'en appeler à la loi et que vous pouvez en obtenir quelques dédommagements. Mais pourquoi porter cette affaire devant les tribunaux ? Qu'en penseraient ma mère et mon frère ? Et songez à votre épouse, à sa réputation ! Si son nom devait être cité au tribunal, elle se retrouverait sans emploi, bannie…

C'était vrai, la rage de Morgan s'éteignait. Il parut soudain troublé, malade, un peu égaré. Trevillian poursuivit son babillage.

— Je reconnais sans difficulté ma culpabilité mais laissez-moi régler cette affaire loin des tribunaux. Faisons cela ici et maintenant, Morgan, ici et maintenant ! Jamais vous n'obtiendriez mille livres mais une somme de cinq cents livres est envisageable. Laissez-moi signer un billet à ordre de cinq cents livres, Morgan, je vous en supplie ! Et réglons nos différends une bonne fois pour toutes.

Déstabilisé par cette subite et lâche reddition, Richard s'assit sur le bord du lit, se demandant ce qu'il devait faire. Il avait cru que Trevillian se rebifferait, résisterait, le pousserait dans ses derniers retranchements. Comment avait-il pu se tromper à ce point ? Peut-être à cause du souvenir de ce contrebandier inquiet qu'il avait aperçu, dépouillé de ses beaux vêtements et de ses manières affectées ? Cependant il voyait que Trevillian demeurait maître de la situation. Cet homme était dépourvu de tout courage, il n'était qu'une vaste imposture.

– C'est une offre généreuse, Richard, avança Willy d'une voix timide.

– Très bien, répliqua Richard en quittant le lit. Habillez-vous, Ceely, vous avez l'air ridicule ainsi.

Après avoir enfilé à la hâte son costume vert jade brodé de bleu paon, Trevillian suivit Richard dans la pièce du fond et s'assit devant le bureau d'Annemarie. Dans le vague espoir d'obtenir quelques miettes de la soudaine bonne fortune de Richard, Willy Insell leur emboîta le pas. Ce qu'il ne devinait pas, c'était que son ami n'avait aucune intention d'encaisser ce billet à ordre. Tout ce que Richard désirait, c'était voir transpirer Trevillian pendant quelques jours à l'idée de perdre cinq cents livres.

Le billet était payable à Richard Morgan, de Clifton, et signé « John Trevillian ».

Richard le déchira après y avoir jeté un coup d'œil.

– Recommencez, Ceely, ordonna-t-il. Signez de tous vos maudits noms, et pas seulement la moitié.

En haut de l'escalier, la tentation fut trop forte : Richard appuya le bout de son pied sur les maigres fesses de Trevillian et lui fit débouler les marches. Le bruit du corps frappant la mince cloison résonna comme le tonnerre. Avant même d'atteindre la minuscule entrée, Trevillian hurlait comme un possédé. Fini, le fraudeur décontracté ! Pleurant et gémissant, il se traîna sur le sol jusqu'au seuil, où il bénéficia enfin du secours de tous les voisins.

Richard claqua la porte derrière Trevillian et remonta voir Annemarie, sans Willy Insell, qui avait déguerpi dans sa cave.

La jeune femme n'avait pas bougé. Elle suivit Richard des yeux et le regarda s'approcher du lit pour y reprendre le marteau.

— Je devrais te tuer, lui dit-il d'une voix lasse.

La jeune femme haussa les épaules.

— Tu ne le feras pas, Richard. Ce n'est pas dans ta nature, même après avoir bu du rhum ! Ceely, lui, l'a cru pendant un moment. Ça lui a fait une sacrée surprise, à celui-là, avec sa suffisance et ses plans compliqués !

Richard aurait dû déduire de cette remarque qu'elle trahissait des relations plus intimes avec Ceely Trevillian qu'une simple affaire de lit, mais, au même moment, quelqu'un cogna à la porte.

— Qu'est-ce que c'est encore ? cria-t-il en descendant l'escalier, Oui ?

— Mr Trevillian veut qu'on lui rende sa montre, annonça une voix d'homme.

— Dites à Mr Trevillian qu'il aura sa montre lorsque j'aurai obtenu satisfaction ! grogna Richard derrière la porte close.

— Il veut sa montre, dit-il à Annemarie en remontant dans la chambre.

Ladite montre se trouvait toujours sur le rebord de la fenêtre.

— Rends-la-lui, ordonna brusquement Annemarie. Jette-la par la fenêtre, je t'en prie.

— Que le diable m'emporte si je fais ça ! Il ne l'aura que quand j'y serai disposé ! répliqua-t-il en examinant l'objet. Quel prétentieux ! C'est juste de l'acier. Un arriviste tiré à quatre épingles, voilà tout.

Il se sentait mal.

— Je sors, annonça-t-il.

Elle se leva du lit en un instant, enfila rapidement une robe et glissa ses pieds nus dans ses chaussures.

— Richard, attends ! Willy, Willy, viens m'aider ! cria-t-elle.

– Si c'est au sujet de Ceely que tu t'inquiètes, pas la peine, gronda Richard en sortant respirer un peu d'air frais. Il n'est plus là. Ça fait deux minutes que le spectacle est terminé.

Ils partirent en direction de Brandon Hill, Annemarie d'un côté et Willy de l'autre, trois silhouettes indistinctes dans l'obscurité d'une place dépourvue d'éclairage.

– Richard, que va-t-il m'arriver si tu t'en vas ? gémit Annemarie.

– Je m'en moque, madame. Je t'ai fait l'honneur de laisser croire à Ceely que tu étais ma femme, et c'est la vérité. Qu'est-ce que ça va changer pour toi ? Tu as toujours un emploi, et Ceely et moi avons fait ce qu'il fallait pour que ta réputation demeure sans tache, ajouta Richard avec un sourire amer. Sans tache ? Madame, vous êtes une prostituée à l'âme noire.

– Et moi ? demanda Willy, qui pensait aux cinq cents livres.

– Je vais au Cooper's Arms. Cette affaire de fraude reste encore à juger et il vaut mieux qu'on se tienne les coudes.

– Laisse-nous venir avec toi, proposa Willy.

– Non. Raccompagne madame chez elle. Les rues ne sont pas sûres.

C'est ainsi qu'ils se séparèrent dans la nuit, la femme et un homme retournant à Clifton Green Lane, le troisième marchant à grandes enjambées sur le sentier de Brandon Hill, inconscient du danger.

Mrs Mary Meredith s'arrêta devant le seuil de sa maison, heureuse d'être enfin arrivée à bon port mais surprise par l'intrépidité de ce promeneur qui venait de quitter ses compagnons. Ils avaient parlé à voix basse et semblaient en excellents termes mais elle n'avait aucune idée de leur identité. Leurs visages demeuraient invisibles en cette soirée de fin septembre.

L'estomac trop vide pour vomir, Richard rentra en titubant, plus sensible à l'alcool que pendant la dispute. Quelle histoire ! Et qu'allait-il bien pouvoir raconter à son père ?

Mais, à tout le moins, je peux dire que le feu est éteint, écrivit-il à la fin de la lettre qu'il adressa à James Thistlethwaite le lendemain, dernier jour de septembre 1784. *J'ignore ce qui m'a pris, Jem, si ce n'est que je n'aime pas beaucoup l'homme que j'ai découvert en moi – amer, rancunier et cruel. En outre, je me retrouve en possession des deux objets dont j'ai le moins besoin : une montre en acier et un billet à ordre de cinq cents livres. Le premier, je le rendrai lorsque je supporterai de porter les yeux sur le visage de Ceely Trevillian. Quant au second, je ne le présenterai jamais à la banque. Je déchirerai le billet devant son nez le jour où je lui restituerai la montre. Et je maudis le rhum.*

Père a envoyé quelqu'un chercher mes affaires à Clifton ; je n'ai donc pas vu Annemarie et je ne la reverrai jamais plus. Elle est sournoise, des cheveux jusqu'aux poils du… je n'écrirai pas ici le mot. Quel imbécile j'ai été ! Et à trente-six ans, en plus ! Mon père prétend que c'est le genre d'expérience que j'aurais dû avoir à vingt et un ans. Plus on est vieux, plus on est bête, m'a-t-il affirmé avec son amabilité habituelle.

Cette affaire m'a éclairé sur moi-même à un point dont je n'avais pas idée. Ce qui me remplit de honte, c'est que j'ai trahi mon petit garçon et que je n'ai pas pensé une seconde à lui depuis le moment où j'ai rencontré Annemarie jusqu'au jour où j'ai été délivré de son envoûtement. Peut-être qu'un homme doit vivre une fois dans sa vie ce genre d'aventure sexuelle. Mais en quoi ai-je offensé Dieu pour qu'Il choisisse ce moment de deuil afin de m'éprouver d'une si horrible manière ?

Écrivez-moi, je vous en prie, Jem. Je comprends que vous trouviez ça difficile après ce qui est arrivé à William Henry, mais j'aimerais avoir de vos nouvelles et je m'inquiète de votre silence. En outre, j'ai besoin de vos sages conseils. En fait, ils me manquent terriblement.

Si Mr Thistlethwaite avait eu l'intention de répondre, sa lettre n'était pas encore parvenue au Cooper's Arms le 8 octobre, au moment où deux individus à l'air lugubre, vêtus de tristes costumes marron, pénétraient dans la taverne.

– Richard Morgan, demanda le chef.

Richard sortit de derrière le comptoir.

– C'est moi, répondit-il.

L'homme s'approcha pour poser la main sur son épaule.

– Richard Morgan, je vous arrête au nom de Sa Majesté notre roi George à la suite des accusations portées contre vous par Mr John Trevillian Ceely Trevillian. William Insell ? demanda-t-il ensuite.

– Oh non ! cria Willy d'une voix aiguë en se faisant tout petit dans son coin.

De nouveau, la main se posa sur son épaule.

– William Insell, je vous arrête au nom de Sa Majesté notre roi George à la suite des accusations portées contre vous par Mr John Trevillian Ceely Trevillian. Suivez-nous et n'essayez pas de résister. Il y a six hommes à nous devant la porte.

Richard tendit la main à son père, qui demeura foudroyé, bouche bée, comme s'il voulait articuler quelque chose et s'apercevait qu'il ne savait que dire.

Le gendarme enfonça ses doigts entre les épaules de Richard.

— Pas un mot, Morgan, pas un mot, ordonna-t-il en parcourant la salle d'un regard circulaire. Si vous voulez voir Morgan et Insell, vous les trouverez à la prison de Newgate.

DEUXIÈME PARTIE

D'octobre 1784 à janvier 1786

Seuls deux pâtés de maisons séparaient Newgate de la fonderie de Wasborough. Avec Richard et Willy Insell au milieu d'eux, les huit hommes d'armes eurent tôt fait de parcourir la distance pour pénétrer dans la prison par une porte qui ressemblait à une herse. Avant que le chef des gardes ne les pousse vers le portail de gauche, Richard profita d'une courte pause pour entrevoir, à l'intérieur de la prison, un étroit passage doté d'une ouverture sur chaque côté.

– Morgan et Insell, aboya le gardien. Signez ici !

Un homme affalé sur une chaise derrière la table saisit les deux documents que le garde lui présentait.

– Et que suis-je censé faire de ces papiers ? demanda-t-il en barrant chaque feuillet d'un grand X.

– C'est votre affaire, Walter, pas la mienne, répliqua le garde d'un air suffisant. Tout ce que je sais, c'est qu'ils sont sous *habeas corpus*.

Willy pleurait toutes les larmes de son corps, mais Richard, les yeux secs, gardait son sang-froid. Le choc s'estompant, il était à nouveau capable de sentir, de penser. De quoi l'accusait-on ? Quand le découvrirait-il ? Certes, il avait en sa possession la montre de Ceely et un billet à ordre, mais il avait bien précisé à haute et intelligible voix que Ceely récupérerait sa montre. Par ailleurs, il n'avait pas présenté le billet à la banque. Pourquoi n'avait-il pas réfléchi ?

L'encombrement des tribunaux faciliterait son acquittement. Les magistrats de Bristol étaient alors enclins à conclure un arrangement avec tout accusé capable de réunir les fonds permettant une restitution, augmentée d'une certaine somme à titre de dommages et intérêts. Bien sûr, il aurait à supporter pour le restant de ses jours une lourde dette – et seule une nouvelle guerre nécessitant davantage de fusils lui permettrait de s'en acquitter – mais il savait quc sa famille le soutiendrait.

– Un penny par jour pour le pain, dit le geôlier nommé Walter, jusqu'à ce que vous soyez jugés. Si vous êtes condamnés, ça passera à deux pence.

– Plutôt mourir de faim ! s'exclama spontanément Richard.

Le geôlier fit le tour de son bureau pour venir le frapper si rudement sur la bouche que ses lèvres se fendirent.

– Pas de remarques insolentes, Morgan ! Ici, c'est moi qui fixe les règles de la vie et de la mort, à ma convenance.

Il tourna la tête et aboya :

– Bougez-vous, sale vermine !

Deux hommes armés de gourdins firent irruption dans la pièce.

– Enchaînez-les, ordonna Walter en se frottant la main.

Épongeant son sang avec la manche de sa chemise, Richard, accompagné de Willy Insell qui pleurait toujours comme une fontaine, traversa le passage et entra dans la pièce située sur la droite. On se serait cru dans l'échoppe d'un sellier, à cette différence près que la multitude de sangles qui pendaient sur les murs n'étaient pas faites de cuir mais d'anneaux de fer.

À Newgate, on se contentait d'entraver les jambes. Richard resta debout tandis que le responsable chargé de l'opération, un homme au visage morose, fermait ses chaînes. Un anneau large de deux pouces emprisonna sa cheville gauche et fut cadenassé au lieu d'être riveté, puis relié à celui de sa cheville droite par une chaîne longue de deux pieds, ce qui lui permettait de se déplacer en traînant les jambes, sans pouvoir marcher. Affolé, Willy voulut se défendre mais il fut frappé et jeté à terre. La lèvre toujours en sang, Richard demeura immobile et silencieux. Après sa remarque à Walter le geôlier, il s'était promis de ne rien faire pour offenser la cour. Il se comportait comme autrefois chez Colston, restait assis ou debout calmement, obéissait docilement aux ordres et s'efforçait de ne pas attirer l'attention.

Le passage se terminait par une autre herse, qu'un garde déverrouilla avec une énorme clé. Les deux nouveaux prisonniers furent alors projetés dans l'Enfer. C'était une très grande salle dont les murs de pierre ruisselaient d'une humidité si constante et si insidieuse qu'elle formait par endroits de longues stalactites noircies, imprégnées par la suie que véhiculait le Froom. Pas un seul meuble. Un sol aux dalles maculées par l'usure et souillées par les déjections humaines aux relents d'ammoniaque. Une masse grouillante de prisonniers aux jambes cerclées de fer, rien que des hommes. La plupart étaient assis par terre, les jambes étendues devant eux, certains erraient sans but, trop dégoûtés par la vie pour soulever leur fardeau quand ils passaient sur les jambes d'un autre malheureux, affalé sur le sol, qui ne faisait pas un mouvement, comme s'il n'avait pas senti le choc des chaînes au passage. Pour qui était accoutumé à la vase de Bristol, l'odeur était familière : pourriture, déchets, excréments. Juste un peu plus forte à cause du manque d'aération.

La seule activité offrant quelque intérêt consistait à rôder autour d'une ouverture voûtée, à l'extrémité la plus éloignée de la salle. Bien qu'il n'eût jamais pénétré auparavant dans la prison de Newgate, Richard supposa que c'était par ce guichet que ceux qui parvenaient à gratter les pièces nécessaires pouvaient obtenir du rhum, du gin ou de la bière. Ce qu'il avait entendu dire par Dick et son cousin James l'Apothicaire lui avait donné une idée de ce que pouvait être l'existence à Newgate et il se l'était représentée comme un bouillonnement de luttes à propos d'argent, de boisson ou d'autres denrées. Mais il comprenait à présent que les geôliers étaient bien trop malins pour que cela se passe ainsi. Aucun de ces hommes n'avait la force de lutter pour quoi que ce fût. La plupart mouraient de faim, et bon nombre d'entre eux étaient également ivres, le ventre vide, bavant et marmonnant sans bruit, les jambes allongées, ne se souciant plus de rien.

Willy ne le quittait pas. Il restait collé à lui comme une teigne. Où que Richard se dirigeât, Willy traînait les pieds derrière lui en pleurant. « Je vais devenir fou, songea Richard. Jamais je ne pourrai supporter ça. Et je ne boirai plus de rhum. Ni de gin bon marché. Après tout, cette affreuse épreuve sera terminée dans quelques mois, quel que soit le temps nécessaire au tribunal pour traiter notre cas. Pourquoi est-ce que Willy gémit ainsi ? Quel bien cela peut-il lui faire ? »

Au bout d'une heure, il se sentit à bout de forces et les cercles de fer à ses chevilles commençaient à lui faire mal. Repérant le long d'un mur un espace libre, suffisant pour lui et son compagnon, il se laissa tomber sur le sol et étendit les jambes avec un soupir de soulagement ; il comprit alors pourquoi les prisonniers adoptaient cette position. Le poids des fers ne se faisait plus sentir et l'on pouvait reposer son dos. En examinant ses chaussettes tricotées avec une laine épaisse, il se rendit compte qu'une heure d'allées et venues avait suffi pour qu'elles présentent déjà des signes d'usure : une autre raison pour laquelle tous ces hommes évitaient de se déplacer.

Il avait soif. Un tuyau qui sortait d'un mur bordant le Froom laissait échapper un filet d'eau qui coulait dans une auge. À côté, un gobelet d'étain accroché à une chaîne permettait de boire. À cet instant précis, l'un des malheureux qui allaient et venaient s'arrêta pour pisser dedans. Richard nota que l'auge se trouvait juste à côté de quatre cuvettes de cabinets à découvert, apparemment insuffisantes pour les besoins de plus de deux cents hommes. « Si James l'Apothicaire a raison, songea-t-il, boire de cette eau risque de me tuer. Cette salle est pleine d'hommes malades. »

Comme si la seule évocation de son nom avait eu le pouvoir de faire des miracles, James l'Apothicaire apparut dans le passage grillagé, suivi de Dick.

– Père ! Cousin James ! appela-t-il.

Les yeux écarquillés devant toute cette horreur, ils se dirigèrent vers lui.

Pour la première fois, de mémoire générale, Dick tomba à genoux et s'écroula par terre. Richard, assis, tapota doucement les épaules de son père tout en jetant un coup d'œil vers l'apothicaire.

– Nous t'avons apporté un pot de petite bière, annonça le cousin James en lui tendant un sac. Il y a aussi de quoi manger.

Willy avait tant pleuré qu'il était épuisé mais il s'éveilla quand Richard le secoua. Rien ne lui avait jamais paru aussi bon que cette bière ! Richard lui passa la bouteille et, fouillant dans le sac, y découvrit du pain, du fromage et une douzaine de pommes. Dans un recoin de son esprit, il s'était demandé si la vue de ces produits n'allait pas transformer cette foule apathique en une meute de mains griffues et de dents prêtes à mordre, mais il n'en fut rien. Ils étaient au-delà de tout.

Reprenant ses esprits, Dick essuya ses yeux et son nez avec sa chemise.

— Quelle abomination ! Cette puanteur est horrible !

— Cela ne sera pas éternel, père, dit Richard sans sourire car il ne voulait pas rouvrir la blessure de ses lèvres et inquiéter Dick encore davantage. Mon procès sera appelé en son temps et je serai libéré… Pourrai-je fournir une caution ?

— Je l'ignore encore, répondit vivement James l'Apothicaire. Mais demain, à la première heure, j'irai voir le cousin Henry le Juriste et nous irons bravement consulter le ministère public au tribunal. Garde le moral, Richard. Les Morgan sont bien connus à Bristol et tu es un homme libre, de bonne condition. Je connais le freluquet qui t'accuse, on le trouve le plus souvent en train de bayer aux corneilles dans le voisinage de Tolzey, comme l'âne auquel il ressemble.

— Je ne sais pas comment les nouvelles ont pu se répandre si vite, déclara Dick, mais, avant que nous partions pour venir te trouver ici, le *senhor* Habitas est arrivé. Sa fille aînée est mariée à un Elton, et sir Abraham Isaac Elton compte parmi ses bons amis. D'après lui, tu peux être certain que sir Abraham Isaac présidera ton procès comme juge. Il t'adressera certainement une sévère remontrance sur les dangers d'une Lilith comme ta catin mais l'accusation ne tiendra pas. Tout dépend des instructions que le juge donne à son jury. Ce Ceely Trevillian est méprisable, tous les membres du jury le reconnaîtront aussitôt et se moqueront de lui.

Les deux Morgan ne restèrent pas longtemps. À peine étaient-ils partis que Richard fut rempli d'une profonde gratitude à leur égard. Cette épreuve et la petite bière lui tordaient cruellement les boyaux. Il dut s'asseoir sur l'un des cabinets, à la vue de tous, avec son pantalon et son caleçon baissés autour de ses genoux. Non que quelqu'un s'en souciât, à part lui. Pas le moindre chiffon à tremper dans de l'eau savonneuse pour s'essuyer, non plus. Il dut se relever et remettre son caleçon sur la souillure laissée par sa diarrhée, les yeux fermés, éprouvant la honte la plus affreuse qu'il eût jamais connue. À partir de ce moment, il eut plutôt conscience de sa propre odeur que des infâmes relents environnants.

Quand vint la nuit, ils furent poussés dehors par une volée de marches conduisant au dortoir, autre grande salle dotée de quelques paillasses trop peu nombreuses pour l'effectif de prisonniers. Certaines étaient déjà occupées par des hommes qui apparemment y avaient passé la journée, rongés par les fièvres. Certains ne s'en relèveraient jamais. En tant que nouveaux, Willy et Richard se montrèrent plus rapides que les autres ; ils dénichèrent deux paillasses libres dont ils prirent aussitôt possession. Pas de matelas, de draps, d'oreillers ou de couvertures. Et toutes raidies par les traces desséchées de dysenterie et de vomissures.

Il lui semblait impossible de trouver le sommeil. Il régnait un froid humide, glacial, et il n'avait que sa veste pour se couvrir. Quant à Willy, après avoir tant pleuré, l'effroi que lui inspirait la prison de Newgate ne suffit pas à le tenir éveillé. Richard remercia Dieu de lui accorder la modeste grâce du silence de Willy.

Il demeura étendu, à écouter le vacarme des gémissements et des ronflements, repérant parfois l'écho d'une toux saccadée, d'une nausée ou le son, plus terrible encore, d'un petit garçon qui pleurait. Car les prisonniers n'étaient pas tous adultes. Il avait dénombré dans leurs rangs une vingtaine de garçons dont l'âge allait de sept à treize ans. Aucun ne paraissait dépravé ou rongé de vices, même si au moins la moitié d'entre eux étaient ivres. On les avait simplement surpris à dérober un cruchon de gin ou un mouchoir.

De tels incidents n'arrivaient pas au Cooper's Arms, parce que Dick ne le permettait pas. Si quelque polisson s'y glissait et s'appropriait un pichet de rhum sous le nez d'un consommateur distrait, Dick s'arrangeait toujours pour calmer les esprits en flanquant le galopin dehors et en servant une consommation gratis à sa victime. Encore cela n'arrivait-il guère plus d'une ou deux fois par an. Les seuls crimes dont Broad Street était le théâtre n'excédaient jamais le vol de quelques portefeuilles.

Les nouvelles apportées par Dick et le cousin James l'Apothicaire étaient cependant réconfortantes. Le *senhor* Habitas représentait un allié inattendu, bien qu'on ne pût effacer un souvenir gênant : c'était lui qui avait présenté Richard à Thomas Latimer. Le pauvre homme ! Qui aurait pu lui en tenir rigueur ? « Ce sont des choses qui arrivent », pensa Richard, l'esprit déjà brumeux, avant de sombrer aussitôt après dans une obscurité sans rêves.

Tard dans l'après-midi du lendemain, Dick parut seul, avec sur l'épaule un sac contenant de la petite bière et de la nourriture.

— Jim est toujours à l'étude de cousin Henry, expliqua-t-il en s'accroupissant sur ses talons pour ne pas être entendu par des oreilles indiscrètes – hormis celles de Willy qui pointaient avidement. Les choses ne se sont pas passées comme nous l'attendions, poursuivit-il d'une voix unie.

Dick serra les poings en grinçant des dents.

— Tu ne seras pas jugé à Bristol. Ceely Trevillian a déposé sa plainte auprès des autorités de Gloucester sous prétexte que l'affaire s'était produite à Clifton, hors des limites de notre ville. Tu n'es détenu à Newgate que temporairement – jusqu'à ce que les formalités soient accomplies et les témoins entendus... Ma tête éclate sous tous ces termes juridiques. Je ne les comprends pas, ne les ai jamais compris et ne les comprendrai jamais !

Richard appuya la tête contre le mur noirci et laissa son regard se perdre au-delà des épaules de son père, balayant le spectacle déprimant de l'auge et des quatre cabinets.

— Eh bien, dit-il d'une voix étranglée, qu'il en soit ainsi. Père, j'ai d'autres besoins plus urgents pour l'instant. (Il fit un geste en direction de ses pieds.) D'abord, il me faut des linges pour envelopper ces fers. Mes chaussettes se sont déchirées en un seul jour. Demain, c'est ma peau et après-demain ma chair qui seront attaquées. Si je veux m'en sortir – et je jure que j'y arriverai ! – je dois veiller à rester en bonne santé. Aussi longtemps que j'aurai de la petite bière et du pain, du fromage, de la viande, des fruits ou des légumes frais, je ne souffrirai pas trop.

— Ils vont t'envoyer à Gloucester Castle, murmura Dick, les lèvres tremblantes. Je ne connais pas une seule âme à Gloucester.

— Et je suppose qu'aucun Morgan n'en connaît une. Quel malin, ce Ceely Trevillian ! Et quel puissant désir il a de m'abattre ! Est-ce à cause de la fraude sur les taxes ou parce que je l'ai défié en tant qu'homme ? Les deux, sans doute, conclut-il avec un sourire.

— J'ai entendu courir un bruit, commença Dick en hésitant.

— Dis-moi de quoi il s'agit, père. Le temps des larmes est passé et tu n'as pas à craindre que ma faiblesse te fasse rougir.

Le visage de son père s'empourpra.

— Eh bien, je l'ai appris par Davy Evans, le distillateur auprès duquel je me fournis à présent en rhum – une superbe marchandise, Richard, soit dit en passant ! Selon lui, on raconte dans ce milieu que Cave et Thorne sont allés trouver Trevillian dès qu'ils ont appris ce qui s'était passé à Clifton et qu'ils lui ont demandé de déposer plainte contre Willy et toi. Nous savons tous deux que Trevillian est activement impliqué dans la fraude sur les taxes, mais les autres ne le savent pas. Davy Evans assure que Cave et Thorne veulent que vous soyez condamnés, Willy et toi, avant que le procès pour fraude soit appelé au tribunal car, dans ce cas, les condamnés ne peuvent pas témoigner. De plus, Cave est allé voir le chef des impôts – John, le frère de ton Benjamin Fisher, tout se passe en famille comme d'habitude – et il a proposé de verser une somme de six cents livres à titre de remboursement. Bien entendu, les frères Fisher savent parfaitement que Willy et toi avez été arrêtés et pourquoi Trevillian agit ainsi, mais il n'y a aucune preuve !

— Nous devons donc être condamnés comme criminels pour nous empêcher de témoigner.

Willy se mit à hurler comme un chien à la lune. D'un mouvement si rapide qu'il passa inaperçu, Richard le saisit durement par le bras et il poussa un cri perçant.

— Tais-toi, Willy. Tais-toi ! Encore une seule plainte et, fers aux pieds ou non, je t'envoie valser à l'autre bout de la salle pour t'y laisser mourir des fièvres !

Dick sursauta, mais Willy se tut.

À cet instant précis, le cousin James l'Apothicaire fit son apparition. Il portait un coffre en bois de la taille d'une petite malle.

— C'est pour toi, Richard, mais nous verrons cela plus tard, expliqua James en posant le coffre par terre avec un grognement. (Ses yeux s'emplirent de larmes.) Hélas, je dois te dire que les choses se présentent de plus en plus mal.

— Voilà qui ne me surprend pas, cousin James.

— La loi est si bizarre, Richard ! J'avoue n'avoir aucune idée de ce qu'elle prescrit en dehors de mon petit domaine, et je suppose qu'il en est de même pour tout le monde, en particulier pour les pauvres gens.

Il tendit une main à Richard, qui la saisit, et fut surpris par son étreinte convulsive.

— Tu n'as pratiquement aucun droit, surtout en dehors des limites de Bristol. Le cousin Henry a tout essayé, et le révérend James et moi-même avons alerté tous les gens importants que nous connaissons, mais la loi dit que nous ne pouvons pas avoir accès à la déposition que Ceely a signée sous serment, ni même connaître le nom de ses témoins. C'est révoltant, tout à fait révoltant ! J'avais espéré qu'ils accepteraient une caution, mais les cautions ne sont pas admises pour les crimes, et tu es accusé de (il s'étrangla, déglutit) de vol qualifié et d'extorsion de fonds ! Tous deux sont des crimes capitaux. Richard, tu risques la pendaison !

— Eh bien, répondit celui-ci d'une voix lasse, je suis le seul responsable de cette situation, mais il serait intéressant de savoir ce que Ceely a bien pu dire sous serment à propos de l'extorsion. C'est lui qui a offert à un mari trompé un billet de sa main, à titre de compensation à l'amiable. Prétendrait-il maintenant que je ne suis pas le mari et que je lui ai extorqué de l'argent sous un faux prétexte ? Celle que j'appelle ma femme est mon épouse devant la loi, à moins que je n'en aie une autre, ce qui n'est pas le cas. Cela, au moins, la loi me l'accorde.

— Nous n'avons aucune idée de ce qu'il a pu déclarer, avoua Dick d'une voix caverneuse.

— La première chose à faire est de mettre la main sur Annemarie Latour. Elle pourra confirmer mon histoire quand je témoignerai devant le tribunal.

– Tu ne seras pas autorisé à témoigner personnellement, annonça James l'Apothicaire. L'accusé est tenu de garder le silence et ne peut donner sa version des faits. Tout ce qu'il peut faire pour se défendre, c'est produire des témoignages de bonne vie et de mœurs respectables, et puis, s'il en a les moyens, engager un avocat pour so mettre les témoins de l'accusation à un contre-interrogatoire. Mais cet avocat ne peut ni interroger son client ni apporter de nouvelles preuves. Quant à la femme, elle a disparu. Normalement, elle devrait être incarcérée dans la section des femmes de Newgate, et accusée elle aussi, mais elle ne s'y trouve pas. Son appartement de Clifton a été vidé et personne ne sait où elle peut bien être.

– Quel pays est donc l'Angleterre ? Nous en savons peu sur la manière dont marche la justice tant que nous ne sommes pas directement concernés ! s'exclama Richard. Mon avocat ne pourrait-il lire au jury une déposition que j'aurais faite sous serment ?

– Non. Tu n'es autorisé à prendre la parole que pour répondre aux questions que le juge peut être amené à te poser directement, et encore dois-tu limiter ta réponse au champ de la question.

– On ne pourrait pas trouver Annemarie par le biais de Mrs Herbert Barton ?

– Il n'y a pas de Mrs Herbert Barton.

Willy Insell laissa échapper un sanglot sonore.

– Pas de ça, Willy, dit Richard d'une voix douce, non… pas de ça !

– C'est diabolique ! s'écria Dick, empruntant pour une fois un mot à l'Église papiste.

– En résumé, nous n'avons aucune idée de la manière dont Ceely présente son accusation, pas plus que de l'identité de ses témoins ni de ce qu'ils déclarent, reprit Richard d'un ton uni. Et tout cela doit se dérouler à Gloucester, à quarante miles d'ici.

— Voilà où en sont les choses, acquiesça James l'Apothicaire, la mine sombre.

Richard garda le silence plus d'une minute, mâchonnant sa lèvre inférieure, plongé dans ses pensées plus que dans l'angoisse. Il finit par hausser les épaules.

— Tout ça, c'est pour plus tard. En attendant, j'ai des besoins urgents à satisfaire. Des linges pour rembourrer mes fers. D'autres pour m'essuyer les fesses. (Son visage se crispa.) Ceux-là, je les rincerai sous le filet d'eau et je les utiliserai humides quand ce sera nécessaire. Ces pauvres hères ne semblent même plus avoir assez d'énergie pour voler un objet mais je doute qu'ils renoncent à mes linges si je cherche à les faire sécher en les suspendant. Je dois aussi payer un des geôliers pour qu'il me coupe les cheveux. Il me faut du savon. Quelques vêtements de rechange à intervalles réguliers : chemises, chaussettes, caleçons. Et des linges propres, toujours des linges propres. Plus de l'argent pour me procurer de la petite bière. Je parie que l'eau d'ici provient du puits de Pugsley, elle est impropre à la consommation. Beaucoup de ces pauvres diables sont malades à cause de ça. (Il reprit son souffle.) Je sais que tout cela va vous coûter de l'argent mais je vous jure que je commencerai à vous rembourser dès que je serai libre.

Pour toute réponse, le cousin James souleva le couvercle du coffre de bois avec la rapidité d'un prestidigitateur de foire.

— J'ai déjà pensé aux linges, dit-il en fouillant à l'intérieur. Si tu as la possibilité de garder cette boîte, fais-le. Assieds-toi dessus ou attache-la à ton gros orteil. Le geôlier l'a inspectée minutieusement à notre arrivée, bien entendu.

Il laissa échapper un petit rire étouffé et reprit :

— Pas de lime ni de scie, voilà tout ce qui l'inquiétait. Cela peut paraître bizarre, mais tu es autorisé à posséder un rasoir et des ciseaux. Les gardiens se moquent sans doute pas mal que vous vous coupiez la gorge entre vous. Voilà un cuir pour l'affûtage et une pierre à aiguiser. (Il prit les ciseaux et les tendit à Dick.) Commence la coupe, cousin.

— Couper les cheveux de Richard ? Mais je ne sais pas ! s'exclama Dick, effrayé.

— Il le faut. Des endroits comme celui-ci sont infestés de toute sorte de vermine. Des cheveux courts ne les tiendront pas totalement à l'écart, mais il y en aura quand même moins. Je t'ai également apporté un peigne fin, Richard. Peigne aussi tous les poils de ton corps ou épuce-toi.

— J'en ai très peu. Une coupe suffira.

James l'Apothicaire continuait à fouiller dans la boîte, manipulant un objet lourd et encombrant. Il finit par l'extraire et l'exhiba triomphalement.

— N'est-ce pas extraordinaire ? demanda-t-il.

Richard, Dick et Willy contemplèrent l'objet d'un air déconcerté.

— Je suis persuadé que ça l'est, cousin James, finit par dire Richard. Mais qu'est-ce que c'est ?

— Une pierre filtrante, déclara fièrement James l'Apothicaire. Ainsi que vous pouvez le constater, l'ensemble comporte au fond une sorte de plat légèrement conique pouvant contenir environ trois pintes d'eau. Cette eau s'écoule à travers la pierre et tombe goutte à goutte dans le plat de cuivre au-dessous. J'ignore quelle magie s'opère dans la pierre mais l'eau collectée dans le plat est aussi fraîche et bonne que la meilleure eau du printemps, qui est pure et scintillante après avoir parcouru un voyage à travers la roche poreuse ! poursuivit-il, lancé dans l'une de ses envolées enthousiastes sur les bienfaits de la science. J'avais entendu dire que les Italiens – des gens intelligents – possédaient des pierres filtrantes de ce genre, mais je ne parvenais pas à m'en procurer une. Et puis, voilà un an, mon ami le capitaine John Staines est revenu du Brésil avec un bateau plein de noix de coco pour Joseph Fry et de cochenille pour moi. Il avait fait escale à Ténériffe pour s'approvisionner en eau, abondante sur cette île. Quelqu'un lui a montré cette pierre dans l'espoir de la vendre sur le marché anglais. Elle est déjà exportée dans les régions d'Espagne où l'eau est rare. Il me l'a donnée à moi plutôt qu'à Fry, qui est incapable de penser à autre chose qu'au chocolat. Je l'ai essayée avec l'eau du puits de Pugsley, qui est tout à fait imbuvable, comme tu le dis, Richard. Rien d'étonnant puisque les canalisations en bois traversent quatre cimetières.

– Comment as-tu fait pour la juger ? demanda Dick d'un air accablé tout en taillant péniblement les boucles épaisses de Richard.

– En buvant moi-même l'eau filtrée par la pierre, naturellement.

– Je m'en doutais…

– J'ai commencé à importer ces pierres de Ténériffe et j'ai aussitôt pensé à toi, reprit le cousin James en remettant la pierre dans la boîte. Elle te sera utile, Richard, mais je dois t'avertir que sa durée n'est pas éternelle. La mienne a commencé à sentir mauvais et à donner une eau trouble après neuf mois de service, mais on se rend compte aisément de la corruption dès le début car il se forme à l'intérieur une épaisse substance brunâtre. Le document qui m'a été remis avec le premier chargement assure qu'on peut purifier une pierre hors d'usage en la plongeant pendant une ou deux semaines dans de l'eau de mer bien propre, puis en la laissant sécher une ou deux autres semaines au soleil, ce qui n'est hélas guère possible en Angleterre, ajouta-t-il en soupirant.

– Cousin James, dit Richard avec un sourire et beaucoup d'affection, je baise vos mains et vos pieds.

– Pas besoin d'aller jusque-là. (Il se leva et secoua les mains, puis changea d'expression.) J'ai apporté le coffre aujourd'hui, car personne n'a pu me dire quand tu dois être transféré à Gloucester. Comme les prochaines assises ne se tiendront pas avant le carême, ce n'est peut-être pas pour tout de suite, mais cela pourrait aussi intervenir demain. James le Clergyman m'a dit de t'informer qu'il viendrait te voir.

– Ce sera une joie pour moi, dit Richard, qui se sentait un peu étourdi.

Il se leva tandis que Dick, toujours accroupi, ramassait les cheveux coupés.

– Père, en rentrant à la maison, lave-toi les mains dans du vinaigre et de l'huile de goudron, et veille à ne pas te toucher le visage tant que tu ne l'auras pas fait. Apporte-moi des sous-vêtements et du savon, je t'en prie !

Le transfert ne se produisit pas immédiatement. Richard et Willy demeurèrent à Newgate jusqu'au début de l'année 1785. En un sens, c'était une bénédiction du ciel car sa famille pouvait lui apporter ce dont il avait besoin mais, d'un autre point de vue, cela représentait une nouvelle épreuve car ses proches étaient témoins de sa misérable situation.

Décidée à venir voir Richard de ses propres yeux, Mag arriva un jour. Mais quand elle l'aperçut surgissant parmi cette horde d'épouvantails, avec son crâne tout hérissé, elle s'évanouit.

Pourtant, ce n'était pas encore le pire. Juste après Noël, le cousin James l'Apothicaire se présenta seul à la prison.

– C'est ton père, Richard. Il a eu une attaque.

Le regard que Richard posa sur lui devint méconnaissable. Après l'épreuve de William Henry, il avait encore conservé un certain calme, traversé parfois par une pointe d'humour, mais il perdit alors toute expression. La vie n'en avait pas totalement disparu, mais ses yeux à présent se contentaient d'observer sans révéler de réaction.

– Va-t-il mourir, cousin James ?

– Non, pas de cette première crise. Je l'ai mis à un régime sévère avec l'espoir de lui en épargner une deuxième, voire une troisième. Son bras et sa jambe gauches ont été touchés mais il peut parler et sa pensée ne semble pas affectée. Il t'envoie toute son affection mais nous pensons qu'il n'est pas raisonnable qu'il vienne à Newgate.

– Et le Cooper's Arms ? Cela va le tuer d'avoir à le quitter.

– Il ne sera pas nécessaire qu'il s'en aille. Ton frère a envoyé son fils aîné pour qu'il apprenne le métier. C'est un bon garçon et il n'est pas aussi intéressé par l'argent que William. Je crois qu'il est content d'avoir quitté la maison. L'épouse de William est sévère et surveille tout de près, je n'ai pas besoin de te le dire.

– Je pense que c'est elle qui s'en est mêlée et a interdit à Will de me rendre visite en prison. Il doit regretter la perte de son petit coup à boire, observa Richard sans rancune. Et mère ?

– Tu connais Mag. Sa réponse à tout, c'est le travail.

Richard ne dit rien et se contenta de rester assis sur le pavé, les jambes étendues devant lui, avec Willy toujours à son côté, telle une ombre. Luttant pour retenir ses larmes, le cousin James l'Apothicaire s'efforçait de l'observer comme il l'eût fait d'un étranger, ce qui n'était pas si difficile dans ces circonstances. Comment se pouvait-il qu'il soit encore plus beau que d'habitude ? À moins que cette beauté ne soit passée inaperçue ? Ses cheveux tondus inégalement cherchaient à reformer des boucles qui n'avaient pas un pouce de long et révélaient le dessin délicat de son crâne, la forme aiguë de ses pommettes et son nez aquilin pointant comme une lame dans la douceur du visage lisse et régulier. Si quelque chose avait changé, c'était sa bouche. La lèvre inférieure était toujours sensuelle mais l'ensemble des contours s'était durci, affirmé, tout en perdant de son caractère rêveur et paisible. Ses fins sourcils noirs avaient toujours été proches des yeux, mais on aurait dit à présent qu'ils avaient été gravés comme pour les souligner encore.

Il avait trente-six ans et Dieu le mettait à l'épreuve comme il l'avait fait pour Job. Mais, d'une certaine manière, Richard parvenait à retourner la situation sans tromper Dieu ni L'offenser. Au cours de cette année, il avait perdu sa femme et son second enfant, et vu s'évanouir toute sa fortune et sa réputation. Mais il ne s'était pas perdu lui-même. « Comme nous savons peu de choses de ceux que nous croyons connaître, en l'espace d'une seule vie ! », songea James.

Richard eut soudain un sourire éclatant et ses yeux se mirent à briller.

— Ne vous inquiétez pas pour moi, cousin. La prison n'a pas le pouvoir de me détruire. Ce n'est rien d'autre qu'une nouvelle épreuve qu'il me faut traverser.

Peut-être parce que le nombre de prisonniers devant être transférés de Bristol à Gloucester était peu élevé, Richard et Willy furent avertis deux jours à l'avance de leur départ, au début du mois de janvier.

— Vous pouvez prendre avec vous tout ce que vous êtes capables de porter vous-mêmes, leur déclara Walter, le chef des gardiens, quand on les conduisit devant lui. Vous n'avez pas le droit d'utiliser une charrette ou une brouette.

Il ne les informa pas de l'endroit d'où ils partiraient et n'indiqua pas quel moyen de transport ils emprunteraient. Richard ne l'interrogea pas. Willy mourait d'envie de le faire mais ne put proférer une parole car, dès qu'il le vit ouvrir la bouche, Richard lui écrasa douloureusement le pied.

En vérité, Walter était affligé de voir partir Richard Morgan, qui avait été pour lui, au cours de ses trois mois de détention, une source de confortables profits. Ses parents payaient sa nourriture et celle d'Insell, ce qui signifiait une rentrée de deux pence par jour. De plus, Dick Morgan faisait déposer chaque semaine dans son bureau un gallon de bon rhum, et son cousin, ce drôle de droguiste, laissait régulièrement tomber une couronne dans la main de Walter. S'il n'y avait pas eu tous ces avantages, il aurait classé Richard Morgan parmi les fous potentiellement violents et l'aurait fait enfermer au St Peter's Hospital pour le mettre hors d'état de nuire jusqu'à son transfert à Gloucester. Car l'homme était réellement fou !

Est-ce qu'il ne lavait pas chaque jour tout son corps au savon et à l'eau glacée qui coulait du tuyau ? Est-ce qu'il ne s'essuyait pas le derrière avec un chiffon qu'il rinçait ensuite ? Est-ce qu'il ne s'accroupissait pas au-dessus des cabinets au lieu de s'y asseoir ? Sans oublier ces cheveux qu'il portait si courts ! Et pourquoi ne se présentait-il jamais au guichet pour avoir de l'alcool ? Il passait son temps à lire des livres que son cousin, le recteur de St James, lui apportait. Et, plus fou encore, il remplissait chaque jour une grosse pierre avec l'eau du tuyau et ne buvait que celle qui s'écoulait goutte à goutte dans un plat au-dessous. Quand Walter lui avait demandé de quoi il s'agissait, il avait répondu qu'il transformait l'eau en vin comme pour cette fête de mariage dont on parle dans les Évangiles. Cet homme devait avoir complètement perdu la raison !

Ce délai de deux jours signifiait pour Richard une chance d'améliorer son séjour à Gloucester.

Le cousin James le Clergyman lui apporta une veste neuve.

– Comme tu peux voir, ta cousine Elizabeth a cousu à l'intérieur une épaisse doublure de laine et elle t'envoie deux sortes de gants. Des moufles de cuir et des gants tricotés. J'ai également rempli les poches de la veste.

Pas étonnant qu'elle fût si lourde. Les deux poches contenaient des livres.

– Je les ai commandés à Londres par l'intermédiaire de Sendall, expliqua James le Clergyman. J'ai aussi pris le papier le plus fin et je me suis efforcé de ne pas choisir trop de livres religieux. Il y a juste une bible et un bréviaire. (Il marqua une pause.) Bunyan est baptiste – si l'on peut appeler ça une religion – mais je pense que *Le Voyage du pèlerin* est une grande œuvre et je te l'ai mis. Ainsi que Milton.

Richard trouva également un volume des tragédies de Shakespeare, un autre de ses comédies et une traduction par John Donne de *Vies des hommes illustres* de Plutarque.

Richard saisit la main du révérend James et la porta à sa joue, les yeux fermés. Sept livres, tous d'un format commode, et d'un papier, d'une reliure si souples que c'en était un enchantement.

– Entre la veste, les gants, la bible, Bunyan, Shakespeare et Plutarque, tu as réussi à prendre soin de mon corps, de mon âme et de mon esprit. Je ne pourrai jamais assez te remercier.

James l'Apothicaire s'intéressa de près à la santé de Richard.

— Une nouvelle pierre pour ton appareil à filtrer l'eau, mais ne la change pas avant que ce ne soit nécessaire. Elle n'est guère plus lourde que de la pierre ponce. Voilà aussi de l'huile de goudron et un nouveau savon particulièrement résistant à l'usure. Tes savons fondent trop vite, Richard, trop vite ! Un pot de mon onguent asphalté qui soigne à peu près tout, de l'ulcère au psoriasis. Du papier et de l'encre… J'ai vissé le bouchon à fond pour que la bouteille ne coule pas. Et regarde ça, Richard ! (Il bredouillait comme toujours, sans se lasser d'admirer une nouveauté.) On appelle cela des « plumes » parce qu'on s'en sert comme de pennes finement taillées. On les glisse dans l'extrémité en acier de ce manche de bois. Je les importe d'Italie mais elles sont faites en Arabie, sans doute parce que les oies sont trop peu nombreuses là-bas. Voilà un autre rasoir qui peut s'avérer utile. Un grand pot de malt pour le cas où tu manquerais de légumes et de fruits frais, afin d'éviter le scorbut. Et des linges, des linges, encore des linges. Entre ma femme et ta mère, les drapiers ont épuisé leurs réserves. Ah, voici encore un rouleau de pansements et un produit astringent. Sans oublier une bouteille de mon tonique breveté, auquel j'ai ajouté une drachme d'or pour te protéger des furoncles. S'il t'arrive malgré tout d'en avoir, ou des abcès, et que tu n'aies plus de tonique, suce de la grenaille de plomb pendant quelques jours. Ce qui n'est pas enveloppé dans les linges l'est dans les vêtements. (Tout en garnissant le coffre, il fronça les sourcils.) Je crains de ne pouvoir tout ranger ici. Il va falloir que tu en prennes dans les poches de ton manteau.

— Elles sont déjà pleines, déclara Richard fermement. Le révérend James m'a apporté des livres et, eux, je ne peux pas les laisser derrière moi. Si mon moral flanche, cousin James, mon bien-être physique disparaîtra aussi. C'est parce que j'ai eu la chance de pouvoir lire que j'ai pu rester en bonne santé pendant ces trois derniers mois. La pire épreuve de la prison, c'est l'oisiveté. L'absence insupportable de toute activité. Au temps de Bunyan – oui, je possède *Le Voyage du pèlerin* – un homme pouvait accomplir des choses utiles et même vendre ses biens pour entretenir femme et enfants, comme Bunyan l'a fait lui-même pendant douze longues années. Mais, ici, les geôliers n'aiment même pas nous voir marcher. Sans livres, je pense que je serais devenu fou. Je dois donc garder ceux-ci à tout prix.

— Je comprends.

Après de multiples opérations, arrangements et réarrangements, le trésor tout entier finit par entrer dans la boîte. Mais il fallut que Willy s'assît sur le couvercle pour que les deux solides serrures puissent être fermées. Richard mit la clé autour de son cou, au bout d'un lacet. Quand il souleva la caisse, il estima qu'elle devait peser au moins cinquante livres.

Il y avait un autre coffre pour Willy, plus petit et plus léger.

— Je n'ai pas assez de mots pour t'exprimer ma gratitude, cousin James, murmura Richard avec affection.

— Je vous remercie aussi, déclara Willy, qui ne put retenir ses larmes malgré le regard noir de Richard.

Ils partirent ensuite pour Gloucester, afin de comparaître aux assises de carême.

À l'aube du 6 janvier, Richard et Willy ramassèrent leurs coffres et, après avoir franchi la lourde grille, se traînèrent dans le passage où Walter les attendait en compagnie d'un autre homme, un étranger armé d'un gourdin. Ils furent poussés rudement dans la pièce aux fers. Un bref instant, Richard pensa qu'on allait les en délivrer pour le voyage et il poussa un soupir de soulagement. Le coffre était déjà assez lourd comme cela… L'homme au visage morose qui régnait sur cette chambre d'horreurs saisit un cercle d'acier, large de deux pouces, qu'il verrouilla autour de la taille de Richard. Il entoura ensuite ses poignets de menottes dotées de chaînes de deux pieds de long qu'il fixa devant, à la hauteur du ventre. Après quoi il détacha les fers et les remplaça par deux chaînes, l'une à la cheville gauche, l'autre à la cheville droite, toutes deux fixées au cadenas de la ceinture. Richard pouvait ainsi marcher à peu près normalement, mais pas assez vite pour s'échapper. Les quatre chaînes se rejoignaient au centre de la ceinture de fer.

Il réussit à ramasser son coffre et constata avec satisfaction que les chaînes formaient une sorte de berceau qui lui permettait de répartir le poids entre ses bras et son torse.

— Tiens ton coffre comme ça, Willy. Tu verras que c'est plus facile.

— Et toi, tiens ta langue ! aboya Walter.

À l'extérieur, l'air vif lui parut chargé de parfums célestes. Les narines dilatées, les yeux écarquillés, Richard prit la tête du petit groupe. L'homme qui les accompagnait n'avait pas encore prononcé un seul mot. S'agissait-il d'un homme d'armes de Bristol ?

Quel délice de quitter ce cachot malodorant ! Il savait que Gloucester était une petite ville et sa prison devait s'avérer de ce fait plus tolérable que celle de Newgate. Dans les zones rurales, la délinquance n'était pas inconnue, mais toutes les gazettes s'accordaient à dire qu'elle restait de loin inférieure à celle des grandes cités. Il se réconfortait également en pensant qu'il avait à présent passé plus de temps en prison qu'il ne lui en restait à accomplir. Les assises de carême devaient se tenir à Gloucester dans la seconde quinzaine du mois de mars.

Oh, cet air ! Le ciel était sombre et bas, annonçant la neige, mais Richard n'avait froid qu'à ses oreilles, qui n'étaient plus protégées par ses cheveux. Son chapeau abritait son crâne, mais ses trois bords relevés laissaient les oreilles à découvert. Enfin, peu lui importait. Les yeux brillants, il descendit Narrow Wine Street en faisant tinter ses chaînes.

Bien qu'il fût encore fort tôt, Bristol était une ville où l'on se levait de bonne heure pour être à l'œuvre peu après l'aube et travailler huit heures en hiver, dix au printemps et à l'automne, et douze en été. Aussi, quand les trois hommes s'avancèrent, les deux prisonniers en tête, y avait-il déjà beaucoup de monde dans les rues pour les voir. Les visages se détournaient, terrorisés, et les passants s'écartaient vivement, personne ne voulant se risquer à frôler un criminel.

Les portes de la fonderie de cuivre de Wasborough étaient grandes ouvertes, révélant à l'intérieur un enfer de flammes et de bruits. Manifestement, la Royal Navy avait besoin de ces chaînes de cuivre plates à crochets pour ses nouvelles pompes de cale. Richard n'était jamais venu voir ce qui se passait dans la fabrique depuis qu'il avait perdu son argent.

— Dolphin Street, annonça brièvement l'homme d'armes quand ils tournèrent le coin de la rue.

Ce n'était pas le chemin du Cooper's Arms puisqu'ils bifurquaient plus au nord par le Froom. Cela semblait logique, car le chemin de Gloucester Turnpike se trouvait au nord.

Ce qui inspira à Richard une autre pensée : qui payait tout cela ? Willy et lui allaient passer d'un comté dans un autre et il y aurait une taxe à verser pour ce transport. Étaient-ils tous deux si importants pour que les autorités acceptent de débourser plusieurs livres pour ce voyage de quarante miles ? Était-ce Ceely qui assumait les frais ? Oui, bien sûr, ce devait être à sa charge, songea Richard avec satisfaction.

Ils se dirigèrent ensuite vers Broadmead et la cour à charroi de Michael Henshaw, lequel assurait le transport de marchandises par chariots vers Gloucester, Monmouth, le pays de Galles, Oxford, Birmingham et même Liverpool. Là, on les poussa dans un recoin plein de fumier et ils purent enfin poser leurs coffres à terre. Willy hoquetait de désespoir.

« Du moins, se disait Richard, ces trois mois de détention n'ont pas ruiné toutes mes forces. Certes, ce pauvre Willy n'est pas costaud mais trois mois de plus me conduiront à l'état de Willy, à moins que la prison de Gloucester ne m'offre l'occasion de travailler et de me nourrir suffisamment... Mais, si je travaille, qui gardera mon coffre et en éloignera les voleurs ? Je ne perdrai pas mon huile de goudron ni ma pierre filtrante, mais les linges et les vêtements se volatiliseront en un clin d'œil ; ils pourraient même découvrir la cachette où je garde mes pièces d'or. Mes livres pourraient aussi disparaître ! Car je ne suis sans doute pas le seul prisonnier en Angleterre à aimer lire. »

L'énorme chariot dans lequel grimpèrent Richard et Willy était muni d'une bâche de toile tendue sur des arceaux. Ils seraient donc relativement à l'abri de la tempête de neige qui menaçait d'être sérieuse dès qu'ils se seraient éloignés des cheminées de Bristol et de leur chaleur. Huit puissants chevaux étaient attelés au chariot et paraissaient de taille à les entraîner à travers la boue du Gloucester Turnpike. L'intérieur était encombré d'une telle quantité de tonneaux et de caisses qu'on ne trouvait pas un seul espace où poser le pied.

Le cocher voulut les contraindre à abandonner leurs coffres.

— Ils ont droit de les avoir, mon gars, c'est la loi, intervint l'homme d'armes d'un ton sans réplique.

Il grimpa dans le chariot pour déverrouiller les chaînes reliant leurs chevilles à leur ceinture et les fixa aux cerceaux de la bâche, ne leur laissant que la possibilité de s'installer de leur mieux parmi les marchandises, jambes allongées. L'homme sauta ensuite à terre et Richard se demanda un instant s'il allait les abandonner sur place. Mais, quand le chariot se mit en marche, il l'aperçut de dos, installé à côté du cocher sur le siège avant qui, lui, était convenablement protégé.

— Remue-toi, Willy, lança Richard à son lugubre compagnon, visiblement prêt à fondre en larmes. Aide-moi à pousser mon coffre pour que je puisse m'adosser contre ce sac. Je ferai après la même chose pour toi et nous serons mieux installés. Et cesse de pleurer ! Si tu pleures, tu es mort !

L'allure était effroyablement lente sur cette route non pavée et défoncée. Le chariot s'enfonçait parfois dans la boue jusqu'aux essieux. Richard et Willy étaient alors détachés pour aider à le pousser, tout comme l'homme d'armes, malgré ses protestations, constata Richard non sans quelque amusement. La neige tombait maintenant à gros flocons mais il ne faisait pas assez froid pour que la surface de la route gèle. À la fin du premier jour de voyage, sans avoir mangé ni bu autre chose qu'une poignée de neige, ils avaient parcouru huit des quarante miles à couvrir.

Le cocher s'en déclara satisfait en les débarquant devant le Stars and Plough à Almondsbury.

– Je vous dois un lit et des couvertures, dit-il aux prisonniers d'un ton beaucoup plus amical qu'à Bristol. Vous nous avez aidés à sortir de la gadoue plus d'une demi-douzaine de fois. Quant à toi, Tom, tu mérites une bonne pinte d'ale. Elle est très bonne, ici, c'est l'aubergiste lui-même qui la prépare.

Il disparut avec Tom, laissant dans le chariot Richard et Willy, qui se demandaient ce qui allait leur arriver. Puis Tom, l'homme d'armes, réapparut, détacha leurs chaînes des arceaux et, la matraque à la main, les conduisit vers une grange remplie de paille. Il repéra une poutre basse, munie de plusieurs anneaux de fer, et les y attacha, puis il sortit.

– J'ai tellement faim ! gémit Willy.

– Tu peux prier, Willy, mais surtout pas pleurer !

La grange sentait le propre et la paille était sèche. C'était le meilleur abri que Richard eût rencontré au cours de ces trois mois, songea-t-il en creusant autour de lui. Sur ces entrefaites, l'aubergiste fit son apparition en compagnie d'une robuste paysanne qui portait un plateau garni de deux pots de bière, de pain, de beurre, et de deux grands bols de soupe fumante. La servante se dirigea vers une stalle vide et en revint avec des couvertures.

– John dit que vous l'avez beaucoup aidé pour le chariot, expliqua l'aubergiste en posant le plateau à leur portée, avant de reculer vivement. Avez-vous un peu d'argent pour payer plus que le penny que l'officier de justice vous demande à chacun ? Sinon, je mettrai les frais sur le compte de John, car il dit que vous avez gagné les gages qu'on donne à un laboureur.

– Cela fait combien ? demanda Richard.

– Trois pence chacun, y compris la pinte d'ale.

Richard tira de la poche de son gilet une pièce de six pence.

Pour cela, ils eurent encore droit, le lendemain à l'aube, à du pain accompagné de petite bière. Ensuite, ils regagnèrent le chariot pour parcourir huit nouveaux miles lors de cette deuxième journée, entrecoupée de nombreuses interventions pour faire avancer leur véhicule. Une nouvelle agréable nuit de repos dans la paille, sous les couvertures, et une bonne nourriture chaude accomplirent des merveilles sur l'état général de Richard malgré les rudes efforts accomplis au cours du voyage, Willy lui-même était plus joyeux et montrait plus de cœur à l'ouvrage. La neige avait cessé et il faisait plus froid, mais pas encore assez pour geler le sol. Pas question, cependant, de parcourir plus de huit miles par jour. Le cocher paraissait satisfait de cette allure qui lui permettait sans doute de faire halte aux endroits où il avait ses habitudes.

Richard avait pensé qu'on les déposerait à la prison de Gloucester au soir du cinquième jour. Mais le chariot s'arrêta dans les faubourgs de la ville devant le Harvest Moon.

– Je ne vais pas vous abandonner en pleine nuit dans cet endroit infect, expliqua le cocher. Vous avez payé votre transport comme des gentlemen et je suis triste pour vous. Ce soir, et Dieu sait pour combien de temps, ce sera la dernière nuit où vous pourrez jouir d'un bon repos et d'une saine nourriture. Je n'arrive pas à croire que vous soyez des criminels car vous me paraissez de bons garçons, tous les deux.

À l'aube du jour suivant, le chariot traversa le pont-levis franchissant la Severn et pénétra dans Gloucester par la porte occidentale. À bien des égards, la ville demeurait encore médiévale avec ses fortifications, ses douves, ses ponts-levis, ses cloîtres et ses maisons à colombages. Richard ne put que l'entrevoir par l'arrière du chariot, dont la bâche était relevée, mais cela lui suffit pour constater que Gloucester n'était que du menu fretin par rapport à l'énorme ville de Bristol.

Le chariot se dirigea vers une grille percée dans une épaisse muraille. Richard et Willy, accompagnés de Tom, pénétrèrent dans un vaste espace apparemment consacré à la culture de plantes mystérieuses. Ils se trouvaient face au château de Gloucester qui faisait aussi office de prison. Avec ses tours, ses tourelles de pierre et ses fenêtres grillagées, l'endroit évoquait plus une ruine qu'une forteresse qui s'était courageusement distinguée au temps d'Olivier Cromwell. Ils n'y entrèrent pas mais se dirigèrent vers une imposante maison de pierre adossée au mur extérieur, près du fossé qui entourait le château. C'était là que résidait le chef des gardiens.

Pour Richard, les choses devenaient plus claires. Il avait compris que, si les autorités pénitentiaires de Newgate les avaient fait accompagner par un homme d'armes, c'était plutôt pour récupérer leurs chaînes et leurs fers dont ils étaient chargés que par crainte de les voir s'échapper. On les en débarrassa jusqu'au dernier maillon et Tom ramassa le tout avec autant de soin qu'une mère veillant sur son nouveau-né. Dès qu'on eut accompli toutes les formalités, il s'éloigna à grands pas, avec son chargement sur le dos dans un sac, pour attraper un transport bon marché et rentrer chez lui. Il laissait derrière lui Richard et Willy équipés de nouveaux fers, leurs pieds cerclés de chaînes. Un geôlier – ils n'aperçurent même pas le gardien-chef – les poussa vers le château, toujours chargés de leurs précieux coffres.

La partie encore habitable abritait une telle foule de prisonniers qu'il leur fut pratiquement impossible de s'asseoir en étendant leurs jambes. Les malheureux qui avaient trouvé une place devaient les replier sous leur menton. La salle, dont la surface était exactement de douze pieds carrés, contenait une trentaine d'hommes et dix femmes. Le geôlier qui les avait accompagnés aboya un ordre incompréhensible et tous ceux qui avaient réussi à s'asseoir se mirent debout. Puis ils sortirent en rangs et, en compagnie de Richard et de Willy toujours en pleurs, ils furent conduits dans une cour glaciale où plus de vingt hommes et femmes étaient déjà assemblés.

On était dimanche et l'effectif de la prison de Gloucester au grand complet devait recevoir la parole de Dieu, communiquée par le révérend Evans, un homme si âgé que sa faible voix flottait dans les courants d'air qui tourbillonnaient dans cet espace restreint; on n'entendait presque rien de son prêche, qui évoquait le repentir, l'espoir et la piété. Heureusement, il considérait que dix minutes de service et vingt de sermon représentaient un travail amplement suffisant pour les quarante livres par an qu'il touchait en tant que chapelain de la prison, d'autant qu'il devait également officier le mercredi et le vendredi.

On les ramena ensuite dans la salle commune des criminels, beaucoup plus petite que celle des prisonniers pour dettes, pourtant deux fois moins nombreux.

— C'est mieux en semaine, du lundi au samedi, dit une voix au moment où Richard, chassant un autre détenu pour se faire une place, posait son coffre par terre. Dis donc, tu es bel homme!

Une femme s'accroupit à ses pieds en repoussant rudement ses voisins du coude. C'était une créature mince et élancée, vêtue d'habits maintes fois rapiécés mais à peu près propres: jupe noire, jupon rouge, corsage rouge avec un gilet noir et un chapeau noir curieusement fantaisiste dont le large bord était penché sur un côté et arborait une plume d'oie teinte en rouge.

– Il n'y a donc pas de chapelle où l'on pourrait au moins entendre le sermon ? demanda Richard avec un petit sourire.

Il trouvait la femme sympathique et le fait de lui parler lui permettait d'oublier les jérémiades de Willy.

– Oh, si, mais elle n'est pas assez grande pour nous contenir tous… Il faudrait une bonne épidémie de fièvre des prisons pour réduire notre nombre.

Elle lui tendit la main.

– Je m'appelle Lizzie Lock.

– Et moi, Richard Morgan. Et voici Willy Insell, qui est à la fois la plaie de ma vie et mon ombre.

– Heureuse de te connaître, Willy.

Pour seule réponse, Willy fondit en larmes.

– C'est une véritable fontaine, soupira Richard avec lassitude. Un de ces jours, je vais l'étrangler. (Il la regarda.) Comment se fait-il qu'ici les femmes soient mêlées aux hommes ?

– Pas de prison à part, Richard, mon bel oiseau. Pas non plus pour ceux qui sont ici pour dettes. C'est ce qui nous a valu de figurer dans le rapport de John Howard sur les maisons d'arrêt en Angleterre. C'est pourquoi ils sont en train de construire une nouvelle prison. Et c'est aussi pourquoi nous sommes moins nombreux du lundi au samedi, car les hommes travaillent à la construction, dit-elle d'une traite.

– Qui est ce John Howard ?

Le type qui a rédigé le rapport sur les maisons d'arrêt, je te l'ai dit. Ne m'en demande pas davantage, je n'en sais pas plus. Je l'ignorerais si ça n'était pas revenu aux oreilles des gens de Gloucester… de l'évêque avec son grand collège et ses bedeaux. Ils ont fait voter une loi au Parlement pour que l'on construise une nouvelle prison. Elle devrait être terminée d'ici trois ans mais je ne serai plus là pour la voir.

— Tu comptes être relâchée ? questionna Richard, de plus en plus souriant.

Il l'aimait bien, sans être attiré par elle le moins du monde. Mais il y avait encore de la vie dans ses grands yeux sombres et brillants.

— Grands dieux, non ! dit-elle gaiement. J'ai été condamnée au *sus per coll* il y a deux ans.

— Au quoi ?

— À la corde, Richard, mon amour. *Sus per coll*, c'est ça que le gentleman a écrit dans les registres officiels quand ils ont cessé de me battre. À Londres, ils appellent ça la potence.

— Mais tu es toujours en vie, il me semble…

— La peine a été commuée au dernier Noël. Sept ans de déportation. On ne m'a pas encore emmenée mais ça ne va pas tarder.

— D'après ce que j'ai entendu dire, il n'y a plus d'endroit pour te déporter. Pourtant, à Bristol, on parlait de l'Afrique.

— Tu es de Bristol ? C'est bien ce que je pensais. Tu parles du nez, pas en grasseyant.

— Willy et moi sommes tous deux de Bristol. Nous venons d'arriver en chariot.

— Et tu es un gentleman, ajouta-t-elle d'un ton rêveur.

— D'une certaine manière seulement, Lizzie.

Elle posa un doigt sur le coffre de bois.

— Qu'est-ce qu'il y a là-dedans ?

— Mes affaires… Je ne sais pas pour combien de temps encore. Je vois quelques malades parmi ces gens, mais la plupart sont en bien meilleure forme que ceux qui étaient enfermés à Newgate.

— C'est à cause de la nouvelle prison qu'on est en train de construire et du potager de la vieille Mrs Hubbard. Ceux qui travaillent sont nourris convenablement.

Ça coûte moins cher d'employer des prisonniers que d'engager des ouvriers à Gloucester… Il y a quelque chose là-dessus, dans une loi votée par le Parlement, qui autorise le travail des prisonniers. Nous autres, femmes, on nous occupe aussi, généralement au jardinage.

– Qui est Mrs Hubbard ?

– Hubbard est le gardien-chef. L'essentiel, c'est de ne pas tomber malade, car, alors, on ne touche qu'un quart des rations. La fièvre des prisons a fait des ravages, ici. Huit sont morts de la variole à Noël, sur quatre-vingt-trois. (Elle tapota le coffre de bois.) Ne te fais pas de souci pour ça, Richard mon amour. Je veillerai dessus en échange de… eh bien, d'autre chose.

– Quelle autre chose ?

– Ta protection. J'obtiens une ration complète en reprisant et en raccommodant, avec même quelques pence en plus. Disons que je te loue mes services d'une manière qui se passe de la bénédiction du pasteur. Mais, ici, les hommes sont tous après moi, surtout Isaac Rogers. (Elle désigna du doigt un gros costaud qui avait l'air d'une brute.) Celui-là, c'est un mauvais sujet !

– Qu'est-ce qu'il a fait pour être ici ?

– Brigandage de grand chemin. Vol d'alcool et de caisses de thé.

– Et toi ?

Elle eut un petit rire et effleura son chapeau.

– J'ai piqué le plus merveilleux des chapeaux de soie ! Je ne peux pas m'en empêcher ! J'adore les chapeaux !

– Tu veux dire qu'on t'a condamnée à mort pour avoir volé un chapeau ?

Les yeux sombres pétillèrent et la jeune femme baissa la tête.

– Ce n'était pas la première fois, avoua-t-elle. Je te l'ai dit, je raffole des chapeaux.

— Au risque de te balancer au bout d'une corde ?

— Eh bien je n'ai pas pensé à ça quand je l'ai volé.

Pour la seconde fois, il tendit la main à Lizzie.

— Affaire conclue, ma fille. Considère-toi dorénavant sous ma protection, en échange de quoi je compte sur ton assistance pour garder mon coffre, au prix de ta vie, si nécessaire. Et ne t'avise pas de forcer la serrure. Il n'y a pas de chapeau dedans, je peux te le jurer. (Il se leva et repoussa les prisonniers qui l'entouraient.) Si je parviens à traverser cette foule, je vais essayer d'explorer mon nouveau domaine. En attendant, veille bien sur mon coffre.

Un quart d'heure lui suffit pour en faire le tour. Plusieurs petites cellules ouvraient sur la salle commune, vides, sans éclairage ni ventilation. Deux d'entre elles servaient de lieux d'aisances. Une volée de marches croulantes fermée par une grille conduisait au-dessus. La salle commune dans laquelle s'entassaient les prisonniers pour dettes, également fermée par une grille, mesurait bien de dix à vingt pieds mais, en l'absence de toute ouverture, elle aurait été plongée dans une obscurité totale si les occupants n'avaient démoli le haut d'un mur pour laisser passer l'air et la lumière. Au-delà s'étendait la cour. Les malheureux qui y vivaient avaient, certes, davantage d'espace, mais ils étaient nettement moins bien lotis que leurs voisins car ils ne travaillaient pas et devaient se contenter de rations réduites. Comme les détenus de Newgate, la plupart étaient squelettiques, vêtus de haillons et apathiques.

Il regagna la section des criminels où il trouva Lizzie Lock en train de défendre vigoureusement son coffre contre les attaques d'Isaac Rogers, le bandit de grand chemin.

— Laisse-la tranquille et mes affaires aussi, dit brièvement Richard.

— Viens donc te mesurer à moi, si tu peux !

— Oh, lâche-moi les basques, veux-tu ? Tu n'es qu'un gros tas de lard dont je ne ferais qu'une seule bouchée, répliqua Richard d'un ton las, dépourvu de toute trace d'intimidation. Va-t'en, simplement. Je suis un homme pacifique et je m'appelle Richard Morgan. Cette dame est sous ma protection. (Il mit un bras autour de la taille de Lizzie, qui se serra tout contre lui.) Tu n'as qu'à te trouver une autre femme. Ce n'est pas ça qui manque ici.

Rogers le jaugea du regard et comprit qu'il avait intérêt à se montrer prudent. Si Morgan avait trahi la moindre frayeur, il aurait agi autrement, mais ce salaud n'avait pas peur de lui. Trop calme, trop contenu. Le genre de type qui se bat comme un chat, qui mord et qui griffe, sans compter les coups de pied. Bref, un gaillard trop agile pour lui. Rogers haussa les épaules et s'éloigna d'un pas faussement nonchalant, laissant Richard assis sur son coffre et Lizzie perchée sur ses genoux.

— Quand se décideront-ils enfin à nous apporter à manger ? soupira-t-il.

Quelle femme intelligente il avait là ! Aucune crainte qu'elle n'interprète mal sa galanterie. Un protecteur qui ne la désirait pas, voilà tout ce que souhaitait cette bonne Lizzie Lock.

— C'est bientôt le dîner, répondit-elle. Le dimanche nous avons du pain frais, de la viande, un bon morceau de fromage, des navets et du chou. Pas de beurre ni de confiture, mais assez à manger. Les criminels reçoivent leur nourriture là-bas (elle pointa le doigt vers l'extrémité la plus éloignée de la salle). Le cuisinier te remettra un tranchoir en bois et un pot d'étain. Au souper, nous avons du pain, de la petite bière et une soupe aux choux.

— Il y a un guichet pour avoir de l'alcool ?

— Quoi ? Ici ? Tu aimes picoler, hein, mon amour ?

— Non. Je ne bois rien d'autre que de la petite bière et de l'eau. Je m'interrogeais, tout simplement.

— Simmons – un geôlier qu'on surnomme Happy – t'apportera de quoi te rincer le gosier si tu lui donnes un penny de pourboire. Mais il faut que tu te méfies d'Isaac. Il est féroce quand il a bu, c'est un fourbe.

— Je sais combien les hommes ivres sont maladroits, dit Richard. J'ai eu affaire à eux toute ma vie.

Fin février, il n'avait plus rien à apprendre de la prison de Gloucester ni de ses codétenus, même si ceux-ci représentaient pour lui des compagnons de voisinage plutôt que de véritables connaissances. Quatorze d'entre eux affrontèrent le tribunal lors des assises de carême, les autres ayant déjà été jugés et condamnés, la plupart à la déportation. Parmi ces quatorze détenus, trois étaient des femmes : Mary (plus connue sous le nom de Maisie) Harding, accusée de recel de marchandises volées, Betty Mason pour avoir dérobé une bourse contenant 15 guinées dans une maison de Henbury, et Bess Parker pour le vol avec effraction de deux vêtements de lin à North Nibley. Bess Parker entretenait des relations suivies avec Ned Pugh, condamné en 1783, et Betty Mason avait séduit l'un des geôliers, un certain Johnny. Toutes deux étaient enceintes et près d'accoucher.

« Quel beau monde est le nôtre ! », songeait Richard amèrement. Une salle commune dans laquelle on peut à peine tenir debout et, quand le geôlier ouvre la grille, un dortoir répugnant pour les hommes.

Dans de telles conditions, il s'était beaucoup endurci. Avec un calme imperturbable, il se déshabillait et se lavait dans une cellule obscure et sans air, loin du regard des femmes, prenant l'eau à une pompe où il rinçait également le linge avec lequel il s'essuyait les fesses. Il continuait à filtrer l'eau dans sa pierre qu'il buvait sous les regards incrédules d'au moins trois douzaines d'yeux. Il avait acquis une certaine dose d'égoïsme et ne cherchait nullement à partager cette eau purifiée avec Lizzie ou avec Willy car il fallait une heure pour produire deux pintes d'eau purifiée. Il ne partageait pas non plus avec eux son savon ni ses linges. Les quelques pence qu'il soustrayait de sa réserve allaient à Maisie, qui lavait ses sous-vêtements, ses chemises et ses bas. Quant à ses pantalons et autres vêtements, ils empestaient simplement la sueur.

Maisie était la seule femme dépourvue de protecteur et elle dispensait ses faveurs gratuitement alors qu'on pouvait avoir deux ou trois autres détenues pour une simple chope de gin. Quand le désir s'emparait d'un couple, tous deux s'étendaient sur n'importe quel espace libre ou, à défaut, s'adossaient à un mur. Rien d'érotique là-dedans car ils gardaient leurs vêtements. Tout ce qu'un œil vraiment curieux aurait pu entrevoir, c'était l'éclat charnu d'un sexe viril ou d'un orifice poilu, mais cela même se produisait rarement. Ce qui fascinait le plus Richard, c'était qu'aucun couple ne s'aventurait à copuler dans l'une des cellules adjacentes car l'obscurité semblait terrifier tout le monde.

Début mars, Bess Parker et Betty Mason, enceintes, virent leurs eaux se rompre sur le sol de la salle commune. On les transporta dans le dortoir des femmes car les accouchements se déroulaient dans cet endroit sordide. Deux autres femmes nourrissaient des bébés, nés dans la prison de Gloucester, et Maisie y avait amené le sien, qui commençait à faire ses premiers pas. La plupart des enfants mouraient à la naissance ou peu après. C'était un miracle s'ils atteignaient l'âge de marcher.

Dieu merci, il y avait beaucoup de travail. Richard fut employé au transport des blocs de calcaire, depuis l'entrepôt du château jusqu'au lieu de construction de la nouvelle prison, ce qui lui donna l'occasion de respirer un peu d'air frais et de repérer les lieux. Le minuscule port de Gloucester se trouvait juste au nord de l'enceinte du château sur la même rive de la Severn qui, dans cette section, était navigable pour les petits senaus et les gros chalands.

L'une des deux fonderies de la ville fabriquait des cloches d'église, l'autre se contentait de produire des articles qu'on écoulait dans le voisinage. Leur fumée n'était pas assez abondante pour polluer l'atmosphère que Richard trouva agréable et vivifiante. Les eaux de la Severn paraissaient claires, mais la fièvre endémique qui ravageait la prison révélait que sa source était contaminée. À moins que cette fièvre ne fût causée par les poux et les punaises dont Richard tentait de se protéger en frottant sa paillasse sale à l'huile de goudron et en épluchant ses vêtements constamment. Ô, Dieu ! Être propre ! Vivre dans la propreté ! Jouir d'un peu d'intimité !

La fièvre des prisons éclata quelques jours après l'arrivée de Richard et de Willy et ramena la population de la salle commune de quarante à vingt. Seule l'admission de quelques nouveaux permit de compter quatorze détenus de plus, encore épargnés par la maladie.

Grâce au travail en commun, Richard connaissait tous les hommes et certains même assez bien pour les qualifier d'amis, tels William Whiting, Jimmy Price et Joseph Long. Tous figuraient, comme lui, sur la liste des assises de carême.

Whiting était accusé d'avoir volé un mouton à Almondsbury, là où Richard et Willy avaient passé une nuit dans la paille du Stars and Plough.

— Foutaises ! déclara Whiting qui était un farceur bien connu et dont on ne savait jamais s'il parlait sérieusement ou non. Pourquoi diable aurais-je volé un mouton ? Tout ce que je voulais, c'était le baiser. Je l'aurais remis dans son trou le lendemain matin et personne n'aurait rien vu. Mais il a fallu que le berger se réveille.

— Le regrettes-tu, Bill ? demanda Richard en se retenant de sourire.

— Pas tellement, mais… Bon, j'aime bien baiser et, avec un peu d'imagination, le trou du cul d'un mouton est assez semblable au minet d'une femme, expliqua Whiting d'un ton léger. La même odeur mais en un peu plus étroit. De plus, un mouton ne parle pas. Tu vois, tu colles ses pattes arrière au-dessus de tes bottes et tu y vas.

— Qu'il s'agisse de bestialité ou de vol de mouton, Bill, tu es bon pour la corde. Mais pourquoi Almondsbury ? Huit miles plus loin, tu aurais trouvé à Bristol un millier de prostitués des deux sexes qui ne parlent pas beaucoup non plus.

— Je ne pouvais plus attendre. Simplement, je ne pouvais plus. Et cette bête avait vraiment une jolie tête… Elle me rappelait une personne que j'avais connue autrefois.

Richard abandonna.

Jimmy Price était un paysan du Somerset qui ne tenait pas bien le rhum. Avec un compagnon, il avait pénétré dans trois maisons de Westbury-upon-Trim pour voler une quantité appréciable de viande de bœuf, de porc et de mouton, trois chapeaux, deux vestes, un gilet brodé, des bottes de cheval, un mousquet et deux parapluies de soie verte. Son ami – qu'il appelait Peter – était mort entretemps de la fièvre des prisons. Jimmy n'éprouvait aucun repentir car il se jugeait innocent.

— Je n'avais pas l'intention de faire ça et, même, je ne m'en souviens pas, confia-t-il à Richard. Qu'est-ce que je pourrais bien faire de deux parapluies de soie verte ? Je n'aurais pu les vendre nulle part à Westbury. Je n'avais pas faim non plus, et aucun des vêtements ne m'allait, pas plus qu'à Peter. Et, pour le mousquet, je n'ai jamais pris de poudre ni tiré un seul coup.

Le troisième homme était infiniment plus triste et Richard ressentait à son endroit une certaine compassion. Faible de volonté et d'esprit, Joey Long avait volé une montre d'argent à Slimbridge.

– J'étais saoul, disait-il simplement, et elle était si jolie…

Naturellement, Richard avait dû répondre au même genre de questions. La salle commune était une sorte de club de voleurs patentés. Ses explications furent brèves : « Extorsion de fonds et vol qualifié. Un billet à ordre de cinq cents livres et une montre en acier. » Cette réponse lui valut beaucoup de respect, même de la part d'Isaac Rogers.

– Un terme bien commode que ce « vol qualifié », dit-il un jour à Bill Whiting pendant qu'ils traînaient leurs blocs de calcaire. (Intelligent, Whiting savait lire et écrire.) Pour moi, une montre d'acier. Pour cette pauvre Bess Parker, quelques vêtements de tous les jours valant à peine 6 pence. Pour Rogers, 4 gallons de brandy et 45 livres de thé vert vendues 1 livre au détail. Et, malgré cela, nous sommes tous accusés de vol qualifié. C'est absurde !

– Rogers sera pendu, prophétisa Whiting.

– Lizzie a été condamnée au *sus per coll* pour avoir volé trois chapeaux.

– Délits répétés, expliqua Whiting en riant. Elle était censée s'amender et ne pas recommencer. Le problème, c'est que, pour la plupart, nous sommes ivres au moment du délit. Il faut accuser l'alcool.

Le lundi 21 mars, les deux cousins James arrivèrent par une chaise de poste louée. N'ayant pu trouver de logement décent dans la ville même, ils descendirent au Harvest Moon, l'auberge dont la grange avait abrité Richard et Willy sur la route de Gloucester.

Comme Richard, ils avaient espéré trouver cette nouvelle prison plus supportable que l'ancienne. Il leur était d'ailleurs difficile d'imaginer qu'une quelconque geôle puisse être pire que Newgate.

– C'est plutôt bien pour l'instant, cousin James et cousin James, leur dit Richard en voyant leur expression horrifiée devant la salle commune. La fièvre des prisons a liquidé pas mal de monde.

Il leur avait donné à chacun un petit baiser tout en refusant leur accolade.

– Je sens trop mauvais, cousins…

Une table et des bancs avaient fait leur apparition après le service du dimanche. Ayant appris que le Parlement prêtait une grande attention au rapport de John Howard et qu'en conséquence les magistrats pouvaient demander à inspecter les lieux, le gardien-chef avait fait de son mieux.

– Comment va père ? s'enquit Richard.

– Pas assez bien pour faire le voyage, mais mieux cependant. Il t'envoie toute son affection, répondit James l'Apothicaire. Et il prie pour toi.

– Et mère ?

– Fidèle à elle-même. Elle aussi t'envoie son affection et prie pour toi.

Les cousins furent stupéfaits de découvrir Richard en si bonne forme. Sa veste, son gilet et ses pantalons étaient certes crasseux et usés, mais sa chemise et ses chaussettes semblaient propres, tout comme les chiffons autour des fers qui encerclaient ses chevilles. Ses cheveux étaient aussi courts que lorsqu'on les avait taillés pour la première fois à Newgate et on n'y voyait pas le moindre cheveu gris. Ses ongles étaient propres et bien brossés, son visage fraîchement rasé ne présentait pas une seule ride. Les yeux étaient calmes et résolus, presque terribles.

— A-t-on des nouvelles de William Henry ?

— Non, pas la moindre.

— Alors, tout ce qui m'arrive n'a aucune importance.

— Bien sûr que si ! s'exclama James le Clergyman. Nous avons engagé un avocat pour toi… Hélas pas un homme de Bristol. Les tribunaux de ce comté ne voient pas d'un bon œil les étrangers. James le Juriste nous a chargés de trouver un homme pouvant t'assister aux assises de Gloucester. Il y a deux juges, l'un est un membre de la haute cour des affaires financières – il s'agit de sir James Eyre – et l'autre un magistrat de la cour de droit coutumier, un certain sir George Nares.

— Avez-vous vu Ceely Trevillian ?

— Non, répondit James l'Apothicaire, mais j'ai entendu dire qu'il logeait dans la meilleure auberge de la ville. Le procès fait figure de grand événement pour Gloucester, il donne lieu à une imposante cérémonie. D'après ce que l'on raconte, tout le monde défile à travers la cité jusqu'à l'hôtel de ville où siège le tribunal. Les deux juges sont reçus dans des logements spéciaux, mais pas leurs huissiers, avocats ou clercs qui, eux, descendent dans des auberges. Demain siège le grand jury, mais surtout pour la forme. Tout le monde sera présent au procès, comme l'a dit ton avocat.

— De qui s'agit-il ?

— D'un Mr James Hyde, de Chancery Lane, à Londres. Il fait partie des juristes de la circonscription d'Oxford avec Eyre et Nares.

— Quand viendra-t-il me voir ?

— Il ne viendra pas. Son intervention se limitera au tribunal. N'oublie pas qu'il n'est pas autorisé à présenter ta version des faits. Il auditionne les témoins et tente de trouver dans leurs déclarations matière à contre-interrogatoire. Comme il ignore qui sont les témoins et ce qu'ils ont à dire, il n'a aucune raison de venir te voir. Nous l'avons informé comme il convient. Il est très compétent.

— Combien prend-il pour ce travail ?

— Vingt guinées.

— Et vous l'avez déjà payé ?

— Oui.

« C'est une farce », songea Richard en lui-même, tout en arborant un sourire chaleureux et en serrant le bras de chacun de ses deux cousins bien-aimés.

— Vous êtes si dévoués ! s'exclama-t-il avec sincérité. Je ne peux vous dire à quel point j'apprécie vos bontés.

— Tu es de la famille, Richard, répondit James le Clergyman.

— Je t'ai apporté un costume neuf et une nouvelle paire de chaussures, annonça James l'Apothicaire. Ainsi qu'une perruque. Tu ne peux pas te présenter devant la cour avec ces cheveux hérissés. Les femmes – ta mère, Ann et Elizabeth – t'ont préparé toute une caisse de sous-vêtements, chemises, chaussettes et linges.

Richard ne répondit pas. Il venait de comprendre que sa famille s'était préparée en prévision du pire, non du meilleur. Car, s'il devait recouvrer sa liberté deux jours plus tard, à quoi bon une caisse de vêtements ?

Le lendemain, tout en halant ses blocs de pierre, Richard perçut nettement les bruits annonçant le début des assises dans la ville : éclats des trompettes et des cors, roulements de tambours, acclamations et cris d'admiration, musique émanant d'un orchestre de tambours et de fifres, roulement sonore des voix des orateurs s'exprimant en latin. Bref, Gloucester était en fête.

À l'intérieur de la prison, l'atmosphère était morose. Richard contempla ses compagnons d'infortune (leur nombre s'était de nouveau accru) dont aucun ne s'attendait à un autre verdict que « coupable ». En dehors de lui, deux prisonniers avaient pu se payer les services d'un avocat ; Bill Whiting et Isaac Rogers. C'était également James Hyde qui s'occupait d'eux, ce qui donna à penser à Richard que celui-ci avait dû être le seul candidat.

— Aucun d'entre nous n'espère donc s'en sortir ? demanda Richard à Lizzie.

Ayant subi trois procès devant les mêmes assises, Lizzie connaissait la chanson. Elle devint soudain très pâle.

— Nous ne pouvons pas nous en sortir, répondit-elle simplement. Comment le pourrions-nous ? Les faits sont démontrés par le procureur et les témoins de l'accusation. Quant au jury, il croit ce qu'on lui raconte. Nous sommes à peu près tous coupables, bien qu'il me soit arrivé d'en rencontrer certains qui avaient été victimes de mensonges. L'ivresse au moment des faits n'est pas une excuse et, si nous avions des appuis haut placés, nous ne serions pas à la prison de Gloucester.

— Quelqu'un a-t-il jamais été acquitté ?

— Un peut-être, si les accusés sont assez nombreux. (Elle était assise sur ses genoux et lui caressait les cheveux comme elle l'aurait fait à un enfant.) N'abandonne pas tout espoir, Richard, mon amour. Nous traîner au banc des accusés, c'est le seul souci du jury. Mais n'oublie pas de porter ta perruque, je t'en prie.

Quand Richard sortit en traînant les pieds, à l'aube du 23 mars, les mains menottées et toutes ses chaînes cliquetant à sa ceinture, il avait revêtu son nouveau costume – veste, gilet et pantalon noirs –, ses chaussures neuves, noires elles aussi, pendant que les fers de ses chevilles comme ceux de ses poignets étaient entourés de linges propres. Mais il ne portait pas sa perruque : c'était une sensation trop détestable. Sept autres accusés l'accompagnaient Willy Insell, Betty Mason, Bess Parker, Jimmy Price, Joey Long, Bill Whiting et Sam Day, un garçon de dix-sept ans originaire de Dursley et accusé d'avoir volé deux livres de fil chez un tisserand.

Ils pénétrèrent dans l'hôtel de ville par une porte arrière et furent poussés dans les cellules, au pied de quelques marches, sans avoir pu jeter le moindre coup d'œil sur l'arène où le combat, bien que seulement verbal, pouvait entraîner la mort.

— Combien de temps ça va prendre ? murmura Bess Parker à Richard, les yeux remplis d'effroi.

Son enfant était mort de la fièvre des prisons deux jours après sa naissance et elle le pleurait encore.

— Pas longtemps, je pense. Le tribunal siège seulement six heures par jour et nous sommes huit à devoir être jugés. Ça ne doit pas prendre plus de temps qu'à un boucher pour faire des saucisses.

— Oh, j'ai tellement peur ! s'écria Betty Mason, qui avait mis au monde un enfant mort-né et n'en était pas consolée.

Jimmy Price fut appelé le premier et n'était pas revenu quand ce fut le tour de Bess Parker. Betty Mason partie elle aussi, ceux qui restaient comprirent qu'une fois le jugement rendu les prisonniers devaient être aussitôt ramenés à la prison.

Sam Day fut emmené, laissant dans la cellule Richard et Willy, Joey Long et Bill Whiting. Plusieurs heures s'écoulèrent.

— Ces messieurs doivent être en train de dîner, observa Whiting imperturbable, en se léchant les lèvres. Oies rôties, rosbif, mouton grillé, entremets, flans et crêpes, pâtisseries, puddings et tartes. C'est bon pour nous, Richard. Nos seigneurs auront le ventre plein et l'esprit embrumé par le bordeaux et le porto.

— Je pense plutôt que c'est de mauvais augure, rétorqua Richard. Leur goutte les taquinera et leurs boyaux les feront souffrir.

— On peut dire que tu es réconfortant !

Willy et lui furent les derniers appelés. Il était trois heures et demie, comme ils le constatèrent à l'horloge du tribunal. La cage d'escalier débouchait sur le banc des accusés où ils durent rester debout en l'absence de sièges, clignant des yeux devant l'éclat de la lumière. Un homme armé d'un javelot et porteur d'insignes médiévaux leur tenait compagnie, l'air endormi. La salle n'était pas très grande mais s'ornait, dans sa partie supérieure, de galeries. Ceux qui se tenaient en bas étaient apparemment les acteurs principaux de la pièce.

Les deux juges siégeaient sous un grand dais, majestueusement vêtus de robes écarlates bordées de fourrure, et coiffés de hautes perruques. D'autres membres de la cour se répartissaient autour et au-dessous. Certains allaient et venaient. « Lequel d'entre eux était James Hyde, son avocat ? », s'interrogea Richard. Il n'en avait aucune idée. Les douze membres du jury étaient réunis dans ce qui ressemblait à un parc à moutons et agitaient subrepticement leurs pieds fatigués. Richard avait conscience de leur situation difficile. Être déchargés de l'obligation de siéger dans un jury constituait l'une des principales revendications des « hommes libres », de la Tweed jusqu'à la Manche : pas de sièges pour s'asseoir et aucune compensation pour une journée de salaire perdue. Ce qui incitait le jury à expédier les affaires aussi rapidement que le temps nécessaire au juge pour décréter « potence ! ».

Mr John Trevillian Ceely Trevillian était assis à côté d'un homme d'aspect imposant, vêtu du costume des autres acteurs de la pièce : robe, perruque nouée sur la nuque, boucles et insignes. Le Ceely qui se tenait là était bien différent de celui que connaissait Richard, avec son élégant vêtement noir de la tête aux pieds, sa perruque sobre, ses gants de chevreau noirs et ses airs d'aimable imbécile. Aucune trace de l'homme affecté, de l'agile fraudeur de taxes. Le Ceely de Gloucester était la quintessence même du pauvre niais qui se fait duper. Lorsque Richard avait surgi au banc des accusés, il avait émis un petit couinement de terreur en se serrant contre son compagnon, après quoi il avait évité de porter le regard dans cette direction.

Légalement, Ceely était le plaignant, mais ce fut son avocat qui fit le travail et exposa au jury l'odieux délit commis par les deux criminels. Richard posa ses mains cerclées de fer sur la balustrade et affermit ses pieds sur le vieux plancher pour écouter le plaignant exalter les vertus – et la faiblesse d'esprit – de ce pauvre et inoffensif Mr Trevillian. Il comprit alors que la journée n'apporterait pas de miracle.

Ceely raconta son histoire d'une voix étranglée, entrecoupée de sanglots et de longues pauses tandis qu'il cherchait ses mots, roulant les yeux, se couvrant parfois le visage de ses mains nues, agitées et tremblantes. À la fin de cette superbe prestation, le jury, impressionné par sa débilité mentale et son aspect cossu, le crut victime d'une femme lubrique et d'un mari furieux. Ce qui n'impliquait pas nécessairement qu'il y ait eu délit intentionnel, ni que le billet à ordre de cinq cents livres corresponde à une extorsion de fonds, même s'il avait été obtenu par la force.

La tâche de fonder ces deux accusations revint à deux témoins, la femme du coiffeur Joice, qui avait entendu ce qui se passait à travers le mur, et Mr Dangerfield, qui avait tout vu par la cloison de la maison adjacente. Mr Dangerfield avait une vision à trois cent soixante degrés par un interstice pas plus large qu'un quart de pouce et Mrs Joice jouissait d'une excellente ouïe. Elle se souvenait ainsi d'exclamations telles que « Damnée putain ! Où est donc ta chandelle ? » ou encore « Je vais te faire sauter la cervelle, espèce de coquin ! ». L'autre avait vu Morgan et Insell menacer Ceely d'un marteau et obliger celui-ci à écrire quelque chose sur un bureau.

Mr James Hyde, l'avocat de Richard, était un homme grand et mince qui ressemblait à un corbeau. Il mena son contre-interrogatoire avec compétence, cherchant à démontrer que les trois maisons du puits de Jacob n'étaient qu'un nid de ragots et que leurs occupants n'avaient pratiquement rien vu ni entendu, fondant leurs racontars sur le récit de Ceely, rencontré sur le chemin avant qu'il soit recueilli par Mr Dangerfield et Mrs Joice.

Sur un point, cependant, Ceely ne sut pas convaincre son auditoire : les deux témoins certifièrent avoir entendu Richard crier à Mr Trevillian qu'il pourrait récupérer sa montre quand il aurait lui-même obtenu satisfaction. C'était bien là, même pour le jury, les propos d'un mari trompé.

« Toute cette comédie est ridicule ! songeait Richard tandis que les auditions des témoins se poursuivaient. Si nous pouvions prendre la parole, Willy et moi, il nous serait facile de prouver qu'au même instant nous étions tous deux dans la cour de la Lamb Inn. Ainsi que Ceely l'a reconnu lui-même, il n'y a qu'une diligence pour Bath où j'étais censé me trouver, et elle part à midi. Comment aurais-je donc pu être en même temps à Clifton ! »

Au cours de son témoignage, Mrs Joice révéla qu'elle avait entendu Richard et Annemarie comploter le rendez-vous galant avec Ceely quand ils étaient dans l'entrée – « comme si un criminel avait pu tenir une telle conversation à côté d'une paroi mince comme une feuille de papier ! », songea Richard. Mais la seule évocation du mot « complot » fit impression sur le jury.

Mrs Mary Meredith attesta qu'elle avait vu les deux hommes ainsi qu'une femme à proximité du puits de Jacob alors qu'elle rentrait chez elle aux environs de huit heures du soir. Elle dit les avoir entendus parler entre eux d'une montre en précisant que Ceely devrait faire appel à la justice pour la récupérer. Un témoignage des plus étonnants si l'on voulait bien se souvenir qu'à huit heures du soir, fin septembre, il était impossible de reconnaître les traits de quiconque à un yard de distance – comme le fit observer Mr Hyde, à la grande confusion de Mrs Meredith.

Une faible lueur d'espoir se fraya un passage dans les sombres pensées de Richard. Malgré l'audace de l'accusation, le jury n'avait encore pu se faire une opinion. Difficile de juger si l'affaire avait été préméditée ou si elle ne résultait que de la colère légitime d'un mari trompé.

Les cousins James l'Apothicaire et James le Clergyman furent appelés comme témoins de moralité en faveur de Richard. Bien que l'accusation se fût efforcée de souligner leurs liens de parenté avec l'accusé, ces deux piliers de probité produisirent une profonde impression sur le jury. Malheureusement, l'intervention de l'avocat de la défense prolongea les débats de près d'une heure et les membres du jury mouraient d'envie de pouvoir soulager leurs pieds. Personne, et en particulier les juges, n'appréciait une séance trop longue, surtout en fin de journée.

Mr James Hyde appela Robert Jones comme témoin d'honorabilité.

Richard sursauta. Robert Jones ? Témoigner en sa faveur ? Ce faux jeton qui léchait les bottes de William Thorne et avait mouchardé après la visite de Willy aux douanes ?

— Connaissez-vous l'accusé, monsieur Jones ? demanda Mr Hyde.

— Pour sûr, j'les connais tous les deux.

— Peut-on dire que ce sont des hommes convenables, respectueux de la loi ?

— Oh, oui, tout à fait.

— À votre connaissance, ont-ils déjà eu des démêlés avec la justice ?

— Oh, non, jamais.

— Savez-vous quelque chose de particulier – en dehors de ce qui a été débattu ici – à propos de ce qui s'est passé le 30 septembre dernier ?

— Oh, pour sûr, monsieur, j'sais des choses.

— Quel genre de choses ?

— Hein ?

— Que savez-vous, monsieur Jones ?

— Ben, pour commencer, j'sais que Mrs Joice, c'est pas une dame. Juste une catin qui s'est installée avec Mr Joice.

— Ce n'est pas Mrs Joice que l'on juge. Limitez-vous aux faits.

— J'leur ai parlé, à elle et à Mr Dangerfield. Mr Dangerfield m'a emmené chez lui en haut, là où il pouvait voir ce qui se passait à côté mais il a dit qu'il avait rien entendu et qu'il pouvait pas voir grand-chose. Mrs Joice, elle a dit qu'elle avait rien vu et rien entendu.

L'avocat de l'accusation fronça les sourcils. Quant à Trevillian, il donnait l'impression que toute cette affaire dépassait les limites de sa faible compréhension.

L'avocat opta pour un contre-interrogatoire :

— Quand a eu lieu cette conversation avec Mrs Joice et Mr Dangerfield, monsieur Jones ? Pouvez-vous le préciser ?

— Quoi ?

— J'ai dit : pouvez-vous vous montrer plus clair ?

— Oh, pour sûr. Ça s'est passé le lendemain, quand j'suis venu voir Willy – Mr Insell, l'accusé, j'veux dire. J'l'avais entendu raconter son histoire et j'ai demandé aux voisins c'qu'ils avaient vu et entendu. Mrs Joice – qu'est pas une dame ! – elle a dit qu'elle avait rien vu et rien entendu. Mr Dangerfield m'a montré l'endroit d'où il pouvait voir, mais quand j'ai regardé j'ai pas vu grand-chose.

Mrs Joice fut rappelée à la barre et expliqua naturellement que, bien entendu, elle avait nié avoir vu ou entendu quoi que ce soit par la porte. Elle n'était pas du genre à regarder par les trous de serrure !

Mr Dangerfield fut également rappelé et répéta qu'il n'avait jamais dit avoir entendu quoi que ce soit mais seulement vu.

— Qu'on appelle Mr James Hyde ! cria d'une voix forte l'avocat de l'accusation. (L'avocat de Richard sursauta, surpris.) Pas vous, mon distingué confrère. Mr James Hyde, serviteur de la mère de Mr Trevillian.

Ce James Hyde, un petit rouquin d'une cinquantaine d'années, affichait l'air discrètement obséquieux des vieux serviteurs de maison. Il déclara que Mr Dangerfield était venu le trouver le 1er octobre pour l'informer qu'un certain Robert Jones lui avait dit que, pour cinq guinées, il pourrait prouver que Morgan avait comploté avec sa femme de voler Mr Trevillian.

Le jury s'agita et murmura. Sir James Eyre, le juge, se redressa.

— Un complot, Mr Hyde ?

— Oui, monsieur, un complot.

— Est-ce que Mr Insell y est impliqué, lui aussi ?

— Mr Dangerfield ne l'a pas dit. Il a parlé seulement de Morgan et de Mrs Morgan.

Rappelé à la barre, Dangerfield reconnut être allé chez Mrs Maurice Trevillian pour voir son ami Mr James Hyde et avoir parlé à ce dernier de la proposition de Robert Jones.

Interrogé à nouveau, Robert Jones admit que tout cela était parfaitement exact. Il savait que Mr Dangerfield avait un ami chez les Trevillian et, comme il était un peu à court d'argent en ce moment…

— Que savez-vous du complot entre Morgan et son épouse pour voler Mr Trevillian ? Existe-t-il réellement ? demanda l'avocat de l'accusation.

— Oh, sans aucun doute, répondit gaiement Robert Jones, mais Willy n'était pas au courant. Je peux le jurer.

— Comment avez-vous été informé de ce complot ?

— C'est Mrs Morgan qui m'en a parlé.

Le jury et le juge s'agitèrent.

— Où donc ?

— Un peu après midi, le jour où tout ça s'est passé. Quand je suis venu la première fois pour voir Willy, je ne l'ai pas trouvé. Par contre, je suis tombé sur Mrs Morgan. Elle m'a dit qu'elle attendait Mr Trevillian mais qu'il devrait revenir plus tard, quand Morgan serait parti pour Bath. Elle était très contente et m'a raconté que, quand Mr Trevillian serait là, Morgan lui sauterait dessus pour avoir fricoté avec sa femme – vous savez bien, ce genre de choses que font les maris quand ils découvrent qu'ils portent des cornes. D'après elle, son mari comptait bien extorquer cinq cents livres à ce pauvre type qui est un peu simplet.

Sir James Eyre se tourna vers le banc des accusés.

— Morgan, qu'avez-vous à déclarer à propos de ce complot entre votre femme et vous ?

– Il n'y a eu aucun complot, Votre Honneur. Je suis innocent, déclara Richard d'une voix ferme. Ce n'était pas un complot.

Le juge pinça les lèvres et, d'une voix plus forte, comme s'il prenait à témoin l'ensemble du tribunal, ajouta ;

– Nous ne voyons pas ici de Mrs Morgan ? Elle devrait pourtant être présente au banc des accusés, au côté de son mari, voilà qui ne fait aucun doute. Où est votre épouse, Morgan ? dit-il à Richard en lui lançant un regard furieux.

– Je l'ignore, Votre Honneur, je ne l'ai pas revue depuis ce jour-là.

L'avocat de l'accusation souligna qu'il y avait eu complot et se préoccupa peu de l'absence de Mrs Morgan, pourtant impliquée elle aussi. Sir James Eyre fit de même en s'adressant au jury.

Les douze braves hommes se regardèrent l'un l'autre avec un soulagement évident. Dans moins d'une minute, ils allaient pouvoir rentrer chez eux. La journée avait été dure car on ne comptait pas assez d'hommes libres à Gloucester pour constituer un jury distinct pour chaque accusé. Il n'y eut aucune délibération. Le vol d'une montre ne fut pas retenu contre Richard Morgan mais on le condamna pour vol qualifié avec extorsion de fonds. Aucun chef d'accusation ne fut retenu contre William Insell.

Sir James Eyre tourna les yeux vers le banc des accusés où Willy était tombé à genoux en pleurant, au côté de Richard Morgan – « ce scélérat ! », pensa le magistrat – qui, le crâne rasé, le regard fixe, semblait bien loin de Gloucester.

– Richard Morgan, je vous condamne à sept ans de déportation en Afrique. William Insell, vous êtes libre. (Il laissa son marteau retomber lourdement dans l'espoir de réveiller sir George Nares.) La cour se réunira demain matin à dix heures. *God save the King.*

– *God save the King*, répéta respectueusement toute l'assistance.

L'homme au javelot poussa les prisonniers hors du banc des accusés. Richard se retourna pour descendre, sans même jeter un coup d'œil en direction de Mr John Trevillian Ceely Trevillian. Ceely était sorti de sa vie. Désormais les Ceely n'auraient aucune importance.

À mi-chemin de la prison de Gloucester, tout en avançant pesamment, Richard se sentit traversé par une brusque bouffée de bonheur. Il venait de comprendre qu'il allait être enfin débarrassé de Willy le Geignard.

Le soleil disparaissait à l'ouest quand Richard et Willy – toujours en larmes mais, cette fois, de joie – franchirent la grille du château, escortés de deux geôliers. Willy fut libéré et Richard remis en prison. Tout allait-il se jouer différemment, à présent qu'il n'était plus un détenu en attente de procès ? L'un des hommes désigna à Richard la maison du gardien-chef et il avança dans cette direction avec la passivité qu'il adoptait devant tout regard officiel. Après trois mois de présence en ces lieux, il connaissait tous ses geôliers – les bienveillants, les cruels, les indifférents –, fuyant toute familiarité avec eux et se gardant bien de les appeler par leur nom.

Il fut introduit dans une pièce confortablement meublée qui ressemblait à une salle de conseil. Trois personnes l'y attendaient : Mr James Hyde, son avocat, et les deux cousins James. Ces derniers étaient en pleurs et Mr Hyde affichait un air sombre. Lorsque la porte se referma derrière lui et que son escorte se fut éloignée, Richard contempla le petit groupe et nota qu'ils paraissaient plus accablés que lui-même. « Sans doute parce que cette condamnation ne m'a pas réellement surpris, songea-t-il. Tout au fond de moi, je m'y attendais. La justice est aveugle, mais pas dans le sens qu'on nous a enseigné chez Colston. Elle ignore les individus et les motivations humaines. Ceux qui l'appliquent ne croient que ce qu'ils ont sous les yeux et s'avèrent incapables de la moindre subtilité. Les témoignages fournis par les habitants du puits de Jacob ne reposent que sur des racontars, habilement orchestrés par Ceely. Il a payé Robert Jones et même tous les autres témoins, en distribuant habilement ces pots-de-vin sous forme de dons à des gens qui les connaissent, lui et sa famille, ou à des serviteurs. Oh, ils avaient compris ce que ça cachait ! Et ils auraient pu rectifier les témoignages sous serment si quelqu'un le leur avait demandé. Quant à Jones, Ceely l'a acheté comptant. À moins qu'Annemarie ne lui ait réellement raconté cette histoire de complot. Auquel cas, c'est qu'elle appartient à Ceely corps et âme, et qu'elle est mêlée à la conspiration depuis le début. S'il en est ainsi, elle se cache de moi et tout cela n'est qu'une énorme supercherie. J'ai été condamné sur le témoignage indirect d'une personne qui ne s'est pas montrée : Annemarie Latour. Le juge m'a bien demandé où elle était, mais il n'a pas poursuivi sur ce sujet. »

En pénétrant dans la salle, Richard garda le silence, ce qui permit aux cousins James de s'essuyer les yeux et de se reprendre. Mr James Hyde prit le temps d'examiner Richard Morgan de plus près que dans l'enceinte du tribunal : un garçon impressionnant, conclut l'avocat, grand et fort… Quel dommage qu'il n'ait pas porté de perruque, cela l'aurait transformé ! Toute l'affaire s'était jouée sur le fait de savoir si l'accusé n'était qu'un homme honorable exaspéré de trouver sa femme avec un autre, ou s'il avait profité de cette infidélité pour en obtenir une substantielle compensation. Bien entendu, Hyde avait appris par les cousins James que la femme n'était pas l'épouse de son client mais il n'en avait pas fait état car, si l'on avait su qu'elle n'était rien d'autre qu'une putain, l'affaire se serait encore plus mal présentée. C'était l'histoire du complot qui avait coulé pour de bon Richard. Il était de notoriété publique que les juges avaient une prévention contre ceux qui préméditaient leurs crimes et les exécutaient de sang-froid. Quant au jury, il suivait les instructions des magistrats.

Après avoir remisé son mouchoir au fond de sa poche, le cousin James l'Apothicaire rompit le long silence.

— Nous avons payé pour utiliser cette salle aussi longtemps que nous le désirons, dit-il. Richard, je suis tellement désolé ! C'est un coup monté. Tous ces gens, jusqu'au plus insignifiant, sont sous la coupe de Ceely.

— Ce que j'aimerais savoir, demanda Richard en s'asseyant, c'est pourquoi Mr Benjamin Fisher, de la régie des impôts, n'est pas venu témoigner en ma faveur. S'il l'avait fait, les choses ne se seraient pas passées ainsi.

La bouche du révérend James était si pincée qu'elle ne formait plus qu'un trait.

— Il a prétendu être trop occupé pour s'autoriser un voyage de plusieurs miles, expliqua-t-il. La vérité est qu'il s'occupe de conclure un accord avec Thomas Cave et ne se soucie nullement du sort de son principal témoin.

— Cependant, intervint Mr Hyde dont l'aspect était nettement moins imposant quand il ne portait pas sa tenue d'avocat, vous pouvez être certain, monsieur Morgan, que lorsque je transmettrai votre requête d'appel à lord Sydney, secrétaire d'État au ministère de l'Intérieur, une lettre de Mr Fisher y sera jointe. Mais pas de Benjamin Fisher. De son frère John, le capitaine.

— Ne puis-je faire appel devant un autre tribunal ? demanda Richard.

— Non. Votre seul recours doit prendre la forme d'une lettre demandant grâce au roi. Je la transmettrai dès mon retour à Londres.

— Bois un peu de porto, Richard, proposa James l'Apothicaire.

— Je n'ai rien eu à manger aujourd'hui ; je préfère donc m'abstenir.

La porte s'ouvrit et une femme apparut avec un plateau garni de pain, de beurre, de saucisses grillées, de panais, de chou et d'un pot de bière. Le visage inexpressif, elle le posa, fit une révérence à ces messieurs et sortit.

— Mange, Richard. Le gardien-chef m'a dit que le souper avait déjà été servi à la prison, aussi ai-je eu l'idée de commander un repas.

— Merci, cousin James, sincèrement merci, dit Richard en s'exécutant.

Avant de l'avaler avec précaution, il flaira longuement le premier morceau de saucisse piqué au bout de son couteau. Satisfait, il le mâcha avec plaisir et en prit un autre.

— Les saucisses que l'on sert aux condamnés, dit-il la bouche pleine, sont généralement faites avec de la viande avariée.

Son repas terminé, Richard prit une gorgée de porto et fit la grimace.

— Il y a si longtemps que je n'ai goûté à ces bonnes choses que je ne sais plus les apprécier. On ne nous donne pas de beurre avec notre pain, et encore moins de jambon.

— Oh, Richard ! s'exclamèrent en chœur les deux cousins James.

— Ne vous inquiétez pas pour moi. Ma vie n'est pas terminée sous prétexte que je serai détenu les sept prochaines années, dit Richard en se levant. J'ai trente-six ans et je serai à six mois de mes quarante-quatre ans quand ce sera terminé. Dans notre famille, les hommes vivent vieux. J'ai bien l'intention de veiller sur ma santé et de garder mes forces. Quoi qu'il arrive, les cinq cents livres de la régie des impôts me reviennent et je vais écrire à

Mr Benjamin Fisher pour qu'il vous les verse, mes chers cousins. Remboursez-vous d'abord de tout ce que vous avez dépensé pour moi et gardez le reste pour continuer à me fournir en pierres filtrantes, linges, vêtements et chaussures. À l'exception de ce que vous remettrez au révérend James pour ses livres, y compris ceux qu'il m'a déjà donnés. Je ne reste pas inactif ici et je suis nourri en échange de mon travail. Mais, le dimanche, je lis. Une bénédiction.

– Souviens-toi, Richard, que nous t'aimons tendrement, dit James l'Apothicaire en l'embrassant.

– Et que nous prions pour toi, ajouta James le Clergyman.

Willy Insell fut le seul prisonnier acquitté par les assises de Gloucester en ce mois de mars 1785. Six autres furent condamnés à la pendaison : Maisie Harding pour recel de biens volés, Betty Mason pour le vol de 15 guinées, Sam Day pour celui de 2 livres de fil à tisser, Bill Whiting pour celui d'un mouton, Isaac Rogers pour vol qualifié et Joey Long pour avoir dérobé une montre en argent. Les dix derniers furent condamnés à sept ans de déportation en Afrique, où Sa Majesté britannique ne possédait pas de colonie officielle. Richard avait conscience que, si les deux cousins James n'étaient pas venus témoigner en sa faveur, il aurait été passible de la corde.

Un problème se posait : comment allaient-ils tous tenir dans un espace aussi exigu ? La réponse fut fournie en une semaine : neuf prisonniers moururent d'une angine infectieuse, ainsi que les enfants qui survivaient encore et dix des condamnés pour dettes de Bridewell.

La vie dans les prisons anglaises était abominable, ce qui n'avait pas empêché les tribunaux de Gloucester de prononcer des jugements draconiens.

De 1782 à 1783, on avait essayé à deux reprises de déporter des condamnés en Amérique. Lors de son premier voyage, le *Swift* fut détourné et certains des déportés réussirent à s'échapper avec l'aide des Américains. Pour son second voyage, en août 1783, il embarqua cent quarante-trois prisonniers et quitta la Tamise pour la Nouvelle-Écosse. Mais il n'alla pas au-delà du Sussex, où sa cargaison humaine se mutina et échoua le navire près de Rye. De là, elle se dispersa aux quatre coins. Trente-neuf prisonniers seulement furent repris, six pendus et les autres condamnés à la déportation à vie en Amérique.

Une troisième tentative eut lieu en mars 1784, cette fois sur le *Mercury* et à destination de la Georgie (bien que celle-ci, avec les douze autres États récemment unis, eût déjà notifié à l'Angleterre qu'elle n'accepterait aucun criminel déporté). Le *Mercury* embarqua 179 condamnés, hommes, femmes et enfants, et quitta Londres. Une mutinerie ayant éclaté au large des côtes du Devon, le bateau dut aborder près de Torbay. Quelques prisonniers se trouvaient encore à bord quand on les arrêta mais la plupart s'étaient échappés. Cent huit furent repris même si certains avaient réussi à fuir jusqu'à Bristol. Un grand nombre d'entre eux se virent condamnés à la pendaison, mais deux seulement furent exécutés. Le climat politique évoluait.

Le dernier projet destiné à soulager le surpeuplement des prisons se concrétisa en janvier 1785, lorsque le *Recovery* embarqua des déportés à destination des côtes marécageuses d'Afrique équatoriale où il les abandonna sans gardes, sans préparation et sans aucun moyen de survie. Ils moururent dans des conditions atroces, et l'expérience africaine ne fut jamais renouvelée. Il était clair que la déportation devait s'opérer dans des conditions suscitant moins de scandale au sein de l'opinion publique.

L'action d'hommes tels que John Howard et Jeremy Bentham, deux quakers hostiles à l'esclavage et à l'expansion en Afrique, ou de Thomas Clarkson et de William Wilberforce, des noms jusque-là inconnus, incitait Mr William Pitt, chef du nouveau gouvernement conservateur, à ne pas fournir d'arguments à ceux qui prêchaient la croisade sociale. Surtout depuis que Bentham et Wilberforce comptaient parmi les personnalités whigs de Westminster. Il était déjà bien suffisant que les nécessités économiques rendent de nouvelles taxes indispensables. William Pitt avait une qualité en commun avec Richard Morgan : il était bien décidé à survivre dans les années à venir. Entre-temps, Jeremy Bentham fut autorisé à lancer le projet d'une nouvelle prison à Gloucester et lord Sydney, au ministère de l'Intérieur, fut prié de trouver un endroit – n'importe où – pour accueillir l'énorme surplus de condamnés qui encombraient les prisons anglaises.

Dans la prison de Gloucester, toutefois, rien n'avait encore changé. La maladie et le surpeuplement régnaient toujours en maîtres.

Willy le Geignard, toujours pleurnichant, fut libéré le 5 avril. À la même date, l'avocat James Hyde transmit, ainsi que le voulait le protocole, l'« humble demande en grâce » de Richard Morgan à lord Sydney, accompagnée d'une lettre de John Fisher, frère du chef de la régie des impôts de Bristol. Mr Evan Nepean, infatigable et compétent secrétaire de lord Sydney, la transmit lui-même le 15 avril au cabinet de sir James Eyre, à Bedford Row. En tant que président du tribunal ayant jugé le cas, c'était lui qui devait revoir l'affaire et informer lord Sydney s'il convenait ou non de faire bénéficier Richard Morgan de la grâce royale. Tout cela se déroula très rapidement, le cas ayant été jugé le 23 mars. Mais le recours en grâce sollicité par Richard Morgan s'enlisa à Bedford Row, sir James Eyre se trouvant trop occupé pour accorder la moindre attention à pareille demande, que celle-ci fût « humble » ou pas.

Fin juillet, Richard eut une lettre de Jem Thistlethwaite, qui avait disparu de la scène londonienne à peu près à la date où l'on avait perdu la trace de William Henry. Le cœur serré, Richard la reçut des mains de la mère Hubbard. Il lui fallait à présent rouvrir cette ancienne blessure. Depuis le moment où il avait franchi le seuil de Newgate, elle était restée enfouie, échappant à ses pensées. Mais, sans qu'il s'en rendît compte, c'était bien le souvenir de William Henry qui entretenait son désir de survivre, qui l'incitait à accomplir des gestes dont il s'était fait une règle, des rites de purification qui le distinguaient de ses compagnons et le faisaient passer à leurs yeux pour un intouchable ou un fou. Pourquoi survivre ? Pour sortir de ces sept années en bon état afin de reprendre les recherches.

Richard, je viens de recevoir une lettre de ton père et je suis bouleversé par ces affreuses nouvelles. D'avoir trop abusé du rhum a dû me donner à penser que je t'avais écrit pour t'informer de mon projet de départ, mais cette lettre n'a pas été écrite ou s'est égarée. Je suis resté au loin depuis juin dernier : l'Italie m'appelait et je me suis précipité vers elle pour une étreinte éperdue. C'est une chance pour nous deux qu'à mon retour, il y a tout juste une semaine, j'aie pu relouer mon ancien appartement et trouver ainsi la lettre m'apprenant ton infortune.

J'ai toujours su que ta vie ne se déroulerait pas selon tes plans, tu t'en souviens ? Tu disais : « Je suis né à Bristol et je mourrai à Bristol. » Mais quand tu déclarais cela, William Henry sur tes genoux, je savais qu'il n'en serait pas ainsi. J'avais peur pour toi. Et moi, qui suis pourtant incapable d'amour, je t'aimais alors comme je t'aime maintenant. J'ignore pourquoi et comment, mais je perçois en toi quelque chose dont tu n'as pas conscience.

Je n'ai rien d'autre à dire à propos de William Henry, sinon que tu ne le retrouveras jamais. Il n'était pas fait pour cette terre mais, où qu'il se trouve maintenant, Richard, il est heureux et en paix. Ceux qui sont vraiment bons n'ont rien à faire ici-bas car ils n'ont rien à y apprendre. Même des athées comme moi parviennent à croire parfois que de telles choses arrivent : sinon, l'avenir serait encore pire. Sois heureux pour William Henry.

Richard reposa la lettre, les yeux noyés de larmes, ces larmes qu'il n'avait pas encore versées pour William Henry. Dans la salle commune, aucun prisonnier, pas plus que Lizzie Lock, ne chercha à s'approcher de lui tandis qu'il pleurait, assis sur son coffre. Comme c'était étrange que ce soit Jem Thistlethwaite qui ait rompu la digue et laissé enfin s'échapper librement ce torrent de chagrin… « Mais Thistlethwaite se trompait », pensa Richard. Un jour, William Henry reviendrait. Il n'avait pas quitté ce monde.

Il ne parla à personne et personne ne lui adressa la parole jusqu'au lendemain. À l'heure du dîner, il reprit la lettre de Thistlethwaite.

Ici, je me suis taillé une petite niche dans cette nouvelle génération de whigs dont le jeune Pitt, leur nouveau chef, a permis l'éclosion.

L'oligarchie ne règne plus à la Chambre des communes, bien qu'elle domine toujours la Chambre des lords. On croise de nombreux hommes remplis d'idées et désireux d'innover, et Pitt est prêt à leur faire place s'il parvient à trouver de l'argent.

Pour en revenir à toi, il n'y a aucun risque que tu sois déporté. L'expérience africaine a été un tel désastre que, miraculeusement, personne n'a le courage – ou la stupidité – de la renouveler sous une forme quelconque. On a songé un instant à l'Inde mais l'idée a été abandonnée car nos avant-postes, là-bas, sont exposés et restreints. Mais ce ne sont pas là les raisons les plus déterminantes de cet abandon. Celles-ci reposent essentiellement sur l'opposition farouche de la Compagnie des Indes orientales, qui ne veut pas voir ses activités au Bengale et à Cathay[1] *compromises par la présence de prisonniers de droit commun. Aux Indes occidentales on n'admet que des Nègres comme apprentis ou comme esclaves et, en Nouvelle-Écosse ou à Terre-Neuve, l'influence anglaise n'est pas assez puissante pour autoriser la déportation. Les Français ont l'œil sur ces régions, comme les Espagnols sur le Sud.*

Il semble donc que tu aies des chances de faire ton temps à Gloucester. Mais sois certain que, si j'apprends quelque chose, je te le ferai savoir aussitôt. Dick me dit que tu as organisé ta vie avec ce que James l'Apothicaire appelle une « sorte de froide passion ».

Richard dut attendre le dimanche pour répondre. Il réussit enfin à trouver un coin à l'extrémité de la table que la mère Hubbard avait installée dans la salle commune, juste pour les assises. Par la suite, on ne l'avait pas retirée

1. Ancien nom de la Chine. *(N.d.T.)*

pensant que certains détenus pourraient s'y percher quand la salle serait surpeuplée. Comme s'il y avait des périodes où, ici, on ne se marchait pas sur les pieds !

Un groupe de visiteurs venaient de partir, envoyés par un ami de Mr Pitt : Jeremy Bentham, lequel parcourait pour l'instant la Russie avec l'intention de rédiger un code civil pour le compte de l'impératrice Catherine. Il était aussi le défenseur d'un nouveau modèle de prison, de forme circulaire, et l'auteur d'un traité sur les vertus et les vices des rudes travaux d'intérêt général auxquels on soumettrait les condamnés.

Les émissaires de Pitt circulèrent partout, au-dedans comme au-dehors, examinant tout avec le plus grand soin et hochant tristement la tête. Ils inspectèrent également l'annexe de la prison en cours de construction et murmurèrent qu'il fallait tout démolir car l'architecture en était trop carrée…

Je préférerais me trouver en Italie plutôt qu'à la prison de Gloucester, Jem, je peux vous l'assurer.

À propos de Ceely Trevillian et de l'affaire de la distillerie, je n'ai rien d'autre à dire si ce n'est que j'ai eu la malchance de me dresser contre un homme de bonne naissance, un homme rusé dont les talents ne s'emploient qu'à l'intrigue, la conspiration et les manipulations. C'est un bon acteur qui aurait fort bien interprété les rôles de Kemp, Mrs Siddons et Garrick réunis.

Ma seule consolation, c'est que je serai en mesure de rembourser mes dettes quand Cave et Thorne auront conclu un arrangement avec la régie des impôts et que les cousins James pourront continuer à m'acheter ce dont j'aurai besoin sans être à court d'argent. Je ne manque jamais d'un livre nouveau, bien que certains d'entre eux me chagrinent quand ils me rappellent Clifton et les Hotwells. Ce sont deux endroits dont je préférerais ne pas en voir le souvenir ranimé. Pas tellement à cause de William Henry et de Ceely que d'Annemarie Latour, car j'ai conscience d'avoir gravement péché avec elle. Je vois déjà d'ici votre exaspération devant ce que vous croyez être de la pruderie, mais vous n'étiez pas là pendant ces événements et vous n'auriez pas aimé l'homme que j'étais devenu avec elle. J'avais trop laissé le plaisir commander mon existence. Pouvez-vous comprendre cela ? Et sinon, comment pourrais-je vous le faire comprendre ? J'étais comme un taureau, un étalon. C'était du rut, pas de l'amour. Et je méprisais l'objet de mon désir animal car cette femme aussi était un animal.

Dans la prison de Gloucester, nous sommes tous mélangés, hommes, femmes et enfants. Ici, on s'accouple à tout-va mais la plupart des enfants nés de ces misérables étreintes meurent aussitôt, les pauvres petits. Et leurs malheureuses mères, perpétuellement enceintes, n'arrivent souvent même pas à terme. Au début, la présence de ces femmes m'a révolté mais cette époque est passée et j'en suis venu à me dire qu'elles rendent la prison de Gloucester plus supportable. Sans elles, nous ne serions qu'une horde d'hommes ramenés à une condition d'une extrême brutalité.

Ma propre femme s'appelle Lizzie Lock et elle est ici depuis le début de 1783, pour avoir volé des chapeaux. Quand elle en voit un, son imagination s'enflamme et elle ne peut s'empêcher de l'emporter. Mais notre relation n'est qu'une amitié platonique, nous n'avons jamais fait l'amour et nous nous sommes encore moins abandonnés au rut. Je la protège des autres hommes et, quand je vais au travail, elle protège le coffre qui renferme mes quelques biens. Jem, si vos fonds le permettent, pourriez-vous trouver un grand chapeau pour Lizzie ? Rouge, ou rouge et noir, de préférence avec des plumes. Cela la plongerait dans l'extase la plus absolue.

Il me faut interrompre cette lettre, à présent. Même le statut élevé que j'occupe ici ne m'autorise pas à accaparer un coin de table tout un dimanche après-midi. C'est le plus drôle, Jem. Pour une raison quelconque (peut-être parce qu'on me croit fou), je constate que je suis respecté, faute de mieux. Écrivez-moi de temps à autre, je vous en prie.

En août, James l'Apothicaire vint rendre visite à Richard, chargé d'une nouvelle pierre filtrante, de linges, de vêtements, de médicaments, de livres.

— Sers-toi toujours de la précédente pierre, Richard, elle ne semble pas encore polluée. Mieux vaut avoir des pierres de rechange. Je t'ai aussi apporté un bon sac bien solide, pour y conserver ta nourriture. L'eau de Gloucester est bien meilleure que celle de Bristol.

Il semblait mal à l'aise, parlait pour meubler le silence et évitait de croiser les yeux de Richard.

— Il n'y avait aucune raison d'entreprendre ce voyage par une telle chaleur, cousin James, observa Richard avec bonté. Que se passe-t-il ?

— Nous avons enfin eu des nouvelles de Mr Hyde de Chancery Lane. Sir James Eyre a reçu ta demande en grâce adressée au roi le 9 du mois dernier – c'est la date figurant sur le courrier de lord Sydney. Il refuse ta grâce, et de la manière la plus catégorique. Il est absolument convaincu que tu as conspiré avec cette femme pour voler Ceely Trevillian. Même si Annemarie Latour n'a jamais été retrouvée.

— Le témoin à charge…, murmura Richard, le souffle court. Absent, mais que l'on croit plus que tout autre.

— C'est bien cela, mon pauvre garçon. Nous avons épuisé toutes les voies de recours. Mais la récompense te reste due malgré tout. Elle ne peut pas être saisie par la justice puisqu'elle n'a pas de rapport avec le délit pour lequel tu es condamné. Je sais que tu possèdes quelques guinées, mais, la prochaine fois que je viendrai, je t'apporterai un autre coffre avec un espace creux dissimulé sur les côtés. On m'a dit que ce sont surtout le fond et le couvercle qui font l'objet d'un contrôle. Tu y trouveras des pièces d'or enveloppées dans de la charpie pour qu'elles ne fassent pas de bruit quand on secoue le coffre ou qu'on frappe contre lui. La charpie sonne plein, elle aussi.

Richard lui saisit les deux mains et les serra fortement.

— Je sais que je me répète, mais je ne pourrai jamais assez te remercier, cousin James. Que serais-je devenu sans vous tous ?

Lorsque le cousin James l'Apothicaire fut parti, Lizzie Lock s'approcha de Richard.

— C'est cet apothicaire qui t'apporte tes pierres, tes savons, ton huile de goudron et tout ce qui te sert pour tes cérémonies papistes ? Tu me fais penser à un curé en train de dire la messe.

— Ouais ! T'es rien d'autre qu'un tordu qui fait des manières, renchérit Bill Whiting avec un sourire. Tout ça, c'est pas nécessaire, Richard, mon amour. Regarde comme nous sommes, nous autres

— À propos, Bill, je t'ai vu en train de rôder autour de mes moutons l'autre jour, dit Betty Mason, qui gardait un troupeau pour Mrs Hubbard. Je ne te le dirai pas deux fois : laisse-les tranquilles.

— Comment je pourrais sauter quelqu'un, à part Jimmy et mon beau Richard ? Le problème, c'est qu'ils veulent pas. Au fait, paraît qu'on aurait traîné toutes ces grosses pierres pour rien. La vieille Mrs Hubbard dit qu'on parle d'une prison d'un nouveau style.

— J'en ai entendu parler, moi aussi, acquiesça Richard en trempant un morceau de pain rassis dans son reste de soupe.

Jimmy Price soupira :

— Nous ressemblons à ce type qui poussait toute la journée en haut d'une montagne un gros rocher qui lui dégringolait toujours sur la tête. Seigneur, ce serait bon de travailler et d'avoir un but !

Il jeta un coup d'œil à Ike Rogers avachi, le dos rond, à l'extrémité de la table que sa petite bande défendait contre tous ceux qui auraient eu la prétention de s'y installer.

— Mange, Ike. Sinon, notre beau Richard va avaler ta soupe. Les cinq autres gibiers de potence ont bien mangé la leur, d'après ce que j'ai vu, et ils ne paraissent pas se faire tant de souci. Mange, Ike, mange ! On ne te pendra pas, je te le jure !

Ike ne daigna pas répondre. Il n'y avait plus trace en lui du matador. Les bandits de grand chemin étaient considérés comme l'aristocratie des criminels, mais Ike ne parvenait pas à se résigner à son sort ou à adopter, comme ses cinq compagnons de misère, une attitude désinvolte vis-à-vis de la mort.

Richard vint s'asseoir sur le banc à côté de lui et posa un bras sur ses épaules.

— Mange, Ike, dit-il avec entrain.

— Je n'ai pas faim.

— Jimmy a raison. Tu ne seras pas pendu. Personne n'a été pendu depuis deux ans à Gloucester, bien que bon nombre aient été condamnés à la potence. La mère Hubbard a besoin de nous pour toucher ses 30 pence par semaine et par tête – ou ses 14 pence si nous ne travaillons pas.

— Je ne veux pas mourir ! Je te dis que je ne veux pas mourir !

— Tu ne mourras pas, Ike. Maintenant, mange ta soupe.

— Quel triste bougre il fait, cet Ike, à trottiner toujours avec ses bottes de cavalier comme s'il avait des hauts talons. Il les porte même au lit. Jésus, ses pieds doivent puer ! soupira Bill Whiting, le lendemain, tandis qu'ils charriaient leurs grosses pierres. S'il se balance au bout de la corde, alors moi aussi j'y passerai. Pourtant, ça semble pas juste, hein ? Son butin valait 5 000 livres et mon mouton seulement 10 shillings.

Soudain, Whiting, qui s'était toujours comporté bravement jusque-là, fut traversé d'un long frisson.

— Une oie a marché sur ma tombe, dit-il en se mettant à rire.

— Les oies feront plus que marcher dessus, Bill. Elles picoreront pour trouver nos vers.

Ils étaient huit, solidement liés par l'amitié : les quatre femmes, Bill, Richard, Jimmy et le pitoyable Joey Long, qu'ils traitaient comme un enfant. Richard frissonna à son tour. Quatre de ses sept amis ne verraient pas arriver l'année 1786.

Trois jours avant Noël, la peine des six condamnés à mort fut commuée en quatorze années de déportation en Afrique – à moins que ce ne soit ailleurs. La joie s'empara d'eux tous, mais Ike Rogers ne retrouva jamais son attitude bravache.

Richard passa toute l'année 1785 en prison. Le dernier jour, il reçut une nouvelle lettre de James Thistlethwaite.

Les choses bougent à Westminster. Toutes sortes de rumeurs circulent. Les plus intéressantes en ce qui te concerne sont les suivantes : tous les condamnés à la déportation détenus dans les prisons extérieures à Londres doivent être embarqués sur des bateaux de la Tamise prêts à appareiller vers l'étranger. Mais pas vers d'autres rives de cette mare aux harengs dont le roi raffole tant et que l'on appelle « Oceanus Atlanticus ». Les rumeurs qui me parviennent (chaque jour de plus en plus précises) parlent d'un océan sacrément plus rare, l'« Oceanus Pacificus ».

Il n'y a guère plus de dix ans de cela, la Royal Society, associée à la puissante Royal Navy, a envoyé un certain capitaine James Cook à Otaheite pour observer le transit de Vénus sur le soleil. Ce Cook aurait découvert des rivages paradisiaques lors de ses pérégrinations, dues, je le suppose, à un excès de curiosité. Rien d'étonnant à ce que cette curiosité lui ait valu, en fin de compte, de se faire tuer par les Indiens des îles de lord Sandwich. Ce pays « de lait et de miel » qui nous intéresse à présent aurait rappelé au capitaine Cook le sud du pays de Galles, et c'est pourquoi il l'a surnommé avec imagination la « Nouvelle-Galles du Sud ». Sur les cartes, elle figure sous le nom de « Terra Incognita », ou encore « Terra Australia ». Quelle distance compte-t-elle de l'est à l'ouest, personne ne le sait, mais, du nord au sud, il y a certainement au moins 2 000 miles.

À peu près à la même latitude sud (ce qui correspond, dans l'hémisphère Nord, au nouvel État de Georgie), Cook a découvert un endroit qu'il a baptisé « Botany Bay ». Pourquoi ce nom ? À cause de l'odieux sir Joseph Banks, homme de lettres et président de la Royal Society, qui fourre son nez partout et, tel un chien de chasse, rôde, la truffe au sol, en quête de spécimens botaniques qu'il recueille avec Solander, un élève de Linné.

Laisse-moi te parler à présent d'un certain James Maria Matra, un gentleman d'origine corse qui fut le premier à souffler cette idée aux personnalités officielles. Il a eu d'innombrables consultations privées avec sir Joseph Banks et fait autorité sur tout, depuis la naissance du Christ jusqu'à la musique des sphères. Le résultat est que Mr Pitt et lord Sydney sont persuadés d'avoir trouvé la solution à leur affreux dilemme : que faire des gens tels que vous ? Réponse : les envoyer à Botany Bay. Pas vraiment pour être abandonnés sur le rivage comme cela s'est passé en Afrique, mais plutôt avec l'idée d'installer quelques hommes et femmes d'origine anglaise dans ce pays de lait et de miel où ni les Français, ni les Hollandais, ni les Espagnols ne sont encore arrivés.

Je n'ai encore jamais entendu parler d'un territoire qui ait été colonisé par des détenus, et pourtant telle semble bien être l'intention du gouvernement de Sa Majesté à Botany Bay. Cependant, je ne suis pas sûr que le verbe « coloniser » soit adapté à pareil contexte. Dans l'esprit de Mr Pitt, il conviendrait plutôt de dire « se débarrasser ». Si, toutefois, l'expérience réussit, Botany Bay devrait accueillir les rebuts de notre société pendant des générations. Ainsi, deux objectifs seraient atteints. Le premier – et le plus important – est d'expédier les condamnés anglais si loin qu'ils cessent de représenter une cause d'embarras ou de nuisance pour le pays. Le second – un stratagème pour, j'en suis certain, endormir les soupçons de tous les bien-pensants, de plus en plus nombreux, qui gouvernent notre pays –, c'est d'apporter à Sa Majesté une nouvelle colonie, même sans valeur d'exploitation, sur laquelle faire flotter l'Union Jack. Une colonie peuplée de félons et de geôliers dont le nom pourra être, à la longue, « Felonia ».

Assez de jeux de mots. Richard, prépare-toi à quitter Gloucester. J'ai déjà écrit au cousin James l'Apothicaire, qui devrait venir te voir avec les objets nécessaires à ta survie pour cette année 1786. Et arme-toi pour recevoir un choc. Une fois que tu auras embarqué sur l'un des bateaux du Royal Arsenal, c'est à Londres que tu te retrouveras. On dénombre trois de ces palaces pénitentiaires. Le Censor *et le* Justitia *sont là depuis dix ans et ont retenu toute l'attention de Mr John Howard qui les a maintes fois visités. Le troisième, le* Cérès, *vient seulement d'être armé. Le gouvernement confie l'armement des navires à un spéculateur londonien du nom de Duncan Campbell, un Écossais fort économe, bien entendu.*

Je suis navré d'avoir à te dire que les pontons de la Tamise sont exclusivement réservés aux détenus de sexe masculin. Pas de présence féminine pour s'occuper de toi et adoucir ton humeur. Ce sont de véritables enfers flottants et j'emploie ces mots en toute connaissance de cause. Je sais que c'est à Job que je dois adresser des paroles de réconfort, car c'est bien à Job que tu peux te comparer. Et mieux vaut un Job qui sait ce qui l'attend.

Veille bien sur toi.

– J'ai des nouvelles, déclara Richard en reposant la lettre.

– Quoi donc ? demanda Lizzie, en train de coudre tranquillement.

Cela ne pouvait signifier de mauvaises nouvelles puisqu'il avait toujours l'air serein.

Le mouvement de l'aiguille s'arrêta et elle posa tendrement les yeux sur celui qu'elle appelait toujours, désormais, son « beau Richard ». Elle ne savait rien de lui car il avait gardé le secret sur tout ce qui le concernait, se contentant de mentionner le délit dont on l'avait accusé.

Elle l'aimait, bien entendu, tout en sachant qu'elle ne coucherait jamais avec lui. Cela aurait entraîné des conséquences trop douloureuses – la naissance d'un enfant aussitôt en danger de mort.

Son nouveau chapeau, une vertigineuse combinaison de soie noire et de plumes d'autruche écarlates, était perché sur sa tête, de manière incongrue. Il le lui avait offert pour Noël en lui expliquant que ce cadeau ne venait pas de lui, mais d'un ami du nom de James Thistlethwaite qui vivait à Londres. Un pamphlétaire, lui avait-il expliqué, qui ridiculisait d'odieux politiciens, prélats ou fonctionnaires par la seule force de ses traits d'esprit. Lizzie n'éprouvait aucune difficulté à le croire. Comme elle ne savait ni lire ni écrire, toute personne capable de gagner sa vie au moyen de la littérature était, à ses yeux, proche de Dieu Lui-même.

Aussi, tout en laissant courir paisiblement son aiguille pour repriser un trou dans une chaussette de la mère Hubbard, demanda-t-elle presque distraitement :

— De quelles nouvelles s'agit-il ?

— Mon ami m'apprend que les condamnés à la déportation en Afrique vont devoir quitter les prisons de province pour embarquer sur des pontons flottant sur la Tamise. Il ne parle que des hommes et ne dit rien des femmes.

Ils traversaient une période de sous-peuplement car il n'y avait pas eu d'assises à la Saint-Michel cette année-là. La scarlatine avait causé trop de décès. Les procès avaient donc été repoussés à l'Épiphanie, en janvier 1786, du moins si le nombre de détenus s'avérait assez important pour que cela en vaille la peine.

Ils furent cependant une vingtaine à surprendre les paroles de Richard. Ceux qui étaient en attente de leur procès se figèrent les premiers. Puis tous les autres s'ébrouèrent lentement, les yeux écarquillés, les oreilles dressées, toute leur attention rivée sur Richard.

— Pourquoi ? demanda Bill Whiting.

— Quelque part dans le monde, je ne sais pas exactement où, se trouve un endroit appelé Botany Bay. C'est là que nous devons être déportés et je suppose que nous ferons voile depuis Londres, puisqu'on nous envoie sur des bateaux amarrés sur la Tamise et non à Portsmouth ou Plymouth. Seuls les hommes partiront, même si les femmes doivent, elles aussi, rejoindre Botany Bay.

Bess Parker se blottit contre Ned Pugh qui avait blêmi.

— Ned ! Ils vont nous séparer ! Qu'allons-nous devenir ?

Il ne se trouva personne pour la réconforter et on ignora sa question.

— Est-ce que Botany Bay se trouve en Afrique ? demanda Jimmy Price, rompant le silence.

— Il semble que non, répondit Richard. J'ai bien peur que ce ne soit beaucoup plus loin que l'Afrique ou l'Amérique. Quelque part dans l'océan Pacifique.

— Les Indes orientales ? suggéra Ike Rogers. Chez les barbares.

— Non, pas les Indes orientales, mais peut-être pas très loin de là. C'est au sud, loin vers le sud, une terre découverte récemment par un certain capitaine Cook. Jem dit que c'est un pays de lait et de miel, aussi j'ose croire que ce ne sera pas trop mal. (Pour les aider, il chercha à indiquer une direction géographique.) Ce doit être en direction d'Otaheite ou, tout du moins, sur le chemin de retour, car c'était la véritable destination de ce fameux Cook.

— Où se trouve Otaheite ? demanda Betty Mason, aussi effondrée que Bess.

Elle venait de comprendre que Johnny, lui non plus, n'irait pas à Botany Bay.

— Je n'en sais rien…, avoua Richard.

Le lendemain – premier jour de l'an 1786 –, les détenus des deux sexes furent conduits à la chapelle de la prison où les attendaient mère Hubbard, Parsnip Evans et trois hommes qu'ils reconnurent comme étant ceux qui accompagnaient le petit groupe de Londres venu examiner les nouvelles constructions en cours. John Nibbet était le shérif de Gloucester, et les deux autres, John Jefferies et Charles Cole, bénéficiaient du titre de « gentlemen shérifs ».

Nibbet était chargé officiellement d'informer les détenus.

— La ville de Gloucester, dans le comté du Gloucestershire, a été avisée par le ministère de l'Intérieur et par le secrétaire d'État lord Sydney qu'un certain nombre de détenus actuellement en prison et condamnés à la déportation en Afrique seront acheminés vers d'autres contrées, aboya-t-il.

— Il n'a même pas repris son souffle, murmura Whiting.

— Ne t'expose pas à recevoir une raclée, Bill, chuchota Jimmy.

Nibbet poursuivit, sans avoir apparemment besoin de reprendre son souffle ;

— En outre, la ville de Gloucester, dans le comté du Gloucestershire, a été chargée par ledit ministère de l'Intérieur des fonctions d'agent collecteur pour tous les condamnés mâles détenus à Bristol, Monmouth et dans le Wiltshire. Quand tous seront regroupés ici, s'y joindront les prisonniers suivants déjà détenus à la prison de Gloucester : Joseph Long, Richard Morgan, Jimmy Price, Edward Pugh, Isaac Rogers et William Whiting. Le groupe sera ensuite transféré à Londres et à Woolwich, où il attendra le bon vouloir du roi.

Un long gémissement s'éleva quand il eut fini de parler. Bess Parker se précipita en avant, embarrassée par ses fers, et se jeta aux pieds de Nibbet en se tordant les mains, le visage ruisselant de larmes.

— Monsieur, monsieur, honorable sir, je vous en prie, je vous en supplie ! Ned Pugh est mon homme ! Vous voyez mon ventre ? Je vais avoir un enfant de lui d'un jour à l'autre ! Je vous en prie, sir, ne me l'enlevez pas !

— Cesse ces hurlements, femme ! (Nibbet tourna vers la mère Hubbard un regard sévère.) Le prisonnier Pugh a-t-il une relation suivie avec cette femelle ?

— Oui, monsieur Nibbet, depuis plusieurs années. Ils ont déjà eu un enfant ensemble, mais il est mort.

— Les instructions du secrétaire Nepean spécifient que doivent être envoyés à Woolwich exclusivement les détenus mâles n'ayant ni épouses ni concubines reconnues emprisonnées avec eux. Edward Pugh restera donc à Gloucester avec les condamnées de sexe féminin, annonça-t-il.

Mère Hubbard murmura quelque chose à l'oreille de Nibbet.

— Prisonnier Morgan, avez-vous une relation suivie avec ladite Elizabeth Lock ? aboya le shérif.

De toutes les fibres de son cœur, Richard aurait voulu répondre par l'affirmative, mais il savait que ses papiers seraient examinés avec soin et révéleraient l'existence d'une épouse officielle. Le sort le liait à jamais à Annemarie.

— J'ai bien une relation suivie avec Elizabeth Lock, monsieur, mais elle n'est pas ma femme, même par droit coutumier. Je suis déjà marié, dit-il.

Lizzie Lock gémit.

— Alors vous partirez pour Woolwich, Morgan.

Le révérend Evans prononça une prière pour leur âme et la réunion s'acheva. Le gardien Johnny, tout heureux de la tournure prise par les événements, ramena les prisonniers dans la salle commune. Lizzie ne perdit pas de temps pour attirer Richard dans un coin isolé.

– Pourquoi tu ne m'as jamais dit que tu étais marié ? demanda-t-elle, les plumes de son chapeau s'agitant en tous sens.

– Parce que je ne suis pas marié.

– Mais alors, pourquoi avoir dit au shérif que tu l'étais ?

– Parce que mes papiers l'affirment.

– Comment est-ce possible ?

– C'est comme ça.

Elle le saisit par les épaules et le secoua vigoureusement.

– Oh, va au diable, Richard, va au diable ! Pourquoi tu ne m'as jamais rien dit ? Pour quelle raison te montrer si secret ?

– Je ne cherche pas à être secret, Lizzie.

– Mais tu l'es ! Jamais tu ne me confies la moindre chose !

– C'est parce que tu ne me poses jamais de questions, rétor-qua-t-il.

Elle le secoua de nouveau.

– Eh bien, je t'en pose une maintenant ! Parle-moi de toi, Richard Morgan. Dis-moi tout. Je veux savoir comment tu peux être marié sans l'être vraiment, par tous les saints !

– Bon, alors autant vous raconter l'affaire à tous.

Ils se réunirent autour de la table pour entendre son histoire. C'est ainsi qu'ils découvrirent l'existence d'Annemarie Latour, de Ceely Trevillian et de la distillerie. Pas un mot de Peg, de la petite Mary, de William Henry et du reste de sa famille car Richard n'aurait pas supporté de parler d'eux.

— Willy le Geignard nous en a davantage raconté là-dessus que toi aujourd'hui, déclara amèrement Lizzie.

— C'est tout ce que je peux vous dire, assura Richard, pressé de changer de sujet. Il semble que nous devrons partir bientôt. Je prie pour que les cousins James arrivent encore à temps.

Le 4 janvier, le nombre de détenus dans la section des criminels de la prison de Gloucester s'était accru. Quatre hommes étaient arrivés de Bristol et deux du Wiltshire. Deux des condamnés de Bristol étaient très jeunes tandis que les deux autres, amis depuis l'enfance, avaient déjà une trentaine d'années.

— Neddy et moi, nous nous sommes enivrés un soir au Swan, dans Temple Street, expliqua William Connelly en administrant une affectueuse bourrade sur l'épaule d'Edward Perrott. Je ne sais pas vraiment ce qui s'est passé, mais on s'est retrouvés à la Newgate de Bristol et, à la dernière session de février, on en a pris pour sept ans de déportation en Afrique. Il paraît qu'on aurait volé des vêtements.

— Vous avez l'air en forme après avoir passé une année dans cet endroit du diable. Je n'y suis resté que trois mois, juste avant vous, observa Richard.

— Tu es de Bristol, toi aussi ?

— Oui, mais j'ai été jugé ici. L'affaire pour laquelle j'ai été condamné s'est passée à Clifton.

William Connelly semblait d'origine irlandaise avec ses épais cheveux roux, son nez court et ses insolents yeux bleus. Quant à Edward Perrott, plus silencieux, il arborait un grand nez cabossé, un menton proéminent et la fade blondeur d'un véritable Anglais.

Les deux prisonniers du Wiltshire, William Earl et John Cross, avaient à peine vingt ans et s'étaient déjà liés d'amitié avec les deux plus jeunes détenus venus de Bristol, Job Hollister et William Wilton. Joey Long était si naïf qu'il s'attacha à ce groupe de jeunes au moment même où il pénétra dans la salle commune dans un fracas de chaînes ; Isaac Rogers choisit, lui aussi, de se joindre à ces cinq hommes, ce que Richard trouva d'abord étrange. Quelques heures plus tard, il en avait compris la raison, pas si étrange après tout. Son allure et sa supériorité en âge avaient permis au bandit de grand chemin de regagner auprès d'eux un peu du prestige que sa frousse lui avait fait perdre auprès de ses compagnons de Gloucester.

Le détenu de Monmouth arriva enfin, douzième condamné en route pour Woolwich. Il précisa qu'il s'appelait William Edmunds.

– Par le Christ ! s'exclama Bill Whiting. Nous sommes douze à nous rendre à Woolwich et voilà que cinq d'entre nous sont des foutus William ! Moi, on m'appellera Bill. Wilton de Bristol, tu me fais penser à Willy le Geignard, alors tu seras Willy. Connelly de Bristol, je te baptise Will, et Earl du Wiltshire, Billy. Mais comment diable allons-nous nommer le cinquième ? Qu'est-ce que tu as donc fait pour arriver ici, Edmunds ?

– J'ai volé une génisse à Peterstone, déclara Edmunds avec l'accent traînant du pays de Galles.

Whiting rugit de rire et embrassa à pleine bouche le Gallois outragé.

– Un autre bougre de ma trempe, Dieu soit loué ! J'ai emprunté pour la nuit un mouton avec l'intention de le baiser mais jamais je n'ai pensé à une génisse !

– Ne fais pas ça ! s'exclama Edmunds en se frottant la bouche vigoureusement. Tu peux baiser tout ce qui te plaît, mais pas moi !

– Puisque c'est un Gallois et un voleur, intervint Richard en riant, nous le baptiserons Taffy[1], naturellement.

---

1. Surnom donné aux Gallois. *(N.d.T.)*

— Tu as été condamné au gibet ? demanda Bill Whiting à Taffy.

— Deux fois, ouais.

— Pour une seule génisse ?

— Non, la seconde fois pour m'être sauvé. Mais en ce moment les Gallois s'agitent pas mal, ils sont mécontents de leur sort. Ils n'auraient pas aimé voir l'un d'entre eux se faire pendre, même à Monmouth, alors les juges, par prudence, ils ont de nouveau commué ma peine et se sont débarrassés de moi.

Richard se sentit attiré par cet homme, comme il l'était déjà par Bill Whiting et Will Connelly. Ses manières évoquaient des nuages jouant avec le soleil sur le flanc d'une colline couverte de bruyère. Il est vrai que Richard avait, lui aussi, des racines dans le pays de Galles.

James l'Apothicaire arriva juste à temps à Gloucester le 5 janvier, chargé de sacs et de coffrets en bois.

— La régie des impôts a versé cinq cents livres à ton compte fin décembre, dit-il en fouillant dans son sac. J'ai ici six autres pierres filtrantes avec leur cadre de cuivre et des récipients pour conserver l'eau, car je pense que tu dois veiller à garder également en bonne santé tes cinq compagnons.

— Pourquoi cinq, cousin James ? s'enquit Richard, intrigué.

— Dans sa lettre, Jem Thistlethwaite dit que les hommes embarqués sur les bateaux de la Tamise sont divisés par groupes de six qui doivent vivre et travailler ensemble. (Il ne parla pas à Richard de ce que Jem lui avait confié au sujet de ces pontons. Il n'en trouva pas la force.) C'est pourquoi il y a ici cinq nouveaux coffres contenant les mêmes choses que le tien, mais en moindre quantité. Je t'ai aussi apporté ta boîte à outils.

Richard s'assit sur ses talons en réfléchissant à ce qu'il venait d'entendre, puis il finit par secouer la tête.

— Non, cousin James, pas mes outils. Je sais bien que j'en aurai besoin à Botany Bay mais j'ai encore assez de lueur dans le crâne pour me rendre compte que, si je les emporte maintenant avec moi, ils n'arriveront pas là-bas. Garde-les jusqu'à ce que tu apprennes sur quel bateau je me trouve et, alors, envoie-les-moi.

Le cousin James acquiesça.

— Voici encore d'autres livres de la part du révérend James, reprit-il. Cette fois, il a concentré son choix sur des sujets se rapportant au monde, à la géographie, aux voyages. Ils sont plus lourds, car la plupart sont imprimés sur du papier ordinaire et reliés en cuir. Mais il pense que cela peut te servir et il espère que tu pourras les emporter en même temps que tous les autres jusqu'à Botany Bay.

Ne trouvant rien d'autre à ajouter, le cousin James se mit debout.

— Botany Bay est à l'autre bout du monde, Richard. Dix mille miles si l'on pouvait voler, plus de seize mille par bateau. Je crains qu'aucun de nous ne puisse jamais te revoir et c'est une terrible épreuve pour toute la famille. Tout cela pour quelque chose que tu n'as pas fait. Oh mon Dieu ! Mon Dieu ! Souviens-toi que je prierai chaque jour pour toi jusqu'à mon dernier souffle, et que ton père, ta mère, ainsi que le révérend James feront de même. Il n'est pas possible que Dieu demeure sourd à tant de ferveur. À coup sûr, Il te protégera. Oh, mon Dieu, mon Dieu !

Richard le prit dans ses bras, l'étreignit, l'embrassa sur les joues. Puis ils se séparèrent, tête basse, sans se retourner.

Richard le suivit des yeux sur le sentier qui serpentait entre les carrés de légumes et lorsqu'il franchit la grille du château. Il le vit encore tourner au coin, et enfin disparaître. « Moi aussi, je prierai pour toi, cousin James, car je t'aime plus encore que mon propre père. »

Un bras de Lizzie Lock posé sur ses épaules, il rassembla ses troupes autour de la table, dans la salle commune des criminels.

– Ce n'est pas que j'aie envie de commander, déclara-t-il aux cinq compagnons qu'il s'était choisis, Bill Whiting, Will Connelly, Neddy Perrott, Jimmy Price et Taffy Edmunds. Mais j'ai trente-sept ans et il se trouve que je suis le plus âgé de vous tous. Cependant, je ne suis pas du bois dont on fait les chefs et vous devez tous le savoir maintenant. Chacun de nous doit puiser en lui-même sa force et les raisons de sa conduite, comme il convient de le faire. Il se trouve que je possède quelque instruction et une source d'informations à Londres, dans le monde politique, ainsi qu'un très intelligent cousin droguiste à Bristol.

– Je le connais, déclara Will Connelly en hochant la tête. James Morgan, de Corn Street. Je l'ai reconnu au moment où il est entré. Eh bien, dites donc ! Ce Richard Morgan a de sacrées relations.

– Oui, plutôt. Tout d'abord, je dois vous apprendre que, sur les bateaux, les hommes sont réunis par groupes de six vivant et travaillant ensemble. Et, si vous êtes d'accord, j'aimerais que nous autres, ici, formions un tel groupe avant qu'un geôlier en décide autrement sur le navire. Est-ce que cela vous convient ?

Tous approuvèrent d'un signe de tête.

– Nous avons la chance d'être au nombre de douze jusqu'à Londres. Les autres sont jeunes, à l'exception de Ike, mais il semble préférer leur compagnie à la nôtre. Aussi, je me propose d'informer Ike pour qu'il fasse la même chose avec ses cinq nouveaux amis. De cette manière, nous serons douze sur le bateau à pouvoir nous protéger réciproquement.

— Tu t'attends à des troubles, Richard ? demanda Connelly, les sourcils froncés.

— Honnêtement, je n'en sais rien, Will. Si j'agis de cette façon, c'est plus à cause de ce que mes informateurs ne m'ont pas dit qu'à cause de ce qu'ils m'ont dit. Nous sommes tous originaires de l'ouest du pays. Ce ne sera pas le cas sur les navires.

— Je comprends, déclara Bill Whiting, sérieux pour une fois. Mieux vaut décider de notre sort dès à présent. Il sera peut-être trop tard par la suite.

— Combien d'entre vous savent lire et écrire ? interrogea Richard.

Connelly, Perrott et Whiting levèrent la main.

— Quatre avec moi. C'est bien. (Il montra du doigt les cinq coffres posés par terre autour de lui.) Vous trouverez dans ces coffres tout ce qui est nécessaire pour rester en bonne santé, entre autres des pierres filtrantes.

— Oh, Richard, pas ça ! s'exclama Jimmy Price, exaspéré. T'en fais des histoires, avec ta foutue pierre filtrante ! Lizzie a raison. On croirait un curé qui dit la messe !

— Il est vrai que je me suis fait une religion de rester en bonne santé. (Richard scruta son groupe d'un air sévère.) Will et Neddy, comment avez-vous réussi à rester en forme pendant votre année passée à la prison de Bristol ?

— En ne buvant que de la bière ou de la petite bière, répondit Connelly. Nos familles nous ont donné de l'argent afin qu'on puisse manger et boire convenablement.

— Quand j'étais là-bas, je n'ai bu que de l'eau, dit Richard.

— Impossible ! s'exclama Neddy Perrott avec un sursaut.

— Non, pas impossible. Je filtrais ma boisson au travers de ma pierre. Elle a pour fonction de purifier les eaux mauvaises. C'est pour cela que mon cousin James les importe de Ténériffe. Si vous pensez un instant que l'eau de la Tamise sera plus buvable que celle de l'Avon, vous serez morts au bout d'une semaine. C'est à vous de choisir, à vous seuls. Si vous réussissez à trouver de la petite bière, alors, bien. Mais, à Londres, nos familles ne seront pas là pour nous aider. Le peu d'argent que nous possédons doit être conservé pour soudoyer certaines personnes quand ce sera nécessaire, et non dépensé pour acheter de la petite bière.

— Tu as raison, admit Will Connelly en mettant la main sur une pierre filtrante posée sur la table. Si je ne peux pas me procurer de petite bière, je filtrerai mon eau, moi le premier. C'est une affaire de bon sens.

Pour finir, tous acceptèrent le principe, y compris Jimmy Price.

— C'est donc entendu, dit Richard.

Il se leva pour aller parler à Ike Rogers, contrarié de ne pas avoir douze pierres filtrantes à distribuer ; mais, au moins, il allait sauver six hommes sur les douze. Le groupe de Ike devrait se débrouiller de son mieux. Ike semblait d'ailleurs disposer d'une abondante source d'argent.

« Si nous nous serrons bien les coudes, tous les douze, avec ces deux groupes, nous avons de bonnes chances de survivre », pensa-t-il avec espoir.

TROISIÈME PARTIE

De janvier 1786 à janvier 1787

Le chariot qui devait les conduire à Londres et Woolwich arriva le lendemain, 6 janvier. « Un an jour pour jour après son précédent voyage », songea Richard. Mais ce départ fut plus important et beaucoup plus triste ; les femmes pleuraient.

— Que vais-je devenir sans toi ? gémit Lizzie Lock en suivant Richard vers la maison de Mrs Hubbard.

— Trouve-toi un autre protecteur, répondit Richard avec douceur. Il t'en faut absolument un. Mais il te sera sans doute difficile de tomber sur un homme qui, comme moi, accepte d'oublier le sexe.

— Je sais ! Je sais ! Richard, comme tu vas me manquer !

— Tu me manqueras à moi aussi, ma petite Lizzie. Qui va repriser mes chaussettes ?

Elle sourit à travers ses larmes et lui donna une bourrade.

— Tu t'en tireras ! Je t'ai montré comment se servir d'une aiguille et tu te débrouilles bien.

Sur ces entrefaites, deux gardes arrivèrent et repoussèrent les femmes vers la prison. Elles protestaient, pleuraient, agitaient la main en signe d'adieu.

À nouveau, on encercla la taille des prisonniers au moyen d'une ceinture de fer à laquelle étaient fixées quatre chaînes par-devant.

Au premier abord, ce chariot ressemblait en tous points à celui qui avait parcouru le trajet de Bristol à Gloucester, avec son attelage de huit chevaux et sa bâche en demi-cercle. Mais l'intérieur était différent car un banc courait de chaque côté, assez long pour que six hommes puissent s'y asseoir à l'aise. Leurs effets personnels devaient être empilés par terre, entre leurs jambes. « Ils risquaient de se déplacer à chaque secousse du véhicule », songea Richard, qui en avait fait l'expérience. Quelle route aurait été assez bonne pour éviter ce désagrément, surtout à cette époque de l'année ? Sans compter que l'hiver promettait d'être pluvieux.

Deux gardiens faisaient le voyage avec eux, mais à l'extérieur. Ils étaient assis devant, avec le cocher, qui jouissait d'un abri au-dessus de lui. Aucune chance de se glisser à l'arrière pour s'échapper.

Lorsqu'ils furent assis, on fixa une extrémité de leurs fers au banc de la charrette de telle sorte que, si l'un d'eux bougeait, ses cinq compagnons devaient en faire autant.

La hiérarchie était maintenant bien établie. Emmitouflé dans son manteau chaudement doublé, Richard était assis près de l'extrémité ouverte du chariot, avec en face de lui Ike Rogers, qui commandait aux plus jeunes.

— Combien de temps ça va prendre ? demanda ce dernier.

— Si nous parcourons six miles par jour, nous aurons de la chance, répondit Richard avec un grand sourire. Je ne sais pas combien de temps il nous faudra. Tout dépendra de l'itinéraire.

— Je suis déjà allé à Oxford, mais jamais à Londres.

Dans son premier livre de géographie, Richard avait relevé un texte sur la capitale.

— Woolwich est situé assez loin à l'est de Londres, mais sur la rive sud de la Tamise. J'ignore s'ils envisagent de nous faire traverser le fleuve ; après tout, nous devons embarquer sur des bateaux amarrés sur la Tamise. Si nous passons par Cheltenham et Oxford, nous devrons parcourir environ 120 miles pour atteindre Woolwich. (Il effectua un rapide calcul mental.) À l'allure de six miles par jour, il nous faudra presque trois semaines pour y arriver.

— Rester confinés ici trois semaines ? s'exclama Bill Whiting, consterné.

Ceux qui avaient déjà voyagé sur un chariot se mirent à rire.

— Ne crains pas de demeurer assis à ne rien faire, Bill, dit Taffy. Il nous faudra sortir et pelleter au moins une demi-douzaine de fois par jour.

Ce qui s'avéra. Mais l'hébergement en route fut très inférieur à celui dont Richard et Willy avaient autrefois bénéficié grâce aux bonnes grâces de John, le cocher. Pas de grange, pas de chaudes couvertures de cheval, rien que du pain sec et de la petite bière à boire. Ils passèrent toutes les nuits dans le chariot, étendus par terre après avoir transféré leurs biens sur les bancs, n'ayant comme couvertures que leurs manteaux et comme oreillers que leurs chapeaux. Le toit de toile laissait goutter une pluie qui ne cessait jamais, mais la température restait au-dessus de zéro, maigre consolation pour des prisonniers trempés et frissonnants. Ike était le seul à porter des bottes. Les chaussures des autres furent bientôt enveloppées jusqu'aux chevilles d'une croûte de boue.

Ils ne virent ni Cheltenham ni Oxford, le cocher ayant préféré éviter les deux villes, avec son chargement de criminels, et High Wycombe ne fut pour eux qu'une courte rangée de maisons sur une pente tellement glissante que les chevaux se fourvoyèrent dans le creux profond des ornières, manquant de faire verser le chariot. Contusionnés par les coffres de bois qui avaient volé de toutes parts sous les cahots, les prisonniers furent chargés de redresser le véhicule dangereusement incliné. Ike Rogers, qui s'y connaissait en chevaux, s'avança de lui-même pour calmer les animaux et démêler leurs harnais.

Ils ignorèrent tout de Londres, l'un des gardiens ayant fixé un panneau de bois sur l'ouverture du chariot pour les empêcher de voir le spectacle à l'extérieur.

Aux cahots succéda bientôt un roulement sonore signifiant qu'ils circulaient maintenant sur une route principale et qu'on n'aurait plus besoin de leur aide pour extraire le véhicule de la boue. Des bruits parvenaient jusqu'à eux ; cris, hennissements, braiments, quelques mots d'une chanson, un brouhaha soudain révélant sans doute la porte ouverte d'une taverne, un sourd martèlement de machines, parfois un fracas.

Quand vint la nuit, les gardiens leur passèrent du pain et de la petite bière par un volet du panneau avant de les abandonner à leur sort. Ceux qui avaient besoin d'uriner ou de déféquer durent se servir d'un seau. Au matin, ils reçurent une nouvelle ration de pain et de petite bière, puis le mouvement en avant reprit au milieu d'un tintamarre confus. Ils entendirent bientôt le brouhaha d'un marché et les cris des vendeurs, le tout assaisonné de quelques très intéressants relents : poisson pourri, viande avariée, légumes gâtés. Les hommes qui venaient de Bristol échangèrent un regard et un petit sourire, mais les autres parurent avoir la nausée.

Deux nuits de suite, ils restèrent dans les parages de la grande ville mais, dans l'après-midi du troisième jour – le vingtième depuis leur départ de Gloucester –, quelqu'un repoussa le panneau et laissa entrer la lumière de Londres. Devant eux s'étalait un grand fleuve aux eaux épaisses et grises sur lesquelles flottaient des détritus. D'après la position du soleil, pâle halo de lumière dans un ciel blanchâtre, ils devaient se trouver sur la rive sud. Woolwich, décida Richard. Le chariot s'était arrêté le long d'un quai où était amarré un bateau d'aspect délabré sur lequel on distinguait à peine un nom, gravé sur une plaque de bronze : *Réception*. Tout à fait approprié.

Les gardes dégagèrent la grande chaîne puis ordonnèrent à Richard et à Ike de descendre. Les jambes un peu flageolantes, ils sautèrent à terre, suivis de leurs compagnons.

— N'oublie pas, deux groupes de six, chuchota Richard à Ike.

On les dirigea vers une planche de bois et ils embarquèrent sans avoir eu l'occasion de voir grand-chose du fleuve ni de ce qui flottait dessus. Lorsqu'ils entrèrent dans une cabine, on les délivra de leurs chaînes, fers, ceintures et menottes, et le tout fut restitué aux geôliers de Gloucester.

Avec leurs coffres, leurs sacs et autres ballots dispersés autour d'eux, ils restèrent là quelques instants, conscients de la présence de gardes à la porte de ce qui devait être, le reste du temps, le carré des officiers. Il leur était impossible de s'en échapper, à moins de risquer une sortie collective à douze – mais que faire après cela ?

Un homme apparut.

— *Dowse yer nabs n toges !* cria-t-il.

Ils le contemplèrent fixement, déconcertés.

— *Nabs n toges orf !*

Comme personne ne bougeait, il leva les yeux au ciel, saisit Richard, qui se trouvait le plus près, jeta son chapeau à terre et lui arracha son manteau ainsi que sa veste.

— Je pense qu'il veut que nous retirions nos manteaux et nos vestes.

Tous obéirent.

— *Nah kicks araon stampers n keep yer mishes orn!*

Ils le regardèrent, toujours sans comprendre.

Grinçant des dents, l'homme ferma les yeux et cria avec un très fort accent :

— Les pantalons bas sur les pieds, mais gardez vos chemises !

Ils s'exécutèrent.

— Prêts, monsieur ! lança-t-il.

Un autre homme entra.

— D'où venez-vous ? demanda-t-il.

— De la prison de Gloucester, répondit Ike.

— Allons bon, des gens de l'Ouest ! Va falloir que tu parles quelque chose qui ressemble à de l'anglais, Matty, dit le nouveau venu à son acolyte.

Puis, se tournant vers les prisonniers :

— Y a-t-il parmi vous quelqu'un de malade ?

Il interpréta apparemment le murmure général comme une réponse négative, hocha la tête et soupira.

— Levez vos chemises, que je voie si z'avez pas la chtouille. (Il examina leur pénis, à la recherche d'ulcères syphilitiques, et, n'ayant rien découvert, soupira de nouveau.) C'est bon, dit-il à Matty.

Et il ajouta à l'intention des détenus :

— Vous êtes en bonne santé, mais ça peut changer. Remettez vos vêtements, attendez ici et restez tranquilles.

Ils obéirent et il s'écoula cinq bonnes minutes avant que Bill Whiting, le plus joyeux des douze, retrouve assez d'audace pour parler.

— L'un de vous a-t-il compris ce que disait Matty ?

— Pas un mot, avoua le jeune Job Hollister.

— Il vient peut-être d'Écosse, suggéra Connelly, se souvenant que personne à Bristol ne comprenait Jack le Peintre.

— Plutôt de Woolwich, opina Neddy Perrott.

Ce qui ramena le silence parmi eux.

Une heure s'écoula. Ils s'étaient allongés par terre, le dos contre les parois, sentant sous leurs jambes le léger mouvement du bateau sur ses amarres. « À la dérive, songea Richard. Nous sommes à la dérive comme cette carcasse qui fut autrefois un bateau, loin de chez nous, plus loin qu'aucun de nous ne l'a encore jamais été, et sans aucune idée du sort qui nous attend. Les plus jeunes sont hébétés, Ike Rogers lui-même n'est pas rassuré. Et moi, je suis plein d'appréhension. »

Un piétinement sur le plancher de bois leur parvint soudain, accompagné du lourd cliquètement de chaînes, si familier, désormais, à leurs oreilles. Les douze hommes se raidirent, échangèrent des regards tendus et se levèrent lourdement.

— *Darbies f y dimber coves !* lança le premier homme par la porte. Les fers pour vous, espèces de rustauds ! Tous assis, et que personne ne bouge.

Plus longues de six pouces que les modèles de Bristol ou de Gloucester, les chaînes étaient déjà soudées aux fers, lesquels se révélèrent beaucoup plus légers et flexibles, ce qui permettait au forgeron, un homme de forte musculature, de les passer autour de la cheville du prisonnier jusqu'à ce que se superposent les trous ménagés à chaque extrémité. Il enfilait alors un écrou dans ces trous sur le côté de la cheville, saisissait la jambe de l'homme et glissait le long nez d'une enclume entre la chair et le fer. Deux grands coups de marteau, et l'extrémité des rivets était aplatie à jamais contre le cercle de fer.

« Je porterai ça pendant les six prochaines années et même un peu plus, songea Richard en frottant ses os pour apaiser la douleur. Ils ne font pas ce genre de travail juste pour quelques mois de captivité. Ce qui signifie que, même lorsque j'aurai atteint Botany Bay, je resterai enchaîné jusqu'à l'expiration de ma peine.»

Un second forgeron avait fixé les fers d'un autre prisonnier avec autant de compétence. En une demi-heure, tous deux avaient terminé leur travail. Ils pressèrent leurs assistants de ramasser les outils et s'en allèrent promptement. Deux gardes restèrent. Matty devait travailler au service du médecin. Le message était passé car, lorsqu'un des gardes s'exprima, ce fut dans un anglais compréhensible, non dans l'argot des faubourgs de Londres.

– Vous mangerez et dormirez ici cette nuit, annonça-t-il en tapotant dans le creux de sa main l'extrémité arrondie de sa courte matraque. Vous pouvez parler et bouger. Il y a un seau pour vos besoins.

Puis il sortit avec son compagnon et verrouilla la porte.

Les deux garçons du Wiltshire essuyèrent leurs larmes, les autres gardèrent les yeux secs. Personne n'était d'humeur bavarde jusqu'à ce que Will Connelly commence à s'ébrouer.

– Ces fers sont nettement mieux pour les jambes, dit-il en levant un pied. Les chaînes doivent avoir une trentaine de pouces. C'est plus facile pour marcher.

Richard tâta ses fers du doigt et constata que les bords en étaient arrondis.

– Oui, et ainsi ils frotteront moins. Nous userons moins de linges.

– De bons fers pour travailler, observa Bill Whiting. Je me demande quel genre de travail ce sera.

Peu avant la tombée de la nuit, on leur distribua de la petite bière, un pain rassis très sombre et un rata de chou bouilli avec des poireaux.

– Pas pour moi, dit Ike en repoussant la marmite de chou.

— Mange, Ike, ordonna Richard. Mon cousin James dit que nous devons manger tous les légumes que l'on nous donne ; sinon nous risquons d'avoir le scorbut.

Cela n'impressionna nullement Ike :

— Cette merde ne guérirait même pas un nez qui coule.

— Je suis d'accord, admit Richard après y avoir goûté. Mais ça change du pain, alors je mangerai ma part.

Après quoi, dans ce lieu sans ouvertures, sans femmes et sans joie, ils s'étendirent sur le plancher, enveloppés dans leurs manteaux, leurs chapeaux sous la tête en guise d'oreillers. Puis ils se laissèrent bercer par le mouvement du fleuve pour trouver le sommeil.

Le lendemain matin, sous une bruine grisâtre, ils quittèrent le *Réception* et furent conduits à bord d'une gabare. Jusqu'alors, ils n'avaient pas été particulièrement maltraités. Les gardiens étaient des brutes mais, tant que les prisonniers faisaient ce qu'on leur demandait, au rythme exigé, ils ne se servaient pas de leur matraque. À présent, cependant, les coffres de bois des détenus suscitaient leur curiosité. Comment se faisait-il que personne ne les ait encore inspectés ? Une fois à quai, ils en découvrirent la raison. Un gentleman petit et rondouillard, portant une perruque à l'ancienne mode et un costume suranné, jaillit de ce qui restait de la dunette du bateau, les mains tendues, l'air radieux.

— Ah, voilà les douze de Gloucester ! s'exclama-t-il joyeusement avec un accent qu'ils reconnurent par la suite comme écossais. Le Dr Meadows m'a dit que vous étiez de beaux spécimens et je constate qu'il avait raison. Je suis Mr Campbell. Ce que vous voyez là est mon œuvre. (D'un ample geste de la main, il balaya la pluie qui tombait doucement.) Des prisons flottantes ! Tellement plus saines que la prison de Newgate ! Que toute autre prison, en fait ! Vous avez vos affaires, j'espère ? Ce serait mal de ne pas respecter les droits d'un forçat sur ce qui lui appartient. Neil ! Neil, où es-tu ?

Un homme qui lui ressemblait tellement qu'on pouvait le considérer comme son jumeau sortit en courant de l'avant du *Réception* et se précipita sur le quai en soufflant.

– Me voilà, Duncan.

– Oh, bon ! Je ne voulais pas manquer de jeter un œil à ces superbes garçons. Mon frère est mon assistant, expliqua-t-il aux prisonniers comme s'ils étaient des gens normaux. Pour l'instant, c'est lui qui est responsable du *Justitia* et du *Censor* – je suis trop occupé avec mon cher *Cérès*, il est superbe ! Et encore si neuf ! Bien sûr, vous l'aimerez, vous aussi. Quelle chance que vous soyez en si bonne condition ! Deux équipes pour les deux nouvelles dragues. Splendide, splendide !

Il s'éloigna d'un pas vif, son frère trottinant sur ses talons comme un agneau égaré.

– Bon Dieu ! Qu'est-ce que c'est que ce cirque ? s'exclama Bill Whiting.

– Silence ! hurla le garde en abattant son gourdin sur le bras de Whiting avec un bruit sinistre. Et maintenant, en avant !

Ils ne se le firent pas dire deux fois. Cramponnés à leurs biens, Ike Rogers soutenant discrètement Whiting à demi conscient, les douze hommes descendirent lentement une volée de marches graisseuses qui menaient à la gabare en attente.

Les lambeaux d'un rivage bas, marécageux, et les silhouettes confuses de quelques bateaux apparaissaient ou disparaissaient à travers le rideau grisâtre d'une pluie opaque. Cols relevés et chapeaux baissés pour que les filets d'eau tombent sur leurs épaules plutôt que dans leur cou, ils restaient assis au milieu de leurs coffres, sacs et ballots. Dans un mouvement long et souple, un équipage silencieux de douze rameurs, six de chaque côté, dégagea la gabare, la fit tourner et l'entraîna au milieu du large fleuve, dérangeant à peine l'eau qui glissait de chaque côté.

À environ trois cents yards de là, sur le rivage du Kent, quatre bateaux étaient à quai l'un derrière l'autre, comme des animaux à la queue leu leu. Richard n'en avait jamais vu de si soigneusement amarrés, même dans le bassin royal de l'estuaire de la Severn. « Sans doute, pensa-t-il, pour les stabiliser solidement afin qu'ils ne puissent pas osciller sous le clapotis de l'eau. » Leurs ancres étaient formées de chaînes et non de cordages. Le plus petit des bâtiments – et le plus éloigné en amont – montrait la direction de Londres tandis que le plus grand fermait la ligne. Une centaine de yards les séparaient les uns des autres.

— Voici le *Guardian*, le bateau hôpital, puis le *Censor*, le *Justitia* et le *Cérès*, annonça l'un des gardes en désignant tour à tour chaque embarcation.

La gabare se dirigea vers le *Censor*, de l'autre côté du quai, puis vira pour se mettre dans le courant de la marée descendante afin de faciliter le travail des rameurs. Ils eurent ainsi l'occasion d'examiner les trois navires pénitenciers. Des parodies de bateaux plutôt, avec leurs mâts d'artimon disparus depuis longtemps, leurs grands mâts brisés remplis de fissures et d'éclats de bois à une quarantaine de pieds de haut, leurs mâts de misaine à peu près intacts mais dépourvus de voilure. Des vêtements mouillés pendaient mollement à des cordes tendues entre la proue et le mât central ainsi que sur les étais reliant la proue au beaupré. Les ponts étaient couverts d'un fouillis de cabanes, d'appentis et d'une forêt de cheminées métalliques penchées dans tous les sens, surmontant le carré des officiers, les postes d'équipage et les rotondes. Le *Censor* et le *Justitia* paraissaient suffisamment âgés pour avoir pris la mer au temps de l'Invincible Armada. On ne distinguait plus aucune trace de peinture, pas un clou de cuivre qui ne fût rongé, pas une lisse qui ne fût cassée.

Par comparaison, le *Cérès* semblait n'avoir qu'une centaine d'années. Sa peinture jaune et noire était encore visible par endroits et il arborait les restes d'une figure de proue sous son beaupré, une effigie féminine blonde à la poitrine nue, sur laquelle un plaisantin avait ajouté de grands tétons rouges. Les sabords du *Censor* et du *Justitia* étaient solidement fermés mais ceux du *Cérès* avaient été remplacés en totalité par d'épaisses grilles de fer, ce qui amena les hommes de Bristol, expérimentés en la matière, à penser qu'il devait y avoir deux ponts au-dessous du pont supérieur : un pont inférieur et un faux-pont. Il s'agissait donc d'un bâtiment de ligne de moyen tonnage, doté à l'origine de 90 canons. Aucun navire négrier n'avait jamais possédé autant de sabords sur ses flancs.

« Comment allons-nous pouvoir monter par une échelle de corde avec notre chargement ? se demanda Richard. Nos chaînes vont nous faire tomber. » Mais le bouillant Mr Duncan Campbell avait équipé le ponton – sa fierté et sa joie – d'une volée d'échelons de bois fixés à une passerelle de déchargement flottante. Son coffre sous le bras et deux autres sacs jetés sur les épaules, Richard se trouva en tête sur le flanc, derrière un garde armé d'une matraque, et se mit à grimper vers une ouverture dans le bastingage, seize pieds plus haut. Le *Cérès* était peut-être une unité de second rang, mais de taille impressionnante.

— *Gigger dubber !* rugit le surveillant.

Un homme à l'air important quoique débraillé surgit entre deux baraquements en se curant les dents. Derrière lui, Richard entrevit une jupe et perçut des voix de femmes. Il comprit alors que la plupart des gardiens devaient vivre dans ces cabanes délabrées.

– Oui ? demanda le nouveau venu.

– Douze forçats en provenance de la prison de Gloucester, monsieur Hanks. Y sont pas malins et comprennent pas notre jargon. Mr Campbell a dit que c'est les deux équipes pour les nouvelles dragues.

Mr Hanks se tourna vers les arrivants :

– J'm'appelle Herbert Hanks et j'suis le *gigger dubber* – vot' gardien. Conduisez-les dans le faux-pont, monsieur Sykes. Et, vous z'autres, z'êtes pas des prisonniers, mais des forçats. Compris ?

Tous approuvèrent d'un signe de tête, essayant de s'accoutumer à cet accent bizarre.

– Et, maint'nant, posez vot' fourbi et écoutez car j'vais pas m'répéter. Voilà les règles : visites autorisées le dimanche après l'office. L'est obligatoire et, pour vous, ça sera à l'église. Ici, on tolère ni ces damnés quakers, ni les baptistes, ni tout autre radoteur de cet acabit. Y a qu'la religion du roi. Tous les visiteurs s'ront fouillés, et les armes blanches comme la nourriture s'ront confisquées. Pourquoi ? Passque des p'tits malins cachent des limes dans leurs gâteaux et leurs puddings.

Il marqua une pause pour contempler son auditoire avec un curieux mélange de satisfaction et de sévérité. Manifestement, il appréciait ce genre de situation et le rôle qu'il avait à y jouer.

– Quand z'êtes à bord, vous resterez dans le faux-pont. J'suis le seul qui peut *dub the gigger* – ouvrir la porte – et ça arrive pas souvent. En haut pour travailler, en bas pour dormir, du lundi au samedi. Si le temps l'permet, vous travaillez, et je veux bien dire par là : *travailler*. Aujourd'hui, par exemple, c'est pas un jour pour travailler, passque la pluie tombe trop fort. Vous buvez et mangez c'qu'on vous donne et c'que j'ai décidé. Le gin est très cher et j'suis le seul à pouvoir vous procurer ce genre de plaisirs. Pour vous, ça s'ra six pence la demi-pinte.

Une nouvelle pause permit à Hanks de se racler la gorge et de cracher à leurs pieds.

— Vot' rata est pour six et c'est l'cambusier qui vous donne vot' bouffe. Dimanche, lundi, mercredi, jeudi et samedi, v'là c'qu'est préparé pour chacun des six hommes : une ration de joue ou d'jarret de bœuf, 3 pintes de purée de pois, 3 livres d'légumes, 6 livres de pain et 6 quarts de p'tite bière. Le mardi et le vendredi, c'est le régime sec, de l'eau d'la Tamise autant que vous en voudrez, 3 pintes de porridge avec des herbes, 3 livres de fromage et six livres de pain. C'est tout c'que vous r'cevrez. Si vous mangez tout pour souper, vous aurez faim et soif le matin, vu ? Mr Campbell dit que vous devez vous laver tous les jours et vous raser tous les dimanches avant qu'le révérend vienne à bord. Quand vous monterez sur l'pont supérieur pour l'travail ou l'office, vous d'vez prendre vos seaux de nuit avec vous et les vider par-dessus bord. Un seau par équipe. Z'êtes bouclés, pauv' crétins, alors c'que vous faites à l'intérieur, je m'en fous, et Mr Campbell aussi.

Il y prenait de plus en plus de plaisir.

— Mais d'abord, poursuivit-il en s'accroupissant tandis que Mr Sykes et ses subordonnés restaient debout derrière lui, j'dois regarder c'qu'y a dans vos boîtes et vos sacs, alors ouvrez-les ! Et vite !

Après cette conférence d'un genre un peu particulier, les forçats déverrouillèrent leurs coffres et exhibèrent ce qu'ils avaient apporté.

Mr Herbert Hanks se révéla très minutieux. Par chance, il commença par les biens de Ike Rogers et de son équipe, dont les coffres étaient plus petits, différents et moins nombreux ; les deux nouveaux venus du Wiltshire n'en possédaient pas. Il écarta chaque tissu, chaque vêtement, qui furent aussitôt remis à Mr Sykes. Celui-ci les pressa entre ses mains, insistant sur le plus petit renflement, sans rien trouver.

— Où est vot' argent ? demanda-t-il.

Ike manifesta une surprise respectueuse.

— Nous n'en avons pas, monsieur. Nous avons passé un an à la prison de Gloucester. Tous nos sous sont partis.

— Hum, grommela Hanks en se tournant vers l'équipe de Richard et en leur jetant un regard lourd de sous-entendus. Des amateurs de rhum, hein ? Drôle de butin !

Il sortit du coffre de Richard des vêtements, des fioles et des pots, la pierre filtrante toute montée et les autres de rechange, des linges utilisés pour se protéger des chaînes et pour se laver, des livres, des liasses de papier, des plumes – curieux objets, en vérité ! – et deux paires de chaussures. Il les souleva et les examina d'un air dégoûté, haussant les épaules en direction de Mr Sykes, déçu lui aussi.

— C'est pas pour rien que vous appelez ça des godasses. Personne ici n'a des pieds de cette taille, mon vieux, même Long Joyce. Qu'est-ce que c'est que ça ? questionna-t-il en montrant une fiole.

— De l'huile de goudron, monsieur Hanks.

— Et ce truc-là ?

— Une pierre filtrante, monsieur. Je m'en sers pour filtrer l'eau que je bois.

— L'eau est déjà filtrée ici, y a une grande passoire sous chaque pompe. Comment qu'tu t'appelles, grands pieds ?

— Richard Morgan.

Il saisit une liste que tenait l'un des assistants de Mr Syke et l'examina. Il savait lire, mais avec peine.

— Plus maintenant. À présent, Morgan, t'es le forçat numéro 203.

— Oui, monsieur.

— Un type qu'aime les livres, hein ? (Mr Hanks tourna les pages de quelques volumes, à la recherche de textes érotiques, puis il les reposa avec un geste de dépit.) Et ça, c'est quoi ?

— Un tonique, monsieur, pour guérir les furoncles.

— Et ça ?

— Une pommade, monsieur, pour les coupures et les ulcères.

— Merde, alors. T'as une vraie boutique d'apothicaire ! Pourquoi t'emportes tout ce fourbi ?

Il retira le bouchon du tonique et le renifla d'un air soupçonneux.

— Aaaaaah !

Aussitôt, il lança la bouteille sur le pont ; le bouchon alla rouler plus loin.

— Ça pue comme si ça v'nait du fleuve !

Le visage impassible, Richard vit le gardien-chef saisir le coffre vide, le secouer à la recherche d'un bruit, tapoter les quatre côtés et le fond. Il examina ensuite les sacs sous toutes les coutures. Rien. Il s'appropria alors le meilleur rasoir de Richard, le cuir et la pierre à aiguiser, ainsi que sa plus belle paire de bas avant de passer au coffre et aux sacs de Will Connelly. Très vite et discrètement, Richard s'agenouilla pour ramasser son tonique, le reboucha et le mit de côté. Un coup d'œil à Mr Sykes lui fit comprendre qu'on s'attendait qu'il remballe ses biens. Il adressa un signe à Rogers, immobile, et se mit à l'œuvre tandis que le reste de l'équipe suivait son exemple.

Quand il en eut terminé avec les douze hommes, Hanks eut l'air satisfait.

— Bon, et maintenant, les gars, où qu'est vot' argent ?

— Nous n'en avons pas, monsieur, expliqua Neddy Perrott. Nous sommes restés en prison pendant un an et il y avait des femmes…

Il laissa la phrase en suspens sur un ton d'excuse.

— R'tournez vos poches !

Toutes les poches étaient vides, à l'exception de celles de Richard, de Bill, de Neddy et de Will, remplies de livres.

— Baissez vos frocs, allez ! aboya Hanks.

Mr Sykes examina chaque pouce des manteaux et des vestes quand les prisonniers s'en furent débarrassés.

— Rien ! déclara-t-il avec un large sourire.

— Fouillez-les, Mr Sykes.

Mr Sykes se mit à les tâter avec une évidente satisfaction, surtout quand il en arriva au sexe et aux fesses.

— Rien ! répéta-t-il en échangeant avec Hanks un regard de satisfaction anticipée.

— Penchez-vous en avant, ordonna Mr Hanks sur un ton résigné et d'une voix tremblante. Mais j'vous préviens ! Si Mr Sykes trouve le moindre penny dans vot'derrière, cet argent s'ra lavé dans vot'sang !

Prenant son temps, Mr Stykes se montra brutal et efficace. Les quatre plus jeunes et Joey Long pleurèrent de douleur et d'humiliation, les autres endurèrent l'examen sans broncher mais avec un malaise évident.

— Rien, déclara Mr Sykes. Ils ont le cul aussi vide.

— Nous sommes du Gloucestershire, dit Richard en remontant son caleçon et son pantalon. C'est une région pauvre.

« À présent, je sais quels scélérats vous êtes, pensa-t-il en même temps. Stupre et cupidité. Que Dieu vous fasse pourrir sur pied ! »

— Conduisez-les en bas, Mr Sykes, dit le *gigger dubber*.

Déçu, Mr Hanks s'éloigna et disparut dans le dédale des cahutes.

Le *Cérès* avait à bord deux cent treize déportés en ce 28 janvier 1786, quand les douze hommes de Gloucester furent admis sous les numéros 201 à 213. Mais le seul gardien à utiliser leurs numéros était Mr Herbert Hanks, de Plumstead Road, près de Warren, à Woolwich.

Avec sagesse – sans doute pour apaiser les criminels de la Newgate de Londres, qui répugnaient à cohabiter avec des provinciaux –, on avait attribué à ces deux groupes des ponts différents. Les Londoniens occupaient le pont inférieur et les provinciaux le faux-pont. Cette sagesse résultait peut-être de l'expérience acquise sur le *Censor* et le *Justitia*, où régnait une guerre perpétuelle entre les deux clans qui s'y trouvaient si étroitement imbriqués que Mr Duncan Campbell lui-même ne parvenait pas à mettre de l'ordre dans ce mélange. Avec le *Dunkirk*, à Plymouth, il avait poussé les choses encore plus loin que sur le *Cérès* en créant sept sections de forçats selon une classification qu'il avait personnellement conçue.

Les différences entre Anglais étaient très marquées. Ceux qui utilisaient le jargon de la Newgate de Londres donnaient l'impression de s'exprimer dans une langue étrangère, alors que nombre d'entre eux, si on les y incitait, se révélaient capables de parler quelque chose qui ressemblait davantage à de l'anglais courant, mais avec un accent bizarre. Le problème était que la plupart s'y refusaient et en faisaient une affaire de principe, s'accrochant avec orgueil à leur argot.

Ceux qui venaient du Nord, mais pas au-delà du Yorkshire ou du Lancashire, parvenaient à se comprendre plus ou moins entre eux mais, quelle que fût leur instruction, ignoraient toute langue employée plus au sud. Les choses se compliquaient encore du fait que les gens de Liverpool parlaient le *scouse*, autre langue étrangère. Les habitants des Midlands communiquaient assez bien avec ceux des régions occidentales, et les deux groupes comprenaient les forçats issus du Sussex, ainsi que des régions du Kent méridional, du Surrey et du Hampshire. En revanche, ceux qui provenaient des territoires du Kent longeant la Tamise, ou des parties de l'Essex proches de Londres, employaient un langage évoquant l'argot londonien. Quant à ceux du nord de l'Essex, du Cambridgeshire, du Suffolk, du Norfolk et de Lincoln, c'était encore une autre chose. Cet assemblage d'Anglais était si disparate sur le plan linguistique qu'on trouvait sur le *Censor* deux forçats de Birmingham incapables de se comprendre jusqu'à ce qu'ils se trouvent pris dans les filets de la justice, alors que l'un avait vécu dans le village de Smethwick et l'autre dans celui de Four Oaks, distants d'un mile seulement.

Le résultat était que les hommes cherchaient à se regrouper. Quand un groupe de six parvenait à se comprendre avec un autre groupe de six, ils se rapprochaient, ce qui n'était pas le cas quand leur dialecte ou leur accent rendait tout échange impossible. Les nouveaux venus de Gloucester se trouvèrent donc confrontés à un ensemble divisé, dont les éléments n'étaient unis que par une haine commune envers les forçats de Londres logés un pont au-dessus d'eux, et dont on disait qu'ils se taillaient toujours la part du lion ; ils obtenaient par exemple le gin à meilleur prix parce qu'ils pouvaient se comprendre avec leurs gardiens et s'entendaient avec eux pour priver les autres de leur part.

Cette supposition se vérifiait probablement pour le gin car les Londoniens, qui se trouvaient dans leur propre région, avaient sans doute davantage de ressources financières.

Le joyeux et fringant Mr Duncan Campbell devenait extrêmement économe dès qu'il s'agissait de dépenses excédant les 26 livres par forçat et par an qu'il recevait du gouvernement de Sa Majesté, tandis que la nourriture était à sa charge. À raison de 10 shillings par semaine et par homme, les navires pénitenciers de la Tamise représentaient en ce mois de janvier une rentrée brute de 360 livres par semaine. Un homme habile disposait de nombreuses méthodes pour équilibrer en sa faveur les chiffres bruts et les résultats nets – par exemple en cultivant lui-même les légumes dont il avait besoin et en brassant sa propre petite bière. Des stratagèmes plus évidents tels que la falsification à la hausse du nombre des détenus ou la diminution des rations (ce qui pouvait, alors, entraîner des cas de scorbut) étaient malheureusement exclus. Trop de représentants du gouvernement venaient fureter dans les parages.

Duncan Campbell achetait son pain et sa viande de bœuf auprès de la garnison de la Tour de Londres – exclusivement des têtes ou des jarrets ainsi que du pain rassis ; et, au début, il ne s'était pas trop inquiété de leur qualité. Mais, après une inspection de Mr John Howard, il avait dû améliorer un peu l'ordinaire de ses prisonniers. Malgré ces agaçantes restrictions et un personnel de cent personnes, Mr Campbell réussissait à réaliser un bénéfice de cent cinquante livres par semaine sur les pontons de la Tamise. Il en avait un autre à Plymouth, le *Dunkirk*, et deux à Portsmouth, le *Fortunee* et le *Firm*. Le bénéfice total de son entreprise s'élevait à trois cents livres par semaine. Il s'était également engagé dans de délicates négociations au sujet d'un appel d'offres pour approvisionner l'expédition à Botany Bay, dont on commençait à parler.

Sur le *Cérès*, les entreponts des faux-ponts avaient six pieds de haut, ce qui signifiait que Richard touchait pratiquement le plafond de planches pourries, à un pouce près, et que Ike Rogers ne pouvait pas se redresser de toute sa taille. Distantes chacune de six pieds, des solives couraient d'un bord à l'autre un pied plus bas. Les allées et venues se transformaient en une parodie de défilé, à l'allure monacale ; les têtes devaient s'incliner tous les deux pas en une sorte de salut.

Pour un homme de Bristol, l'odeur était supportable car le vent gémissait autour des grilles de fer et balayait l'espace glacial, peint en rouge, qui s'étendait de la cloison au travers du mât de misaine jusqu'à la cloison d'entrée à l'arrière. Le tout large d'une quarantaine de pieds et long d'une centaine. Contre chaque cloison extérieure – la coque –, des plates-formes de bois couraient à mi-hauteur, supportant çà et là des bancs. À certains endroits, des hommes y étaient étendus, au repos ou terrassés par la fièvre. Ces plates-formes de six pieds de large servaient aussi de lit.

Environ quatre-vingts hommes s'entassaient dans cet espace d'un rouge criard. À l'arrivée des douze nouveaux venus, toutes les conversations cessèrent et la plupart des têtes se tournèrent dans leur direction.

– D'où c'est que vous venez ? demanda un homme assis à la table centrale, près de l'entrée.

– De la prison de Gloucester, tous les douze, dit Will Connelly.

L'homme se leva, révélant une taille si petite qu'il pouvait passer sous les solives. Mais il ressemblait plutôt à un jockey qu'à un nain et son visage était celui d'un homme qui avait passé toute sa vie auprès des chevaux : plissé, tanné, vaguement équin. Il pouvait avoir n'importe quel âge entre quarante et soixante ans.

– Comment allez-vous ? reprit-il en avançant une main miniature. Je m'appelle William Stanley, de Seend. C'est près de Devizes, dans le Somerset, mais j'ai été condamné dans le Wiltshire.

– Nous connaissons presque tous Seend, assura Connelly avec un large sourire et en faisant les présentations. (Il déposa son coffre avec un soupir.) Que va-t-il se passer maintenant, William Stanley, de Seend ?

– Vous avez dû subir les affronts de cet obsédé de Sykes, pas vrai ? Une vraie tante. Ici, on l'appelle « Miss Molly ». C'est sa manière de connaître les forçats… de l'intérieur, pour ainsi dire. Z'avez pas d'argent, hein ? Ou bien c'est qu'il en a trouvé ?

– Nous n'avons pas d'argent, dit Connelly en s'asseyant sur le banc. (Il esquissa une grimace.) Après l'inspection de Mr Sykes, ce serait difficile. Que va-t-il se passer maintenant ?

– Dans c'coin-ci, on a ceux des Midlands, de West Country, du Channel, des Wolds et des Wealds, dit Stanley en sortant de sa poche une pipe éteinte qu'il suçait quand il ne s'en servait pas pour désigner quelque direction. Au centre, y a les gars du Derby, du Cheshire, de Stafford, de Lincoln et de Salop. À l'autre bout - vers l'avant - ceux de Durham, du Yorkshire, de la Northumbria et du Lancashire. Pour les gars de Liverpool, c'est ce bout de la table centrale, mais y en a qu'un seul. Y a quelques Irlandais et on a eu aussi des Nègres, mais y sont en haut, avec ceux de Londres. Désolé, Taffy, personne du pays de Galles. (Il jeta un coup d'œil à leurs coffres et à leurs sacs.) Si z'avez des choses de valeur, on vous les piquera. À moins, ajouta-t-il en baissant le ton d'un air plein de sous-entendus, qu'on fasse affaire.

– Oh, ça devrait être possible, assura Connelly d'un ton affable. On mange sur ces pontons et on y dort aussi, je pense ?

– Ouais. Pose ton attirail là, sur la table du milieu, y a bien assez de place dans ce coin-là pour tous les douze. Vos paillasses sont roulées au-d'ssous et c'est là aussi que vous d'vez mett' vos affaires. On a une couverture miteuse pour deux hommes. (Il gloussa.) Pas très commode si l'envie vous vient de vous branler. Mais faut bien passer par là de temps à autre, parce que fricoter entre hommes, c'est pas trop populaire, ici, après avoir tâté de Miss Molly. En haut, ils ont des femmes qui viennent les voir le dimanche, y disent que c'est leurs tantes, leurs sœurs ou leurs cousines. Ici ça n'arrive pas, parce qu'on est trop loin d'chez nous, et ceux qu'ont de l'argent, y préfèrent le dépenser avec le gin de Hanks à 6 pence. Ce sale voleur !

– Comment on peut s'arranger pour nos affaires ? demanda Bill Whiting, qui souffrait pour deux raisons : le coup de gourdin du garde et – hélas – l'exploration brutale de Mr Sykes.

– J'travaille pas, tu vois. Y zont essayé de me mett' sur le carré aux légumes mais j'ai pas la main verte et même les navets se ratatinaient. Alors, y zont dit que j'étais trop vieux, trop rabougri pour travailler et que c'était trop dur de me garder attaché.

Il leva l'un de ses pieds minuscules et le tortilla subrepticement dans son fer jusqu'à ce que le cercle métallique repose sur son cou-de-pied.

– J'suis pour ainsi dire le concierge de cet établissement. J'passe le balai tout autour, j'rince les seaux de nuit, j'roule les paillasses et les couvertures et j'tiens en respect ce dingue d'Irlandais. Bien que nos Irlandais qui viennent de Liverpool soient pas trop mauvais. Y en a deux sur le *Justitia* qui parlent que le gaélique, y zont été pris le jour même où y descendaient du bateau de Dublin. Pas étonnant qu'y soient devenus fous. On est dur de c'côté-ci d'la mer d'Irlande et c'est un peuple qu'est plutôt doux. Roulés en un clin d'œil et saouls au premier verre. (Il poussa un soupir.) Ah, c'est bon d'trouver des nouvelles têtes qui viennent des régions de l'ouest ! Mikey ! Par ici, Mikey !

Un homme jeune arriva en traînant les pieds, cheveux noirs et yeux noirs, avec cet air légèrement sournois que les gens de l'Ouest reconnaissaient comme l'expression typique des contrebandiers de Cornouailles.

– Non, j'suis pas de Cornouailles, dit-il comme s'il avait lu dans leurs pensées. Du Dorset, Poole. Marin dans la section des douanes. Je m'appelle Dennison.

– Mikey m'aide à mettre de l'ordre ici, j'pourrais pas y arriver tout seul. Lui et moi, on est en surplus. On a jamais pu intégrer une équipe de six. Mikey a des crises – à faire vraiment peur ! Il a la figure qui d'vient toute noire et y s'mord la langue. L'a même réussi à flanquer la trouille à Miss Molly Sykes. (Stanley examina attentivement les nouveaux venus.) Z'êtes déjà deux équipes de six, hein ?

– Ouais, et ce gars qui dit pas un mot est notre chef, déclara Connelly en pointant le doigt vers Richard. Mais il veut pas le reconnaître. Bill Whiting et moi, on doit faire la conversation pendant qu'il reste assis à écouter et à prendre les décisions. Très tranquille, très intelligent. Je ne le connais pas depuis très longtemps, mais si Sykes m'avait fait ce qu'il a fait avant que je rencontre Richard, je me serais jeté sur lui, et qu'est-ce que j'en aurais tiré, hein ? Une sacrée punition et une tête au carré aussi abîmée que son cul est pourri. Pas vrai ?

– T'aurais reçu un coup de gourdin, Will. Mr Campbell tient pas tellement au fouet. Y dit que ça empêcherait trop d'hommes de travailler. (William Stanley, de Seend, ferma à demi les yeux.) C'est avec toi que je vais m'arranger, Richard… au fait, c'est quoi, ton nom de famille ?

– Morgan.

– T'es gallois ?

– Né à Bristol, où nous vivons depuis des générations. Connelly a un nom irlandais mais il est aussi de Bristol. Les noms de famille ne veulent pas dire grand-chose.

Ike Rogers, qui regardait autour de lui pendant cet échange, intervint soudain :

— Pourquoi les murs sont peints en rouge ?

— C'était le faux-pont d'un bateau de moyen tonnage, expliqua Mikey Dennison, le contrebandier de Poole. Il était occupé par des pièces de trente-deux et par un hôpital chirurgical. Si l'endroit est peint en rouge, on voit moins le sang. La vue du sang décourage les artilleurs.

William Stanley, de Seend, consulta une grosse montre de gousset qu'il tira de sa poche.

— La bouffe dans une heure, annonça-t-il. Harry, ce salaud de cambusier, distribue nos tranchoirs et nos chopes. Aujourd'hui, c'est vendredi, donc ceinture. Pas de viande, à part celle qu'on trouve dans le pain et le fromage. Z'entendez le tapage au-d'ssus ? (Il pointa sa pipe en direction du plafond.) C'est les gars de Londres qui reçoivent leur pitance. Nous, on a les restes. Y sont plus nombreux que nous.

— Qu'arriverait-il si Mr Hanks décidait de mettre quelques Londoniens avec nous, ici ? demanda Richard, poussé par la curiosité.

Le petit William Stanley eut un rire étouffé.

— Il oserait jamais faire ça ! Si les Irlandais leur coupaient pas la gorge pendant la nuit, alors ce s'rait les gars des pays du Nord qui le feraient. Qui peut bien aimer Londres et les Londoniens ? Avec leurs taxes, ils mettent toute l'Angleterre à sec et, après, ils dépensent tout l'argent à Londres ou à Portsmouth. Parce que c'est à Londres que s'trouvent le Parlement, l'armée et la Compagnie des Indes orientales, et à Portsmouth la marine.

— Si j'ai bien compris ce qu'a dit Mr Sykes, le vendredi, pas de petite bière, rien que l'eau de la Tamise, conclut Richard avec un grand sourire. Vous, mes amis, qui avez une pierre filtante, c'est le moment d'accomplir une petite cérémonie. Puisque tu m'as accusé d'être le chef, Will, suis mon exemple.

Il posa son coffre sur la table, le déverrouilla avec la clé qu'il portait autour de son cou et en sortit un grand morceau de tissu. Après l'avoir drapé autour de son crâne, il se mit à chantonner. Haendel aurait reconnu la mélodie, mais sur le faux-pont du *Cérès*, personne ne le fit. Bill Whiting oublia ses blessures pour s'affubler d'un chiffon, bientôt suivi par Will, Neddy, Taffy et Jimmy, qui abandonnèrent la partie musicale à Richard. Quand ce dernier sortit sa pierre filtrante, la mélodie se transforma en une longue et ondulante psalmodie. Il passa les mains sur la pierre, se pencha pour la toucher de son front, puis la saisit à pleines mains et, d'un pas solennel, se dirigea vers la pompe, ses cinq acolytes derrière lui. Taffy avait joint sa voix à la mélodie, un ton plus haut que Richard (qui possédait une voix de baryton), suivant l'air plutôt que les mots. À présent, tous les détenus les observaient, immobiles, à l'exception des malheureux en proie aux fièvres. William Stanley roulait de gros yeux.

Heureusement, la pompe se mit à produire, dans un concert de gargouillis, quelques filets d'eau qui tombaient dans une bassine de cuivre percée de plusieurs trous. Le système de filtration de Mr Campbell servait surtout à retenir éventuellement quelques innommables débris ou de petits poissons, mais rien de plus. De là, l'eau s'écoulait goutte à goutte dans les écoutilles puis vers la cale.

D'un geste ample, Richard fit signe à Jimmy Price d'actionner le levier de la pompe et il présenta sa pierre de manière à recevoir ses trois pintes d'eau. Les autres suivirent son exemple, Bill Whiting succédant à Jimmy pour que celui-ci puisse remplir également sa pierre tandis que la belle voix de Richard s'enflait pour une série d'alléluias. Ils revinrent alors vers la table, où les six pierres furent déposées au centre avec force gesticulations. Richard fit reculer ses compagnons de deux pas en arrière et étendit ses mains en agitant les doigts.

— Roi des rois ! Seigneur des Seigneurs ! Alléluia ! Alléluia ! chantonna-t-il. Hosanna ! Ô, Hippocrate, écoute nos suppliques !

Après un dernier salut révérencieux, il ôta sa coiffe, plia soigneusement le tissu, l'embrassa et s'assit.

— Hippocrate ! s'écria-t-il si soudainement que tous sursautèrent.

— Seigneur ! Qu'est-ce que c'est que tout ce cirque ? glapit Stanley.

— Les rites de purification, expliqua Richard d'un ton solennel.

Le petit homme à tête de cheval prit un air circonspect.

— C'est une farce ? Vous êtes en train de me monter un bateau ?

— Crois-moi, William Stanley, de Seend, ce que nous venons de faire tous les six n'est pas une plaisanterie. Nous apaisons mère Tamise en invoquant le grand dieu Hippocrate.

— Et vous faites ça chaque fois que vous devez boire de l'eau ?

— Oh, non ! s'écria Bill Whiting, qui avait parfaitement compris la méthode de Richard.

Il tentait de les amadouer, prétendait les protéger, eux et leurs biens. Comme il avait vite saisi les choses ! Et tout cela à partir des remarques de Jimmy et de Lizzie comparant son système de filtrage à un rite religieux. Cela arriverait sûrement aux oreilles de Sykes – William Stanley, de Seend, était bavard et passait ses journées sur le *Cérès*.

— Non, reprit-il avec sérieux, nous n'accomplissons les rites de purification que dans des circonstances particulières, par exemple quand nous pénétrons dans un lieu nouveau. C'est pour… sacrifier à Hippocrate.

— Vois-tu, intervint Will Connelly pour apporter sa contribution à l'histoire, on se sert de ces pierres chaque fois qu'on doit boire de l'eau, mais sans toutes ces cérémonies. C'est seulement le premier jour de chaque mois, ou encore quand nous arrivons dans un nouvel endroit.

– C'est de la sorcellerie ? demanda Mikey Dennison d'un air méfiant.

– Tu as senti l'odeur du soufre ? L'eau s'est-elle transformée en sang ou en suie ? répliqua Richard avec force. La sorcellerie n'a pas de sens. Nous sommes sérieux.

– Oh ! Oh ! s'exclama Stanley, soudain soulagé. J'avais oublié ! Vous venez presque tous de Bristol. Ce sont tous des dissidents, là-bas !

– Ike, déclara Richard en se levant, je voudrais te dire un mot à part. (Ils s'écartèrent de quelques pas ; les yeux des autres restaient fixés sur eux.) Confirme notre histoire et joins-toi à nous la prochaine fois. Si vous nous soutenez, nous pourrons garder nos affaires… et notre argent. Où as-tu caché le tien ?

Ike eut un grand sourire.

– Dans les talons de mes bottes de cheval. De l'extérieur, ils paraissent plats mais, à l'intérieur, je suis perché sur des échasses. Et toi ?

– Sur un des côtés de chaque coffre se trouve un espace creux. Ceux d'entre nous qui ont de l'argent peuvent le cacher là. Les pièces ne font pas de bruit quand on les secoue car elles sont enveloppées dans des filaments de peluche. Will, Neddy et Bill en possèdent quelques-unes, et moi un peu plus, mais les autres coffres sont vides et ceux d'entre vous qui le veulent peuvent les utiliser. Ce William Stanley, de Seend, est un homme qu'on peut acheter. Toute la question est de savoir s'il en parlera ou non à Sykes.

Le voleur de grand chemin considéra la chose avec soin avant de secouer la tête.

– Je ne crois pas, Richard. S'il vend la mèche, Miss Molly prendra le tout. Nous devons seulement réussir à convaincre le jockey que nous avons de l'argent. Ah ! si seulement on pouvait avoir une visite régulière en provenance de Londres ! Ça expliquerait l'origine de notre richesse. Tu as raison à propos de l'eau, elle est polluée. Mes compagnons et moi allons devoir boire de la petite bière les vendredis et je te garantis que William Stanley, de Seend, pourra nous en procurer.

Richard se frappa soudain la tête.

– Jem Thistlethwaite ! s'exclama-t-il. Crois-moi, Ike, nous aurons, nous aussi, notre visiteur. Crois-tu que Stanley est capable d'organiser efficacement un échange de courrier ?

– J'ai l'impression que ce type-là peut tout arranger si l'on y met les moyens…

Le lendemain matin, quand Richard et son équipe furent amenés sur le pont, ils comprirent pourquoi il fallait si longtemps pour évacuer le bateau. Le *Cérès* disposait pour cela de quelques gabares, mais, même si l'on y entassait les hommes, leur nombre était trop insuffisant pour qu'elles puissent conduire les forçats sur leurs lieux de travail. Heureusement, ceux-ci se situaient à moins de cinq cents yards du *Cérès* et, de surcroît, se trouvaient sur l'eau. Les rameurs dirigeaient avec courage les bateaux découverts, simplement parce que ce travail était de loin préférable à beaucoup d'autres. Détenus sur le *Censor*, ils étaient enchaînés au côté inférieur des plats-bords. Richard se demanda pourquoi ils ne poussaient pas rapidement jusqu'à la côte pour s'échapper. Il apprit par la suite qu'ils avaient déjà tenté de s'évader avant d'avoir été rattrapés. Certains d'entre eux furent même pendus.

Le principal avantage des « académies Campbell » (ainsi que leurs occupants baptisaient les pontons) résidait dans le fait qu'elles flottaient. Rares, en effet, étaient les Anglais sachant nager. Ce fait permettait aussi de maintenir sous pression l'équipage quand le bateau faisait voile. Richard ne savait pas nager et aucun de ses onze amis non plus, ce qui leur inspirait la terreur de l'eau.

Richard avait le ventre vide, même après avoir pris soin, la veille, de mettre de côté la moitié de son pain et de son fromage pour les manger à l'aube. Dès que leur repas avait été distribué, il avait consommé sa demi-pinte de porridge assaisonné d'herbes amères, un plat déjà froid qui aurait été plus détestable encore douze heures plus tard. Si Mrs Hubbard semblait avoir compris que des hommes chargés d'un dur travail devaient être nourris convenablement pour conserver leurs forces, il avait suffi à Richard d'un seul jour sur le *Cérès* pour deviner que Mr Duncan Campbell, jouissant d'une plus grande indépendance que la vieille femme à l'égard de ses supérieurs, ne se souciait nullement de la qualité du travail.

Les forçats occupés à terre étaient déjà partis quand la gabare de Richard embarqua les quatre équipes supplémentaires de dragueurs et se laissa emporter par le courant, en se rapprochant du rivage. Amarrée par des chaînes sur les deux bords ainsi qu'à ses deux extrémités, la drague de Richard était en tête. C'était une embarcation à fond plat et de forme rectangulaire. N'ayant ni arrière ni avant, sa coque s'incurvait hors de l'eau à chaque extrémité pour faciliter le chargement ou le déchargement. Elle était flambant neuve et recouverte d'une peinture immaculée.

Ils montèrent sur le plat-bord de la gabare et, de là, sur une plate-forme en planches de cinq pieds de large qui courait sur l'un des flancs de la drague. Jimmy Price, dernier du lot, n'avait pas plus tôt mis le pied dessus que la gabare s'écartait déjà pour se diriger vers la drague suivante, distante d'une cinquantaine de yards. Après un salut à Ike et à ses compagnons, ils inspectèrent les lieux. L'une des extrémités de la drague ressemblait à une simple coquille mais l'autre était recouverte d'un vaste pont sur lequel se dressait une cabane surmontée d'un tuyau de cheminée métallique. En sentant sous ses pieds le poids des hommes qui venaient de monter à bord, le gardien sortit de son domaine en tenant d'une main sa pipe de tabac et, de l'autre, un gourdin.

Richard prit aussitôt la parole sur un ton courtois.

– Nous ne parlons pas le londonien, monsieur. Nous venons des contrées de l'Ouest.

– C'est bon, les gars, j'm'en fiche. Z'êtes nouveaux sur le *Cérès*, pas vrai ?

Comme personne ne faisait de commentaires, il poursuivit comme s'il se parlait à lui-même :

– Z'êtes pas vraiment jeunes mais z'avez l'air costauds. J'pourrais peut-être vous faire tirer quelques tonnes de ballast avant qu'vous dev'niez trop faibles. Y en a qui connaissent déjà ce travail ?

– Non, monsieur, répondit Richard.

– Je l'pensais bien. Y en a qui savent nager ?

– Non, monsieur.

– Vaut mieux pas mentir, les gars.

– Pas de mensonges, monsieur. Nous ne venons pas de régions où l'on sait nager.

– Et si j'en flanquais un d'vous à l'eau pour voir, hein ?

Il fit un brusque mouvement vers Jimmy, qui poussa un cri de terreur, puis vers chacun des autres, en épiant leur regard.

– Bon, j'vous crois, dit-il en regagnant sa cabane.

Il disparut à l'intérieur et ressortit avec une chaise sur laquelle il s'assit, les jambes croisées, exhalant de sa pipe un délicieux nuage odorant qu'il souffla dans leur direction.

— Moi, c'est Zachariah Partridge, mais vous m'appellerez Mr Partridge. J'suis méthodiste, et j'suis dragueur d'puis ma jeunesse à Skegness-on-the-Wash, c'est pourquoi j'me fiche pas mal de parler ou non le londonien. D'ailleurs, j'ai d'mandé à Mr Campbell de voir à pas m'envoyer des gens de Londres. J'aurais aimé des gars de Lincoln, mais l'Ouest, c'est pas mal non plus. Y en a d'vous qui sont de Bristol ou de Plymouth ?

— Trois de Bristol, monsieur Partridge. Moi, c'est Richard Morgan, et deux autres, Will Connelly et Neddy Perrott. (Il les désigna du doigt.) Taffy Edmunds vient de la côte du pays de Galles, Bill Whiting et Jimmy Price sont de Gloucester.

— Alors, vous savez un peu c'que c'est qu'la mer. (Il s'adossa à sa chaise.) Ce bâtiment ici est chargé d'approfondir le chenal en sortant la boue du fond avec ce godet (il agita la main en direction de quelque chose qui ressemblait à une poche géante à la gueule grande ouverte). Il tourne autour d'une chaîne – pour l'instant, elle est à vos pieds mais elle se tend à hauteur de la taille quand l'godet est enclenché. On peut raccourcir ou allonger selon la profondeur de l'eau. L'est ajustée juste bien pour cet endroit. C'est moi qui l'ai fait.

Mr Zachariah Partridge, apparemment dénué de toute méchanceté, semblait prendre un plaisir évident à ce discours.

— Vous d'vez bien vous d'mander pourquoi on a choisi cet endroit, pas vrai ? reprit-il. Voyez-vous, les gars, l'Arsenal royal fournit toute l'armée en matériels, mais y a pas un dixième des quais dont les bateaux ravitailleurs ont besoin. Vos collègues criminels, là-bas, sur la rive, en construisent de nouveaux en comblant les marécages autour du Warren. Nous autres, dragueurs, on leur fournit leur ballast, qu'ils mélangent à des pierres, du gravier et d'la chaux, sinon tout s'écroulerait dans le fleuve.

– Merci de vos explications, monsieur Partridge, dit Richard.

– La plupart des gens en font pas autant, hein ? (Il agita la main en direction de la grande poche béante.) Ce godet rentre dans l'eau de mon côté et ressort quand la potence de chargement arrive tout en bas, à l'autre bout. Si vous faites du bon travail, il contiendra 50 livres de vase et de saletés..., c'est terrible, les choses qu'on peut sortir ! Cette drague-ci contient 27 livres de ballast, comme on dit, nous autres dragueurs. C'qui veut dire que vous d'vez sortir 1100 godets de ballast pour la remplir. Comme on est en hiver, z'avez six heures de travail. Y perdent deux heures à vous amener et vous remmener. Et une bonne journée de travail donne vingt godets, soit une demi-tonne. En soustrayant (il sait lire et compter, nota Richard) les dimanches et les jours de mauvais temps, surtout à cette époque de l'année, il vous faudra environ dix semaines pour remplir ce bateau de ballast. Quand y s'ra plein, y s'ra remorqué jusqu'au Warren pour être déchargé avant d'être remorqué à un autre endroit et de recommencer l'travail.

« C'est un amateur de faits et de chiffres, songea Richard, un méthodiste, il n'est pas de Londres et il aime son métier, en particulier parce qu'il n'a pas à lever le petit doigt. Sachant cela, comment trouver le chemin de son amitié ou, pour le moins, de son approbation ? Serons-nous capables d'accomplir la tâche qu'il attend de nous ? Sinon, nous risquons de nous exposer à quelque subtile conséquence d'inspiration méthodiste. Mais ce n'est pas une brute. »

– Sommes-nous autorisés à vous adresser la parole, monsieur Partridge ? Par exemple, pouvons-nous vous poser des questions ?

— Faites ce que j'attends de vous, Morgan, et vous aurez pas de problèmes avec moi. J'veux pas dire par là que j'vais vous dorloter. Si je l'voulais, je pourrais vous casser le bras avec ce gourdin. Mais j'le veux pas, et pour une bonne raison. J'veux que Mr Campbell pense vraiment beaucoup de bien de moi et, pour ça, j'ai besoin de produire du ballast. On m'a confié ce bâtiment tout neuf parce que c'est ma drague qui produit le plus de ballast. Si vous m'aidez, j'suis disposé à vous aider, conclut Mr Partridge en se levant. Maintenant, les gars, j'vais vous expliquer c'que vous avez à faire et comment le faire.

Le godet était un épais sac de cuir d'environ trois pieds de long, avec une gueule de fer ronde d'un diamètre un peu supérieur à deux pieds. Il était prolongé au-dessous par une sorte de cuillère en acier de forme ovale, peu profonde et aux bords coupants, coulée en même temps que le cercle de fer auquel elle était rattachée. Une chaîne était fixée de chaque côté de ce cercle et rejoignait en Y une autre chaîne, unique celle-là, qui courait sans interruption d'une extrémité de la drague à l'autre, en un circuit sans fin qui offrait suffisamment de jeu pour déposer le godet au fond du fleuve. La chaîne passait autour d'un treuil qui plongeait le sac dans l'eau du côté de Mr Partridge. Il s'enfonçait sous son propre poids, le fond en cuir étant fixé à une corde manipulée depuis l'embarcation. À l'autre extrémité, une potence dotée d'un mécanisme à poulie traînait la gueule cerclée de fer et sa cuillère d'acier sur le fond pour récolter la vase. Quand le godet parvenait en fin de course, la potence exerçait une poussée verticale. Le sac dégoulinant était alors vidé dans le compartiment après qu'on eut fait tourner la potence pour le placer au-dessus. Il parcourait à vide toute la longueur pour revenir au treuil et plonger de nouveau dans l'eau afin de dévorer son repas de vase de la Tamise.

Il leur fallut une semaine entière pour s'accoutumer au travail et, durant cette période, Mr Partridge n'obtint pas sa demi-tonne. Il comptait sur un godet toutes les vingt minutes, mais la nouvelle équipe mettait une heure. Toutefois, il ne dit rien et ne fit rien, se contentant de rester assis sur sa chaise et de sucer sa pipe, un pichet de rhum à ses pieds, son attention occupée par l'activité qui régnait sur le grand fleuve, quand il ne contemplait pas d'un air méditatif son équipe en train de s'échiner. Un dinghy était attaché à la drague par une amarre, ce qui pouvait signifier qu'il gagnait le rivage à la rame à la fin de la journée. Mais il devait aussi coucher à bord car les hommes le virent acheter du bois pour son poêle et de quoi remplir son garde-manger aux petits bateaux qui proposaient leurs marchandises sur le fleuve.

L'équipe dut assimiler par sa propre expérience quelques trucs et astuces. Par exemple, le godet avait tendance à se soulever par le fond et devait être maintenu en place par une perche agissant exactement au bon endroit, c'est-à-dire en haut du cercle de fer, sur trois pouces de large seulement. Il fallait faire preuve d'adresse et de flair car la visibilité dans l'eau était à peu près nulle avec la vase toujours en mouvement. Quatre hommes maniaient la potence et la corde, un autre le treuil et le dernier la perche qui maintenait le godet au fond. Seule la potence exigeait de la force, mais l'homme chargé de la perche devait se montrer à la fois habile et puissant. Mr Partridge n'ayant rien dit et rien fait, ce fut Richard qui répartit les tâches. Jimmy Price fut chargé du treuil qui requérait le moins de biceps, Bill, Will, Taffy et Neddy furent affectés à la potence et il prit lui-même le contrôle de la perche.

Lentement, après de nombreux et patients efforts, leur vitesse d'exécution augmenta en même temps que la quantité de vase recueillie par le godet. Quand, une semaine plus tard, ils atteignirent leurs vingt godets dans leur journée de six heures, Mr Partridge, enchanté, apporta 6 grands pots de petite bière, 1 motte de beurre et 6 pains au levain tout frais, d'une livre chacun.

— J'ai su qu'vous s'riez bons dès que j'vous ai vus. Laissons les hommes trouver leur manière, j'dis toujours. J'touche un bonus de 5 livres par charge de ballast que j'livre au Warren. Si j'peux m'frotter les mains, ça s'ra pareil pour vous. Si vous faites plus de vingt godets par jour, z'aurez un repas ; un quart de petite bière et une livre de bon pain chacun. Z'êtes tous déjà plus minces qu'y a une semaine, et ça va pas. J'dois veiller sur ma réputation. (Il se frotta le nez d'un air songeur.) J'y pense, j'peux pas vous acheter un repas tous les jours.

— Nous pourrions peut-être y contribuer, avança Richard. Étant de Bristol, je connais l'odeur de votre tabac – du Ricketts. Il doit coûter cher à Woolwich, et même à Londres. Je pourrais peut-être vous faire envoyer un excellent Ricketts, Mr Partridge, si vous me donnez une adresse. Car, s'il arrivait sur le *Cérès*, je crains que Mr Sykes ne s'en empare…

— Bien, bien ! (Mr Partridge parut ravi.) Trouvez-moi seulement un shilling par jour et j'fournis le repas. Pour le tabac, envoyez-le au Ducks and Drakes, une taverne de Plumstead.

Au début, cela ne marcha pas trop bien pour Ike Rogers et son équipe mais, après quelques entretiens avec Richard et ses hommes, ils réussirent à accélérer leur cadence et purent conclure un arrangement du même ordre avec le gardien de leur drague, un homme du Kent originaire de Gravesend.

L'aspect le plus pénible de ce travail était la saleté répugnante qu'il fallait sans cesse manipuler. Ils étaient recouverts de la tête aux pieds par une croûte de vase noirâtre et puante. La chaîne circulant à hauteur de la taille tout le long de la plate-forme en était enduite ; elle tombait du godet et éclaboussait tout quand on le vidait. Au bout d'une semaine, la drague flambant neuve ressemblait comme une sœur aux autres plates-formes plus anciennes.

Lorsque Richard eut compris que deux d'entre eux devaient descendre une fois par jour dans le compartiment à ballast pour pelleter au-dehors la vase gluante et ses affreuses inclusions qui s'accumulaient sous la gueule du godet, il prit une décision :

– Est-ce que l'un d'entre vous a mal aux pieds ? Une coupure, une égratignure, une ampoule ?

– Ouais, moi, dit Taffy. Des cors qui me font mal, là.

– Alors ce soir, quand nous nous serons lavés, je te donnerai un peu de ma pommade, mais tu ne pourras pas aller dans la vase tant que ton pied ne sera pas guéri. En fait, dès qu'il fera un peu plus chaud, je demanderai à Mr Partridge (qui écoutait, l'oreille tendue) si nous pouvons laisser nos chaussures sur son pont et travailler pieds nus. D'ici là, nous nous mettrons pieds chaussés pour pelleter la vase.

Ils pouvaient du moins se laver et ne manquaient pas de le faire chaque soir, dès qu'ils regagnaient le faux-pont du *Cérès*. Pour ceux qui n'étaient pas de Bristol, la seule vue de ce que la drague remontait du fond de la Tamise était assez horrible pour les inciter à suivre l'exemple de Richard : vêtements ôtés, savonnage et rinçage à la pompe du corps, des chaînes et des fers pleins de vase. Ils avaient conclu un agréable arrangement avec William Stanley, de Seend, qui faisait laver leurs vêtements de rechange par Mikey dans la journée.

Duncan Campbell avait distribué de nouveaux vêtements aux habitants de ses académies – il le faisait à peu près une fois par an – quatre jours après l'arrivée des hommes de Gloucester : deux pantalons d'une lourde toile grossière, deux chemises à carreaux tout aussi lourdes et une veste de toile non doublée. Les hommes de Gloucester découvrirent avec plaisir que les pantalons avaient peut-être des coutures aussi raides que des scies à métaux, mais qu'ils tombaient au-dessous de la cheville, même si, pour Richard et Ike, ils se révélèrent un peu plus courts. Lorsque Ike troquait ses bottes aux précieux talons contre de simples souliers, sa taille diminuait de plusieurs pouces mais, comme il était nouveau venu sur le *Cérès*, personne ne s'en était aperçu, à l'exception de ses camarades de Gloucester qui, naturellement, ne pipèrent mot.

Avec des pantalons, les hommes de taille moyenne n'avaient plus besoin d'envelopper leurs fers pour se protéger la peau ni de porter des bas pour se prémunir contre le vent glacial de la Tamise. Richard, qui savait se servir d'une aiguille à coudre, put couper sur les pantalons de Jimmy assez de tissu pour rallonger les siens. De son côté, Ike paya une chope de gin à Stanley, qui lui céda l'excédent de longueur des siens. Quelle merveilleuse invention que les pantalons ! Ils étaient couleur rouille, raides, lavables et tout à fait différents des culottes qui s'arrêtaient aux genoux. De plus, alors que celles-ci s'ouvraient à la taille par un large pan maintenu à la ceinture au moyen de boutons, les pantalons possédaient sur le devant une rangée verticale de boutons allant de l'entrejambe à la ceinture. Ce que les hommes jugèrent fort commode pour uriner…

Mr James Thistlethwaite se présenta le deuxième dimanche après leur arrivée sur le *Cérès*. Il apparut sur le seuil, secoua chaleureusement la main de Mr Sykes, entra et contempla avec stupéfaction cette prison rouge vif.

— Jem ! Jem !

Ils s'étreignirent sans réserve puis s'écartèrent l'un de l'autre pour se contempler. Près de dix années s'étaient écoulées depuis leur dernière rencontre et ces dix ans avaient provoqué bien des changements en eux.

Aux yeux de Richard, Mr Thistlethwaite sembla éminemment prospère. Sanglé dans un costume bordeaux taillé dans la plus fine étoffe, il arborait une perruque et un chapeau garni de parements d'or, une chaîne et une montre en or et de hautes bottes en cuir étincelant. Son ventre s'était arrondi, son visage – autrefois si ridé – rempli et, sur son nez bulbeux, la floraison purpurine due à l'excès de rhum s'était épanouie jusqu'à la perfection. Le choc passé, le regard de ses yeux bleu délavé et injectés de sang apparut plein d'amour.

Pour Mr Thistlethwaite, Richard sembla composé de deux hommes qui faisaient surface alternativement, à de brefs intervalles. L'ancien et le nouveau, inextricablement mêlés. Seigneur, comme il était beau ! Comment réussissait-il pareil miracle ? Ses cheveux en brosse semblaient plus sombres encore et son teint, exposé aux intempéries, était sans défaut. Il était rasé et parfaitement propre ; sous sa chemise du dimanche, on devinait un corps musclé et dénué du moindre pouce de graisse. Était-il devenu insensible au froid ? Ce local rouge sang était glacial et il ne portait pas de veste. Ses chaussures et ses bas étaient propres, eux aussi mais… Oh, ces fers ! Le patient et pacifique Richard Morgan enchaîné. Cela paraissait impensable. Mais c'était dans les yeux gris-bleu que résidait le principal changement. Thistlethwaite les avait connus toujours un peu rêveurs, gais, mais avec douceur et gravité. Le regard était à présent beaucoup plus concentré, on n'y voyait plus trace de rêve et, sur ce visage si régulier, plus de sourire ni de douceur.

— Richard, comme tu as grandi ! Je m'attendais à toutes sortes de changements mais pas à celui-là.

Mr Thistlethwaite se pinça le nez et cligna des yeux.

— William Stanley, de Seend, voici Mr James Thistlethwaite, annonça Richard au minuscule bonhomme tout ratatiné qui les observait. Maintenant, trouve-nous un coin tranquille. Et que personne ne vienne nous déranger, entends-tu ? Je ferai les présentations plus tard. L'intimité est la plus rare des marchandises sur le *Cérès*, ajouta-t-il en se tournant vers Jem. Cependant, on arrive à l'obtenir. Asseyez-vous !

— Tu es le chef ? s'exclama Jem avec surprise.

— Non, je refuse de l'être. Simplement, il m'arrive d'avoir à faire preuve d'autorité, mais nous le faisons tous quand cela s'avère nécessaire. La notion de chef implique du bruit et de la fureur, et je ne suis pas plus bavard ici qu'à Bristol. Je ne désire pas diriger un autre homme que moi-même. Mais ces gens se conduisent parfois comme des moutons et je ne veux pas qu'on les envoie à l'abattoir. À l'exception de Will Connelly, lui aussi de Bristol, qui a reçu à Colston une bonne formation, les autres ne savent pas se servir de leur cervelle. Et la seule différence entre Will Connelly et moi tient peut-être seulement à mon bon cousin James l'Apothicaire. S'il n'avait pas existé, s'il n'avait pas été si bon pour moi, je serais peut-être semblable à ces pauvres Irlandais de Liverpool, comme un poisson hors de l'eau. (Il se pencha pour saisir la main de Mr Thistlethwaite avec un grand sourire.) Et maintenant, parlez-moi de vous. Vous paraissez extrêmement imposant.

— Je peux me permettre d'avoir l'air imposant, Richard.

— Avez-vous épousé la religion de l'argent, comme tout véritable habitant de Bristol ?

— Non. Bien que je tire mes ressources des femmes. Tu as devant toi un homme qui, sous un nom de plume évidemment, écrit des romans pour distraire ces dames. La dernière passion à la mode consiste à lire des romans ; tout cela vient du fait qu'on leur a appris à lire mais sans rien leur mettre d'autre dans le crâne. Grâce aux boutiques de livres, aux feuilletons publiés dans les journaux et aux bibliothèques, je gagne bien plus d'argent qu'avec mes pamphlets. Dans tous les comités, cures ou paroisses, manoirs et hôtels d'Angleterre, on trouve une foule de dames comme il faut. En Écosse et en Irlande, elles lisent également. Et je suis lu jusqu'en Amérique. (Il fit une grimace.) Mais je ne bois plus le rhum de Mr Cave. En réalité, j'ai rompu avec le rhum. Je ne bois plus que du cognac français, et du meilleur.

— Êtes-vous marié, à présent ?

— Non, toujours pas. J'ai deux maîtresses, toutes deux mariées à des hommes de condition modeste. Mais assez parlé de moi. Je veux tout savoir de ta vie, Richard.

Ce dernier haussa les épaules.

— Il n'y a pas grand-chose à en dire. J'ai passé trois mois à Newgate, la prison de Bristol, exactement un an dans la prison de Gloucester et voilà deux longues semaines que je suis à bord du *Cérès*. À Bristol, je restais assis à lire, à Gloucester j'ai tiré des blocs de pierre. Ici, je drague le fond de la Tamise, ce qui n'est rien pour un homme habitué à la vase de Bristol à marée basse. Bien qu'il nous soit pénible, à nous tous, d'y découvrir parfois le corps d'un bébé.

Ils abordèrent alors l'important sujet de l'argent et discutèrent de la meilleure méthode pour mettre à l'abri des rouleaux de pièces d'or.

— Sykes ne fera pas d'histoires, assura Jem. Je lui ai glissé une guinée et il a aussitôt fait le beau, ventre en avant, comme tous ces ruffians. Courage ! Je vais m'arranger avec cet imbécile pour qu'il achète tout ce dont vous avez besoin comme nourriture et comme boisson, pour toi et tes amis. Tu as l'air aussi fringant qu'un sloop mais tu es un peu trop mince.

Richard ébaucha un signe de dénégation.

— Pas de nourriture, Jem, seulement de la petite bière. Il y a ici près d'une centaine d'hommes, compte tenu de ceux qui meurent presque chaque jour. Chacun surveille jalousement la ration que le cambusier distribue aux autres. Tout ce que nous désirons, c'est sauvegarder l'argent que nous possédons et peut-être vous en demander un peu quand ce sera nécessaire. Nous avons eu la chance de tomber sur un dragueur ambitieux et, sur la Tamise, naviguent une foule de petits bateaux ambulants. Pour deux pence par tête, nous mangeons convenablement à midi sur la drague, avec tout ce qu'il faut, du poisson salé aux légumes frais et aux fruits. Ike Rogers et son équipe ont réussi eux aussi à s'entendre avec leur dragueur.

— C'est difficile à croire, observa Jem, mais tu sembles plein de projets et tu as l'air d'y trouver presque du plaisir. Je suppose que c'est ce que l'on appelle le sens des responsabilités.

— C'est la foi en Dieu qui me soutient. Je l'ai toujours eue. Malgré cela, je dois admettre que, pour un forçat, j'ai eu beaucoup de chance. D'abord en la personne d'une femme nommée Lizzie Lock, qui a veillé sur ce qui m'appartenait à Gloucester et m'a appris à me servir d'une aiguille à coudre. À propos, elle a été enchantée du chapeau que vous lui avez fait parvenir et je ne vous en remercierai jamais assez. Les femmes nous manquent et je me souviens de vous en avoir donné les raisons dans l'une de mes lettres. J'ai réussi à préserver la santé de mon corps et de mon esprit. Ici, dans ce ramassis de brutes et en l'absence de femmes, nous avons pu nous tailler une place grâce à un type avide et à un dragueur qui associe la religion méthodiste au rhum, au tabac et à la paresse. De drôles de compères, mais j'ai connu pire.

Sa pierre filtrante était posée sur la table, près de lui et, distraitement, il étendit la main pour la caresser. Un curieux silence suivi d'un murmure se fit dans la salle rouge parmi les hommes qui s'y trouvaient rassemblés, déjà intrigués par l'arrivée d'un visiteur. Leur réaction devant le geste de Richard fut une énigme pour Mr Thistlethwaite, dont le nez sensible se plissa de curiosité.

— Pourvu qu'il ait un peu d'argent, le forçat peut faire de l'avarice son meilleur ami, poursuivit Richard. Ici, les hommes coûtent bien moins que 30 deniers d'argent. Ces gens du Northumberland et de Liverpool, je suis navré pour eux. Ils n'ont pas un seul penny. Aussi meurent-ils de maladie ou de désespoir. Certains survivent, car Dieu a peut-être quelque dessein pour eux. Quant aux gens de Londres, au-dessus, ils sont étonnamment durs, avec des ruses de rats mourant de faim. Sans doute ont-ils des règles de vie différentes. Ces énormes villes constituent un véritable pays à elles seules, et possèdent leurs propres codes. Ce n'est pas le nôtre, mais je ne tiens pas compte, pour une bonne part, de tout ce qu'on raconte ici sur les Londoniens. C'est sur le faux-pont que sont regroupés tous ceux qui viennent du reste de l'Angleterre. Nos gardiens sont vénaux, et malhonnêtes par-dessus le marché. Et il faut encore ajouter des hommes comme William Stanley, de Seend. Il tire du fonctionnement de cet endroit autant de lait que le ferait une paysanne expérimentée de sa vache favorite. Et tous autant que nous sommes, aussi bien Hanks et Sykes que nos buveurs de rhum, nos mouchards, nos rustres, nos benêts ou nos ivrognes, y compris ces malheureux en train de mourir sur la plate-forme là-bas, nous marchons sur une corde raide au-dessus d'un précipice. Un pouce de trop d'un côté ou de l'autre, et nous tombons. (Il marqua une pause pour souffler, surpris de sa propre éloquence.) Bien qu'aucun d'entre nous ne puisse assimiler cela à un passe-temps, la situation offre pourtant des points communs avec le jeu. Il y faut beaucoup d'astuce, mais aussi un peu de chance et, sur ce point, on dirait que Dieu m'en accorde.

Pendant que Richard parlait, Mr Thistlethwaite comprit soudain une chose qui l'avait préoccupé auparavant. À Bristol, la vie de Richard pouvait se comparer au mouvement d'un radeau, allant et venant au gré des directions, parfois des caprices des autres. Malgré les peines et les catastrophes qui l'avaient traversée, elle avait continué de flotter comme une embarcation docile. La disparition de William Henry elle-même n'avait pas réussi à la doter d'un gouvernail. Mais Ceely Trevillian l'avait poussée vers un océan où un radeau ne pouvait que sombrer. Un océan sur lequel Richard avait senti que ses frères étaient incapables de naviguer. Alors, sortant de lui-même, il les avait hissés sur ses épaules. La prison lui avait fourni une étoile d'après laquelle se guider et il était parvenu à gonfler les voiles au seul souffle d'une volonté qu'il ignorait posséder jusqu'alors. Comme il était de ce type d'hommes qui doivent avoir quelqu'un à aimer plus qu'eux-mêmes, il s'était donné pour tâche de sauver les siens : ceux qui l'avaient accompagné depuis la prison de Gloucester jusque sur ces mers étrangères et déchaînées.

Lorsque les présentations furent faites, les quatorze détenus (William Stanley, de Seend, et Mikey Dennison s'étaient joints à eux) s'installèrent pour écouter James Thistlethwaite leur raconter ce qu'il avait appris sur le sort qui les attendait.

– Au départ, commença-t-il, ceux qui se trouvent à bord du *Cérès* étaient destinés à gagner Lemaine. D'après ce que j'ai compris, il s'agit d'une île de la taille de celle de Manhattan, à New York, au milieu d'un grand fleuve d'Afrique. Où la plupart d'entre vous seraient certainement morts en un an, de quelque fièvre mauvaise. C'est à Edmund Burke que vous devez d'avoir rayé Lemaine – et, d'ailleurs, toute l'Afrique – de la liste des lieux susceptibles d'accueillir les condamnés.

» Aidé et encouragé par lord Beauchamp, Burke a lancé une attaque en mars et en avril contre les projets de Mr Pitt pour débarrasser l'Angleterre de ses prisonniers. "Mieux vaut pendre la plupart d'entre eux, s'écria Burke, que les envoyer dans des endroits où leur mort sera beaucoup plus lente et plus douloureuse !" Après l'inévitable intervention d'une commission d'enquête, Mr Pitt a été obligé d'abandonner l'Afrique, sans doute à jamais. C'est alors que l'attention de tous s'est portée sur Botany Bay, en Nouvelle-Galles du Sud, que Mr James Matra estimait devoir être un lieu approprié. Lord Beauchamp avait fait toute une histoire parce que l'île de Lemaine était hors des limites du territoire anglais et dans une zone où Français, Espagnols et Portugais allaient chercher des esclaves. Certes, Botany Bay ne se trouve pas non plus sous influence anglaise, mais le territoire n'appartient à personne d'autre. Alors, pourquoi ne pas tenter de faire d'une pierre deux coups ? Le corbeau, ce gros oiseau plutôt désagréable, est un peu comme vous : il coûte cher à l'Angleterre et ne rapporte pas grand-chose. La caille, plus modeste et bien plus savoureuse, voilà le véritable objectif, c'est-à-dire la possibilité, après quelques années de dépenses, que Botany Bay s'avère un profit substantiel pour l'Angleterre.

Richard saisit un livre et essaya de montrer au groupe où se trouvait Botany Bay sur l'une des cartes dressées par Cook. Mais seuls les hommes qui savaient lire manifestèrent quelque compréhension.

Mr Thistlethwaite tenta d'éclairer les autres.

— À quelle distance de Londres se trouve… eh bien, disons, Oxford ?

— Loin, déclara Willy Wilton.

— Une cinquantaine de miles, renchérit Ike Rogers.

— Alors, Botany Bay est deux cents fois plus loin de Londres que ne l'est Oxford. S'il faut une semaine à un chariot pour aller de Londres à Oxford, il en faudrait deux cents à ce même chariot pour aller de Londres à Botany Bay.

— Les chariots ne vont pas sur l'eau, objecta Billy Earl.

— En effet, répondit avec patience Mr Thistlethwaite, mais les bateaux, si. Et ils avancent bien plus vite. Au moins quatre fois plus vite. Ce qui signifie qu'un bateau devrait mettre à peu près un an pour aller de Londres à Botany Bay.

— C'est trop, intervint Richard, les sourcils froncés. Vous deviez le savoir, du temps où vous viviez à Bristol. Avec un bon vent, un bateau peut couvrir deux cents milles nautiques en un seul jour. Compte tenu des escales, des périodes de calme plat et du louvoiement, il ne faudrait pas plus de six mois.

— Ne commence pas à ergoter, Richard. Qu'il faille six mois ou un an, Botany Bay se trouve de l'autre côté du globe, aux antipodes.

Soudain fatigué, Mr Thistlethwaite se leva.

— Et maintenant, fin de cet entretien. Je m'en vais.

« De toute manière, ils sont un fardeau pour Richard, dont la patience est infinie, songea-t-il en tambourinant à la porte pour sortir. S'il ne tenait qu'à moi, je me rangerais à l'avis d'Edmund Burke et les ferais presque tous pendre. Cette expérience de Botany Bay n'a ni rime ni raison. C'est un acte désespéré. »

– Adieu, adieu, cria-t-il tandis que le gardien lui ouvrait. Nous nous reverrons !

– Mr Thistlethwaite est un chic type, déclara Bill Whiting en s'installant à la place que celui-ci venait de quitter. C'est lui, ton informateur londonien, mon beau Richard ?

Cet ancien surnom détonnait ici.

– Ne m'appelle pas ainsi, Bill, répondit Richard avec une pointe de tristesse. Ça me rappelle des femmes de la prison de Gloucester.

– Oh, c'est vrai. Pardonne-moi.

Il n'était plus le vieux Bill impertinent d'avant. Le *Cérès* ne favorisait guère la plaisanterie. Soudain, il pensa à autre chose.

– J'ai cru au départ que Stanley pourrait devenir l'un des nôtres, mais il ne s'intéresse qu'à ce qu'il peut tirer de nous.

– À quoi t'attendais-tu, Bill ? Taffy et toi avez volé des animaux vivants, mais Stanley a été pris à détrousser un mort. Il cherchera toujours à estamper quelqu'un qui n'est pas en mesure de lui résister.

– Je ne sais pas, répondit Bill avec un regard rêveur qui tranchait avec son attitude généralement désinvolte. Si toi et Mr Thistlethwaite avez ne serait-ce qu'à moitié raison, c'est un bien long voyage qui nous attend jusqu'à Botany Bay. Un espar pourrait tomber sur le crâne de

Stanley. Et nous ne serions pas trop affligés si Mr Sykes avait un accident avant notre départ, pas vrai ?

Richard le saisit par les épaules et le secoua.

– Ne te mets pas à imaginer des choses pareilles, Bill, et surtout n'en parle pas ! Ici, il n'y a qu'une seule manière de voir un jour la fin de nos malheurs : c'est de supporter notre sort sans jamais attirer l'attention de ceux qui ont le pouvoir de les aggraver. Que tu les haïsses, bien, mais supporte-les ! Toutes les choses ont une fin. Le *Cérès* en aura une et, un jour ou l'autre, également Botany Bay. Nous ne sommes pas très jeunes, mais pas vieux non plus. Tu ne comprends donc pas ? C'est en survivant que nous vaincrons ! Nous ne devons penser qu'à ça !

Ainsi s'écoula lentement le temps, rythmé par les circuits de la chaîne qui entraînait le godet de la drague. Les tas de vase puante. Le faux-pont puant du *Cérès*. Les corps malodorants entassés une fois par semaine pour une inhumation dans le coin d'un grand terrain près de Woolwich que Mr Duncan Campbell avait acheté à cet effet. Des nouveaux arrivaient, d'autres partaient pour ce grand terrain, mais aucun de l'équipe de Richard ou de celle de Ike Rogers.

Une certaine camaraderie, née de leurs tourments communs, unissait les occupants du faux-pont alors qu'ils n'auraient guère communiqué dans d'autres conditions. Au bout des sept premiers mois, le visage de chacun était connu, ils se faisaient signe, bavardaient, échangeaient des informations, parfois de simples plaisanteries. Il y avait des luttes, certaines sérieuses, des querelles, parfois amères, il y avait quelques mouchards et lèche-bottes comme William Stanley, et l'on déplorait quelquefois des morts violentes, quoique rarement.

Comme dans toute assemblée d'hommes très différents, les groupes finissaient, après de nombreux heurts, par se répartir de manière à peu près stable. Bien que la répétition mensuelle de la cérémonie de l'eau (sans oublier l'air de Haendel et l'invocation à Hippocrate) tînt les autres à l'écart, les équipes de Richard et de Ike avaient fraternisé avec tous, mais en protégeant leur autonomie. Ils ne sympathisaient pas avec les tyrans, les mauvais sujets ou les rapaces, mais n'étaient pas non plus leur proie. Vivre et laisser vivre, c'était une bonne règle pour tenir le coup.

Zachariah Partridge ne trouva aucune raison de modifier son opinion sur son équipe de dragage. Au fur et à mesure que les jours passaient et que le rythme de travail augmentait, il touchait plus fréquemment qu'il ne l'avait jamais rêvé ses 5 livres de prime par plein chargement de vase. Ces gars-là, Zachariah l'avait parfaitement compris, tenaient à rester en forme et à bien manger.

Comme tous ceux qui peuplaient les embarcations de marchands ou les pontons sur cette portion du fleuve si encombrée, il n'oubliait pas la menace de Botany Bay, toujours en suspens. Et cela le disposait à se montrer plutôt généreux avec cette équipe car il savait que, si elle figurait parmi les partants, il avait peu de chance d'en retrouver une aussi bonne. Le tabac Ricketts était arrivé en même temps qu'un tonnelet d'un excellent rhum. Aussi, quand Richard avait besoin de faire appel à une embarcation ambulante vendant quelque marchandise particulière, Zachariah ne soulevait-il pas d'objection, à condition que le montant de vase récoltée n'en souffre pas. Fasciné, il regardait les hommes entasser des vêtements de coutil, du savon noir, des chaussures, des ciseaux, de bons rasoirs, des affiloirs, des pierres à aiguiser, des peignes fins, de l'huile de goudron, de l'extrait de malt, des caleçons, des bas épais, du liniment, de la ficelle, des sacs solides, des vis, des outils, des tasseaux.

– Vous êtes cinglés, observa-t-il. Vous vous prenez pour des occupants de l'arche de Noé ?

– Pourquoi pas ? répondit Richard avec solennité. C'est une comparaison adéquate. Je doute que nous trouvions des marchands ambulants à Botany Bay.

Jem Thistlethwaite les informait dès qu'il apprenait quelque chose de nouveau. Fin août, il put leur révéler que lord Sydney avait écrit aux lords délégués au Trésor pour leur annoncer que 750 forçats devaient être transportés vers une nouvelle colonie, en Nouvelle-Galles du Sud, laquelle se situait à Botany Bay. Ils seraient sous la garde de la Royal Navy de Sa Majesté et sous le contrôle direct de trois compagnies de soldats qui devaient signer un engagement de trois ans à partir de leur date d'arrivée en Nouvelle-Galles du Sud.

– Ils ne vous jetteront pas sur la côte, expliqua-t-il, c'est certain. Le ministère de l'Intérieur est inondé de documents, de la liste des forçats jusqu'aux besoins en rhum, sans oublier les offres de fournisseurs pour le ravitaillement. Mais, précisa-t-il avec un sourire, l'expédition se composera exclusivement d'hommes. Ils pensent trouver des femmes dans les îles avoisinantes, sans doute de la même manière que les Romains en avaient obtenu des Sabins. Ce qui me fait penser que je dois absolument vous apporter des volumes de *Histoire du déclin et de la chute de l'Empire romain*, de Gibbon.

– Seigneur ! s'exclama Bill Whiting. Des femmes indiennes ! Mais lesquelles ? Il y en a de toutes sortes, des noires et des jaunes, en passant par le rouge, des belles comme Vénus et d'autres aussi laides que la Méduse.

En octobre, Mr Thistlethwaite les informa qu'il n'y aurait pas de femmes indiennes.

— Le Parlement n'a pas trouvé à son goût l'allusion à l'enlèvement des Sabines, car il était évident que les Indiens ne comptaient pas offrir leurs femmes en cadeau ni même les vendre. Des âmes charitables sont venues à votre secours. Il y aura donc également des femmes condamnées au bagne, dans le lot, mais combien, je l'ignore. Étant donné que quarante marins emmènent femmes et enfants avec eux, il a été convenu que les couples de détenus pourraient partir ensemble. Il semble y en avoir un certain nombre.

— Nous en avons connu un à Gloucester, remarqua Richard. Bess Parker et Ned Pugh. J'ignore ce qu'ils sont devenus, mais qui sait ? Ils ont peut-être été sélectionnés, s'ils sont encore en vie. Mais ce serait une honte d'envoyer là-bas des hommes comme Ned Pugh ou des femmes comme Lizzie Lock, qui, l'an prochain, auront accompli cinq des sept années de bagne auxquelles ils ont été condamnés.

— Pas d'espoir pour Lizzie Lock, Richard. J'ai appris que les femmes prévues pour ce voyage viendraient de la prison de Londres. Le gouverneur sera un certain commandant Arthur Phillip, de la Royal Navy, et son assistant un major du nom de Robert Ross, issu de l'armée. Vous serez sous la responsabilité de la Royal Navy, ce qui signifie que vous ferez la connaissance de ce qu'on appelle le « chat ». Aucun marin, aucun navigateur n'y a échappé. Et je ne veux pas parler par là de cette petite créature à quatre pattes qui fait « miaou ». (Il fut secoué d'un frisson et décida de changer de sujet.) D'autres arrangements ont été déjà pris : la colonie sera placée sous le droit maritime. Pas de gouvernement élu. Le juge sera, je crois, un marin. Il y aura un chirurgien en chef aidé de plusieurs assistants et, bien entendu, un chapelain… Comment pourriez-vous vivre sans un bon et solide Dieu anglais ? Pour l'instant, tout cela demeure rigoureusement secret. Rien n'a encore été communiqué au public.

– Quel genre d'homme est ce gouverneur Phillip ? questionna Richard.

Mr Thistlethwaite s'esclaffa.

– Un rien du tout, Richard ! Un minable appartenant à la marine. L'amiral lord Howe s'est montré très méprisant à son sujet lorsque son nom a été mentionné, mais j'imagine qu'il avait peut-être quelque jeune neveu à caser dans un commandement rapportant mille livres par an. L'information m'a été communiquée par un très vieil ami, sir George Rose, trésorier de la marine royale. Il m'a dit que lord Sydney avait choisi Phillip personnellement, après un long entretien avec Mr Pitt, lequel est bien décidé à ce que cette expérience réussisse. Dans le cas contraire, son gouvernement se trouverait mis en échec par un problème aussi mineur que celui des prisons. Mais que faire de tous ces forçats qu'on ne sait où envoyer ? L'ennui est que, dans l'esprit réformateur et zélé des âmes charitables, la déportation est associée à l'esclavage.

– Il y a des points communs, observa sèchement Richard. Mais parlez-moi davantage de ce gouverneur Phillip, qui sera l'arbitre de notre sort.

Mr Thistlethwaite se lécha les lèvres, regrettant l'absence d'un verre de cognac.

– Un rien du tout, comme je viens de le dire. Son père était allemand et enseignait les langues étrangères à Londres. Sa mère, une parente éloignée de lord Pembroke, était veuve d'un commandant de vaisseau. Il a suivi les cours d'une école navale, du genre de Colston, ce qui signifie qu'ils n'étaient pas riches. Après la guerre de Sept Ans, il a été mis en demi-solde et est allé servir dans la marine portugaise, où il s'est distingué plusieurs années. La plus grande unité qu'il ait commandée dans la marine royale fut un navire de quatrième rang qui n'a jamais été engagé dans une action quelconque. Phillip était pour la seconde fois en retraite quand il a accepté le commandement actuel. Ce n'est pas un homme jeune, mais il n'est pas vieux non plus.

Will Connelly fronça les sourcils.

— Tout ça me paraît curieux, Jem, soupira-t-il. On dirait bel et bien que nous allons être largués à Botany Bay. Sinon, on aurait choisi un lord ou un amiral comme gouverneur.

— Cite-moi le nom d'un lord ou d'un amiral qui accepterait de s'en aller à l'autre bout de la terre pour seulement mille livres par an, Will, et je t'offre le sceptre et la couronne d'Angleterre, lança ironiquement Mr James Thistlethwaite, sentant le pamphlétaire se réveiller en lui. Un petit tour reposant jusqu'aux Indes, peut-être. Mais ça ? Cela m'a tout l'air d'un piège mortel. Personne ne sait exactement où se trouve Botany Bay et, si tous affirment que c'est un paradis sur terre, c'est simplement parce que ça les arrange. Être gouverneur dans ce trou perdu, c'est le genre de travail que seul un nul comme Phillip peut accepter.

— Vous ne nous avez toujours pas dit pourquoi on a choisi celui-là, intervint Ike.

— C'est sir George Rose qui, au départ, l'a proposé parce que – ce sont ses propres mots – Phillip est à la fois efficace et compatissant. Ce qui le distingue des autres, c'est qu'il parle couramment plusieurs langues étrangères. Son père ayant été professeur de langues, on peut supposer qu'il les a apprises en tétant sa mère. Il s'exprime en français, en allemand, en hollandais, en espagnol et en portugais.

— En quoi ça va lui servir à Botany Bay, où les Indiens ne connaissent aucune de ces langues ? s'enquit Neddy Perrott.

— À rien du tout, mais ça l'aidera certainement à y arriver, expliqua Mr Thistlethwaite en s'exhortant à la patience. (Comment Richard pouvait-il les supporter ?) Il faudra effectuer de nombreuses escales et, nulle part, on ne parle anglais : à Ténériffe règne l'espagnol, aux îles du Cap-Vert le portugais, de même qu'à Rio de Janeiro. Le cap de Bonne-Espérance est hollandais. C'est une affaire très délicate, Neddy. Imagine ça ! Une flotte de dix navires anglais armés faisant voile et se présentant, sans être annoncés, pour jeter l'ancre dans un port contrôlé par un pays avec lequel nous étions récemment en guerre ! Ou, encore, au large d'un territoire que nous avons écumé, à la recherche d'esclaves. Tu comprends mieux à présent pourquoi Mr Pitt tient à ce que la flotte établisse d'excellentes relations avec les gouverneurs de ces ports. Mais comment y parvenir en ne parlant que l'anglais ? Personne ne comprendrait un traître mot.

— Pourquoi ne pas utiliser les services d'un interprète ? s'étonna Richard.

— Pour que les négociations passent par l'intermédiaire d'un inférieur ? Et ce avec les Espagnols ou les Portugais ? Le peuple le plus pointilleux, le plus protocolaire du monde ? Ou encore avec les Hollandais, qui en remontreraient au diable quand il s'agit de faire une bonne affaire ? Non, Mr Pitt insiste pour que la communication avec les responsables locaux passe par le gouverneur en personne, de l'Angleterre jusqu'à Botany Bay. Voilà pourquoi le nom du commandant Arthur Phillip était le seul à figurer sur la liste.

Thistlethwaite laissa échapper un rire entendu.

— Ah ah ! Vois-tu, Richard, le sort tient parfois à des choses aussi insignifiantes que celle-là. Car en réalité, elles ne le sont qu'en apparence. Mais qui pense à elles quand on fait les comptes ? Prenons le cas de sir Walter

Raleigh – bagarreur, flibustier, ami intime de la reine Elizabeth Ire. Un mouvement de son mouchoir de dentelle, un parfum dégagé par ses onguents, et le monde entier tombait à ses pieds comme une oie rôtie. Pour être honnête, il est vrai que nous ne vivons plus dans son monde. Tout est bien différent aujourd'hui, et pourtant, qui sait ? Arthur Phillip possède peut-être exactement les qualités requises pour cette mission. Sir George Rose semble le croire, en tout cas. Mr Pitt et lord Seymour sont d'accord avec lui. Que l'amiral lord Howe pense autrement n'a aucune importance. Il est peut-être le premier lord de l'Amirauté, mais ce n'est pas la Royal Navy qui gouverne l'Angleterre.

Les rumeurs circulaient tandis que les jours baissaient et que les primes de 5 livres de Mr Zachariah Partridge s'espaçaient. Une pluie continue n'avait pas arrangé les choses car, en raison des mauvaises conditions climatiques, les forçats s'étaient vus confinés dans leur faux-pont pendant deux semaines. Leur moral s'assombrissait. Ceux qui avaient conclu un arrangement avec leur surveillant, sur la rive ou sur une drague, pour obtenir de la nourriture supplémentaire trouvaient bien dur de revenir aux rations du *Cérès*, qui ne s'étaient améliorées ni en quantité ni en qualité. Mr Sykes, contraint de cohabiter en permanence avec un grand nombre de détenus, avait dû tripler son escorte, et le vacarme des Londoniens au-dessus de leurs têtes s'entendait jusque sur le faux-pont.

En l'absence de gin et de rhum, ils passaient le plus clair de leur temps à jouer. Chaque groupe possédait au moins un jeu de cartes et une paire de dés, mais les perdants (les enjeux consistaient surtout en nourriture ou en corvées) ne se montraient pas toujours bons joueurs. Ceux qui savaient lire faisaient bande à part. Ils ne représentaient pas plus de dix pour cent du total des hommes et échangeaient entre eux des livres ou s'efforçaient d'en emprunter.

Ils n'étaient guère plus de vingt pour cent à laver les vêtements de toile dont Mr Duncan Campbell leur avait fait l'aumône, à les étendre sur des cordes qui se croisaient entre les solives et à s'efforcer de marcher pour faire de l'exercice. Bien que le faux-pont ne fût pas vraiment surpeuplé, l'espace libre limitait ces allées et venues à une cinquantaine d'hommes à la fois, contraints de se déplacer la tête baissée. Les autres devaient rester assis sur les bancs ou étendus sur les plates-formes. En six mois, de juillet à décembre, le *Cérès* perdit quatre-vingts hommes de maladie – plus d'un quart de l'effectif total, également réparti entre les deux ponts.

Vers la fin du mois de décembre, Mr Thistlethwaite fut en mesure de leur en apprendre davantage. Entre-temps, son auditoire s'était considérablement élargi et s'étendait maintenant à tous ceux qui étaient en mesure de le comprendre, nombre qui s'était accru lui aussi grâce à la cohabitation. Parmi les occupants du faux-pont, seuls les rustres à l'esprit lent ne parvenaient pas encore à suivre quelqu'un qui parlait un anglais proche de celui qu'on trouvait dans les livres.

— Les adjudications pour l'approvisionnement des navires ont été faites, annonça-t-il. Des larmes ont été versées. Mr Duncan Campbell a décrété qu'il avait tout ce qu'il lui fallait avec ses académies et il n'a pas soumissionné. L'offre meilleur marché, celle de MM. Turnbull Macaulay et T. Gregory, à sept pence un tiers par jour, par homme ou femme, n'a pas été acceptée. Pas plus que celle des négriers, MM. Camden, Calvert et King. Lord Sydney a pensé qu'il ne convenait pas de faire appel à une firme esclavagiste pour sa première expédition, bien que son prix soit encore plus bas. L'offre qui a été retenue a été présentée par un ami de Campbell, du nom de William Richards Junior. Il se prétend courtier maritime, mais ses intérêts s'étendent bien au-delà. Il a des associés, bien entendu. Et je suppose qu'il coopère étroitement avec Campbell. Je dois dire que le sort des soldats qui vous accompagneront n'est guère meilleur que le vôtre, car ils figurent dans les comptes avec les mêmes rations que vous, avec cette différence qu'ils reçoivent chaque jour du rhum et de la farine.

— Combien serons-nous à partir ? s'enquit un homme originaire de Lancaster.

— On aura 5 transporteurs pour environ 580 forçats de sexe masculin et près de 200 femmes. Sans oublier 200 soldats accompagnés de 40 femmes et de leurs enfants. Trois bateaux ravitailleurs ont été commandés. Quant à la Royal Navy, elle sera représentée par un bateau annexe, et un navire armé fera fonction de vaisseau amiral.

— Qu'est-ce qu'ils appellent « transporteurs » ? demanda un homme du Yorkshire, du nom de William Dring. Je suis un marin de Hull et je ne connais pas de bateau de ce genre.

— Les transporteurs véhiculent des hommes, expliqua Richard d'un ton égal. La plupart du temps, ils convoient les troupes outre-mer. Je pense qu'il en existe encore quelques-uns, mais ils doivent être vieux à présent. Ceux qui ont servi à envoyer les troupes combattre en Amérique ont été réutilisés pendant la guerre de Sept Ans. Et il y a aussi les transports côtiers pour déplacer les soldats le long des côtes anglaises, ou encore vers l'Écosse et l'Irlande. Ceux-là seraient beaucoup trop petits. Jem, y avait-il des spécifications particulières dans l'appel d'offres pour les transporteurs ?

— Simplement qu'ils soient en bon état et capables d'effectuer un long voyage sur des mers encore inexplorées. D'après ce que j'ai compris, ils ont été inspectés par la marine, mais j'ignore si l'examen a été approfondi ou non.

Mr Thistlethwaite prit une longue inspiration et se décida à parler franchement. Pourquoi donner de faux espoirs à ces malheureux ?

– La vérité est qu'on ne s'est pas bousculé pour présenter des offres. Il semble que lord Sydney ait compté sur une proposition de la Compagnie des Indes orientales, dont les bateaux sont les meilleurs. Il est même allé jusqu'à l'appâter en proposant que les bateaux aillent ensuite directement de Botany Bay à Wampoa, au pays de Cathay, pour charger leur cargaison de thé, mais la Compagnie n'a pas mordu à l'hameçon. Pour des raisons que j'ignore, elle préfère que ses navires fassent escale au Bengale avant d'aller à Wampoa. De ce fait, lord Sydney ne disposait d'aucune offre pour des bâtiments capables d'accomplir un si long voyage dans des conditions correctes. L'inspection de la marine a donc dû se contenter d'un lot des plus limités.

Il balaya son auditoire du regard et, apercevant des visages consternés, regretta sa franchise.

– Mais n'allez pas croire, mes amis, que vous serez embarqués dans des bassines qui prennent l'eau, poursuivit-il. Aucun propriétaire de bateau ne peut se permettre de prendre le risque de couler son bien, même si ceux qui ont souscrit l'embarquement lui en fournissent l'occasion !

Richard intervint :

– Je sais ce que vous cherchez à nous faire comprendre, Jem. Que nos transporteurs sont des bateaux négriers. Et pourquoi n'en serait-il pas ainsi ? Le commerce des esclaves décroît depuis que nous n'avons plus accès à la Georgie et à la Caroline, sans parler de la Virginie. Il doit donc y avoir pas mal de négriers à la recherche de travail. Et ils sont déjà équipés pour transporter des hommes. Leurs bateaux sont à l'ancre à Bristol ou à Liverpool, le long des docks, et certains sont assez grands pour embarquer plusieurs centaines d'esclaves.

— Oui, c'est bien ça, soupira Mr Thistlethwaite. Ceux d'entre vous qui seront sélectionnés voyageront sur des bateaux négriers.

— On a une idée de la date de départ ? demanda Joe Robinson, de Hull.

— Aucune. (Mr Thistlethwaite les regarda en souriant.) Noël approche, mes amis, et je me suis arrangé pour qu'une demi-pinte de rhum soit distribuée à chacun des occupants du faux-pont. Vous n'en recevrez sans doute pas pendant le voyage, alors ne l'avalez pas d'un seul coup et savourez-la au passage.

Il attira Richard à part.

— J'ai apporté un nouveau lot de pierres filtrantes, de la part du cousin James l'Apothicaire. Sykes te les remettra, n'aie aucune crainte.

Il le prit dans ses bras et le serra contre lui si étroitement que personne ne le vit glisser dans la poche de Richard un sac de guinées.

— C'est tout ce que je peux faire pour toi, ami si cher à mon cœur. Écris-moi, je t'en prie, quoi que tu aies à me dire.

Le 5 janvier 1787, à l'heure du souper, Joey Long déclara brusquement :

— Mes pouces me démangent.

Et, sur ce, il se mit à trembler.

Les autres se tournèrent vers lui. Cette âme simple avait parfois des pressentiments qui s'avéraient toujours exacts.

— Sais-tu pourquoi ? demanda Ike Rogers.

Joey fit un signe de dénégation.

— Non. Ils me démangent, voilà tout.

Mais Richard comprit. Le lendemain était le 6 et, au cours des deux dernières années, il avait dû gagner un nouveau lieu de souffrances le 6 janvier.

— Joey sent un changement s'annoncer, dit-il. Ce soir, nous allons rassembler nos affaires, nous laver, couper ras nos cheveux, nous passer l'un l'autre au peigne fin pour nous épucer, veiller à ce que tout ce qui nous appartient, vêtements, sacs ou coffres, soit bien marqué à notre nom. Ils vont nous emmener demain matin.

Les lèvres de Job Hollister tremblaient quand il parla.

— Nous ne serons peut-être pas du lot.

— C'est possible. Mais je crois que les pouces de Joey ne se trompent pas.

« Et merci à Jem Thistlethwaite pour cette demi-pinte de rhum, songea-t-il. Pendant que tout le monde ronflait dans le faux-pont du *Cérès*, j'ai pu glisser les guinées en secret dans nos coffres, sans que personne le sache, en dehors de moi. »

QUATRIÈME PARTIE

De janvier 1787 à janvier 1788

À l'aube, on sut qui devait partir : soixante hommes au total, répartis comme d'habitude par groupes de six. Ils laissaient derrière eux soixante-treize autres condamnés, extrêmement soulagés d'avoir échappé à ce sort. Comment, pourquoi et par qui les dix groupes choisis pour quitter le faux-pont du *Cérès* avaient-ils été sélectionnés ? Personne ne le sut, à l'exception de Mr Hanks et de Mr Sykes. L'âge des appelés allait de quinze à soixante ans, la plupart étant non qualifiés et certains malades. Mr Hanks et Mr Sykes ignoraient ces considérations : ils avaient une liste, point final.

William Stanley et Mikey Dennison, son adjoint épileptique, sautillaient d'allégresse d'un pied sur l'autre car ils n'avaient pas été choisis. La vie sur le faux-pont du *Cérès* était confortable et ils auraient bientôt d'autres toisons à tondre.

— Les salauds ! siffla Bill Whiting. Regardez-les jubiler !

La porte s'ouvrit et quatre nouveaux condamnés furent jetés à l'intérieur. Connelly sursauta.

— Crowder, Davis, Martin et Morris, soupira-t-il. On a dû les expédier de Bristol exprès pour le grand départ.

Bill Whiting adressa un clin d'œil complice à Richard tandis qu'il appelait :

— Monsieur Hanks ! Ohé, monsieur Hanks !

— Qu'y a-t-il ?

Sa main avait été généreusement graissée par Mr James Thistlethwaite et il avait promis de faire tout ce qu'il pouvait en faveur de Richard, de Ike et de leurs compagnons s'ils devaient être du voyage. Il était d'autant plus disposé à tenir sa promesse que Thistlethwaite s'était engagé à lui prodiguer d'autres libéralités si on lui rapportait qu'il avait bien obéi.

— Parle, mon gars, dit-il à Whiting.

— Monsieur, ces quatre hommes sont de Bristol. Ils doivent partir, eux aussi ?

— Ça se pourrait, répondit prudemment Mr Hanks.

Le joyeux Whiting jeta un coup d'œil en coin à Richard et tourna vers Mr Hanks son visage rond, empreint d'une expression d'humilité :

— Mais ils ne sont que quatre. Le fait est, monsieur, que nous sommes tellement tristes d'être séparés de Stanley et de Dennison que je me demandais…

Mr Hanks consulta sa liste.

— Je vois que les deux autres qui devaient partir avec eux sont morts hier. Nous en avons donc quatre de trop ou deux de moins, quoi qu'on fasse. Avec Stanley et Dennison, ça ferait bien le compte.

— J'les ai eus ! jubila Whiting dans sa barbe.

— Dis donc, mon salaud, murmura Ike entre ses dents, pourquoi t'as fait ça ? La vie est plus belle sans ces deux compères-là.

Neddy Perrott gloussa de rire.

— Crois-moi, Ike. Crowder et Davis sont de drôles d'oiseaux. Y a pas plus malins qu'eux. William Stanley trouvera son maître et même plus.

— D'ailleurs, poursuivit Whiting avec un sourire angélique, n'oublie pas, Ike, que nous aurons besoin de main-d'œuvre pour balayer le pont et laver nos affaires.

Les forçats appelés à partir furent équipés d'une ceinture et de chaînes cadenassées qui leur entravaient les bras, mais pas les chevilles. Au lieu de cela, une longue chaîne reliait les détenus les uns aux autres par groupes de six. Pleurant et gémissant, car ils n'avaient pas eu le temps de rassembler tout ce dont ils avaient besoin, Stanley et Dennison se retrouvèrent attachés aux quatre nouveaux venus de Bristol.

– Cela fait donc soixante-six hommes en onze groupes, observa Richard.

– Et au moins autant de Londoniens, ajouta Ike avec une grimace.

Ce n'était pas le cas, comme ils le constatèrent plus tard. Six groupes de six hommes seulement furent choisis parmi les occupants du pont supérieur, et beaucoup ne venaient même pas de la juridiction d'Old Bailey ou de la Newgate de Londres. La plupart étaient issus des environs de Londres, certains même des rives de la Tamise dans le Kent, en particulier de Deptford. Pour quelle raison ? Personne ne le savait, pas même Hanks, qui s'en tenait simplement à sa liste. L'expédition tout entière constituait un mystère, autant pour ceux qui étaient appelés à y participer que pour ceux qui restaient sur place.

Son coffre et ses deux sacs de grosse toile à côté de lui, Richard examina les groupes qui allaient quitter le faux-pont : un du Yorkshire et de Durham, un du Yorkshire et du Lincolnshire, un du Hampshire, trois du Berkshire, du Wiltshire, du Sussex et d'Oxfordshire, et trois du West Country. Et d'autres éléments mélangés. Son esprit analytique avait depuis longtemps procédé à quelques observations : certaines parties de l'Angleterre fournissaient des repris de justice à foison et d'autres non, tels le Cumberland ou les contrées autour du Leicestershire. Pourquoi donc ? Étaient-elles trop bucoliques ? Trop peu peuplées ? « Sûrement pas, pensa Richard. Cela devait dépendre des juges. »

Deux grands chalands étaient amarrés le long du *Cérès*. Les trois groupes du West Country et les deux du Yorkshire furent embarqués sur le premier tandis que les six autres groupes s'entassaient sur le second, ainsi dangereusement surchargé. Vers dix heures, par cette belle et froide matinée, les rameurs se dirigèrent en aval vers l'ample courbe de la Tamise qui, à l'est de Woolwich, avait bien un demi-mille de large. On voyait peu de trafic sur le fleuve mais la nouvelle s'était répandue et les occupants des bateaux ambulants, des dragues ou des autres petites embarcations leur adressèrent force signes, sifflements et vivats, pendant que les hommes du second chaland, trop nombreux, priaient pour qu'aucun de ces bateaux ne vienne naviguer trop près d'eux, au risque de créer un remous.

Après la courbe apparut Gallion's Reach, un ancrage pour les gros navires, occupé ce jour-là par deux bateaux dont l'un trois fois plus petit que l'autre. Richard sentit son cœur se serrer. Le plus grand n'avait pas changé d'un pouce – un trois-mâts gréé en goélette, d'environ quatorze pieds de haut aux plats-bords, ce qui signifiait qu'il ne transportait pas de cargaison – sans dunette ni gaillard d'avant : juste une plage arrière et une cambuse à l'arrière du mât de misaine. Bref, un navire dépouillé de tout pour accroître sa vitesse.

Les yeux de Richard croisèrent ceux de Connelly et de Perrott.

— L'*Alexander*, lâcha Neddy Perrott d'une voix caverneuse.

— Oui, c'est bien lui, approuva sombrement Richard.

— Vous le connaissez ? s'étonna Ike.

— Ça oui, déclara Connelly, lugubre : un négrier de Bristol et, plus récemment, un corsaire. Connu pour voir crever ses équipages et pourrir ses cargaisons.

Ike déglutit.

— Et l'autre ?

— Je ne le connais pas, il n'est pas de Bristol, dit Richard. Il doit avoir une plaque de bronze vissée sur la coque à l'arrière qui nous donnera son nom. Quant à nous, nous embarquerons sur l'*Alexander*.

L'autre navire s'appelait le *Lady Penrhyn*.

— De Liverpool et construit spécialement pour le transport des esclaves, expliqua Aaron Davis, l'un des nouveaux détenus arrivés de Bristol. Flambant neuf, d'après son aspect. Un voyage de luxe, en somme ! Lord Penrhyn doit être désespéré.

— On dirait que personne ne monte à bord, observa Bill Whiting.

— Ne t'inquiète pas, dit Richard. Il va se remplir.

Par une échelle de corde qui tombait d'une ouverture perçant le plat-bord, au milieu du navire, ils durent se hisser avec leurs bagages sur une hauteur de douze pieds. Ceux qui avançaient en tête du groupe de Richard n'étaient pas encombrés de coffres mais, quand leurs chaînes s'emmêlèrent dans les échelons et les appuis, personne n'apparut dans la trouée au-dessus pour leur venir en aide.

Heureusement, la chaîne qui les reliait était assez longue pour leur permettre de garder les distances selon les nécessités.

— Tassez-vous et donnez-moi tout le jeu que vous pouvez, dit Richard quand arriva son tour.

Il jeta ses deux ballots par-dessus bord, emprisonna son coffre dans les chaînes et escalada l'échelle en hâte, de crainte que quelqu'un n'ait l'idée de lui voler un sac. Une fois à bord, il rassembla ses affaires et attrapa les coffres que ses camarades lui tendaient.

Les deux chaloupes et le canot de l'*Alexander* étaient à l'eau. Richard en profita pour mettre à l'écart les trois groupes venant du West Country. Il fut frappé aussitôt par la confusion qui régnait tout autour d'eux : des groupes de soldats en veste rouge, l'air martial, deux officiers et deux caporaux manipulant un canon du pont arrière et toute une collection de marins accrochés aux haubans ou perchés un peu partout, comme les spectateurs d'un match de boxe sur une prairie.

Qu'allait-il se passer à présent ? Comme il n'y avait personne à qui le demander, il observa l'agitation qui semblait encore grandir. Avant même que les onze groupes de forçats aient pris place sur le pont, celui-ci ressemblait déjà à une ménagerie – impression encore accrue par la présence de douzaines de chèvres, de cochons, d'oies et de canards poursuivis par des chiens excités qui couraient en tous sens. Sentant un regard peser sur lui, Richard leva la tête et aperçut un gros chat roux, confortablement installé sur un espar inférieur, qui surveillait ce chaos avec une expression d'ennui cynique. Aucun geôlier n'était visible. Leur rôle auprès de ces détenus ayant pris fin, ils étaient tous restés sur le *Cérès*.

— Des soldats, murmura Billy Earl, qui venait d'une contrée rurale du Wiltshire.

— Des soldats de la marine, précisa Neddy Perrott. Les parements de leurs vestes sont blancs. Les autres ont des parements de couleur.

Un premier lieutenant, l'air maussade, descendit enfin de la plage arrière et, de ses yeux bleu pâle, observa la scène d'un regard dégoûté.

— Je suis le premier lieutenant James Shairp, de la 55e compagnie de Portsmouth, aboya-t-il d'une voix rauque. Vous autres, déportés, êtes sous mes ordres et sous la seule responsabilité de la marine de Sa Majesté. Nous sommes chargés de vous nourrir et de veiller à ce que vous ne dérangiez personne, y compris nous. Vous ferez exactement ce qu'on vous dira et ne parlerez que si l'on vous adresse la parole.

Il pointa le doigt en direction d'une écoutille béante à l'arrière du grand mât.

– Descendez avec votre fourbi, une équipe à la fois. Le sergent Knight et le caporal Flannery vous précéderont et vous montreront où vous devez vous installer. Mais, avant que vous partiez, je vais vous informer de ce qui va se passer. Vous prendrez les couchettes que le sergent vous indiquera et vous n'en changerez pas car vous serez comptés chaque jour et l'appel se fera par votre numéro et par votre nom. Chaque homme a droit à une place de vingt pouces, ni plus ni moins ; nous devons placer deux cent dix hommes dans un espace très limité. Si vous vous battez entre vous, vous serez fouettés. Si vous volez des rations, vous serez fouettés. Si vous répondez, vous serez fouettés. Si vous demandez une chose qui n'est pas autorisée, vous serez fouettés. Le caporal Sampson est chargé de donner le fouet dans notre compagnie et il est fier de bien faire son travail. Si vous aimez rester étendus – et c'est à peu près tout ce que vous serez en mesure de faire –, évitez d'avoir le dos en sang. Maintenant, allez.

Il tourna les talons et se dirigea vers le canon pivotant, sur le gaillard d'arrière.

Bien qu'il eût dénombré peu d'Écossais parmi les forçats, Richard reconnut leur accent dans la voix de Shairp. Ainsi cet officier de marine était écossais. Ce devait être le cas pour nombre d'entre eux.

Le sergent Knight et le caporal Flannery disparurent dans l'écoutille. « Qui ne risque rien n'a rien », songea

Richard, voyant que tout le monde hésitait. Il releva la tête et conduisit ses trois groupes vers l'ouverture de six pieds sur le pont. « Que Dieu nous vienne en aide et nous garde ! », pria-t-il. Il tendit son coffre à Bill Whiting derrière lui, lança ses deux sacs en bas par l'écoutille et se pencha. Quatre pieds au-dessous se trouvait une étroite table de bois. Il s'assit au bord de l'ouverture, sauta adroitement sur la table, reprit son coffre et attendit que Bill ait assez de jeu dans la chaîne pour le suivre. Tous les six atterrirent ainsi et, de la table, passèrent sur un banc, puis sur le pont inférieur, où ils se trouvèrent parqués entre une autre table et des bancs. Tout semblait rivé au sol car aucun élément ne bougeait quand on le poussait.

— Avancez ! aboya le sergent.

Ils obéirent et se retrouvèrent dans un passage d'un peu moins de six pieds de large. En regardant plus loin, dans la demi-obscurité, ils se rendirent compte qu'ils se trouvaient à bâbord. Sur les deux tiers de la coque étaient fixées des plates-formes semblables à celles du *Cérès* mais doubles. Chacune d'elles, solidement soutenue par des étais, était de belle facture. Personne ne parviendrait à les démolir, même dans un accès de folie. Tous les dix pieds, les plates-formes étaient cloisonnées, l'étage supérieur se situant à un peu plus de deux pieds au-dessous du pont supérieur, l'étage inférieur à deux pieds au-dessus du pont inférieur. Les deux étages étaient distants l'un de l'autre d'un peu plus de deux pieds. Ike Rogers pouvait cette fois se tenir droit entre les poutres. Richard calcula que la hauteur de l'entrepont devait approcher les sept pieds. Il s'en fallait d'un demi-pouce pour que lui-même touche les poutres de la tête.

— Voilà vos compartiments, dit le sergent, un individu déplaisant qui exhibait, à chacun de ses vilains sourires, les dents gâtées d'un solide buveur de rhum. (Il désigna les espaces cloisonnés.) Votre groupe est en haut, première case contre la cloison. Et donnez-moi vos noms et numéros. Le caporal Flannery que voici est irlandais et il écrit bien. Allons, dépêchez-vous !

— Richard Morgan, numéro 203, dit Richard en posant le pied sur la plate-forme inférieure puis en se hissant sur celle du dessus avec ses affaires, ses cinq compagnons toujours enchaînés à sa suite.

Le groupe de Ike fut dirigé vers les couchettes voisines, le cadre qui leur était dévolu n'étant séparé du leur que par de minces planches qui couraient de bâbord à tribord. Stanley, Mikey et les quatre nouveaux de Bristol furent placés dans le compartiment inférieur contigu à celui de l'équipe de Richard, les hommes de Ike héritant en dessous d'eux des six hommes originaires du Nord, dont les deux marins de Hull, William Dring et Joe Robinson.

— Confortable, déclara Bill Whiting avec un petit rire rentré. J'ai toujours eu envie de coucher avec toi, mon beau Richard.

— Ferme-la, Bill. Il y a plein de moutons sur le pont.

Ils se retrouvaient à six, entassés dans un espace de 10 pieds de long, 6 de large et de 27 pouces de haut. À moins d'être étendus, tout ce qu'ils pouvaient faire était de s'accroupir comme des gnomes ou de s'asseoir, tête baissée. Chacun s'efforça de surmonter son désespoir. Leurs bagages tenaient également de la place, qui empiétait sur leur espace vital. Jimmy Price se mit à pleurer tandis que, dans le compartiment voisin, Joey Long et Willy Wilton gémissaient. Seigneur, comment supporter un pareil sort ?

De l'autre côté des trois tables et des six bancs fixés au milieu, les mêmes compartiments doubles se répétaient à tribord. Même en allongeant le cou, l'obscurité ne permettait pas de voir jusqu'où s'étendait cet espace ni à quoi il ressemblait. On entendait le cliquètement continu des hommes enchaînés qui sautaient sur la table du milieu puis dans le passage pour gagner leur compartiment. Quand six de leurs onze groupes se furent installés à bâbord, le sergent Knight dirigea les suivants à tribord pour remplir à nouveau les compartiments. En haut, en bas, en haut, en bas.

Le premier choc passé, Richard rassembla ses forces pour agir. Sinon, ils seraient bientôt tous en larmes, ce dont il ne voulait à aucun prix.

– Bon, commençons d'abord par ranger nos coffres, lança-t-il d'une voix ferme. Pour le moment, mieux vaut les empiler contre la coque. Il nous restera juste assez de place pour mettre nos pieds. C'est une chance d'avoir placé dedans tout ce qui était compact et d'avoir rempli au moins un de nos sacs de vêtements et de linge car il pourra nous servir d'oreiller. (Il sentit sous lui la paillasse rugueuse et frémit.) Pas de couvertures pour l'instant, mais nous nous tiendrons chaud. Jimmy, cesse de pleurer. Les larmes ne nous aideront pas.

Il leva les yeux vers la poutre qui séparait leur compartiment de celui de Ike.

– Cette poutre pourra recevoir autre chose quand j'aurai réussi à mettre la main sur un tournevis et des crochets. Courage, nous allons nous en sortir.

– J'voudrais appuyer ma tête cont'la cloison, se lamenta Jimmy en reniflant.

– Certainement pas, trancha Will Connelly. Nous nous installerons là où nous pourrons pencher la tête au-dehors pour dégueuler. N'oublie pas qu'on va prendre la mer. Il nous faudra sûrement pas mal dégueuler pendant un bout de temps.

– Quelle chance, mes agneaux ! s'exclama Bill Whiting en riant. Nous dégueulerons sur ceux du dessous mais, eux, y pourront pas en faire autant !

— C'est toujours bon à prendre, dit Neddy Perrott en penchant la tête au-dehors. Hé, Tommy Crowder !

La tête de Crowder apparut.

— Quoi ?

— On va dégueuler sur toi.

— Essaie pour voir et j'te règle ton compte !

— Tout compte fait, coupa Richard avec entrain, il y a beaucoup de place sur cette poutre, le long des compartiments de bâbord. Il faudrait y aménager de chaque côté une sorte de coffrage pour y entreposer nos coffres, nos sacs de livres et nos pierres filtrantes de rechange. Le sergent Knight a l'air de quelqu'un qui ne refuse pas une pinte de rhum supplémentaire et il sera peut-être disposé à nous fournir quelques planches, des chevrons et des cordes pour assujettir le tout. Courage, mes amis !

— Tu as raison, Richard, approuva Ike en pointant la tête de l'autre côté de la poutre. On va s'en sortir. Mieux vaut ça que se faire avoir.

— Mieux vaut ça que la corde du bourreau, je suis d'accord. Ce ne sera pas éternel, dit Richard, heureux de constater que Ike et ses compagnons l'écoutaient.

Leur prison était plongée dans une obscurité presque totale. La seule lumière provenait de l'écoutille ouverte sur le pont au-dessus. Quant à l'odeur, elle était épouvantable : un relent fétide résultant d'un mélange de chair puante, de poisson puant, d'excréments en putréfaction. Un certain temps s'écoula. Combien ? Personne n'aurait pu le dire. Finalement l'écoutille fut fermée par une grille métallique laissant filtrer un peu de lumière et une autre écoutille ouverte à l'autre extrémité. Mais cet éclairage supplémentaire ne leur permettait toujours pas de voir à quoi ressemblait leur prison. Un autre convoi de déportés arriva, leurs voix étouffées, atténuées. Beaucoup d'hommes pleuraient, certains se mirent à hurler et furent aussitôt réduits au silence – comment et par qui ? Les six occupants du compartiment de Richard n'en avaient aucune idée. Mais ce qu'ils ressentirent alors, tout le monde le ressentit aussi.

– Oh, Dieu ! s'exclama soudain Will Connelly d'une voix lourde de désespoir. Je ne vais pas pouvoir lire ! Je vais devenir fou ! Je vais devenir fou !

– Certainement pas, affirma Richard avec énergie. Une fois installés, après avoir disposé convenablement nos affaires, nous chercherons ce que nous pouvons faire avec les seuls instruments qui nous restent : nos voix. Taffy et moi savons chanter et nous ne sommes certainement pas les seuls. Nous formerons un chœur. Nous pourrons jouer aux devinettes, raconter des histoires, des blagues. (Il avait fait changer de place ses compagnons pour se trouver assis contre la poutre qui le séparait de Ike.) Écoutez-moi, vous tous qui le pouvez ! Nous allons consacrer tous nos efforts à meubler le temps et nous ne deviendrons pas fous. Nos nez s'accoutumeront à cette puanteur et nos yeux deviendront plus perçants. Si nous devenons fous, la victoire sera pour eux et je ne peux pas permettre cela. C'est nous qui vaincrons.

Personne ne parla pendant un long moment, mais les pleurs cessèrent. « Ils vont y arriver, pensa Richard. Ils vont y arriver. »

Deux nouveaux soldats vinrent de l'écoutille avant pour les délivrer de leurs ceintures métalliques et de la chaîne qui les reliait entre eux, en ne laissant que les chaînes qui entravaient leurs poignets. Libre de ses mouvements, Richard descendit sur la plate-forme pour voir s'il pouvait trouver les seaux de toilette. Combien y en avait-il ? Dans combien de temps seraient-ils vidés ?

— J'en aperçois sous notre plate-forme, dit Thomas Crowder. Il me semble qu'il y en a un pour six hommes.

— Tu parles comme un homme instruit, dit Richard en s'asseyant au bord de l'étage inférieur et en étendant ses jambes avec un soupir de satisfaction.

— En effet, et Aaron aussi. Il est de Bristol. Moi pas. J'ai été arrêté à Bristol après m'être enfui du *Mercury*. Pris comme un rat dans une sale affaire. Aaron était aussi dans le coup mais notre complice était un mouchard. Nous avons essayé de le faire taire en lui donnant de l'argent. À Londres, ça aurait marché, mais pas à Bristol. Y a trop de quakers et autres prédicateurs à la manque.

— Tu es de Londres.

— Et toi de Bristol, si j'en juge par ton accent. Connelly, Perrott, Wilton et Hollister, je savais, mais je ne t'ai jamais vu à la Newgate de Bristol, mon gars.

— Je m'appelle Richard Morgan et je suis de Bristol, mais j'ai été transféré et jugé à Gloucester.

— J'ai entendu ce que tu disais à propos d'occuper le temps. C'est ce que nous ferons s'il n'y a pas assez de lumière pour jouer aux cartes. (Crowder poussa un soupir.) Et dire que je pensais que le *Mercury* était le bateau de Satan ! Ici, sur l'*Alexander*, ça risque d'être encore plus dur.

— Parce que tu pensais que ce serait autrement ? Ces compartiments ont été construits pour des esclaves et je doute qu'ils aient été plus nombreux que nous. Quant à ces trois longues tables, j'imagine qu'on nous y fera asseoir pour manger.

Crowder renifla.

— De la cuisine de marins !

— Tu ne t'attendais tout de même pas à voir ici le cuisinier de la Bush Inn ?

Richard remonta pour informer ses compagnons de la présence des seaux de toilette et pour sortir sa pierre filtrante.

– Il est plus que jamais nécessaire de filtrer notre eau, mais nous n'avons plus à craindre que quelqu'un empiète sur notre territoire et vienne nous voler nos affaires. (Il sourit avec tout l'éclat de ses dents blanches.) Tu avais raison à propos de Crowder et de Davis, Neddy. Ce sont de vraies crapules.

Des lampes furent allumées et la nourriture apportée par deux soldats de marine à l'air maussade, visiblement mécontents de leur travail. Bien que chacune des trois tables équipées de bancs étroits mesurât quarante pieds de long, elles étaient combles d'un bout à l'autre. En comptant les têtes, Richard calcula que l'*Alexander* devait avoir embarqué environ cent quatre-vingts hommes en ce jour du 6 janvier 1787. C'était à peu de chose près le total annoncé par le lieutenant Shairp.

Tous ne venaient pas du *Cérès*. Quelques-uns avaient été auparavant sur le *Censor* et plus encore sur le *Justitia*, mais la plupart, souffrant de fièvres, ne vinrent pas s'asseoir à table.

Chaque homme reçut une écuelle en bois, une cuillère et un gobelet en étain, d'une contenance de deux bons quarts[1]. Chaque homme avait droit à deux quarts d'eau par jour. La nourriture consistait en un pain noir très dur

---

1. Les mesures modernes de pinte, quart et gallon pour les liquides sont plus grandes que celles de l'Amérique mais, au XVIIIe siècle, elles devaient être assez proches des contenances américaines modernes. En quittant le bercail de l'Angleterre en 1776, les États-Unis d'Amérique n'ont pas abandonné pour autant tout ce qui venait d'elle et probablement pas les mesures. Le quart de Richard devait contenir trente-deux onces et non quarante selon les normes modernes. *(N.d.A.)*

accompagné d'un petit morceau de bœuf salé bouilli. Ceux qui avaient de mauvaises dents en étaient réduits à essayer de casser leur pain avec leur cuillère, laquelle se pliait ou se tordait.

Mais il y avait quelque avantage à se trouver près de l'écoutille arrière. « Je vais courir le risque d'être fouetté, décida Richard, et me lever maintenant pour proposer mes services à ces deux jeunes soldats qui n'ont pas l'air de s'y prendre très habilement. »

— Puis-je vous aider ? demanda-t-il avec un sourire déférent. Je servais dans une taverne.

Un visage renfrogné se crispa puis devint plus avenant.

— Ah, ça ne ferait pas de mal. Deux seulement pour servir près de deux cents hommes, ça ne suffit pas, pour sûr !

Richard fit circuler les écuelles et les quarts en silence pendant quelque temps, ayant adroitement établi une routine entre lui et les jeunes soldats.

— Pourquoi, vous autres soldats de marine, paraissez-vous si malheureux ? leur demanda-t-il à voix basse.

— À cause des quartiers où nous sommes logés. Ils sont juste au-dessous des vôtres et presque aussi surpeuplés. Et nous ne mangeons pas mieux que vous, non plus. Du pain dur et du bœuf salé. Sauf que nous recevons de la farine et une demi-pinte d'un rhum buvable, ajouta-t-il honnêtement.

— Mais vous n'êtes pas des forçats ! Il y a sûrement…

— Sur ce bateau, il n'existe guère de différence entre un forçat et un soldat. Les marins, eux, sont logés là où nous devrions nous trouver. Nous ne recevons de la lumière et de l'air que par une trappe qui s'ouvre dans le plancher de leurs quartiers ; ils sont à l'arrière de ce pont, dans l'entrepont, alors que nous, nous croupissons en bas dans la cale. L'*Alexander* est supposé être un navire à deux ponts, mais personne ne nous a prévenus que notre second pont servait de cale car il est encombré par toutes sortes de marchandises. À la vérité, il n'y a pas de véritable cale.

— C'est un négrier, dit Richard, voilà pourquoi. Le capitaine plaçait d'habitude les marchandises dans le faux-pont, et les esclaves là où nous nous trouvons en ce moment. L'équipage se cantonnait au compartiment arrière. Il n'y avait pas de poste d'équipage. Le gaillard d'arrière est réservé au capitaine. (Il lui lança un regard de sympathie.) Est-ce là que vos officiers sont logés ?

— Ouais, dans une espèce de placard, et ils n'ont pas droit à leur cuisine, alors ils mangent avec nous. Ils n'ont même pas accès à la belle cabine que le commandant se réserve pour lui et son second, un type imposant. Ce bateau ne ressemble à aucun de ceux sur lesquels j'ai navigué. Mais c'est aussi la première fois que j'embarque sur un bateau qui n'appartient pas à la Navy.

— Vous allez vous trouver au-dessous de la ligne de flottaison quand le bateau sera chargé, remarqua Richard d'un air pensif. Il y aura une fameuse cargaison si l'*Alexander* transporte des marchandises en même temps que les forçats. Rien que pour l'eau, j'imagine qu'il doit avoir près de vingt mille gallons de réserve s'il ne fait escale que tous les deux mois.

— Pour un aubergiste, tu as l'air d'en savoir bien long sur les bateaux.

— Je suis de Bristol et on s'y connaît, là-bas, en bateaux. Mon nom est Richard. Puis-je connaître le vôtre ?

— Davy Evans, et voici Tommy Green, répondit celui qui distribuait l'eau. Nous ne pouvons pas faire grand-chose pour améliorer notre sort en ce moment. Mais quand nous serons à Portsmouth la semaine prochaine, ça changera. Le major Ross va arranger ça avec Duncan Sinclair.

— Ah oui, c'est lui qui est commandant et, aussi, lieutenant-gouverneur.

— Comment le sais-tu ?

— Par un ami.

Richard avait obtenu déjà quelques réponses et il y réfléchissait tout en filtrant son eau. Les armateurs avaient remporté la soumission de ravitaillement, falsifié certains détails concernant l'histoire de l'*Alexander* et choisi d'ignorer que le bateau devait transporter des soldats de marine en même temps que des forçats. « Ces garçons ont raison : les fournisseurs n'ont guère fait de différence entre les deux catégories. Donc nous serons à Portsmouth la semaine prochaine et le dénommé Duncan Sinclair est certainement écossais, de même que le major Robert Ross, commandant des soldats de marine. L'affrontement entre les deux risque d'être sévère. Si je me souviens bien de ce que dit Newton, une force irrésistible entrera en collision avec un objet immobile et le résultat engendrera un mouvement, quel qu'il soit… »

Néanmoins, l'*Alexander* ne partit pour Portsmouth ni cette semaine-là, ni la suivante, ni les autres. Il resta à l'ancre sur la Tamise. Il s'était mis en route le 10 janvier, accompagné d'un chœur de lamentations, sans oublier les gémissements de tous ceux qui craignaient le mal de mer, mais il n'était pas allé plus loin que Tilbury en se faisant, de plus, remorquer par un navire annexe. Il flottait toujours sur les eaux calmes de la Tamise, quasiment sans bouger.

Il y avait maintenant cent quatre-vingt-dix forçats à bord, même si quelques-uns étaient déjà morts entretemps. Le lieutenant Shairp avait affecté aux malades l'étage supérieur d'une rangée de plates-formes centrales, à l'avant des tables, pour tenter de maîtriser une épidémie qui menaçait de faire rage. Ce total de cent quatre-vingt-dix diminuait ou augmentait d'un ou deux au fur et à mesure que les jours s'écoulaient et Richard estima qu'il devait se stabiliser autour de deux cents hommes.

Les chaînes des poignets éprouvaient beaucoup les prisonniers mais le sergent Knight (qui s'était révélé très coopératif pour la fourniture de planches, chevrons et autres articles nécessaires en échange d'argent pour son rhum) refusait de les libérer de ces entraves. Jusqu'à ce qu'un forçat entre dans une colère folle qui se traduisit par une terrifiante démonstration vocale. Cris, coups et piétinements éclatèrent alors partout dans une cacophonie épouvantable. Quand les soldats descendirent pour distribuer la nourriture et l'eau, ils arrivèrent en force avec le canon à mitraille pointé par l'écoutille au milieu d'un cercle de mousquets. Ils réalisèrent alors combien ils étaient peu nombreux pour contrôler deux cents hommes en furie.

Étant maître à bord, le commandant Duncan Sinclair ordonna alors de libérer les poignets des forçats et autorisa ceux-ci à faire une apparition de quelques minutes chaque jour sur le pont, par groupes de douze. Mais, comme chaque forçat évadé coûtait une amende de quarante livres sterling, il avait placé quelques soldats et hommes d'équipage dans des petits bateaux à rames qui décrivaient des cercles incessants autour de l'*Alexander*.

Ces quelques minutes sur le pont comptaient pour Richard parmi les meilleurs moments de son existence. Débarrassé de ses fers, il se sentait léger comme une plume, l'air frais avait la douceur d'un bouquet de giroflées et de violettes, le fleuve boueux était un ruban liquide argenté et la vue des animaux fouillant sans retenue sur le pont lui procurait plus de plaisir que de coucher avec

Annemarie Latour. La moitié des soldats avaient au moins un chien, de même que certains hommes d'équipage. On voyait courir des chiens de chasse beige et blanc, des bouledogues aux babines pendantes, des épagneuls à l'air stupide, des terriers et de très nombreux bâtards. Le gros chat roux s'était trouvé une compagne au pelage écaille de tortue, et le couple avait déjà engendré six chatons. La plupart des brebis et des truies étaient grosses. Quant aux canards et aux oies, ils vagabondaient librement mais les poulets restaient enfermés dans un poulailler à côté de la cuisine de l'équipage.

Après cette première promenade, la prison malodorante parut plus supportable à Richard qui ne fut pas le seul à éprouver ce sentiment. L'épreuve de force avait pris fin dès que l'on avait ôté les dernières chaînes et l'agrément de ce petit tour sur le pont ne fut pas supprimé.

Au cours de sa troisième promenade, Richard aperçut le commandant Duncan Sinclair et le regarda avec stupéfaction. Cet homme était monstrueusement gras ! Si gras qu'il devait certainement tirer tous ses plaisirs de la table. Comment faisait-il pour uriner avec des bras manifestement trop courts pour atteindre son pénis ? De son air le plus humble, faisant mine d'ignorer jusqu'au sens du mot « évasion », Richard grimpa sur le pont pour aller et venir de bâbord à tribord au-dessous du gaillard d'arrière où se tenait Sinclair. Il croisa son regard – des yeux gris extrêmement rusés –, inclina la tête avec respect et s'éloigna. « Ce n'est pas seulement un gros tas de graisse, songea-t-il, il m'a l'air aussi paresseux jusqu'à l'inertie. Mais, pour peu que le diable s'empare de lui et prenne les rênes, je parie qu'il peut relever le défi. Il va y avoir un fameux grabuge à Portsmouth quand le major Ross et lui vont se disputer pour savoir où accrocher les hamacs ! Dommage que je ne puisse savoir ce qui va se passer, mais j'en apprendrai sûrement le dénouement. Davy Evans et Tommy Green seront trop heureux de me le faire connaître.»

Vers la fin du mois de janvier, on remorqua deux autres bateaux jusqu'à Tilbury Fort: un énorme navire de sixième rang et un sloop de bel aspect. Quand vint le tour de Richard d'aller sur le pont, il se dirigea tout droit vers la lisse, à l'avant, et les examina avec attention. Le bruit de leur arrivée avait déjà circulé parmi les prisonniers. Il s'était mis d'accord avec ses cinq compagnons pour rester séparés au moment où ils se rendaient sur le pont pour jouir d'un peu de liberté, si minime fût-elle. Personne n'avait encore tenté de s'évader, les soldats semblaient plus détendus lors de leurs tours de garde et, tant que les forçats restaient calmes et se déplaçaient en bon ordre, ils ne se souciaient pas d'eux. Richard se retrouva donc seul, appuyé au bastingage, à contempler les bateaux, sans soupçonner un instant que, dans l'équipage, un regard perçant l'avait distingué dans la masse des autres prisonniers.

– Ils vont nous escorter jusqu'à Botany Bay, déclara soudain quelqu'un derrière lui.

La voix était agréable et pleine de charme.

Richard tourna la tête et découvrit l'homme qui occupait la position de quatrième maître sur l'*Alexander*. L'équipage du bateau était nombreux pour un si long voyage. On avait institué quatre tours de garde avec quatre responsables. Grand, svelte, d'une beauté qu'on aurait presque pu qualifier de délicate et, comme Richard, doté de cheveux très sombres, il avait des yeux clairs frangés de cils noirs, des yeux couleur de bleuet et pleins de gaieté.

Il se présenta.

– Stephen Donovan, de Belfast.

– Richard Morgan, de Bristol.

Il sourit et s'écarta légèrement pour ne pas donner l'impression qu'ils étaient côte à côte en train de bavarder.

– Que pouvez-vous me dire de ces bateaux, monsieur Donovan ?

– Le plus grand est un ancien ravitailleur de la Navy, le *Berwick*. On vient de le réaménager pour en faire une sorte de navire de ligne et on l'a rebaptisé *Sirius*, du nom d'une étoile de première magnitude de l'hémisphère Sud. Ils l'ont armé de six caronades et de quatre pièces de six, mais j'ai entendu dire que le gouverneur Phillip refusait de prendre la mer avec moins de quatorze pièces de six. Je ne peux pas le blâmer si l'on pense que l'*Alexander* a quatre pièces de douze, sans parler du canon à mitraille.

– L'*Alexander* n'est pas seulement un négrier de Bristol, dit Richard d'un ton mesuré. C'était auparavant un corsaire doté de seize pièces de douze. Même avec seulement quatre, il a une puissance de feu supérieure à la plupart de ceux qui chercheraient à le prendre – dans la mesure où ils pourraient l'attraper car, par bon vent, c'est un bateau qui peut parcourir près de deux cents milles nautiques par jour.

– Ah, j'aime les gens de Bristol ! s'exclama Mr Donovan. Marin ?

– Non, aubergiste.

Les yeux bleus au regard éveillé s'attardèrent sur le visage de Richard comme une caresse.

– Je n'ai jamais vu un aubergiste qui te ressemble.

Richard feignit l'ignorance.

– C'est de famille, répondit il tranquillement. Mon père l'est également.

– Je connais Bristol. Comment s'appelle cette auberge ?

– Le Cooper's Arms, dans Broad Street. Mon père s'en occupe toujours.

– Tandis que son fils est déporté à Botany Bay. Je me demande pourquoi. Tu n'as pas l'air d'un alcoolique et tu sembles instruit. Es-tu certain de n'être qu'un simple aubergiste ?

– Croyez-moi, c'est bien le cas. J'aimerais en savoir davantage sur ces deux bateaux.

– Le *Sirius* doit jauger environ six cents tonneaux, et il est principalement destiné au transport de passagers : épouses de soldats et autres voyageurs. Son commandant est un certain John Hunter. Phillip est à Londres en train de se battre avec le ministère de l'Intérieur et la Cour de St James. On raconte que son médecin est le fils d'un docteur en musique et qu'il emporte son pianoforte. Oui, le *Sirius* est un bon bateau, mais pas bien rapide.

– Et le sloop ?

– L'annexe *Supply* est un très vieux bateau, on le dit âgé de près de trente ans, et plutôt au bout du rouleau. Le commandement à bord est assuré par un certain Harry Ball. Le voyage sera éprouvant car ce bateau n'a guère quitté la Tamise que pour pousser jusqu'à Plymouth.

– Je vous remercie de ces informations, monsieur Donovan.

Richard se raidit et le salua à la façon des marins avant de s'éloigner.

« Voilà un genre d'homme qui aime à naviguer, mais jamais plus de deux voyages sur le même bateau. Les amours ne font que passer pour Stephen Donovan, qui est marié avec la mer. »

De retour dans la pénombre de la prison, Richard rapporta à ses compagnons ce qu'il avait appris.

– Je pense que nous allons partir d'un jour à l'autre, du moins pour Portsmouth.

Ike Rogers avait aussi des nouvelles :

– Nous aurons des femmes à Botany Bay, annonça-t-il d'un ton satisfait. Le *Lady Penrhyn* ne transporte que des femmes, une centaine, m'a-t-on dit.

— La moitié d'une pour chaque homme de l'*Alexander*, observa Bill Whiting. Avec ma chance, je tomberai encore sur celle qui parle tout le temps. Je préfère m'en tenir aux moutons.

— D'autres femmes embarqueront à Plymouth, venant de Dunkirk.

— Ainsi que d'autres moutons et peut-être même une génisse, hein, Taffy ?

En fin de compte, les quatre bateaux firent voile le 1er février, après avoir été retardés de vingt-quatre heures par une querelle avec un marchand au sujet du paiement, ce qui n'avait rien de rare.

Il leur fallut quatre jours pour couvrir tranquillement soixante milles nautiques jusqu'à Margate Sands. Ils n'avaient pas encore franchi le promontoire nord pour pénétrer dans le détroit de Douvres que certains hommes étaient déjà malades. Dans le compartiment de Richard, tout se passait bien, mais Ike Rogers commença à se sentir mal dès que l'*Alexander* rencontra une légère houle en mer. Il resta dans cet état jusqu'à ce que le bateau jette l'ancre devant Margate quelques heures plus tard.

— C'est drôle, commenta Richard en lui tendant un peu d'eau filtrée, je pensais qu'un cavalier n'aurait pas de difficultés en mer puisqu'il est habitué à être perpétuellement en mouvement sur sa monture.

— Oui, mais de haut en bas, pas de droite à gauche, gémit Ike en buvant son eau avec reconnaissance, car c'était tout ce qu'il pouvait avaler. Seigneur, Richard, je vais mourir !

— Allons donc ! Le mal de mer passe. Il dure seulement le temps d'attraper le pied marin.

— Je doute d'y arriver. C'est différent pour les gens de Bristol, peut-être.

— Il y a des tas de Bristoliens comme moi qui n'ont jamais navigué sur un bateau. Je n'ai aucune idée de ce que j'éprouverai quand nous serons en pleine mer. Maintenant, essaie d'avaler cette bouillie. J'ai trempé un peu de pain dans de l'eau.

Mais Ike détourna la tête.

Neddy Perrott avait conclu un arrangement avec Crowder et Davis, logés dans le compartiment au-dessous. Il les avertirait d'un cri dès que quelqu'un en haut s'apprêterait à vomir, en échange de quoi William Stanley et Mikey Dennison étaient chargés de nettoyer le pont et de vider les seaux de toilette. Contre la cloison arrière de chaque côté se trouvait un tonneau de deux cents gallons rempli d'eau de mer que les forçats pouvaient utiliser pour se laver ou nettoyer leurs vêtements. Ils avaient reçu un choc en découvrant que les seaux de toilette devaient être vidés par les canalisations des sabords, courant contre la coque. Elles se déversaient dans les fonds de cale, censés être vidés quotidiennement par deux pompes. Ceux qui s'y connaissaient en bateaux, comme Mikey Dennison, assuraient qu'ils n'avaient jamais vu quelque chose d'aussi répugnant que les fonds de cale de l'*Alexander*.

Pendant le mois de janvier, comme ils n'avaient que les seaux de toilette pour évacuer les excréments, il ne leur restait pour puiser de l'eau que les récipients de deux quarts qu'on leur avait distribués à leur arrivée. À la suite d'une inspection à Margate, révolté par ces conditions, le lieutenant Shairp fournit à chaque compartiment un seau supplémentaire ainsi que des balais et des brosses pour le nettoyage. Ils disposaient ainsi d'un seau pour les déjections et le lavage du pont, et d'un autre pour les soins corporels et leurs vêtements.

— Mais ça ne change rien aux fonds de cale, soupira Mikey Dennison. Dégoûtant !

Dring et Robinson de Hull acquiescèrent.

Quand il faisait jour au-dehors, quelques rayons de lumière filtraient à travers les grilles de fer qui fermaient les écoutilles. Le lieutenant Shairp, pour une raison quelconque, décréta qu'en mer personne ne serait autorisé à monter sur le pont. Ce qui signifiait qu'en cette période d'hiver les deux cents hommes emprisonnés sur l'*Alexander* resteraient encore plus longtemps dans le noir que dans cette lueur grisâtre et réconfortante.

Il est vrai que la navigation engendre la monotonie. Après avoir rencontré une plus forte houle au large de Douvres et de Folkestone, ils contournèrent Dungeness et pénétrèrent dans la Manche. Richard eut la nausée un jour durant et des haut-le-cœur à deux reprises, mais sans vomir. Après quoi, il se sentit de nouveau remarquablement bien pour un homme qui n'avait absorbé que du pain dur et du bœuf salé depuis plus d'un mois. Bill et Jimmy furent les plus atteints. Will et Neddy devinrent un peu plus verts chaque jour tandis que Taffy, en bon Gallois, était plongé dans une sorte d'extase parce qu'il n'y avait toujours rien à faire mais qu'enfin *on bougeait*…

Ike Rogers fut sérieusement malade. Ses compagnons le soignèrent avec dévouement, et Joey Long plus encore que les autres. Mais rien ne soulageait le voleur de grand chemin qui, prostré, ne parvenait pas à se faire à la houle.

— On vient de passer Eastbourne et ce sera bientôt le tour de Brighton, annonça Davy Evans à Richard tandis qu'ils entraient dans leur troisième semaine de navigation.

Certains forçats moururent à partir du 12 février. Leur maladie était inconnue. Cela commençait par une poussée de fièvre, le nez qui coulait et une douleur sous une oreille, puis un côté se mettait à enfler comme lorsque les enfants ont les oreillons. Le malade pouvait avaler et respirer mais la douleur était très vive. Dès que le premier côté désenflait, c'était au tour du second, en plus pénible encore. Au bout de deux semaines, tout redevenait normal et le malade commençait à se sentir mieux. C'est alors que le volume normal de ses testicules augmentait de quatre à cinq fois, engendrant de telles douleurs que le malheureux n'avait même pas la force de crier et restait aussi immobile que possible, gémissant, tandis que la fièvre remontait, plus forte qu'au début. Une semaine après, certains se rétablissaient, d'autres entraient en agonie.

Enfin Portsmouth ! Le 22 février, les quatre navires jetèrent l'ancre à Mother Bank, à faible distance du quai. À ce moment, la terrifiante épidémie s'était répandue parmi les soldats et les marins. Il ne s'agissait ni de la fièvre des prisons, ni d'une angine maligne, de la typhoïde, de la scarlatine ou de la variole. Le bruit commença à courir que c'était la mort noire – ne produisait-elle pas les mêmes horribles bubons ?

Trois hommes d'équipage désertèrent dès qu'ils purent s'emparer d'un canot pour aller à terre et les soldats vivaient dans une telle crainte que le lieutenant Shairp partit immédiatement informer ses supérieurs, le major Robert Ross et le premier lieutenant John Johnstone de la 39e compagnie de soldats de marine basée à Plymouth. Trois soldats furent envoyés à l'hôpital mais d'autres étaient malades.

Le lendemain, le lieutenant Johnstone – encore un Écossais – monta à bord en compagnie d'un médecin de Portsmouth qui, après avoir jeté un coup d'œil aux grabataires, recula précipitamment, le mouchoir collé sur son nez, envoya d'autres soldats à l'hôpital et déclara que cette maladie était aussi maligne qu'incurable. Il ne parla pas de « peste », mais cette omission ne fit que souligner la gravité du diagnostic. Il suggéra simplement de servir de la viande et des légumes frais à tous ceux qui se trouvaient à bord.

« Comme à la prison de Gloucester, songea Richard, dès qu'un endroit est surpeuplé, il produit une maladie pour en réduire le nombre. C'est ce qui se passe sur l'*Alexander.* »

– Tout ira bien si nous restons là où nous sommes, dit-il à ses compagnons. Si nous sortons d'ici, il ne faudra aller que sur la portion de pont que nous avons nettoyée. N'oublions pas, non plus, de passer nos écuelles et nos quarts à l'huile de goudron, de filtrer notre eau et de continuer à prendre une cuillerée d'extrait de malt. Cette maladie est venue du *Justitia*. J'en suis certain.

Ce soir-là, ils reçurent comme d'habitude du pain dur et du bœuf bouilli, mais le bœuf était frais au lieu d'être salé, et accompagné d'une marmite de choux et de poireaux dont le goût leur parut aussi savoureux que de l'ambroisie.

Après quoi on les oublia, ainsi d'ailleurs que la distribution de viande fraîche. Personne ne s'approcha d'eux, en dehors de deux jeunes soldats terrifiés (Davy Evans et Tommy Green étaient partis), chargés de leur apporter l'inévitable ration de pain dur et de bœuf salé. Les jours s'écoulèrent dans un silence pesant, monotone, rompu seulement par les gémissements des malades et quelques brusques échanges de paroles. Le mois de mars était déjà bien entamé et les malades continuaient à mourir.

Quand on ouvrit enfin l'écoutille avant, ce ne fut pas pour enlever les corps mais pour pousser vingt-cinq nouveaux forçats dans l'air glacial et nauséabond de leur prison.

– Nom de Dieu ! s'exclama la voix de John Power, à quoi pensent ces salauds en faisant ça ? Y a une épidémie ici, en bas, et v'là qu'y nous foutent encore du monde en surplus ! Seigneur ! Seigneur ! Seigneur !

« Un homme intéressant, ce John Power, songea Richard, Condamné par l'Old Bailey, il parle le londonien et règne ici en maître. Maintenant, il contrôle non seulement les plates-formes servant d'hôpital mais aussi un nouveau détachement de détenus. Pauvres types… L'*Alexander* était tombé de deux cents à cent quatre-vingt-cinq forçats et voilà que nous sommes deux cent dix, maintenant. »

Le 13 mars, quatre malades de plus étaient morts. Six corps gisaient dans le coin qui faisait office d'hôpital, certains depuis plus d'une semaine. Personne ne se résignait à descendre et à les toucher. Désormais, on parlait ouvertement de peste.

Peu après l'aube de ce 13 mars, l'écoutille avant s'ouvrit et quelques soldats portant des gants et des écharpes sur leur visage vinrent emporter les corps.

— Pourquoi ? demanda Will Connelly. Ce n'est pas que je regrette de les voir partir, mais pourquoi ?

— Je dirais que nous allons avoir la visite de quelques notables portant perruque, avança Richard. Mettons un peu d'ordre, les gars, et ayons l'air d'éclater de santé.

Le commandant Robert Ross arriva peu après que les corps eurent été enlevés, accompagné des lieutenants John Johnstone et James Shairp ainsi que d'un homme qui, à en juger par ses manières, semblait être un médecin. Un beau garçon élancé, doté d'un long nez, de grands yeux bleus et de cheveux joliment bouclés sur son grand front. La délégation apportait des lampes ; elle était précédée d'une escorte de dix soldats qui se mirent en rang à bâbord et à tribord. Ils avaient la mine d'hommes qu'on envoie à la mort, assez jeunes pour être encore intimidés, mais suffisamment âgés pour savoir quelle sorte de spectres se trouvaient là.

L'espace se remplit d'une douce lumière dorée. Richard découvrit alors leur horrible sort dans tous ses détails. Les malades occupaient maintenant trente-quatre cases isolées dans la section centrale. Plus loin, là où le mât de misaine passait à travers le bossoir avant, on apercevait une cloison bien plus étroite. Les deux étages de plates-formes couraient sans aucune interruption tout autour. « Voilà comment ils ont fait ! Voilà comment ils ont pu caser deux cent dix pauvres malheureux dans un espace de trente-cinq pieds de large et de moins de soixante-dix pieds de long. Ils nous ont entassés comme des bouteilles dans des casiers. Pas étonnant que la mort rôde. Comparée à cela, la prison de Gloucester était un paradis. Nous pouvions au moins sortir à l'air frais et travailler. Ici, il n'y a que l'obscurité et la puanteur, l'immobilité, la folie. Je continue à prêcher mes compagnons qu'il faut survivre, mais comment y parvenir dans un endroit semblable ? Seigneur Dieu, je suis désespéré, je suis désespéré ! »

Les trois officiers de marine étaient écossais. Ross avait l'accent le plus prononcé et Johnstone le plus discret. Le major était un homme austère, petit et roux, avec un visage quelconque marqué par une bouche mince, déterminée, et des yeux gris pâle au regard froid.

D'un pas tranquille, il commença par faire le tour du local en partant de tribord. Il avançait comme s'il faisait partie d'un cortège funèbre, tournant la tête d'un côté et de l'autre avec une précision d'horloge, d'un pas lent et décidé. Parvenu à la section d'isolement, il s'arrêta, apparemment sans crainte, pour examiner les malades avec son médecin, parlant de manière inaudible au joli garçon qui hochait la tête vigoureusement. Le major Ross poursuivit son chemin au-delà de la courbe entre les plates-formes d'isolement et celles qui se trouvaient vers le mât de misaine, puis il emprunta la direction inverse.

Arrivé à la hauteur de Dring et d'Isaac Rogers, il s'arrêta, baissa les yeux vers le plancher, fit signe à l'un des soldats et lui ordonna de tirer au dehors les seaux de toilette qui avaient été vidés et rincés. Son regard se fixa sur Ike, tremblant, étendu la tête sur les genoux de Joey Long.

— Cet homme est malade, dit-il à Johnstone au lieu de s'adresser au médecin. Mettez-le avec les autres.

— Non, monsieur, intervint Richard, trop bouleversé pour songer à être prudent. Ce n'est pas ce que vous pensez, aucun de nous n'est malade ici. Il souffre simplement d'un affreux mal de mer.

Une curieuse expression apparut sur le visage du major, un mélange d'horreur et de compassion. Il saisit la main de Ike et la serra.

— Je sais par quoi tu dois passer, dit-il. De l'eau et des biscuits secs, il n'y a que ça qui peut aider.

Un officier de marine sujet au mal de mer !

Ses yeux se posèrent alors sur Richard puis sur les occupants des deux derniers compartiments du dessus, enregistrant les cheveux coupés court, les vêtements et les linges humides pendus sur des fils tendus entre les poutres, les mentons rasés de frais et un certain air de fierté qui n'avait rien d'arrogant.

— Vous veillez à rester propres, remarqua-t-il après avoir examiné la paillasse.

Personne ne répondit.

Ross se détourna et grimpa sur un banc, juste sous l'écoutille ouverte d'où provenait un peu d'air frais. Il n'avait manifesté aucun dégoût en respirant les relents qui tournoyaient dans la prison mais semblait maintenant plus à l'aise sur son perchoir.

— Je suis le major Ross, annonça-t-il d'une voix solennelle, et je commande les soldats de cette expédition. Je serai également gouverneur adjoint de la Nouvelle-Galles du Sud. Je suis seul responsable de vos personnes et de vos vies. Le gouverneur Phillip a d'autres compétences.

Les miennes sont de m'occuper de vous. Ce bateau n'est pas totalement satisfaisant ; des hommes y meurent et j'ai bien l'intention de découvrir pourquoi. Mr William Balmain, que voici, est le médecin de bord. Il prendra son service à partir de demain. Le lieutenant Johnstone est officier supérieur sur ce bateau et le premier lieutenant Shairp sera son second. Il me semble que vous n'avez pas reçu de nourriture fraîche pendant ces deux derniers mois. Cela sera rectifié et ce pont sera désinfecté par fumigation pendant que nous stationnons encore au port, ce qui nécessitera qu'une partie d'entre vous soit hébergée ailleurs. Seuls les soixante-douze hommes occupant les compartiments contigus à la cloison arrière resteront à bord et devront prêter la main.

Il adressa un signe à ses deux subordonnés qui s'assirent à la table et sortirent du papier, de l'encre et des plumes d'oie d'une écritoire portée par le lieutenant Shairp.

— Je vais maintenant procéder à un recensement, poursuivit le major. Quand je désignerai un homme, il devra me donner son nom et le numéro de sa case. Commençons, enchaîna-t-il en pointant le doigt vers Jimmy Price.

L'opération prit un certain temps. Ross se montrait pointilleux mais ses deux scribes rivalisaient de maladresse et de lenteur, l'écriture n'étant manifestement pas leur fort. Lorsqu'une vingtaine de noms furent relevés, le major descendit pour voir ce que ses subordonnés avaient noté.

— Espèce de crétins illettrés ! hurla-t-il. Qu'est-ce que vous foutez là ? Imbéciles ! Idiots ! Vous ne trouveriez même pas à baiser dans un bordel !

« Pouah ! se dit Richard. Il a un sale caractère et ne se soucie même pas d'humilier ses subalternes devant un tas de forçats. »

Comme l'obscurité leur sembla pesante quand les soldats furent partis ! Un voile avait été levé, révélant leur prison dans toute son horreur monstrueuse et abjecte. Mais la lueur dorée des lampes avait aussi apporté une sorte de douceur au tableau et la vue de tous ces hommes accroupis dans leurs compartiments, écarquillant les yeux comme des chouettes, ramenait le danger à des proportions humaines.

Quand la dernière lampe eut disparu, elle laissa derrière elle une atmosphère qu'il n'était même plus possible d'imaginer.

La nuit vint et, malgré la promesse de nourriture fraîche faite par le major Ross, personne ne songea à les nourrir.

Dans la matinée, on commença à déménager la partie avant. Les malades furent transportés par des hommes gantés, le visage masqué par des écharpes, insensibles aux cris de douleur provoqués par les mouvements infligés aux malheureux. À midi, le reste des détenus fut parqué dans les trois compartiments doubles de bâbord et de tribord de la cloison arrière. À la lueur des lampes qui avaient été apportées et la disparition de la plupart des occupants, il fut aisé de voir quel cloaque avait résulté de leur présence à bord pendant ces deux mois et demi ; vomissures, déjections, seaux de toilette débordants, planchers et plates-formes répugnants.

Ce fut à leur tour de bouger, par le panneau arrière. « Peu importe, songea Richard. C'est aussi bien comme ça. Je n'aurais pas aimé laisser un de mes compagnons tout seul là-dessous. Il est vrai que nos affaires sont probablement à l'abri tant que le bruit court que la peste règne ici. »

La fumigation consistait à faire exploser de la poudre à fusil dans tous les coins situés sous le pont supérieur après avoir fermé tous les panneaux.

Ils flottaient sur une étendue d'eau calme, assez loin de la rive qui offrait un spectacle fascinant : on voyait se dresser de grands bastions ainsi que des forteresses cernées d'énormes canons. C'était là le quartier général de la marine anglaise. Les gueules des canons étaient tournées au sud, au-delà de l'île de Wight, en direction de Cherbourg, où l'ennemi héréditaire était, lui aussi, aux aguets.

Où donc se trouvait la ville de Portsmouth et à quoi ressemblait-elle ? Le mystère se dissimulait derrière de puissantes fortifications dont certaines dataient d'avant Henri VIII alors que d'autres étaient encore en construction. Était-ce bien là que l'amiral Kempenfeldt et une troupe de mille hommes étaient tombés sur le *Royal George*, cinq ans plus tôt ? Mis en carénage pour une voie d'eau, le plus grand des vaisseaux de premier rang que l'Angleterre eût jamais construit s'était rempli d'eau par les sabords de ses canons de trente-deux et avait coulé dans un gouffre tourbillonnant.

Johnstone et Shairp n'étaient pas du même avis quant à savoir si les détenus restés à bord devaient ou non avoir les mains enchaînées. Johnstone l'emporta et les mains restèrent libres. Déçu d'avoir perdu la bataille, Shairp prit le canot et alla rendre visite à un collègue sur un autre navire, lequel devait également faire voile vers Botany Bay. Il y avait plusieurs bâtiments à présent, dont l'un presque aussi grand que l'*Alexander*.

— Là-bas, c'est le *Scarborough*, annonça le quatrième officier Stephen Donovan, le gros chat roux dans les bras. Plus loin, c'est le *Lady Penrhyn* – tu le connais déjà, Richard – et, plus loin encore, le *Prince of Wales*. Ils n'arrivaient pas à tout caser sur cinq transporteurs, alors ils en ont pris un sixième. Le *Charlotte* et le *Friendship* sont partis pour Plymouth afin d'embarquer ceux de Dunkirk.

— Et les trois bateaux près de la rive ? demanda Richard en tournant la tête pour lancer un coup d'œil d'avertissement à Bill Whiting.

Ce dernier avait l'air de penser qu'une liberté relative pouvait l'autoriser à lancer des plaisanteries sur les invertis que « Miss Molly » Donovan pouvait ne pas apprécier.

— Ce sont les ravitailleurs – le *Borrowdale*, le *Fishburn* et le *Golden Grove*. Nous transportons assez de matériel pour nous suffire à nous-mêmes pendant trois ans à partir du moment où nous atteindrons Botany Bay, répondit Mr Donovan avec un regard caressant.

— Combien de temps, selon l'Amirauté, nous faudra-t-il pour atteindre Botany Bay ? demanda Thomas Crowder d'une voix doucereuse.

Mais Crowder n'était pas du goût de Mr Donovan – trop simiesque ; aussi le quatrième lieutenant choisit-il d'adresser sa réponse à Richard Morgan qui, décidément, le fascinait. Pas tant à cause de son physique, bien qu'il le jugeât très séduisant, que par sa réserve. « Cet homme-là était un chef, pensa Donovan, mais pas de la même espèce que Johnny Power, bien connu de tout l'équipage et avec lequel il avait une affinité naturelle. Morgan, lui, était un marin de la Tamise qui avait le bon sens de ne pas parler argot. »

— L'Amirauté estime que le voyage devrait durer de quatre à six mois, répondit Mr Donovan, ignorant ouvertement Crowder.

— Il faudra plus que ça, objecta Richard.

— Je le crois aussi. Quand l'Amirauté fait ses estimations, elle calcule toujours comme si le vent soufflait en permanence du bon côté, et comme s'il n'arrivait jamais que le mât ne se rompe, que les amarres cèdent, que les voiles se déchirent, tombent en lambeaux ou s'affalent des haubans.

Il gratta sous le menton le chat qui ronronnait bruyamment.

— Vous n'avez pas de chien ? s'enquit Richard.

— De sales bêtes ! Rodney est le chat de l'*Alexander* et vaut tous les chiens qui se trouvent à bord. C'est d'ailleurs pourquoi ils ne viennent pas se frotter à lui. Il a été baptisé ainsi en l'honneur de l'amiral Rodney sous les ordres duquel j'ai servi aux Indes occidentales quand nous avons viré les mangeurs de grenouilles de la Jamaïque.

Il fit la moue en voyant un bouledogue fouiner dans le coin et Rodney cracha, ce qui incita aussitôt le chien à courir s'occuper ailleurs de quelque affaire plus urgente.

— Il y a vingt-sept chiens à bord, reprit-il, et tous appartiennent à des soldats. Mais leur nombre diminuera bientôt. Les épagneuls et les terriers ne sont pas trop mauvais. Au moins, ils font la chasse aux rats. Mais les autres ne sont que des bons à rien. Un chien peut tomber par-dessus bord. Un chat, jamais.

Il embrassa Rodney sur le haut de la tête et le posa sur le bastingage pour illustrer sa déclaration. Indifférent à l'eau qui clapotait au-dessous, le chat ramassa ses pattes sous lui et continua à ronronner.

— Où ont-ils envoyé les autres détenus ? demanda Will Connelly, venant à la rescousse de Richard qui s'éloignait discrètement.

— Certains sur le *Firm*, d'autres sur le *Fortunee*, les malades sur le navire-hôpital et le reste sur cette gabare, là-bas.

— Pour combien de temps ?

— Une ou deux semaines au moins, je pense.

— Les hommes doivent mourir de froid sur la gabare !

— Mais non. On les ramène à quai dans un camp tous les soirs, enchaînés l'un à l'autre. Croyez-moi, ils sont mieux sur une gabare que dans une cale.

Le lendemain, William Balmain, le médecin de l'*Alexander*, monta à bord en compagnie de deux autres confrères, apparemment pour examiner le bateau puisque les malades n'y étaient plus. Stephen Donovan chuchota que l'un d'eux était John White, le médecin en chef de l'expédition. Quant à l'autre, ils le reconnurent ; il s'agissait du praticien de Portsmouth que le lieutenant Shairp avait fait venir à l'arrivée du bateau.

Désœuvrés, les détenus restèrent à proximité des médecins et purent ainsi entendre ce qu'ils disaient. Les hommes d'équipage, certainement aussi curieux, étaient trop occupés pour prêter l'oreille – du matériel arrivant sur des gabares.

Le médecin de Portsmouth demeurait convaincu qu'il s'agissait d'une forme rare de peste bubonique, mais White et Balmain n'étaient pas d'accord.

– C'est une fièvre maligne ! insistait-il. Vous voyez bien que c'est bubonique !

– Non, la forme est bénigne, objectaient les deux autres, pas bubonique.

Tous trois s'entendirent cependant sur des mesures préventives : les deux ponts devraient subir une nouvelle fumigation et être brossés soigneusement à l'huile de goudron avant d'être revêtus d'une épaisse couche de lait de chaux – un mélange de chaux vive, de poudre de chaux, d'apprêt et d'eau.

Stephen Donovan demeurait à bord pour contrôler l'embarquement de la cargaison et il avait fort à faire. Sur les ponts s'empilaient des tonneaux, des barils, des fûts, et toutes sortes de caisses et de colis.

– Il faut que je fasse mettre tout ça en bas ! annonça-t-il sèchement à White et à Balmain. Comment voulez-vous que j'y arrive avec les écoutilles bouclées toute la journée pour vos foutues fumigations ? Il n'y a qu'une chose à faire pour assainir l'*Alexander*, c'est d'avoir de meilleures pompes pour évacuer l'eau de la cale.

– L'odeur provient des morts qu'on a gardés là, répondit Balmain d'un ton hautain. Une semaine ou deux en mer après d'intenses fumigations, et elle disparaîtra.

White traversa l'espace qui avait servi de prison pour aller voir comment les hommes pourraient embarquer la cargaison. Un regard lui révéla que les tables et les bancs avaient été ôtés, faisant apparaître dans le plancher des trappes de six pieds situées exactement dans l'axe de celles qui s'ouvraient sur le pont supérieur. Il constata que, si on les soulevait à l'aide d'un treuil, d'énormes cuves d'eau pouvaient être déposées directement dans la cale du faux-pont. Affichant un air de nette supériorité, il revint à l'avant, écarta Balmain et Donovan et commença à donner des ordres.

Les trente-six détenus de tribord furent envoyés dans leur ancienne geôle puante pour balayer, brosser et rincer l'endroit au vinaigre avant la fumigation à la poudre à fusil. Le restant des détenus à bâbord fut chargé des mêmes opérations dans l'ancien quartier des soldats de marine, au-dessous de l'entrepont.

– Seigneur ! s'exclama Taffy Edmunds. Ce pauvre Davy Evans avait raison. Nous autres forçats, on était logés au paradis par rapport à ça, même si on rêvait de dormir dans des hamacs.

Le plancher était recouvert d'une nappe d'eau provenant des fonds de cale qui avaient débordé. Le tout dégageait une odeur plus pestilentielle encore que celle de la prison, en même temps que des gaz qui avaient rendu aussi noirs que du charbon les boutons d'étain des belles tuniques rouges. L'entrepont comptait à peine six pieds de haut et il fallait se courber pour passer sous les poutres, comme sur le *Cérès*.

C'est ainsi que Richard et les autres détenus de bâbord assistèrent à l'inévitable conflit qui devait opposer Ross et Sinclair. Ils s'affrontèrent dans le quartier des soldats, sous le regard fasciné des trente-six hommes. Ce combat mémorable commença lorsque le major se plaça au pied de l'échelle de bois pour hurler :

– Bougez votre gros tas de graisse, espèce de sac à merde ! Venez donc voir ça, sacré nom d'un chien !

Les pieds finement bottés du commandant Duncan Sinclair apparurent sur l'échelle ; il descendit, semblable à une grosse goutte de sirop coulant le long d'une ficelle.

– Personne n'a le droit de me parler sur ce ton, major ! souffla-t-il en mettant le pied par terre. Je suis non seulement le capitaine de ce bateau, mais aussi l'un de ses propriétaires.

– Ce qui augmente encore votre responsabilité, grosse larve bouffie ! Avancez et regardez ! Regardez où ont vécu les soldats de la marine de Sa Majesté pendant Dieu sait combien de temps ! Presque trois mois ! Ils sont malades et terrorisés, ce dont je ne peux les blâmer ! Leurs chiens sont mieux logés qu'eux, tout comme les moutons et les cochons que vous entassez à bord pour mieux garnir votre propre table ! Pendant que vous restez assis à vous prélasser dans une cabine le jour, et une autre la nuit, avec toute la place pour vous tout seul tandis que mes deux officiers sont claquemurés dans un placard où il n'y a même pas d'air, obligés de manger avec les simples soldats ! Tout ça va changer, Sinclair, ou je me charge moi-même de jeter vos boyaux boursouflés dans cette merde liquide !

Il posa la main sur le pommeau de son épée, l'air parfaitement décidé à mettre sa menace à exécution.

— Vos hommes ont été logés ici parce que je n'ai pas d'autre endroit où les installer, répliqua Sinclair. En fait, ils occupent un espace que mes armateurs estimeraient plus utile pour une cargaison que pour une bande de bons à rien, de voleurs et de buveurs de rhum, même pas assez intelligents pour entrer dans la véritable marine, ni assez riches pour l'armée de terre ! Vous n'êtes que des rebuts de l'humanité, Ross, vous et vos hommes ! Rien que des bouteilles vides baptisées « soldats de marine » qui encombrent les cuisines de mon équipage et laissent leurs deux douzaines de chiens déposer leur merde du beaupré à la lisse – regardez mes bottes ! De la crotte de chien, Ross, de la foutue crotte de chien ! Ils ont tué deux de mes poules, quatre canards et une oie ! Sans parler de la brebis que j'ai dû abattre parce qu'un de ces foutus bouledogues avait planté ses crocs dedans et ne voulait pas lâcher prise ! Mais j'ai d'abord abattu le chien, espèce de bâtard des Lowlands qui ne savez même pas qui est votre mère !

— Qui est le vrai bâtard des Lowlands, hein, fils de pute de Glasgow ?

Une pause suivit, pendant laquelle les deux combattants cherchaient de nouvelles insultes à se jeter à la figure. Les détenus les regardaient, figés comme des statues, de crainte de se faire repérer et renvoyer sur le pont.

— L'Amirauté a accepté l'offre de Walton pour le ravitaillement de l'*Alexander*, jeta Sinclair dont les yeux n'étaient plus que deux fentes étincelantes. Vous n'avez qu'à vous en prendre à vos supérieurs, Ross, pas à moi ! Quand j'ai appris que je devais embarquer quarante soldats de marine et deux cent dix forçats, cela ne m'a nullement réjoui ! Les soldats resteront ici, que ça vous plaise ou non.

— Cela ne me plaît pas et je ne le tolérerai pas, trou du cul d'éléphant ! Vous allez installer mes gars en haut dans l'entrepont et loger convenablement mes officiers, sinon j'en parlerai au gouverneur Phillip ainsi qu'à l'amiral lord Howe et à sir John Middleton – sans parler de lord Sydney et de Mr Pitt ! Vous n'avez pas le choix, Sinclair. Soit vous mettez vos marins ici en bas et mes hommes en haut, soit vous reculez les cloisons de la prison de vingt-cinq pieds. Maintenant que nous avons le *Prince of Wales*, les forçats peuvent y être déplacés. Ce sera comme ça et pas autrement, face de suif ! conclut Ross en frottant l'une contre l'autre ses mains gantées de blanc.

— Certainement pas ! grinça Sinclair entre les dents.

La vue d'une aussi énorme masse de graisse dans un tel état d'agitation avait quelque chose d'homérique.

— L'*Alexander*, reprit-il, s'est engagé à transporter 210 forçats, et non 140, et 40 soldats de marine dans un espace qui devrait accueillir 70 forçats de plus ! L'objectif de cette expédition n'est pas de dorloter une poignée de soldats galeux, mais de transporter autant de détenus que possible à l'autre bout du monde. J'accueillerai le contingent prévu et, si vous le souhaitez, ce sont mes hommes d'équipage qui s'en occuperont. Vous voyez, c'est très simple, Ross. Faites descendre vos précieux soldats de l'*Alexander*. Je bouclerai les prisonniers en permanence et je les ferai nourrir par des écoutilles pendant la durée du voyage, ce qui ne nécessitera pas l'aide de gardiens.

— Lord Sydney et Mr Pitt ne seront pas d'accord, dit Ross d'un ton assuré. Tous deux ont une vision moderne des choses et ils insistent pour que les forçats soient débarqués à Botany Bay en meilleure condition que les esclaves que vous livrez à La Barbade ! Si vous enfermez ces hommes pendant plus d'un an, la moitié seront morts à l'arrivée et les survivants seront tout juste bons pour l'asile de fous. Aussi il ne vous reste plus qu'à construire vous-même une dunette et un poste d'équipage pendant les prochains mois. Vous pourrez ainsi déménager votre imposante personne en haut, dans un splendide isolement, et céder vos quartiers à mes officiers. N'oubliez pas, Sinclair, que vous devez également héberger le médecin du bord, l'agent maritime et celui du soumissionnaire qui, tous, ont droit à un logement de pont. Vos quartiers actuels seront déjà combles sans votre présence, sale radin qui rognez sur les bouts de chandelles ! Quant à vos hommes, vous n'avez qu'à les installer dans un poste d'équipage, comme il se doit. Mes soldats occuperont leur place dans l'entrepont et je veillerai à ce qu'ils aient une cuisine où ils pourront préparer leur nourriture et celle des forçats. Ainsi, quand vous en aurez aménagé une pour vous dans votre dunette, votre équipage pourra garder la sienne et mes officiers celle du gaillard d'arrière. L'*Alexander* ressemblera peut-être ainsi à un bateau plutôt qu'à un négrier, vieux tas de graisse !

Pendant ce discours magistral, les petits yeux gris avaient exprimé une rage sourde avant de reprendre leur air de roublardise naturelle.

— Tout ça coûtera à Walton au moins un millier de livres, répliqua Sinclair.

Le major Ross tourna les talons et commença à escalader l'échelle.

— Envoyez la facture à l'Amirauté, lança-t-il avant de disparaître.

Duncan Sinclair contempla un instant l'échelle puis, soudain, sembla découvrir pour la première fois le cercle d'hommes qui l'entourait.

— Faites la chaîne avec des seaux pour écoper cette saleté qui a débordé, lança-t-il à Ike Rogers d'un ton sec. Et, pendant que vous y êtes, ouvrez ce panneau et videz le fond de cale à tribord. D'autres n'ont qu'à en faire autant à bâbord. Allez chercher de l'eau de mer et rincez-moi ça jusqu'à ce que l'eau de fond de cale soit claire. L'odeur monte jusqu'au gaillard d'arrière. (Il se retourna vers l'échelle.) Toi, toi et toi, dit-il en désignant Taffy, Will et Neddy, mettez vos épaules sous mon derrière et poussez-moi en haut de cette foutue échelle.

Lorsque le bruit de ses pas eut disparu en haut, les détenus éclatèrent de rire.

— J'ai cru un instant, hoqueta Ike, que tu allais le laisser choir dans l'eau croupie, Neddy.

— C'est pas l'envie qui me manquait, dit Neddy en s'essuyant les yeux, mais c'est le commandant du bateau et on n'a pas intérêt à manquer de respect à ses supérieurs, pas vrai ? Le major Ross, lui, il se moque pas mal d'offenser le gros capitaine, c'est sûr. (Il se mit à rire.) Trou du cul d'éléphant ! Oh ! Oh ! Ça lui va drôlement bien ! Ça nous a presque tués de le hisser en haut de l'échelle !

— C'est le major Ross qui a gagné la bataille, observa Aaron Davis d'un ton pensif. Mais, lui, il met son derrière à la merci des bottes de l'Amirauté. Si le capitaine Sinclair construit sa dunette et son poste d'équipage et que l'Amirauté refuse de payer, Ross sera dans de sales draps.

— Je le crois à l'abri des coups de botte, intervint Richard en souriant. Sa culotte blanche immaculée n'a rien à craindre, crois-moi. Ross a raison. L'*Alexander* ne peut embarquer tant de monde sans une dunette et un poste d'équipage… (Il poussa un soupir.) Qui veut se mettre à la chaîne pour les seaux ? Nous pourrions en demander d'autres au lieutenant Johnstone car il n'est pas question d'utiliser ceux de la prison pour ça. Nous autres, de Bristol, nous nous mettrons au fond de la cale. Jimmy, va donc adresser ton plus radieux sourire au gentil lieutenant pour qu'il nous donne des seaux.

Le commandant Sinclair effectua les travaux demandés, mais pour une somme très inférieure à mille livres. Pendant qu'ils étaient occupés à brosser les ponts et à les passer au lait de chaux, les détenus travaillaient au milieu des marchandises, ce qui leur permettait d'avoir un bon aperçu de la cargaison. Les mâts de rechange étaient attachés sous les canots avec, au-dessous, les espars, les voiles et les cordages. Les barriques d'eau de cent soixante gallons, de loin les plus lourds éléments, étaient réparties au milieu d'une cargaison plus légère. On embarquait par douzaines des caisses de porc ou de bœuf salé, des sacs de pain dur, de pois secs, de pois chiches – que l'on appelait « calavances » –, des tonneaux de farine, des réserves de riz et une grande quantité de colis dans des emballages de grosse toile portant le nom de leur propriétaire écrit à l'encre. Sans oublier des ballots de chiffons destinés aux forçats pour le jour où leurs vêtements seraient définitivement usés.

Tout le monde savait qu'il y avait des tonneaux de rhum à bord. Ni les soldats ni les marins n'auraient admis un voyage sans cela. C'était le rhum qui rendait supportable de vivre ainsi entassés et d'absorber une aussi mauvaise nourriture. Mais on ne le trouvait ni dans les cales générales, ni sous l'espace réservé aux prisonniers, ni sous l'entrepont.

– C'est un malin, notre commandant, dit William Dring, de Hull, avec un sourire. Juste à l'avant, il y a une autre cale sur deux ponts où ils stockent le bois de chauffage. Ils en cachent partout autour du beaupré et de l'étambrai. Le sommet du pont est recouvert d'un revêtement métallique et c'est là que se niche le rhum. On ne peut pas le sortir par la prison parce que la cloison avant a un pied d'épaisseur et elle est bourrée de clous, comme la cloison arrière. Et on ne pourrait pas non plus le tirer de la cale où se trouve le bois sans faire tout un remue-ménage. Le rhum en cours de consommation se trouve dans un grand placard sur le gaillard d'arrière et c'est le capitaine qui le distribue lui-même. Personne ne peut le voler à cause de Trimmings.

– Trimmings ? demanda Richard. Le steward de Sinclair ?

– Oui... Totalement dévoué à son gros maître. Il espionne et fourre son nez partout.

Joe Robinson, l'ami de Dring, qui avait lié connaissance avec certains hommes d'équipage, prit la parole.

– Il utilise ses propres recrues pour réaliser ses petits travaux. Il a pris aussi cinq forçats, tous sachant se servir d'un marteau et de clous. Il les a fait venir de la gabare et du *Fortunee*. Le poste d'équipage est comme il doit être mais, pour la dunette, on a utilisé quelques beaux panneaux d'acajou. Sinclair a emporté tout l'ameublement de la grande cabine, de sorte que Ross doit faire venir de nouveaux meubles pour les officiers logés sur le gaillard d'arrière et il n'est pas content.

Le major Ross, de toute façon, n'était jamais content. Son insatisfaction s'étendait d'ailleurs bien au-delà du commandant Sinclair et de l'*Alexander*. Une nouvelle bataille s'était engagée, ainsi que plusieurs soldats le racontèrent aux détenus (les commérages constituant la principale distraction), pour échanger le riz de l'expédition contre de la farine de blé. Malheureusement, le contrat conclu avec Mr William Richards Junior avait été rédigé avec la même parcimonie que pour le transport du personnel de l'armée, ce qui avait permis au fournisseur de livrer une maigre nourriture aux forçats comme aux soldats et de substituer du riz à certaines quantités de farine. Le riz était meilleur marché et il en fallait de plus petites quantités puisqu'il gonflait en cuisant. Le problème, c'était que le riz n'empêchait pas le scorbut, alors que la farine y parvenait.

— Il y a une chose qui m'échappe, observa Stephen Martin, l'un des deux hommes de Bristol venus avec Crowder et Davis. Si la farine empêche le scorbut, alors pourquoi pas le pain ? Il est fait avec de la farine, après tout.

Richard essaya de se souvenir de ce que le cousin James l'Apothicaire lui avait dit à ce sujet.

— Je pense que c'est à cause de la cuisson. Ce qu'on nous donne à manger, c'est du pain dur. En fait, des biscuits de mer. Il y a dedans autant d'orge et de seigle que de froment, sinon plus. La farine est à base de blé moulu et c'est elle qui possède le pouvoir antiscorbutique. Quand on en fait des boulettes dans du bouillon ou de la soupe, elle ne cuit sans doute pas assez longtemps pour détruire ce pouvoir. Les légumes et les fruits sont encore mieux pour lutter contre le scorbut, mais on n'en trouve pas en mer. Il y a bien une sorte de chou en saumure que mon cousin James importe de Brême pour certains marins de Bristol. Il est meilleur marché que l'extrait de malt, lui aussi un excellent antiscorbutique. Mais le problème, c'est que les marins détestent ça et qu'il faut les fouetter pour les forcer à en avaler.

— Est-ce qu'il y a des choses que tu ne sais pas ? demanda Joey Long, qui considérait Richard comme une encyclopédie ambulante.

— Je sais bien peu de choses, Joey. C'est mon cousin James qui est la source de mes connaissances. Tout ce que j'ai eu à faire, c'était de l'écouter.

— Et tu sais très bien le faire, assura Bill Whiting. (Il se recula pour examiner leur travail, à présent presque achevé.) C'est bien, ce lait de chaux. Même lorsque les grilles seront refermées sur les écoutilles, on y verra un peu plus clair à l'intérieur.

Après quoi, il jeta un bras sur les épaules de Will Connelly.

— Si nous nous asseyons juste au-dessous de l'écoutille arrière, Will, on aura assez de lumière pour lire.

La totalité des forçats fut de retour à bord au début d'avril, tandis que la construction de la dunette et du poste d'équipage avançait rapidement. Le major Ross attendait encore pour écrire aux autorités afin de leur faire part des conditions de vie sur l'*Alexander*, préférant que les travaux soient avancés avant que sa hiérarchie se mette à protester. Le commandant Sinclair avait choisi d'édifier le nouveau poste d'équipage à l'intérieur, en laissant sur chaque côté un passage large de trois pieds pour permettre d'accéder facilement aux bossoirs où se trouvaient les fosses d'aisances des marins.

Les détenus restés à bord pendant les travaux sanitaires en avaient profité avec bonheur : les écoutilles restaient ouvertes et ils pouvaient utiliser ces trous au lieu de leurs seaux hygiéniques. L'écoutille avant, au pied du mât de misaine, était à présent coiffée d'une sorte de cabane (on aurait dit une niche à chien, avec un toit recourbé), qui permettait aux cuisiniers d'accéder au compartiment où était stocké le bois de chauffage sans être exposés aux intempéries. L'écoutille située juste devant le gaillard d'arrière et ouvrant sur l'entrepont était également couverte, alors que les deux autres, au-dessus de la prison, n'étaient que de simples trappes équipées de grilles métalliques sur lesquelles on pouvait fixer un solide panneau.

« Elles seront fermées quand l'eau de mer balaiera le pont, se dit Richard, et nous serons alors plongés dans le noir absolu tant que durera la tempête. Pas de lumière. Pas d'air. »

Ils recevaient chaque jour de la viande fraîche et des légumes, et les promenades sur le pont restaient autorisées. Mais la maladie se déclara de nouveau sur l'*Alexander*. Willy Wilton mourut, premier du groupe venu du West Country, mais pas des enflures qui s'étaient répandues auparavant. Il avait pris froid par mauvais temps et le mal s'était porté sur la poitrine. Le Dr Balmain lui mit des cataplasmes chauds pour attirer le mal à l'extérieur, mais Willy mourut malgré ses efforts. À l'époque, les cataplasmes représentaient les seuls remèdes contre la pneumonie. Ike Rogers en fut profondément affecté. Il n'était plus l'homme que Richard avait rencontré à la prison de Gloucester. Son caractère batailleur n'avait été qu'une surface. Il demeurait avant tout un homme aimant les chevaux et la liberté des grandes routes.

D'autres moururent aussi: douze jusqu'à fin avril. Et la maladie sévissait également parmi les soldats: fièvres, inflammations pulmonaires, délire, paralysie. Trois soldats terrifiés s'enfuirent puis, le dernier jour du mois, un quatrième. Un sergent, un tambour et quatorze simples soldats avaient été transportés dans un hôpital et il devenait difficile de leur trouver des remplaçants. L'*Alexander* avait maintenant la réputation d'être un bateau sur lequel régnait la mort, réputation qu'il allait conserver. Tous les détenus, à l'exception de ceux qui y étaient déjà restés auparavant (soixante et onze hommes, maintenant que Willy Wilton avait péri), furent de nouveau déplacés, et les nettoyages au vinaigre, les fumigations, les brossages à l'huile de goudron et le passage au lait de chaux reprirent. Chaque fois, le groupe de Richard trouvait les fonds de cale nauséabonds et souillés.

— C'est comme s'il n'y avait pas de pompes pour vider ces fonds de cale. Elles ne fonctionnent pas, déclara Mikey Dennison, écœuré.

Trois autres hommes moururent, ce qui porta à quinze le nombre total des morts depuis le 1er avril. Les détenus n'étaient plus que cent quatre-vingt-quinze au lieu de deux cent dix.

Le 11 mai, soit plus de quatre mois après qu'ils eurent embarqué sur ce bateau de mort, on apprit que le gouverneur Phillip était enfin arrivé sur son navire amiral, le *Sirius*, et que les onze unités de l'expédition prendraient la mer le lendemain. Mais tel ne fut pas le cas. L'équipage du *Fishburn*, le ravitailleur, n'avait pas été payé et refusait de partir. Les occupants de l'*Alexander* étaient dans leurs compartiments où ils n'avaient rien d'autre à faire que dormir, enfin pourvus d'une couverture – une pour deux hommes. C'était peut-être une sorte de récompense après qu'on les eut dévêtus et fouillés – personne ne savait pour quelle raison. Mais Ross, présent pour superviser l'opération, leur épargna un pénible examen. Aucun objet ne leur fut confisqué.

Une heure environ avant l'aube de ce 13 mai – on allait vers le solstice d'été et le jour se levait de bonne heure –, Richard s'éveilla et constata que l'*Alexander* bougeait. Ses bois craquaient et un léger clapotis était perceptible, accompagné d'un faible roulis. Suffisamment pour le malheureux Ike, qui vomissait déjà. On lui avait remis à cet effet l'écuelle du pauvre Willy, et Joey Long se chargeait de la vider dans le seau hygiénique quand cela devenait nécessaire.

Ce jour-là, Robert Jefferies, de Devizes, mourut de pneumonie. La couverture était arrivée trop tard pour certains hommes.

Lorsque, ce même jour, ils eurent passé les Needles à la pointe occidentale de l'île de Wight, l'*Alexander* navigua avec plus d'entrain qu'il n'en avait montré pendant le lent voyage de Tilbury à Portsmouth… Le bateau roulait et tanguait pas mal, et de nombreux forçats furent confinés dans leur compartiment par les affres du mal de mer. Richard ressentit des nausées mais pas au point de ne plus pouvoir se contrôler et elles disparurent trois heures plus tard après un seul spasme sans résultat. Les habitants de Bristol avaient peut-être automatiquement le pied marin ? Ses compatriotes – Connelly, Perrott, Davis, Crowder, Martin et Morris – réagissaient comme lui. Seuls les hommes originaires de l'intérieur du pays étaient malades, mais aucun aussi gravement que Ike Rogers.

Le jour suivant, le lieutenant Shairp et le Dr Balmain descendirent par l'écoutille arrière avec moins d'assurance que dans les eaux calmes, mais assez de dignité pour faire impression. Les deux soldats qui les accompagnaient enlevèrent le corps de Robert Jefferies tandis que Shairp et Balmain titubaient dans le passage en s'accrochant au bord des plates-formes. Shairp faisait attention à ne pas poser la main sur les endroits souillés de vomissures. Les ordres restaient les mêmes : « Sortez et lavez votre pont, sortez et videz vos seaux hygiéniques, sortez et nettoyez votre compartiment. Peu importe que vous vous sentiez mal. Si vous avez vomi sur vos couvertures, lavez-les. Si vous avez vomi sur votre paillasse, lavez-la. Si vous avez vomi sur vous, lavez-vous. »

— S'ils font ça tous les jours, l'endroit restera propre, observa Connelly. Enfin…, je l'espère !

— N'y compte pas trop, soupira Richard. C'est la volonté de Balmain, pas de Shairp. Mais Balmain n'est pas très méthodique. Heureusement, tous ont déjà rendu leur nourriture, donc nous n'aurons à nous occuper que de la merde. Les forçats vont se contenter de rester étendus là et de chier sous eux. La plupart d'entre eux ne se sont jamais lavés de leur vie. Si nous, nous restons propres et maintenons une bonne hygiène autour de nous, c'est grâce à mon cousin James et au fait que je les harcèle tous : ils me craignent plus encore qu'une séance de lavage. (Il sourit.) Lorsqu'ils auront pris l'habitude de se laver, ils commenceront à être propres.

– Tu es vraiment un drôle de type, Richard, dit Will Connelly. Tu pourras toujours prétendre le contraire mais, en vérité, c'est toi le chef à bâbord. (Il ferma les yeux.) Je me sens en forme et je vais essayer de lire.

Il alla s'asseoir à la table centrale, juste sous l'écoutille ouverte, avec les trois volumes de *Robinson Crusoé*. Après avoir retrouvé la page où il s'était arrêté, il s'absorba dans la lecture, apparemment inconscient du mouvement du bateau.

Richard le rejoignit avec son ouvrage de géographie. La couche de lait de chaux faisait toute la différence.

Lorsque l'*Alexander* eut passé au sud de Plymouth, la plupart des hommes avaient enfin le pied marin à l'exception de Ike Rogers et d'une poignée d'autres. Il était possible de parcourir le passage une fois qu'on s'était habitué au mouvement ascendant et descendant. C'est en s'y exerçant que Richard fit la connaissance de John Power, le chef de l'avant.

Power était un jeune et beau garçon, agile et souple comme un chat, avec un regard assuré au fond de ses yeux sombres et la curieuse habitude de parler avec les mains. « Comme les mangeurs de grenouilles et les Italiens, pensa Richard, » mais pas comme un Anglais, un Hollandais ou un Allemand. Power paraissait être toujours sous pression, pas par angoisse ou mauvais caractère, mais plutôt par suite d'une énorme réserve d'énergie et d'enthousiasme. On pouvait lire dans ses yeux qu'il aimait à prendre des risques.

– Richard Morgan ! appela-t-il au moment où Richard passait devant son compartiment. Bienvenue en territoire ennemi !

— Je ne suis pas ton ennemi, John Power. Je suis un homme tranquille et ne m'occupe que de mes propres affaires.

— Ce qui veut dire tout le côté bâbord. Toujours propre, net et bien rangé, dit-on. C'est la mode de Bristol. En bon ordre, comme dans la marine.

— Je suis en effet de Bristol. Mais viens donc nous rendre visite et constate par toi-même. Il est vrai que nous restons entre nous. C'est que, vois-tu, aucun de nous ne parle le dialecte.

— Mes hommes aiment le parler, mais moi je ne m'en soucie guère. Les marins détestent ça. (Power se glissa hors de son compartiment et rejoignit Richard.) Tu es déjà vieux, Morgan, maintenant que je te vois de plus près.

— Trente-huit ans fin septembre. Mais, jusqu'à maintenant, les années ne me pèsent guère, même si mes forces ont un peu diminué après ces cinq mois sur l'*Alexander*. On nous a fait un peu travailler à Portsmouth et cela nous a été bénéfique. C'est toujours à des hommes de Bristol qu'ils confient le nettoyage des fonds de cale ; nos nez sont immunisés contre les mauvaises odeurs. Étais-tu sur la gabare, sur le *Firm* ou sur le *Fortunee* ?

— Sur la gabare. Je me suis bien entendu avec l'équipage de l'*Alexander*, aussi mes hommes n'ont pas eu à connaître les cales des bateaux de Portsmouth. (Power poussa un grand soupir et exprima sa satisfaction d'un geste éloquent des mains.) Dès que possible, j'ai l'intention de servir comme marin sur l'*Alexander*. Mr Bones – c'est le troisième lieutenant – me l'a promis. Comme ça, je pourrai retrouver ma forme.

— Je croyais qu'on nous confinerait en dessous pendant tout le voyage.

— Non, si Mr Bones ne se trompe pas. Le gouverneur Phillip dit qu'il n'est pas question de nous laisser dépérir :

il aura besoin que nous soyons assez vigoureux pour travailler une fois que nous aurons atteint Botany Bay.

Ils dépassèrent l'endroit où se trouvait la barrique d'eau de mer de tribord. Power lança un regard en coin à Will Connelly, penché sur l'œuvre de Daniel Defoe.

— Vous savez tous lire ? demanda-t-il avec une pointe d'envie.

— Six d'entre nous, oui, et nous sommes cinq originaires de Bristol : Crowder, Davis, Martin, Connelly que voici, Perrott et moi. Le drôle de type, là-bas, c'est Bill Whiting. Bristol compte de nombreuses écoles charitables pour les pauvres.

— Il n'y en a presque pas à Londres. Bien que j'aie toujours pensé que c'était une perte de temps de lire des livres quand les enseignes au-dessus des boutiques disent clairement à un homme ce qu'il peut trouver dedans. (Ses mains esquissèrent un geste ironique.) À présent, je me dis que ça doit être une bonne chose que de pouvoir lire. Cela aide à passer le temps.

— Quand tu seras en haut, ça ira mieux. Es-tu marié ?

— Ah non, alors ! (Power tourna ses pouces en direction du sol.) Les femmes, c'est du poison.

— Mais non, elles sont comme nous – il y en a des bonnes, d'autres mauvaises et d'autres encore ni bonnes ni mauvaises.

— Combien en as-tu connu de chaque sorte ? s'enquit Power en dévoilant dans un sourire des dents très blanches.

« Ce n'était donc pas un buveur », nota Richard.

— Plus de bonnes que de mauvaises.

— Et combien d'épouses ?

— Deux, d'après les registres.

— À propos de registres, le lieutenant Johnstone m'a dit qu'ils n'en avaient aucun à bord. (Power ferma les mains en affichant une expression de pure jubilation.) Est-ce que tu imagines ça ? Le ministère de l'Intérieur n'a jamais songé à envoyer un rapport au gouverneur Phillip. Personne ne sait quel crime ou délit nous avons commis ni à combien d'années nous sommes condamnés. J'ai bien l'intention de profiter de ça dès qu'on aura atteint Botany Bay...

– Le ministère de l'Intérieur m'a l'air aussi efficace que la régie des impôts de Bristol, observa Richard.

Ils se retrouvèrent devant le compartiment de Power qui y grimpa agilement. « Aussi gracieux que Stephen Donovan », songea Richard en se disant que sa compagnie lui manquait à présent qu'ils étaient enfermés sous le pont. Donovan était peut-être un inverti mais il était éduqué et ce n'était pas un forçat. Avec lui, on pouvait parler d'autre chose que de la prison.

Richard regagna pensivement son compartiment. Le fait que les autorités ignorent la nature de leurs délits et la durée de leur condamnation était une information intéressante. Cela les aiderait sans doute, ainsi que l'espérait Power, mais il se pouvait aussi que le gouvernement prenne une décision arbitraire et fixe pour tous les condamnés une peine de quatorze ans. Personne n'allait admettre que certains réclament leur libération six mois ou un an après leur arrivée. C'était sans doute pour cette raison qu'on les avait fouillés à Portsmouth. Il fallait de l'argent pour se payer le voyage de retour sur un bateau. Tous savaient que le Parlement n'avait pas prévu pour eux leur rapatriement. Dans l'entourage de Phillip, quelqu'un avait été assez retors pour deviner que certains avaient peut-être dissimulé le prix de cette traversée. Mais il aurait fallu pour ça un Mr Sykes ! « Or vous n'avez rien de commun avec cette brute, major Ross, pensa Richard. Je sens que vous êtes un homme droit, respectant un code d'honneur, et prenant courageusement le parti de vos hommes pour les défendre. Je sais aussi que vous êtes écossais et pessimiste, doté d'un tempérament violent, d'une langue bien pendue et d'une ambition modérée. Et que vous êtes sujet au mal de mer… »

Le 20 mai, tandis que l'*Alexander* cinglait dans une forte houle et sous une pluie battante, les détenus furent amenés sur le pont par petits groupes successifs pour qu'on retire les anneaux de leurs chevilles. Les malades montèrent en premier et, parmi eux, Ike Rogers qui se sentait toujours si mal que le Dr Balmain lui avait prescrit un verre de vin fort de Madère deux fois par jour.

Quand vint le tour de Richard, il sortit sur le pont au moment où un fort coup de vent venait de se lever. Impossible de voir quoi que ce fût, hormis quelques yards d'océan couverts de crêtes blanches. Du ciel tombait une eau fraîche, salubre, pure, une vraie et bonne *eau*. Quelqu'un le poussa par terre, les jambes étendues devant lui. Deux soldats étaient assis côte à côte. L'un glissa une large cisaille de forgeron sous le fer pour maintenir sous l'anneau une plaque de tôle et l'autre abattit son marteau sur la charnière.

La douleur fut extrêmement vive car le coup fut asséné si fort que la jambe en fut ébranlée sur toute sa longueur. Mais Richard n'en avait cure. Le visage levé vers la pluie, il laissait l'eau ruisseler sur sa peau et son esprit vagabonder parmi les grands filaments gris des nuages. Encore un coup lancinant sur l'autre jambe et il se retrouva libre, les pieds dégagés, la tête légère, trempé jusqu'à l'os, mais merveilleusement heureux.

Quelqu'un – il ignorait qui – lui tendit la main et l'aida à se relever. Étourdi, il avait l'impression d'avoir des ailes tandis qu'il s'efforçait de savourer sa chance après avoir porté pendant trente-trois mois des fers aux chevilles.

De retour dans sa prison, il se mit à frissonner et ôta tous ses vêtements pour les tordre et recueillir dans sa pierre filtrante cette eau douce et claire. Puis il les mit à sécher sur le fil tendu entre la barrique d'eau de mer et une poutre. Il s'essuya le corps avec un linge et s'habilla de neuf. C'était un jour à marquer d'une pierre blanche.

Plus tard dans la matinée, il se mit à observer ses compagnons en tentant d'imaginer chacun d'eux comme il se voyait lui-même. Que ressentaient-ils ? Que pensaient-ils de cette chose inouïe, de cette expérience unique dans la vie d'un homme ? Certains d'entre eux avaient-ils réalisé qu'ils ne reverraient peut-être pas leur pays ni leur famille ? Rêvaient-ils ? Nourrissaient-ils encore de l'espoir ? Et si c'était le cas, à quoi rêvaient-ils, que désiraient-ils ? Sans doute ne le savaient-ils pas. Si on leur avait posé la question, ils auraient probablement répondu ce que tout le monde disait dans ce cas : de l'argent, du confort, du sexe, une épouse et une famille, une longue vie, et plus d'ennuis. Richard avait les mêmes aspirations, mais ce n'était pas cela qui le poussait à agir.

Tous éprouvaient de l'affection pour lui et lui accordaient leur confiance. C'était déjà quelque chose, mais cela ne constituait pas une fin en soi. À un moment ou à un autre, il faudrait bien que chacun d'eux s'aperçoive qu'il devait bâtir son destin de ses propres mains, et non grâce à Richard Morgan. Il était peut-être leur chef à bâbord, à la rigueur leur père, mais pas leur mère.

Ils avaient maintenant l'autorisation de monter sur le pont à condition de ne pas venir tous à la fois et de ne pas gêner les mouvements des hommes d'équipage. John Power, fou de joie, ainsi que Willy Dring et Joe Robinson travaillaient désormais comme marins. Richard trouvait cela étrange, mais les détenus n'étaient pas tous tentés de quitter leur prison. Pour ceux qui avaient le mal de mer, c'était compréhensible – le passage dans la baie de Biscaye en avait augmenté le nombre – mais, à présent qu'ils étaient libérés de leurs fers, quelques-uns se contentaient de rester étendus dans leur compartiment ou de se joindre aux groupes qui jouaient aux cartes autour d'une table. Bien sûr, les grains et les rafales de vent ne manquaient pas, mais l'*Alexander* n'était pas pour rien un solide négrier. Il en aurait fallu bien davantage pour qu'il embarque des paquets de mer sur le pont et que l'on soit contraint de fermer les écoutilles.

Après que le lieutenant Johnstone eut autorisé les hommes à monter sur le pont, le temps s'améliora rapidement. Comme toujours, ils avaient reçu pour se nourrir l'inévitable pain dur, le bœuf salé et l'affreuse eau de Portsmouth. Six soldats avaient été désignés pour remplir les barriques d'eau de mer, et le lieutenant Shairp en personne, très raide, inspectait les compartiments et ordonnait de nettoyer les ponts et les plates-formes. Sûrs que Shairp ne trouverait rien à y redire, neuf des onze hommes de Richard se glissèrent par l'écoutille après avoir adressé un signe de la main à Ike et à Joey Long.

Ils coururent jusqu'au bastingage et, pour la première fois, contemplèrent l'océan. Des reflets bleu acier se mêlaient à sa teinte grise, et des crêtes blanches couronnaient les vagues çà et là, mais l'horizon était dégagé et l'on apercevait d'autres bateaux, certains à bâbord, d'autres à tribord, et deux autres si loin à l'arrière qu'on ne voyait que leurs mâts. Tout près se trouvait le *Scarborough*, un autre grand négrier qui offrait un spectacle magique avec ses voiles gonflées, ses banderoles flottant au vent comme pour transmettre quelque message dans un code secret, mordant la houle de son étrave puissante et courant en parfaite union avec un vent bâbord arrière. Ses structures étaient plus imposantes que celles de l'*Alexander* et c'était peut-être la raison pour laquelle Zachariah Clark, l'agent de l'armateur, avait choisi de naviguer avec lui. Le lieutenant John Shortland, agent maritime, voyageait sur le *Fishburn*, le ravitailleur, et l'un de ses deux fils était second lieutenant sur l'*Alexander*. L'autre était sur le *Sirius*. C'était le règne du népotisme.

Comme à Tilbury, les six hommes de l'équipe de Richard se séparèrent dès qu'ils sentirent l'air frais, à la recherche d'un peu de solitude. Richard se hissa sur l'une des deux chaloupes déposées sur les mâts de réserve et se mit à compter les bateaux. Un brick, moitié moins gros que l'*Alexander*, était en tête, suivi du *Scarborough* et de l'*Alexander*. Ensuite venait le *Supply*, un sloop à deux mâts collé au *Sirius* comme un ourson à sa mère. Derrière eux, ce devait être le *Lady Penrhyn*, nota Richard, puis les trois ravitailleurs et, tout au loin, les mâts de deux bateaux. Onze navires en tout, mais peut-être encore d'autres, hors de vue.

– Bonjour à toi, Richard Morgan, de Bristol, lança Stephen Donovan. Comment vont tes jambes ?

Une partie de Richard aurait préféré la solitude, mais l'autre appréciait la compagnie de Miss Molly Donovan. Il le jugeait assez intelligent pour avoir compris que son attirance sexuelle n'était pas partagée. Il lui sourit donc et le salua courtoisement

– Par rapport à la mer ou aux fers ? demanda-t-il en goûtant le mouvement du bateau.

– La mer n'est jamais une épreuve, c'est évident. Par conséquent, les fers.

– Il aurait fallu que vous les portiez vous-même pendant trente-trois mois pour comprendre ce que je ressens sans eux, monsieur Donovan.

— Trente-trois mois ! Qu'as-tu donc fait pour subir ce triste sort, Richard ?

— J'ai été accusé d'avoir extorqué cinq cents livres.

— À combien as-tu été condamné ?

— Sept ans.

Donovan fronça les sourcils.

— Je ne comprends pas. On aurait dû te pendre. As-tu été gracié ?

— Non. La sentence a été la même dès le départ : sept ans de déportation.

— Cela signifie que le jury n'était pas très sûr de lui.

— Le juge l'était, lui. Il a refusé d'appuyer ma demande de grâce.

— Tu ne sembles pas lui en tenir rancune.

Richard haussa les épaules.

— À quoi bon ? La faute m'incombe à moi, à personne d'autre.

— Comment as-tu dépensé les cinq cents livres ?

— Je n'ai pas encaissé le billet, donc je n'ai rien eu à dépenser.

— Je savais que tu étais un homme intéressant !

L'évocation de ces souvenirs n'était guère du goût de Richard, aussi changea-t-il de sujet.

— Parlez-moi des bateaux, monsieur Donovan.

— Le *Scarborough* peut rivaliser à la course avec nous. Nous nous partageons amicalement la tête. C'est un fameux voilier, tu sais ! On ne le verra pas souvent à la traîne !

— Pourquoi ? Expliquez-moi : si je suis de Bristol, je ne suis pas un marin aussi expérimenté que vous.

— Parce qu'il est parfaitement gréé. Ses voiles maîtresses offrent exactement la surface qui convient aussi bien pour un zéphyr que pour une tempête. (Il tendit un bras en direction du *Supply.)* Tu vois ce sloop, il est gréé en brick, ce qui ne lui convient pas du tout. Comme il a un deuxième mât, on aurait mieux fait de le gréer en senau. Dès que la mer forcit, il se traîne comme un escargot. Il n'a pas assez de voilure. Le *Supply* est un bon bateau par petit temps, comme celui qu'on rencontre dans la Manche, où il a toujours navigué.

– Est-ce le *Lady Penrhyn*, derrière les deux de la Royal Navy ?

– Non, il s'agit du *Prince of Wales*, le transporteur additionnel. Derrière, tu aperçois le *Golden Grove*, le *Fishburn* et le *Borrowdale*. Les deux derniers à la traîne sont le *Lady Penrhyn* et le *Charlotte*. Si nous ne devions pas les attendre, nous serions déjà bien plus loin, mais les ordres du commandant sont catégoriques. Tous les bateaux doivent rester à portée de vue. Aussi le *Friendship* ne peut-il pas hisser ses perroquets, et il en va de même pour nous avec nos vergues. Ah, c'est bon d'être de nouveau en mer !

Les yeux bleus brillants aperçurent le lieutenant John Johnstone qui sortait du quartier réservé aux officiers sur le gaillard d'arrière. Stephen Donovan sauta en bas de la chaloupe avec un sourire.

– Je te reverrai un autre jour, Richard…

Il rejoignit l'officier, avec lequel il semblait en excellents termes.

« Étaient-ils tous deux de la même espèce ? », se demanda Richard sans bouger de son perchoir. Son ventre gronda. Rien d'étonnant : avec ce bon air, il aurait eu besoin d'une nourriture plus abondante, mais il ne fallait pas y compter. Une livre de pain dur chichement mesurée et une ration de bœuf salé plus près de la demi-livre que des trois quarts de livre promis, chaque jour, plus deux quarts d'eau de Portsmouth. C'était de loin insuffisant. Ah, les beaux jours où ils pouvaient faire de bons repas grâce aux bateaux ambulants de la Tamise !

Tous les détenus, à l'exception des malades, étaient perpétuellement affamés. Pendant que Richard se trouvait sur le pont avec les occupants des compartiments de bâbord arrière, quelques fainéants du côté tribord avaient réussi à fabriquer une pince-monseigneur à partir d'un boulon du grand mât et à forcer les panneaux d'écoutille le long du passage. Ils ne découvrirent pas de rhum, mais une cachette contenant des sacs de pain.

Or il y avait toujours un mouchard traînant dans le coin. En un instant, une douzaine de soldats sautèrent en bas, par l'écoutille arrière, et surprirent les voleurs en train de festoyer et de lancer allègrement ces pains durs comme pierre à ceux qui les réclamaient.

Six d'entre eux furent traînés sur le pont devant les lieutenants Johnstone et Shairp.

– Vingt coups de fouet et de nouveau aux fers, dit Johnstone d'un ton sans réplique.

Il adressa un signe au caporal Sampson qui avait fait son apparition hors de l'écoutille arrière avec son chat : non pas une créature à quatre pattes faisant « miaou », comme l'avait souligné Mr Thistlethwaite, mais un instrument formé d'une épaisse corde enroulée autour d'une tige centrale avec neuf minces lanières de chanvre nouées à intervalles réguliers et terminées par une petite boule d'un matériau couleur du plomb.

La première impulsion de Richard fut de rentrer à l'intérieur de la prison, mais il découvrit qu'on en faisait sortir tous les hommes afin qu'ils assistent au châtiment sur le pont.

Les six forçats furent mis torse nu – vingt coups n'étaient pas assez pour qu'on s'en prenne à leur seul postérieur – et la première victime fut attachée à l'écoutille arrière, dont le sommet était courbe. L'objet siffla. Son maniement ne demandait visiblement pas beaucoup d'efforts. Un simple fouet, un bâton, une trique laissaient des traces et un gros gourdin produisait une large meurtrissure. Mais ce méchant instrument trouait la peau dès le premier coup et une grande tache rouge apparut aussitôt à l'endroit où les neuf boules de plomb avaient frappé. Le caporal Sampson connaissait son affaire. Les marins aussi étaient fouettés et recevaient généralement douze coups, parfois beaucoup plus. Chaque coup tombait à une place légèrement différente, de sorte qu'au vingtième le dos n'était plus qu'une plaie sanguinolente d'où pendaient des lambeaux de peau, certains aussi gros que le poing. On lançait ensuite sur la victime un seau d'eau de mer, ce qui lui arrachait un gémissement de douleur, puis on passait au suivant. Tandis que le caporal Sampson lançait son fouet d'un air indifférent – il ne semblait pas y prendre de plaisir particulier mais n'en paraissait pas dégoûté non plus –, ceux des six qui avaient subi leur châtiment portaient de nouveau des fers aux chevilles et une chaîne de même longueur que celle du *Cérès*. Personne ne s'occupa de les ramener en bas. Le lieutenant Johnstone se contenta de renvoyer d'un signe de tête le caporal et la douzaine de soldats – que ce spectacle avait plutôt retournés.

Richard sentit son estomac se nouer. Il sauta au bas de la chaloupe, courut jusqu'au bastingage et se pencha pour s'efforcer de vomir. Mais, comme il avait le ventre vide, rien ne vint et il se contenta de contempler l'eau, une dizaine de pieds plus bas. Une eau si pure, remarqua-t-il, que les méduses translucides, très abondantes ici, ressemblaient à de délicats fantômes ou, encore, à de fines ombrelles de soie, laissant leurs tentacules onduler en longues traînées au gré du remous.

Quelque chose jaillit si soudainement qu'il sauta en arrière : un long corps mince, chatoyant, s'éleva hors de l'eau et décrivit un demi-cercle dans un mouvement d'une liberté totale, plein d'allégresse. Un dauphin ? Un marsouin ? Ils étaient toute une bande à folâtrer, à jouer entre eux ou à faire la course avec la coque délabrée de l'*Alexander*.

Des larmes montèrent aux yeux de Richard et il ne chercha pas à les retenir. Tout était dans tout. La beauté de Dieu et la laideur de l'Homme. Quelle pouvait être la place des misérables êtres humains dans un univers d'une telle magnificence ?

La séance de chat à neuf queues calma tout le monde et l'*Alexander* poursuivit sa route au sud, vers les Canaries. John Power avait appris de son ami Mr Bones qu'un certain Nicholas Greenwell, un détenu qu'il connaissait vaguement, avait été gracié la veille du jour où la flotte quittait Portsmouth. Il fut débarqué en secret. Le lieutenant Shairp s'était souvenu du mécontentement qui avait suivi la libération de James Bartlett, quand l'*Alexander* se trouvait à Tilbury.

– Je ne me suis pas aperçu tout de suite que ce salaud avait disparu, expliqua Power à Richard et à Donovan sur le pont balayé par le vent. Ensuite, j'ai cru qu'il était mort… Fumier ! Fils de pute ! C'est moi qu'on aurait dû gracier, pas Greenwell !

Power ne cessait de clamer son innocence. Ce n'était pas lui qui était là avec Charles Young (il ne savait même pas où celui-ci se trouvait actuellement) quand un quart de tonne de bois précieux appartenant à la Compagnie des Indes orientales avait disparu d'un bateau à quai dans les docks de Londres. Le surveillant avait identifié Young mais n'était pas sûr que le second homme fût bien Power. Comme d'habitude, le jury s'était couvert en le jugeant coupable, à tout hasard. C'était la meilleure solution, même si le témoin hésitait. Le juge approuva et condamna Power à sept ans de déportation.

– C'est moi qu'on aurait dû gracier ! répéta-t-il, le visage crispé par le désespoir. Greenwell était un voleur, lui ! Mais je n'ai pas ses relations, seulement un père malade dont je ne peux même plus m'occuper ! Salaud ! Qu'ils aillent tous au diable !

– Du calme, du calme, intervint Donovan. Il est trop tard pour pleurer, Johnny. N'oublie pas le chat à neuf queues et rentre chez toi à l'instant même où tu auras accompli ta peine.

– Mon père sera mort à ce moment-là.

– Ce n'est pas certain. Maintenant, fais ce que Mr Shortland te dit, sinon tu vas retomber dans l'oisiveté.

La colère s'apaisa, mais pas la peine. Les yeux noyés de larmes, John Power dévisagea un instant l'officier et s'éloigna.

– Je me demande pourquoi il ne vous plaît pas, dit Richard d'un air pensif, décidé à mettre les choses au clair. Pourquoi un vieil homme usé comme moi ?

Une expression d'étonnement se peignit sur le joli visage de Donovan puis ses yeux s'allumèrent.

– Il est vrai que tu me plais, Richard. Mais, rassure-toi. J'ai compris qu'il s'agit d'une passion non réciproque.

D'autres forçats moururent encore. Ils n'étaient plus maintenant que cent quatre-vingt-huit à bord de l'*Alexander*.

Au moment où Thomas Gearing, d'Oxford, était à l'agonie, Ténériffe surgit du brouillard sous une pluie si douce que les occupants de la prison, confinés en dessous, s'aperçurent à peine que leur bateau faisait escale.

Les soldats de marine qui, pendant les trois dernières semaines, n'avaient pas eu grand-chose à faire en dehors de nourrir les prisonniers et de ressasser leurs propres griefs, s'attelèrent sérieusement à l'ouvrage.

Leur plus lourde tâche en mer consistait à faire cuire le bœuf salé, soigneusement pesé par le sergent Knight sous le contrôle du lieutenant Shortland, fils de l'agent maritime. Comme ce dernier ne montrait guère d'empressement à assister à la séance, le sergent Knight se contentait de débiter le bœuf ou le porc salé en morceaux d'une demi-livre pour les détenus et d'une livre et demie pour les soldats. Les détenus étaient également censés recevoir des pois cassés et de la bouillie d'avoine, mais le sergent Knight en limita la distribution au dimanche, après les prières. Il en avait déjà plus qu'assez de jouer les nourrices pour un tas de forçats avant même que l'*Alexander* ait pris la mer. Aussi réclamait-il sans cesse des escales. Même quand le lieutenant Shairp descendait l'observer, Knight ne faisait aucun effort pour peser ou mesurer correctement les rations. Shairp, toutefois, gardait le silence. Mieux valait s'en moquer que dire quelque chose !

Avec les différences naturelles dans un groupe de près de quarante hommes réduits à leur propre compagnie, les soldats n'étaient pas heureux. Si l'on avait pu les loger dans l'entrepont, cela aurait amélioré bien des choses, mais c'était impossible. Certes, ils étaient plus confortablement installés mais la barre qui courait le long du plafond grinçait, craquait, avec un bruit de tous les diables. Parfois, même, elle venait frapper un homme dans son hamac quand le timonier donnait un vigoureux coup de barre pour remettre le bateau dans la bonne direction. Malgré cela, les hommes avaient de l'air et de la lumière par plusieurs sabords, l'odeur n'était pas insupportable et l'équipage avait eu la décence de laisser les lieux dans un état de propreté convenable.

Mais ce qui leur manquait comptait plus que toutes ces améliorations : ils n'obtenaient plus leur bonne demi-pinte quotidienne de rhum. Le commandant Duncan Sinclair, qui tenait le rhum sous clé dans ses quartiers, avait décidé de lui ajouter de l'eau pour en faire ce qu'on appelait du « grog ». Il y avait eu de furieuses protestations à ce sujet avant que l'*Alexander* quitte Portsmouth et, pendant quelques jours, le rhum avait été servi comme il se devait, c'est-à-dire pur. Mais, depuis qu'ils avaient dépassé les îles Scilly, ils étaient revenus au rhum allongé d'eau. Plus de sommeil sans rêves malgré les bruits de la barre et plus du tout d'agréables pensées. À bord, le rhum était pour tous – marins ou soldats – le commencement et la fin de tous les plaisirs terrestres. Et voilà qu'ils étaient tous réduits à se contenter de grog !

Tous haïssaient Sinclair mais celui-ci ne s'en souciait guère. Il avait fait de sa dunette, là-haut, une véritable forteresse. Lorsque le voyage serait un peu plus avancé, il projetait de vendre le rhum qu'il était en train d'économiser. Si ces imbéciles voulaient une pleine demi-pinte de rhum pur, ils n'auraient qu'à payer. C'était lui qui avait payé les travaux de sa dunette car il savait parfaitement que l'Amirauté ne l'aurait pas fait.

Maintenant qu'ils avaient atteint le port de Santa Cruz, il se proposait d'embarquer autant de rhum que les hommes pourraient en boire. Et voilà que le major Ross avait donné des ordres pour limiter sévèrement les permissions à terre. Le lieutenant Johnstone avait informé les soldats de sa voix molle qu'une garde sévère devait être montée pendant les heures de jour car le gouverneur Phillip ne voulait pas que les hommes restent confinés toute la journée dans leur prison. Là-dessus, Johnstone annonça encore que le gouverneur Phillip et son aide de camp, le lieutenant King, étaient attendus à bord à tout moment pendant l'escale de Ténériffe. Alors, malheur aux hommes qui n'auraient pas noué convenablement le lacet de cuir qui leur serrait le cou ou dont les jambières de cuir noir n'étaient pas correctement boutonnées ! Le bateau abritait de dangereux criminels, avait ajouté le lieutenant Johnstone avec un mouvement las de la main, et Ténériffe n'était pas assez loin de l'Angleterre pour qu'on relâche la garde. Le sergent Knight, qui risquait la cour martiale à cause de ses protestations au sujet du grog, n'était pas un homme heureux. Et ses subordonnés non plus.

Pour rendre les choses encore plus amères, il se trouvait que l'*Alexander* n'avait à bord aucun officier supérieur. Logés désormais à l'arrière, les lieutenants Johnstone et Shairp ne dépendaient de personne pour leur confort. Ils avaient leurs propres domestiques (toujours des lèche-bottes de la pire espèce), une cuisine pour eux seuls, des animaux sur pied pour améliorer leur ordinaire et la libre disposition d'un canot s'il leur prenait l'envie d'aller rendre visite à des amis sur un autre bateau lorsque l'*Alexander* était en mer. Ce que les simples soldats, tambours, caporaux ainsi que leur sergent n'avaient pas pris suffisamment en compte, c'était la nécessité de nourrir et de surveiller sans relâche près de deux cents détenus à bord. Ils avaient pensé qu'on les bouclerait quand ils feraient escale et voilà qu'ils découvraient à présent que ce fou de gouverneur insistait pour qu'ils puissent aller sur le pont, même quand le bateau était à quai !

Bien entendu, du rhum fut embarqué dès que les hommes d'équipage eurent une permission de terre. Les soldats s'étaient arrangés avec eux pour que, bloqués à bord ou non, tous aient de quoi rincer leurs gorges parcheminées avec quelque chose de plus fort que ce foutu grog de Sinclair.

Ils eurent un autre coup de chance. L'*Alexander* fut le premier bateau que le gouverneur Phillip et son escorte choisirent d'inspecter en fin d'après-midi, le 4 juin. Sinclair sortit de sa dunette pour s'entretenir poliment avec le gouverneur, tandis que les forçats étaient alignés sur le pont sous la garde des soldats de service, les yeux injectés de sang et le souffle chargé d'alcool, mais les lacets et les jambières impeccables.

– C'est une tragédie de ne pouvoir offrir à ces hommes un meilleur logement, déclara Phillip en parcourant la prison. J'en vois ici quatorze qui sont trop malades pour monter sur le pont et je doute qu'il y ait assez de place dans ce passage pour plus de quarante hommes à la fois quand ils voudront prendre un peu d'exercice. C'est pourquoi il faut leur donner le plus de liberté possible pour sortir à l'air libre. (Il se tourna vers Ross et les deux lieutenants de l'*Alexander*.) En cas de troubles, mettez les perturbateurs aux fers pendant quelques jours, puis voyez comment ils vont.

Aligné avec les autres forçats sur le pont, là où il y avait un peu de place pour se tenir, Richard observa cet homme qui aurait pu être le frère du *senhor* Tomas Habitas. Le gouverneur Phillip avait un long nez aquilin semblable à un bec, le front barré par deux rides soucieuses, une bouche pleine et sensuelle, un crâne qui commençait à se dégarnir. Il ne portait pas de perruque et ses cheveux, bouclant sur ses oreilles, étaient attachés par derrière en catogan. Richard se souvint des paroles de Jem Thistlethwaite. Originaire de Francfort, Jacob Phillip, le père du gouverneur, avait été professeur de langues, avant de fuir les persécutions contre les juifs allemands, inspirée par les écrits de Luther. Sa mère était une respectable dame anglaise mais son parent, lord Pembroke, n'avait pas jugé bon d'aider financièrement à l'éducation de ce jeune homme prometteur ni de donner à Arthur Phillip un coup de pouce pour le hisser dans la hiérarchie navale. Il avait dû grimper tous les échelons par lui-même et servir dans la marine portugaise – encore un autre lien avec le *senhor* Habitas. Debout sur le pont et sans doute plus proche de Son Excellence le gouverneur de Nouvelle-Galles du Sud qu'il ne le serait jamais, Richard se sentit curieusement réconforté.

L'aide de camp et protégé de Phillip, le lieutenant Gidley King, avait une vingtaine d'années. Un Anglais avec probablement pas mal de sang celte car il parlait beaucoup et avec volubilité. Son côté britannique se manifestait dans une tenue méticuleuse des observations et des chiffres qu'il recueillait sur le pont. Le major Ross, manifestement, le tenait pour un beau parleur et le méprisait.

Il fallut attendre le mardi pour que les détenus puissent apercevoir Santa Cruz et les parties visibles de Ténériffe. Au repas de midi, ils avaient eu de la viande de chèvre fraîche, du potiron bouilli au goût bizarre mais néanmoins mangeable, et de gros oignons crus.

De nombreux hommes avaient refusé ces légumes mais Richard croqua son oignon comme il l'aurait fait d'une pomme, laissant le jus couler sur son menton.

Située dans un environnement abrupt, sec, inhospitalier, la ville était petite, sans un seul arbre et plutôt délabrée. Richard avait rêvé de voir la montagne sur laquelle il avait lu tant de choses, mais elle demeurait invisible derrière un rideau de nuages gris qui semblaient s'accrocher exclusivement à l'île. Tout autour, le ciel était bleu. On aurait dit un couvercle posé sur Ténériffe, comme le chapeau dont était coiffé un âne qu'il aperçut sur la jetée de pierre. Ce fut sa première impression vraiment nouvelle d'un monde étranger à l'Angleterre. Il n'y avait pas de petits bateaux de marchands ambulants ; ceux qui tentaient d'approcher étaient repoussés par les chaloupes qui patrouillaient autour des transporteurs regroupés au mouillage. L'*Alexander* se trouvait entre deux câbles d'amarrage fortement tendus et maintenus au niveau de la mer par des barriques flottantes.

L'un des marins, qui n'avait pas trop bu, expliqua à Richard que le fond du port était encombré de gros morceaux de ferraille apportés par les Espagnols comme ballast, qu'ils avaient ensuite jetés dans l'eau en embarquant leurs cargaisons. Si les amarres n'étaient pas assez tendues, la coque aurait pu frotter sur eux.

Ils arrivaient à un bon moment de l'année, lui expliqua un autre marin déjà venu plusieurs fois sur ces rivages. L'air était chaud, mais sans excès, et dépourvu d'humidité. Octobre était le mois le plus dur mais, de juillet à novembre, soufflaient d'Afrique de terribles vents brûlants comme un four et chargés de grains de sable acérés. Pourtant, l'Afrique se trouvait distante de plusieurs centaines de milles nautiques ! Une contrée que Richard imaginait couverte d'une jungle exhalant des vapeurs torrides et fumantes. Toutefois, il la situait plus bas, vers l'équateur, là où le monde reposait sur les épaules du géant Atlas. Oui, il s'en souvenait, les déserts de Libye couraient jusqu'à la côte occidentale de l'Afrique.

Le mercredi, peu après l'aube, Stephen Donovan descendit trouver Richard.

– J'ai besoin de toi et de tes hommes, Morgan, dit-il brièvement, la bouche pincée par le mécontentement. Dix d'entre vous… et vite.

Ike Rogers se sentait de mieux en mieux après chaque jour passé au mouillage. La veille, il avait mangé son oignon avec une telle satisfaction que plusieurs autres hommes vinrent lui offrir le leur. Il avait également dévoré son potiron mais ne pouvait encore avaler ni viande ni pain. Il avait tellement maigri que c'en était préoccupant. Son visage rond n'était plus que méplats et creux, et ses poignets semblaient si minces qu'on en distinguait tous les os. Joey Long refusa de le quitter et Richard décida de prendre à sa place Peter Morris, de l'équipe de Crowder.

– Pourquoi pas moi ? demanda Crowder d'un air boudeur.

– Parce que cet officier n'est pas descendu chercher des hommes pour lui tenir compagnie, mais pour travailler.

– Bon, alors emmène Petey, avec ma bénédiction, soupira Crowder, rasséréné.

Il était plongé dans de délicates négociations avec le sergent Knight dans l'espoir d'obtenir un peu de rhum, même à un prix excessif.

Sur le pont, les dix forçats trouvèrent Donovan allant et venant, l'air furieux.

– C'est à peine si j'ai pu trouver assez d'hommes sobres pour monter les cuves d'eau douce qui sont vides, mais je n'en ai pas pour aller les remplir à terre. Ce sera votre travail. Vous serez sous les ordres du matelot Dicky Floan, chargé de la cargaison, et il n'y a même pas de gardes en état de vous surveiller. Combien d'entre vous savent ramer ?

Tous ceux de Bristol, bien sûr, ce qui faisait quatre. Donovan parut encore plus sombre.

– Alors il va falloir vous remorquer. Où vais-je bien pouvoir trouver un bateau ?

Il aperçut le second lieutenant, fils de l'agent maritime, et l'arrêta au passage.

– Monsieur Shortland, j'ai besoin d'un remorqueur pour la chaloupe qui doit aller charger l'eau douce. Avez-vous une idée ?

Après un instant de réflexion, sourcils froncés, Mr Shortland conseilla le *Fishburn* sur lequel son père était confortablement installé. La réponse du *Fishburn* fut si rapide qu'il s'écoula à peine plus d'une demi-heure avant que la chaloupe de l'*Alexander*, chargée des cuves vides, soit remorquée en direction de la jetée.

Pour un endroit aride et désolé, Ténériffe bénéficiait d'une excellente eau douce qui lui venait d'une source jaillissant près d'une ville appelée Laguna. Elle était amenée par les habituelles conduites en orme (sans doute importées d'Espagne) et émergeait d'une série de bouches alignées le long d'un court appontement en pierre. Quand aucun bateau ne venait, celle-ci se déversait dans l'eau salée du port.

Depuis qu'il avait quitté Portsmouth, l'*Alexander* avait consommé quatre mille gallons d'eau douce. Il fallait donc remplir 26 cuves de 160 gallons, ce qui prenait pour chacune deux heures et demie. Mais le système, assez ingénieux, permettait d'en remplir six à la fois. Si les Espagnols avaient construit une jetée en bois, et non un quai, les embarcations auraient pu se tenir en dessous et remplir les cuves sans avoir à se déplacer. Dans ces conditions, la chaloupe, chargée de six cuves sur chacun de ses bords, devait manœuvrer constamment pour offrir tour à tour ses flancs aux bouches d'eau. Elle menaçait sans cesse de chavirer car chaque cuve, une fois pleine, pesait une demi-tonne. Les hommes devaient sans cesse pousser, tirer et diriger l'embarcation à la rame pour la faire tourner, sans compter que Donovan leur avait ordonné de remplir toutes les cuves dans la journée. Le lendemain, ce serait au tour du *Scarborough* de s'approvisionner en eau.

La seconde chaloupe de l'*Alexander* fut amenée à la rame par une autre équipe et chargée de quatorze cuves. L'équipe avait compté sur un instant de repos à l'issue du trajet, mais on lui intima l'ordre de ramener la première chaloupe. Ce n'était pas un ordre qu'on pouvait discuter car il venait de l'un des principaux officiers du *Sirius*, Samuel Rotton, chargé de superviser l'approvisionnement en eau. Un homme souffreteux qui accomplissait sa tâche à l'abri d'une ombrelle de soie verte empruntée à la délicieuse Mrs Deborah Brooks, épouse du bosco du *Sirius* et, de surcroît, dans les meilleurs termes avec le gouverneur.

– C'est elle ? demanda Richard à Dicky Floan, toujours au courant du moindre bavardage.

– Pour sûr. Une histoire plutôt leste, d'ailleurs. Tous ceux du *Sirius* sont au courant, y compris Brooks. C'est un vieux camarade de bord de Phillip.

La nuit était tombée depuis longtemps quand la dernière cuve fut remplie. Les dix forçats tremblaient de fatigue. Ils n'avaient pas été nourris de la journée. Comme il était impossible de rester sans boire, Richard s'autorisa de longues gorgées d'eau de Laguna.

En regagnant, épuisés, l'*Alexander* bien après huit heures du soir, ils constatèrent que le port s'était rempli de petites embarcations scintillantes qui semblaient pêcher des poissons qu'on ne pouvait apparemment pas attraper de jour. Ils eurent la vision féerique de lampes mouvantes et, parfois, aperçurent l'éclat doré de filets dans lesquels luisait une forme.

– Vous avez très bien travaillé, déclara le quatrième officier quand le dernier homme du groupe, c'est-à-dire Richard, eut péniblement grimpé l'échelle. Venez avec moi. (Il se dirigea vers la cuisine du poste d'équipage.) Entrez ! Entrez ! cria-t-il. Personne ne vous a nourris, je le sais. Il n'y a pas un seul soldat assez sobre pour faire cuire quelque chose sur ce foutu poêle sans mettre le feu au bateau. Quant à l'équipage, il n'est pas en meilleur état mais Mr Kelly, le cuisinier, a bien voulu laisser quelques aliments avant d'aller cuver son vin dans son hamac.

Ils n'avaient pas été à une telle fête depuis qu'ils avaient quitté le *Cérès*, six mois plus tôt ; mouton froid (grillé pour une fois et non bouilli), purée de potiron et d'oignons avec des herbes, petits pains frais beurrés – le tout arrosé de petite bière !

— J'arrive pas à croire que c'est du beurre, dit Jimmy Price le menton luisant.

— Nous non plus, rétorqua sèchement Donovan. On dirait que le beurre embarqué pour les officiers a été stocké dans de mauvais tonneaux. Normalement, les denrées périssables doivent être placées dans des récipients à double revêtement mais, comme d'habitude, les fournisseurs font des économies de bouts de chandelles et se contentent de fûts ordinaires. C'est pourquoi le beurre rancit. Pour s'en débarrasser avant qu'il ne soit immangeable, on a dû en distribuer à tout l'équipage, au point d'en être tous écœurés. Les tonneliers fabriquent des récipients convenables, mais il est impossible de les remplir avant d'arriver au cap de Bonne-Espérance. Il n'y a pas de vaches laitières de ce côté-ci du globe.

Le ventre plein, ils regagnèrent leurs compartiments en titubant et dormirent jusqu'à ce que la cloche de l'église les réveille pour l'office de midi. Peu après, ils eurent de nouveau à manger viande de chèvre, pain frais, oignons crus.

Richard donna à Ike le petit pain beurré qu'il avait subtilisé la veille au soir et caché dans sa chemise.

— Essaie de manger, Ike. Avec le beurre, ça devrait passer.

Ike mangea. Quatre nuits et trois jours à l'ancre lui avaient donné meilleure mine.

Job Hollister passa la tête par l'écoutille au-dessus.

— Vite, viens voir ! cria-t-il.

Richard retourna sur le pont.

— Est-ce qu'il n'est pas magnifique ? dit Job, tout excité. Je n'ai jamais vu à Bristol, ni même à Kingsroad, un bateau qui ait seulement la moitié de sa taille !

Ce navire hollandais de la Compagnie des Indes orientales était si imposant qu'à côté de lui, le *Sirius* avait l'air d'un jouet miniature. Il rentrait chez lui chargé probablement d'épices, de poivre et de bois de teck, car les Indes néerlandaises en produisaient en abondance. Sans doute aussi avec des saphirs, des rubis et des perles dans le coffre-fort du capitaine.

— Il retourne en Hollande, dit John Power.

Il marqua une pause avant d'ajouter :

— Je parie qu'il a perdu en route pas mal d'hommes d'équipage. C'est ce qui arrive aux nôtres, dans cette région en tout cas.

Mr Bones confirma d'un signe de tête et Power s'éloigna.

Certains à présent de n'avoir pas à subir une prochaine inspection des officiers supérieurs, les hommes d'équipage étaient allés boire à terre. Entre-temps, la cour martiale improvisée avait limité la condamnation du sergent Knight à un coup sur les doigts. La même sanction disciplinaire avait été appliquée aux soldats Elias Bishop et Joseph McCaldren qui avaient pris part eux aussi à la « rébellion » du grog. Ils s'étaient attendus à cent coups de chat à neuf queues et furent profondément heureux de constater que la sympathie de leurs officiers allait plutôt vers eux que vers le capitaine Duncan Sinclair. Les deux lieutenants étaient rarement à bord, préférant aller dîner avec leurs camarades sur des bateaux mieux approvisionnés, quand ils n'étaient pas sur la place du marché de Santa Cruz à marchander des poulets ou des chèvres, à se promener pour admirer les beautés de l'île et ses plateaux fertiles à flanc de montagne.

Plusieurs détenus s'étaient arrangés pour obtenir eux aussi du rhum et le *Scarborough* vendait du gin hollandais repêché en train de flotter dans les eaux des îles Scilly. Trop fort et trop âpre pour des palais anglais. Le gin anglais était aussi doux que le rhum et c'était pour cette raison que de nombreux hommes (ou femmes) avaient des dents gâtées. Tommy Crowder, Aaron Davis et les autres occupants du compartiment inférieur ronflaient après avoir bu le rhum acheté au sergent Knight. Jamais la prison de l'*Alexander* n'avait vibré sous de tels ronflements depuis que les détenus avaient embarqué. Le vendredi, seuls ceux qui, comme Richard, préféraient garder leur argent pour des achats plus essentiels montèrent sur le pont. La nuit suivante, le reste des détenus ronflait à poings fermés.

Il était cinq heures du matin, le samedi, quand le redoutable, William Aston Long, vint à la recherche de John Power.

Tous les visages se tournèrent vers lui sans comprendre. Mr Long repartit, l'air sombre.

Une poignée de soldats encore abrutis par la boisson se mirent à leur hurler qu'ils feraient mieux de bouger leurs foutus culs et d'aller sur le pont en vitesse.

Effrayés, les forçats sortirent en titubant de leurs compartiments ou se levèrent des tables où certains optimistes s'étaient déjà assis dans l'attente d'un prochain repas.

Le commandant Duncan Sinclair jaillit de sa dunette, une expression méchante sur le visage.

— Mon père avait une truie qui faisait exactement cette tête-là, dit Bill Whiting d'une voix assez forte pour être entendu de la trentaine d'hommes autour de lui. Je me demande pourquoi les chasseurs parlent toujours de sangliers ; je n'ai jamais vu un sanglier ni même un taureau qui arrive à la cheville de cette vieille truie. Elle faisait la loi dans la cour, dans la grange, dans la mare, courait après les poulets et tous les animaux, même après nous. Un vrai démon ! Satan lui-même ferait un détour pour l'éviter et Dieu n'en voudrait pas non plus. Elle fonçait sur tout le monde à la moindre occasion et dévorait ses petits rien que pour nous ennuyer. Le verrat était presque mort de peur quand il devait la monter. Elle s'appelait Esmeralda !

À compter de ce jour, Duncan Sinclair fut baptisé « Esmeralda » par les occupants de l'*Alexander*.

La tête douloureuse et le moral à zéro, les hommes qui n'étaient pas à terre furent chargés de fouiller la prison de fond en comble et, s'ils ne trouvaient rien, les autres parties du bateau. On déroula même les voiles de rechange couchées sur les espars, à la recherche de John Power qui avait disparu. En même temps que le canot de l'*Alexander*.

Le major Ross monta à bord dans l'après-midi et les malheureux soldats firent de leur mieux pour paraître à peu près sobres. Les lieutenants Johnstone et Shairp furent sèchement rappelés du *Lady Penrhyn* sur lequel ils avaient coutume de dîner en compagnie du capitaine James Campbell et de ses deux lieutenants. Après la « rébellion » du grog, Ross n'était pas d'humeur à en supporter davantage de la part de cette flotte de onze navires qui ne cessait de lui attirer des ennuis. Les détenus continuaient à mourir, les soldats de marine formaient le pire échantillonnage de mécontents que Ross eût jamais rencontré et Duncan Sinclair n'était que le fils maudit d'une pute de Glasgow.

— Trouvez l'homme, Sinclair, sinon c'est votre bourse qui s'allégera de quarante livres. J'ai mentionné cette affaire auprès du gouverneur et il est très mécontent. Trouvez-le !

Ils le trouvèrent, mais seulement quand l'aube du dimanche se fut levée et que la flotte s'apprêtait à lever l'ancre. Une enquête à bord du navire hollandais révéla que Power était arrivé seul dans le canot de l'*Alexander* en demandant à être engagé comme marin pour le voyage de retour. Comme il portait des vêtements que le capitaine hollandais avait déjà vus sur le dos de nombreux forçats anglais, celui-ci refusa poliment et lui intima l'ordre de s'en aller. Ce que Power refusa jusqu'à ce que quelqu'un, ému par son désespoir, lui eût donné une chope de gin.

Ce fut son canot que les équipes de l'*Alexander* et du *Supply* découvrirent en premier, attaché par une amarre à un rocher dans une anse déserte. Écrasé par le chagrin et par le gin hollandais, Power était profondément endormi derrière un tas de pierres et se rendit sans résistance. Sinclair et Long voulaient lui infliger deux cents coups de fouet, mais le gouverneur fit savoir que l'homme devait être mis aux fers et attaché sur le pont pendant vingt-quatre heures. Les fers ne seraient retirés que lorsque le gouverneur le déciderait.

L'*Alexander* prit la mer. Chips, le charpentier du bateau, vissa des chaînes aux poignets et aux pieds de John Power, étendu face contre le sol sur le pont. Tous reçurent l'ordre de s'écarter de lui, sous peine de fouet, mais, à la nuit tombée, Bones se glissa sur le pont pour lui donner de l'eau qu'il lapa comme un chien.

Dès que le bateau sortit de la brume matinale qui recouvrait Ténériffe comme une chape, il rencontra un temps agréable, ensoleillé, rafraîchi par une douce brise. L'île resta visible pendant trois jours pleins et cette vision leur parut inoubliable dans la douce lumière d'une fin d'après-midi. Le Pico de Teide surplombait l'océan de ses douze mille pieds de haut ; son sommet déchiqueté étincelait d'une neige immaculée et sa taille semblait ceinte d'une écharpe de nuages gris. Quand le soleil se coucha, la neige se teinta de rose, les nuages devinrent pourpres et l'on aurait cru voir une coulée de lave en fusion glisser sur son flanc jusqu'à la mer, simple éboulement de rochers millénaires dont la nature unique n'avait jamais été altérée par le soleil, le vent ou les sables apportés des lointains déserts africains. Quelle beauté !

Le lendemain matin, le volcan était toujours là, mais un peu plus éloigné et, le troisième jour, tandis que le vent augmentait et que la mer devenait houleuse, il devint une dent minuscule, comme si la main ferme qui le dessinait sur l'horizon avait soudain dévié. Quand l'horizon fut vide, Ténériffe se trouvait à cent milles nautiques.

Le 15 juin, ils franchirent le tropique du Cancer et l'événement donna lieu à de multiples cérémonies. Quiconque à bord n'avait encore jamais passé cette ligne imaginaire dut se soumettre à des épreuves devant Neptune en personne. Le pont était recouvert de coquillages, de filets, d'algues et l'on y avait porté une grande bassine de cuivre remplie d'eau de mer, Deux marins soufflèrent dans des conques et un être à l'aspect redoutable sortit du poste d'équipage et fut porté sur un trône construit à l'aide d'un tonneau.

Il fallait y regarder de près pour reconnaître Stephen Donovan. Sa tête était couronnée d'algues et d'un cercle découpé dans du laiton tandis que d'autres algues formaient une sorte de barbe autour de son menton. Son visage, sa poitrine et ses bras nus étaient de couleur bleue et, de la taille jusqu'en bas, il était pris dans la queue d'un espadon attrapé la veille et que l'on avait vidé pour qu'il puisse y caser ses jambes. Il portait d'une main son trident – qui n'était en fait qu'une foène, un instrument crochu dont les marins se servaient avec succès pour harponner les gros poissons.

Chaque homme fut tiré en avant par deux marins, couverts d'algues et la peau peinte en bleu, qui lui demandaient s'il avait déjà franchi la ligne. Quand la réponse était négative, l'homme était plongé dans le bassin d'eau de mer. Après quoi, Neptune jetait sur lui un peu de peinture bleue et on le laissait aller. Les spectateurs attendaient avec impatience le point culminant du spectacle : le bain forcé des lieutenants Johnstone et Shairp. Mais tous deux étaient assez informés de ce rite pour porter des caleçons.

Du rhum fut distribué – les tournées se succédant – à tout le monde, y compris aux détenus. Quelqu'un sortit un pipeau et les marins se mirent à danser à leur manière étrange, sautant alternativement debout ou baissés, les bras croisés, en décrivant un cercle et en se trémoussant d'un pied sur l'autre. Puis ils se mirent à chanter, puis ils prièrent les forçats – qu'ils entendaient souvent en faire autant au fond de leur geôle – de se joindre à eux. Richard et Taffy entonnèrent un lai de Thomas Tallis, enchaînèrent sur *Greensleeves* pour se lancer ensuite dans des chansons à boire ou des airs populaires. Tout le monde reçut une pleine écuelle d'une excellente soupe de poisson, préparée par Mr Kelly avec l'espadon, et du pain trempé.

Quand la nuit tomba, on alluma des lampes et les chants se poursuivirent jusqu'à plus de dix heures. C'est alors que Trimmings leur apporta un message du capitaine Sinclair leur enjoignant à tous, sauf à ceux qui étaient de garde, de rejoindre leurs maudits quartiers.

Ils rencontrèrent l'alizé du nord-est qui les poussa vers le sud-ouest à bonne allure. Aucun bateau gréé en carré ne pouvait avancer avec un vent arrière direct. Le vent devait porter sur le bord directeur de la voile, c'est-à-dire sur le côté ou par le travers. L'idéal était un vent travers arrière, entre l'arrière et le milieu. Comme la direction naturelle des vents et des courants les poussait à travers l'Atlantique en direction du Brésil, tout le monde se doutait qu'un jour ou l'autre ils arriveraient à Rio de Janeiro. La question était de savoir quand. Bien que toutes les cuves d'eau eussent été remplies à Ténériffe, le gouverneur Phillip jugea prudent de compléter la réserve aux îles du Cap-Vert appartenant au Portugal et situées presque en face de Dakar.

Le 18 juin, par temps fort et brumeux, les îles du Cap-Vert se profilèrent au large : Sal, Bonavista, Mayo. L'*Alexander* filait ses cent soixante-cinq milles nautiques par jour. Seuls comptaient les milles parcourus dans la bonne direction. Certains jours, la route pouvait se solder par un résultat négatif si le bateau avait fait voile dans le sens inverse au moment où l'on calculait la latitude et la longitude, c'est-à-dire à midi. Les journées en mer couraient de midi à midi, heure à laquelle on pouvait diriger le sextant vers le soleil pour calculer la latitude. La longitude, elle, était donnée par le chronomètre dont il n'existait qu'un seul exemplaire pour toute la flotte, exemplaire qui se trouvait à bord du *Sirius*. Dès que la longitude était établie, on la communiquait aux autres bateaux au moyen de pavillons appropriés.

Au matin du 19 juin, l'île montagneuse de St Jago se profila à l'horizon. Tout alla bien jusqu'à ce que la flotte, qui s'était regroupée, dépasse le promontoire sud-est. Elle tomba alors dans un calme plat, sans un souffle de vent, à l'exception de quelques risées venant de tous les coins de l'horizon. Pour aggraver encore les choses, une forte houle poussait à la côte et se brisait sur des récifs. Après quelques tentatives d'approche, voyant le *Scarborough* et l'*Alexander* à un demi-mille du ressac, le gouverneur ordonna à la flotte de reprendre la mer. On ne ferait pas escale pour les cuves d'eau.

De nouveaux ennuis attendaient l'*Alexander*. Les lieutenants Johnstone et Shairp aimaient aller sur le *Lady Penrhyn* et il y en avait toujours un des deux qui traînait à son bord. Les deux groupes d'officiers possédaient leurs propres moutons, porcs, poulets ou canards. Non seulement ils les faisaient cuire, mais ils les abattaient aussi eux-mêmes. Le capitaine, les quartiers-maîtres et les hommes d'équipage avaient également leur propre bétail à bord et la nourriture fraîche faisait l'objet d'une surveillance si jalouse que les marins ne partageaient même pas avec les soldats le poisson qu'ils pêchaient et réciproquement. Les pêcheurs expérimentés ne manquaient pas parmi les hommes d'équipage, mais les soldats avaient embarqué eux aussi des lignes à main, des hameçons, des flotteurs et des plombs pour la pêche. Un détenu expérimenté dans ce domaine se faisait volontiers recruter en échange d'une soupe de poisson le jour même ou le lendemain d'une bonne prise.

Les officiers mangeaient de la volaille mais, sous ces latitudes, ils ne pouvaient, à eux seuls, venir à bout d'une carcasse de porc ou de mouton avant qu'elle se dégrade. Richard Morgan songeait que la chose la plus raisonnable à faire était de partager la viande avec le capitaine et l'équipage. Mais cette solution semblait impensable. Ce qui appartenait aux officiers de marine ne pouvait être consommé que par eux. Aussi, quand Johnstone et Shairp tuaient un porc ou un mouton (on gardait les chèvres pour leur lait), ils suspendaient une serviette de table à la poupe de l'*Alexander*. En la voyant, le capitaine Campbell et ses deux lieutenants savaient qu'ils devaient envoyer un bateau en chercher la moitié. De même, quand le *Lady Penrhyn* arborait une serviette de table, les lieutenants de l'*Alexander* allaient quérir la moitié qui leur revenait.

Pour la plus grande joie de Johnstone et de Shairp, c'est ce que fit le *Lady Penrhyn*, le 21 juin. Ils commandèrent aussitôt une chaloupe et partirent chercher leur part du festin. Le gouverneur Phillip, le commandant Hunter, le commissaire du gouvernement David Collins et divers autres officiers du *Sirius* assistèrent, amusés, au départ des deux officiers qui se lancèrent gaiement dans une forte houle courant du nord-ouest. Habilement manœuvrée par douze soldats de marine, la chaloupe accomplit l'aller et retour sans problème et regagna l'*Alexander*. Pendant qu'on la replaçait à l'endroit habituel sur le pont, Johnstone et Shairp salivaient déjà à la pensée de succulents rognons de porc accompagnés d'oignons de Ténériffe et braisés dans du lait de chèvre.

Mais Sinclair les fit appeler.

— Le *Sirius* arbore des tas de pavillons, dit-il de son ton monocorde. Vous devriez aller jusqu'à la poupe voir ce qu'ils nous disent.

Les deux lieutenants gravirent les marches menant à la poupe, où Sinclair avait son poulailler, un enclos pour ses moutons et ses chèvres, et six jeunes porcs bien dodus dans une porcherie parfaitement propre, bien abritée du soleil et dotée d'un bassin d'eau de mer pour que les porcs puissent s'y tremper et se tenir au frais.

« Aucune embarcation n'est autorisée à quitter l'*Alexander* sans autorisation précise du gouverneur », annonçaient les pavillons.

Un ordre aussi laconique ne pouvait susciter aucune émotion, mais Ross répara cette omission un peu plus tard dans la journée en se rendant sur l'*Alexander* avec une chaloupe du *Sirius*.

– Espèce de fieffés imbéciles ! Je vais vous faire fouetter jusqu'à ce qu'on vous voie les côtes ! hurla-t-il devant ceux qui étaient à portée de voix.

Le bateau qui l'avait amené se balançait à bâbord et il n'était pas homme à perdre son précieux temps pour entraîner les malheureux dans leurs quartiers, à l'abri des oreilles indiscrètes, pour leur dire ce qu'il pensait d'eux.

– Je me moque pas mal de ce que Campbell et ses nigauds du *Lady Penrhyn* trafiquent avec vous, ou vous avec eux… Mais, croyez-moi, cela va cesser dès maintenant !

Il regagna l'échelle de corde, la descendit et embarqua dans la chaloupe du *Sirius* sans recevoir la moindre goutte d'écume de mer. Puis il se dirigea vers le *Lady Penrhyn* pour répéter aux autres ce qu'il pensait d'eux.

Leurs soldats riant à gorge déployée, tout comme les hommes d'équipage et les détenus, les lieutenants Johnstone et Shairp se retirèrent dans leurs quartiers en envisageant le suicide.

Tant que les alizés soufflèrent du nord-est, la flotte navigua à bonne allure mais, vers la fin du mois de juin, ces vents réguliers cessèrent. Leur avance ne dépendait plus que des brises, ce qui obligeait les navires à louvoyer quand ils n'étaient pas totalement à l'arrêt. Le timonier tirait des bords successifs et tout le monde guettait pour trouver un vent poussant le bateau dans la bonne direction. Quand on n'y parvenait pas on tournait un peu, et la quête d'un vent favorable recommençait. Une bordée, une pause, une bordée, une pause…

Richard avait été désigné pour la pêche, non qu'il s'y soit montré particulièrement heureux mais à cause de sa légendaire patience. Quand des hommes comme Bill Whiting s'y mettaient, il leur fallait une prise dans la minute où ils avaient plongé leur ligne. Ils se refusaient à rester accoudés sur le bastingage et à attendre, la ligne dans l'eau, pendant des heures. Avec le soleil qui leur brûlait le crâne, le pont n'était pas un endroit très confortable, surtout pour une fine peau d'Anglais. À cet égard, Richard avait eu de la chance. Jusqu'à Ténériffe, sa peau avait rougi, mais il était maintenant hâlé et son teint tournait à un beau hâle brun, semblable à celui de Taffy, le sombre Gallois, et de tous ceux qui avaient les cheveux noirs. Bill Whiting ou Jimmy Price, avec leur peau blonde et leurs taches de rousseur, durent pendant longtemps se tenir à l'abri du pont pour soigner leurs cloques douloureuses avec quelques applications de la pommade de Richard ou des frictions de lotion calmante que le Dr Balmain leur prodiguait sans compter.

Quand Richard vit les hommes d'équipage tendre des toiles depuis les étais de mâts jusqu'aux haubans, il s'en réjouit.

– Je ne savais pas qu'Esmeralda était sensible aux coups de soleil, dit-il à Stephen Donovan.

Donovan s'étrangla de rire.

– Richard ! Esmeralda se fiche pas mal de nous mettre à l'abri ! Nous approchons de la ligne de l'équateur et c'est pourquoi nous restons encalminés pendant de si longs moments. Esmeralda sait que des orages vont éclater bientôt. Les auvents que tu vois ici sont destinés à recueillir l'eau de pluie. On place un tonneau à l'angle le plus bas et elle s'écoule dedans. C'est tout un art d'étendre des morceaux de vieilles voiles pour qu'elles forment une cuvette qui ne se vide que d'un seul côté, par une sorte de canal. Cependant, j'ai bien peur que nous n'ayons perdu la main, et Esmeralda aussi.

– Comment se fait-il que vous soyez seulement quatrième officier, monsieur Donovan ? D'après ce que je vois sur le pont, il me semble que vous avez autant de responsabilités que Mr Long et certainement plus que Mr Shortland ou Mr Bones.

Les yeux bleus étincelèrent et un coin de la bouche se souleva en un mince sourire, mais Richard jugea l'expression un peu amère.

– Eh bien, Richard, je suis d'origine irlandaise et, malgré un long service auprès de l'amiral Rodney, dans les Indes occidentales, j'appartiens toujours à la marine marchande. Esmeralda m'avait nommé second, mais l'agent maritime cherchait une couchette pour son fils. Quand Esmeralda a appris que Mr Shortland viendrait à bord comme second, il a eu un fameux accrochage avec son père. En fin de compte, ce dernier a jugé préférable d'embarquer sur le *Fishburn*, mais le fils est resté. Mr Bones n'était pas disposé à céder sa place en troisième position, c'est donc moi qui ai pris la quatrième. Un de nous pour chacun des quarts, si l'on veut.

Richard fronça les sourcils.

– Je pensais qu'un capitaine était maître à son bord et avait toujours le dernier mot.

– Pas quand il a en face de lui la Royal Navy. La firme Walton compte bien tirer profit de cette expédition. C'est pourquoi le capitaine Francis Walton – qui est de la famille – commande le *Friendship*. Esmeralda Sinclair est l'un des associés de Walton & Company. Si tu regardes attentivement, tu constateras que la plupart de ceux qui commandent les navires de transport ou de ravitaillement sont actionnaires de leurs compagnies. Si l'expérience de Botany Bay réussit, il y aura un fameux trafic pour le transfert des bagnards.

— Il est toujours bon de savoir que nous autres, pauvres malheureux, pouvons être source de prospérité pour certains, observa Richard en riant.

— En particulier pour quelqu'un comme William Richards Junior. C'est lui le fournisseur que vous devez remercier pour la nourriture que nous avons à bord. Que Dieu envoie ce bâtard au diable ! Et qu'il nous envoie un poisson ou deux !

La ligne de Richard se raidit dans sa main. Celle que tenait Donovan également. Un matelot placé plus à l'arrière poussa un cri. Ils étaient tombés sur un énorme banc de thons. Ils se mirent à pêcher les gros poissons à une telle cadence que ceux qui les regardaient saisirent des grappins afin qu'ils puissent relancer promptement leurs lignes. À l'issue de cette lutte acharnée, une cinquantaine d'albacores sautaient sur place et frappaient le pont de la queue ; les matelots aiguisaient leurs lames pour les nettoyer et lever les filets – tâche interdite aux détenus qui n'avaient pas droit aux couteaux.

— Il y aura une bonne soupe de poisson ce soir, commenta Richard avec satisfaction. C'est aussi bien de n'avoir rien à manger à midi. Un homme dort mieux le ventre plein. Je sais que nos lieutenants vont se plaindre de n'avoir que ça à se mettre sous la dent mais, au moins, c'est de la chair fraîche !

La mer était pour eux une véritable compagne. Il s'y passait toujours quelque chose. Richard s'était accoutumé à observer les gros marsouins et les dauphins, à peine plus petits, qui se donnaient la chasse, jouant et bondissant hors de l'eau avec une agilité inouïe. Pour les habitants des mers, l'existence ne se limitait pas à une simple survie. Ces créatures marines y prenaient plaisir. Impossible que le bond si insouciant d'un marsouin, s'achevant dans un tel jaillissement et un tel vacarme, ne soit pas une expression de joie – n'en déplaise aux aigris comme Mr Long, lequel affirmait que ces sauts étaient seulement destinés à effrayer les prédateurs qui patrouillaient dans les profondeurs des océans.

Il y avait toujours des nuées d'oiseaux : damiers, pétrels, et même des mouettes. Comme les débris jetés par-dessus bord n'étaient pas tellement abondants sur l'*Alexander*, Richard apprit que la présence de tous ces oiseaux signalait l'existence de bancs de poissons sous la surface, généralement trop peu nombreux pour que cela vaille la peine de les attraper.

Par temps calme et avec une houle suffisamment calme pour ne pas créneler les vagues d'écume, il distingua dans la même journée son premier requin et sa première baleine. L'eau était cristalline et il aurait aimé pouvoir y nager. Il se demandait si l'occasion se présenterait peut-être pour que Mr Donovan ou quelque matelot lui apprenne à nager. Il s'étonnait que personne ne songe à faire un plongeon par un jour pareil ; on n'aurait eu aucune difficulté à remonter à bord.

C'est alors qu'apparut une créature terrifiante. Il ne comprit pas pourquoi sa seule vue le glaçait jusqu'à la moelle des os, car elle était belle. Il distingua d'abord son aileron, coupant l'eau comme un rasoir et pointant à deux pieds hors de l'eau. L'animal se dirigea vers une masse sanglante de morceaux de thon, s'agita un instant autour d'eux et dans leur sillage. La chose passa devant lui en nageant comme une ombre noire qui semblait ne jamais devoir finir. Richard jugea qu'elle avait bien vingt-cinq pieds de long avec, en son centre, le diamètre d'une barrique s'amenuisant sur le devant en un grand nez pointu et, derrière, en une queue étroite et fourchue qui battait l'eau de ses deux nageoires. Un gros œil noir et terne, aussi grand qu'une assiette, occupait le milieu de sa tête. Au moment où elle surgit au milieu des viscères qui flottaient, la créature, découvrant en un éclair son ventre blanc, se tourna sur le côté pour engloutir cette horrible masse dans une énorme gueule armée de dents redoutables. Les débris de poisson avaient pratiquement disparu. La bête avala encore tout ce qu'elle put trouver avant de s'éloigner tranquillement à la recherche de quelque autre gâterie près des bateaux qui suivaient l'*Alexander*.

« Seigneur Dieu ! pensa Richard. J'avais entendu parler de baleines et aussi de requins. Je savais qu'un requin est un gros poisson, mais jamais je n'aurais imaginé qu'il puisse être aussi gros qu'une baleine. Et je sais aussi qu'il ignore ce qu'est la joie. Son œil m'a révélé qu'il n'avait pas d'âme. »

La baleine jaillit hors de l'océan à une encablure du bateau, si soudainement que seuls ceux qui pêchaient à tribord comme Richard aperçurent la puissante créature quand elle brisa la surface dans une explosion d'eau. Une tête terminée par une sorte de bec, un petit œil luisant d'intelligence, une paire de nageoires tachetées… Elle ne cessait de bondir, révélant une masse striée d'un splendide gris bleuté, de quarante pieds de haut, couverte de bernacles comme la coque de n'importe quel navire. Quand elle retombait dans un nuage d'éclaboussures, elle disparaissait un bref instant avant que les magnifiques nageoires de la queue pointent à nouveau, demeurant en suspens comme un drapeau avant de frapper la surface de l'eau dans un bruit de tonnerre et une gerbe d'écume irisée. Le Léviathan des profondeurs, plus grand que tous les vaisseaux de ligne.

D'autres apparurent tout autour du navire, rappelant à Richard une gravure qui représentait un troupeau d'éléphants dans une prairie. Elles crachaient des torrents d'eau qui se mêlaient à l'air, nageaient majestueusement ou brisaient la surface dans une danse gigantesque. Une mère et son petit s'amusèrent un long moment autour de l'*Alexander*. La peau de la mère était couverte de cicatrices et de coquillages mais celle du petit était encore lisse. Richard aurait voulu s'agenouiller pour remercier Dieu de lui avoir permis de contempler pareil prodige mais il ne put distraire son attention de ce spectacle. Où allaient-elles ? Comme les marsouins et les dauphins, les baleines étaient d'allègres voyageuses.

Les bourrasques se levèrent peu après que le vent fut tombé et il fallut les utiliser. Ils avaient d'abord navigué sous un ciel bleu clair, parcouru de piles de nuages qui filaient rapidement, avec des vagues déferlantes bleu sombre, bordées de crêtes d'un blanc immaculé dont le grondement n'annonçait rien de bon. Puis, après un fort coup de vent, la mer se démonta tandis qu'une pluie battante se déversait sur eux, accompagnée d'éclairs et de tonnerre. Une heure plus tard, le ciel était bleu, et le bateau encalminé.

Quelques détenus et marins dormaient maintenant sur le pont et Richard était surpris qu'ils ne soient pas plus nombreux. Les forçats avaient l'habitude de dormir à la dure. Pourtant, la plupart d'entre eux se réfugiaient dans leur prison puante dès que la nuit tombait, ce qui se produisait sous ces latitudes avec une rapidité surprenante. Pour ceux qui avaient le confort d'un hamac, la chaleur étouffante importait moins, mais pour ses compagnons… ? Il conclut qu'ils devaient redouter les éléments.

Ce n'était pas le cas de Richard, qui se mit en quête d'un coin peu encombré sur le pont, à l'écart des pieds des matelots. Puis il s'étendit pour regarder l'extraordinaire ballet de la foudre et des nuages, attendant d'être trempé jusqu'aux os, de sentir son cœur se crisper devant le choc de l'éclair et du tonnerre quand l'orage se trouverait juste au-dessus de lui. Le meilleur de tout, c'était la pluie. Il avait apporté son savon et rangé ses vêtements sous une des chaloupes renversées. Il se savonna avec plaisir, sachant que la pluie durerait assez longtemps pour le rincer. Il avait traîné sur le pont tout ce qui pouvait se laver, sa paillasse, les vêtements des autres et même les couvertures, bien que certains eussent vivement protesté en disant qu'elles allaient rétrécir.

– Tu emportes tout ce qui n'est pas cloué ou vissé, Richard ! s'exclama Bill Whiting avec indignation. Comment tu peux rester ainsi dehors ? Si le bateau est frappé et qu'il sombre, je veux être en bas pour couler avec lui.

– Les couvertures ont déjà rétréci, Bill, et je ne comprends pas pourquoi tu te mets dans tous ces états. D'ici une heure, tout sera sec. Tu n'aurais même pas dû te rendre compte que je les avais emportées, tu étais trop occupé à ronfler.

Le fait que Bill avait retrouvé ses bonnes joues révélait que les détenus mangeaient souvent du poisson. C'était un aspect du voyage auquel Richard n'avait pas pensé. Le pain qu'on leur distribuait devenait de plus en plus mauvais, plein de petites bêtes grouillantes qu'il était préférable de ne pas voir ; la plupart fermaient les yeux en le mangeant. Il s'était ramolli, signe que ces répugnantes choses commençaient à se multiplier. La viande salée restait intacte, mais les pois cassés et le porridge avaient leur part d'occupants intempestifs. Et le groupe de Richard commençait à manquer d'extrait de malt.

– Monsieur Donovan, dit-il au quatrième officier, quand nous atteindrons Rio de Janeiro, voudriez-vous me rendre un grand service ? Contrairement à vous, nous ne pouvons aller à terre et je ne me permettrais pas de vous le demander si je n'avais confiance en vous et en personne d'autre.

C'était vrai. Les heures et les heures pendant lesquelles ils avaient pêché côte à côte avaient forgé entre eux une amitié aussi solide que celle qui unissait Richard à son équipe. Plus encore, peut-être. Stephen Donovan avait à la fois du poids et de la légèreté, de la sensibilité et beaucoup d'humour, et un curieux instinct qui lui permettait de deviner ce qui se passait dans l'esprit de Richard. C'était plus un frère que William Morgan ne l'avait jamais été et, d'une certaine manière, le fait que Donovan ne regarde pas Richard comme un frère n'avait plus d'importance. Au début, les détenus, amis ou simples connaissances, s'étaient moqués de Richard à cause de cette étrange relation à laquelle ses absences pendant la nuit donnaient une nuance intéressante. Mais, comme Richard était resté sourd à ces insinuations, trop sage pour songer à se défendre, tout le monde à la longue avait fini par accepter ce lien comme une simple amitié.

C'était un de ces jours où rien ne mord ; seul demeurait le plaisir de pêcher. Donovan était coiffé d'un chapeau de marin en paille, et Richard également, car il en avait acheté un au quartier-maître des charpentiers, plus porté sur le rhum que sur le plein air au soleil.

— Je serais enchanté de te rendre service, Richard.

— Nous avons un peu d'argent et il y a un certain nombre de choses dont nous avons besoin : du savon, de l'extrait de malt, quelques produits contre les piqûres ou les coups, des recettes de bonne femme, de l'huile de goudron, des linges, deux ou trois rasoirs et des ciseaux.

— Garde ton argent pour payer ton voyage de retour ! Je me ferai un plaisir d'acheter ce que tu désires.

La tête rentrée dans les épaules, Richard fit un signe de dénégation.

— Je ne peux accepter de cadeaux, dit-il d'un ton solennel. Je tiens à payer.

Donovan leva les sourcils et grimaça :

— Parce que tu t'imagines que c'est ton corps que je veux acheter ? Voilà qui me paraît blessant.

— Non, ce n'est pas cela ! Je ne peux pas accepter de cadeaux parce que je ne suis pas en mesure d'en faire. Cela n'a rien à voir avec nos corps, nom d'un chien !

Tout à coup Donovan éclata de rire, un rire clair et joyeux qui retentit sous le ciel et résonna au loin.

— Oh, cette conversation est vraiment extraordinaire ! On dirait des jeunes filles dans une revue pour femmes. Rien n'est plus ridicule qu'une Miss Molly prise dans les affres d'un amour non partagé ! Accepte ce cadeau, il vise à te soulager et non à t'infliger des obligations. Je te rappelle que nous sommes amis, au cas où, par le plus malheureux des hasards, tu ne l'aurais pas remarqué.

Richard cilla et sourit.

— Oui, je le sais parfaitement. Merci, monsieur Donovan. J'accepte votre offre.

— Fais-moi un plaisir en retour.

— Lequel ?

— Appelle-moi Stephen.

— Ce n'est pas convenable. Quand je serai redevenu un homme libre, je me ferai une joie de vous appeler Stephen. Mais, en attendant, je me dois de rester à ma place.

Un requin passa. Il maraudait, affamé, comme tout le monde en ce jour où le poisson se cachait. Un long nez en forme de pelle qui devait avoir douze pieds de long. Un simple têtard dans ce vaste océan. Il se tourna, leur jeta un regard dénué d'expression et s'éloigna.

— C'est un véritable démon, dit Richard. La baleine a une étincelle dans ses yeux, le marsouin aussi. Mais cette bête paraît sortir tout droit des entrailles de l'enfer.

— Ah, tu parles comme un véritable habitant de Bristol ! Tu n'as jamais prêché ?

— Non, mais nous avons un prêcheur dans la famille. De l'Église d'Angleterre. Le cousin de mon père est recteur de la paroisse St James, et son père prêchait en plein air à Crew's Hole, devant les charbonniers de Kingswood.

— Un homme courageux. Il vit toujours ?

Richard acquiesça.

— Et tu n'as jamais connu les tourments de la chair, Richard ?

— Si, une fois, avec une femme qui pouvait ouvrir les portes du paradis à n'importe quel homme. C'était ça, le plus terrible. Comparé à une telle expérience, se passer de femme n'est rien.

La ligne de Donovan se tendit et il poussa un cri.

— Ça mord ! J'ai un poisson au bout de ma ligne !

C'était vrai. Le requin était revenu et avait avalé l'appât. En même temps que le hameçon, le flotteur et le plomb, Donovan arracha son chapeau, le piétina et jura.

Était-ce le temps, suffocant, brûlant, sans la moindre bouffée d'air, ou le fait que l'*Alexander* n'avait accordé à la mort qu'un bref congé ? Des maladies réapparurent. Des détenus commencèrent à mourir à partir du 29 juin. Rechignant d'ordinaire à se rendre dans la prison, à cause de la pestilence, le Dr Balmain se vit contraint d'y passer le plus clair de son temps. Mais ses remèdes n'agissaient guère, pas plus que ses émétiques ou ses purgatifs.

Comme il était aisé aux superstitions de se développer ! Juste au moment où revenait la maladie, l'*Alexander* entra dans des eaux épaisses, d'un étincelant bleu cobalt. Les détenus valides qui étaient montés sur le pont pour l'admirer furent soudain convaincus que c'était là un mauvais présage. L'océan charriait des galets bleus et ils allaient tous mourir.

— Ce n'est rien ! s'exclama Balmain, exaspéré. Nous avons rencontré un important banc de nautiles – des physalies, plus exactement, que l'on appelle aussi des « navires portugais » ! Il s'agit de méduses d'un bleu brillant. C'est un phénomène naturel et nullement la manifestation du mécontentement de Dieu !

Agitant les bras avec irritation, il se réfugia dans sa cabine encombrée, sur le gaillard d'arrière.

— Pourquoi les appelle-t-on des « navires portugais » ? demanda Joey Long en cédant sa place à Richard, qui devait nourrir Ike.

— Parce que les bateaux de ligne portugais sont peints du même bleu, répondit Richard.

— Ils ne sont donc pas comme les nôtres, noirs avec une garniture jaune ?

— S'ils étaient peints comme les nôtres, Joey, comment reconnaîtrait-on ses amis de ses ennemis ? Lorsqu'on est entouré par la fumée de la poudre, il est très difficile de distinguer les drapeaux et pavillons. Maintenant, va faire un tour sur le pont. Tu passes trop de temps en bas.

Richard s'assit à côté de Ike, lui ôta sa chemise, son pantalon et se mit à éponger son corps.

— Balmain n'est qu'un imbécile ! croassa Ike.

— Mais non. Simplement il ne sait comment s'y prendre. Il fait de son mieux, crois-moi.

— Tu connais des gens qui savent s'y prendre ? Ça existe ?

Ike avait tellement maigri qu'il n'était plus qu'un sac d'os. On aurait dit un tas de bâtons enveloppés dans du parchemin. Il perdait ses cheveux, ses ongles étaient devenus blancs, sa langue était chargée, ses lèvres craquelées et gonflées. Mais, pour Richard, le symptôme le plus affreux était son sexe qu'on aurait dit rajouté après coup.

— Ouvre la bouche, Ike, je voudrais nettoyer tes dents et ta langue.

D'une main aussi douce que possible, Richard se servit de la pointe d'un linge trempée dans de l'eau distillée, faisant de son mieux pour adoucir les jours de son camarade. « La maladie est parfois encore pire quand on est d'une constitution vigoureuse », se disait-il. Si Ike était du format de Jimmy Price, par exemple, tout serait déjà terminé depuis longtemps. Mais il y avait là un homme solide, et la vie, tenace, se débattait jusqu'à son dernier souffle.

Montant des eaux de fond de cale, la pestilence empirait encore. Bien qu'il eût navigué sept ans en tant que médecin de marine et participé à une expédition de contrôle sur la côte occidentale africaine à l'époque où le Parlement songeait encore à se débarrasser de ses forçats en Afrique, Balmain jugeait sa tâche sur l'*Alexander* au-delà de ses forces. Sur son insistance, on avait installé dans les coins de l'étouffante prison des morceaux de voiles usagées en forme de conduits pour amener un peu d'air par un trou percé sur le pont. Sinclair avait d'abord protesté bien vigoureusement pour un homme si amorphe, mais le praticien avait tenu bon. Ennuyé de savoir que l'on surnommait son navire le « Bateau de la Mort », Sinclair avait cédé et ordonné à Chips de faire ce qu'il fallait. Mais il entrait malgré tout bien peu d'air frais dans la prison et les hommes continuaient à tomber sous les coups de la fièvre.

Tout en ayant beaucoup maigri, Richard se sentait en forme. Il en était de même de ses camarades et des quatre autres occupants du compartiment de Ike. Willy Dring et Joe Robinson ne descendaient pratiquement plus jamais, ce qui permettait aux trois autres (ils avaient perdu un homme au large de Portsmouth) de jouir d'un espace conçu pour six, à raison de vingt pouces par personne. Dans le compartiment de Tommy Crowder et d'Aaron Davis, l'accord avec le sergent Knight fonctionnait bien et l'on menait une vie confortable. Malgré ces signes favorables, Richard sentait d'instinct que cette nouvelle maladie risquait d'être mauvaise.

— Excepté celui qui doit s'occuper de Ike, nous allons tous monter sur le pont et collecter le plus d'eau de pluie possible, ordonna-t-il.

Jimmy Price et Job Hollister commencèrent à pleurnicher, Joey Long à rugir tandis que les autres affichèrent un air boudeur.

— Nous préférons rester ici, déclara Bill Whiting.

— Si tu restes, tu attraperas la fièvre.

— Mais c'est toi-même, Richard, qui as dit que, si on continuait à filtrer l'eau et à garder nos affaires propres, on n'aurait rien à craindre ! s'écria Neddy Perrott. Par conséquent, pas de pont. C'est peut-être bon pour toi avec ta peau mais, moi, je grillerais.

— Je viens avec toi, dit Taffy Edmunds en rassemblant quelques affaires. Toi et moi on va s'exercer pour le concert. On peut quand même pas être le seul bateau à pas organiser de fête ! Regardez le *Scarborough*. Il y a un concert à bord chaque semaine. Le caporal Flannery dit que c'est vraiment bien.

— Il y a plus de détenus sur le *Scarborough* qu'ici, surtout pour l'instant, intervint Will Connelly, mais s'ils se portent bien c'est parce qu'ils sont répartis entre le pont inférieur et le faux-pont. Par contre, les nôtres sont tassés dans un espace moitié moins grand, tout ça parce qu'on transporte aussi une cargaison.

— Quant à moi, dit Richard, abandonnant une discussion qu'il savait ne mener à rien, je suis très heureux que l'*Alexander* entrepose une cargaison dans son faux-pont. Rappelez-vous ce qui se passait quand les soldats étaient logés un pont plus bas. Sur le *Scarborough*, l'eau de fond de cale est convenablement purgée par les pompes. Les nôtres ne marchent pas, c'est toute la question. Ils ont le capitaine Marshall et nous avons Esmeralda qui se moque pas mal que ses pompes fonctionnent ou non, du moment que sa table est bien garnie. Les fonds de cale de l'*Alexander* sont absolument infects.

Le 4 juillet, un autre homme mourut ; on en dénombrait à présent trente sur la plate-forme qui tenait lieu d'hôpital. Toute la coque de l'*Alexander* semblait remplie de corps en décomposition. « Comment ces malheureux pouvaient-ils encore vivre dans une puanteur pareille ? » ne cessait de se demander le Dr Balmain.

Le lendemain, deux ordres arrivèrent du *Sirius*. Le premier disait de libérer John Power de ses fers. Dès qu'il en fut débarrassé, il alla au rapport chez Mr Bones car rien ne lui interdisait de travailler. Quant au second, il déplut vivement aux lieutenants Johnstone et Shairp : les rations d'eau potable devaient être ramenées de 4 à 3 pintes par tête (les femmes et les enfants recevaient déjà moins), qu'il s'agisse d'un soldat, d'un matelot ou d'un détenu. Une pinte devait être distribuée à tous à la pointe du jour, les deux autres au milieu de l'après-midi. La distribution se ferait sous le contrôle d'un officier de marine, assisté de deux subordonnés et de deux détenus à titre de témoins. Soldats et prisonniers devaient être nouveaux à chaque distribution pour éviter tout risque de tricherie et toute collusion. Les cales où l'on entreposait l'eau et la cuve en service devaient être cadenassées et sévèrement gardées. Les clés seraient confiées à la garde exclusive des officiers. L'eau supplémentaire pour la cuisine et les bouilloires serait distribuée dans la matinée, en même temps que celle qui abreuvait les animaux. Ceux-ci buvaient beaucoup. Il fallait au bétail et aux chevaux dix gallons d'eau par jour et par tête.

Trois jours plus tard, l'alternance de calmes plats et de bourrasques cessa et les alizés du sud-est commencèrent à souffler, alors que la flotte n'avait pas encore franchi l'équateur. Le moral remonta aussitôt. Il fallait coûte que coûte maintenir l'avance réelle en milles, tombée à moins de cent par jour. L'*Alexander* fendait une forte houle qui faisait craquer son gréement, naviguant comme d'habitude côte à côte avec le *Scarborough*, le *Sirius* et le *Supply*. Le *Friendship*, lui, se pavanait seul en tête ; la houle submergeait son étrave et jaillissait sur le pont pour se disperser en une nuée de gouttelettes comme un chien qui s'ébroue.

Quand les boutons d'argent des tuniques rouges de Johnstone et de Shairp commencèrent à noircir et que la puanteur devint presque aussi insupportable vers la poupe que dans le pont inférieur, les deux lieutenants et le médecin se rendirent en délégation chez le capitaine qui les reçut mais déclara que leurs plaintes étaient sans objet. Il pensait, quant à lui, que les détenus volaient son pain et auraient dû être fouettés jusqu'au sang.

— Vous devriez remercier votre bonne étoile qu'ils ne volent pas votre rhum ! s'exclama Johnstone d'un ton acerbe.

Un sourire de véritable plaisir découvrit les dents gâtées de Sinclair.

— Les autres bateaux ont peut-être des problèmes avec leur rhum, messieurs, mais sur mon bateau il n'y en a pas. À présent, sortez et laissez-moi. J'ai demandé à Chips de réparer la pompe de fond de cale de tribord si elle ne marche pas bien. Cela explique certainement l'état des fonds de cale.

— Comment un charpentier pourrait-il réparer une machine de métal et de cuir ? marmonna Balmain entre ses dents.

— Vous feriez mieux de prier pour qu'il y parvienne. Maintenant, rompez.

Balmain en avait assez. Il demanda par pavillons l'autorisation au *Sirius*, qui la lui accorda, de prendre un bateau pour rendre visite sur le *Charlotte* au médecin général John White. Avec le lieutenant Shairp à la barre, la chaloupe s'éloigna dans la houle. Le *Charlotte*, un lourd voilier, se trouvait loin en arrière. Le retour sur l'*Alexander* fut terrifiant, même pour Shairp qui, pourtant, ne perdait pas la tête dans les pires conditions. Aussi n'était-il pas de bonne humeur quand le Dr White grimpa l'échelle de corde de l'*Alexander*.

– Vous autres, les hommes de Bristol, on vous demande sur l'entrepont avec Mr White et Mr Balmain, lança Stephen Donovan.

Richard avait eu l'occasion d'apprendre pas mal de choses sur les pompes quand il avait travaillé avec Mr Thomas Latimer. « Normalement, se dit-il, les pompes auraient dû se trouver au-dessous pour diminuer la hauteur d'eau qu'elles devaient remonter depuis les fonds de cale. » Mais c'était un bateau négrier et ses propriétaires n'aimaient pas voir des trous dans leur coque. À la vérité, personne ne s'était beaucoup soucié de ces fonds de cale lorsque le bateau subissait des travaux de carénage.

Il existait deux citernes dans le compartiment d'entrepont des soldats, l'une à bâbord, l'autre à tribord, chacune équipée d'une pompe ordinaire possédant un bras qui montait et descendait. Un tuyau partait de chaque citerne et allait se vider dans la mer par une valve. La pompe de tribord avait été démontée, celle de bâbord refusait de bouger.

– Descendons, dit White dont le teint blêmissait. Comment un homme peut-il survivre dans un endroit pareil ? Vos hommes, lieutenant Johnstone, doivent être félicités pour leur endurance.

Richard et Will Connelly soulevèrent le panneau et chancelèrent. La cale du dessous était plongée dans une obscurité totale mais on entendait du liquide clapoter contre les cuves d'eau. Les autres hommes reculèrent.

White posa un mouchoir sur son visage.

— Il nous faut des lampes. L'un de nous doit descendre là-dedans.

— Monsieur, intervint Richard d'un ton courtois, je n'approcherais pas une flamme de cet endroit. L'air lui-même brûlerait.

— Il faut pourtant que je voie !

— Ce n'est pas nécessaire, monsieur. Nous pouvons tous entendre ce qui se passe. L'eau a débordé dans la cale. Ce qui signifie que tout ce qui s'y trouve a pourri. Aucune pompe ne marche ni n'a jamais marché. La dernière fois que nous sommes allés en bas, nous avons nettoyé les fonds de cale avec des seaux. Ce problème existe depuis Gallion's Reach.

— Comment t'appelles-tu ? demanda White à travers son masque.

— Richard Morgan, monsieur, anciennement de Bristol. (Il se mit à rire.) Nous autres, gens de Bristol, sommes accoutumés à la pestilence car c'est toujours à nous qu'on confie le soin de vider les fonds de cale. Mais ce n'est pas en les nettoyant avec des seaux qu'on peut remédier aux ennuis. Les fonds de cale doivent être pompés chaque jour. Et pas avec des pompes aspirantes comme celles-ci. Il leur faut une semaine pour évacuer une tonne d'eau, même lorsqu'elles fonctionnent correctement.

— Le charpentier est-il capable de les réparer, monsieur Johnstone ?

Johnstone haussa les épaules.

— Demandez à Morgan, monsieur. Il a l'air de s'y connaître. J'avoue ne pas savoir grand-chose des pompes.

— Morgan, le charpentier peut-il les réparer ?

— Non, monsieur. Les fonds sont encombrés de tant de débris que les tuyaux et les cylindres de cette dimension se bloqueront au premier mouvement. Ce bateau devrait avoir des pompes à chaîne.

— Quel est l'avantage d'une pompe à chaîne ?

— Débarrasser ce qu'il y a là-dessous. Il s'agit d'une simple caisse de bois, d'une taille très supérieure à ces cylindres. On la soulève au moyen d'une chaîne plate en laiton, tendue sur des dents de bois en haut et sur un tambour de bois en bas. Des plateaux de bois sont reliés à la chaîne de manière à tomber à plat en descendant et à se déplier en remontant pour exercer une succion. Un bon charpentier de marine peut construire tout ce qui est nécessaire, sauf la chaîne. Le mécanisme est si simple que deux hommes tournant le tambour denté peuvent évacuer une tonne d'eau en une minute.

— Alors il faut équiper l'*Alexander* de pompes à chaîne. Y aurait-il une chaîne à bord ?

— J'en doute, monsieur, mais le *Sirius* a été rénové dernièrement et doté de pompes de ce type. J'imagine qu'ils en ont une en réserve à bord. Si ce n'est pas le cas, on devrait en trouver sur un autre bateau.

White se tourna vers Balmain, Johnstone et Shairp.

— Très bien. Je retourne sur le *Sirius* faire part de tout cela au gouverneur. Entre-temps, la cale et les fonds de cale doivent être vidés. Chaque homme et chaque détenu qui n'est pas malade devra s'y mettre à son tour. Je ne veux pas que ces gens de Bristol fassent tout le travail, dit-il à Johnstone.

Il se retourna pour regarder fixement Balmain.

— Pourquoi ne m'avez-vous pas signalé la situation beaucoup plus tôt ? Cela fait plus de sept mois que cela dure. Le capitaine de ce vaisseau n'est qu'une grosse limace. Il ne pourrait même pas sortir tout seul de sa dunette si le mât d'artimon lui tombait dessus. Mais vous, en tant que médecin, vous avez pour obligation de veiller sur la santé de tous ceux qui sont à bord, y compris les détenus. Vous ne l'avez pas fait et vous pouvez être certain que j'en informerai le gouverneur.

William Balmain rougit fortement et se raidit sous le choc et la colère. Il était écossais, de six ans plus jeune que l'Irlandais White, et ils n'avaient éprouvé aucune sympathie l'un pour l'autre au cours de la rencontre. Se voir ainsi réprimandé devant deux officiers de marine et quatre détenus était offensant – le genre de chose que le major Ross aimait à réserver à des subordonnés pris en faute. Ce n'était pas le moment de régler la question avec White, mais Balmain se promit d'obtenir satisfaction quand la flotte aurait atteint Botany Bay. Ses grands yeux coururent d'un détenu à l'autre à la recherche de quelque signe de moquerie mais n'en découvrirent aucun. Il connaissait ces hommes pour une bien curieuse raison : ils n'étaient jamais malades.

Sur ces entrefaites, Ross arriva au pied de l'échelle, sa curiosité en éveil après avoir constaté que Shairp s'était mis à vadrouiller de nouveau sur l'océan. Un simple reniflement lui suffit pour comprendre le problème. Balmain se retira avec raideur dans sa cabine pour bouder et préparer sa revanche, tandis que White exposait la situation.

– Ah, oui ! fit Ross en fixant Richard avec attention. Je me souviens de vous. Ainsi, vous vous y connaissez aussi en pompes, Morgan ?

– Assez pour affirmer que l'*Alexander* a besoin d'une pompe à chaîne, monsieur.

– C'est aussi mon avis. Monsieur White, je vous emmène sur le *Sirius* et ensuite sur le *Charlotte*. Monsieur Johnstone et Monsieur Shairp, mettez tout le monde au nettoyage des fonds de cale. Et percez deux trous dans la coque au-dessous des sabords pour que les hommes puissent déverser toute cette saleté directement dans la mer.

Le lendemain, le lieutenant Philip Gidley King vint à son tour, accompagné du major Ross et du médecin général White. Il jeta un coup d'œil à la pompe de bâbord que Richard avait déplacée et démontée, puis émit un hoquet de dégoût teinté de moquerie.

– Cette chose-là ne pourrait même pas extraire la semence de la queue d'un satyre ! Ce bateau devrait avoir des pompes à chaîne. Où est le charpentier ?

La minutie anglaise combinée à l'enthousiasme celtique fit merveille. Membre de la Royal Navy et ayant rang d'officier supérieur parmi les lieutenants de marine, King resta à bord le temps nécessaire pour s'assurer que Chips comprenait exactement ce qu'il avait à faire et était capable de le réaliser. Puis il alla faire son rapport au chef de convoi et l'assurer que l'*Alexander* offrirait dorénavant des conditions de vie plus saines.

Mais le poison était dans le bois et l'*Alexander* ne redevint jamais un bateau très sain. Cependant, les effluves chargés de gaz nocifs qui s'étaient abattus sur les occupants des espaces inférieurs se dissipèrent peu à peu et la vie y devint plus supportable. Ce qui enchanta particulièrement Esmeralda Sinclair fut le fait que le problème des pompes avait pu être résolu sans qu'il en coûte un seul sou à Walton & Co. « Mais, après que Trimmings eut inspecté les lieux et rédigé son rapport, qui diable avait percé ces deux maudits trous dans son bateau », grogna-t-il, mécontent, du haut de son perchoir.

La flotte coupa l'équateur dans la nuit du 15 au 16 juillet et, le jour suivant, les bateaux rencontrèrent leur première grosse tempête depuis Portsmouth. Les panneaux furent verrouillés et les détenus plongés dans le noir complet. Pour ceux qui, comme Richard, passaient le plus clair de leur temps sur le pont, ce fut un véritable cauchemar, allégé seulement par la disparition partielle de l'épouvantable odeur. La mer frappait l'étrave à bâbord et l'*Alexander*, au lieu de rouler, plongeait et se soulevait alternativement, créant une extraordinaire sensation d'écrasement, suivie d'une quasi-apesanteur chaque fois que le bateau s'élevait, avant de retomber dans la mer avec un bruit de tonnerre semblable à une explosion. Quand ils se trouvaient perpendiculaires au roulis, les hommes basculaient de la coque à la cloison de séparation. Le mal de mer qui semblait oublié réapparut et Ike souffrit terriblement.

Il souffrit bien trop. Lorsque la flotte sortit de la tempête avec des cuves assez remplies d'eau de pluie pour que les hommes bénéficient à nouveau de rations normales, il fut évident pour tout le monde, en particulier pour Joey Long, désespéré, que Ike Rogers n'avait plus longtemps à vivre.

Il réclama Richard et celui-ci vint s'accroupir en face de Joey, qui berçait la tête de Ike sur ses genoux.

— C'est la fin d'un bandit de grand chemin, murmura Ike. Oh, je suis heureux, Richard ! Réjouis-toi pour moi. Tâche de t'occuper de Joey. Il va souffrir.

— Ne t'inquiète pas. Nous veillerons tous sur lui.

Ike leva un bras squelettique pour indiquer une étagère le long de la poutre.

— Mes bottes, Richard. Tu es le seul à avoir des pieds assez grands pour les porter et je veux que tu les prennes. *Telles qu'elles sont et au complet.* Tu m'as compris ?

— Je sais. Nous en ferons usage sagement.

— Bien, dit-il.

Et il ferma les yeux.

Une heure après il était mort sans les avoir rouverts.

Tant d'hommes étaient morts sur l'*Alexander* que les matelots chargés des voiles avaient dû emprunter de la vieille toile à d'autres bateaux. Vêtu de vêtements propres, Isaac Rogers fut cousu dans son enveloppe et emporté sur le pont. Comme il possédait un missel, Richard lut les prières du service, remettant l'âme de Ike à Dieu et son corps aux profondeurs de l'océan. La dépouille glissa du bord et coula immédiatement, lestée de morceaux de basalte ramassés sur une plage de Ténériffe. Le Bateau de la Mort n'avait plus assez de ferraille pour cela.

Balmain ordonna une nouvelle fumigation avec brossage à l'huile de goudron ainsi qu'une nouvelle couche de lait de chaux. Il menait une vie solitaire dans ses quartiers, avec pour seule compagnie celle des deux lieutenants. Mais ceux-ci prenaient leurs repas séparément et ne partageaient absolument rien avec lui. De même qu'Arthur Bowes Smyth, le médecin du *Lady Penrhyn*, Balmain n'était soutenu que par son intérêt pour les créatures marines qu'il espérait rencontrer au cours de ses voyages. Quand elles étaient assez petites, il en conservait des échantillons dans de l'alcool.

Il reconnaissait qu'il était bien plus facile de descendre dans la prison à présent que la pompe à chaîne fonctionnait, mais il restait encore blessé par le sermon de White et convaincu que, si ces foutus détenus continuaient à mourir, ce n'était pas sa faute.

Après qu'un prisonnier ayant voulu utiliser les commodités de l'équipage eut été enlevé par un paquet de mer, l'effectif tomba à cent quatre-vingt-trois hommes.

Au début du mois d'août, la flotte arriva en vue du Cap-Frio, à un jour de navigation de la plus grande ville du

Brésil. Mais les hautes montagnes de la côte se révélèrent aussi peu hospitalières que les pics de St Jago. Une fois le cap franchi, le vent tomba pour se réduire à des bouffées d'air, voire à des calmes plats. Ils durent le chercher pour poursuivre leur route jusqu'à Rio de Janeiro qu'ils n'atteignirent que dans la nuit du 4 au 5. C'était l'hiver, Rio de Janeiro se trouvant loin de l'équateur, juste au nord du tropique du Capricorne.

Il leur avait fallu cinquante-six jours depuis Ténériffe et quatre-vingt-quatre depuis Portsmouth, soit environ huit et douze semaines. Ils avaient couvert six mille six cents miles terrestres.

Il fallut encore obtenir l'autorisation de pénétrer dans la colonie portugaise, ce qui prit un certain temps. À trois heures de l'après-midi, la flotte franchit l'espace large d'un mille entre les Pains de sucre, sous le tonnerre des canons de treize du *Sirius* qui tiraient en guise de salut une salve à laquelle répondirent les canons de Santa Cruz.

Dès l'aube, tous les occupants de l'*Alexander* s'étaient agglutinés sur le pont, fascinés par cet endroit étrange, fabuleusement beau. Le Pain de sucre du sud ressemblait à un œuf géant de mille pieds de haut, formé d'une roche d'un gris rosé et couronné d'une perruque d'arbres. Celui du nord était chauve et moins spectaculaire. D'autres rochers aux sommets dénudés et tourmentés pointaient, leurs flancs couverts de luxuriantes forêts vert sombre entrecoupées par l'éclat brillant des prairies et par des saillies rocheuses aux faces grises, crème ou roses. Les plages étaient immenses, couvertes d'un sable doré et soulignées par le ruban crémeux de la barre là où l'océan venait les battre. Une fois cet endroit franchi, les eaux étaient calmes et tranquilles.

Ils jetèrent l'ancre à quelque distance du rivage, face à l'une des nombreuses forteresses érigées pour protéger Rio de Janeiro des attaques venues de la mer. Les onze navires durent attendre le lendemain pour s'amarrer aux quais permanents, un peu à l'écart de la ville de São Sebastião, qui était le véritable nom de la zone urbaine de Rio. Elle occupait une péninsule carrée sur le rivage occidental, se prolongeant par des tentacules qui s'enfonçaient dans les vallées entre les pics.

Le port était très animé, grouillant de petites embarcations marchandes manœuvrées par des Noirs presque nus ; chacune arborait un abri de toile aux vives couleurs. Richard aperçut des flèches d'églises surmontées de croix dorées, mais Rio ne possédait guère d'autres constructions élevées. Personne n'avait interdit l'accès du quai aux forçats et on ne leur avait pas remis leurs fers. Mais des chaloupes patrouillaient constamment autour des six transporteurs et interdisaient aux marchands ambulants de s'approcher.

Le temps était beau et très chaud, sans vent. Oh, pouvoir aller à terre ! Mais ce rêve demeurait irréalisable. Au repas de midi, on servit d'énormes morceaux de viande de bœuf fraîche, des marmites d'ignames et de haricots, et, plus tard, une racine appelée *cassada*. Mais rien de cela ne compta plus quand des embarcations purent enfin s'approcher et que des Noirs riant aux éclats se mirent à lancer sur le pont des centaines et des centaines d'oranges, se faisant un jeu d'en bombarder les hommes ; leurs dents blanches luisaient dans leurs visages d'ébène. Richard connaissait les oranges et plusieurs de ses compagnons également. Il avait lu que certaines grandes demeures possédaient des orangeries et, une fois, il avait même vu une orange dans les mains du cousin James l'Apothicaire, qui importait surtout des citrons pour en tirer un composé huileux car ces derniers s'abîmaient moins vite.

Certaines de ces oranges mesuraient jusqu'à 6 ou 7 pouces de diamètre et leur couleur était intense, profonde. D'autres avaient presque la couleur du sang avec, à l'intérieur, un jus d'un rouge éclatant. Après avoir découvert que leur peau était immangeable mais se retirait facilement, détenus et soldats se gorgèrent d'oranges, savourant leur abondant jus sucré. Plus amers, quelques citrons jaunes se mêlaient parfois au lot, ou encore des citrons verts, moins juteux mais aussi moins acides. Les hommes ne se lassaient pas de ces agrumes.

Neddy Perrott avait fini par observer que les fruits de couleur plus pâle avaient dû être cueillis avant leur pleine maturité. À la fin de leur troisième semaine à Rio, il en stocka quelques-uns en pensant les garder quelques jours. De nombreux détenus suivirent son exemple et certains, dont Richard, mirent de côté des graines d'oranges et de citrons.

Ils mangeaient tous les jours de la viande fraîche et des légumes de toutes sortes, ainsi que du pain de *cassada*. Lorsque les soldats eurent découvert que le rhum de Rio, qu'ils jugeaient de médiocre qualité, coûtait à peine plus cher que l'eau, la discipline et la surveillance des détenus se relâchèrent au point de disparaître. Les deux lieutenants étaient rarement à bord, tout comme le Dr Balmain, parti en expédition pour admirer d'énormes papillons aux ailes brillantes et des fleurs splendides qui semblaient de cire, appelées orchidées. Amateurs d'animaux de compagnie, les hommes d'équipage comme les soldats ramenaient souvent des perroquets apprivoisés, aux couleurs éclatantes. Comme l'avait prévu Donovan, il ne restait plus à bord que deux chiens, les autres ayant été la proie des requins. Rodney, son épouse et sa progéniture de plus en plus nombreuse se portaient fort bien. L'*Alexander* était peut-être devenu plus sain, mais rats et souris y pullulaient.

Rio avait un aspect moins édénique. C'était le paradis des blattes et des cafards. L'Angleterre en avait peu et ceux que l'on y trouvait étaient de petite taille et plutôt inoffensifs. Mais, à Rio, ils étaient énormes. Ils voletaient en sortant de partout, faisaient du bruit, animés d'intentions aussi diaboliques que les requins. De nature agressive, ils se précipitaient sur les hommes au lieu de s'enfuir. Des plus hauts gradés du *Sirius* aux détenus les plus résistants, tous devenaient à moitié fous à cause des cafards.

La plupart des hommes obligés de rester à bord dormaient sur le pont à moitié nus, mais moins sereinement qu'en mer. Rio ne s'arrêtait jamais. D'ailleurs, il ne faisait jamais tout à fait sombre car les églises et d'autres bâtiments restaient illuminés toute la nuit, comme si les quelques Portugais et leurs innombrables esclaves noirs avaient redouté ce qui se cachait dans les ombres nocturnes. Après avoir entendu une créature inconnue émettre aux premières heures de la nuit un son qui tenait à la fois du hurlement et du rugissement, Richard commença à partager leur point de vue.

On tirait des feux d'artifice au moins deux ou trois fois par semaine, toujours en l'honneur de quelque saint, de la Vierge ou d'un événement de la vie de Jésus. À Rio, la religion ne se vivait pas dans la sobriété et la discrétion. Des disciples de John Knox, tels Balmain et Shairp, s'en montraient choqués, le catholicisme étant à leurs yeux immoral, dégénéré et satanique.

— Je suis surpris que tu n'aies pas encore essayé de t'enfuir, Johnny, confia Richard à John Power un soir qu'ils regardaient ensemble des flammèches et des volutes s'échapper d'une fusée dans le ciel.

Power le regarda ironiquement.

— Ici ? Sans pouvoir parler un mot de portugais ? Je serais rattrapé le jour même. En dehors des négriers portugais et des senaus qui transportent les marchandises, le seul bateau au port est un baleinier anglais qui fait gratter sa coque. D'ailleurs il doit embarquer un certain nombre d'invalides du *Sirius* et du *Supply* pour les ramener chez eux. (Il changea de sujet, celui-ci lui étant manifestement trop pénible.) Je vois qu'Esmeralda néglige son bateau, comme d'habitude. Il ne s'occupe jamais de le faire gratter.

— Mr Bones ne te l'a pas dit ? L'*Alexander* est gainé de cuivre. (Richard se frotta les mains, encore collantes de jus d'orange.) Je vais faire un plongeon pour me laver.

— J'ignorais que tu savais nager.

— Je ne sais pas. Je me plonge simplement dans l'eau en m'accrochant à l'échelle de corde. Je voudrais bien pouvoir la lâcher un jour ou l'autre. Hier j'ai essayé et j'ai pu me maintenir sur l'eau pendant deux secondes. Puis je me suis affolé. Je vais essayer de rester plus calme aujourd'hui.

— Moi, je sais nager mais je n'ose pas, avoua Power d'un air désabusé.

Relâchement ou non de la discipline, Power montait lui-même la garde.

Un jour que Richard était plongé dans l'eau, Stephen Donovan revint dans un bateau de location. Richard n'avait pas encore réussi à nager et coulait dès qu'il lâchait l'échelle de corde. Voyant une embarcation s'approcher, il s'apprêtait à remonter quand il reconnut celui qui se tenait à l'avant.

— Richard, espèce d'idiot, il y a des requins dans ce port ! dit Donovan en regagnant le pont. À ta place, je m'abstiendrais.

— Je doute qu'un requin puisse s'intéresser à ma maigre carcasse dans des eaux comme celles-ci, où il trouve en abondance de bien meilleures proies ! J'essaie d'apprendre à nager mais je n'y arrive pas.

Les yeux de Donovan pétillèrent.

— Parce que tu t'imagines que si l'*Alexander* coule dans une tempête au milieu de l'océan tu pourras gagner l'Afrique à la nage ? Allons, tu n'as rien à craindre. L'*Alexander* a une bonne coque sous son apparence délabrée et c'est un bon bateau malgré son âge. Il pourrait se trouver par le travers, jusqu'à ce que la pointe de ses mâts trempe dans l'eau et que sa poupe soit balayée, qu'il ne coulerait pas.

— Ce n'est pas ça. Mais quand nous serons à Botany Bay, nous nous trouverons peut-être à court d'embarcations et je voudrais pouvoir au moins me baigner dans la mer sans craindre qu'elle me passe par-dessus la tête et m'attire au fond. Et puis il doit y avoir des lacs et des rivières là-bas, bien que sir Joseph Banks n'en mentionne pas. En fait, il précise que l'eau douce y est extrêmement rare, à peine quelques ruisseaux.

— Je comprends. Regarde le chien Wallace…

Il désigna du doigt l'endroit où le scotch-terrier du lieutenant Shairp nageait en direction du bateau, le long d'une embarcation de location, encouragé par Shairp qui riait.

— Observe comment il nage, poursuivit Donovan. La prochaine fois que tu descendras l'échelle de corde pour affronter les requins, dis-toi que tu as quatre pattes et pas seulement deux. Mets-toi à plat ventre, sors la tête de l'eau et remue tes membres comme s'il s'agissait de palmes de canard. (Il donna une pièce d'argent de six pence à un Noir rayonnant après que ce dernier eut déposé un tas de paquets sur le pont.) Alors, tu sauras nager, Richard. En te rappelant Wallace et les quatre pattes, tu resteras dans l'eau en flottant, il n'y a pas d'autres trucs ou astuces pour nager.

— Johnny Power sait nager. Pourtant il n'en a pas profité pour nous quitter.

— Il ne se serait pas montré aussi docile à Ténériffe s'il avait su ce que je viens d'apprendre aujourd'hui.

Inquiet, Richard pencha la tête.

— De quoi s'agit-il ?

— Cette flotte a quitté Portsmouth avec juste les cartouches que les soldats avaient dans leurs sacoches, et pas un gramme de poudre en plus.

— Vous plaisantez !

— Non. Voilà comment cette expédition a été organisée ! Ils ont simplement oublié les munitions !

— Seigneur !

— Je ne l'ai découvert qu'en apprenant que Son Excellence le gouverneur Phillip avait réussi à acheter dix mille cartouches ici, à Rio.

— Ainsi, ils n'auraient pas eu le moyen de réprimer une mutinerie sur l'un de ces bateaux – j'ai constaté à quel point les soldats de l'*Alexander* prennent soin de leurs canons et de leurs munitions – et ils n'auraient pas gâché une cartouche pour tout l'or du monde.

Donovan jeta un coup d'œil aigu à Richard, ouvrit la bouche pour dire quelque chose, mais changea d'avis et s'accroupit près de ses paquets.

— Voilà un certain nombre des choses que tu m'as demandées. J'irai chercher les autres demain. Le bruit court que nous allons lever l'ancre. (Il empila les paquets dans les bras de Richard.) De l'huile de goudron et de la pommade achetée à une vieille femme – une espèce de sorcière, affreuse à voir, mais qui s'y connaît. Plus de l'écorce pilée qui, elle l'assure, soigne les fièvres. Et une bouteille de laudanum au cas où l'eau de Rio donnerait la dysenterie ; les médecins le craignent mais le lieutenant King reste optimiste. Sans oublier une quantité de bons chiffons et quelques chemises d'un beau coton auxquelles je n'ai pas pu résister. J'en ai acheté pour moi et j'ai pensé à toi. Dans un climat chaud, il n'y a que le coton pour assurer fraîcheur et confort. Je n'ai pas pu trouver de malt : les médecins, qu'ils aillent au diable, étaient passés avant moi dans les magasins. Mais faites sécher au soleil des écorces d'orange et de citron et mâchez-les. Tous les marins savent que cela combat le scorbut.

Richard posa sur le visage de Donovan un regard plein d'affection et de gratitude, mais le quatrième officier était trop avisé pour y voir autre chose que ce qu'il exprimait réellement. De l'amitié. Ce qui était déjà beaucoup, de la part de cet homme qui devait avoir aimé mais n'était pas disposé à aimer de nouveau. Qui avait-il perdu ? Et dans quelles circonstances ? Certainement pas cette femme qui lui avait ouvert les portes des paradis de la chair. Tandis qu'il en parlait, l'expression de son visage avait révélé qu'il en était révolté. Ce n'était donc pas une femme. Et ce ne pouvait être un homme. « Un jour, se promit Donovan, je connaîtrai toute ton histoire, Richard Morgan. »

Lorsqu'il voulut quitter le bateau le lendemain matin, il rencontra Richard qui l'attendait à côté de l'échelle de corde.

— Une autre faveur ? demanda-t-il avec l'expression de quelqu'un qui ne demandait qu'à l'accorder.

— Non, quelque chose que je dois payer, cette fois.

Richard désigna le pont en se baissant comme s'il y avait remarqué un objet intéressant. Donovan s'accroupit à côté de lui et personne ne vit les sept pièces d'or changer de main.

— Que veux-tu donc ? s'étonna Donovan. Avec ça tu pourrais acheter une topaze de la taille d'un citron ou encore une améthyste à peine plus petite.

— J'ai besoin de poudre d'émeri et de colle de poisson très forte, autant qu'il sera possible d'en acheter avec cet argent.

Donovan le regarda, bouche bée.

— De la poudre d'émeri ? De la colle de poisson ? Que diable veux-tu en faire ?

— Il est peut-être possible de s'en procurer au cap de Bonne-Espérance, mais je crains que les prix ne soient excessifs là-bas. Il est sans doute plus avantageux d'en chercher à Rio de Janeiro, répondit Richard, éludant la question.

— Tu ne réponds pas à ce que je t'ai demandé. Tu es un homme mystérieux, mon ami. Dis-moi de quoi il s'agit, sinon je n'achète rien.

— Puisque vous le voulez, vous le saurez, dit Richard avec un grand sourire. (Il porta son regard au-delà de la baie, vers les collines situées au nord, couvertes par la jungle.) Pendant cet interminable voyage, j'ai passé beaucoup de temps à me demander ce que je ferais lorsque nous aurions enfin atteint Botany Bay. Peu d'hommes ont des aptitudes professionnelles parmi les forçats. Nous avons tous entendu les officiers de marine parler entre eux de ce qu'il allait advenir de tout ce monde, surtout depuis que nous sommes arrivés à Rio. Le lieutenant Ralph Clark est intarissable sur ce sujet. Il nous arrive de glaner quelques informations utiles au milieu de ses gémissements à propos des bouffons qui s'enivrent sur la poupe du *Friendship* ou, encore, de sa femme et de son fils, principal sujet de ses récriminations. (Richard poussa un soupir.) Mais je ne veux pas m'égarer à commenter les propos du second lieutenant ! Revenons à ce que je disais, à savoir que peu de forçats connaissent un métier. J'ai moi-même quelques capacités et il y en a une que je pourrai utiliser là-bas car je devine qu'il nous faudra abattre des arbres et les scier. Je sais aiguiser les scies et, plus important encore, je sais changer leurs dents. C'est un art peu répandu. Mon cousin James a pu me procurer des outils et faire venir à bord une caisse qui en est pleine. J'imagine qu'on peut trouver des limes sur ces bateaux, mais si les réserves ont été calculées aussi juste que pour la poudre, elles doivent être peu nombreuses. Quant à la poudre d'émeri et à la colle, il n'y en a probablement pas. Ce que vous m'avez dit à propos des cartouches de mousquet n'est guère encourageant. Que pourrons-nous faire si les Indiens de la Nouvelle-Galles du Sud se révèlent aussi féroces que des Mohicans ?

– C'est une bonne question, admit Donovan. Mais comment comptes-tu employer cette poudre d'émeri et cette colle de poisson ?

– Je fabriquerai mon propre papier émeri et mes propres limes à revêtement d'émeri.

– Pourrais-tu utiliser les limes ordinaires, si la flotte en avait, par hasard ?

– Oui, mais c'est tout l'argent dont je peux disposer et je ne veux pas recourir davantage à votre générosité. Je compte sur mes outils.

– Obtenir de toi des informations est aussi difficile que de tirer du sang d'une pierre, soupira Donovan avec un sourire. Un jour, je saurai tout.

– Il n'y a rien d'intéressant à apprendre. Mais je vous remercie.

– Oh, je suis ton obligé, Richard ! Si je n'avais pas dû fouiner partout pour trouver tes médicaments, je n'aurais jamais découvert la moitié des aspects fascinants de Rio. Comme Johnstone et Shairp, je me serais limité aux cafés, aux petits pains sucrés, au rhum, au porto, ou à lécher les bottes de quelque personnage portugais dans l'espoir d'en obtenir un précieux petit souvenir.

Sur ce, il descendit l'échelle de corde avec l'aisance de quelqu'un qui a fait cela des milliers de fois, tout en sifflotant joyeusement.

Le dernier dimanche d'escale à Rio, le révérend Richard Johnson, chapelain de l'expédition et bien connu pour sa conception méthodiste, mais modérée de l'Église d'Angleterre, vint célébrer le service sur l'*Alexander*. L'office bénéficia de l'accompagnement sonore, très catholique, des cloches d'églises sonnant dans toute la ville. Les ponts avaient été dégagés, signe que le départ était imminent.

Le 4 septembre, ils entamèrent la manœuvre des onze navires et le travail ne fut achevé que le 5. Ils étaient restés un mois à l'ancre à déguster des oranges et à admirer des feux d'artifice. Le fort de Santa Cruz et le *Sirius* échangèrent vingt et un coups de canon en guise de salut. Le rationnement de l'eau potable à trois pintes par jour et par homme avait déjà été institué, signe probable que le gouverneur partageait l'opinion des médecins quant à la qualité de l'eau de Rio.

À la tombée de la nuit, la terre avait disparu de l'horizon. La flotte filait à la recherche des vents d'est, dans l'espoir de couvrir rapidement les trois mille trois cents miles terrestres qui la séparaient du cap de Bonne-Espérance. Ils navigueraient dorénavant en direction de l'est et du sud dans des mers connues mais peu fréquentées. Au cours du voyage, il leur était arrivé de croiser des navires marchands portugais mais, à partir de maintenant, ils n'allaient rencontrer aucun bateau jusqu'au Cap sur leur longue route vers les Indes lointaines.

Richard avait regarni ses réserves et possédait à présent de la poudre d'émeri, de la colle et plusieurs bonnes limes. Sa principale préoccupation concernait les pierres filtrantes. Il en possédait lui-même encore deux, mais ses cinq amis n'en avaient plus. Si le cousin James l'Apothicaire ne se trompait pas, celles dont ils disposaient ne rempliraient plus longtemps leurs fonctions. Aussi, avec l'aide de Mr Donovan, il confectionna une sorte de berceau avec des cordes et plongea l'une des pierres hors d'usage dans l'océan pour la laisser quelque temps à la traîne, avec l'espoir qu'elle ne tenterait pas un requin. Cette mésaventure était arrivée au pantalon d'un officier, mis à flotter en vue d'un bon lessivage. Un requin avait happé la moitié de la ligne et avalé le pantalon avant de le recracher avec dégoût.

Une semaine plus tard, Richard récupéra la pierre et la laissa sur le pont exposée au soleil et à la pluie. Une deuxième pierre bénéficia du même bain. Richard espérait traiter toutes les pierres avant qu'elles soient définitivement gâtées.

Quand ils se trouvèrent plus au sud à la recherche du puissant courant qui devait les aider à pousser en direction de l'Afrique, ils rencontrèrent des groupes de baleines blanches, qui descendaient également vers le sud. Ces massives créatures avaient un nez qui, de profil, ressemblait à de petites falaises au-dessous desquelles s'ouvrait une mâchoire bizarrement effilée, armée de dents redoutables. Leur queue était carrée, leurs nageoires plus petites et elles étaient moins acrobatiques que les baleines qu'ils avaient croisées précédemment. Les eaux étaient peuplées comme d'habitude de marsouins, de dauphins et de requins en grande abondance, mais il devenait difficile d'attraper des poissons consommables car ils nageaient plus vite et à une plus grande profondeur. Un banc passait parfois à proximité, ce qui procurait de quoi préparer une soupe, mais le menu se composait le plus souvent de viande salée et de pain dur rempli de charançons et de vers. Personne n'avait beaucoup d'appétit. Heureusement, les détenus avaient entreposé d'abondantes provisions d'écorces de citron séchées et se les partageaient pour en mâchonner chaque jour un petit morceau.

De grands oiseaux de mer appelés « albatros » devenaient de plus en plus nombreux à l'approche du sud mais, quand un soldat sortit son mousquet avec l'ambition de s'offrir un rôti pour le dîner, les hommes d'équipage le retinrent avec horreur. Tuer l'un de ces rois des airs portait malheur au bateau.

La nouvelle maladie éclata d'abord parmi les soldats et se répandit bientôt parmi les détenus. Il fallut donc reprendre les fumigations, les brossages et le passage au lait de chaux. Une fois de plus, la plate-forme d'isolement se remplit et l'un des détenus expira au cours d'une tempête rugissante. Le Dr Balmain – qui venait plus volontiers maintenant que l'affreuse puanteur avait disparu – se partageait entre la prison et l'entrepont. Chaque fois que le temps le permettait, il ordonnait une nouvelle fumigation, accompagnée de brossage et d'un passage au lait de chaux, alors qu'à l'évidence ce rituel était inopérant. Tout au plus servait-il à donner davantage de clarté, ce qui permettait à Richard, Bill, Will, Neddy et quelques autres de lire en bas si le pont était trop encombré.

Durant les forts coups de vent, il apparut que le capitaine Sinclair connaissait son affaire. Il faisait donner de la voile au moment précis où le vent était bon et carguer aussitôt qu'il aigrissait. Donnez, carguez, donnez, carguez… Pas étonnant que John Power, Willy Dring et Joe Robinson ne fassent que de rares apparitions à la prison. Les officiers avaient besoin de tous les bras disponibles. Rien de pire que d'en manquer si l'on voulait pouvoir se reposer convenablement entre les quarts.

Vers la fin septembre, les tempêtes d'équinoxe faiblirent un peu, la mer devint plus facile et le pont de nouveau accessible. Par beau temps comme par mauvais temps, l'*Alexander* tenait bien la mer et n'embarqua jamais assez d'eau pour qu'il soit nécessaire de bloquer les écoutilles. Cela ne s'était produit qu'une seule fois depuis qu'ils avaient quitté Portsmouth.

Quand John Power se montrait à la prison, les rares fois où son service le lui permettait, il semblait à la fois exalté et épuisé, de même que Willy Dring et Joe Robinson, tout aussi nerveux. Ils ne cherchaient jamais à rejoindre l'équipe de Power, vers la cloison avant, ce qui étonnait Richard. Il aurait cru que leur travail commun de marins tisserait entre eux des liens d'amitié. Au contraire, ils avaient l'air gênés quand ils le rencontraient.

Les choses continuèrent au même train pendant toutes ces semaines – un tour sur le pont pour pêcher, de la lecture, des chansons, des conversations avec l'un ou l'autre groupe, des parties de dés ou de cartes, des efforts pour avaler les rations de nourriture. Ils devenaient tous de plus en plus maigres. Les quelques provisions qu'ils avaient pu faire à Rio fondaient à ce régime de misère. Vers la cloison arrière à bâbord, personne ne remarqua quoi que ce soit – aucune différence, aucun changement d'atmosphère, pas de murmures étouffés, aucune tentative d'effraction dans la cale à pain. Qui en aurait voulu, d'ailleurs ? Willy Dring et Joe Robinson s'étaient terrés dans leur compartiment et paraissaient somnoler constamment. Richard le remarqua mais le fait, quoique curieux, lui parut sans conséquence. Ils avaient travaillé durement pendant deux bonnes semaines.

Mais, le 6 octobre, alors qu'ils approchaient du continent africain, un détachement de dix soldats descendit dans la prison et se saisit de John Power. Il voulut se débattre mais fut frappé sans ménagement et hissé par l'écoutille arrière sous les yeux stupéfaits des autres détenus. Quelques minutes plus tard, les soldats revinrent pour emmener les deux hommes de Nottingham, William Pane et John Meynell, qui occupaient le compartiment voisin de celui de Power. Puis, plus rien. Power, Pane et Meynell ne revinrent jamais.

Richard apprit l'essentiel de l'histoire par Stephen Donovan et le reste par Willy Dring et Joe Robinson.

Power et quelques hommes d'équipage avaient fomenté une mutinerie en s'appuyant sur le fait que les deux tiers des soldats embarqués n'étaient pas aptes à leur service.

– Je n'ai jamais connu un plan aussi inconséquent, remarqua Donovan, confondu. Ils se proposaient tout simplement de prendre possession du bateau ! Et, dans leur folie, pas la moindre méthode ! Je n'étais pas au courant et je parierais que le jeune Shortland ne l'était pas non plus. Quant à Son Éminence William Aston Long, pas question de s'abaisser à cela quand on vise un poste de premier plan au retour. Le vieux Bones ? Il assure que non, mais je ne le crois pas, et Esmeralda non plus. Après s'être emparés du gaillard d'arrière et du canon à mitraille, leur idée était de rallier les soldats et les détenus, puis de prendre le gouvernail et de gagner l'Afrique. Ils prévoyaient sans doute d'enfermer Esmeralda, Long, Shortland et moi-même ainsi que les hommes d'équipage qui n'étaient pas d'accord avec vous autres, dans la prison. Je doute qu'ils aient songé à en assassiner certains.

– Attendez-moi un instant, dit Richard.

Il descendit dans la prison pour questionner Willy Dring et Joe Robinson.

– Que savez-vous de tout cela ? demanda-t-il.

Ils parurent soulagés d'un grand poids.

— Power nous en a parlé et nous a demandé de nous joindre à eux, expliqua Dring. Je lui ai répondu qu'il était fou, qu'il devait abandonner cette idée. Après, il a veillé à ne plus en dire un mot quand on était dans les parages, mais il savait que nous ne le trahirions pas. Ensuite Mr Bones nous a renvoyés.

Richard retourna sur le pont.

— Dring et Robinson étaient au courant mais n'ont pas voulu en être. Je pense que Bones marchait avec eux. Que s'est-il donc passé ?

— Deux détenus ont informé Esmeralda.

— Il y a toujours des mouchards, dit Richard un peu comme s'il se parlait à lui-même. Meynell et Pane, de Nottingham. Rien que de la mauvaise graine.

— Dring et Robinson ont respecté le code d'honneur qui régit les relations entre voleurs, mais les deux autres cherchaient à se faire bien voir des officiels et à être mieux nourris. Tu trouves cela mal. Pourquoi donc ?

— Parce qu'il y a eu d'autres dénonciations, voilà déjà quelque temps que je le soupçonnais. Une fois les noms connus, tout se met en place. Où sont-ils maintenant ?

— À bord du *Scarborough*, je crois. Dès qu'il a été informé, Esmeralda a pris une chaloupe pour aller voir Son Excellence. Je suis allé le hisser sur l'échelle de corde. Le *Sirius* a envoyé deux douzaines de soldats et les hommes d'équipage que les mouchards avaient donnés ont été arrêtés. Pour Mr Bones et quelques autres, il n'y a pas de preuves. Mais ils ne recommenceront sans doute pas, même s'ils détestent Esmeralda parce qu'il noie leur rhum pour mieux leur en vendre ensuite.

— Que va-t-on faire de Power ? s'enquit Richard, la gorge serrée.

— On l'a emmené sur le *Sirius* pour l'attacher sur le pont. Il ne reviendra pas sur l'*Alexander*, c'est certain.

(Donovan scruta Richard avec curiosité.) Tu l'aimais bien, n'est-ce pas ?

— Oui, beaucoup, tout en comprenant qu'il s'était mis dans de mauvais draps. Certains hommes attirent les ennuis comme un aimant. Il est de ceux-là. Mais je ne crois pas qu'il soit coupable du délit dont on l'a accusé. Il était désespéré, il voulait seulement rentrer s'occuper de son père malade.

— Je sais. Mais, si ça peut te consoler, je pense que, lorsque nous aurons dépassé la ville du Cap et qu'il n'aura plus aucune chance de regagner son pays, il deviendra un détenu modèle.

Ce n'était guère une consolation, peut-être parce qu'il semblait à Richard qu'il n'avait pas lui-même rempli toutes ses obligations filiales. Ses pensées allaient au cousin James l'Apothicaire plus souvent qu'à son père.

Il pouvait encore faire une chose pour John Power et il le fit sans le moindre scrupule : il communiqua le nom des mouchards à tous, d'un bord à l'autre. Les mouchards ne changent jamais : ils trahiraient de nouveau à la première occasion. Quand le *Scarborough* arriverait au Cap, on lui passerait le mot. La réputation de Pane et de Meynell serait faite auprès de tous les forçats, telle qu'ils le méritaient, et ils risquaient de n'avoir pas la vie facile à Botany Bay.

Le Dr Balmain connaissait le remède à la morosité qui régnait dans la prison. Il ordonna de nouveau fumigation, brossage et lait de chaux.

— Tout ce que je désire vraiment, Richard, déclara Bill Whiting avec ardeur, c'est d'attaquer ce foutu Balmain, de faire exploser de la poudre à fusil devant sa figure et de le brosser des pieds à la tête avec de l'huile de goudron !

La ville du Cap était superbe, sans toutefois se comparer à Rio de Janeiro. Ce fut du moins l'avis général des forçats, toujours réduits à regarder la rive depuis le pont sans pouvoir en savourer directement les merveilles. Rio offrait non seulement un paysage plus saisissant, mais débordait aussi d'une population joyeuse, naturelle, pleine de couleurs et de vitalité. L'aspect du Cap, balayé par les vents, était plus aride ; il manquait à son port ces hordes de bateaux ambulants avec tous ces visages noirs épanouis. C'était peut-être dû à l'influence des sévères calvinistes et au caractère hollandais. De nombreux bâtiments étaient peints en blanc (qui, on le comprend, n'était pas la couleur favorite des détenus) et l'on remarquait peu de verdure dans la ville. Une haute montagne, au sommet plat et broussailleux, s'élevait derrière une étroite plaine côtière. Ce que les livres disaient d'elle était tout à fait vrai ; l'épaisse couche de nuages blancs qui la couronnaient avait l'air d'une nappe jetée sur ce que l'on appelait justement la montagne de la Table.

Il y avait trente-neuf jours qu'ils avaient quitté Rio et l'on était le 14 octobre, la pleine saison de printemps dans l'hémisphère Sud. Ils naviguaient maintenant depuis cent cinquante-quatre jours – vingt-deux semaines – depuis qu'ils avaient quitté Portsmouth et avaient parcouru neuf mille neuf cents miles terrestres. Il leur restait encore un long chemin à faire. À aucun moment les onze navires ne s'étaient éloignés les uns des autres. Le gouverneur et chef de convoi Arthur Phillip avait gardé son troupeau bien rassemblé.

Pour les détenus, l'escale n'était rien d'autre que la stabilité retrouvée sur le pont et sur la table où ils prenaient leurs repas. Le lendemain de leur arrivée, ils eurent droit à de la viande fraîche, accompagnée d'un merveilleux pain hollandais, frais lui aussi et moelleux, ainsi que de légumes verts – des choux et une sorte de feuilles vert sombre au goût prononcé. Les appétits se réveillèrent et tous s'efforcèrent de retrouver une bonne condition physique afin de survivre pendant l'ultime étape, que l'on disait plus longue de mille milles nautiques que le trajet de Portsmouth à Rio.

— Seuls deux voyageurs ont déjà parcouru la route que nous allons suivre, expliqua Stephen Donovan à Richard en lui offrant du beurre pour le pain. Le Hollandais Abel Tasman nous a laissé des cartes de son expédition, accomplie il y a plus d'un siècle. Bien entendu, nous avons aussi les cartes du commandant Cook et de son subordonné, le commandant Furneaux, qui, lors du second voyage de Cook, descendit tout en bas du monde jusqu'à une terre glacée. Mais personne ne sait réellement ce qui nous attend. Nous voilà toute une armée à bord de onze navires, tentant d'atteindre la Nouvelle-Galles du Sud en partant du cap de Bonne-Espérance. La Nouvelle-Galles du Sud est-elle une partie de ce que le Hollandais appelle la Nouvelle-Hollande, à deux mille milles nautiques à l'ouest ? Cook n'en est pas certain car il n'a jamais aperçu aucune côte au sud reliant les deux points. Ce qu'ils ont pu faire de mieux, lui et Furneaux, c'est de démontrer que la Terre de Van Diemen ne fait pas partie de la Nouvelle-Zélande, comme l'avait pensé Tasman, et qu'elle forme plutôt l'extrémité la plus méridionale de la Nouvelle-Galles du Sud, qui est une bande côtière s'étendant sur plus de deux mille milles au nord de la Terre de Van Diemen. S'il existe vraiment une Grande Terre du Sud, personne n'en a jamais fait le tour ; dans ce cas, elle devrait couvrir trois millions de miles carrés, c'est-à-dire plus que toute l'Europe.

Richard sentit les battements de son cœur s'accélérer.

— Vous voulez dire, je pense, que nous n'avons pas de pilote.

– C'est plus ou moins ça. Nous n'avons que Tasman et Cook.

– Est-ce pour cette raison que tous les explorateurs ont abordé l'océan Pacifique par le cap Horn ?

– Oui. Cook a choisi presque toujours le cap Horn. On considère que le cap de Bonne-Espérance ouvre sur les Indes orientales, le Bengale et Cathay, mais pas sur le Pacifique. Regarde le port et tous ces bateaux qui en sortent. Ils vont faire voile vers l'est, mais aussi vers le nord pour bénéficier d'un courant de l'océan Indien qui va les pousser jusqu'à Batavia. Ils atteindront ces latitudes au moment où les vents de la mousson d'été prendront le relais pour les mener plus au nord. Les vents d'hiver les ramèneront chez eux, chargés, avec trois grands courants pour les aider : l'un qui court au sud en passant par un détroit situé entre l'Afrique et Madagascar, le deuxième qui leur facilite le passage du cap de Bonne-Espérance et les mène dans l'Atlantique sud, et le troisième qui les conduit au nord en longeant la côte africaine. Les vents sont importants, mais les courants le sont parfois davantage.

La gravité de Donovan s'était accrue et Richard s'en inquiéta.

– Monsieur Donovan, qu'y a-t-il que vous ne voulez pas dire ?

– Ah, tu es un homme intelligent. Très bien, je serai franc. Ce deuxième courant, celui qui fait le tour du cap de Bonne-Espérance, coule de l'est à l'ouest. Parfait pour rentrer chez nous, mais le diable pour partir ailleurs. Il est impossible de l'éviter car il couvre plus de cent milles nautiques en largeur. Si l'on navigue au nord-est en direction des Indes orientales, on peut s'en sortir. Mais nous devons aller à la recherche des grands vents d'ouest au sud du Cap et c'est une tâche autrement difficile pour un marin.

Notre dernière étape se trouvera considérablement allongée car nous ne découvrirons pas tout de suite notre route vers l'est. J'ai déjà navigué jusqu'au Bengale et au pays de Cathay, je connais bien la pointe de l'Afrique.

Sa curiosité soudain éveillée, Richard contempla le quatrième officier avec étonnement.

– Monsieur Donovan, pourquoi vous êtes-vous engagé pour ce voyage incertain vers un endroit où seul Cook est allé et qu'il est le seul à avoir vu ?

Les beaux yeux bleus étincelèrent.

– Parce que je veux entrer dans l'Histoire, Richard, même si mon rôle n'est qu'insignifiant. Nous avons embarqué pour une aventure épique, pas pour nous traîner sur les vieilles routes, même quand elles nous mènent à des pays au nom aussi prestigieux que Cathay. Je n'ai pas les relations qui pourraient me permettre de m'engager dans la Royal Navy ou de faire partie d'une expédition de la Royal Society. Quand Esmeralda Sinclair m'a demandé si je voulais m'embarquer comme second, j'ai saisi cette occasion. Et je n'ai pas protesté quand il m'a rétrogradé. Pourquoi ? Tout simplement parce que nous sommes en train de faire quelque chose que personne n'a encore jamais fait ! Nous emmenons plus de cinq cents malheureux pour qu'ils aillent vivre sur une terre vierge, sans la moindre préparation. Comme si nous les transportions de Hull à Plymouth. Une folie incommensurable ! Que se passera-t-il si, une fois arrivés à Botany Bay, nous découvrons qu'il est impossible d'y faire son trou ? Le voyage vers Cathay serait trop long avec tant de gens. Mr Pitt et l'Amirauté nous ont confiés aux dieux, Richard, sans prévoyance, sans scrupule. Il aurait fallu d'abord envoyer, deux ans plus tôt, une expédition avec des gens compétents pour repérer un peu l'endroit. Mais non : cela aurait coûté trop cher et n'aurait pas débarrassé l'Angleterre d'un seul de ses forçats ! Même si nous devons périr, cette expédition représente une grande étape de l'Histoire et j'en fais partie. Et tant pis si je meurs pour avoir tenté ma chance. (Il reprit son souffle et sourit largement.) Cela me fournit aussi l'occasion d'entrer dans la Royal Navy en tant qu'homme expérimenté, avec rang d'officier. Qui sait ? Je finirai peut-être par obtenir le commandement d'une frégate.

– Je l'espère pour vous, dit Richard avec sincérité.

– J'abandonnerais volontiers cela pour toi, répondit Donovan d'un ton malicieux.

Richard prit cette déclaration à la lettre.

– Monsieur Donovan ! Je vous connais assez bien à présent pour savoir que votre passion la plus profonde ne concerne pas la chair. Voilà une exagération typiquement irlandaise.

– Oh, la chair, la chair, la chair ! Honnêtement, Richard, tu pourrais en remontrer à un papiste célibataire ! Qu'est-ce qu'ils font donc à Bristol ? Je n'ai jamais rencontré un homme en proie à tant de culpabilité pour ce qui n'est après tout que l'exercice d'une fonction naturelle ! Ne sois donc pas si naïf ! La compagnie, mon vieux, la compagnie ! Les femmes ne sont rien d'autre qu'une compagnie. Elles se perdent dans des mesquineries. Quand elles sont pauvres, elles triment. Quand elles ont quelques biens, elles brodent, dessinent et peignent, prononcent quelques mots d'italien et donnent des ordres à leur gouvernante. Elles sont incapables d'une vraie conversation. Et, pour cette raison, bien des hommes ne se satisfont pas de leur compagnie, ajouta-t-il d'un ton plus calme. Par ailleurs, je ne suis pas totalement irlandais. Il y a pas mal de sang viking en Ulster. C'est sans doute pour cela que j'aime à naviguer afin de voir des lieux inconnus. C'est ma partie irlandaise qui me fait rêver. Le Viking cherche à transformer ces rêves en réalité.

Cependant, les réalités de la ville du Cap n'offraient guère matière aux rêves. Les citoyens hollandais qui dirigeaient la ville (la population anglaise veillant sur les intérêts de l'honorable Compagnie des Indes orientales était considérable) se frottaient les mains avec jubilation à l'idée de réaliser de confortables profits et faisaient traîner pendant des semaines les négociations pour l'approvisionnement de la flotte. Il y avait eu une famine…, les récoltes avaient été mauvaises deux années durant…, les troupeaux d'animaux étaient peu fournis…, et ainsi de suite. Le gouverneur Phillip assistait jour après jour aux réunions et gardait un calme imperturbable, conscient du fait qu'il s'agissait de tactiques visant à faire monter les prix. Il ne s'attendait pas à autre chose dans cette ville du Cap.

Et il comprenait peut-être mieux que certains de ses subordonnés que ces longues escales dans un port étaient ce qui maintenait dans une certaine forme les détenus, ainsi que les soldats. C'était lui qui s'était arrangé pour la distribution des oranges, de la viande fraîche et du pain, ainsi que des légumes. Le monde maritime n'était pas organisé pour le transport de centaines de passagers pendant un an. Mieux valait permettre à ces pauvres hères de soutenir leurs corps par une nourriture convenable assez longtemps pour qu'ils puissent affronter la prochaine étape.

Duncan Sinclair eut une violence querelle avec l'agent de l'armateur, Mr Zachariah Clark, et refusa la première livraison de pain qui venait d'être cuit, affirmant que ce n'était que de la sciure de bois. Il veillait à embarquer autant d'animaux que ses ponts pouvaient en accueillir, principalement des moutons et des porcs dont la moitié provenaient des services publics et devaient être gardés à la disposition du gouvernement à Botany Bay. Il y avait aussi des poulets, des canards, des oies, des dindons ; la poupe et l'espace encore disponible à l'arrière ressemblaient à une ferme.

Du haut de sa dunette, Sinclair avait vue sur des croupes laineuses. Des balles de foin et des sacs de fourrage étaient entassés sous les plates-formes inférieures de la prison, laissant tout juste assez de place pour les seaux de toilette et certains effets. Entre-temps, les voleurs avaient été repérés parmi eux et, après une fouille minutieuse, il n'était pas difficile de retrouver les affaires qui pouvaient avoir été subtilisées. Ce qui les intéressait surtout, c'était la nourriture et le rhum achetés en fraude au sergent Knight, qui avait des problèmes après avoir été dénoncé par un soldat. Même après tous ces mois passés en mer, beaucoup auraient tué pour du rhum.

Aucun des perroquets du Brésil n'avait survécu. Parmi les animaux de compagnie, seuls restaient Wallace, le scotch-terrier, et la chienne bouledogue du lieutenant Johnstone, baptisée Sophia. Elle était grosse, vraisemblablement par suite d'une visite de Wallace (Shairp trouvait cela très drôle) et tout le monde à bord attendait avec curiosité de voir à quoi ressemblerait la portée. La famille de Rodney avait diminué après qu'on eut fait don de quelques chatons à d'autres bateaux, mais elle restait prospère.

Quand les premières livraisons de provisions pour le voyage en mer arrivèrent à la fin de la première semaine de novembre, le commandant Sinclair fit laver à la brosse la partie de la coque de l'*Alexander* qui n'était pas doublée de cuivre. Inspiré par cette activité, le Dr Balmain ordonna un nouveau cycle de fumigation, brossage et lait de chaux, tant dans la prison que dans l'entrepont où étaient logés les soldats. Il avait la tête pleine du souvenir de délicieuses excursions en dehors de la ville, jusque dans les collines où abondait une végétation de buissons exotiques couverts d'une profusion de fleurs printanières. Quelles fleurs étranges ! Certaines d'entre elles ressemblaient à une touffe d'astrakan de couleur pastel, entourée d'un cercle de perles géantes.

— Je savais bien que j'avais oublié de demander quelque chose à Mr Donovan quand il allait en ville, dit Richard en appliquant vigoureusement son pinceau. C'est de dire aux vendeurs de lait de chaux que notre médecin n'était pas autorisé à en acheter une once !

La flotte quitta le port marchand le 12 novembre au moment où un navire yankee de Boston y entrait. Les hommes d'équipage s'entassèrent sur le pont pour les regarder passer, bouche bée. Ils n'avaient jamais vu une telle quantité de bateaux sortir en même temps d'un port quelconque. L'escale avait duré trente jours et les cales étaient pleines. Les femmes déportées avaient dû descendre du *Friendship* pour faire de la place aux moutons et à du bétail. Sur le *Lady Penrhyn*, se trouvaient un étalon, deux juments et un poulain destinés au gouverneur. Les autres bateaux transportaient eux aussi des chevaux et du bétail, des moutons, des porcs, de la volaille, entassés là où c'était possible. L'approvisionnement en eau posait un problème. On avait prêté beaucoup d'attention au logement des chevaux, en ne leur laissant que quelques pouces de jeu pour s'étendre ou pour bouger. Un cheval disposant de trop d'espace et susceptible de perdre l'équilibre était un cheval mort. Le bétail faisait lui aussi l'objet de tous les soins.

La dernière étape commença comme l'avait prévu Stephen Donovan. La flotte naviguait à la fois contre le vent et contre le courant. Et pas dans les meilleures conditions. Des coups de vent faisaient forcir l'océan. Le mal de mer fit sa réapparition parmi les plus sensibles. Finalement, le chef de convoi ordonna à toute la flotte de rester dans le sillage du *Sirius*. Les onze navires s'alignèrent tandis que John Hunter, commandant du *Sirius*, cherchait sans succès un vent favorable. Les coups de vent cessèrent le lendemain et ce fut de nouveau l'alternance angoissante de calmes plats et de louvoiements, sans beaucoup d'effet.

En treize longs jours, ils n'avaient couvert que deux cent quarante-neuf milles nautiques au sud-est du Cap. Les rations d'eau avaient été ramenées à trois pintes par jour, ce que chacun à bord trouvait intolérable, quatre pintes étant déjà insuffisantes. Les lieutenants de l'*Alexander* pestèrent d'avoir à exercer un contrôle comme lors des précédentes périodes de rationnement et cela devint une véritable affaire. Le sergent Knight avait été suspendu de ses fonctions sans limitation de temps. Les deux lieutenants n'avaient donc plus à leur disposition que des caporaux peu motivés pour assurer le service de l'eau avec eux, tandis que Knight, nullement abattu par la mesure, ronflait dans son hamac après avoir bu le rhum qu'il achetait à Esmeralda. Le major Ross avait pensé que les activités de Knight diminueraient, mais il n'avait aucune idée de l'argent que celui-ci avait accumulé pendant le voyage en revendant le rhum à des hommes comme Tommy Crowder.

Les baleines abondaient. Au cours des deux dernières semaines, les détenus, fascinés, passèrent des heures sur le pont à essayer de les compter. On aurait cru l'océan parsemé de gros rochers crachant des jets d'eau ; il s'agissait essentiellement de baleines blanches. Ils observèrent une nouvelle espèce de marsouins, très grande et au nez épointé. Certains marins affirmèrent qu'il s'agissait d'épaulards, mais une discussion révéla que personne ne savait au juste à quoi ressemblait un épaulard. Les requins étaient si gros que, parfois, ils se risquaient à attaquer une petite baleine en sautant hors de l'eau la gueule ouverte pour lui mordre la tête, laissant ensuite derrière eux un cratère béant et sanglant. S'il s'agissait de renards de mer, ils se servaient aussi de la longue lame surmontant leur queue pour trancher et frapper. Par une nuit au clair de lune inoubliable, incapable de trouver le sommeil, Richard assista à un combat titanesque au milieu des eaux argentées entre une baleine et ce qu'il aurait juré être une pieuvre géante dont les tentacules s'enroulaient autour du gros animal. Puis la baleine émit un son étrange et entraîna son adversaire dans les profondeurs. Qui savait ce qui pouvait se cacher dans un monde où ces géants mesuraient quatre-vingts pieds de long et les requins près de trente ?

Le bruit commença à se répandre que le gouverneur Phillip projetait de disperser la flotte pour prendre avec lui les deux ou trois bateaux les plus rapides afin d'aller de l'avant, en laissant les traînards derrière lui. Le *Charlotte* et le *Lady Penrhyn* n'avaient aucune chance, les ravitailleurs étaient trop lents et le *Sirius* n'était pas bon à la course. Les officiers avaient essayé tous les moyens pour trouver un vent favorable, y compris en plaçant les bateaux face à des directions différentes, mais sans résultat.

Après deux semaines de mer, la chance leur sourit enfin. Ils rencontrèrent une bonne brise et filèrent dans la houle au sud-est en couvrant huit nœuds à l'heure. Mais la mer était si forte que le *Lady Penrhyn* – transportant les précieux chevaux de Phillip – gîta sur le côté, au point de mouiller son plat-bord et la pointe de ses mâts, jusqu'à ce qu'une énorme vague le redresse en s'abattant sur son arrière et en courant sur toute sa longueur. Il avait embarqué tellement d'eau que tout le monde dut se mettre aux pompes. Mais les chevaux n'avaient pas souffert et le bétail non plus.

Le vent bascula de nouveau. Le gouverneur Phillip dut s'incliner devant ce qu'il ne pouvait plus éviter et décida de séparer la flotte en deux. Il s'installerait lui-même sur le *Supply* et prendrait avec lui l'*Alexander*, le *Scarborough* et le *Friendship*, tandis que le commandant Hunter, du *Sirius*, aurait sous sa responsabilité les sept autres navires, plus lents. Le *Supply* prendrait de l'avance seul. Le lieutenant John Shortland, l'agent maritime, monterait à bord de l'*Alexander* et commanderait de là le *Scarborough* et le *Friendship*, les trois bateaux devant rester groupés.

La décision du gouverneur suscita des critiques. De nombreux officiers, du secteur naval ou militaire, pensèrent que, s'il avait eu l'intention de diviser la flotte, Phillip aurait dû le faire après l'escale de Rio de Janeiro. « Mais Phillip n'était pas du genre à agir ainsi », songea Richard en entendant Johnstone et Shairp pester parce qu'ils auraient dorénavant à partager le petit paradis qu'ils s'étaient aménagé à l'arrière. Le gouverneur était comme une mère poule et il détestait l'idée d'avoir à abandonner le moindre de ses poussins. Oh, comme il allait s'inquiéter ! Son groupe emmenait la plupart des détenus de sexe masculin qui pourraient se mettre au travail à Botany Bay sans être encombrés de femmes et d'enfants. D'après ses calculs, il devait arriver au port au moins deux semaines avant l'autre partie de la flotte.

Les détenus pouvant se dire jardiniers, fermiers, charpentiers ou scieurs (ces derniers en tout petit nombre) furent transférés sur le *Scarborough* ou le *Supply*, bien que l'*Alexander* offrît à l'évidence davantage de place. Mais personne ne voulait embarquer ces hommes indispensables sur le Bateau de la Mort. En revanche, le gaillard d'arrière de l'*Alexander* se trouvait à présent surpeuplé. Le lieutenant Shortland arriva du *Fishburn* avec une montagne de bagages. Zachariah Clark, l'agent de l'armateur, dut céder sa cabine sur le *Scarborough* au major Ross et fut envoyé sur l'*Alexander* en même temps que le lieutenant James Furzer, un quartier-maître (un Irlandais, quelle horreur !). Naturellement, William Aston Long refusa de céder le moindre pouce sur le gaillard d'arrière...

— J'ai failli mourir de rire, déclara Donovan à Richard sur le pont tandis qu'ils observaient les allées et venues des chaloupes. Les deux officiers écossais détestent le nouveau venu irlandais. Clark est un drôle d'oiseau dans ses meilleurs jours et Shortland ne se montre nullement enchanté de se retrouver sur le bateau qu'il espérait commander. Le jeune Shortland a rejoint papa et Balmain est furieux parce qu'il a dû balancer une partie de ses collections de spécimens qui encombraient toute la grande cabine. Mr Bones et moi-même sommes enchantés de nous trouver là où nous avons toujours été, dans le poste d'équipage.

— Est-ce que ça va leur plaire quand Wallace va aboyer à la lune sur le coup de deux heures du matin par une nuit calme ?

— Ce n'est pas le pire. Sophia ronfle terriblement et elle a fait son nid dans le compartiment de Zachariah Clark, qui a bien trop peur d'elle pour la déménager.

La séparation s'opéra dans la matinée du 25 novembre par mer calme et vent léger. Une fois que tous eurent été transférés, le gouverneur Phillip quitta le *Sirius* dans une chaloupe, salué par trois puissantes acclamations de ceux qui étaient à bord. Il rendit le salut et fut emmené rapidement à la rame vers le *Supply*. Un grand voilier, avait dit Donovan, mais en médiocre condition, qui mouillait et tanguait par gros temps. Un sloop gréé en brick, mais qui aurait dû l'être en senau.

À midi et demi, le *Supply* était parti, suivi des trois « coureurs » (comme ils s'étaient eux-mêmes baptisés), l'*Alexander* en tête. Durant l'exercice, le plus drôle fut qu'au moment précis où Phillip embarquait sur le *Supply*, une bonne brise se leva, ce qui poussa Hunter à faire la course avec les coureurs. Les sept retardataires restèrent visibles jusqu'au lendemain, puis ils ne furent plus qu'une silhouette à l'horizon qui, bientôt, les engloutit jusqu'à la pointe de leurs mâts. Par un temps pareil, le *Supply* tenait la tête sans difficulté et, à la nuit, il fut hors de vue. L'*Alexander*, le *Scarborough* et le *Friendship* naviguèrent un certain temps de conserve, à une encablure l'un de l'autre – soit exactement deux cents yards.

Deux jours plus tard, ce furent de nouveau les calmes plats et les louvoiements.

— Je ne crois pas que ces fameux vents d'est existent, déclara Will Connelly à Stephen Donovan.

Ayant terminé son service, l'officier se penchait sur le bastingage afin de voir s'il pourrait attraper un poisson pour son dîner.

Donovan se mit à rire doucement.

— Nous allons bientôt les rencontrer, Will, et ils vont arriver en force. Tu vois ces oiseaux bruns ?

— Oui. On dirait des martinets.

— Ce sont les poulets de la mère Carey, annonciateurs de tempêtes. De vraies tempêtes. Et le jour est huileux. Vraiment huileux.

— Comment ça, huileux ? s'étonna Taffy Edmunds.

Il avait été chargé, avec Bill Whiting, de veiller sur les moutons de l'arrière, choix qui avait soulevé de gros rires dans la prison mais ne déplaisait nullement aux deux bergers, tous deux anciens garçons de ferme mais trop rusés pour l'admettre.

— Le temps est beau, non ? demanda Donovan pour le taquiner.

— Ouais. Très beau. Du soleil et pas de vent.

— Mais le ciel n'est pas bleu, Taffy. Et la mer non plus. Nous autres, marins, nous disons que c'est un temps « huileux » car on dirait que le ciel et la mer ont été enduits d'une fine couche de graisse qui les rend lourds, sans vie. Dans l'après-midi apparaîtront quelques fins nuages blancs filant dans le vent comme des feuilles de papier, un vent très fort mais que nous ne sentirons pas encore car il souffle trop haut. Mais demain matin nous serons au cœur d'une violente tempête. Calez bien vos affaires et préparez-vous à voir les écoutilles fermées. Dans quelques heures, vous saurez ce que signifie rencontrer les vents d'est. (Donovan poussa un cri joyeux.) Ça mord !

Il tira sur le pont un poisson qui avait l'air d'un petit cabillaud et s'éloigna d'un pas dansant.

— Vous l'avez entendu ? dit Richard. Nous ferions bien de descendre et d'avertir les autres de ce qui se sépare.

— Huileux, répéta Taffy d'un air songeur. (Il partit en direction de l'arrière, où Bill était en train d'étaler le fourrage qu'il sortait d'un seau). Bill, nos moutons ! Nous allons avoir une tempête de tous les diables !

À l'heure du repas, ce jour-là, de fins nuages filèrent haut dans le ciel. Mais le lendemain il n'y avait personne pour leur apporter à manger. La tempête battait son plein et ne cessait d'empirer, secouant le bateau comme s'il n'eût été qu'une petite balle. Ses flancs retentissaient de coups de boutoir qui résonnaient à l'intérieur comme si l'on avait frappé un tambour, mais les panneaux n'avaient pas encore été cloués.

Les occupants de la prison comprirent qu'on ne leur distribuerait aucune nourriture avant que le mauvais temps s'apaise un peu. Richard grimpa sur une table pour passer la tête à travers l'écoutille, en s'accrochant à elle de peur d'être emporté. Il vit alors l'océan se précipiter sur l'*Alexander* de tous les côtés en même temps. La tentation était trop grande. Il se hissa sur le pont et se réfugia dans un coin abrité contre le mât principal pour observer le déchaînement des eaux, lequel paraissait n'obéir à aucune règle. La mer se précipitait de face, de côté, de l'arrière, simultanément de toutes parts. Le gréement craquait et grinçait sous ses coups mais ces bruits se perdaient dans le hurlement du vent et le grondement des eaux et Richard ne les percevait qu'en collant son oreille contre le bois du mât. La mer noyait les voiles, et les marins, suspendus dans la mâture comme des araignées, en diminuaient certaines ou faisaient prendre les ris à d'autres. L'étrave et le beaupré plongeaient, puis ressortaient au milieu de rafales et d'énormes paquets d'eau de mer au moment où une deuxième vague s'abattait à bâbord comme un coup de tonnerre, une troisième à tribord et une quatrième sur l'arrière. Prudemment, Richard s'était attaché au mât avec un morceau de cordage. Les monstrueuses vagues balayaient le pont avec une force à laquelle aucun homme ne pouvait résister sous la mâture.

Impossible d'apercevoir le *Scarborough* ou le *Friendship* jusqu'au moment où une montagne d'eau souleva l'*Alexander* sur sa crête et l'y maintint en équilibre, le temps de montrer le pauvre *Friendship* roulant sur le flanc et balayé par la mer, avant de le projeter dans un abîme et d'ensevelir ses ponts. Le mouvement recommençait sans fin. C'était extraordinaire. Quel bon bateau que ce vieil *Alexander*, malgré ses bois pourris !

Les écoutilles avaient été verrouillées juste après que Richard eut quitté la prison, mais il ne l'avait pas remarqué, fasciné par le spectacle de cette tempête exceptionnelle. Quand la nuit tomba, il reprit ses esprits, épuisé et bleu de froid, et rampa jusqu'à l'une des chaloupes retournées, sous laquelle il se glissa pour se creuser dans le foin un nid au chaud et au sec. Il s'endormit malgré les éléments déchaînés et s'éveilla au matin dans un air toujours froid mais sous un ciel bleu, non huileux, avec une mer toujours très forte mais moins chaotique. Les écoutilles étaient rouvertes et il se glissa à l'intérieur avec l'impression d'avoir assisté au premier acte de la fin du monde.

Son arrivée fut saluée par des cris de joie qui l'étonnèrent. Depuis Rio, il s'imaginait que les autres avaient acquis une certaine indépendance.

– Richard, Richard ! s'exclama Joey Long en le prenant dans ses bras, le visage ruisselant de larmes. Nous t'avons cru noyé !

– Mais non ! J'étais si occupé à regarder la tempête que je n'ai pas remarqué qu'ils fermaient les panneaux. Calme-toi, Joey. Tout va bien. Je suis seulement trempé et gelé.

Quand il se fut frictionné vigoureusement avec un linge sec, il apprit par les autres que John Bird, un détenu logé plus loin vers l'avant, avait réussi à s'introduire dans la cale pour y voler du pain.

– Nous en avons tous mangé, conclut Jimmy Price. Personne n'est venu nous nourrir.

Ce qui n'empêcha pas Zachariah Clark d'exiger que John Bird soit fouetté pour avoir subtilisé ce qui était la propriété de l'armateur.

Le lieutenant Furzer, un curieux mélange de compassion et d'inertie, calcula que la quantité de pain manquante correspondait à celle qui aurait été distribuée si la distribution avait eu lieu. En conséquence, dit-il, aucune punition ne serait administrée et, le jour même, les détenus recevraient double ration de viande salée et de pain dur.

Malgré leur querelle au Cap, Sinclair avait reconnu en Zachariah Clark son égal en rapacité. À peine Clark était-il installé sur le gaillard d'arrière de l'*Alexander* que Sinclair invita l'agent de l'armateur à partager ses somptueux repas, en échange de son silence sur le trafic de rhum auquel il s'adonnait. Comme Sophia avait transformé la cabine de Clark en pouponnière pour ses chiots, Esmeralda autorisa aimablement Clark à dormir dans sa cabine de jour, dont il ne se servait guère. Aussi, quand Sinclair connut le verdict de Furzer, lui fit-il porter par Clark un message demandant que John Bird soit fouetté pour s'être approprié sans autorisation le bien de l'armateur.

– Rien ne manque, objecta Furzer d'un ton glacial. Pourquoi n'allez-vous pas vous faire pendre ailleurs ?

– Je rapporterai votre insolence au capitaine, répondit Clark avec un hoquet.

– Vous pouvez faire tous les rapports que vous voulez, ça n'y changera rien. C'est moi qui suis responsable des détenus, et non ce foutu paquet de lard.

Tous les matelots d'Esmeralda racontaient à qui voulait les entendre que cette tempête était la pire qu'ils aient jamais connue, surtout à cause de ces énormes vagues qui arrivaient de tous les côtés à la fois – inquiétant, vraiment inquiétant. On avait appris par pavillons que tout allait bien à bord du *Scarborough*, mais il n'en allait pas de même du pauvre *Friendship*, qui avait embarqué de l'eau aussi bien par-devant que par le travers ; il n'y avait plus rien de sec à bord, animaux, vêtements ou literie.

Toutefois, ils avaient enfin rencontré les vents d'est et les trois bateaux, naviguant en ligne à une encablure l'un de l'autre, filaient de l'avant en couvrant au minimum cent quatre-vingt-quatre miles terrestres par jour. Ils se trouvaient maintenant à quarante degrés de latitude sud et poursuivaient régulièrement leur route plus au sud. Début décembre, ils affrontèrent une tempête plus terrible encore que la précédente mais qui dura moins longtemps. La température devenait de plus en plus glaciale, alors qu'on était en plein été. Les détenus les moins prévoyants se serraient les uns contre les autres dans les minces vêtements de toile distribués par l'armateur, à la recherche d'un peu de chaleur. Heureusement, ils trouvaient assez de couvertures après tous les décès, et du foin en abondance.

La dysenterie se répandit parmi les prisonniers et les soldats, et des hommes moururent de nouveau. On leur expliqua que le *Scarborough* et le *Friendship* n'étaient pas épargnés, eux non plus. Richard insista pour que la moindre goutte d'eau potable fût filtrée sur les meilleures de leurs pierres. Sur cette mer houleuse, elles ne donnaient que quelques cuillerées à café à la fois. Si tous les bateaux étaient touchés, c'est que leur eau était contaminée. Pour une fois, Balmain renonça à ordonner fumigation, brossage et passage au lait de chaux. Il avait sans doute deviné que cela aurait entraîné une mutinerie.

Bien que le *Friendship* eût mis plus de voilure qu'il n'en avait porté de tout le voyage, il ne pouvait rivaliser avec le *Scarborough* et l'*Alexander*, qui couvraient au moins deux cent-sept miles terrestres par jour, parfois davantage. Dans les premiers jours de décembre, le temps s'étant un peu réchauffé, Shortland ordonna aux deux grands bateaux négriers de ralentir leur allure pour que le *Friendship* puisse les rattraper. Puis, un matin, ils furent pris dans un brouillard épais, tout blanc, répandant une lueur nacrée comme une gigantesque perle, féerique, superbe, dangereux. Les trois navires chargèrent leurs canons de poudre et se mirent à tirer des coups réguliers tandis qu'un marin allait sonner la cloche de brume à tribord : bang-bang – une longue pause – bang-bang. Des coups étouffés et de faibles bang-bang leur répondaient du *Scarborough* et du *Friendship* qui, comme l'*Alexander*, gardaient une encablure de distance. Soudain, vers dix heures, le brouillard se leva sur une journée superbe et une brise idéale.

Ils virent dériver une grande quantité d'algues, signe qu'une terre était proche, selon les marins. Mais aucune n'était en vue : seulement de nombreuses bandes d'épaulards qui prenaient un plaisir terrifiant à plonger ou à tourner autour des trois bateaux avançant de conserve. Aux algues se mêlèrent bientôt de larges traînées d'huile de baleine formant des rubans sinueux. Quelque part au sud se trouvaient les îles de la Désolation[1]. C'était là que le capitaine Cook avait passé un bien étrange Noël.

Deux jours plus tard, la mer tout entière prit la couleur du sang. Au début, les occupants de l'*Alexander*, effrayés et fascinés, crurent qu'il s'agissait du sang d'une baleine attaquée, puis ils songèrent qu'aucun de ces Léviathans n'aurait pu en donner assez pour teinter les eaux aussi loin. Un autre mystère dont ils ne connaîtraient jamais l'explication.

– Je comprends maintenant pourquoi vous désirez tellement voir des pays étrangers, confia Richard à Donovan. Je n'avais jamais eu envie de m'éloigner de Bristol pour aller plus loin que Bath. C'était là que se

1. Les îles Kerguelen. *(N.d.A.)*

trouvait mon monde familier, si étroit fût-il. Quand un homme est contraint de s'en arracher, il ne peut que se développer. Sinon, il est condamné à mourir d'incertitude, comme dans la prison. Ce sentiment d'être lié à un lieu est très vif chez la plupart des gens. Je l'éprouvais et l'éprouve peut-être encore.

– C'est un sentiment très répandu, Richard. Le fait que je ne l'éprouve pas est peut-être dû à la pauvreté et au brûlant désir d'y échapper, de sortir de Belfast, de tout ce qui m'y retenait.

– Avez-vous fréquenté là-bas une institution de charité ?

– Non. Un aimable gentleman m'a pris sous son aile et m'a appris à lire et à écrire. Il disait, et il avait raison, que cela m'ouvrirait la porte pour accéder à une meilleure vie, alors que l'alcoolisme ne mène nulle part.

Donovan sourit comme s'il évoquait un souvenir qui lui était cher. Ne voulant pas aller plus loin, Richard changea de sujet.

– Pourquoi la mer est-elle devenue rouge sang ? L'aviez-vous déjà vue ainsi ?

– Non, mais j'en ai entendu parler. Les marins sont superstitieux et tu en trouveras un certain nombre pour t'affirmer qu'il s'agit là d'un mauvais présage, de la colère de Dieu ou d'une manifestation diabolique. En ce qui me concerne, je n'ai pas d'explication. Je suis persuadé qu'il s'agit d'un phénomène naturel, aussi naturel que le désir sexuel. (Donovan fronça les sourcils et prit un air moqueur devant la gêne de Richard, sachant parfaitement que celui-ci détestait être qualifié de prude, surtout parce qu'il savait au fond de lui-même qu'il l'était bel et bien.) Il est possible qu'un séisme en profondeur ait fait remonter à la surface une quantité de terre rougeâtre, à moins que cette couleur ne provienne d'un amas de minuscules créatures marines de cette teinte.

Ils affrontèrent d'autres tempêtes, toutes terribles. Pendant l'un de ces mémorables grains, l'*Alexander* subit la seule avarie du voyage, qui envoya promener la vergue de son hunier dans la suspente. Les courtes chaînes attachant la vergue en bois au mât claquaient, et la voile, bien que toujours attachée à sa vergue, battait librement. Le *Scarborough* et le *Friendship* ramenèrent leurs huniers du centre et de l'avant pour stopper leur avance et attendirent qu'on puisse rattraper la voile – un travail périlleux – et rattacher les élingues.

Quand arriva le solstice d'été, il se mit à pleuvoir, ensuite à neiger abondamment, et le tout fut suivi par un bombardement de grêlons gros comme des œufs. Rien de grave pour les moutons, mais très déplaisant pour les cochons et pour les hommes. Les plaisirs de l'été par quarante et un degrés de latitude sud ! Au nord, ces quarante et un degrés représentaient la latitude de New York ou de Salamanque, en Espagne, où il ne neigeait pas lors du solstice d'été ! Le « bout du monde » n'était peut-être pas qu'une métaphore. Le bout du monde, c'était aussi le fond et, pour de nombreux marins, soldats ou forçats, le fond devait être beaucoup plus lourd que le haut.

Au moment de Noël, les trois bateaux se trouvaient à quarante-deux degrés de latitude sud et maintenaient leur moyenne à cent quatre-vingt-quatre miles terrestres par jour, malgré un sale temps. Une baleine, la plus énorme qu'ils aient rencontrée de tout le voyage, les accompagna pendant toute la journée. Elle était de couleur gris-bleu et mesurait bien cent pieds de long. Elle n'était venue, apparemment, que pour leur souhaiter un joyeux Noël ; sinon, elle aurait pu ébranler le fragile *Friendship*.

On fêtait aussi Noël dans la prison. Au milieu de l'après-midi on avait servi un repas composé d'une soupe de pois cassés relevée de porc salé, en plus des rations habituelles de bœuf salé et de pain dur. Mais le plus apprécié fut la distribution d'une bonne demi-pinte de rhum de Rio à chaque détenu. On leur offrit également la possibilité de gagner l'un des chiots de Sophia. Elle en avait eu cinq dans la cabine de Zachariah, avec l'assistance de Balmain faisant office de sage-femme. Ils étaient extraordinaires. Deux d'entre eux ressemblaient à des carlins, deux autres plutôt à des terriers à poil dur, avec la mâchoire inférieure pendante, et le dernier était le portrait tout craché de Wallace. Le lieutenant Shairp, fier d'être père par procuration, donna à Balmain le choix dans toute la portée et celui-ci choisit l'un des carlins, de même que le lieutenant Johnstone, à titre de mère subrogée et tout aussi fier de l'être. Il ne restait plus au lieutenant John Shortland et au premier officier Long qu'à adopter les deux terriers à la mâchoire pendante.

Les choses se compliquèrent quand le lieutenant Furzer refusa d'accepter celui qui ressemblait à Wallace car il lui trouvait l'air écossais (il ne donna pas officiellement cette raison ; c'était Noël, après tout).

— Qu'allons-nous faire de lui ? demanda Shairp.

— Le donner à Esmeralda et à ce parasite qu'il héberge ? suggéra Johnstone.

Tout le monde ricana.

— Alors pourquoi ne pas faire don du jeune MacGregor aux prisonniers, pour Noël ? Ils n'ont aucun chien, dit Shairp.

L'idée parut excellente et ils la fêtèrent en portant des toasts d'après repas à base de rhum et de porto.

En ce jour de Noël, les deux parents par procuration apparurent dans la prison à la fin du dîner. Shairp portait dans ses bras le petit MacGregor. Ils tenaient à peine debout tellement ils étaient ivres, ce qui n'avait rien d'extraordinaire en cette période de fête. Personne ne s'attendait à voir un officier de marine se tenir droit après le dîner sur aucun des bateaux, sauf sur le *Friendship*, où Ralph Clark, le buveur de limonade, troquait sa ration de rhum contre des boîtes et divers articles de bureau qu'il faisait fabriquer par les charpentiers ou contre des vêtements, des chemises, des gants confectionnés par des détenus.

La loterie dont MacGregor était l'objet fut organisée avec quatre jeux de cartes. Ceux qui tireraient l'as de trèfle restaient en lice. Trois hommes en tirèrent un au milieu des acclamations. Shairp, assis à l'une des tables, réclama alors trois brins de paille mais il était si ivre que Johnstone dut les tenir.

– C'est le plus long qui gagne ! cria Shairp.

Le gagnant fut Joey Long, qui en pleura de bonheur.

– Le plus long pour Long !

Shairp trouva cela si drôle qu'il tomba de la table et fut remis sur ses pieds par Richard et Will, tandis que Joey s'emparait du petit chien gigotant et le couvrait de baisers.

– Nous allons le garder auprès de sa mère jusqu'à l'arrivée à Botany Bay, lança joyeusement Johnstone. Une fois à terre, MacGregor sera à toi.

« Dieu n'aurait pas pu mieux faire », songea Richard en s'abandonnant à un sommeil provoqué par le rhum. Pour une fois, il n'avait pas envie de monter sur le pont. « Depuis la mort de Ike, ce pauvre Joey n'a plus de but dans la vie. Maintenant, il aura un chien à aimer. Voilà un compagnon qui dépendra moins de moi, dorénavant. Je prie pour que les autres aient la même chance. Lorsque nous quitterons cet espace confiné, il sera plus difficile de rester ensemble. »

Jusqu'à la fin décembre, leur vitesse grimpa jusqu'à deux cent sept miles terrestres par jour. Le temps était toujours aussi mauvais : mer forte, grains, tempêtes. Au sud de quarante-trois degrés, les vents rugissaient.

Ils abordèrent l'année 1788 par un vilain temps et un vent contraire. Le jour du nouvel an, ils naviguaient à quarante-quatre degrés de latitude sud et la tempête secouait l'étrave. Puis, soudain, une bonne brise se leva et la vitesse des bateaux atteignit deux cent dix-neuf miles par jour. Ils s'attendaient à voir la pointe sud de la Terre de Van Diemen surgir à tout moment. Le lieutenant Shortland ordonna d'accrocher les câbles aux ancres, à tout hasard. Dans un brusque coup de vent, le *Friendship* perdit une partie de son mât de hune avant et sa toile fut lacérée. Mais aucune terre n'était encore en vue.

Le 4 janvier, à sept heures du soir, Shortland ordonna aux bateaux de faire halte, de crainte de les voir s'éventrer sur des écueils non signalés sur les cartes. Le lendemain matin, ce fut enfin le cri tant attendu : « Terre ! »

Elle était bien là. L'extrémité la plus méridionale de la Nouvelle-Galles du Sud.

Une falaise massive.

Après avoir navigué sud-est, leur course s'orienta radicalement au nord, nord-est. Les mille derniers miles jusqu'à Botany Bay furent les plus irritants du voyage. C'était à la fois si près et si loin ! Les courants étaient contraires, les vents contraires, tout était contraire. Certains jours, les trois bateaux se retrouvaient plus au sud que la veille, d'autres fois ils faisaient du surplace par calme plat, louvoyaient, s'immobilisaient, louvoyaient à nouveau sans cesse. Certains jours les vents furent « méchants », comme dirent les matelots. Une nuit, le

Friendship déchira sa trinquette et, le lendemain matin, sa penne de drisse. Ils montaient jusqu'à 39 degrés pour reculer ensuite à 42 degrés. La grand-voile d'étai du *Friendship* finit par se déchirer complètement; il s'agissait de sa cinquième avarie de voilure depuis Le Cap et ils durent lutter pour trouver un moyen d'avancer.

Ces déboires démoralisaient moins les détenus que le manque de bonne chère ne pesait sur les navigateurs. Ils apercevaient parfois au loin la Nouvelle-Galles du Sud, mais ces brèves visions ne leur permettaient pas de s'en faire une idée. Heureusement, l'arrivée d'une colonie de phoques leur apporta une consolation. Ils s'ébattaient en folâtrant autour des bateaux comme des vrais clowns, se laissaient flotter, les nageoires sur le poitrail, plongeaient, se tortillaient, soufflaient, reniflaient. De superbes et joyeuses créatures. Et ils étaient accompagnés de hordes de poissons. Le menu put ainsi s'enrichir de soupes inédites.

Le 15 janvier, ils naviguèrent à trente-six degrés de latitude. À midi, ils aperçurent Cape Dromedary (cap du Dromadaire), ainsi nommé par le capitaine Cook à cause de sa ressemblance avec la silhouette bosselée de l'animal.

— Il ne reste plus à couvrir que cent cinquante miles, déclara Donovan qui, sa garde terminée, se préparait à pêcher.

Will Connelly soupira. Il faisait si chaud que, malgré le temps couvert, il se sentait incapable de lire. Finalement, il avait opté lui aussi pour la pêche.

— Je finis par croire que nous n'atteindrons jamais Botany Bay, monsieur Donovan. Quatre autres hommes sont morts depuis la veille de Noël et nous savons tous pourquoi. Ce n'est ni la dysenterie, ni la fièvre, mais le désespoir, le mal du pays. Voilà plus d'un an que nous sommes enfermés dans ce terrible bateau. Nous avons embarqué le 6 janvier de l'an dernier. *De l'an dernier!* Quelle chose étrange à dire! Je crois qu'ils sont morts parce qu'ils avaient dépassé un certain point au-delà duquel ils n'arrivaient plus à croire qu'ils pourraient un jour quitter ce maudit rafiot. Encore cent cinquante mille miles, dites-vous? Ce pourrait aussi bien être mille. Si cette année écoulée nous a appris quelque chose, c'est que le bout du monde est bien loin. Bien loin de chez nous.

Donovan serra les lèvres et cilla.

— Ces miles auront une fin, répondit-il, les yeux fixés sur sa ligne au bout de laquelle flottait un petit morceau de liège. Cook nous avait avertis de ce courant contraire mais nous avançons malgré tout. Nous avons seulement besoin d'une brise venant du sud-est et nous allons la trouver. Le temps est en train de changer. Nous aurons d'abord un orage, puis le vent tournera au sud-ouest. J'en suis certain.

En attendant ils louvoyaient, s'immobilisaient, louvoyaient encore, s'immobilisaient. Les phoques avaient disparu, remplacés par des milliers de marsouins. Puis, après une journée d'une chaleur suffocante et humide, le ciel s'embrasa. Des éclairs rougeâtres d'une intensité lumineuse dépassant l'imagination des Anglais empourprèrent des nuages plus noirs que les fumées de Bristol, craquant dans un tonnerre assourdissant. Il se mit à pleuvoir, une pluie battante qui tombait droit malgré un fort vent de nord-ouest. Une heure avant minuit, le spectacle cessa aussi rapidement qu'il avait commencé et une bonne brise du sud-ouest se leva, qui les poussa en avant assez longtemps pour qu'ils puissent enfin distinguer des falaises blanches, des arbres, des falaises ocre, encore des arbres, des plages dorées qui s'incurvaient, et la mâchoire aplatie de Botany Bay.

À 9 heures, le matin du 19 janvier 1788, l'*Alexander* s'avança avec ses deux compagnons entre Point Solander et Cape Banks, pénétrant dans une large baie médiocrement protégée. Cinquante à soixante hommes noirs et nus gesticulaient sur chacune de ces extrémités et, au repos sur une mer agitée, couleur d'acier, le *Supply* était là qui les attendait. Il ne les avait battus que d'un seul jour.

Les bateaux à l'ancre et le lieutenant Shortland parti dans une chaloupe rendre visite au gouverneur Phillip sur le *Supply*, Richard s'accouda seul au bastingage et contempla longuement ce lieu où un ordre du roi l'avait condamné à être déporté jusqu'au 23 mars 1792. Quatre ans à attendre encore. Il avait eu trente-neuf ans dans l'Atlantique sud entre Rio de Janeiro et Le Cap.

Devant ses yeux s'étirait une terre bordée de plages plates avec des collines à l'arrière, vers le nord et le sud, vision morne et triste dans des tons de bleu, brun, rouille, gris et olive, aride, stérile.

– Que vois-tu donc, Richard ? demanda Stephen Donovan.

Richard le regarda, les yeux noyés de larmes.

– Ce que je vois, ce n'est ni le paradis ni l'enfer, répondit-il enfin. Ce sont les limbes. Là où vont se perdre les âmes égarées.

Table

CHEZ LE MÊME ÉDITEUR

SARAH LARK
À l'ombre de l'arbre kauri

traduction par Jean-Marie Argelès

Nouvelle-Zélande, 1875. Lizzie et Michael cultivent l'espoir d'un jour posséder leur propre domaine. Mais ces perspectives heureuses sont soudain assombries par la disparition de leur fille adoptive, kidnappée par un chef maori…

Pendant que Michael se démène pour retrouver sa fille, Kathleen – son ancienne fiancée – apprend une bonne nouvelle : son fils Colin rentre au pays. Mais nul ne mesure les conséquences de ce retour pour les deux familles…

Prenant pour toile de fond les paysages grandioses de la Nouvelle-Zélande, Sarah Lark fait la part belle à ses héroïnes, et au combat qu'elles mènent pour conquérir liberté et indépendance.

ISBN 978-2-8098-2236-6 / H 64-2244-4 / 660 pages / 24 €

ELIZABETH HARAN
Étoiles dans le ciel du sud

traduit de l'anglais par Danièle Momont

Londres, 1954. Estella mène une vie des plus confortables… jusqu'à ce qu'elle découvre que son mari, en plus d'avoir fermé son cabinet d'avocat et dilapidé leur fortune, la trompe.

Le cœur brisé, Estella décide de refaire sa vie en Australie, où un poste de vétérinaire l'attend. Mais la jeune femme n'est pas seule à effectuer la traversée : elle est enceinte.

Arrivée à Kangaroo Crossing, Estella déchante. Peuplé d'une poignée d'habitants, le hameau est infesté de mouches et la chaleur y est suffocante. Et tous observent la nouvelle venue d'un œil suspicieux.

Parviendra-t-elle à gagner le respect et la confiance des habitants du village, plutôt rustres ? Un pari d'autant plus difficile à relever qu'elle leur a caché plusieurs pans de son passé. Et que ce dernier pourrait bien la rattraper…

Dans un décor aussi magnifique qu'âpre, tous les éléments qui ont fait le succès des sagas de Tamara McKinley et de Sarah Lark se trouvent ici réunis.

ISBN 978-2-8098-2360-8 / H 39-9688-2 / 484 pages / 23 €

TAMARA McKINLEY
Les fleurs du repentir

traduit de l'anglais par Danièle Momont

Cela fait longtemps que Claire a quitté les terres hostiles et désolées du domaine où elle a grandi pour poursuivre ses études et sa carrière de vétérinaire à Sydney.

Mais quand elle reçoit l'invitation de sa grand-tante Aurélia à une réunion de famille, Claire est ramenée à son passé. Elle qui était partie après une violente dispute avec les siens…

Bien qu'à contrecœur, Claire rejoint l'arrière-pays australien. Mais comment va réagir sa mère, Ellie, qu'elle n'a pas revue depuis cinq ans ? Et Leanne, sa sœur, lui battra-t-elle toujours froid ?

En renouant avec ce passé, ce sont autant de rancœurs qui remontent à la surface, mais aussi des secrets qui surgissent. Et expliquent beaucoup de choses…

Comme à son habitude, Tamara McKinley brosse le portrait de femmes courageuses. Trois générations de battantes, qui chacune à leur manière ont dû lutter contre l'adversité pour gagner leur indépendance.

ISBN 978-2-8098-2230-4 / H 84-8463-9 / 416 pages / 22 €

Cet ouvrage a été composé
par Atlant'Communication au Bernard (Vendée)

Impression réalisée par
CPI France
en mai 2018
pour le compte des Éditions Archipoche

Imprimé en France
N° d'édition : 516
N° d'impression : 3028188
Dépôt légal : juin 2018